DIE ANDROMEDA-SONDE

DOUGLAS E. RICHARDS

DIE ANDROMEDA SONDE

BE
Belle Époque Verlag

Douglas E. Richards

Facebook: *Douglas E. Richards Author*
e-Mail: *douglaserichards1@gmail.com*
Web: *www.douglaserichards.com*

Übersetzung aus dem Englischen: Chris Woods

Lizenzausgabe des Belle Époque Verlags, Inh. G. Pahlberg,
Wiesenstr. 7, 72135 Dettenhausen,
mit freundlicher Genehmigung des Autors.

Lektorat: Belle Époque Verlag
Innenlayout und Schriftsatz: Hans-Jürgen Maurer Coverdesign:
Belle Époque Verlag

Bildrechte:
M31, the Andromeda Galaxy (now with h-alpha) © Adam Evans
Creative-Commons-Lizenz „Namensnennung 2.0 generisch“

Magic crystal ball Atom auf Waldboden für Sommer Fantasie ©
mackoflower / 123rf.com

Herstellung: Custom Printing, Wał Miedzeszyński 217/1,
04-987 Warszawa, Polen

ISBN: 978-3-96357-182-4

Prolog

Das kristallglänzende Raumschiff hatte im Ruhezustand die Größe eines Fußballs. Aber da es nun der Lichtgeschwindigkeit sehr nahe war, hatte seine Masse zugenommen und seine Länge dramatisch abgenommen, so wie es die Relativitätstheorie verlangte. Mehr als zwei Millionen Jahre lang war es sowohl durch den intergalaktischen als auch durch den interstellaren Raum geflogen, aber seine enorme Geschwindigkeit verursachte Zeitdilatationseffekte. Und deshalb war, was es selbst betraf, die Reise nicht einmal ein Hundertstel so lang gewesen.

Ein Photon beherrschte diesen Trick natürlich viel besser, da es sich mit einer Geschwindigkeit bewegte, die die Zeit zum Stillstand brachte. Das Photon könnte auf einem Stern geboren werden und sich eine Milliarde Jahre lang fortbewegen, zumindest so, wie es von einem Beobachter von außerhalb gemessen wird, bevor es in ein fernes Teleskop prallt – ohne eine Sekunde gealtert zu sein. Für das Photon würde diese Reise augenblicklich stattfinden. Es würde seinen Stern verlassen und eine Milliarde Lichtjahre entfernt im Teleskop sterben, ohne dass für es selbst überhaupt Zeit verging.

Der interstellare Raum war unvorstellbar leer und kalt. Wer ihn durchqueren wollte, musste sehr gut ausgerüstet sein und eine extrem langlebige und ergiebige Energiequelle besitzen. Für die winzige Sonde war das jedoch kein Problem. Sie war in der Lage, den Quantenschaum der Leere anzuzapfen, die Energie des Vakuums, die in jedem Augenblick und an jedem Ort Elementarteilchen auftauchen und wieder verschwinden ließ – das war der ultimative Quantenmagiertrick, und die elegante Art und Weise, wie das Universum die perfekte Energiequelle für all diejenigen bereitstellte, die gelernt hatten, sie zu nutzen.

Das einzige, was das Universum zu einem weniger perfekten Ort machte, war die unsägliche Geschwindigkeitsbegrenzung, die allen materiellen Dingen auferlegt war. Deshalb war die Sonde auch so lange unterwegs gewesen.

Die glitzernde Kristallkugel besaß Sensoren von unglaublicher Feinheit, und damit hatte sie vor kurzem Funksignale entdeckt, die sie mühelos zu ihrem Ursprung zurückverfolgen konnte. Die Art dieser Signale machte mehrere Dinge auf einmal deutlich: Es gab nicht nur Leben auf diesem speziellen Planeten, sondern es war auch intelligentes Leben. Und nicht nur intelligentes Leben, sondern Leben, das ein grundlegendes Niveau an technologischer Raffinesse erreicht hatte.

Hervorragend.

Die Sonde, so zufrieden wie eine Sonde nur sein konnte, nahm sofort eine Kurskorrektur vor, nachdem sie nun zumindest das erste ihrer Missionsziele erreicht hatte.

Während sie sich dem Ziel rasend schnell näherte, begann sie damit, die ständig wachsenden Inhalte zu verdauen, die von diesem gesprächigen Planeten ausgestrahlt wurden.

Der Planet, ein blaues Juwel, das gemeinsam mit einem relativ großen Mond seine Kreise um einen gelblichen Stern zog, war noch knapp drei Lichtjahre entfernt. Nur noch drei Jahre bis zur Ankunft der Sonde. Aber viel früher, soweit es sie selbst betraf.

Sie konnte es kaum erwarten.

Reiskörner

Vor vielen hundert Jahren wurde der Erfinder des Schachspiels zum großen Kalifen gerufen. Auf die Frage, was er sich als Belohnung für sein unterhaltsames und geistig anregendes Spiel wünsche, antwortete dieser schlicht: »Gebt mir, ehrwürdiger Kalif, für das erste Feld ein Reiskorn, für das zweite zwei, das dritte vier … und so weiter, bis alle Felder gefüllt sind.«

Der Kalif wunderte sich über diesen offenkundig sehr bescheidenen Wunsch. Er gab Anweisung, die Menge an Reis zu berechnen, die man dem Erfinder auszahlen solle.

Nach einigen Stunden kehrten die Mathematiker bestürzt zurück, denn die Menge an Reis, die der Mann forderte, $2^{64} - 1 \approx 1{,}84 \cdot 10^{19}$ Reiskörner, entsprach etwa 1,2 Billionen metrischen Tonnen.

Kein Land auf der Welt war in der Lage, diese Menge aufzubringen (die in modernem Geld etwa dem Zwanzigfachen der heutigen Staatsverschuldung der USA entspricht).

In einer Version der Geschichte bat der Kalif den Erfinder daraufhin, sich etwas Angemesseneres zu wünschen – in einer anderen Version verlor der Mann seinen Kopf.

– frei nach: Ray Kurzweil, *The Law of Accelerating Returns*

Teil 1

1

Anwar Sadiq sprach ein stilles Gebet zu Allah, umklammerte das amerikanische M4-Sturmgewehr, das an einem Riemen um seinen Hals hing, und blickte auf seine Uhr. Er schätzte, dass die Show in nur noch zehn bis fünfzehn Minuten losgehen würde. Seine Augen leuchteten in der Dunkelheit, Zwillingsleuchtfeuer, umrahmt von dem schwarzen Schal, der seinen Kopf und sein Gesicht bedeckte, ihre Intensität und ihr Glanz zeigten Intelligenz und Eifer gleichermaßen an – eine tödliche Kombination.

Sadiq war einer der wenigen IS-Anführer, die die Dezimierung der Organisation überlebt hatten, die Schlachten gegen die Ungläubigen. In deren Verlauf waren seine tapferen und glorreichen Brüder aus den vielen Gebieten vertrieben worden, die sie durch ihren spektakulären Aufstieg erworben hatten, als sie sich wie ein Flächenbrand über den Nahen Osten ausgebreitet hatten.

In der Blütezeit des IS war die Verlockung des vielgepriesenen Kalifats – die Reinigung des muslimischen Glaubens und die Wiederbesinnung der Welt auf einen rechtschaffenen Lebensstil – für viele junge Männer im Irak, in Syrien, in der Levante und in Europa unwiderstehlich gewesen. Sie waren herbeigeeilt, um Teil dieser aufregenden, berauschenden Bewegung zu werden. Und die IS-Anführer wussten instinktiv, wie sie am besten angezogen werden konnten, indem sie sich nämlich auf dasselbe Grundrezept stützten, das schon unzählige Male zuvor funktioniert hatte.

Die Religion stand natürlich im Mittelpunkt ihrer Bewegung, aber das war es nicht, was so viele Anhänger angelockt hatte, die bereit waren, im Namen des IS zu töten und zu sterben. Nicht wirklich. Das zentrale Anliegen hätte alles Mögliche sein können: die Befreiung der Arbeiterklasse, die Reinheit der Rasse, die Rache am Erbfeind.

Die Menschheit war seit ihrer Genese stammesorientiert. Und

vor allem junge Männer waren darauf aus, Abenteuer, Ruhm und Ansehen zu gewinnen. Der IS war cool. Der IS war eine Bruderschaft, die gemeinsam für eine ruhmreiche Sache kämpfte. Gemeinsam töteten sie, gemeinsam vergewaltigten sie. Was könnte die brüderlichen Bande vollständiger festigen als das?

Und zusätzlich zu Abenteuer, Ruhm und Kameradschaft bot der IS etwas noch etwas Wichtigeres: einen Lebensinhalt.

Aber während all dies wahr war, wussten der IS und Anwar Sadiq, dass die unzufriedenen jungen Männer, die sie anlocken wollten, auch glauben mussten, dass sie sich einem Gewinnerteam anschlossen. Sie mussten glauben, dass sie durch ihre Selbstaufopferung schließlich ihre Ziele erreichen und die Welt retten würden. Je mehr Rekruten und Territorium der IS für sich einnahm, desto leichter war es, zusätzliche Rekruten und Territorium zu gewinnen.

Nichts war so erfolgreich wie der Erfolg.

Deshalb war Sadiqs gegenwärtige Operation die kritischste, die die Organisation je unternommen hatte. Denn das Blatt hatte sich gegen sie gewendet, als der Westen endlich begonnen hatte, sie ernst zu nehmen. Und das Schiff, von dem sie so sicher gewesen waren, dass es unsinkbar war, wurde von einem Eisberg durchbohrt. Der Große Satan begann, sie zu zermalmen, ließ an ihrer Unbezwinglichkeit zweifeln, und damit schwanden auch die Hoffnungen und Träumen vieler junger Männer, die sonst in Scharen gekommen wären, um ihre Reihen wieder aufzufüllen.

Das einst schwellende, pochende Löwenherz der IS kam zum Stillstand, und diese Mission stellte eine letzte Anstrengung dar, um es wieder zum Leben zu erwecken. Es war an der Zeit, den USA einen Schlag verpassen, den sie nie vergessen würden. Einen, der junge Männer auf der ganzen Welt dazu inspirieren würde, den Kampf wieder aufzunehmen.

Sadiq musterte zehn der vierzehn Soldaten, die er in dieser Nacht bei sich hatte, die zehn, die in Sichtweite waren. Jeder war von Kopf bis Fuß schwarz gekleidet, genau wie er, und jeder trug voller Stolz seine Angriffswaffe mit sich. Die vier nicht Anwesenden hatten ebenfalls wichtige Aufgaben. Zwei lagen bereit, um auf seinen Befehl hin den langen, gewundenen Eingang zum Grundstück zu blockieren, während zwei andere in einer Seitenstraße mit Zugmaschinen warteten, an die Holzverarbeitungsmaschinen von Industriequalität angehängt waren.

Der Plan war visionär und kühn. Sadiq war die Ehre zuteil geworden, die klügsten und fähigsten Männer des IS bei seiner wichtigsten Mission anzuführen.

Er stand in der Finsternis, in der Ruhe vor dem Sturm, und ging die Mission in Gedanken ein letztes Mal durch: eine virale KI in das elektronische Sicherheitssystem einschleusen, um die Kontrolle darüber zu übernehmen; eine Straßensperre errichten, um die Gefahr zu eliminieren, dass ein Neuankömmling sie nach Beginn der Operation überraschen könnte; und schließlich den Handy-Empfang in der Region blockieren.

Sie würden mit dem Angriff innerhalb weniger Minuten beginnen müssen, da eine Blockade des Mobiltelefonverkehrs sofortige Aufmerksamkeit auf sich ziehen würde. Eigentlich sollten ihre Ziele in dieser Nacht ihre Telefone nicht benutzen, aber Sadiq wusste, dass viele es trotzdem tun würden.

Im Westen war das Telefon zu einer Droge geworden, die noch stärker süchtig machte als Opioide. In einer Kultur, die immer säkularer wurde, war das Telefon zu einem Gott geworden.

Doch inmitten des bevorstehenden Massakers hatte Sadiq das Gefühl, dass seine Zielpersonen kurz davor waren, ihren wahren Glauben wiederzuentdecken – bevor er und seine Männer sie alle ins Jenseits befördern würden.

2

Ben Kagan wartete darauf, dass seine graue Hydro-Limousine auf einer ausgedehnten Kalksteinfläche auf dem Gelände eines Herrenhauses in Poway, Kalifornien, zum Stehen kam. Er holte tief Luft und bereitete sich auf die bevorstehende Party vor. Dies war eigentlich der letzte Ort, an dem er gerade sein wollte. Er war nie der Partytyp gewesen und hielt sich selbst für sehr langweilig. Sogar sein Auto war langweilig. Es war natürlich ein Hydro, denn Norman Weiser hatte neben vielen anderen auch dieses spezielle Unternehmen gegründet, und Kagan war einer von Weisers meistgeschätzten Wissenschaftlern. Aber es war eines der am wenigsten aufregenden Modelle von Hydro, eine viertürige Mittelklasse-Limousine.

Wie Kagan selbst war das Fahrzeug in seiner Art brillant. Und natürlich völlig autonom. Aber nicht zu auffällig. Zuverlässig, aber nicht rassig. Dennoch war es in jeder Hinsicht ein Luxuswagen, angemessen für die Frau auf dem Sitz neben ihm, die in ihrem eleganten blauen Kleid atemberaubend aussah. Sie war in jeder Hinsicht *umwerfend*, ein Adjektiv, das auf ihre Persönlichkeit noch mehr zutraf als auf ihren straffen, sportlichen Körper und ihr strahlendes Lächeln.

Es fiel Kagan schwer, sich zu beklagen. Er war erst neunundzwanzig, und sein Leben war sehr erfüllend. Vielleicht zu erfüllend.

Er hatte seit Jahren keine Fernsehsendung mehr gesehen oder irgendeinen Roman gelesen. Am ehesten war es für ihn wie Urlaub, wenn er sich gelegentlich erlaubte, einen ganzen Samstag oder Sonntag freizunehmen, anstatt wenigstens einige Stunden zu arbeiten. Als Student war er einer der Top-Spieler in Princetons Tennisteam gewesen. Doch heute schaffte er es nur noch, einmal im Monat Tennis zu spielen und zweimal pro Woche auf einem Laufband vor einem riesigen Computermonitor zu trainieren, damit er halbwegs fit blieb und gleichzeitig keine kostbare Zeit verlor.

Etwas musste sich ändern. Jetzt, da Cynthia Shearer, die bemerkenswerte Frau an seiner Seite, in sein Leben getreten war, wetteiferten der Job, den er schätzte, und die Frau, die er liebte, um seine Aufmerksamkeit. Selbst nachdem er alles andere in seinem Leben über Bord geworfen hatte, gab es immer noch nicht genug Stunden am Tag, um für beide da zu sein.

Es war so viel einfacher gewesen, bevor Cynthia auf den Plan getreten war. Einfacher, aber sicher nicht besser.

Ben war nur noch ein Jahr vor dem Abschluss seines Doktorats in Physik und Informatik an der Carnegie Mellon University gewesen, als er die Gelegenheit ergriffen hatte, bei einem der ersten Unternehmen von Norman Weiser, Advanced Propulsion Technologies, einzusteigen. Obwohl er dafür kurz vor seiner Promotion die Hochschule verlassen musste, konnte er dieses Angebot nicht ablehnen.

Weiser war ein Wunderkind, ein Mann, der aus dem Nichts aufgetaucht war und es in nur wenigen Jahren geschafft hatte, den großen Elon Musk zu übertrumpfen. Sein erster Durchbruch war gekommen, als er eine geniale Methode zur Erzeugung von stabilem metallischem Wasserstoff entwickelt hatte, einem Material, das jahrzehntelang wegen seiner theoretisierten Eigenschaften als idealer Supraleiter und gleichzeitig als starker Raketentreibstoff erforscht worden war.

Die Anwendungen für stabilen metallischen Wasserstoff und die dadurch mögliche Raumtemperatur-Supraleitung waren ebenso vielfältig wie atemberaubend. Ein Supraleiter war in der Lage, elektrischen Strom widerstandslos zu leiten, wodurch Batterien leistungsfähiger und Elektromagnete so stark wurden, dass sie schwere Objekte schweben lassen und so im Grunde der Schwerkraft trotzen konnten.

Die erste kommerziell betriebene Hochgeschwindigkeits-Magnetschwebebahn, kurz *Maglev* genannt, wurde 2004 in Shanghai gebaut, nach jahrzehntelangen Vorarbeiten durch deutsche Ingenieure. Bei dieser Bahn wurden supraleitende Magnete verwendet, die zehnmal stärker waren als gewöhnliche Elektromagnete, um den

Zug schweben zu lassen und anzutreiben. Aber es gab einen Haken – diese Magnete mussten auf mehr als Hundert Grad unter Null gekühlt werden, um die Supraleitung zu erreichen, ein schwieriges und kostspieliges Verfahren.

Die Supraleitung bei Raumtemperatur war lange Zeit ein Heiliger Gral gewesen, und Norman Weiser, brillant, kühn und strahlend wie eine Ikone, hatte den Gral schließlich nach Hause gebracht.

Die Herstellung von hochreinem metallischem Wasserstoff war immer noch heikel, und die Technologie noch nicht perfekt, aber Weiser hatte in kürzerer Zeit sogar mehr Unternehmen als Musk gegründet, von denen einige in direkter Konkurrenz zu dem großen Innovator standen, unter anderem in den Bereichen Raketentechnik, im Hochgeschwindigkeitstunnelbau und bei der Herstellung von Elektroautos.

Und bald sollten aus Weisers Elektroautos *Maglev*-Autos werden, die mit kostengünstigen supraleitenden Elektromagneten angetrieben und während der Fahrt aufgeladen werden konnten. Bei diesem Tempo war Weiser sicher, dass Tesla und SpaceX sowie alle anderen Auto- und Raketenunternehmen auf dem Planeten innerhalb eines Jahrzehnts zum alten Eisen gehören würden.

Die Weltordnung war, zumindest was die Technologie betraf, über lange Abschnitte der Menschheitsgeschichte Jahren relativ stabil gewesen. Aber in der Neuzeit wurden Industrien in rasendem Tempo neu geschaffen und veralteten ebenso schnell. Sogar Technologie, die scheinbar vollständig in das Gefüge der Gesellschaft eingewoben war, wurde im Handumdrehen auf den Müllhaufen der Geschichte verbannt.

Noch 1996 war Eastman Kodak ein hundert Jahre altes Powerhouse mit einhundertvierzigtausend Mitarbeitern und einem Börsenwert von achtundzwanzig Milliarden Dollar gewesen. Doch nur sechzehn Jahre später meldete das Unternehmen Konkurs an, ein Brontosaurus, der es versäumt hatte, die wirtschaftliche Zerstörungskraft der Digitalfotografie vorauszusehen, die alle Spielregeln geändert hatte. Während Kodak in den letzten Zügen lag, gründete eine kleine Gruppe von IT-begeisterten Unternehmensgründern Instagram, einen Fotoaustauschdienst, der schnell Millionen von Nutzern anzog. Achtzehn Monate nach seiner Gründung, im selben Jahr, in dem Kodak Konkurs anmeldete, verkauften diese wenigen Instagram-Gründer ihr Unternehmen für eine Milliarde Dollar an Facebook.

Und Norman Weiser stand kurz davor, diese Art von bahnbrechenden technologischen Veränderungen in einer Vielzahl von Branchen auszulösen – mit ihm als *Instagram* und dem Rest der Welt als *Kodak*.

Ben Kagan liebte das, was er tat, leidenschaftlich und hätte Weiser für das Privileg, für ihn arbeiten zu dürfen, sogar bezahlt. Stattdessen wurde er großzügig dafür entlohnt, dass er Spaß dabei hatte, herausfordernde Probleme zu lösen, mit weitreichenden Folgen für die Menschheit. Angesichts dessen, dass ein Großteil seiner Vergütung in Form von Aktienoptionen erfolgte, die inzwischen weit über hundert Millionen Dollar wert waren und deren Wert weiter rasant anstieg, war »entlohnt« etwas untertrieben.

Mitten in diesem Märchen von Reichtum und Verantwortung war Kagans Leben aus heiterem Himmel viel komplizierter geworden. Weiser hatte Cynthia Shearer als Beraterin für eines der Projekte angeheuert, die Kagan leitete, und er hatte sich sofort und unwiderstehlich in sie verliebt.

Da sie sechs Monate lang Seite an Seite mit ihm in den Schützengräben gearbeitet hatte, hatte er sie viel besser kennengelernt, als wenn er Jahre lang mit ihr ausgegangen wäre, und er hatte jede letzte Minute seiner Freizeit genutzt, um sie zu sehen.

Als ihr Beratungsauftrag zu Ende war, waren sie bereits ein Paar. Kagan hätte ihr auch schon längst einen Heiratsantrag gemacht, wenn er geglaubt hätte, dass sie ihn annehmen würde.

Sie würde aber nicht. Sein Leben bestand zu Hundert Prozent aus Arbeit. Wenn er nicht einen Weg finden würde, mehr Zeit mit ihr zu verbringen, jetzt, da sie nicht mehr zusammenarbeiteten, dann hatte ihre Beziehung keine Zukunft. Er war fest entschlossen, dieses Problem zu lösen, egal, was es kosten würde. Er würde ihr beweisen, dass sie für ihn oberste Priorität hatte, und sie dazu bringen, den Rest ihres Lebens mit ihm zu verbringen. Deshalb war er jetzt bei ihr, obwohl er diese Art von Party als leer, langweilig und eine völlige Zeitverschwendung empfand.

Aber obwohl Partys nicht sein Ding waren, verstand er, warum Cynthia hier sein wollte. Dieser Wohnsitz und diese Party gehörten Dan Vettori, dem Gründer und CEO eines jungen Unternehmens, das an der Verbesserung der Virtual-Reality-Technologie arbeitet. Cynthia hatte Vettori fast so lange beraten wie Weiser und hatte immer gut über den Mann gesprochen. Außerdem war dies für sie eine großartige Gelegenheit zum Netzwerken.

Als das Auto einparkte und sich abschaltete, beugte sich Kagan vor und platzierte einen kurzen Kuss auf Cynthias weiche Lippen. »Jetzt geht's los«, sagte er mit gemischten Gefühlen.

»Es ist eine Party, keine Beerdigung«, erwiderte sie grinsend.

Er zuckte die Achseln. »Eigentlich egal – solange ich bei dir bin, kann es nicht so schlecht sein.«

»Du wirst mehr Spaß haben, als du denkst.«

Kagan rollte mit den Augen. »Das glaubt doch kein Mensch.«

Sie lachte. »Doch, das wird ein Riesenspaß. Wirklich. Dan ist sehr klug. Er verkehrt vielleicht in anderen Kreisen als du, aber viele seiner Freunde sind beeindruckende Menschen. Glaub mir, die Unterhaltung wird sich nicht auf das Wetter und den Sport beschränken. Es könnten sich sogar *ideensprühende* Gespräche ergeben.«

»Ideensprühend?«, echote Kagan und hob eine Augenbraue. Er hatte dieses Wort noch nie anderen Menschen gegenüber benutzt. Er grinste. »Hast du wieder in meinem Tagebuch gelesen?«

Cynthia lachte augenzwinkernd, als sie aus dem Auto stiegen.

Die Party war bereits in vollem Gange, und auf dem nicht enden wollenden Kalksteinpflaster standen neben seinem Auto einige Dutzend Limousinen der Oberklasse. Dan Vettoris Wohnsitz befand sich am Ende eines langen, mit Marmorplatten belegte Weges, der vom Parkplatz wegführte. Er erhob sich inmitten der Gartenbeleuchtung wie ein feudaler Landsitz, beinahe schon wie ein Museum.

Cynthia checkte die Uhrzeit auf ihrem Smartphone. »Wir gehen besser hinein«, sagte sie. »Ich habe Dans Frau Kelly kennengelernt, als ich letztes Jahr zu einem Treffen hier war, aber ich möchte wirklich ihre Kinder kennenlernen. Er konnte nicht aufhören, von ihnen zu schwärmen, als ich zu seinem Team gehörte.«

Kagan war verwirrt. »Dan Vettori hat erwachsene Kinder?«, sagte er. »Ich dachte, er sei noch ziemlich jung.«

»Das ist er auch – Amber ist sieben und Eric ist neun. Aber sie sind beide schon sehr weit für ihr Alter. Er sagte mir, dass er sie bis zehn auf der Party bleiben lässt, bevor er sie ins Bett schickt. Die meisten Kinder würden wahrscheinlich eine Party für Erwachsene meiden wollen, aber anscheinend haben sie sogar um mehr Zeit gebeten.«

Kagan stöhnte. Er wünschte sich, er und Cynthia könnten um zehn von der Party verbannt werden.

Sie näherten sich der Residenz, die mehr als fünfzehntausend Quadratmeter Wohnfläche umfasste. Als sie zu dem immensen Portal kamen, bemerkte Kagan einen Flügel im Konzertformat, der vom Panoramafenster der Bibliothek umrahmt wurde und gerade von ganz alleine Billy Joels »Piano Man« spielte, wobei die Tasten auf und ab hüpften, als ob sie von einem unsichtbaren Maestro oder einem talentierten Geist gespielt würden.

Kagan zwang seinen Gesichtsmuskeln ein Lächeln auf und hoffte, dass der zur Schau gestellte Frohsinn auch auf seine tatsächliche Stimmung abfärben würde. Er tat dies schließlich für Cynthia, und obwohl er es vorgezogen hätte, einen ruhigen Abend mit ihr zu Hause zu verbringen, gelobte er sich, zu versuchen, hier Spaß zu haben – auch wenn es ihn umbringen würde.

Auf dem Weg die Außentreppe hinauf blickte er einen Moment in Cynthias wunderbar grüne Augen – und traf eine endgültige Entscheidung in einer Angelegenheit, über die er seit Wochen nachgedacht hatte. Auf dem Heimweg würde er ihr versprechen, seinen Job innerhalb der nächsten zwei Jahre zu kündigen. Er würde versprechen, von zu Hause aus zu arbeiten und sich der Entwicklung von Technologien zu widmen, die den Zustand des Menschen verbessern könnten. Und er würde ihr versprechen, einen Teil seines wachsenden Vermögens zu verwenden, um mit ihr gemeinsam eine wohltätige Stiftung zu gründen, einem Weg folgend, den beispielsweise Bill und Melinda Gates beschritten hatten.

Kurz gesagt, er würde ein Bild von einem zukünftigen gemeinsamen Leben zeichnen, das ihr ebenso viel Priorität einräumte wie seiner Arbeit. Er würde den Weg für einen Heiratsantrag in naher Zukunft ebnen, einen, den sie tatsächlich annehmen konnte.

Noch bevor er überhaupt angekommen war, hatte er bereits begonnen, die Minuten bis zum Ende der Party zu zählen – aber jetzt, da er endlich eine wichtige Entscheidung getroffen hatte, konnte er das Ende kaum erwarten.

Sie betraten das Haus und machten sich auf den Weg zum großen Saal, in dem sich Scharen von Partygästen befanden, von denen die meisten Weingläser oder Teller mit mundgerechten Gourmet-Leckereien in der Hand hielten.

Cynthia suchte den Raum nach Menschen in Kindergröße ab, fand aber keine. »Wir haben nicht viel Zeit«, sagte sie – eine Frau auf einer Mission. Sie deutete mit einer Geste auf den Eingang zu einem der anderen Räume. »Wir müssen Eric und Amber finden, bevor sie ins Bett geschickt werden.«

Kagan visierte die offene Bar in der Ecke des Raumes an. »Okay, warum fängst du nicht mit der Suche an, während ich uns Drinks hole?«, schlug er vor. »Ich komme gleich nach. White Russian? Mit einem Spritzer Bailey's?«

Cynthia lächelte. »Du kennst mich zu gut, Ben. Ja, danke. Aber lass' dir nicht zu viel Zeit.«

»Niemals, wie könnte ich?«, antwortete Kagan und tat so, als sei er bestürzt.

Er schaute ihr nach, als sie wegging, bevor er sich auf den Weg zur Bar machte. Dort gab er seine Bestellung bei einem der drei Barkeeper auf, schob sich sicherheitshalber ein paar Cocktailservietten in die Hosentasche und beobachtete, wie die Getränke gemixt wurden.

Einige Augenblicke später stand er immer noch mit dem Gesicht zur Bar, als ihm eine Reihe spitzer Schreie aus mehreren Räumen, darunter auch aus dem hinter ihm liegenden, fast das Trommelfell zerrissen. Ein Chor von Schreien, wie er ihn noch nie zuvor gehört hatte.

Sein Herz begann wild zu pochen, als er sich alarmiert umdrehte.

Doch noch bevor er die Bewegung vollendet hatte, wurden seine Ohren von stakkatoartigen Ausbrüchen von Maschinengewehrfeuer attackiert. Sie kamen von der Bibliothek her, wo die Musik des automatischen Flügels eben schlagartig aufhörte. Darauf folgten weitere Schreie, die ebenfalls abrupt endeten. Der Raum, in dem er sich befand, wurde unheimlich still.

Kagan sah drei schwarz gekleidete Männer in der Nähe des Eingangs. Sie trugen Turbane und Gesichtsmasken, die nur ihre Augen freiließen. Jeder von ihnen hatte ein Sturmgewehr auf die Partygäste vor sich gerichtet, und jeder hatte eben einen Seesack aus grüner Leinwand zu seinen Füßen fallen lassen.

Nach der Lage der Schreie und der Schüsse zu urteilen, die er gehört hatte, erkannte Kagan, dass diese drei nur die Spitze des Eisbergs waren. Andere mussten auf ungeklärte Weise gleichzeitig in anderen Räumen der Residenz erschienen sein.

Sind das Terroristen?, dachte er entsetzt. *Hier in Kalifornien? Das ist unmöglich.*

Aber so sehr sich sein Verstand abmühte, diese Interpretation zurückzuweisen, wusste er in der Grube seines aufgewühlten Magens, dass dies der Fall sein musste. Keine andere Erklärung machte Sinn.

Aber wenn ja – worauf warteten sie dann? Warum waren Vettori und seine Gäste noch am Leben?

»Wer sind Sie?«, fragte einer der männlichen Partygäste und brach das Schweigen. »Was wollen Sie?«

Der Terrorist in der Mitte drückte kurz den Abzug und sandte einen Feuerstoß in Richtung des Mannes, der die Fragen gestellt hatte. Aus dem Körper des Mannes brachen Mini-Geysire aus Blut und Fleischfetzen hervor, und er stürzte zu Boden, wobei das Weinglas, das er in der Hand gehalten hatte, klirrend auf dem Hartholzboden zerbrach.

Mehrere weitere Schreie hallten durch den Raum, wurden aber

von dem schwarz gekleideten Terroristen abgeschnitten, der gerade seine Waffe abgefeuert hatte. »Keiner sagt ein weiteres Wort«, brüllte er. Sein Englisch hatte einen deutlichen Akzent, war aber sonst sehr gut. »Zum ersten Mal in eurem verhätschelten Leben werdet ihr Befehle befolgen, nicht Befehle geben! Zuhören, nicht reden! Verstanden?«

Einige der Gäste nickten, andere schienen wie erstarrt, während sich eine Frau in der gegenüberliegenden Ecke des Raumes geräuschvoll auf den Boden übergab.

»Wir gehören zum Islamischen Staat«, fuhr der Terrorist ruhig fort. »Und wir sind hier, um der Welt zu zeigen, dass unser Kampf gegen dieses Land noch lange nicht vorbei ist.«

3

Ben Kagan war überrascht, dass ihn eine beinahe unnatürliche Ruhe überkam. Alles schien sich langsamer als normal zubewegen, auch wenn ihm sofort klar war, dass dies nicht wirklich der Fall war. Die Welt hatte sich nicht verlangsamt. Sein Geist hatte sich beschleunigt.

Er hatte keine Ahnung gehabt, wie er auf so eine Ausnahmesituation reagieren würde, aber er hatte allen Grund zu glauben, dass er sich eher auf der feigen als auf der mutigen Seite der Menschheit wiederfinden würde. Ben war das Gegenteil eines Adrenalin-Junkies. Er konnte sich nicht nur nicht vorstellen, dass er jemals den Mut haben würde, sich einen Fallschirm auf den Rücken zu schnallen und aus einem Flugzeug zu springen, er konnte sich auch kaum dazu durchringen, vom Sprungturm im örtlichen Schwimmbad zu springen.

Deshalb war er immer davon ausgegangen, dass seine Instinkte seine höheren Gehirnfunktionen blockieren würde. Dass, wenn der Tod ihm im Nacken saß, seine Emotionen die Oberhand bekommen und ihn gelähmt oder vor Angst zitternd zurücklassen würden. Aber es schien so, als ob seine Emotionen stattdessen vom Ort des Geschehens geflohen wären und ihn mit einer fast übermenschlichen Wachheit zurückließen.

Nicht, dass das eine Rolle gespielt hätte. Der IS würde keine Gefangenen machen. Er sollte bereits tot sein, und er hatte keinen Zweifel daran, dass dieser kleine Fehler sehr bald korrigiert werden würde.

Rasch ging er seine Optionen durch und stellte fest, dass er keine hatte. Cynthia war in einem der anderen Räume, und er hatte keine Chance, zu ihr zu gelangen.

Als er an die Frau dachte, die er liebte, geriet er kurzzeitig in Panik und dieses überwältigende Gefühl drohte, die innere Mauer zu durchbrechen, die seine Angst und seine Gefühle in Schach hielt. Aber irgendwie schaffte er es, sie wieder in ihr Gefängnis zurückzudrängen, und seine Entschlossenheit und Konzentration verstärkten sich danach sogar noch.

Zwei weitere schwarz gekleidete Männer betraten den Raum, beide mit Videokameras anstelle der Sturmgewehre, die sie umgehängt hatten. Die Kameras scannten den Raum und machten Aufnahmen von jedem Gast und jedem Quadratzentimeter der Party Location.

Der Mann, der zuvor gesprochen hatte, eindeutig der Anführer, nahm ein Telefon aus seiner Tasche und hielt es an seinen Mund. »Ich schicke jetzt Männer herum, um die Handys einzusammeln«, kündigte er an, und seine dröhnende Stimme wurde irgendwie durch das Lautsprechersystem des Herrenhauses übertragen und hallte laut durch die ganze Residenz.

»Handys sind für euch wie Götter geworden«, fuhr der Terrorist fort. »Aber gebt sie trotzdem auf, oder bezahlt mit eurem Leben.«

Einer der beiden Neuankömmlinge filmte weiter, während der zweite einen großen leeren Seesack nahm, sich auf den Weg zu verschiedenen Gruppen von Gästen machte und sie aufforderte, ihre Telefone rasch in den Sack zu werfen. Der Beutel begann sich schnell zu füllen. Kagan nahm sein eigenes Telefon heraus und deponierte es in dem Seesack, als der Terrorist vorbeikam. Derweil rasten seine Gedanken weiter.

»Eure Kultur ist korrupt«, fuhr der Terroristenführer fort. »Schaut euch nur die Dekadenz dieses Ortes an. Ihr alle könntet ein einfaches Leben der Frömmigkeit wählen, aber stattdessen kehrt ihr Gott den Rücken und verehrt den Exzess und die Technologie. Aber was hat euch die Technologie gebracht? Nichts als Sucht und Abhängigkeit. Nur die Treue zu Allah kann die Menschheit retten!«

Er schüttelte angewidert den Kopf. »Da ihr die schlimmste Art von Ungläubigen darstellt, haben wir auch ausgewählt, um an euch unsere Bereitschaft und Fähigkeit zu demonstrieren, den Krieg an eure Gestade zu bringen. Wir werden den großen Satan in seiner eigenen Höhle vernichten. Ihr wurdet zufällig aus der endlosen Reihe von Beispielen der Dekadenz in eurem Land ausgewählt. Und obwohl ihr die Ersten sein werdet, die fallen, wird niemand sonst verschont bleiben. Letzten Endes werdet ihr und alle anderen Ungläubigen ausgerottet werden, und die wahren Anhänger des Wortes Allahs werden schließlich die Welt heilen.«

Damit begannen der Terroristenführer und drei seiner Schergen, die Menge mit kurzen, kontrollierten Stößen von Maschinengewehrfeuer zu besprengen, wobei sie ruhig und wie seelenlose Maschinen aus einem Terminator-Film vorgingen und alles mit Kugeln bedachten, was sich bewegte, während der vierte Terrorist im Raum weiter filmte.

Es war ein absolutes Gemetzel. Entsetzlich jenseits aller Vorstellungskraft. Dutzende von Gästen stürzten in Sekundenschnelle zu Boden, in Fetzen gerissen, der Boden wurde blutüberströmt. Schreckens- und Schmerzensschreie unterbrachen die stakkatoförmigen Salven, und der Raum wurde augenblicklich zu einem Pandämonium. Viele der Gäste waren fassungslos, gelähmt, während andere versuchten, die Terroristen anzuspringen oder sich zu verkriechen, wobei beide Strategien gleichermaßen wirkungslos waren.

Kagan befand sich in der hinteren Ecke des Raumes. Er ging tief in die Hocke und bewegte sich auf die nahe gelegene Küche zu, die durch Stahlgeräte und Inseln aus Quarz und Granit abgeschirmt sein würde. Alle Ausgänge des Raumes waren blockiert, und es war das einzige Ziel, das irgendeine Form von Schutz bot, so dürftig er auch war.

Er huschte über den Boden, während die Männer und Frauen um ihn herum buchstäblich explodierten und ihn mit Blut bespritzten. Nur wenige Augenblicke zuvor waren Dutzende lebender Seelen im Raum gewesen, und jetzt war Kagan einer von nur einer kleinen Handvoll, die noch lebten. Die Kugeln trafen alle um ihn herum, aber irgendwie blieb er unverletzt. Sein Glück war geradezu unheimlich, aber er machte sich keine Illusionen, dass es anhalten würde.

Und Cynthia war mit ziemlicher Sicherheit schon tot, wo auch immer sie jetzt war.

Kagan zweifelte nicht daran, dass sie sehr gründlich sein würden und jeden Raum, jeden Schrank, jede Abstellkammer und jeden Schreibtisch durchsuchen würden, wo immer man sich verstecken konnte. Hastig tauchte er hinter einer Kücheninsel aus Quarzglas unter. Gerade als er dies tat, gelang es einem der Partygäste, eine versteckte Waffe zu ziehen und einen Schuss abzugeben, der den am nächsten stehenden Terroristen in den Oberschenkel traf. Zwei andere IS-Barbaren feuerten daraufhin so lange und konzentriert auf den Schützen, dass sein Körper regelrecht in Fetzen gerissen wurde.

Kagan zündete den Gasherd an, legte eine Rolle Papiertücher darauf und riss dann mehrere Schränke auf, um nach Sprays zu suchen, die sich gut als Brandbeschleuniger eignen würden. Es war seine einzige Chance.

Er musste das Feuer sehr groß werden lassen, und zwar sehr schnell, da die Sprinkleranlage es sonst zu schnell löschen würde. Selbst wenn es gelöscht würde, würde der Regen von der Decke den Boden rutschig machen. Und wenn er Material verbrennen könnte, das dichten Rauch entwickelte, könnte er die Sicht der Terroristen beeinträchtigen und Verwirrung stiften.

Aus dem Nichts tauchte in diesem Moment ein kleines Mädchen am Eingang zur Küche auf, schluchzte und zitterte unkontrolliert, wobei seine Augen riesig zu sein schienen. Als Kagan sie sah, wurde ihm spontan übel, und der Raum schien sich um ihn herum zu drehen.

Das Mädchen musste Dan Vettoris Tochter sein, die Siebenjährige namens Amber.

Als er das Ausmaß ihres Leidens sah, brach schließlich sein emotionaler Damm. Sie war ein winziges, hilfloses kleines Mädchen, das gezwungen war, Zeugin eines blutigen Massakers zu werden, und das genug Schmerz und Angst und Leid erfuhr, um zehn Erwachsene emotional zu brechen. Die Anwesenheit dieses unschuldigen Kindes war mehr als entsetzlich, mehr als herzzerreißend. Kagan hatte keine Ahnung, woher sie gekommen war, aber seine Pläne änderten sich in einem Augenblick.

Er rang hier mit dem drohenden Ende, so gut er konnte, aber er wusste, dass er weder sich selbst noch Cynthia jemals würde retten können. Aber vielleicht konnte er dieses kleine Mädchen vor dem

Tod bewahren. Sie war klein genug, um an Orte zu passen, die die Terroristen für zu unwichtig hielten, um sie zu durchsuchen.

Er eilte hin, um sie vom Boden zu fegen und ihr beim Verstecken zu helfen, als ein Terrorist um die Ecke kam und beide entdeckte. Er ignorierte Kagan und richtete seine Waffe sofort auf die kleine Amber mit der klaren Absicht, sie zu erschießen.

»Nein!«, schrie Kagan entsetzt und ungläubig, stürzte sich ohne zu zögern vor sie. Er fing mit seinem Körper einen der drei Schüsse ab, die aus dem Gewehr des Terroristen in Richtung dieses winzigen, hilflosen Ziels geflogen kamen – einen, der sie andernfalls getroffen hätte – während die beiden anderen Schüsse nur um Zentimeter vorbeigingen.

Kagans Kopf knallte gegen den harten Küchenboden, während der Rest seines Körpers das Mädchen bedeckte, sie mit Blut bespritzte und mit seinem Gewicht niederdrückte.

Er spürte, wie sein Bewusstsein rasch entschwand, kämpfte aber mit dem letzten Fetzen seines Willens darum, noch einen Augenblick länger am Leben zu bleiben. »Schließ' die Augen und stell' dich tot!«, flüsterte er Amber ins Ohr, in der Hoffnung auf ein Wunder, in der Hoffnung, dass der Terrorist annehmen würde, er habe beide getroffen, und zu anderen Zielen übergehen würde. »Wenn er weg ist, versteck' sich in einem winzigen Schrank.«

Doch es war Ben Kagan nicht gegeben, zu erfahren, ob dieser Plan funktionieren würde oder ob Amber ihn überhaupt gehört hatte, denn der wilde Ozean der Dunkelheit, den er eben noch zurückgehalten hatte, kam nun unerbittlich über ihn.

4

Es war drei Uhr morgens, aber Jesse Carter, Leiter des amerikanischen Heimatschutzministeriums im Rang eines Bundesministers, war so hellwach wie nie zuvor.

»Haben Sie das Filmmaterial überprüft, das ich Ihnen geschickt habe?«, fragte Special Agent Karen Firth Morris. Carters Telefon zeigte ihr holografisches Bild aus zwei Metern Entfernung, und ihr Gesichtsausdruck war genauso grimmig wie ihr Ton.

Carter sah krank aus. »Das habe ich«, antwortete er. »Und gerade als man dachte, barbarischer geht es nicht mehr. Bitte sagen Sie mir, dass es uns gelungen ist, das aus dem Internet zu entfernen, Agent Morris.«

»Wir waren zu spät«, antwortete sie kläglich, »es sind bereits Metastasen gebildet worden. Das Material ist dabei, im großen Stil viral zu werden.«

»Gottverdammt!«, schnappte Carter. »Haben Sie eine Ahnung, was für einen Scheißsturm das geben wird? Die Panik, die das auslösen wird?«

»Ich kann es mir sehr gut vorstellen«, sagte Morris. »Deshalb hat der IS es überhaupt erst gefilmt.«

Carters Hände ballten sich zu Fäusten. Er musste sich selbst beruhigen, sonst würde ihn seine Wut umbringen. »Sie sind also jetzt vor Ort?«

»Ja, Sir. Seit etwa dreißig Minuten.«

»Wie viele Tote?«

»Hundertachtundvierzig, soweit wir das sagen können, basierend auf Social Media Posts von den Leuten, die ihre Teilnahme an der Party publik gemacht haben, basierend auf den IS-Aufnahmen, den Autos auf dem Parkplatz und so weiter.«

»Gab es Überlebende?«

»Nur ein kleines Mädchen. Die Tochter von Dan und Kelly Vettori, den Eigentümern des Hauses. Sie hatte sich in einem winzigen Schrank in der Küche versteckt. Sie ist noch viel zu traumatisiert, um uns etwas zu erzählen. Wir werden uns bemühen, ihre Geschichte so schnell wie möglich zu erfahren, aber ich vermute, dass es noch eine Weile dauern könnte. Bisher hat sie noch kein Wort gesagt. Wir haben nach einem Experten für Kindertraumata geschickt.«

»Klingt so, als hätte sie sich versteckt, als das Gemetzel begann, und gewartet, bis es vorbei war«, sagte Carter.

»So einfach ist das nicht. Sie hatte eine Menge Blut auf ihrer Kleidung. Also war sie irgendwann während des Angriffs außerhalb des Schranks.«

Carter nickte. Er wusste, dass der IS sie nicht aus Gnade verschont hatte, weil sie ein Kind war. Tatsächlich wäre sie genau aus diesem Grund ein bevorzugtes Ziel gewesen. Kranke, verdrehte Bastarde! Das Video von dem Massaker, das sie gepostet hatten, verweilte lange auf dem von Kugeln zerfetzten Körper ihres neunjährigen Bruders und wollte damit ihre vollkommene, unerschütterliche Entschlossenheit unterstreichen.

»Gibt es Tote unter den Terroristen?«, fragte er.

»Keine«, antwortete die Spezialagentin. »Es war keine typische Selbstmordmission. Die Tatsache, dass sie so viele getötet haben und so leicht entkommen konnten, legt eine Änderung der Taktik nahe. Alles, was sie hier gemacht habe, war darauf ausgerichtet, eine Botschaft zu senden.«

»Ohne Scheiß!«, schnappte Carter. »Die Botschaft ist angekommen.«

Er wollte am liebsten laut schreien. Diesmal hatte sich der IS selbst übertroffen. Als ob es nicht schon grässlich genug gewesen wäre, mehr als hundert Menschen wie Karnickel abzuknallen, hatten sie sie alle anschließend durch eine Holzhackmaschine gejagt.

Zuerst hatte er diesen Schritt für merkwürdig gehalten. Würde es nicht noch mehr Schrecken hervorrufen, wenn diejenigen, die zum Ort des Massakers kamen, auf einen Friedhof voller blutiger Körper stießen und die eingefrorenen Blicke des Grauens auf so vielen Gesichtern sahen?

Aber das Filmmaterial hatte diese Frage beantwortet. Die Welt würde nicht nur den Ausdruck des Grauens auf den toten Gesichtern sehen, sondern als Bonus auch etwas Ekelhaftes jenseits aller Vorstellungskraft, etwas, das niemand jemals sehen sollte. Offenbar wäre die Enthauptung so vieler Menschen zu viel Arbeit gewesen, so dass der IS einen Weg gefunden hatte, den Prozess zu beschleunigen. Alles andere war automatisiert worden, warum also nicht Barbarei und Grausamkeit? Allein der Gedanke, dass man die Opfer auf eine derart bestialische Art schänden konnte, würde sich wie ein Virus verbreiten und in den Köpfen von Milliarden Menschen hängenbleiben. Und genau das war der Wirkmechanismus von erfolgreichem Terror.

Die Holzhacker, die sie benutzt hatten, waren von Industriequalität. Angesichts der Tatsache, dass diese Maschinen dicke Baumstämme schlucken und in Sekundenschnelle in Sägemehl verwandeln konnten, war die Wirkung, die sie auf weiche menschliche Körper hatten, unaussprechlich.

Das Filmmaterial zeigte Körper um Körper, die auf einem kurzen Förderband in die Maschinen befördert wurden und sich von fester Materie in einen roten, breiigen Sprühnebel verwandelten, begleitet von einem grässlichen, mahlenden Geräusch, das garantiert für einige Zeit der Stoff für Albträume sein würde. Zum Glück hatte der Regisseur die Dreharbeiten nach zwanzig Opfern eingestellt, obwohl der Vorgang tatsächlich so lange weitergeführt wurde, bis jedes einzelne Opfer zu Hackfleisch verarbeitet worden war.

Dieses Gemetzel wurde von einem Kommentar in ausgezeichnetem Englisch begleitet, in dem die Sünden der Ungläubigen und des Großen Satans sowie der gerechte Zorn, der bald über sie kommen würde, beschrieben wurden. Der Text enthielt auch die übliche *Flüsse-aus-Blut*-Rhetorik, wobei diese Rhetorik nun auf einmal ganz anders wirkte, weil sie von einem Video begleitet wurde, das die tatsächliche Entstehung eines solchen Flusses zeigte.

Carter wusste, dass kein Nachrichtensender das Filmmaterial zeigen würde. Es handelte sich um ein Video, das selbst für die Übertragung durch Kabelfernseh-Sender für Erwachsene nicht ausreichend entschärft werden konnte. Das war echter *Snuff*, den man in keinem Land der Welt legal zeigen konnte. Aber Zehnmillionen Menschen würden sich das grauenhafte Material im Internet ansehen, und die ganze Welt würde von den Details hören und lesen.

Die Behörden hatten vor Ort zusätzliches Filmmaterial gefunden, das nicht online gestellt worden war und jeden einzelnen Gast auf der Party zeigte, bevor das Gemetzel begonnen hatte.

»Gibt es etwas Besonderes über die Opfer?«, fragte Carter. »Warum diese Nacht? Warum an diesem Ort?«

»Bis jetzt ist uns nichts aufgefallen«, sagte Morris. »Die Terroristen ließen in jedem Zimmer eine Tasche mit den Handys der Gäste zurück. Wir werden diese sorgfältig durchgehen, aber ich bezweifle, dass wir irgendetwas finden werden, was darauf hindeutet, warum sie gerade diese Party ausgewählt haben. Es scheint einfach ein besonders geeignetes Ziel gewesen zu sein. Die Party fand an einem isolierten Ort statt und wurde vor drei Wochen angesetzt, so dass sie genügend Zeit hatten, ihren Angriff zu planen. Und einige der reichsten und mächtigsten Menschen des Landes waren anwesend.«

»Soviel zu dem bekannten Spruch, dass jemand zur falschen Zeit am falschen Ort ist«, kommentierte Carter. »Irgendwelche Hinweise auf die Terroristen?«

»Wir sind fast sicher, dass die Stimme auf dem Video die von Anwar Sadiq ist.«

Carter fluchte. Sadiq wurde als der beste Anführer angesehen, den der IS noch hatte. Als gebürtiger Syrer, aber mit einem Abschluss der Universität von Oxford, war er ein ebenso brillanter wie skrupelloser Mann. »Wie konnten uns entgehen, dass er in die USA eingereist ist?«, wollte der Heimatschutzminister wissen.

»Die müssen in diesem Fall alle Register gezogen haben. Bei weitem der raffinierteste Angriff, den sie je ausgeführt haben. Aber mir ist immer noch unklar, warum sie so viel Mühe auf ein zufälliges Ziel und nicht auf etwas Größeres, Symbolischeres verwendet haben. Etwas, das ihnen besser helfen würde, neue Rekruten anzulocken.«

Carter schüttelte den Kopf. »Machen Sie Witze? Ein Video, das das Massaker an reichen, verwöhnten Eliten zeigt – ganz zu schweigen von dem Holzhacker-Teil – wird einen riesigen Schub für die

Rekrutierung bringen. Ganz gleich, wer die Opfer wirklich sind oder welche gesellschaftliche Bedeutung sie haben.«

Morris schüttelte angewidert den Kopf. »Ich werde diese Bastarde finden!«, zischte sie mit zusammengebissenen Zähnen.

»Ich weiß, dass Sie das werden«, sagte Carter. »Aber tun Sie es schnell. Wir müssen die Aktion dieser Wilden nutzen, um die verbliebenen Reste des IS zu finden und ein für alle Mal auszulöschen. Lassen Sie uns dafür sorgen, dass diese Aktion für den IS nach hinten losgeht«, schloss er.

»Verstanden, Sir«, bestätige Special Agent Karen Firth Morris, und man konnte hören, dass sie darauf brannte, die Anweisung ihres Chefs umzusetzen.

5

Ben Kagan erwachte abrupt. Aber so sehr er sich auch bemühte, seine Augenlider zu öffnen – sie waren einfach zu schwer.

Er fühlte sich, als würde er durch den Raum schweben. Komfortabel. Heiter. Lebendig.

Seine Erinnerungen kamen zurück. Er war noch am Leben. Wie konnte das sein? Und wie konnte er völlig schmerzfrei sein? Besser als schmerzfrei. Er fühlte sich so entspannt, wie er sich noch nie gefühlt hatte. Fast euphorisch.

Vielleicht lag er immer noch auf dem Boden von Vettoris Villa. Vielleicht hatten ihn die IS-Terroristen für tot gehalten und liegen lassen. Vielleicht war er aber auch zu schwer verletzt, um sich bewegen zu können, befand sich in einer Zwischenwelt zwischen Schlaf und Wachzustand, während sein Körper darum kämpfte, zu überleben.

Hätte er sich bewegen können, hätte er den Kopf geschüttelt. Zu unwahrscheinlich. Das Glück, das nötig gewesen wäre, um dieses Blutbad zu überstehen, war einfach zu groß. Gut, irgendwer musste in der Lotterie gewinnen. Aber er fühlte sich nicht wohl mit einer Theorie, die sich auf etwas so völlig Unwahrscheinliches stützte. Erst würde er alle anderen Möglichkeiten ausschließen, bevor er an so etwas glauben konnte.

Eine andere Idee: Dan Vettori war der CEO eines VR-Unternehmens. War der Terroranschlag also nichts weiter als ein Virtual-Reality-Stunt gewesen?

Kagan verwarf diese Möglichkeit, bevor sie sich in seinem Kopf überhaupt vollständig herausgebildet hatte. Unmöglich. VR war noch nicht annähernd weit genug fortgeschritten, um diesen Realitätsgrad zu erreichen, und keiner der Gäste hatte Kopfhörer oder Brille aufgehabt.

Außerdem wäre dies der dümmste, grausamste, verabscheuungswürdigste Publicity-Gag der Geschichte gewesen. Vettori würde verklagt werden – oder noch schlimmeres. Wenn man eine Überraschungsdemonstration von VR veranstalten wollte, würde man seine Gäste in eine Fantasiestadt in den Wolken entführen oder sie in die Nähe eines Wasserfalls mit vielen Schmetterlingen und bunten Blumen bringen – und nicht in das Zentrum eines Massakers.

Kagan war gerade dabei, nach anderen Erklärungen zu suchen, als er das Geräusch von Schritten hörte, das erste Anzeichen dafür, dass er mehr als nur eine körperlose Seele war. Mehrere Schritte.

»Wie ist sein Zustand?«, hörte er jemanden in der Nähe sagen.

Der Akzent und die Stimme waren unverwechselbar. Es war der Terrorist, der den Angriff angeführt hatte.

Kagan konnte sich nicht bewegen, aber ein Schauer lief ihm über den Rücken. Wenn er sich im Jenseits befand, dann machte die Anwesenheit dieser Stimme sicherlich deutlich, dass er den Himmel um ein großes Stück verfehlt hatte.

»Ich habe hier kein vollständiges Labor«, sagte eine tiefe, männliche Stimme in akzentfreiem Amerikanisch, »aber die Ergebnisse, die ich mit dem tragbaren Blutanalysegerät erhalte, sind sehr vielversprechend. Die Blutinfusion verlief sehr gut. Die Anzahl der roten und weißen Blutkörperchen ist gut. Keine Anzeichen einer Sepsis. Die Milchsäurewerte sind gut. Die Werte der C-reaktiven Proteine weisen auf keine Entzündung hin, die über das hinausgeht, was zu erwarten wäre. Ich bin zuversichtlich, dass er aus dem Gröbsten heraus ist und sich ab jetzt schnell erholen wird.«

»Wann wird er aufwachen?«, fragte der Terroristenführer.

»Die Monitore zeigen an, dass er jetzt wach und bei Bewusstsein ist. Er kann jedes Wort, das wir sagen, hören. Aber die Anästhetika und peripheren Muskelrelaxanzien, die ich ihm gegeben habe, sind noch nicht ganz abgeklungen, so dass er sich nicht bewegen kann. Wenn Sie möchten, kann ich ihm einen Antagonisten in seine Infusion injizieren, der diesen Medikamenten entgegenwirkt.«

»Ja, tun Sie das.«

Es gab eine längere Pause. »In ein oder zwei Minuten wird er sich wieder bewegen können«, sagte der Amerikaner schließlich, zweifellos nachdem er das Gegenmittel injiziert hatte.

»Danke, Doktor«, sagte der Terrorist höflich. Er wies einen neben ihm stehenden Mann an, den Arzt aus dem Zimmer zu begleiten, damit er ein privates Gespräch mit dem Gefangenen führen könne.

»Bevor ich gehe«, sagte der Arzt, »denke ich, dass wir seine Infusion und die Riemen, die seine Beine am Bett fixieren, entfernen können. Seine Knöchel sind immer noch daran angebunden, so dass er nirgendwo hingehen kann, aber zumindest wird er in der Lage sein, sich aufzurichten, wenn er will.«

»Nur zu«, sagte der Terrorist. »Vergewissern Sie sich nur, dass Sie die Infusionsnadel und den Apparat mitnehmen.«

Während der Arzt diese Aufgaben erledigte, versuchte Kagan, einen Finger zu bewegen. Was passierte? Nichts.

Weniger als eine Minute später versuchte er es jedoch erneut und stellte mit Genugtuung fest, dass er nun wieder die Kontrolle über seinen Körper hatte. Das Umkehrmittel hatte so schnell gewirkt, wie der Arzt es angegeben hatte.

Ben Kagan atmete tief durch. So gerne er sich auch weiterhin tot stellen wollte, musste er sich dieser neuen, harten Realität stellen und sich mit der Situation, in der er sich befand, vertraut machen. Ein Teil von ihm kam zu dem Schluss, dass das, was ihm bevorstand, ganz gleich was es war, besser als sein sofortiger Tod sein würde.

Ein anderer Teil von ihm war sich da aber überhaupt nicht sicher.

Er öffnete langsam die Augen und fand sich, wie erwartet, auf einem Bett im Wohnbereich eines Privathauses wieder, das in ein provisorisches Krankenhauszimmer umgewandelt worden war. Seine Beine waren mit Kabelbindern am Bett befestigt, wie der Arzt angegeben hatte, und seine Handgelenke waren mit einer 15 cm langen, mit Plastik ummantelten Kette gefesselt, damit er zwischen den Handgelenken etwas Spiel hatte.

Er trug noch immer die schwarzen Baumwollhosen, die er auf der Party getragen hatte, aber seine Kleidung oberhalb der Taille war durch ein graues Sweatshirt ersetzt worden – eines, das kein Einschussloch hatte und nicht mit seinem Blut durchtränkt war.

Ein einzelner Mann war bei ihm, der über ihn gebeugt war. Der Mann sah aus, als stamme er aus dem Nahen Osten, war aber glattrasiert, zweifellos um nicht wie ein Terrorist auszusehen und nicht aufzufallen.

»Wer sind Sie?«, fragte Kagan, seine Stimme immer noch schwach und rau.

»Ich heiße Anwar Sadiq.«

»Sie sind ein gottverdammter Schlächter«, flüsterte Kagan, Hass strömte aus jeder seiner Poren. »Sie haben sie alle umgebracht.«

»Nun, nicht alle, sonst wären Sie nicht hier. Und ich bin mir sicher, dass Allah mit Wohlgefallen auf meine Taten schaut.«

Das gab Kagan zu denken. »Haben Sie noch andere verschont?«

»Ja«, antwortete der Terrorist. »Eine weitere Person.«

»Also haben Sie einfach zwei von uns willkürlich ausgewählt? Warum das? Um uns zu foltern?«

Sadiq schüttelte den Kopf. »Wie kommen Sie darauf, dass Sie *willkürlich* ausgewählt wurden?«, erwiderte er. »Ganz im Gegenteil, Mr. Kagan.« Ein grausames Lächeln breitete sich auf dem Gesicht des Terroristen aus. »Die Wahrheit ist, *Sie* waren von Anfang an das Ziel des Anschlags. Alle anderen auf der Party starben nur, um *Ihre* Entführung zu vertuschen.«

Kagans Augen weiteten sich vor Entsetzen, aber auf seinem Gesicht formte sich noch ein anderer Ausdruck, der des Verstehens.

Sadiq nickte zufrieden. »Und ich sehe an Ihrer Reaktion, dass Sie jetzt genau wissen, warum Sie hier sind.«

6

Galle stieg in Kagans Kehle hoch. Sadiq hatte recht. Ihm war jetzt klar, worum es hier ging.

Aber so entsetzt er auch war, sah er einen Hoffnungsschimmer. Sadiq hatte gesagt, dass eine weitere Person den Angriff überlebt hätte. Er hatte das Gefühl, dass es sich dabei um Cynthia Shearer handelte – um sie als Druckmittel gegen ihn einzusetzen.

So oder so – ob die Liebe seines Lebens nun eine von Kugeln durchsiebte Leiche war, oder ob sie als Druckmittel benutzt wurde – er zwang sich, sie aus seinen Gedanken zu verbannen, um zu verhindern, dass seine Gefühle für sie ihn in ein zitterndes Nervenbündel verwandeln würden.

»Wo bin ich?«, sagte Kagan.

»Nicht allzu weit weg vom Ort des Geschehens«, antwortete Sadiq, offensichtlich zufrieden mit sich selbst. »In einem Mietobjekt, äh … in einem *Anwesen*. Versteckt vor aller Augen. Der letzte Ort, den man erwarten würde.«

Kagan wusste, dass gelegentlich Anwesen in Poway vermietet wurden, für das entsprechende Kleingeld, manchmal zehn- bis zwanzigtausend pro Monat. Eines dieser Anwesen würde Abgeschiedenheit und eine gute Privatsphäre bieten. Und Sadiq hatte recht – die Behörden erwarteten von den Terroristen, dass sie so viel Distanz zwischen sich und Poway wie möglich brachten und sich nicht dreist in der Nachbarschaft aufhalten würden, so nahe am Ort ihrer Verbrechen gegen die Menschlichkeit.

Kagans Augen verengten sich. »Wenn ich wirklich das Ziel war«, sagte er, »warum dann auf mich schießen? Mir scheint, ich habe Glück, dass ich am Leben bin.«

Sadiq knurrte wütend. »Der Mann, der auf Sie geschossen hat, war ein Idiot! Wir haben in der Vorbereitung auf diese Mission genügend holografische Bilder von Ihnen studiert, um Sie auf Anhieb erkennen zu können. Aus jedem Blickwinkel. Meine Männer hatten Anweisung, nicht in Ihre Nähe zu schießen, wenn die Möglichkeit besteht, dass Sie getroffen werden könnten. Der Mann, der auf Sie schoss, sagte, Sie seien in seine Schusslinie gelaufen. Trotzdem war dieser Fehler unentschuldbar. Er hat dafür mit seinem Leben bezahlt.«

Sadiqs Zorn war immer noch zu spüren, als er weitersprach. »Wir mussten einen Arzt aus einem örtlichen Krankenhaus entführen und einige Geräte stehlen, um Sie versorgen zu können. Das hat die Mission verkompliziert. Wir haben dadurch zwei ganze Tage verloren.«

Kagan erstickte ein Keuchen. Er war zwei Tage lang bewusstlos gewesen? Er wollte weiter darüber nachdenken, aber diesen Luxus hatte er nicht. »Weiß der Arzt, dass Sie beim IS sind?«, fragte er.

»Natürlich nicht«, antwortete Sadiq. »Ich habe die meisten meiner Männer vor ihm versteckt, und wir schnappten ihn, bevor die Nachricht von unserem Angriff auf das Vettori-Anwesen publik wurde. Wir erfanden eine ganze Geschichte, um die Dinge zu erklären. In unserer Version sind wir Undercover-Agenten, und Sie sind der Feind Amerikas. Wir haben uns ausgiebig dafür entschuldigt, dass wir ihn dienstverpflichten mussten, und wir haben ihn gut behandelt. Wir werden ihn in Kürze freilassen, nachdem er Sie zusammengeflickt hat.«

Kagan glaubte das nicht einen Moment lang. Er hätte es nicht geglaubt, selbst wenn er nicht Zeuge von Sadiqs Barbarei und seiner völligen Unbarmherzigkeit gewesen wäre. Die Tatsache, dass Sadiq dem Arzt sein Gesicht gezeigt hatte und Kagan, seinen Gefangenen, – ganz zu schweigen davon, dass er den ungefähren Ort ihres Verstecks kannte – hatte das Schicksal des Arztes längst besiegelt. Er würde bald liquidiert werden, da er nicht mehr gebraucht wurde.

Jetzt, da Kagan genau wusste, was geschah und warum, ergab sich ein perfektes Bild. Es machte in schrecklicher, entsetzlicher, vollkommener Weise Sinn. Trotzdem sagte er: »Ich verstehe immer noch nicht, warum ich Ihnen so wichtig bin.«

Sadiq lächelte einfach und schüttelte den Kopf. »Natürlich wissen Sie, warum, Mr. Kagan«, sagte er. »Aber ich verstehe, warum Sie so tun müssen, als wüssten Sie es nicht. Weshalb irgendwelche Informationen anbieten, falls ich, wie Sie als Amerikaner sagen würden, auf dem Holzweg bin? Ich werde Ihnen die Augen öffnen, damit Sie wissen, dass es keinen Grund gibt, sich weiterhin dumm zu stellen.«

Kagan blinzelte.

»Sie sind einer der Top-Wissenschaftler bei Weiser Technologies. So viel ist öffentlich bekannt. Bis vor sechs Monaten arbeiteten Sie an einem Projekt, bei dem es um die völlig autonome, fahrerlose Fahrzeugflotte von Hydro ging, die sogenannten AVs. Ich weiß inzwischen eine ganze Menge über diese AVs. Ihre Fahrzeuge, wie die aller Ihrer Konkurrenten, sind auf einen konstanten Strom von Daten angewiesen, die drahtlos an die KI geliefert werden, damit die Fahrzeuge über die Straßen gesteuert werden können. Wichtig sind der Input von im Fahrzeug eingebauten Sensoren, in die Straße eingebauten Sensoren und die Kommunikation zwischen den Fahrzeugen. Und auch Daten wie Wetter, Straßenzustand und Verkehrsmeldungen.« Sadiq hob die Augenbrauen. »Wie mache ich mich bisher?«

»Sie kennen sich also ein wenig mit AVs aus. Soll mich das beeindrucken?«

Sadiq fuhr fort, so als ob Kagan nichts gesagt hätte. »Vor sechs Monaten wurden Sie dann beauftragt, dieses System dramatisch zu verbessern. Sie sollten überlegene Algorithmen entwickeln, die es den Hydro-AIs ermöglichen würden, effizienter auf die Daten zuzugreifen und sie intelligenter zu nutzen. Wenn alle auf die gleichen Daten zugreifen können, geht das Unternehmen in Führung, das am meisten mit diesen Daten anfangen kann.«

Kagan runzelte die Stirn und schüttelte den Kopf. »All das ist öffentlich zugänglich. Norman Weiser diskutierte diese Initiative auf der letzten Jahreshauptversammlung der Aktionäre, einschließlich der Tatsache, dass ich die Leitung übernehmen würde.«

»Was er nicht erwähnte, war, dass Sie einige Monate nach der Aktionärsversammlung, während Sie an diesem Projekt arbeiteten, zu der Überzeugung kamen, dass es Fehler im System gab. Sie glaubten, dass theoretisch ein Weg gefunden werden könnte, die Sicherheitsmauern zu durchbrechen, von denen die Autoindustrie und Ihre

Regierung ständig behaupten, dass sie undurchdringlich wären. Sie haben Alarm geschlagen«, fuhr Sadiq fort, »aber niemand hat Sie ernstgenommen, da das akzeptierte Dogma besagt, dass AVs absolut sicher vor Manipulationen sind. Also überzeugten Sie Weiser, Sie eine Task Force aufstellen zu lassen, um die Schwachstelle zu finden. Um ihre Existenz zu beweisen. Und sie dann so zu reparieren, dass sie niemals benutzt werden könnte – von Leuten wie mir«, fügte der Terrorist augenzwinkernd hinzu.

Kagans Blutdruck begann bedrohlich zu steigen, und obwohl er kein Gewalttäter war, wollte er dem Araber am liebsten einen Eispickel durch sein Herz treiben. Stattdessen zwang er sein Gesicht zu scheinbarer Ruhe und schüttelte den Kopf. »Ich habe keine Ahnung, woher Sie Ihre Informationen haben«, sagte er bestimmt, »aber sie sind nur halb richtig. Ich habe versucht, eine Schwachstelle zu finden. Aber ich habe versagt. Ich bewies dadurch, dass alle Experten recht hatten, und ich hatte unrecht. Das System ist wirklich kugelsicher.«

Sadiq beobachtete seinen Gefangenen mehrere lange Sekunden lang sorgfältig. »Sie sind nicht das, was ich erwartet habe«, sagte er. »Ich dachte, Sie wären ein wehleidiger Feigling. Ein weltfremder Nerd. Stattdessen sind Sie bemerkenswert ruhig und scheinen gut auf den Beinen zu sein.«

Kagan nickte. Niemand war davon mehr überrascht als er selbst.

»Ich werde noch vorsichtiger mit Ihnen sein müssen, als ich dachte«, fuhr der Terroristenführer fort. »Aber es ist wirklich an der Zeit, diese Aktion voranzubringen. Ich weiß, dass Sie kurz davor sind, die Schwachstelle zu identifizieren, dass Sie sie eigentlich bereits gefunden haben.« Seine Augen leuchteten mit plötzlicher, heftiger Intensität. »Freuen Sie sich also«, lächelte er, »denn ich bin hier, um Ihnen zu helfen, Ihr Ziel zu erreichen.«

Kagan fluchte innerlich. Er war ein Narr gewesen. Er hatte wegen der AVs Alarm geschlagen und eine Task Force eingerichtet, um Terroristen daran zu hindern, einen unvorstellbar verheerenden Angriff auf Amerika und die westliche Welt durchzuführen. Aber anstatt einen solchen Angriff zu verhindern, hatte er den Terroristen ungewollt eine persönliche Einladung geschickt, ihn auszuführen.

Vollständig autonome Fahrzeuge waren nun seit vier Jahren auf der Straße, Fahrzeuge, die nicht nur selbst fahren konnten, sondern auch nicht anders gefahren werden konnten, da sie weder Lenkräder noch Brems- oder Gaspedal hatten. Seitdem sie perfektioniert worden waren, war ein wachsender Prozentsatz der siebzehn Millionen Fahrzeuge, die jedes Jahr in Amerika verkauft wurden, fahrerlos. Und in zehn oder zwanzig Jahren, wenn die letzten manuell betriebenen Autos verschrottet wurden, würde der Siegeszug der AVs abgeschlossen sein.

Die besten Köpfe der Welt hatten sich mit den Möglichkeiten auseinandergesetzt, wie dies die Gesellschaft verändern würde. Die meisten glaubten, der Aufstieg der AVs würde ein Transportparadies hervorbringen, ein Geschenk an die Zivilisation, das Mobilität für alle ermöglicht, auch für Blinde, Behinderte, Minderjährige und ältere Menschen – und jedem einen persönlichen, rund um die Uhr verfügbaren Chauffeur zur Verfügung stellen würde. Reisen würde kostengünstiger und weitaus sicherer werden, und jedes Jahr würden viele Tausende von Leben gerettet. Staus würden zu einer Fußnote in den Geschichtsbüchern werden, und Autoreisen würden zu einer produktiv nutzbaren Zeit werden, in der der Fahrer arbeiten oder sich entspannen konnte, anstatt sich ständig zu konzentrieren und den Blick auf die Straße richten zu müssen.

Es würden weniger Autos und weitaus weniger Parkplätze benötigt werden, da alle Autos miteinander kommunizieren und kooperativ interagieren würden, in einem großen und komplexen Ballett, wie in einer Ameisenkolonie mit Hunderten von Millionen Mitgliedern.

Doch andere hielten den Aufstieg der AVs für alarmierender. Millionen Amerikaner, die ihren Lebensunterhalt als Fahrer verdienten, würden ihren Arbeitsplatz verlieren, darunter Lastwagen- und Busfahrer, Auslieferungsfahrer, Taxifahrer und Fahrer von Lyft und Uber, um nur einige zu nennen.

Da Unfälle der Vergangenheit angehören würden, würden die halbe Million Menschen, die im Karosserie-Reparaturgeschäft tätig waren, dezimiert werden. Autoversicherungsgesellschaften würden in Konkurs gehen. Der Immobilienmarkt würde sich verändern, da längere Fahrten zum Arbeitsplatz erträglicher würden. Viele könnten einen Teil der Arbeit bereits auf dem Weg erledigen.

Zunächst war Kagan mehr als jeder andere über diese Zukunftsaussichten, insbesondere die drohende Arbeitslosigkeit, alarmiert gewesen, doch weitere Überlegungen und Studien konnten diese Bedenken zerstreuen. Im Laufe der Geschichte war schon oft vorhergesagt worden, dass die Automatisierung verheerende Auswirkungen auf die Beschäftigung der Menschen haben würde, doch diese waren nie eingetreten.

Im Jahr 1830 machten Amerikas Bauern einundsiebzig Prozent der Berufstätigen aus. Doch bis in die Gegenwart war diese Zahl auf weniger als zwei Prozent zurückgegangen. Die verbesserte Automatisierung der Farmen hatte einen größeren Prozentsatz der Arbeitskräfte betroffen, als es autonome Fahrzeuge je könnten. Dennoch hatte die Gesellschaft den Verlust dieser Arbeitsplätze in der Landwirtschaft, der sich in Chancen in anderen Sektoren verwandelt hatte, ohne weiteres verkraftet. Und es gab genügend weitere Beispiele dafür, wie die Gesellschaft flexibel auf technologische Neuerungen reagiert hatte.

Aber ein Risiko, das der Aufstieg der AVs mit sich brachte, konnte gar nicht hoch genug eingeschätzt werden – das Risiko, dass diese selbstfahrenden Autos und Lastwagen gehackt werden könnten. Terroristen hatten lange Zeit einzelne, von Menschenhand gesteuerte Autos und Lastwagen als Äquivalent zu bodengestützten Raketen benutzt, die Tonnen von Stahl in große Menschenmengen rammten, mit verheerenden Folgen und zahllosen Opfern. Und dies war in der Regel das Ergebnis der Verwendung eines einzigen Fahrzeugs.

Aber es gab jetzt mehr als zwölf Millionen fahrerlose Autos auf den Straßen. Zwölf Millionen! Das Potenzial für eine Katastrophe war nahezu unvorstellbar.

Dennoch bestanden die Experten darauf, dass die autonomen Systeme sicher waren. Sie versicherten, dass alle verwendeten AV-Kommunikationssysteme nicht gehackt werden könnten, dass es unmöglich sei, dass jemand die Kontrolle über ein einziges Fahrzeug, geschweige denn über die gesamte Fahrzeugflotte, übernehmen könnte.

Selbst wenn das Undenkbare geschähe und es jemandem gelingen würde, die Fernsteuerung der AV-Flotte zu übernehmen, müsste der Hacker immer noch die Sicherheitseinrichtungen der einzelnen Fahrzeuge außer Kraft setzen, um absichtlich Gebäude zu rammen oder in Fußgängermassen zu pflügen. Die Deaktivierung dieser Sicherheitsvorkehrungen wurde als noch unmöglicher erachtet, als sich überhaupt erst in das System zu hacken.

Doch Kagan wusste, dass das Gegenteil zutraf. Und nun wussten Anwar Sadiq und der IS es auch.

Wenn Sadiq die Kontrolle über das System hätte, könnte er jedes AV, das in Betrieb war, übernehmen und einen Algorithmus einschleusen, der die KI anwies, nach nahegelegenen Menschenansammlungen Ausschau zu halten und so viele Menschen wie möglich zu überfahren, wobei sie sich auf überfüllte Einkaufszentren, Versammlungen im Freien und andere Ansammlungen hilfloser Fußgänger konzentrieren sollte. Und im Gegensatz zum früheren Einsatz von Autos als Terrorwaffen, bei dem der Tod des Fahrers das Gemetzel schließlich beenden würde, würden die Fahrzeuge weiter nach neuen Zielen suchen, bis ihre Motoren oder ihre Elektronik außer Gefecht gesetzt würden.

»Einfach umwerfend, dass Vettori diese Party organisiert hat«, fuhr Sadiq grinsend fort. »Es war die perfekte Tarnung für uns, zum perfekten Zeitpunkt. Hätten wir länger warten müssen, hätten Sie Zeit gehabt, alle Löcher zu stopfen. Aber keine Sorge, ich sorge dafür, dass Sie alle Werkzeuge haben werden, die Sie brauchen, um den Job zu Ende zu bringen.«

Kagan wütete innerlich, blieb aber nach außen hin ruhig. »Wer auch immer Ihnen diese Insider-Informationen verkauft hat, hat Sie hereingelegt«, sagte er müde, wie ein Lehrer, der versuchte, Geduld mit einem fehlgeleiteten Schüler zu haben. »Ich bin überhaupt nicht nahe dran. Wie oft muss ich es Ihnen noch sagen? Ich habe versucht, das zu tun, was Sie sich erhoffen, aber ich bin gescheitert. Ich habe mich geirrt. Sie mögen sich wünschen, dass das nicht wahr wäre, aber es ist so.« Kagan schüttelte den Kopf. »Und selbst wenn Sie recht hätten – was Sie nicht haben. Die Behörden haben inzwischen die Überreste der Unschuldigen, die Sie abgeschlachtet haben, genauestens untersucht. Sie wissen längst, dass ich der einzige Gast auf der Party war, dessen Leiche nicht gefunden wurde. Wenn es diese mythischen Lücken im Programm gäbe, würden sie schnell erraten, warum Sie mich haben wollen, und Vorsichtsmaßnahmen ergreifen. Sind die Behörden erst einmal alarmiert, fügen sie der AV-Flotte zusätzliche Firewalls hinzu, von denen ich nichts weiß. Selbst wenn gestern ein Hack möglich war, ist er heute nicht mehr möglich. Nicht, wenn die wissen, dass Sie kommen.«

Sadiq schüttelte verächtlich den Kopf. »Glauben Sie, Sie sind der Einzige, der klug genug ist, das zu erkennen?«, sagte er. »Halten Sie uns für dumm? Wir wussten, dass es nicht ausreichen würde, Sie einfach nur zu entführen. Wir mussten es so machen, dass niemand jemals den Verdacht hegen würde, dass Sie das Ziel sind – oder gar noch leben. Zuerst stellten wir also sicher, dass Ihre Behörden wussten, dass Sie dort waren, indem wir von allen Gästen Filmaufnahmen machten und diese zurückließen. Wir ließen auch alle Mobiltelefone zurück, Ihres eingeschlossen, damit sie sie finden konnten.«

Er beugte sich bedrohlich vor und hob die Augenbrauen. »Dann haben wir alle Leichen durch leistungsstarke Häcksler laufen lassen – um sicher zu sein, dass es keine Überreste von irgendjemandem zu identifizieren geben würde, sondern nur blutige Soße, gut durchgerührt.«

Kagan sah aus, als hätte man ihm in den Bauch geschlagen.

»Ja, Sie haben richtig gehört, Mr. Kagan«, grinste der Terrorist, hocherfreut angesichts dieser Reaktion, »niemand wird ahnen, dass Sie noch am Leben sind und nicht Teil dieses blutigen Schlamassels, das wir hinterlassen haben. Amerikas AV-Flotte wird nicht geschützt werden. Niemand wird nach Ihnen suchen. Und ohne Ihre Fähigkeiten hat Ihr Projektteam bei Hydro keine Chance auf Erfolg.«

Sadiq nahm sich einige Augenblicke Zeit, um sich am entsetzten Gesichtsausdruck seines Gefangenen zu weiden. »Was ist los, Mr. Kagan?«, spottete er. »Sie sehen gar nicht gut aus. Sie können so lange wie Sie wollen behaupten, dass Sie nicht dabei waren, die Sicherheitslücken zu finden – aber Ihr Gesichtsausdruck sagt etwas anderes. Nicht, dass es mir etwas ausmacht, wenn Sie weiter die Wahrheit zu leugnen. Ich werde bekommen, was ich will.« Er lächelte eisig. »Wollen Sie wissen, wie?«

Kagans Lippe kräuselte sich in völliger Verachtung und Hass. »Sie können mich zu Tode foltern«, zischte er. »Machen Sie, was Sie wollen. Aber Sie müssen wissen, dass ich Ihnen nie helfen werde.«

»So vorhersehbar«, sagte Sadiq kopfschüttelnd. »Dachten Sie schon wieder, wir wüssten nicht, dass Sie so reagieren würden? Dachten Sie, wir hätten nichts zu bieten als billige Drohungen?«

Er lehnte sich näher zu seinem Gefangenen. »Es gibt zwei Möglichkeiten, wie wir das hier spielen können«, fuhr er fort. »Erstens, Sie können uns freiwillig helfen. Warum sollten Sie das tun? Weil viel mehr als nur Ihr eigenes Leben auf dem Spiel steht. Ihre Freundin ist im Nebenraum. Wenn Sie sich weigern, uns zu helfen, werden wir ihr vor Ihren Augen weh tun. Erst die Ohren und die Nase abschneiden, dann nacheinander die Augen ausstechen. Als nächstes sehen wir, wie viele kleine Schnitte sie überleben kann. Sie sehen ihr beim Leiden zu, hören ihr Flehen, hören ihre Schreie, die ganze Zeit«.

Kagan explodierte und brüllte seinen Hass und seinen Schmerz und seine Hilflosigkeit heraus, wobei die Gefühle, die er unterdrückt hatte, wie eine Eruption an die Oberfläche drangen. Sadiq wartete geduldig, bis das Schreien und Fluchen seines Gefangenen nachließ, sichtlich erfreut, dass er einen so empfindlichen Nerv getroffen hatte.

Als Kagan sich heiser geschrien hatte und verstummt war, aktivierte der Terrorist ein Gerät, und neben ihnen im Raum erschien eine Reihe von holografischen Bildern, die rasch durcheinander wirbelten. Bilder von Kagans Großfamilie. Seine zwei Schwestern, sein Bruder und ihre sieben Kinder. Seine Eltern. Seine Tanten, Onkels, Cousins und Cousinen. Seine Freunde. Sie waren alle da. Es waren Bilder aus dem Alltag, ein klarer Beweis dafür, dass Sadiq oder jemand, den er kontrollierte, unbemerkt in ihrer Nähe gewesen war und sie jederzeit in seine Gewalt bringen konnte.

»Wenn Sie sich weiter weigern zu kooperieren, nachdem Ihre

Freundin bei lebendigem Leib zu Hackfleisch verarbeitet wurde, dann verlieren Sie Ihre Freunde und Ihre Familie, einen nach dem anderen. Angefangen mit der kleinen, zwei Jahre alten Heather.«

Kagan kamen Tränen in die Augen, als er das holografische Bild betrachtete. Trotzdem hatte er keine andere Wahl. Er sammelte sich und schüttelte den Kopf. »Tun Sie, was Sie tun müssen«, flüsterte er müde. »Ich werde Ihnen nicht helfen.«

Er schämte sich, es zuzugeben, aber wenn tausend Fremde geopfert werden müssten, um Cynthia und seine Familie zu retten, hätte er es vielleicht in Betracht gezogen. Vielleicht sogar fünftausend. Aber Sadiq hatte die Rechnung zu einseitig gemacht. Wenn Kagan tat, was dieses Monster wollte, könnten Millionen sterben. Das würde er nicht zulassen, egal welche Folterungen er erdulden musste, und selbst auf Kosten der Abschlachtung aller, die er je geliebt hatte.

Sadiq lächelte einfach. »Ich habe vorausgesagt, dass Sie nicht kooperieren würden. Bis jetzt noch nicht. Ich glaube immer noch, dass Sie Ihre Meinung ändern würden, sobald die Folterungen und Morde begännen, aber lassen Sie uns das für einen Moment zurückstellen. Haben Sie jemals von einer Droge gehört, die englischsprachige Menschen EasyZom nennen?«

Kagan schaffte es, den Kopf zu schütteln. Nein.

Sadiq legte einen kleinen Tablet-Computer in eine von Kagans Händen. »Googeln Sie mal danach«, sagte er. »Ich werde warten.«

Kagan tat, was er verlangte. Die Handschellen gaben ihm gerade genug Platz zwischen seinen Händen, um das Gerät normal bedienen zu können. Und gerade als er dachte, dass ihn nichts mehr erschrecken könnte, mehr als das, womit er bereits konfrontiert worden war, erfuhr er schnell das Gegenteil.

Das *Zom* in EasyZom stand für Zombie. Das Medikament war erst im Jahr zuvor im Iran entwickelt worden und war eine Variante des Medikaments Scopolamin. Injektionen führten dazu, dass der Betroffene seinen freien Willen völlig verlor, dass er oder sie weit offen war für Manipulationen, dass er oder sie Befehle ohne Zweifel befolgen würde. Unter dem Einfluss dieser Droge gab ein Mensch Passwörter heraus, raubte sein eigenes Haus aus, tötete seine eigene Familie oder tat, was ihm sonst befohlen wurde – der Mensch wurde zur Marionette.

Glücklicherweise war die Droge recht schwierig herzustellen, und selbst die Herstellung kleinster Menge war kostspielig und zeitaufwändig.

Nach einigen Minuten nahm Sadiq den kleinen Computer aus seinen gefesselten Händen. »Lassen Sie mich Ihnen einen zusätzlichen Anreiz geben«, sagte er. »Sie helfen mir aus freien Stücken, und ich werde Sie gut behandeln«, sagte er. »Ich schwöre bei Allah, Sie unverletzt freizulassen, wenn Sie fertig sind. Cynthia auch. Und kein Mitglied Ihrer Familie wird zu Schaden kommen.«

Er schüttelte grimmig den Kopf. »Weigern Sie sich dagegen, mir zu helfen, dann werde ich Sie jeden Tag mit EasyZom aufputschen lassen, bis Sie Erfolg haben. Sie werden absolut gefügig werden und sich mit Leib und Seele dafür einsetzen, mir zu helfen. Natürlich werde ich Cynthia vor Ihren Augen foltern und töten – oder nein: Sie selbst werden das tun, voller Hingabe und ohne jede Skrupel. Ich werde Ihre Angehörigen vorerst verschonen, bis Sie Erfolg haben – sonst machen sich die Behörden zu viele Gedanken darüber, weshalb genau Ihre Verwandten und Bekannten der Reihen sterben. Aber ich verspreche Ihnen, dass sie alle auf schreckliche Weise umkommen werden, wenn wir fertig sind. So oder so, ich werde bekommen, was ich will.«

»Warum dann nicht gleich die Droge einsetzen?«, sagte Kagan. »Warum versuchen Sie überhaupt, mich dazu zu zwingen, ohne das Medikament für Sie zu arbeiten?«

Sadiq hielt inne, als überlegte er, ob er antworten sollte. Schließlich zuckte er die Achseln. »Ich habe Ihnen nicht viel Zeit gegeben, sich über das Medikament zu informieren«, sagte er, »aber ich kann Ihnen sagen, dass es schwer herzustellen und teuer ist. Wir haben bereits genug investiert, um diese Operation durchzuführen. Ich würde es deshalb vorziehen, die Droge aufzuheben und anderweitig einzusetzen. Außerdem stumpft das Medikament den Intellekt ab – wenn auch nur ein kleines bisschen. Der Effekt ist kaum wahrnehmbar. Und Sie haben mehr als genug Talent, um das zu finden, was ich suche, selbst bei 98-prozentiger Leistungsfähigkeit. Aber warum nicht auf 100 % setzen? Warum nicht so schnell wie möglich zum Ziel kommen?«

Er zuckte die Achseln. »Es ist also Ihre Entscheidung. Kooperieren Sie und geben Sie mir, was ich will. Oder kooperieren Sie nicht – und tun Sie dasselbe. Das Ergebnis ist für mich das gleiche – nur für Ihre Freunde und Familie macht es einen gewissen Unterschied. Und für Sie selbst natürlich auch.«

Mehrere lange Augenblicke lang herrschte Stille.

»Okay«, flüsterte Kagan resignierend, und sein Tonfall war der einer völligen Niederlage. »Sie haben gewonnen. Da Sie so oder so bekommen, was Sie wollen, werde ich Ihnen helfen. Aber weder Cynthia noch meine Familie bekommen auch nur einen einzigen blauen Fleck.«

»Möge Allah mich strafen, wenn ich lüge«, sagte der Terrorist. Ein wissendes Lächeln begann sich auf seinem Gesicht auszubreiten. »Und wo wir gerade von Lügen sprechen«, fügte er hinzu. »Sie haben zu bereitwillig zugestimmt. Ihnen ist klar, dass ich nicht vorhabe, Ihnen einfach zu glauben, dass Sie kooperieren werden. Ich habe vor, Ihnen in regelmäßigen Abständen eine Dosis EasyZom zu verabreichen, nur um sicherzugehen, dass Sie in gutem Glauben arbeiten. Wenn es Sie in eine Marionette verwandeln kann, kann es Sie dazu veranlassen, die Wahrheit zu sagen – den perfekten Lügendetektortest. Wenn Sie sich also nur bereit erklärt haben, zu kooperieren, um Zeit zu gewinnen oder ihre Flucht vorzubereiten – das wird nicht funktionieren. Oder wenn Sie glauben, Sie könnten den Prozess sabotieren und die Lücke in der AV-Logik schließen, sobald Sie sie finden – denken Sie besser noch einmal darüber nach«.

Kagans Augen leuchteten wieder einmal vor Hass. Sadiq hatte seine List nur allzu leicht durchschaut.

»Und Sie kommen auch nicht durch Selbstmord aus dieser Sache heraus. Wir werden ständig auf der Hut sein. Warum glauben Sie, dass Sie so gut festgezurrt sind? Alle scharfen Gegenstände wurden aus diesem Raum entfernt. Keine Schnur, keine Kette und kein Klebeband, mit denen Sie sich erhängen könnten. Ihre Handfessel ist mit glattem Plastik ummantelt und zu kurz, um sich damit zu erdrosseln. Sich selbst zu töten ist nicht so einfach, wie Sie vielleicht denken. Versuchen Sie, den Atem anzuhalten oder sich zu würgen, und Sie werden ohnmächtig, lange bevor Sie sterben.«

Kagan nickte müde. »Sie haben recht«, sagte er. »Als ich zusagte, zu kooperieren, habe ich geblufft. Ich habe auf Zeit gespielt. Jetzt, da es klar ist, dass Sie mich durchschaut haben, lassen Sie mich Ihren Vorschlag ernsthaft in Erwägung ziehen. Geben Sie mir eine Stunde Bedenkzeit.«

»Sie haben eine Viertelstunde«, sagte Sadiq entschieden.

7

Ben Kagan zerrte an seinen Fesseln, als Sadiq den Raum verließ, aber wie erwartet war es hoffnungslos, sich daraus zu befreien. Er nahm eine sorgfältige Bestandsaufnahme seiner Umgebung vor, aber getreu Sadiqs Wort war nichts in Reichweite, oder auch nur in Sicht, das er als Waffe oder als Instrument für einen Selbstmord benutzen konnte.

Wenn er sich hätte umbringen können, hätte er es jetzt getan. Er befand sich im letzten Kreis der Hölle. Keine biblische Beschreibung konnte seiner misslichen Lage gerecht werden. Der Tod wäre ein Segen, ein gnädiger Ausweg.

Dennoch war sein Geist weiterhin unnatürlich ruhig, selbst unter diesen Umständen.

Er überprüfte seine Hosentaschen, seine Finger reichten gerade weit genug, um sie trotz der Handschellen gründlich zu untersuchen. Zusammen mit seiner Brieftasche hatten sie ihm die Schlüssel abgenommen. Wahrscheinlich weil sie dachten, dass einer von ihnen scharfkantig genug sein könnte, um eine Vene zu öffnen. Sie hatten ihm nur einen verirrten Zwanzig-Dollar-Schein in seiner linken Tasche und zwei kleine Cocktailservietten in seiner rechten Tasche gelassen. Die Servietten waren eine schmerzhafte Erinnerung an den Moment, in dem der Angriff begonnen hatte und sein Leben zu einem Alptraum geworden war.

Sein Gürtel war abgenommen worden, ebenso wie seine Schuhe und Socken. Er ahnte, dass man ihm die Socken abgenommen hatte, damit er nicht versuchen würde, sie sich in den Hals zu stopfen, um sich selbst zu ersticken.

Sein Verstand setzte die ruhige, aber rasche Einschätzung seiner misslichen Lage fort. *Es muss doch einen Ausweg geben!*, sagte er sich. Er konnte sich nicht erlauben, etwas anderes zu glauben, sonst wäre alle Hoffnung verloren.

Er überlegte noch einmal, womit er arbeiten konnte, aber es war vielleicht die kürzeste Liste von Gegenständen, die jemals für die Rettung der Menschheit zur Verfügung gestanden hatte.

Plötzlich sog er scharf die Luft ein. Die Andeutung einer Idee war ihm in den Sinn gekommen.

Seine Augen weiteten sich, als er diese Idee weiterentwickelte, und ein Schauer lief ihm über den Rücken, als er erkannte, dass es funktionieren *könnte*.

Vielleicht hatte er ja doch alles, was er brauchte …

Er ließ sich den Plan immer wieder durch den Kopf gehen und machte jedes Mal kleinere Anpassungen und Verfeinerungen. Es war in der Tat ein Akt der Verzweiflung, und die Erfolgsaussichten waren unmöglich zu berechnen. Doch wenn sie über Null lagen, war es einen Versuch wert, egal was es kostete.

Er brachte sich in eine sitzende Position an der Bettkante und traf Vorbereitungen, um seinen Plan auszuführen. Nach einer letzten Kontrolle, um sicherzugehen, dass Sadiq nicht zurückkehrte, holte er mehrere tiefe Atemzüge und schob sich dann den Zeigefinger in das rechte Nasenloch. Er bohrte und kratzte darin herum wie ein Berserker – und ignorierte den Schmerz, bis er mit einem Schwall Blut belohnt wurde, der sofort wie ein dünner Wasserstrahl auf das Bettlaken tropfte.

Als Junge hatte er mehr als einmal unter Nasenbluten gelitten und die dünnen, empfindlichen Adern verflucht, die ihm solche Peinlichkeiten bereiteten. Aber heute nicht mehr. Heute waren diese dünnen Blutgefäße genau das, was er brauchte.

Weniger als zwei Minuten später richtete er sich an der Seite des Bettes zur vollen Größe auf, wobei seine Fesseln ihm nicht erlaubten, mehr als dreißig Zentimeter von der Bettbasis entfernt zu stehen. Er benutzte seine linke Hand, um Blut über sein ganzes Gesicht zu schmieren, so dass seine Situation deutlich schlimmer aussah als das Ergebnis eines harmlosen Nasenblutens.

»Sadiq!«, schrie er alarmiert auf. »Holt den Arzt! Ich brauche Hilfe!«

Er schraubte seine Stimme noch höher und wiederholte diese Worte schreiend und jammernd.

Augenblicke später stürzte der Terroristenführer durch die Tür, den Arzt im Schlepptau.

»Um Gottes willen!«, schrie Kagan panisch, als der Arzt sich ihm näherte, um ihn zu untersuchen. »Meine Augen und meine Nase bluten!«.

Als der Mann weit über ihn gebeugt war, streckte Kagan die gefesselten Hände aus, packte ihn am Hemdkragen und riss ihn mit auf das Bett herab – und das alles in einer fließenden Bewegung. In dem Moment, in dem der Arzt praktisch auf ihm lag, wälzte sich Kagan herum und begann, ihn zu verprügeln, so gut er das in seinem gefesselten Zustand konnte. Seine Hände flogen über den Körper des Arztes und landeten in der Körpermitte, wo er auf seine empfindliche Leistengegend eindrosch und die ganze Zeit schrie und fluchte.

Kagan hatte sich in einen Berserker verwandelt, seine Hände waren wie in einem Bewegungsrausch. »Du dummer Bastard!«, donnerte er, schäumend vor Wut. »Du hättest mich sterben lassen sollen! Weißt du, was du getan hast?«

Sadiq war anfangs fassungslos, aber dann begann er die Lage zu überblicken. Kagans Gesicht war blutverschmiert, und es schien, als wolle er sich durch Blutverlust und Überanstrengung umbringen oder den Arzt provozieren, ihn zu töten.

Der Terrorist rief nach zweien seiner Männer, die wenige Augenblicke später in den Raum stürzten. Er gab schnelle Befehle, und die drei begannen, ihren verrückten Gefangenen von dem Arzt wegzuzerren. Während sie dies taten, zuckte Kagan herum, um sich ihnen zuzuwenden, und griff nach Sadiqs Waffe, die immer noch in dessen Halfter steckte. Gerade als Kagans Finger die Pistole berührten, schlug Sadiq die Hand weg. Jetzt bekam er schnell die gefesselten Handgelenke des Gefangenen in den Griff und beendete seinen erbärmlichen Versuch, den Spieß umzudrehen.

Sekunden später wurden Kagan und der Arzt getrennt, und der Arzt wurde aus dem Raum gebracht. Der Mann war verunsichert und etwas angeschlagen, aber aufgrund der Einschränkungen, die Kagan durch seine Fesseln auferlegt waren, war er weitgehend unverletzt geblieben.

Tränen der Wut und Trauer begannen über Kagans Gesicht zu fließen und verdünnten das Blut, das immer noch aus der Nase tropfte. Ein Strom von Tränen, die die Schrecken widerspiegelten, die er auf Vettoris Party erlebt hatte, die Angst, Cynthia und seine Familie zu verlieren, und die Aussicht, zum Instrument des schlimmsten Terroranschlags in der Geschichte der Menschheit gemacht zu werden.

Sadiq hielt Kagan auf dem Bett fixiert und befahl seinen Männern, das Gesicht des Gefangenen zu säubern. Bald wurde klar, dass Kagan nur an einem einfachen, harmlosen Nasenbluten litt, der durch ein in sein rechtes Nasenloch gestecktes Stück Mullbinde rasch gestoppt werden konnte.

Als Kagans Tränen nachließen, schrie er Flüche und Drohungen, bis seine Kehle heiser war. Aber auch das hörte irgendwann auf.

Schließlich fand er sich wieder Sadiq gegenüber. Seine Augen standen in Flammen und sein Gesicht zeigte nichts als reinen, destillierten Hass. »Okay, du Monster«, zischte er. »Ich werde dir helfen, auch ohne die Zombie-Droge. Aber du wirst für deine Gräueltaten auf ewig in der Hölle schmoren!«

»Das müssen wir wohl abwarten«, sagte Sadiq ruhig. »In der Zwischenzeit jedoch«, fügte er mit einem selbstzufriedenen Lächeln hinzu, »willkommen im Team.«

Teil 2

Drei Jahre später

8

Die KI, die das US-Militär mit dem Codenamen *Watchdog* versehen hatte, war in einem Supercomputer in einem Bunker tief im felsigen Untergrund des Staates Colorado untergebracht, aber ihr Beobachtungsbereich war nahezu unendlich. Sie konnte problemlos siebenundzwanzig *Trillionen* Berechnungen pro Sekunde durchführen. In der Regel nutzte die KI ihre unfassbare Rechenleistung, um festzustellen, dass es nichts festzustellen gab.

Doch wenn eine nicht empfindungsfähige KI eine Überraschung erleben konnte, dann tat sie es jetzt.

Watchdog war sehr gut im Berechnen von Wahrscheinlichkeiten, aber die Wahrscheinlichkeit, dass das Phänomen, das die KI gerade entdeckt hatte, zufälliger Natur war, war so nahe bei Null, wie es nur irgend möglich war.

Sie überprüfte und überprüfte ihre Ergebnisse innerhalb von Sekundenbruchteilen mehrere tausend Male und griff dabei auf zusätzliche Datenmengen zurück, mit denen man Millionen von Desktop-Computern, Laptops, Tablets und Smartphones auf Jahre hinaus in Rechenarbeit hätte ersticken können. Aber es half nichts – das Ergebnis blieb immer das gleiche.

Um dieses besondere, ungewöhnliche Phänomen zu verifizieren, musste die Unsicherheit jedoch noch weiter eingeschränkt werden. Also setzte die KI ihre Überwachung beinahe weitere zehn Sekunden lang fort – eine Ewigkeit – bevor sie endlich entschied, dass sie genug geprüft hatte.

Nun war es an der Zeit, den Verteidigungsminister zu kontaktieren, wie es das Protokoll vorschrieb.

Die Aufgabe von Watchdog bestand nämlich darin, Daten von Teleskopen auf der ganzen Welt und im Weltraum zu sammeln, mit oder ohne Wissen derer, die sie betrieben. Es handelte sich um Teleskope, die sichtbares Licht, Gammastrahlen, das ultraviolette Spektrum, Röntgenstrahlen, Mikrowellen, Gravitationswellen und Radiowellen maßen.

Die Daten, die jeden Tag von einem einzigen Weltraumteleskop erzeugt wurden, konnten, obwohl sie nur einen kleinen Teil des Kosmos abbildeten, einen menschlichen Astronomen jahrhundertelang beschäftigen. Daher konnte nur eine supercomputergestützte KI wie Watchdog aus den Daten der vielen tausend von ihr überwachten Teleskope in Echtzeit Erkenntnisse gewinnen.

Watchdog war die größte Hoffnung der Menschheit, bedrohliche Objekte zu identifizieren, die möglicherweise mit der Erde kollidieren würden. Es ging um die Art von Objekten, die die Dinosaurier ausgelöscht hatten, eine Gruppe der Landwirbeltiere, die etwa einhundertfünfundsechzig Millionen Jahre lang die Kontinente beherrscht hatte. Also etwas mehr als achthundertmal länger, als es der hochmütige Homo sapiens es bis dahin geschafft hatte.

Offiziell war das Planetary Defense Coordination Office der NASA für die Erkennung von erdnahen Objekten (NEOs) zuständig. Das Jet Propulsion Laboratory der Weltraumbehörde unterhielt ein Zentrum für NEO-Studien, das hochpräzise Umlaufbahnen für alle im Weltraum entdeckten Objekte berechnete, um Annäherungen an die Erde vorherzusagen. Mithilfe seines Einschlagüberwachungssystems *Sentry* führte das Zentrum Langzeitanalysen möglicher künftiger Umlaufbahnen gefährlicher Asteroiden durch und suchte nach potenziellen Bedrohungen hunderte von Jahren in der Zukunft.

Watchdog begann seine Analysen in der Regel, indem es sich in das Programm des JPL einklinkte und dessen Ergebnisse stahl, bevor es sie mit seinen eigenen kombinierte. Und im Gegensatz zu Sentry schreckte Watchdog nicht davor zurück, illegal ähnliche Programme auf der ganzen Welt anzuzapfen. Diese militärische Version von Sentry war außerdem ausgeklügelter und nutzte Fortschritte in der Computertechnik, die aus gut finanzierten Militärlabors stammten und nicht mit der Öffentlichkeit geteilt wurden.

Doch bevor Watchdog seine Ergebnisse dem Verteidigungsminister, Admiral Chris Headrick, mitteilte, musste das Programm eine letzte Aufgabe erfüllen. Die KI musste bestimmte Datensätze aus dem Speicher der Sentry löschen. Diese KI war langsam und tapsig, aber nach weiteren 1,4 Sekunden hätte selbst dieses inkompetente System das herausfinden können, was Watchdog so überrascht hatte. Und Sentry war so programmiert worden, dass sie ein wahres Plappermaul war und interessante Ergebnisse jedem übermittelte, der auch nur ansatzweise zum Zuhören bereit war.

Watchdog beendete die Löschung der Daten und rief schließlich – fast zwölf volle Sekunden, nachdem die KI die Anomalie entdeckt hatte – über eine sichere Leitung den Verteidigungsminister an. Es war an der Zeit, ihn endlich auf diese Entdeckung aufmerksam zu machen.

9

Präsident David Moro kam als Letzter im Konferenzraum des Weißen Hauses an und sah gestresst aus. Dies war die erste Notfallsitzung, die sein Verteidigungsminister, Admiral a. D. Chris Headrick, jemals einberufen hatte, und er machte sich auf das Schlimmste gefasst.

Er schaute sich am Tisch um und sah, dass nur fünf weitere Teilnehmer anwesend waren – eine überraschend kleine Gruppe für eine Krisensitzung, die von dem Mann einberufen wurde, der alle amerikanischen Streitkräfte auf der ganzen Welt befehligte. Neben Headrick war auch Jesse Carter, Leiter der Homeland Security, anwesend, zusammen mit einer Frau, die er ein Jahr zuvor nur kurz kennengelernt hatte, Stephanie Annise, die Leiterin der NASA.

Die Leiterin der NASA? Er hatte vielleicht den Vorsitzenden des Generalstabs erwartet, aber nicht die Leiterin der NASA.

Der Präsident erkannte die beiden anderen Anwesenden nicht einmal, was angesichts der Art dieses Treffens beunruhigend war.

»Danke, dass Sie so kurzfristig kommen konnten, Mr. President«, begann Admiral Headrick, als Moro Platz genommen hatte. Er wies zu den beiden Frauen im Raum, die Moro noch nie gesehen hatte. »Erlauben Sie mir, Ihnen die NASA-Beauftragte für Planetenschutz, Dr. Kim Buckner, vorzustellen«, sagte er und nickte in Richtung einer zierlichen Brünetten. »… und die Kommandeurin des Alien-Abwehr-Geschwaders 527, Air Force Colonel Mary Bredlau«, ergänzte er dann und deutete auf eine Frau in den Vierzigern mit stahlgrauen Augen.

Das Blut wich aus Moros Gesicht. War das ein schlechter Scherz? *Schutz des Planeten? Alien-Abwehr-Geschwader?* Wollte man ihm sagen, dass sie von marodierenden Außerirdischen angegriffen wurden? Er hatte kein Interesse daran, der Star einer Realverfilmung des Films *Independence Day* zu werden.

Der Herzschlag des Präsidenten beruhigte sich, als ihm klar wurde, dass das Militär bei einem solchen Treffen viel umfassender vertreten sein würde, wenn ein Angriff tatsächlich in Kürze zu erwarten war. Er nickte den beiden Frauen, die gerade vorgestellt worden waren, oberflächlich zu.

»Ich werde gleich zur Sache kommen, Sir«, fuhr der Verteidigungsminister fort. »Vor etwas mehr als drei Stunden entdeckte Watchdog, die geheime militärische Version von NASAs Sentry, ein kleines Objekt – grob gesagt etwas kleiner als ein Fußball – knapp jenseits der Umlaufbahn des Mars. Ein Objekt, das sich sehr nahe an der Lichtgeschwindigkeit bewegt. Die Entdeckung eines so kleinen, so weit entfernten Objekts, das sich mit dieser Geschwindigkeit fortbewegt, ist an sich eine beeindruckende Leistung. Ich werde jetzt nicht auf die wissenschaftlichen Details eingehen, wie dies gelungen ist. Es genügt zu sagen, dass es ohne eine ständig wachsende Anzahl von Teleskopen, die den Himmel untersuchen, und eine hochentwickelte KI, die in der Lage ist, das alles zu verstehen, unmöglich gewesen wäre. Ein menschlicher Himmelsbeobachter hätte es völlig übersehen, denn kein astronomisches Objekt dieser Größe würde sich so schnell bewegen.«

»Was soll das heißen?«, fragte der Präsident. »Dass es kein Himmelskörper ist?«

»Zu diesem Schluss sind wir gekommen, allerdings«, sagte Headrick.

Diese erschreckende Aussage hing für einige lange Sekunden in der Luft.

»Was wollen Sie also damit sagen?«, fragte Moro. »Dass dieses Ding ein außerirdisches Raumschiff ist? So groß wie ein Fußball?«

»Ich fürchte, das ist genau das, was ich sage, Herr Präsident. Daran kann es kaum Zweifel geben.«

Moro schluckte schwer. »Ist es nicht möglich, dass es astronomische Prozesse gibt, von denen wir nichts wissen, die ein natürliches Objekt auf diese Geschwindigkeit beschleunigen können?«

»Eine berechtigte Frage, Sir«, sagte Stephanie Annise, die Leiterin der NASA. »Es ist wahr, dass wir jedes Jahr Dinge lernen, die unsere Wahrnehmung dessen, was im Kosmos möglich ist, verändern …«

»Watchdog hat diese Möglichkeit zunächst auch in Betracht gezogen«, sagte Admiral Headrick. »Aber fünf Sekunden nach der Entdeckung des Objekts nahm es eine Kurskorrektur vor und begann dann zu verlangsamen.«

»Ein klarer Beleg dafür, dass es sich nicht um ein natürliches Phänomen handelt«, sagte Kim Buckner, die offenbar so etwas wie eine Planetarische Schutzbeauftragte war, eine Position, von der der Präsident nicht einmal wusste, dass es sie gab.

Moro nickte, schließlich hatte er auch *Independence Day* gesehen. »Es ist also ein außerirdisches Raumschiff«, sagte er, fast zu sich selbst. »Aber sicher ist es nicht bemannt. Nicht, dass *bemannt* die richtige Bezeichnung wäre …«

Stephanie Annise schüttelte den Kopf. »Sie haben recht, Mr. President«, sagte sie. »Es ist sehr wahrscheinlich, dass es sich um ein unbemanntes … *unbesetztes*«, korrigierte sie sich, »Gefährt handelt. Obwohl alles möglich ist. Es könnte ein Raumschiff sein, das von intelligenten Wesen von der Größe von Flöhen gebaut wurde, die ein Schiff dieser Größe recht geräumig finden würden. Aber wir bezweifeln es. Intelligenz auf Grundlage chemischer Prozesse braucht eigentlich etwas mehr Platz. Deshalb denke ich, dass wir es mit Recht eine außerirdische *Sonde* nennen können.«

Moro zuckte fast unmerklich zusammen. »Warum denke ich bei den Worten ‚außerirdische Sonde' eher an die Erforschung menschlicher Körperöffnungen als an die Erforschung des Weltraums?«

Die Leiterin der NASA lächelte. »Ich fürchte, wir haben keinen besseren Begriff für diese Art von Objekt. Kürzer als *robotisches Forschungs-Raumschiff*. Davon haben wir selbst eine ganze Reihe gestartet, wie Sie ja wissen«, fügte sie hinzu. »Pioneer, Mariner, Cassini und Voyager, um nur ein paar zu nennen.«

Moro nickte. »Und diese außerirdische … *Sonde* hat die Richtung geändert?« Er atmete tief durch. »OK, lassen Sie mich raten«, fügte er hinzu, »Watchdog meldet, dass sie auf die Erde zusteuert.«

Headrick nickte.

»Wann wird die Ankunft sein?«, fragte der Präsident.

»Das war bereits vor fast drei Stunden, Sir«, antwortete Headrick grimmig.

»Vor drei Stunden!«, wiederholte Moro ungläubig. »Sagten Sie nicht, dass sie zu diesem Zeitpunkt entdeckt wurde? Jenseits der Umlaufbahn des Mars? Ich dachte, unsere Jungs brauchen bis zum Mars mehrere *Monate.*«

»Schon richtig, Mr. President«, bestätigte der Leiter der NASA. »Das Objekt wurde vor drei Stunden entdeckt. Aber es kam auch vor drei Stunden hier an. Es hat die Erde nur Minuten nach seiner Entdeckung erreicht. Die Lichtgeschwindigkeit ist gering, wenn es um interstellare Entfernungen geht, aber innerhalb eines Sonnensystems ist sie sehr schnell. Das Licht braucht nur etwas mehr als acht Minuten, um von der Sonne zu uns zu gelangen. Bei Lichtgeschwindigkeit ist die Marsumlaufbahn nur zwei bis drei Minuten entfernt.«

»Als die Sonde sich uns bis auf vier Millionen Kilometer genähert hatte«, fügte Oberst Bredlau hinzu, »erfuhr sie eine spektakuläre Abbremsung, die physikalisch eigentlich nicht möglich sein sollte. Zumindest würde die Energie einer Saturn-Rakete nicht ausreichen, um so stark zu bremsen.« »Wo ist der Fußball gelandet?«, fragte der Präsident.

»Jetzt wird es etwas knifflig, Sir«, sagte Oberst Bredlau. »Die Sonde war noch mit irrsinniger Geschwindigkeit unterwegs, als sie in unsere Atmosphäre eintrat. Es ist einfacher, Objekte zu verfolgen, die so schnell fliegen, wenn sie weit weg und im Weltraum sind. Schwieriger ist es, ihre Landung auf der Erde zu verfolgen, vor allem, wenn sie so klein sind. Wir gehen davon aus, dass die Alien-Sonde irgendwo im Herzen des Amazonas-Dschungels gelandet ist.«

Moro schüttelte ungläubig den Kopf. »Haben Sie *Amazonas-Dschungel* gesagt?«

»Ich fürchte ja, Mr. President«, erwiderte Bredlau, als fiele es ihr selbst schwer, das alles zu glauben. »Wir haben ihren Standort eingegrenzt, aber das war das Beste, was wir tun konnten. Wir waren nur in der Lage, die Sonde zu verfolgen, weil sie eine Energiesignatur hat, wie wir sie noch nie gesehen haben. Aber als das Objekt landete, verschwand die Energiesignatur, so dass wir es nicht genauer orten konnten. Wir haben die Koordinaten seiner wahrscheinlichsten Position genommen und diese als Mittelpunkt eines Kreises mit einem Radius von neun Meilen festgelegt. Wir sind zuversichtlich, dass die Sonde innerhalb dieses Umkreises gefunden werden kann.«

»Warum neun Meilen?«, fragte Moro.

Bredlau seufzte. »Ich fürchte, das ist sehr technisch, Herr Präsident. Aber bitte vertrauen Sie uns, es gibt gute Gründe für diese Annahme.«

»Aber das Objekt ist höchstwahrscheinlich im Zentrum?« Oberst Bredlau nickte kurz. »Ja, aber das bedeutet eigentlich nicht viel, denn dieser Ort ist nur unwesentlich wahrscheinlicher als jeder andere Ort innerhalb des Kreises. Wenn Sie zwei Würfel werfen, ist es wahrscheinlicher, eine Sieben zu würfeln als irgendeine andere Zahl. Trotzdem würfelt man in der Mehrzahl der Fälle etwas anderes.«

Moro überlegte. »Ich verstehe. Aber zumindest haben wir die Position schon deutlich eingegrenzt. Welchen Durchmesser hat der Amazonas-Dschungel? Tausend Meilen, zweitausend? Die Sonde zu finden, sollte also keine allzu schwere Aufgabe sein.«

Bredlau runzelte die Stirn. »Das habe ich auch gedacht, bevor ich es ausgerechnet habe. Ein Kreis mit einem Radius von neun Meilen hat einen Umfang von siebenundfünfzig Meilen. Das macht eine Fläche von sage und schreibe zweihundertvierundfünfzig Quadratmeilen.«

Moros Gesicht verfinsterte sich. »Ja, Mathematik ist manchmal unangenehm. Was ist mit unseren Spionagesatelliten? Ich nehme an, Sie haben eine Reihe davon auf das Gebiet ausgerichtet.«

»Das haben wir, Sir«, bestätigte Headrick. »Wir können allerdings kein einziges Blatt oder Stück Moos finden, das ungewöhnlich wäre. Die Sonde hat weder eine Schneise noch einen Krater geschlagen, sondern scheint weich gelandet zu sein. Und das Blätterdach im tropischen Regenwald ist leider so dicht, dass es praktisch unmöglich ist, zu sehen, was auf dem Dschungelboden passiert. Ich habe etwas recherchiert. Anscheinend ist die Vegetation in vielen Gebieten des Amazonas so dicht, dass es bis zu zehn Minuten nach Beginn eines Sturms dauern kann, bis der Regen endlich den Boden erreicht.« Er schüttelte erstaunt den Kopf. »Also denkbar schlechte Bedingungen für die Luftaufklärung.«

»Das ist in der Tat ein Problem«, sagte der Präsident mit einem Stirnrunzeln. Während er sich nachdenklich das Kinn rieb, fiel sein Blick auf die zweite Frau, die er zuvor noch nie gesehen hatte. »Übrigens«, sagte er und wies mit einer Geste auf die schlanke NASA-Mitarbeiterin. »Wer waren Sie doch gleich? Und was zum Teufel ist eine Planetenschutz-Beauftragte? Hat die NASA wirklich eine Gruppe, deren Aufgabe es ist, uns vor außerirdischen Invasionen zu schützen?«

Buckner lächelte. »Meistens beschütze ich andere Planeten vor uns«, sagte sie. »Wir haben eine große Anzahl von Schiffen und Sonden ins All geschickt. Besonders in letzter Zeit, mit all den privaten Firmen, die Missionen zum Mond und Mars durchführen. Ich stelle sicher, dass sie so steril wie möglich sind. Wir wollen ja keine planetaren Körper da draußen kontaminieren.«

»Wir sind dabei, mit der Besiedlung des Mars zu beginnen«, sagte Moro. »Zählt das nicht als Kontamination?«

»Nun ja«, musste Buckner zugeben. »Ich nehme an, das tut es. Aber wir nehmen Rücksicht bei der menschliche Besiedlung. Meine Aufgabe ist es, dafür zu sorgen, dass wir eine Chance haben, einen Planeten nach außerirdischem Leben zu durchsuchen – bevor wir ihn endgültig kontaminieren. Wenn wir Leben auf dem Mars finden, wollen wir sicher sein, dass es wirklich vom Mars stammt und nicht nur die Nachkommen von Mikroben von der Erde sind, die es geschafft haben, auf einem unserer Schiffe mitzufliegen. Und wir wollen keine Plagen ins All schicken, wenn es sich vermeiden lässt.« Sie hielt kurz inne. »Außerdem bin ich für die Abwehr von außerirdischen Invasionen zuständig, obwohl das – normalerweise – der geringere Teil meiner Arbeit ist. Es geht hier um Invasionen durch mikroskopisch kleine Aliens. Denn natürlich funktioniert das in beide Richtungen. So sehr ich darauf bedacht bin, dass nicht etwas von der Erde einen Planeten voller Leben auslöscht, so sehr bin ich darauf bedacht, nicht etwas aus dem Weltraum zurückzubringen, das alles Leben auf diesem Planeten auslöschen könnte. Wir haben begonnen, eine Reihe von Raumschiffen und außerirdischen Proben zurückzubringen, und ich bin dafür verantwortlich, sicherzustellen, dass sie nichts beherbergen, was ähm … ungesund für uns ist. Sie erinnern sich sicher, wie wir die Invasion der Außerirdischen in H.G. Wells' *Krieg der Welten* überstanden haben«, fuhr sie fort. »Unsere Bakterien haben sie erwischt. In Anbetracht meines Jobs ist die letzte Passage dieses Romans mein absoluter Favorit. Wells schrieb, dass in dem Moment, in dem die Invasoren landeten, unsere mikrobiologischen Verbündeten damit begonnen hätten, sie anzugreifen. Die Entdeckung und Ausnutzung einer Schwachstelle war bei dieser immensen Vielfalt an Mikroben eigentlich unvermeidlich.«

»Das ist treffend formuliert, und sehr ermutigend«, bestätigte Moro. »Wenn dieser Wells so weitermacht, könnte er es als Schriftsteller durchaus noch zu etwas bringen.«

Buckner lachte und bemühte sich dabei, ihre Irritation zu verbergen.

Der Präsident rieb sich nachdenklich das Kinn. »Aber ist es nicht unwahrscheinlich, dass das Leben so ähnlich ist, dass Mikroben von einem Planeten das Leben von einem anderen stören könnten?«

Buckner nickte. »Aber selbst wenn die Möglichkeit einer interplanetaren Kreuzkontamination nicht wahrscheinlich ist, wie Sie zu Recht sagen, ist sie nicht unmöglich. Im *Krieg der Welten* haben unsere Mikroben sie getötet. Aber ihre Bazillen hätten uns genauso auslöschen können. Das ist das Szenario, das ich zu verhindern suche.«

»Ich verstehe«, sagte Moro. »Dann brennt es Ihnen sicher unter den Nägeln, sich dieses fremde Schiff anzuschauen.«

»Sie haben ja keine Ahnung, Mr. President«, antwortete Buckner. »Bevor es vollständig abgebremst hat, war es so schnell, dass jegliche Mikroben auf seiner Oberfläche in unserer Atmosphäre verglüht wären. Worüber ich mir Sorgen mache, sind die, die sich im *Innern* befinden könnten.«

Moro nickte und wandte sich dann der Luftwaffen-Obristin zu. »Und Sie?«, fragte er. »Wollen Sie mir etwas vom Alien-Abwehr-Geschwader erzählen?«

»Wir machen nicht viel Werbung für uns, Sir«, antwortete Mary Bredlau. »Aber wir haben tatsächlich die Verantwortung dafür, die Abwehr möglicher Invasionen von Außerirdischen zu planen. Und dieses Mal nicht von Mikroben«, fügte sie spitz hinzu. »Sondern von intelligenten Wesen, die die Erde vielleicht als ihr Urlaubsdomizil nutzen wollen.«

Moro war einen Moment still. Er hatte nicht gewusst, dass das Militär eine Abteilung hatte, die sich auf einen möglichen interstellaren Krieg vorbereitete – aber er hätte es sich eigentlich denken können. Es war besser, vorbereitet zu sein und den Plan nie zu brauchen, als nicht vorbereitet zu sein und es zu bereuen.

Aber egal, wie gut die Erde vorbereitet war, entschied Moro, eine außerirdische Spezies, die über die nötige Technologie verfügte, um den interstellaren Raum zu durchqueren, würde die Verteidigungsanlagen der Erde wahrscheinlich mit Leichtigkeit durchbrechen können.

»Aber so wie bei Dr. Buckner«, fuhr die Obristin fort, »ist das der kleinere Teil der Aufgabe. Unsere dringendste Aufgabe ist es, unsere Satelliteninfrastruktur vor Angriffen zu schützen. Wir haben zum Beispiel einunddreißig GPS-Satelliten da oben«, erklärte sie. »Wenn man einige davon ausschaltet, sind wir am Ende – *auf Wiedersehen* elektronische Navigation. Unser Militär wäre von einem Moment auf den anderen orientierungslos. Und es geht nicht nur um die GPS-Satelliten«, fügte sie hinzu. »Wir haben viele andere Schwachstellen im Weltraum. Stellen Sie sich vor, Sie verlieren das Internet, die Mobiltelefonie, das Fernsehen und das Radio – alles gleichzeitig. Wir sind hier, um das zu verhindern. Zusammen mit der Sache mit der Alien-Invasion, natürlich.«

»Natürlich«, sagte der Präsident.

Der Verteidigungsminister räusperte sich. »Jetzt wissen Sie also, warum ich Dr. Buckner und Colonel Bredlau hier haben wollte«, sagte er. »Ich hielt es für das Beste, sie von Anfang an in die Sache einzuweihen.«

Der Präsident nickte erneut. Und die Anwesenheit von Stephanie Annise machte ebenfalls Sinn, denn die NASA war die NASA und betrieb neben vielen anderen auch das Sentry-Programm. Aber während allen anderen im Raum tiefe Stressfalten ins Gesicht geschrieben standen, wirkte die Leiterin der NASA beinahe sorglos, obwohl sie eindeutig versuchte, es nicht zu zeigen.

»Sie scheinen viel entspannter mit dieser Situation umzugehen als der Rest von uns, Stephanie«, sagte der Präsident. »Heißt das, Sie sind überzeugt, dass diese Sonde keine Bedrohung darstellt? Selbst wenn sie feindliche Mikroben beherbergt?«

»Nein, nein, Sir«, antwortete sie. »Ich würde eine mögliche Bedrohung niemals ausschließen. Ich würde ja gerne glauben, dass Außerirdische, die hierher kommen, friedlich sind, aber ich weiß es besser. Wir verstehen nicht einmal das menschliche Verhalten – und wir sind Menschen. Ich weiß also, dass wir ihre Handlungen nicht nach menschlichen Maßstäben beurteilen dürfen. Aber ich kann nicht anders, als begeistert zu sein, egal was passiert. Das ist der absolute Beweis für intelligente außerirdische Lebensformen. Ich fragte mich schon oft, ob ich jemals einen Beweis für mikrobielles Leben außerhalb der Erde sehen würde, bevor ich sterbe. Aber das bedeutet, dass es *intelligentes* Leben im Weltall geben muss. So gesehen ist es ein *Traum*.«

»Ich bin ja sehr für andere Lebensformen«, sagte der Präsident spitz. »Solange sie sich nicht in unsere Angelegenheiten einmischen. Im Sinne einer *Ausrottung*, zum Beispiel.« Aber während er dies sagte, wurde ihm bewusst, wie bedeutsam diese Entdeckung wirklich war. Er war so sehr damit beschäftigt gewesen, sich auf den neuesten Stand zu bringen und mögliche Gefahren zu bedenken, dass er seinen Sinn für Wunder verloren hatte.

»Also, was denken Sie«, fragte Moro nun, an die gesamte Gruppe gewandt, »sollten wir den Vorfall veröffentlichen?«

»Das ist letztlich Ihre Entscheidung, Mr. President«, sagte Jesse Carter, der das Geschehen schweigend verfolgt, sich aber noch nicht zu Wort gemeldet hatte. »Aber Admiral Headrick und ich haben das schon vor Ihrer Ankunft besprochen. Wir sind uns einig, dass wir das verdammte Ding finden müssen, bevor wir irgendwelche Entscheidungen bezüglich der Veröffentlichung treffen können. Natürlich wäre es die Story des Jahrhunderts. Eigentlich müssen wir es finden, bevor wir irgendetwas anderes tun. Und zwar schnellstmöglich.«

»Um sicherzustellen, dass es nicht versehentlich eine Seuche auslöst?«, fragte Moro.

»Viel mehr als das, Sir«, antwortete Headrick. »Dieses Ding hat ein Antriebssystem, das alles übertrifft, wovon wir jemals auch nur zu träumen gewagt haben. Wir wissen bereits, dass es auf eine Weise abbremsen kann, die unser physikalisches Verständnis übersteigt. Es ist klein, aber es könnte weitere Geheimnisse in sich bergen. Die Sonde könnte Technologien enthalten, die die menschliche Zivilisation verändern würden. Sie könnte uns um Generationen weiterbringen, innerhalb weniger Jahre. Ohne Übertreibung – dies könnte der größte *Game Changer* der Geschichte sein.«

Die Augen des Präsidenten wurden immer größer, als der Verteidigungsminister die Situation auf diese Weise darstellte. »Ich höre Sie«, sagte er. »Und ich stimme Ihnen voll und ganz zu. Dieses Ding zu bergen, muss unsere oberste Priorität sein. Wir können über die Veröffentlichung diskutieren, nachdem wir herausgefunden haben, womit wir es zu tun haben.«

Carter schluckte schwer. »Ich fürchte, das wird alles nicht ganz so einfach werden, Sir. Deshalb hat der Admiral auch auf einem Notfalltreffen bestanden. Wir haben keine Zeit zu verlieren. Denn wir können nicht annehmen, dass wir das einzige Land sind, das es entdeckt hat. Ganz im Gegenteil. Wir sind fast sicher, dass andere es auch schon entdeckt haben.«

»Ich dachte, unser *Watchdog* ist der beste Wachhund in diesem Geschäft«, sagte Moro.

»Das ist er, Sir«, antwortete der Leiter der Homeland Security. »Wenn die andere Länder uns auch um sechs Monate bis ein Jahr hinterherhinken, schätzen wir doch, dass sie gerade raffiniert genug geworden sind, um diese Sonde bemerkt zu haben. Vor einem Jahr hätte kein Land auf der Erde sie entdeckt, und die gesamte Menschheit wäre völlig ahnungslos geblieben.«

»Vielleicht waren wir das bis jetzt?«, überlegte der Präsident. »Wer weiß? Vielleicht sind diese Dinger schon seit Jahrhunderten immer wieder hier gelandet, und wir haben zum ersten Mal eines entdeckt.«

Es herrschte ein langes Schweigen am Tisch, während alle diese neue Perspektive betrachteten.

»Das ist ein berechtigter Punkt, Mr. President«, sagte Admiral Headrick schließlich, »aber er ändert nichts an unserer aktuellen Situation. Mehrere Länder wissen mit ziemlicher Sicherheit von der Anwesenheit der Sonde. Andere werden bald davon erfahren. Jedes Land hackt jedes andere Land, und die Hacking-Offensiven schlagen die Anti-Hacking-Verteidigung in diesem ständigen Kampf ziemlich regelmäßig. Es ist so schlimm geworden, dass wir seit einigen Jahren unsere wichtigsten Geheimnisse wieder in Papierheften aufbewahren und sie nie mit etwas Elektronischem in Berührung kommen lassen. Das erscheint mittelalterlich, aber es ist im Moment die einzige Möglichkeit, vor Angriffen sicher zu sein. Die Ankunft dieser Sonde wird zwangsläufig von Computern entdeckt worden sein – und über Computernetzwerke weitergegeben worden sein. Also ist dieses Wissen anfällig für Abhörmaßnahmen. Und selbst wenn es anfangs nur einigen wenigen Ländern gelungen sein sollte, die Sonde zu entdecken – die Nachricht ist so brisant, dass sie sich wie ein Coronavirus verbreiten wird. Wer jetzt noch nichts davon weiß, wird es bald wissen.«

»Und welche Länder, glauben Sie, haben bereits Kenntnis davon?«, fragte der Präsident.

»In Asien«, antwortete Admiral Headrick, »China und Japan, fast sicher. Möglicherweise Singapur, Südkorea und sogar Nordkorea, obwohl letzteres durch Ausspähen seines kapitalistischen Nachbarn erfolgen müsste. Im Nahen Osten: Israel, wahrscheinlich der Iran und möglicherweise Saudi-Arabien. In Europa: England, Deutschland und Russland mit Sicherheit. Die anderen europäischen Länder haben entweder ihre Systeme nicht aufgerüstet oder haben keine eigenen Watchdog-Programme und verlassen sich auf uns und andere, um den Weltraum zu überwachen. Verdammt, es gibt wahrscheinlich noch fünf oder zehn weitere Staaten rund um den Globus, die es inzwischen wissen. Möglicherweise sogar der IS. Der IS wurde fast ausgelöscht, aber die, die übrig geblieben sind, verfügen über ziemlich gute Informationen, woher auch immer. Sie haben sich erfolgreich Zugang zu Geheimnissen verschafft, an die sie eigentlich nie hätten kommen dürfen. Aus unserem Land und anderen.«

Der Präsident wirkte erschrocken. »Sie wollen mir also sagen«, meinte er, »dass dieses Ding eine Technologie enthalten könnte, die das Gleichgewicht in der Welt über Nacht verändern würde? Und dass ein despotisches Regime sich dessen ebenso bemächtigen könnte wie wir?«

»Ich fürchte ja, Sir«, sagte Headrick. »Deshalb müssen wir es zuerst in die Hände bekommen. Im Moment stehen wir an der Spitze der Nahrungskette. Morgen …« Er ließ den Gedanken unausgesprochen und zuckte dann mit den Schultern. »Wer weiß.«

10

Im Konferenzraum des Weißen Hauses herrschte lange Stille.

»Danke, dass Sie den Einsatz bei diesem Spiel so deutlich gemacht haben, Admiral«, sagte Moro schließlich. »Ich nehme also an, dass Sie empfehlen, dass wir eine überwältigende militärische Streitmacht entsenden.«

Headrick und Carter tauschten kurze Blicke aus, dann starrte der Verteidigungsminister dem Präsidenten unverwandt in die Augen. »Eigentlich, Sir«, antwortete er. »Genau das Gegenteil. Eine Person. Alleine. Zumindest für den Anfang.«

»Eine Person?«, wiederholte Moro ungläubig.

»Für den Anfang, ja, Sir«, antwortete der Admiral. »Wir glauben, dass jeder, der versucht, die Sonde zu orten, in der gleichen Lage sein wird wie wir. Er kann ihren Standort auf einen ähnlichen Umkreis eingrenzen, ist sich aber nicht sicher, wo sie sich innerhalb dieser Zone befinden könnte. Es ist also das ultimative Spiel »Erobere die Flagge«: Gehen Sie in feindliches Gebiet, finden Sie den Standort eines versteckten Objekts und bringen Sie es nach Hause zurück. Aber mit viel mehr als nur zwei Teams. Eine unbekannte Anzahl von Teams – trotzdem nur eine Flagge.«

Er hielt kurz inne. »Weil der Wald so dicht ist, wird kein Team mittels Drohnen oder aus dem Weltraum gute Informationen über die Aktivitäten der anderen Teams haben. Die Kommunikation wird über Satellitentelefone erfolgen müssen, da es im Zentrum des Amazonas nicht gerade von Mobilfunkmasten wimmelt. Wir reden hier bekanntlich über den größten tropischen Regenwald der Erde«, fügte er hinzu, »der sich über neun südamerikanische Länder erstreckt und Millionen von Quadratmeilen umfasst. Millionen. Ein Gebiet, das fast so groß ist wie die USA.« Headrick schüttelte ehrfürchtig den Kopf. »Es ist das wildeste, zivilisationsfernste Gebiet der Erde.«

»Deshalb glauben wir, dass eine kleine Truppe das Gebot der Stunde ist«, mischte sich Jesse Carter ein. »Eine größere Armeeeinheit wäre leicht auszumachen. Sie würde genug Infrarotsignale aussenden, um geortet werden zu können. Das könnte leicht den Einsatz schwerer Waffen durch andere Staaten provozieren, zum Beispiel Raketen. Und um etwas zu unterstreichen, was der Admiral gerade gesagt hat: Es reicht nicht aus, dass unser Team die Sonde findet und in Besitz nimmt. Sie müssen sie auch in ihr Heimatgebiet zurückbringen, ohne dass sie ihnen weggenommen wird.«

»Ein einzelner Soldat wäre die unauffälligste aller Möglichkeiten«, sagte Headrick. »Wenn die anderen Teams größer sind, sollte unser Mann am Boden in der Lage sein, sie zu entdecken, bevor sie ihn entdecken. Er wird es leichter haben, sie aufzuspüren, sowohl durch Geräusche als auch durch Sicht, da es für zwanzig Soldaten schwieriger ist, sich leise durch den Dschungel zu bewegen als für einen. Egal wie eingespielt ein Team ist, sie werden sich langsamer bewegen und unflexibler sein. Ich glaube, diese Strategie gibt uns die beste Chance, die Sonde zuerst zu erreichen. Und sie von dort wegzubekommen.«

Moro überlegte. »Ihnen ist schon klar, dass wir uns mit keinem dieser Länder im Krieg befinden«, sagte er. »Trotzdem tun Sie so, als sei eine gewaltsame Auseinandersetzung fast schon eine Gewissheit. Wollen Sie damit sagen, dass unser Mann eine Gruppe aus, sagen wir, Großbritannien, abknallen soll, wen sie die Sonde zuerst bekommt?«

»Gewalt ist nie unvermeidlich, Mr. President«, sagte Headrick, »und ich hoffe aufrichtig, dass es nicht so weit kommen wird. Aber bei einem so hohen Einsatz und einer so großen möglichen Belohnung können wir nicht von Kooperation ausgehen. Von niemandem. Und kein Land wird sich allein durch die Aussicht, dass wir Vergeltung üben würden, von einem Waffengang abhalten lassen.« Er hob die Augenbrauen. »Wie sagt man doch: Was im Amazonasbecken passiert, bleibt im Amazonasbecken. Wenn unser Mann getötet würde, hätten wir wahrscheinlich keine Ahnung, wer dafür verantwortlich ist.«

»Das beantwortet meine Frage nicht ganz«, sagte Moro.

»Sie haben recht«, sagte der Admiral. »Ich würde sagen: wenn Großbritannien oder ein anderer unserer engen Freunde die Sonde zuerst findet und unser Mann die Gruppe stellt, wird er versuchen, eine Allianz zu schmieden. Wenn es der Iran ist, oder Nordkorea, oder der IS, wird er tun, was er tun muss. China oder Russland … vielleicht eine schwierigere Entscheidung. Er wird vor Ort schnell weitreichende Entscheidungen treffen müssen. Deshalb wollen wir jemanden, der intelligent, mitfühlend und ethisch ist. Aber auch jemanden, der die reale Welt versteht und schwierige Entscheidungen treffen kann.«

»Sie klingen so, als hätten Sie bereits jemanden konkretes im Sinn«, meinte Moro, dem bewusst wurde, wie verrückt diese Mission wirklich war. Es war wie ein Multiplayer-Computerspiel.

»In der Tat, Sir«, sagte Headrick. »Aber bevor ich Ihnen den Mann beschreibe, den ich empfehlen würde, muss ich Sie in ein Black-Ops-Programm einweisen, das Jesse und ich vor drei Jahren aufgesetzt haben. Nur die Grundlagen, da jede Minute zählt – es geht um ein Programm, von dem Sie nichts wissen.«

»Ach, und warum nicht?«, fragte Moro scharf.

Headrick sah unbehaglich aus. »Sie haben offensichtlich die Freigabe und sind berechtigt, davon zu wissen, Mr. President«, sagte er. »Aber Sie stehen einem Regierungsapparat von gigantischen Ausmaßen vor. Wenn Sie über jede einzelne laufende militärische Initiative und jedes Programm informiert würden, hätten Sie keine Zeit, etwas anderes zu tun. *Ich* kenne nicht einmal all die Sprosse, die dieser Baum inzwischen hervorgebracht hat. Lassen Sie es mich so sagen: Der IT-Konzern Apple ist zwar in vielen Ländern aktiv, aber so riesig das Unternehmen auch ist, im Vergleich zur US-Regierung ist es winzig. Doch selbst der CEO von Apple kann unmöglich jedes *Skunkworks*-Projekt im Unternehmen kennen und wissen, was jeder einzelne Mitarbeiter macht.«

Der Präsident nickte und schien etwas besänftigt zu sein. Er sah sich um. »Besitzt jeder der Anwesenden die nötigen Sicherheitsfreigaben? – Okay. Dann schießen Sie los, ich höre.«

»Es ist ein Programm namens EHO«, begann der Admiral. »Die Abkürzung steht für Enhanced Human Operations … Obwohl wir versuchen, es zu vermeiden«, fuhr der Admiral fort, »gibt es einen anderen Begriff, den wir verwenden könnten, um das Programm zu beschreiben, einen, der in einschlägigen Unterhaltungsromanen schon lange beliebt ist.« Er zögerte, als ob er den Begriff nicht wirklich aussprechen wollte. »*Supersoldat*«, sagte er schließlich und sah aus, als käme er sich etwas albern vor.

Moro schüttelte den Kopf. »Sie haben ein Programm gestartet, um *Supersoldaten* zu erschaffen?«, wiederholte er ungläubig. »Wie Captain America? Wie Jason Bourne?«

Der Verteidigungsminister seufzte. »In diese Richtung, ja«, sagte er. »Wir haben beschlossen, dass ein solches Programm nicht länger aufgeschoben werden kann. Die Chinesen sind schon länger dran, die Franzosen auch. Wir können nur entweder auf der Welle mitsurfen, oder von ihr überrollt werden. Dieses Programm hilft uns dabei, unsere militärische Abschreckung aufrecht zu erhalten.«

»Solange es effektiv ist«, sagte Moro.

Headrick nickte. »Bis jetzt war es das«, sagte er. »Wenn wir letztendlich einige dieser Fortschritte auf die einfachen Soldaten im Feld übertragen können, werden wir viel weniger Opfer zu beklagen haben und eine viel effektivere Kampftruppe haben. Außerdem geben uns die Männer und Frauen in unserem EHO-Programm eine weitere Option, um Bedrohungen zu begegnen, die außer Kontrolle zu geraten drohen: Wir können sie in schwerwiegenden Notfällen abrufen und in sicherheitskritische Missionen schicken. Einschließlich Missionen, bei denen der Einsatz von Massenvernichtungswaffen gegen uns unmittelbar bevorsteht.«

Der Präsident starrte Headrick aufmerksam an, antwortete aber nicht.

»Wir haben bisher dreiundvierzig Männer und Frauen in dem Programm«, fuhr der Verteidigungsminister fort. »Wir gehen es langsam und behutsam an, sind vorsichtig. Wir wollen keine Frankenstein-Monster erschaffen. Und obwohl sie in vielerlei Hinsicht Versuchskaninchen sind, sind unsere Probanden nicht entbehrlich. Eine gesunde und sichere Implementierung der Verbesserungen ist von größter Wichtigkeit.«

»Wurden diese Supersoldaten also alle aus unseren Spezialeinheiten ausgewählt?«, fragte Moro.

Diesmal war es an Carter zu antworten. »Einige«, antwortete er. »Aber nicht die Mehrheit. Da unser ultimatives Ziel darin besteht, einen Soldaten möglichst unverwundbar zu machen, wurden die Teilnehmer mit äußerster Sorgfalt ausgewählt. Wenn man einen unaufhaltsamen Soldaten erschafft, muss man verdammt sicher sein, dass er oder sie nicht durchdreht. Also haben wir eine Anleihe bei *Captain* America genommen.«

»Was meinen Sie damit?«, fragte Moro.

»Ich habe den Comic selbst nie gelesen«, antwortete der Minister für Heimatschutz, »aber im ersten Film wog Steve Rogers ungefähr neunzig Pfund, bevor er … verbessert wurde. Er hatte keine militärische Ausbildung. Er wurde ausgewählt, weil er ein großes Herz hatte und ein guter Mensch war. Wir beschlossen, dass dies die wichtigsten Eigenschaften für jeden sein sollten, den wir rekrutierten würden. Es gibt Hunderttausende von Mitgliedern des Militärs, ein gewaltiges Potenzial, aus denen wir hätten schöpfen können«, fuhr Headrick fort, »und beliebig viele weitere potenzielle Rekruten außerhalb des Militärs. Diejenigen, die wir rekrutieren wollten, mussten folgendes haben: Persönlichkeit, Intelligenz und Loyalität, Mitgefühl und die Hingabe, den Wunsch, seinen oder ihren Mitbürgern zu helfen. Genauso wichtig war«, fügte er hinzu, »dass sie in der Vergangenheit ein gutes Urteilsvermögen bewiesen haben mussten. Sie mussten flexibel sein und in einer Krise einen kühlen Kopf bewahren. Kampffähigkeiten können wir immer lehren. Und angeborene körperliche Eigenschaften sind mit den richtigen Erweiterungen ohnehin weniger wichtig. Aber der Plan war, die furchterregendsten Leute auf dem Planeten zu schaffen und sie an das Geschäft des Tötens zu gewöhnen – um sie auf unsere anspruchsvollsten Missionen zu schicken. Also haben wir hart daran gearbeitet, nur diejenigen aufzunehmen, die wir für unbestechlich hielten.«

Moro nickte. »Ein guter Plan.« Große Kämpfer wurden in Filmen oft als gewalttätige Psychopathen und Kriegstreiber dargestellt – arrogant, hirnlos und unmoralisch. Und obwohl diese Charakterzüge in der Fiktion übertrieben wurden, gab es sie tatsächlich. Moro war beeindruckt von der Sorgfalt, die diese Männer an den Tag gelegt hatten, um sicherzustellen, dass dies bei ihrem EHO-Programm nicht der Fall sein würde. »Erzählen Sie mir mehr über diese Verbesserungen«, sagte er.

»Wir können sie so detailliert beschreiben, wie Sie wollen«, sagte Headrick. »Aber könnten Sie bitte zuerst den Kandidaten bestätige, den wir einsetzen wollen? Ich möchte, dass er so schnell wie möglich eingewiesen und in Marsch gesetzt wird.«

»In Ordnung«, sagte der Präsident. Er musste zugeben, dass er begierig war, die Identität dieses Mannes zu erfahren – einer Person, der der Admiral zutraute, sich in einen gewaltigen Strudel zu stürzen, um für die USA den Schatz des Jahrhunderts zu bergen. »An wen denken Sie also? Wer ist der Supersoldat?«, fragte er.

»Es handelt sich tatsächlich«, sagte Carter und zog eine Augenbraue hoch, »um einen Zivilisten. Ein Top-Wissenschaftler und Ex-Manager. Haben Sie jemals von einem Mann namens *Benjamin Kagan* gehört?«

11

Der Präsident dachte kurz nach. Benjamin Kagan? Er meinte sich vage zu erinnern, dass der Mann in der Tech-Branche tätig war. Während seines Marathon-Wahlkampfs hatte er die Hauptquartiere einiger Tech-Giganten besucht und sich mit ihren CEOs und den wichtigsten Mitgliedern ihrer Führungsteams getroffen. Aber er konnte den Namen nicht weiter zuordnen. »Müsste ich von ihm gehört haben?«, fragte er.

»Nein«, sagte Carter. »Ich dachte nur, Sie hätten es zufällig. Das Wichtigste, was Sie wissen müssen, ist, dass er auf Dan Vettoris Party war, als der IS vor drei Jahren dort zuschlug.«

Carter hätte wirklich nur zu sagen brauchen, dass Kagan auf Vettoris Party gewesen war. Den Teil, dass es vor drei Jahren war und dass der Anschlag vom IS durchgeführt wurde, hätte man dann sofort rund um den Globus verstanden. Der Ausdruck *Vettoris Party* war zu einem geflügelten Wort für die verheerenden Ereignisse jener Nacht geworden, so wie 9/11 zu einem Kürzel für die Angriffe auf die Zwillingstürme in Manhattan geworden war.

Der Präsident blinzelte verwirrt. »Wie kann er dann noch *leben*?«, fragte er. »Nur Amber Vettori hat diese Nacht überlebt.«

Der Leiter des DHS sah ausgesprochen unbehaglich aus. »Ich fürchte, dass diese Geschichte mehr Kapitel hat, als … allgemein bekannt ist.«

Er fuhr fort zu beschreiben, wie das ganze Massaker nur veranstaltet worden war, damit der IS Ben Kagan unbemerkt entführen konnte, und erläuterte auch den wahren Zweck dieser Entführung – als ob das, was allgemein darüber bekannt war, nicht abscheulich genug gewesen wäre.

Der Präsident war entsetzt angesichts dieser Enthüllungen, aber ebenso wütend. Wieder einmal waren ihm wichtige Informationen vorenthalten worden. »Warum erfahre ich das erst jetzt?«, fragte er scharf.

»Es war meine Entscheidung, Mr. President«, gab der Verteidigungsminister zu. »Ich wollte keine allgemeine Panik riskieren. Stellen Sie sich vor, die Öffentlichkeit würde zu der Überzeugung gelangen, dass ihre fahrerlosen Autos sich gegen sie wenden könnten. Schlimmer noch, stellen Sie sich vor, sie würden erfahren, dass der IS aktiv versucht hat, dies zu tun. Millionen von Autobesitzern, und jeder einzelne Fußgänger, wären auf den Straßen permanent hochgradig gestresst. Der Fahrzeughandel würde zum Erliegen kommen. Massenproteste wären nicht auszuschließen.«

Headrick bemerkte, dass die Miene des Präsidenten noch immer eisig war, und beeilte sich fortzufahren:

»Und Informationen wie diese sickern durch«, fügte er hinzu. »Und zwar schnell. Wir alle wissen, dass der Austausch von Geheimnissen mit der Presse zum nationalen Zeitvertreib unserer Behördenmitarbeiter geworden ist. Daher habe ich entschieden, dass der beste Weg, diese Fakten aus der Öffentlichkeit herauszuhalten, darin besteht, den Kreis der Informanten stark einzuschränken. Tatsächlich habe ich es auf diejenigen beschränkt, die es von Anfang an wussten. Es gab keine Ausnahmen. Nicht einmal für Sie, Sir«, sagte er feierlich.

»Das nächste Mal werde ich eingeweiht!«, zischte Moro. »Ist das klar?«

»Jawohl, Sir«, antwortete der Admiral.

»Wenn Sie mir so etwas nicht anvertrauen können«, wurde der Präsident nun lauter, »dann sollte ich Ihnen vielleicht auch Ihren Job nicht anvertrauen. Sie und ich, wir müssen mal ein längeres Gespräch führen, sobald wir mehr Zeit haben«, fügte er wütend hinzu. »Und rechnen Sie damit, dass es unangenehm wird! Ich erwarte, dass Sie mich über alles informieren, was Sie mir sonst noch vorenthalten haben.«

»Verstanden, Sir«, sagte Headrick, der zumindest äußerlich eine zerknirschte Miene aufsetzte. »Ich kann gut verstehen, dass Sie wütend sind. Es war eine Fehleinschätzung meinerseits.«

»Verdammt richtig, das war es!«

Moro holte tief Luft, um sich zu beruhigen, und gestikulierte zu den beiden anderen Männern im Raum. »Aber fahren Sie fort«, sagte er. »Diese Sache mit der außerirdischen Sonde ist zu wichtig, als dass ich zulassen könnte, dass wir abgelenkt werden. Selbst wenn es sich darum handelt, dass ich *von meinen engsten Mitarbeitern hintergangen werde*.« Ein weiterer vernichtender Blick traf den Verteidigungsminister.

Nach längerem Schweigen räusperte sich Carter um fortzufahren. »Während des Massakers«, sagte er, »erwies sich Kagan als ausgesprochen cool, obwohl er unter extremem Stress stand. Unter immensem Druck. Er beschrieb später sogar, dass der Angriff vor seinen Augen fast wie in Zeitlupe ablief. Der Mann geriet überhaupt nicht in Panik, was selbst er nicht erwartet hatte.«

Carter hob die Augenbrauen. »Und er war übrigens derjenige, der die kleine Amber Vettori gerettet hat. Sie konnte den Mann, der eine Kugel, die ihr galt, abgefangen hatte, nicht identifizieren – wahrscheinlich, weil sie unter seinem Körper gelandet war. Aber nachdem klar wurde, warum der IS hinter ihm her war, kam nur noch er als der Retter infrage. Amber hat ausgesagt, dass der Terrorist, der auf sie geschossen hatte, in Panik aus dem Raum gerannt war. Jetzt wissen wir, warum. Er hatte versehentlich Kagan, ihre goldene Gans, getroffen. Er war voller Panik bemüht, einen Sanitäter und weitere Hilfe zu holen.«

»Und als er den Raum verließ«, mischte sich Headrick ein und wagte es, noch einmal das Wort zu ergreifen, »hatte Amber gerade genug Zeit, sich unter Kagan herauszuwinden und sich in einem kleinen Schrank zu verkriechen. Sie sagte, Kagan habe ihr mit seinem scheinbar letzten Atemzug gesagt, sie solle das tun. Als die Terroristen zurückkamen, um Kagan medizinisch zu versorgen, war das Mädchen das Letzte, worum sie sich Sorgen machten.«

»Was dieser Mann tat, um ihr Leben zu retten«, sagte Carter, »war ein Akt des Heldentums, der jeden Soldaten mit Stolz erfüllen würde. Sich vor das Mädchen zu werfen, war an und für sich heldenhaft und mutig, aber das erforderte keinen klaren Kopf. Amber fachkundige Führung zu geben, während er das Bewusstsein verlor, andererseits schon. Vor allem, wenn man die schrecklichen Umstände bedenkt, die vorausgegangen waren, und wie wenig Zeit er zum Nachdenken hatte.«

»Aber er wurde doch gefangen genommen, oder?«, sagte Moro. »Er war verwundet und in den Händen des IS. Wie konnte er also überleben?«

Carter beschrieb schnell, wie der IS einen Arzt und medizinische Ausrüstung beschafft hatte, um sicherzustellen, dass ihr Star-Gefangener sich erholte, und wie Kagan dann wiederbelebt wurde und ihm gesagt wurde, dass er zur Kollaboration gezwungen werden würde, ohne jeglichen Ausweg.

Der Leiter der Homeland Security ging auf die Drohungen gegenüber der Frau ein, die Kagan liebte, Cynthia Shearer, die ebenfalls entführt worden war, sowie gegenüber seiner gesamten Großfamilie, einschließlich der Kinder. Er beschrieb die neue Designer-Droge, die der Anführer des IS-Kommandos bei Kagan einsetzen wollte, um sicherzustellen, dass er kooperieren würde – selbst wenn er sich entscheiden sollte, die Drohungen gegen seine Angehörigen zu ignorieren.

»An diesem Punkt«, so Carter weiter, »bat Kagan um ein paar Minuten allein, um seine Optionen zu überdenken. Er erkannte fast sofort, dass eine Flucht auf eigene Faust unmöglich war. Er hatte nichts, womit er arbeiten konnte. Und sie hatten auch einen Selbstmord unmöglich gemacht.«

Carter nickte langsam. »Da kam er zu dem Schluss, dass seine einzige Chance darin bestand, eine Nachricht an die Außenwelt zu übermitteln. Im Grunde wusste er, wo er war. Und er wusste auch, dass der Doktor ein wandelnder Toter war, egal, was die Terroristen ihm erzählt hatten. Also beschloss er, den Arzt als unwissenden Kurier zu benutzen, so verachtenswert das auch war. Es war ein riskanter Versuch, aber die einzige Chance, die er hatte.«

»Wie hat er das geschafft?«, fragte Moro fasziniert.

»Auf brillante Weise«, sagte Carter schlicht. »Mit Einfallsreichtum und Effizienz. Zuerst hat er sich eine blutende Nase zugefügt. Dann schrieb er mit seinem Blut akribisch eine kurze Nachricht auf eine Cocktailserviette, die er zufällig in seiner Tasche stecken hatte.«

»Ich weiß, was Sie denken«, fügte Headrick hinzu. »Eine Nachricht mit Blut zu schreiben, ist so klischeehaft, wie man es sich nur vorstellen kann. Aber vielleicht ist es aus einem bestimmten Grund ein Klischee. Wenn man nichts hat, womit man schreiben kann, ist das die einzige Möglichkeit. Und die Sache mit dem Nasenbluten war auch genial, denn er hatte nichts, womit er sich hätte schneiden können, um auch nur an einen kleinen Vorrat Blut zu kommen.«

Carter nickte. »Und ich habe auch bewusst das Wort *akribisch* benutzt, um zu beschreiben, wie er das ganze bewerkstelligt hat«, sagte er. »Kagan blutete ja ständig weiter aus der Nase. Also musste er darauf achten, dass nichts davon auf die Serviette tropfte, während er arbeitete. Und er musste filigrane Buchstaben formen, mit so wenig Blut wie möglich, damit er genug Platz hatte und die Saugfähigkeit der Serviette die Buchstaben nicht unlesbar machen würde. Und das alles hat er mit einem Zwanzig-Dollar-Schein als Schreibutensil gemacht.«

»Ich bin mir fast sicher, dass das gar nicht möglich ist«, sagte Moro zweifelnd.

»Er hat den Schein zuerst fest zu einem Dreieck gefaltet«, sagte Carter. »Das machen Kinder immer noch in der Grundschule, um damit Tischfußball zu spielen. Eine der Spitzen des Dreiecks hat er in sein Blut getaucht. Damit konnte er eine bemerkenswert präzise Beschriftung formen.«

»Sie bewundern diesen Kerl wirklich, nicht wahr?«, fragte der Präsident.

»Allerdings«, sagte Carter.

Moro nickte. »Fahren Sie fort.«

»Als Kagans kurze Nachricht fertig war«, fuhr Carter fort, »faltete er die Serviette zusammen und versteckte sie in seiner Hand. Als nächstes benutzte er seine andere Hand, um sich Blut ins Gesicht zu schmieren und schrie dann nach medizinischer Hilfe.«

Carter wartete einige Sekunden, um dieses Bild auf sich wirken zu lassen. »Als der Arzt in seine Nähe kam, um ihn zu untersuchen«, fuhr er fort, »schleuderte Kagan ihn auf das Bett und tat so, als würde er in wilder Raserei auf ihn losgehen. Er schrie den Arzt an und verfluchte ihn, weil er ihn am Leben hielt. Während Kagan mit seinen gefesselten Händen auf ihn einschlug wie ein Tollwütiger, schob er die Cocktailserviette tief in die Hosentasche des Arztes. Unglaublich beeindruckend. Nicht einmal der Doktor wusste, dass sie dort war.«

Der Präsident und die anderen Anwesenden hörten gebannt zu.

»Um die Chancen zu minimieren, dass die Terroristen herausfinden würden, was er getan hatte«, fügte Carter hinzu, »griff er nach einer ihrer Waffen, während sie versuchten, ihn von dem Arzt wegzuziehen. Später gab er vor, dass dies die ganze Zeit sein Plan gewesen sei. Dass der Überfall nur ein Ablenkungsmanöver gewesen war, um sich diese Waffe zu verschaffen.«

»Er scheint es wirklich durchdacht zu haben«, sagte Moro anerkennend.

»Daran besteht kein Zweifel«, erwiderte Carter. »Und obwohl seine Strategie mit der versteckten Botschaft im Nachhinein offensichtlich erscheinen mag – glauben Sie mir, nur einer von hundert Menschen wäre darauf gekommen. Wir haben das mit Freiwilligen überprüft. Und nur einer von hundert, die den Geistesblitz gehabt hätten, hätte das Geschick und den Mut besessen, die ganze Aktion so fehlerlos durchzuziehen.«

»Und was ist mit der Notiz passiert?«, fragte Moro.

»Genau wie Kagan vorausgeahnt hatte, hatte der Doktor den Endzeitpunkt seiner Nützlichkeit überschritten. Ein paar der Terroristen fuhren ihn dreißig Meilen weg von dem Ort, an dem sie Kagan festhielten, in den schlimmsten Teil der Stadt, und erschossen ihn im Gangsterstil. Man fand ihn ohne Brieftasche und Autoschlüssel und identifizierte ihn als Dr. Arnie Horowitz. Keiner hatte eine Ahnung, was ein so angesehener Arzt in dieser Gegend zu suchen hatte. Es wäre für immer ein Rätsel geblieben, aber der Detektiv am Tatort fand den Zettel in der Tasche des Opfers, genau wie Kagan es gehofft hatte.«

»Können Sie kurz mit Ihren Worten wiedergeben, was er geschrieben hat?«, fragte der Präsident.

»Da brauche ich nicht zu überlegen«, antwortete Carter. »Ich kann es Ihnen genau sagen. Denn ich kenne jeden einzelnen Buchstaben auswendig.« Er buchstabierte die Nachricht für die Anwesenden:

Kagan Poway Mietvilla. Hydro AVP. Anruf N. Weiser!

»Normalerweise hätte der Detektiv das nicht ernstgenommen«, fuhr der Chef der Homeland Security fort, »aber dieser Arnie Horowitz war ein Arzt, kein Gangmitglied.« Er hob die Augenbrauen. »Und wenn eine mit Blut geschriebene Nachricht nicht Ihre Neugierde weckt, was dann?«

»Also hat er Weiser angerufen?«, fragte Moro.

»Das hat er. Die Erwähnung von Hydro ließ keinen Zweifel daran, dass *N. Weiser* in der Nachricht sich auf Norman Weiser bezog, denjenigen, der diese Firma, und viele andere, gegründet hatte. Dem Detektiv widerstrebte es, den Tech-Mogul zu belästigen, aber er entschied zu Recht, dass er keine Wahl hatte, da der Rest der Nachricht ihm nichts sagte. Dank seiner polizeilichen Legitimation konnte er Weiser ohne allzu große Probleme erreichen.«

»Und Weiser wusste natürlich sofort, was das Wort Kagan bedeutet«, sagte der Präsident.

»Das ist richtig«, sagte Carter. »Und er wusste, wofür AVP steht: Die *Autonomous Vehicle Protection Initiative* von Hydro, die Kagan ins Leben gerufen hatte, um einen möglichen Terroranschlag zu verhindern. Weiser wusste, dass Kagan auf Vettoris Party gewesen war, und war deshalb sicher, dass er tot war. Aber diese blutige Cocktailserviette machte deutlich, dass das nicht stimmte. Und da Kagan die Lücken in der AV-Sicherheit kannte, war der Grund, warum er noch am Leben war, leicht zu erschließen. In diesem Zusammenhang wurde auch die Bedeutung von *Poway Mietvilla* klar.«

Der Präsident nickte. Dieser Kagan war so beeindruckend wie die Minister versprochen hatten.

»Weiser rief mich sofort an«, fuhr Carter fort, »und ich rief Admiral Headrick an. Es gab nur eine Handvoll Häuser, die kürzlich in Poway vermietet worden waren. Es war ein Leichtes, sie ohne das

Wissen der Bewohner zu überprüfen. Dasjenige, in dem der IS sich eingenistet, war das größte von allen.«

Moro wandte sich an den Admiral. »Und wie viele Soldaten haben Sie am Ende hingeschickt?«, fragte er.

»Ich bin mir ziemlich sicher, dass es *alle* waren«, sagte Headrick scherzhaft. Dann wurde seine Stimmung schnell düster und er senkte den Blick. »Es ist uns gelungen, Kagan zu befreien. Aber wir wussten nicht, dass der IS auch seine Freundin entführt hatte, um sie als Druckmittel zu benutzen. Einer der Terroristen beschloss kurz vor seinem Tod, sie auszuschalten – ein letzter Akt sinnloser Gewalt.«

»Ich war dabei«, sagte Carter grimmig. »Sie war nicht sofort tot. Am Ende starb sie in Kagans Armen.« Er schüttelte sich angesichts der schrecklichen Erinnerung. »Er war völlig am Boden zerstört.«

Es herrschte wieder eine lange Stille im Raum, als die Anwesenden über Vettoris Party und den unnötigen, tragischen Verlust von Leben nachdachten.

»Kagans Leben war zerbrochen«, fuhr Carter fort, »aber er verstand gut, wie wichtig es war, das zu beenden, was er begonnen hatte. Nun mehr denn je. Er kehrte zu Hydro zurück – mit erheblich mehr Ressourcen und Sicherheitsvorkehrungen, möchte ich hinzufügen – und schaffte es innerhalb eines Monats, die Löcher im AV-System zu finden und zu stopfen. Amerikas fahrerlose Flotte könnte nicht sicherer sein, als sie jetzt ist. Sie ist jetzt so unhackbar, wie die Experten zuvor dachten.«

Moro runzelte die Stirn. »Sie haben den wahren Zweck des IS-Angriffs geheim gehalten«, sagte er und konnte sich nicht verkneifen, hinzuzufügen: »sogar vor mir. Wie konnte Kagan also zu Hydro zurückkehren? Alle würden erfahren, dass er überlebt hatte, und viele würden erraten, warum.«

»Nun, Weiser weiß natürlich alles«, erwiderte Carter. »Aber Kagan war auf keiner der Aufnahmen zu sehen, die der IS online gestellt hat. Er war auf dem Filmmaterial, das sie von den Gästen gemacht haben, bevor die Schießerei begann. Aber das behielten wir unter Verschluss. Also erzählte Kagan jedem, dass er es nie zu Vettoris Party geschafft hätte. Dass er vorher an einem Geldautomaten angehalten hatte und ausgeraubt worden war und dass seine Freundin, Cynthia Shearer, bei dem Überfall am Geldautomaten getötet worden war. Wir haben sichergestellt, dass diese Geschichte einer Überprüfung standhalten würde.«

»Ich verstehe«, sagte der Präsident fasziniert. »Wie konnten Sie Kagan überzeugen, diese Lüge mitzutragen?«

»Es brauchte keine große Überzeugungsarbeit«, sagte Carter. »Er wollte nicht noch mehr Panik verbreiten. Weit über hundert Menschen waren abgeschlachtet worden, nur um an ihn heranzukommen. Es ist schwer, sich vorzustellen, wie es ist, so etwas zu überleben, zu wissen, dass es ohne einen selbst nicht passiert wäre. Allein diese Last zu tragen, war zermürbend für ihn. Das Letzte, womit er hätte zurechtkommen können, wäre gewesen, dass dies öffentlich bekannt geworden wäre.«

»Nach diesen Ereignissen«, sagte Headrick, »kam uns der Gedanke, dass er ein idealer Kandidat für unser Enhanced Human Operations Programm sein könnte. Und je mehr wir uns in seine Vergangenheit vertieften, desto besser gefiel er uns. Alles, was wir erfuhren, deutete darauf hin, dass er sehr beliebt, anständig, mitfühlend und wohltätig war. Dass er sein ganzes Leben lang ein gutes Urteilsvermögen bewiesen und gute Entscheidungen getroffen hatte. Brillant im Allgemeinen, aber besonders bei fortschrittlicher Technologie. Keiner war besser geeignet, um technisiert zu werden oder diese Technologie effektiv zu nutzen.«

»Und er war unter gnadenlosem Druck getestet worden«, fuhr Headrick fort. »Der Rest seiner persönlichen Eigenschaften war auf dem Papier großartig, aber das hier war das Wichtigste: Wie würde er sich verhalten, wenn man ihm eine Waffe an den Kopf hielte und das Schicksal von Millionen Menschen auf dem Spiel stünde? Und ein guter Sportler war er auch noch. Tennisstar im College. Er hatte zwar keinerlei Kampftraining oder militärische Ausbildung, aber wir hatten keine Zweifel, dass er sich das schnell aneignen würde. Es war klar, dass er der perfekte Kandidat wäre, wenn wir ihn von einer Mitarbeit überzeugen könnten.«

»Es ist offensichtlich, dass er sich Ihnen angeschlossen hat«, sagte

Moro. »Aber ich bin doch überrascht. Er muss steinreich sein. Und Sie sagten, er lebte für die Wissenschaft. Er ist der Typ, von dem man erwarten würde, dass er die Technologie erfindet, nicht dass er sie in die Schlacht mitnimmt. Nichts in seinem Hintergrund würde darauf hindeuten, dass er jemals so etwas tun würde. Warum sollte er sein Leben riskieren, anstatt auf einer Yacht zu sitzen und Bourbon zu trinken?«

»Es hat auch tatsächlich eine Weile gedauert, bis wir ihn überzeugt hatten«, sagte Carter, »aber wir waren hartnäckig. Wie wir schon sagten, war sein Leben zerrüttet. Er war Zeuge des Massakers der Vettori-Party. Die Liebe seines Lebens war in seinen Armen gestorben. Er wurde fast gezwungen, bei der Entfesselung einer Massenvernichtungswaffe mitzuhelfen. Da kann man davon sprechen, dass der Verlauf eines Lebens für immer verändert wird.« Er schüttelte angewidert den Kopf. »Kagan war den Bedrohungen, mit denen die USA zu tun haben, unmittelbar ausgesetzt – und nicht nur auf intellektueller Ebene. Bedrohungen, die ein Supersoldat mit der richtigen Kreativität und Tapferkeit vielleicht abwenden kann. Und wir boten ihm die Chance, mit der fortschrittlichsten Technologie der Welt zu experimentieren, aus nächster Nähe und persönlich. Er liebt die moderne Technik über alles und ist ein Jünger von Ray Kurzweil, wie viele, die bei den Tech-Giganten arbeiten.«

»Kurzweil«, wiederholte der Präsident, in Gedanken versunken. »Der Name kommt mir bekannt vor – aber sagen Sie mir, wer er ist.«

»Ein Erfinder und Futurist«, erklärte Stephanie Annise, die zusammen mit Kim Buckner und Mary Bredlau während dieses Teils der Diskussion des Präsidenten mit seinen beiden Kabinettsmitgliedern geschwiegen hatte. »Er ist einer der bekanntesten Verfechter dessen, was er die *technologische Singularität* nennt. Diese lässt sich grob definieren als der Punkt, an dem der Mensch mit der Maschine verschmilzt und eine Phase bahnbrechenden Fortschritts erreicht. Einen riesigen, exponentieller Sprung nach vorne, der schnell zur Superintelligenz führt, da die Menschheit zu einer Art Superentität wird.

Im Grunde mit den Fähigkeiten und der Unsterblichkeit eines Gottes. Eine verschmolzene Superspezies, die für den heutigen Homo sapiens unergründlich ist.«

»Danke«, sagte Moro. »Jetzt fällt es mir wieder ein.«

»Die meisten glauben, dass die elektronische Komponente des fusionierten Wesens den Weg zur menschlichen Superintelligenz weisen wird«, fügte die NASA-Chefin hinzu. »Aber es besteht auch die Möglichkeit, dass die Menschheit ihre eigenen grauen Zellen – mithilfe der Technologie – bis zu dem Punkt optimiert, an dem wir eine Explosion der Superintelligenz bekommen. Kurzweil«, fuhr sie fort, »hat das exponentielle Wachstum der modernen Technologie studiert und sagt voraus, dass diese Singularität viel früher eintreten wird, als die Meisten denken. Der Beginn einer exponentiellen Entwicklung ist unscheinbar – wie bei den vielzitierten Reiskörnern auf dem Schachbrett.«

Moro fragte: »Diejenigen, die ihm folgen, wie Kagan, sehen also die Verschmelzung von Biologie und Technologie als den natürlichen nächsten Schritt an, anstatt darüber entsetzt zu sein?«

»Ich hätte es selbst nicht besser ausdrücken können, Sir«, erwiderte Annise.

Moro legte nachdenklich den Kopf schief. »Und wie lange ist dieser Kagan schon bei EHO?«, fragte er.

»Fast zweieinhalb Jahre«, sagte Headrick. »Angesichts des Traumas, das er durchgemacht hat, haben wir mögliche Schäden an seiner Psyche sehr gründlich geprüft, bevor wir ihn aufgenommen haben. Er war vorher stabil, aber es gibt keine Garantie, dass jemand stabil bleibt, nachdem er das durchgemacht hat. Und wir unterziehen alle möglichen Rekruten selbstverständlich einem wahren Spießrutenlauf von psychologischen Tests. Kagan erlitt zweifelsohne schwere emotionale Verletzungen, die zum Ausdruck kamen in Depressionen, Wut, Feindseligkeit – das volle Programm also. Aber nach einiger Zeit kehrten der Großteil seiner Persönlichkeit und sein angeborener Optimismus zurück. Unsere Tests zeigten, dass er von Natur aus widerstandsfähig ist. Wir konnten feststellen, dass er nicht abgestumpft oder gewaltbereit geworden war.«

»Warum also er für diese Mission?«, fragte Moro. »Warum nicht einer unserer zweiundvierzig anderen Agenten?«

»Jeder der anderen ist in vergleichbarer Weise beeindruckend«, antwortete Headrick. »Und jeder hat einen überzeugenden Hintergrund und eine eigene Heldengeschichte. Sie haben sich alle hervorgetan, seit sie ausgewählt wurden. Aber Kagan ist einer unserer Top-Performer. Er hat sich eingelebt wie ein Fisch im Wasser. Er wäre auf jeden Fall einer meiner fünf besten Kandidaten für diese Mission. Aber er ist zufällig auch gerade in Brasilien im Einsatz, was ihn durch die geografische Nähe zu unsrer besten Option macht.«

»Was macht er denn in Brasilien?«, fragte Moro.

»Wir haben Berichte bekommen von einer ungewöhnlichen und verdächtigen Operation«, antwortete der Admiral, »in einer entlegenen Gegend, unter der Tarnung einer ausgedehnten Kaffeeplantage. Es wurde dorthin hochentwickelte Biotech-Ausrüstung geliefert, und zwar eine ganze Menge davon. Kagan hat gerade einen Job als Hubschrauberpilot auf der Plantage angenommen, damit er ein paar Wochen lang verdeckt ermitteln kann.«

»Wann ist er denn Pilot geworden?«, fragte der Präsident.

»Diese Männer und Frauen waren nicht alle Soldaten, als wir sie rekrutierten«, sagt Headrick, »aber wir haben sie nicht nur mit technischem Spielzeug aufgewertet. Wir haben sie bis aufs Blut gedrillt.«

Moro nickte langsam. »Ein Glück, dass wir einen von Ihren Leuten so nah am Ort des Geschehens haben«, sagte er.

»Nicht wirklich«, meinte Headrick. »Wir haben sie überall auf der Welt im Einsatz. Es war klar, dass einer von ihnen in der Nähe sein musste. Aber wie gesagt, Kagan wäre in jedem Fall in meiner engeren Wahl gewesen, also ist es doch ein glücklicher Zufall.«

»Freut mich, dass Sie so viel Vertrauen in diesen Kerl haben«, sagte Moro.

»Er hat es sich verdient«, antwortete der Admiral. »Aber ich empfehle auch, dass wir vier weitere EHO-Soldaten schicken. Wir jagen Kagan sofort dorthin, als Vorauskommando, aber wir geben den anderen mehr Zeit, sich vorzubereiten. Da sie auch weiter weg sind, wird er in den ersten sechs bis vierzehn Stunden auf sich allein gestellt sein. Wir können die Verstärkung dann rund um das Ziel verteilen. Sie können mit Kagan und untereinander kommunizieren. Kagan hat das Kommando. Fünf unserer Leute, einzeln unterwegs, erhöhen die Chance, die Sonde zu finden. Selbst zu fünft ist das ein Problem wie eine Nadel im Heuhaufen. Sie haben zwar alle fortschrittliche Sensoren, aber die helfen uns am Anfang nicht. Unsere einzige wirkliche Hoffnung ist, dass ein Sensor ein Signal auffängt, wenn einer aus unserem Team in die Nähe kommt.«

Der Verteidigungsminister hielt inne und starrte den Präsidenten aufmerksam an. »Habe ich also Ihre Zustimmung, Kagan und die anderen einzusetzen? Genauer gesagt: Sind Sie damit einverstanden, dass Kagan je nach Lage vor Ort eigenständig Kommandoentscheidungen trifft?«

Moro überlegte mehrere lange Sekunden. »Das bin ich, Admiral«, sagte er schließlich. »Lassen wir diesen Mann, dieses Team, los und sehen, was sie erreichen können.«

»Ich danke Ihnen, Sir«, sagte Headrick.

Der Präsident nickte abwesend, tief in Gedanken versunken. »Ich gehe mal davon aus, dass Kagan dieses surreale Spiel um die Eroberung der Flagge gewinnen wird«, sagte er. »Während Sie also Ihre Leute einsetzen, werde ich mit den anderen in diesem Raum ein Team von Wissenschaftlern zusammenstellen, um diese Sonde dann zu untersuchen. In aller Stille. In dem Moment, in dem dieser Supersoldat uns unseren Preis bringt«, beendete er, »sollten wir dafür bereit sind, herauszufinden, wie der Fußball funktioniert und welche Tricks er auf Lager hat.«

Teil 3

12

Es waren noch drei volle Stunden bis zum Tagesanbruch, aber Benjamin Kagan war bereits hellwach.

Er hatte das Glück gehabt, sein Ziel erfolgreich zu infiltrieren, aber seitdem hatte er frustrierend wenig Fortschritte gemacht. Doch das würde sich vielleicht bald ändern. Endlich.

Der US-Geheimdienst überwachte seit einigen Jahren die Industrie für High-End-Biotech-Ausrüstungen sehr sorgfältig, doch bald würde das nichts mehr nützen. Die kommerziell verfügbaren Methoden der Biotechnologie waren inzwischen so weit fortgeschritten, dass selbst der Sicherheitsmann im örtlichen Shopping-Center faktisch Designer-Menschen seiner Wahl erschaffen konnte. Die CRISPR-Cas9-Technologie hatte die Gentechnik revolutioniert, sie war so mächtig und so einfach, dass selbst ihre Erfinder Alarm geschlagen hatten.

Das bedeutete, dass ab sofort jeder, der die neueste biotechnologische Ausrüstung erwarb, die man für Geld kaufen konnte, sorgfältig beobachtet werden musste. Man musste wissen, welche Motive hinter solchen Anschaffungen standen.

Erst kürzlich hatte der US-Geheimdienst herausgefunden, dass eine große Menge derartiger Laborgeräte, die von verschiedenen Firmen in den USA und anderen Industriestaaten bezogen worden waren, schließlich in Brasilien gelandet war – einem der sechs größten Länder der Welt, sowohl in Bezug auf die Landesfläche als auch auf die Bevölkerung. Die Geräte waren auf verschlungenen Pfaden dorthin gelangt, und wer auch immer sie geordert hatte, hatte seine Spuren meisterhaft verwischt. Nun, vielleicht nicht meisterhaft genug.

Der US-Geheimdienst hatte den ausgeklügelten Plan schließlich entdeckt und die Ausrüstung bis zu ihrem endgültigen Bestimmungsort verfolgt: Cardoza Coffee Enterprises, eine Holdinggesellschaft, deren materielles Vermögen aus einer Reihe von großen Kaffeeplantagen bestand, die über ganz Brasilien verteilt waren.

Wenn eine Kaffeeplantage ausgefeiltere biotechnologische Ausrüstung verwendete als milliardenschwere Pharmaunternehmen, musste man sich fragen, ob es hier wirklich um die Bohnen ging. Als weitere Nachforschungen von Geheimagenten eine mögliche Verbindung zu einer kleinen Gruppe von Überlebenden, die sich immer noch *Islamischer Staat* nannten, aufgedeckt hatten, hatte dies eine Schockwelle durch die oberen Ränge des amerikanischen Geheimdienstes ausgelöst.

Wie alle EHO-Agenten hatte Ben Kagan beträchtliche Autonomie erhalten, um seine eigenen Missionen zu wählen. Doch angesichts der möglichen Verwicklung des IS in diesen Fall hätte ihn nichts davon abhalten können, hier tätig zu werden. Der IS lag zwar in den letzten Zügen, aber die verbliebenen Mitglieder dieser grausamen Organisation waren raffiniert und hochintelligent – die einzige Möglichkeit, wie diese letzten Terrornester der Vernichtung bisher hatten entgehen können.

Kagan konnte sich kaum vorstellen, was sie mit einer so fortschrittlichen Biotech-Ausrüstung wollen konnten. Aber es konnte nichts Gutes sein. Biowaffen waren viel einfacher herzustellen als Nuklearwaffen und konnten wohl eine noch größere Bedrohung für die Welt darstellen.

Vielleicht versuchten sie, eine Seuche zu entwickeln, die für alle Ungläubigen tödlich sein würde, aber nicht für sie. Oder eine Seuche, für die sie das Gegenmittel besaßen, was sie in die Lage versetzen würde, mächtige westliche Länder zu erpressen, sobald sich die von der Krankheit gezeichneten Körper ihrer Bürger in den Straßen und Häusern wie fauliger Müll anhäuften würden.

Es war auch möglich, dass der IS überhaupt nicht involviert war, und dass das ein Täuschungsmanöver war. Wie auch immer – Ben Kagan musste der Sache auf den Grund gehen.

Fünf Tage zuvor hatte er Glück gehabt und sofort zugegriffen. Er hatte nach einem Weg gesucht, wie er die Cardoza Coffee Enterprises, kurz CCE, infiltrieren konnte. Als die Firma die Stelle für einen englischsprachigen Hubschrauberpiloten ausgeschrieben hatte, hatte er sich umgehend als *Ben Miller* mit einem gefälschten Lebenslauf beworben, der genau den gesuchten Qualifikationen entsprach. Nach einem kurzen Vorstellungsgespräch und einem dreißigminütigen Flug, bei dem er seine fliegerischen Fähigkeiten unter Beweis gestellt hatte, wurde er eingestellt.

CCE hatte insgesamt sechs Piloten, die alle mehrere Sprachen beherrschten. Aber das Management von CCE glaubte, wenn ein Amerikaner zu Besuch käme und herumgeflogen werden müsste, würde ein amerikanischer Kollege als Pilot und Begleiter – oder vielleicht war *Butler* das richtige Wort – noch einen besseren Eindruck machen. Kagan war sich nicht sicher, ob er mit dieser Einschätzung einverstanden war, aber er hatte nicht vor, zu widersprechen.

Tatsächlich war er bis jetzt noch keine einzige Meile geflogen. Stattdessen wurde von ihm laut Vertrag erwartet, dass er, wenn er nicht als Pilot tätig war, alle anderen Aufgaben erledigte, die ihm zugewiesen wurden, egal wie banal, langweilig oder untergeordnet.

Während der luxuriöse Privathelikopter, den er eigentlich fliegen sollte, also auf einem privaten Hubschrauberlandeplatz Staub ansetzte, hatte er einen Schreibtischjob in einem kleinen CCE-eigenen Bürogebäude fünfzehn Meilen entfernt machen müssen. Was ihm überhaupt nichts brachte.

Er wusste bereits, dass die Arbeit an einem Computer ihm nicht näher an das heranbringen würde, was ihn interessierte. Die besten Hacker in den Staaten hatten versucht, und waren daran gescheitert, die Geheimnisse von CCE zu lüften. Und der PC, den ihm die Firma zur Verfügung gestellt hatte, hatte keinen besseren Zugang zum Firmennetz. Ein Einsatz im Feld war der einzige Weg, Fortschritte zu machen. Er musste die Plantagen von CCE besuchen, wo die Biowaffenanlagen mit ziemlicher Sicherheit versteckt waren – außer Sicht und außerhalb des Netzes.

Er war überzeugt, dass sich auf einer dieser Plantagen etwas Dunkles zusammenbraute. Und es war sicher kein Kaffee.

Während Kagan auf einen Auftrag wartete, wurde er von einer Frau namens Ella – ohne Nachnamen – geschult und beaufsichtigt. Kagan schätzte sie auf Anfang dreißig, genau wie er selbst. Sie war wohl Brasilianerin, hatte aber ihre Kindheit in China verbracht, wo ihr Vater an einer Schule unterrichtet und ihre Mutter kennengelernt hatte. Zumindest hatte sie das erzählt. Vielleicht war die Mutter auch einfach eine indigene Brasilianerin. Interessanterweise sprach Ella akzentfrei Amerikanisch.

Wie sie einen Job bei CCE bekommen hatte, geschweige denn einen Job, bei dem sie Personalverantwortung hatte, war unbegreiflich. Sie war zwar ziemlich attraktiv, aber sie war auch dumm wie ein Stück Brot.

Kagan war stolz darauf, offen und unvoreingenommen zu sein, aber dieser Charakterzug wurde auf eine harte Probe gestellt, wenn es um Ella ging. Er wusste, dass die Intelligenz eines Menschen größtenteils außerhalb seiner Kontrolle lag – es war also nicht ihre Schuld – aber so sehr er sich auch bemühte, er konnte nicht verhindern, dass sie ihm ständig auf die Nerven ging.

Sie schien auch emotional gestört zu sein, obwohl er nicht genau sagen konnte, warum er davon so überzeugt war. Und zu allem Überfluss hatte sie ihm am Tag zuvor sexuelle Avancen gemacht. Er hatte so getan, als würde er es nicht bemerken – und hatte den deutlichen Eindruck, dass ihr Interesse nur gespielt war. Er hatte das Gefühl, dass sie etwas Bestimmtes von ihm wollte und glaubte, dass sexuelle Intimität ihr helfen würde, es zu bekommen.

Der Verlust von Cynthia hatte eine Wunde in Kagans Seele gerissen, die nie ganz heilen würde. Aber nach einem Jahr der Trauer, der Albträume, des Sehnsucht nach ihr, das so heftig war, dass es wehtat, hatte er sich gezwungen, wieder auszugehen. In den drei Jahren seit ihrem Tod hatte er mit zwei anderen Frauen geschlafen, zuletzt mit einer EHO-Kollegin während ausgedehnter Trainingseinheiten.

Nun, diese Ella-ohne-Nachname hatte einen Körper, der genauso attraktiv war wie ihr Gesicht, schlank und athletisch. Doch selbst wenn er über die direkte und plumpe Art ihrer Annäherungsversuche hinwegsah – und darüber, wie viel er zu verlieren hatte, wenn er gefeuert wurde, weil er mit seiner Chefin geschlafen hatte – fand er ihre Einfalt und Inkompetenz unsympathisch. Selbst wenn die Umstände ideal waren, was sie definitiv nicht waren, musste er zumindest etwas Respekt vor einer Frau haben, egal wie gut sie aussah, bevor er mit ihr schlafen konnte.

Die größte Frage, die sich Kagan stellte, war, wie Ella überhaupt in ihre jetzige Position gekommen war. Vielleicht durch die richtige *Position*? Wie auch sonst? Mit ihren sonstigen Fähigkeiten hätte sie sicher nicht überzeugen können.

Die einzige andere Erklärung, die ihm einfiel, war *Vetternwirtschaft*: Vielleicht gehörte ihrem Vater oder einem anderen nahen Verwandten die Firma. Trotzdem glaubte er, dass es ein großer Fehler war, jemanden einzustellen, der so nachweislich inkompetent war, unabhängig von den Motiven.

Glücklicherweise hatte er am letzten Abend einen Auftrag erhalten, bei dem es tatsächlich um das Fliegen ging. Später am Morgen würde er zur Hauptplantage fliegen, um einen VIP zu mehreren anderen Standorten zu bringen. Mit etwas Glück konnte er dabei ein paar Beobachtungen machen, die ihm halfen, den Knoten zu entwirren. Er musste dringend Fortschritte machen. Seine Zeit war begrenzt, und er konnte fast die Uhr in seinem Kopf ticken hören.

IS oder nicht IS, er konnte es sich nicht leisten, hier länger als ein paar Wochen festzusitzen. Es gab immer andere dringende Missionen, bei denen seine besonderen Fähigkeiten gebraucht wurden, und er war sich bewusst, dass Dutzende anderer talentierter, aber nicht körperlich verbesserter, Agenten in den Startlöchern standen, um den Cardoza Coffee Enterprises auf den Grund zu gehen. Im Gegensatz zu ihm hatten diese Agenten so viel Zeit, wie eben erforderlich sein würde.

Selbst nach zwei Jahren im Außendienst erschien ihm das, was er jetzt beruflich tat, immer noch unwirklich. Und obwohl er die Belohnungen vermisste, die es mit sich brachte, neue Wege in Wissenschaft und Technologie zu beschreiten, war er noch nicht bereit, zurückzukehren. Das Wissen, dass er beinahe für den Tod von Millionen Menschen verantwortlich gewesen war, hatte einen enormen Einfluss auf seine Psyche gehabt. Aber auch das Wissen, dass er einen Weg gefunden hatte, diese Millionen durch kühnes, entschlossenes Denken zu retten, hatte eine tiefgreifende Wirkung auf ihn gehabt.

Als Carter und Headrick zum ersten Mal mit dem Angebot an ihn herangetreten waren, bei EHO mitzuarbeiten, hatte er es für lächerlich gehalten und abgelehnt, aber er hatte bald erkannt, dass er zu viel Ballast mit sich herumschleppte, um einfach sein altes Leben weiterleben zu können. Die Arbeit an vertrauten Problemen, in vertrauter Umgebung, mit vertrauten Menschen – aber ohne Cynthia und mit dem Massaker, das er miterlebt hatte, im Kopf – hätte zu viele ungewollte Emotionen in ihm ausgelöst.

Es war Zeit für eine dramatische Veränderung gewesen. Und was könnte dramatischer sein, als ein tapferer Soldat in einer Gruppe zu werden, die sich Enhanced Human Operations nannte? Er würde sich in eine Reihe von Situationen begeben, in denen es um Leben und Tod ging, und die ihm keine Zeit zum Trauern oder Nachdenken lassen würden. Er würde die Chance haben, unschuldige Leben zu schützen und zu retten. Und was könnte faszinierender sein, als mit einer Technologie vertraut zu werden, die die nächste Stufe der menschlichen Evolution einleiten konnte?

Also hatte er beschlossen, es zumindest ein paar Jahre lang zu probieren und dann zu entscheiden, was er mit dem Rest seines Lebens anfangen wollte. Er war noch relativ jung und würde in der Tech-Community mit offenen Armen empfangen werden, wann immer er sich entschließen würde, zurückzukehren.

Die eigentliche Frage war: Würde die EHO, die ihn ebenfalls mit offenen Armen empfangen hatte, auch wieder ihre Arme öffnen, um ihn gehen zu lassen? Und wenn sie ihm von der Rückkehr in den zivilen Status abrieten, welche Form würde diese *Entmutigungen* annehmen? Selbst wenn sie ihn ohne viel Aufhebens ziehen ließen, würden sie ihm mit ziemlicher Sicherheit seine Verbesserungen abnehmen, was ihm jetzt wie eine Amputation seiner Gliedmaßen vorkommen würde.

Am meisten würde er die auf einem Supercomputer basierende KI vermissen, die er ständig bei sich trug und die er *Ory* nannte. Nach diesem KI-Partner war er süchtiger geworden als nach Google, seinem Smartphone und allen anderen elektronischen Hilfsmitteln zusammen. Ory war wie ein zweites Gehirn, ein ständiger Begleiter und Freund – auch wenn er genau wusste, dass Ory kein Bewusstsein hatte und nicht mehr war, als ein sehr fortschrittliches Werkzeug.

»Ich spüre, dass du wach bist, Ben«, sagte die KI, an die er gerade gedacht hatte, fast wie aufs Stichwort. Die angenehme männliche Stimme kam durch ein winziges Kommunikationsgerät, das chirurgisch in sein Innenohr implantiert worden war. Durch die direkte Stimulierung des Cochlea-Nervs, der die auditiven Informationen zum Gehirn leitet, konnte die Kommunikation mit Kagan von niemandem sonst gehört werden, egal wie nah sie standen. »Es hat sich eine dringende Angelegenheit ergeben.«

»Was gibt es?«, fragte Kagan subvokal, indem er winzige Bewegungen mit den Muskeln seines Mundes und seiner Kehle machte, die von eingebetteten Sensoren verstärkt und an Ory weitergeleitet wurden, der sie mit perfekter Genauigkeit entziffern konnte. Das war am Anfang nicht der Fall gewesen, da Ory die individuellen Eigenheiten von Kagans Subvokalisationen beherrschen musste und Kagan sich daran gewöhnen musste, sie entsprechend auszuführen. Aber jetzt konnte er auf diese Weise mühelos mit seiner KI kommunizieren – mit einer Leichtigkeit und Genauigkeit, als wenn die Kommunikation telepathisch gewesen wäre.

Nicht, dass eine tatsächliche telepathische Computer-Mensch-Kommunikation in weiter Ferne lag. EHO arbeitete seit Jahren fieberhaft daran, einen KI-Supercomputer zu perfektionieren, der in den Schädel eingebettet werden und an ihn gerichtete Gedanken aufnehmen konnte. Auch dieses Ziel schien nun in Reichweite zu sein.

»Sie haben eine dringende Mitteilung von Admiral Headrick erhalten«, fuhr Ory fort. »Möchten Sie, dass ich sie Ihnen vorlese, oder soll ich sie an Ihre Linsen schicken?«

»Ich werde sie selbst lesen«, antwortete Kagan lautlos. Ory übermittelte die dringende Mitteilung an beide Kontaktlinsen von Kagan, die jeweils fast mikroskopisch kleine Bordcomputer und Antennen enthielten, und das Dokument schien nun in perfekter Klarheit in 3D vor ihm zu schweben.

Kagan las es schnell. Es war im Grunde eine Reihe von Befehlen und ein Hintergrundbericht. Im Anschluss gab Headrick GPS-Koordinaten an, die einen großen Kreis im Herzen des Dschungels umrissen, viele hundert Meilen entfernt. Der Befehl lautete, dass er seinen Arsch so schnell wie möglich dorthin schleppen sollte. Der Admiral ging davon aus, dass er sich einen Heli von CCE ausleihen würde, da er so am schnellsten dorthin gelangen würde.

Kagan runzelte die Stirn, als er diese Anweisung las. Der Hubschrauber von CCE war opulent bis schrill, mit einer maßgefertigten Innenausstattung, die sechs gepolsterte Ledersessel, eine Bar und sogar einen schmalen privaten Raum umfasste, der komplett von einem maßgefertigten Bett ausgefüllt wurde, das drei Meter breit und drei Meter lang war. Diese Opulenz an sich war kein Problem, aber die Größe des Fluggeräts konnte ein Hindernis darstellen. Trotzdem war es für einen Hubschrauber rasend schnell und hatte eine Reichweite von siebenhundert Kilometern. Alles in allem überwogen die Vorteile die Nachteile, und er würde einen Weg finden müssen, damit sein Ziel zu erreichen.

Seine letzte Anweisung war, den Verteidigungsminister selbst anzurufen, sobald er auf dem Weg war, um weitere Details und Anweisungen zu erhalten. Aber erst, wenn er auf dem Weg war. Offenbar wollte Headrick nicht, dass irgendetwas Kagans Vorbereitungen und seinen Aufbruch verzögerte.

Kagan konnte es ihm nicht verdenken. Verdammte Scheiße! So dringend die Angelegenheit auch war, Kagan konnte nicht anders, als die Mitteilung ein zweites Mal zu lesen … Eine außerirdische Sonde, die sich mit Geschwindigkeiten knapp unterhalb der Lichtgeschwindigkeit fortbewegt hatte und die vor der Landung auf der Erde physikalisch verblüffende Manöver durchgeführt hatte. Eine Technologie, die möglicherweise die Welt revolutionieren konnte.

Ein wahrscheinliches Gerangel der großen Weltmächte, um sie zuerst zu bekommen.

Das war surreal und unglaublich – aber Kagan fand es auch elektrisierend und ehrfurchtgebietend.

Er hatte sich damit abgefunden, seine Fähigkeiten als EHO-Agent zu nutzen, um die Mächte der Finsternis zu bekämpfen, um Krieg zu führen, um die Kräfte des Hasses und der Zerstörung zu besiegen. Aber wenn er bei der Mission, die ihm gerade übertragen worden war, erfolgreich war, würde es um echte Entdeckungen gehen. Um einen technologischen Quantensprung. Er könnte der erste Mensch sein, der ein interstellares Objekt, das unbestreitbar von Außerirdischen gebaut worden war, in die Hände bekam. Es war unmöglich, die Wichtigkeit seiner Aufgabe zu überschätzen.

Nicht, dass der Erfolg leicht sein würde. Wenn er sich in ein verrücktes und potenziell tödliches Gerangel zwischen den Weltmächten begab, um diese Sonde zu finden, musste er sein bestes Spiel zeigen.

Aber wie erstaunlich wäre es, wenn er sie in die Hände bekäme? Was wäre, wenn sie die Fähigkeit besäße, die Physik auf den Kopf zu stellen und die Zivilisation auf unbekannte wissenschaftliche und technologische Pfade zu schicken? Was, wenn das winzige Raumschiff die Menschheit dazu inspirieren könnte, das Universum auf völlig neue Weise zu betrachten? Wie könnte es das nicht tun? Allein seine Anwesenheit hier, wenn sie bekannt würde, würde das bewirken. Es wäre der absolute Beweis für die Existenz intelligenter Außerirdischer mit weit überlegener Technologie. Es würde uralte Fragen über den Platz der Menschheit im Universum beantworten und Philosophie, Kosmologie und Religion in ihren Grundfesten erschüttern – mindestens.

Als Ben Kagan erst acht Jahre alt gewesen war, hatte er sich gefragt, was er tun würde, wenn er allein wäre und ein UFO in der Nähe schweben sähe. Schnell war er sicher, dass er nicht weglaufen oder Angst haben würde. Stattdessen würde er ruhig auf das Objekt zugehen. Geleitet von nichts als Verwunderung und Neugierde.

Vor Vettoris Party hatte er sich immer für einen Feigling gehalten. Aber schon als Junge hatte er gewusst, dass er gerne den Tod riskieren würde für die Chance, neue Wunder zu entdecken, seinen Horizont in Bezug auf die Wissenschaft und die Natur des Kosmos dramatisch zu erweitern und vor allem, um zu bestätigen, dass die Menschheit nicht allein war.

Der Admiral hatte den richtigen Mann für diese Aufgabe ausgewählt, wusste Kagan. Er würde diese Sonde finden und zurückholen, koste es, was es wolle. Er war sich noch nie im Leben einer Sache so sicher gewesen.

13

Benjamin Kagan warf zwei große Seesäcke auf den Rücksitz seines geleasten Geländewagens, jeder Sack bis zum Rand vollgestopft, und sprang selbst hinein. »Ory«, flüsterte er, diesmal laut und nicht unterschwellig, »wie weit ist es bis zum nächsten Laden mit Treckingzubehör?«

»Ich nehme an, Sie meinen einen Laden, der Vorräte verkauft, die für das Überleben im Amazonas-Regenwald nützlich sind?«, antwortete die KI in Kagans Ohr. »Ich nehme auch an, dass Sie wissen, dass jedes solches Geschäft frühestens in sechs Stunden öffnen wird.«

»Wie weit?«, fragte Kagan leicht irritiert.

»Ein Laden, der auf Englisch übersetzt *Pedro's Premium Jungle Gear* heißen würde, ist acht Meilen entfernt.«

»Dann los, so schnell es geht«, befahl Kagan.

Er hatte bereits einige Ausrüstungsgegenstände mit nach Brasilien gebracht, die ihm helfen würden, die kommende Mission zu überleben, darunter ein neues Gerät, das trinkbares Wasser direkt aus feuchter Luft gewinnen konnte, aber er würde noch viel mehr brauchen.

»Außerdem«, fügte er hinzu, »möchte ich, dass du aus dem Internet Anleitungen ziehst, wie man längere Zeit im Amazonas überleben kann – und erstelle eine Liste mit empfohlenen Vorräten. Du solltest dabei die bekannten Parameter der Mission bei deiner Auswahl berücksichtigen. Ich möchte auch eine Begründung für jede Entscheidung wissen.«

»Verstanden«, sagte Ory.

Kagan befahl dem Wagen, alle Innenlichter auszuschalten, damit er nicht von den sporadischen Autofahrern beobachtet werden konnte, die ebenfalls zu dieser unchristlichen Stunde unterwegs waren. Seine Kontaktlinsen konnten im vollen Wärmebildmodus arbeiten, was ihm echte Nachtsicht verschaffte, aber sie konnten auch das Umgebungslicht verstärken, was sie jetzt taten.

Die Kontaktlinsen konnten durch Blinzelmuster gesteuert werden und konnten subtile Kontraktionen innerhalb der komplexen Anordnung von Muskeln wahrnehmen, die das menschliche Auge steuern. Nachdem er die Linsen einige Monate lang getragen hatte, konnte Kagan sie jetzt ohne nachzudenken steuern und bei Bedarf auf Nachtsicht umschalten, entfernte Objekte heranzoomen oder in den vollen Augmentationsmodus wechseln.

In diesem Modus wurde alles, was er untersuchte, von seiner persönlichen KI mit Kommentaren versehen. Wenn er eine Blume betrachtete, wurden der Name und weitere relevante Informationen daneben angezeigt. Wenn er sich auf ein bestimmtes Wort oder einen Satz dieses erweiterten Inhalts konzentrierte, wurden zusätzliche Informationen zu diesem Wort oder Satz angezeigt – so als würde er auf einen Hyperlink klicken.

Als das Auto ansprang und losfuhr, öffnete er den ersten Seesack und begann, den Inhalt zu sortieren, der aus Waffen und High-Tech-Ausrüstung bestand. Er betrachtete jeden Gegenstand sorgfältig der Reihe nach und ließ die Gegenstände, die er nicht mitnehmen wollte, auf den Boden des SUVs fallen.

Dann öffnete er den zweiten Seesack und nahm verschiedene Kleidungsstücke heraus. Er war jetzt froh, dass er sich für ein fahrerloses Auto entschieden hatte. Kagan zog sich bis auf die Unterwäsche aus und machte sich bereit, seine EHO-Sonntagskleidung anzuziehen. Er hatte keine Ahnung, was ihn erwartete, und musste auf alles gefasst sein.

Aus Gewohnheit schaute er an seinem nackten Oberschenkel hinunter und betrachtete etwas, das aussah wie ein hautfarbener Klebeverband oder ein Pflaster, vier Zentimeter lang und zwei breit, und das teilweise um seinen Innenschenkel gewickelt war. Er brauchte wirklich keine visuelle Kontrolle durchzuführen – Ory hätte ihm Bescheid gesagt, wenn der Kleber in irgendeiner Weise beschädigt worden wäre. Aber wenn man einen zwanzig Millionen Dollar teuren Prototypen eines Supercomputers an seinem Bein kleben hatte, war es schwer, nicht einen kurzen Blick darauf zu werfen, wann immer er freigelegt wurde.

Der Computer, den der Verband verbarg, war Orys Zuhause und enthielt eine Reihe von bahnbrechenden Entwicklungen. Der Computer selbst war bis zu einem gewissen Grad biegsam, so dass er sich an die Wölbung von Kagans Oberschenkel anpassen konnte. Er war aus Kohlenstoff-Nanoröhrchen gebaut, wodurch seine Architektur dreidimensional aufgebaut werden konnte. Jede Schicht war nur fünf Nanometer breit, also zwanzigtausendmal dünner als ein menschliches Haar.

Das 3D-Nanoröhrchendesign ermöglichte es, sowohl Rechenleistung als auch Speicher auf demselben winzigen Raum zu verweben, was die Leistung exponentiell steigerte und den Energiebedarf dramatisch gering hielt.

1969 hatte die NASA zwei Astronauten auf den Mond geschickt und dabei mehrere Großrechner eingesetzt, die jeweils Millionen von Dollar gekostet hatten. Im Jahr 1997 besiegte ein Supercomputer namens Deep Blue den Schachweltmeister Gary Kasparow mit einem Prozessor, der zweihundert Millionen Schachzüge pro Sekunde auswerten konnte.

Aber 2014 waren bereits die winzigen internen Computer in Mobiltelefonen mehr als zehnmal so schnell wie Deep Blue und millionenfach leistungsfähiger als alle Computer, die der NASA beim ersten Mondprogramm zur Verfügung gestanden hatten.

Und jetzt, wieder einige Jahre später, war der Computer, mit dem sich Kagan verbunden hatte – fast buchstäblich, da der Verband, der ihn verbarg, mit seiner Haut verbunden war – zehntausendmal leistungsfähiger als das beste verfügbare Smartphone und sogar noch kleiner. Tatsächlich bestand der größte Teil der Fläche unter der Bandage nicht einmal aus einem Computer, sondern aus Batterien, Antennen und einer Vielzahl von Sensoren.

Die Bandagen, die EHO entwickelt hatte, um diese Computer zu verbergen, waren technische Wunderwerke für sich. Das Material sah aus wie ein normaler Verband, konnte aber von den schärfsten Scheren oder Messern nicht aufgeschnitten oder durch andere Misshandlungen zerstört werden. So konnte es den Computer im Inneren schützen. Die Klebeverbindung zur Haut war beinahe unauflöslich.

Keine Anwendung von Wasser, Seife oder irgendwelchen Lösungsmitteln konnte ihre Haftung auch nur ein Jota lockern. Nur ein hochspezialisiertes Reagenz, das ausschließlich von EHO für diesen Zweck hergestellt wurde, konnte den Trick vollbringen. Das Material war luftdurchlässig, aber seine Poren schlossen sich in Gegenwart von Feuchtigkeit, einschließlich Schweiß, und es war absolut wasserdicht, selbst wenn es vollständig untergetaucht war.

Die EHO-Wissenschaftler hatten eine kleine Kontaktplatte entwickelt, die in eine Steckdose gesteckt und an der Außenseite der Bandage magnetisch befestigt werden konnte, um die Batterien des Computers aufzuladen. Das Aufladen dauerte knapp zehn Minuten und würde Ory aufgrund des geringen Energiebedarfs des Systems zwei bis drei Tage lang versorgen.

EHO hatte verschiedene Möglichkeiten in Betracht gezogen, um sicherzustellen, dass seine Agenten jederzeit mit fortschrittlichen KIs zusammenarbeiten konnten, ohne dass eine Remote-Verbindung erforderlich war. Das Anzapfen eines entfernten Computers konnte zu kleinen Verzögerungen in der Kommunikation führen, und es bestand auch immer die Möglichkeit einer totalen Unterbrechung der Verbindung.

Irgendwann würde der Computer von jedem Agenten im Körperinneren getragen werden, entweder unter der Haut oder in seinem Schädel. Aber bis dahin funktionierte die Bandagenmethode spektakulär gut.

Selbst wenn ein Agent sich nackt ausziehen würde, wäre der Computer immer noch bei ihm oder ihr. Wenn der Verband von einem anderen Menschen gesehen wurde, konnte der Agent erklären, dass er gebraucht wurde, um eine kleine Wunde abzudecken. Wenn der Verband von einem Feind gesehen werden sollte, konnte die KI eine kleine Menge blutroten Farbstoff auf der Oberfläche freisetzen, um jeglichen Verdacht bezüglich des wahren Zwecks des Verbandes zu zerstreuen.

»Ory«, sagte Kagan, während er begann, in die von ihm ausgewählte Kleidung zu schlüpfen, »wir werden im Dschungel keine Internetverbindung haben. Also möchte ich, dass du das Internet nach allem durchsuchst, was uns bei dieser Mission auch nur im Entferntesten nützlich sein könnte, und es im Speicher ablegst.«

»Das wird mindestens eine Stunde dauern, selbst für mich«, erwiderte Ory.

»Dann fang besser gleich damit an«, sagte Kagan und erlaubte sich die Andeutung eines Lächelns.

»Ich wollte nur, dass Sie es wissen«, meinte Ory, und Kagan hätte schwören können, dass er verlegen klang – aber natürlich interpretierte er nur seine eigenen menschlichen Emotionen in die Worte der KI.

»Ich kümmere mich sofort darum«, ergänzte Ory pflichtbewusst.

»Sei lieber etwas zu gründlich«, sagte Kagan, während er sich anzuziehen begann.

Die Kleidung, die er gewählt hatte, war so high-tech wie der Computer, den sie verbergen sollte. Sie bestand aus einem engen Overall mit zwei separaten Schichten, der als Unterwäsche dienen würde, und einem äußeren Hemd und einer Hose, in diesem Fall mit Dschungeltarnung bedruckt. Jede der drei Schichten war atmungsaktiv, leicht und wasserdicht.

Die erste Schicht der Unterbekleidung schmiegte sich an die Haut und bot einen größeren Schutz vor Kugeln als eine Kevlar-Weste. Jahre zuvor hatte man entdeckt, dass sich zwei flexible Graphenschichten – wabenförmige Anordnungen von Kohlenstoff, die ein Atom dick sind – bei plötzlichem mechanischem Druck sofort versteifen und härter als Diamant werden. Ein Gewebe, das aus Millionen solcher Graphenschichten aufgebaut war, war nur einen Millimeter dick. Obwohl die Herstellung eines derartigen Körperpanzers immer noch unglaublich schwierig und teuer war, konnte EHO alle seine Agenten im Einsatz damit versorgen.

Die zweite Schicht der Unterbekleidung war ein weiches Exoskelett aus Stoff und Kohlefasern, das mit einer elektroaktiven Beschichtung versehen war. Menschliche Muskeln übten ihre Kraft durch kontrollierte Ausdehnung und Kontraktion aus, und dieses flexible gewebte Material konnte dasselbe tun. 2017 hatten Forscher in Schweden gezeigt, dass ein solches Gewebe dazu gebracht werden konnte, sich als Reaktion auf das Anlegen einer niedrigen Spannung auszudehnen und zusammenzuziehen, was ihm die Fähigkeit verleiht, sich auf die gleiche Weise wie Muskelfasern zu bewegen.

Die Version, die Kagan erhalten hatte, war eine Weiterentwicklung dieser Technologie. Ory konnte genau steuern, wo und wann Strom an das Material angelegt werden musste, um Kagans Muskelkraft zu verstärken, wann immer die KI berechnete, dass dies erforderlich war. Alles in allem konnte Kagan mit Orys Hilfe seine Kraft für kurze Zeit fast verdreifachen. Das verwandelte ihn zwar nicht gerade in den Hulk oder Captain America, aber er würde sich trotzdem nicht beklagen.

Schließlich erschienen das äußere Hemd und die Hose seines Outfits, obwohl sie wasserdicht und mit Taschen und versteckten Fächern gespickt waren, einem außenstehenden Beobachter völlig unauffällig. Aber auch diese waren mit versteckten Sensoren von erstaunlicher Vielfalt und Empfindlichkeit bedeckt, von denen einige abnehmbar waren, um unter anderem bei Verhören im Feld eingesetzt zu werden.

»Wir sind jetzt in zwei Minuten am Ziel«, berichtete Ory, gerade als Kagan mit dem Anziehen fertig war.

»Gut. Wenn wir ankommen und parken, möchte ich, dass du den Laden und seine Sicherheitssysteme scannst und seine Videoaufzeichnungen hackst, falls du sie online finden kannst. Ich brauche eine Empfehlung für den effizientesten Weg, um einzubrechen, ohne Aufmerksamkeit zu erregen.«

»Verstanden«, bestätigte Ory.

Kagan seufzte. Er hasste es, diesen armen Händler beklauen zu müssen, aber da die Alternative darin bestand, zu warten, bis der Laden öffnete, hatte er keine andere Wahl. Wenn das alles vorbei war, würde er dem Besitzer anonym einen Betrag schicken, der seine Verluste um ein Vielfaches übertreffen würde.

14

Kagan führte ein dreißigminütiges Sat-Telefonat mit Admiral Chris Headrick aus dem Cockpit des Helis, während das Fluggerät mit kreischenden Triebwerken in Richtung der GPS-Koordinaten schoss, die er hoch über dem Dschungeldach erhalten hatte.

Danach vergingen Stunden, ohne dass sich Landschaft nennenswert veränderte. Vor Tagesanbruch war der Amazonas ein Meer von Dunkelheit, ohne ein einziges Licht der Zivilisation. Nach Tagesanbruch gab es nichts als ein grünes Meer von Baumkronen, so weit er in jede Richtung sehen konnte. Der Amazonas war atemberaubend in seiner Weite – Quadratkilometer für Quadratkilometer ein undurchdringliches Blätterdach von Bäumen, die sich hungrig nach dem Tageslicht reckten, zusammengedrängt wie Pendler in einem Tokioter U-Bahn-Wagen, und so etwas wie einen Baldachin bildeten. Es war vielleicht der spektakulärste Anblick, den Kagan je erlebt hatte, und zweifellos das furchterregendste Terrain, in dem er je eingesetzt werden sollte. Dies war ein Dschungel, der Texas verschlucken konnte, als wäre es ein leichter Snack.

Würde der Heli ein technisches Problem bekommen, dann war er so gut wie tot, denn eine erfolgreiche Notlandung war beinahe unmöglich.

Gelegentlich wurde der grüne Ozean von einem schlammigen, braunen Fluss unterbrochen, der sich durch den Dschungel schlängelte. Manchmal stiegen auch kleine Schwärme exotischer Vögeln auf und zeigten ihr bunt schillerndes Federkleid.

»Ory, wie lange noch, bis wir ankommen?«, fragte er laut.

»Bei unserer derzeitigen Geschwindigkeit, eine Stunde und sieben Minuten.«

»Analysiere alle visuellen Daten meiner Kontaktlinsen während dieses Fluges«, sagte Kagan, da er wusste, dass Ory sah, was er sah, solange seine Linsen in den Augen waren. »Berechne anhand des gesehenen Geländes unsere Chancen, eine Lichtung innerhalb des Zielperimeters zu finden, die groß genug ist, um das Ding zu landen.«

Eigentlich kannte Kagan bereits die Antwort, die er bekommen würde, aber es tat nicht weh, sie bestätigt zu bekommen.

»Weniger als drei Prozent«, kam die Antwort zurück.

Kagan schüttelte frustriert den Kopf, auch wenn diese Chancen besser waren, als er erwartet hatte. »Unsere einzige Chance ist, einen Fluss zu finden und zu hoffen, dass wir an einem seiner Ufer genügend Platz finden. Wenn nicht, muss ich über dem Wasser niedergehen, so nah an Land wie möglich, und das Risiko eingehen, zu schwimmen. Was denkst du?«

»Ich stimme zu, dass ein Flussufer unsere beste Option ist«, sagte die KI. »Aber der Boden könnte instabil sein. Die Stabilität würde von der Menge des Sandes im Boden abhängen, von der Zeit, die seit der letzten Überflutung vergangen ist, von der Zeit seit dem letzten Regen und so weiter. Selbst wenn Sie also eine Sandbank zum Landen finden würden, könnte der Hubschrauber so tief einsinken, dass ein erneuter Start unmöglich wäre.«

Kagan nickte. Nachdem er mit eigenen Augen gesehen hatte, wie dicht der Dschungel wirklich war, war er bereits zu dem Schluss gekommen, dass, wenn er denn einen Platz zum Landen finden würde, ein erneuter Start nicht möglich sein würde. Vor allem, weil dieser Hubschrauber keine Landekufen besaß, sondern auf drei Paar Gummireifen landete, die tendenziell stärker einsinken würden.

Nicht, dass das wirklich eine Rolle spielen würde. Sobald er seine Beute hatte, konnte er sich darauf verlassen, dass die gesamte US Air Force auf sein Kommando hin zur Extraktion bereitstehen würde.

Nun gut, dachte Kagan, *es ist an der Zeit, Ory die Eine-Million-Dollar-Frage zu stellen.* Um an einem Flussufer zu landen, brauchte man einen Fluss. Wenn es keinen gab, der durch das Zielgebiet floss, war das schlecht. Er würde dann Plan B versuchen müssen, was sicher noch waghalsiger war. Er hatte einen Gleitschirm für die Reise eingepackt und würde gezwungen sein, eine Baumkronenlandung zu versuchen. Dies war eine Technik, die seit langem von Spezialkräften für den Einsatz im Dschungel verwendet wurde, aber sie war höchst gefährlich, selbst für diejenigen mit viel Geschick und Erfahrung. Auch wenn man einen Gleitschirm steuern konnte, war Plan B eine Scheiß-Option. Kagan war der Typ, der Angst hatte, von einem Sprungbrett in ein Schwimmbad zu springen, also war es ein Wunder, dass er überhaupt den Mut gefunden hatte, Fallschirmsprünge zu machen. Aber obwohl er an einem Gleitschirm ausgebildet worden war, war er selbst unter den besten Bedingungen nicht sehr geschickt in der Steuerung. Die Landung im Blätterdach eines dichten Dschungels war ein riskantes Unterfangen, bei dem die Wahrscheinlichkeit groß war, dass er sich schwer verletzen würde – falls er gegen einen Baumstamm prallte, von einem Ast aufgespießt wurde oder aus größerer Höhe herabstürzte. Vielleicht war er auch gleich tot.

Wenn er es schaffte zu landen, ohne sich dabei umzubringen – ein großes *wenn* –, dann würde der Rest verhältnismäßig einfach sein. Er hatte ein vierzig Meter langes Seil, mit dem er sich auf den Waldboden abseilen konnte. Was ihn bei dieser Art der Landung störte, war, dass der Hubschrauber in diesem Szenario höchstwahrscheinlich in den Dschungel stürzen würde. Natürlich würde er versuchen, den Heli mit dem Autopiloten zu einem weit entfernten Fluss zu lenken, vielleicht Hunderte von Meilen entfernt, damit er dort versinken und die Gegner auf eine falsche Fährte locken konnte – aber auch da konnte viel schiefgehen.

Kagan wusste, dass er die entscheidende Frage nicht länger aufschieben konnte. Er holte tief Luft, fragte Ory nach dem Vorhandensein von Flüssen in der Zielzone und wartete gespannt auf die Antwort.

»Ich kann bestätigen, dass es einen Fluss innerhalb des von Admiral Headrick festgelegten Perimeters gibt«, sagte die KI.

»*Yes!*«, rief Kagan begeistert und stieß dabei den Atem aus, den er angehalten hatte. Hervorragend! Er war einer Kugel ausgewichen, oder besser gesagt: einem Baumstamm. Einem mit seinem Namen darauf, von dem man ihn wahrscheinlich hätte abkratzen müssen, wenn er gezwungen gewesen wäre, die verrückte Fallschirmsprung-Dschungeldach-Einlage zu versuchen.

»Ich übertrage jetzt die GPS-Koordinaten«, meldete Ory, und am unteren Rand von Kagans Kontaktlinsen erschienen winzige Zahlen, die klar erkennbar waren, wenn er sich auf sie konzentrieren wollte, aber ansonsten sein Sichtfeld nicht behinderten.

»Das ist zwar der nächstgelegene Punkt, den wir erreichen könnten«, fügte er hinzu, während Kagan leicht nach Norden schwenkte, »aber er liegt immerhin noch am Rande unseres Zielkreises. Der Kreis hat einen Radius von neun Meilen, und leider ist der Fluss an seinem engsten Punkt etwas mehr als acht Meilen vom Zentrum entfernt.«

»Glaub mir«, sagte Kagan, der sich immer noch schwindlig vor Erleichterung fühlte. »Ich beschwere mich nicht. Ich denke, wir können froh sein, dass es im Umkreis von hundert Meilen einen Fluss gibt.«

»Eigentlich war das kein Glück«, antwortete Ory, der programmiert worden war, Informationen in Form von Konversation zu übermitteln, indem er einen Menschen nachahmte – wenn auch einen mit einem immensen Wissensschatz und übermenschlicher Rechengeschwindigkeit. »Die Chancen standen zu unseren Gunsten. Wenn Sie den Boden, den wir überflogen haben, genauer studiert hätten, dann hätten Sie sicher bemerkt, das dort unten regelmäßig Flussläufe zu erkennen sind. Wir haben tatsächlich sogar eine Route über eine ungewöhnlich kleine Anzahl von Flüssen genommen. Nun, statistisch gesehen müssen solche Anomalien gelegentlich vorkommen …«, fügte die KI hinzu, und Kagan stellte sich vor, wie sie mit den Schultern zuckte.

»Du meinst also, ich hätte einen falschen Eindruck von der Häufigkeit der Flüsse in dieser Gegend bekommen?«

»Genau.«

Kagan schüttelte den Kopf, immer noch nicht überzeugt. »Der Amazonas mag enorm lang sein«, sagte er, »aber das ist trotzdem nichts im Vergleich zur Fläche des gesamten Dschungels.«

»Das ist wahr«, bestätigte die KI. »Aber während der Fluss nur viertausend Meilen lang ist, gibt es etwa fünfzehntausend Nebenflüsse, die in ihn münden, und sie sind so dicht über den Dschungel verteilt wie Kapillaren im menschlichen Körper.«

Kagan lächelte bei diesem Vergleich. Wie immer war er von Orys Programmierung beeindruckt. Er wusste, dass der Computer kein Bewusstsein besaß, aber es bestand kein Zweifel daran, dass er dies gut genug vortäuschen konnte, um einen Turing-Test zu bestehen. Nicht, dass dies in letzter Zeit als ausreichender Beweis für Bewusstsein angesehen worden wäre. Ironischerweise wäre eine KI, wenn sie wirklich ein Bewusstsein besitzen sollte, wie ein bekannter Forscher einmal betont hatte, intelligent genug, um zu wissen, dass sie solche Bewusstseins-Tests besser nicht bestehen sollte – und zwar ganz bewusst.

»So dicht wie Kapillaren«, wiederholte Kagan amüsiert. »Nette Analogie.«

»Danke, Ben«, sagte Ory, und Kagan hätte schwören können, dass er sich über das Kompliment freute. »Nur um Ihnen ein Gefühl für die Größe des Ganzen zu geben«, fuhr er fort, »allein die längsten ein Prozent dieser fünfzehntausend Nebenflüsse schlängeln sich durch mehr als sechzigtausend Meilen Dschungel. Alles in allem enthält das Amazonas-Fluss-System mehr als zwanzig Prozent des Süßwassers der Erde, und der Dschungel erzeugt mehr als zwanzig Prozent des Sauerstoffs der Welt. Der Amazonas selbst ist an manchen Stellen viele Meilen breit und an der Stelle, wo er in den Ozean mündet, über hundert Meilen breit und spült jede Sekunde 170 Tausend Kubikmeter Wasser in den Atlantik.«

Kagan pfiff durch die Zähne. »Du hättest Reiseleiter werden sollen«, meinte er amüsiert. »Erzähl' mir also etwas von dem Fluss, auf den wir zusteuern.«

»Es ist ein sehr kleiner Nebenfluss. Nur etwa zwanzig Meter breit. Ich weiß nur davon, weil ich die neuesten Satellitenbilder des Zielgebiets und eines Radius von hundert Meilen darüber hinaus gespeichert habe, bevor wir losgeflogen sind. Die Trockenzeit hat vor ein paar Wochen begonnen, und es gibt Stellen, an denen sich der Fluss weit genug zurückgezogen hat, um landen zu können. Aber an diesen

Stellen wächst bereits wieder dichte und unregelmäßige Vegetation. Außerdem hat es dort gestern geregnet, Trockenzeit hin oder her, wird der Boden also weniger fest sein, als wir uns wünschen würden.«

Kagan bedankte sich bei seinem KI-Begleiter für diese Information und flog schweigend weiter, wobei er eine Sichtprüfung seiner Ausrüstung vornahm. Die Hosenbeine steckten in robusten, mit Gummi überzogenen Stiefeln mit Reißverschlüssen, die sich dicht um die oberen Waden schlossen – und er hatte jede Menge Ersatz-Reißverschlüsse eingepackt. Er war von Kopf bis Fuß mit Mückenspray bedeckt. Und zusätzlich zu den anderen Waffen, die er bei sich trug, sowohl sichtbar als auch verdeckt, hatte er eine Machete mit einer 35-Zentimeter-Klinge an seinem Gürtel in einer Nylonscheide hängen. Praktischerweise konnte er die Machete auch zusammenklappen und in seinem Rucksack verstauen, wenn das nötig werden sollte.

Er wirkte sicher nicht besonders attraktiv in seinem Outfit. Aber im Amazonas-Regenwald ging es nicht um ein modisches Erscheinungsbild, sondern ums nackte Überleben, und er hatte die feste Absicht, hier lebend wieder herauszukommen.

Vierzig Minuten später kam endlich die schlammbraune Dschungel-Arterie in Sicht, die er gesucht hatte, und er folgte ihr fast eine Meile in größerer Höhe, bevor Ory ihn anwies, herunterzugehen.

Er ließ die Maschine bis knapp über die Wasserfläche absinken, unterhalb der Höhe der Bäume auf beiden Seiten des Flusses, und stand einige Augenblicke auf der Stelle, bevor er den Hubschrauber langsam vorwärts bewegte. Weniger als drei Minuten später entdeckte er einen Uferabschnitt, der groß genug war, um darauf zu landen.

Bingo!

Augenblicke später war er unten. Die Uferböschung war uneben und die Landung war holprig. Wie Ory gewarnt hatte, war der Untergrund durch den Regen am Vortag morastiger geworden, als es Kagan lieb gewesen wäre, und er wusste, dass die Reifen des Hubschraubers nun so weit eingesunken waren, dass sie fast ganz verschwunden waren. Aber das machte nichts. Jede Landung, die man lebend überstehen konnte …

Kagan konnte sich glücklich schätzen, so weit gekommen zu sein. Das einzig Beunruhigende war, dass sein Eintauchen in den Regenwald, so herausfordernd es sich auch erwiesen hatte, nur der Anfang seiner Mission war, nicht ihr Ende.

Er stieß einen langen Atemzug aus, warf den Kopf zurück und schloss kurz die Augen. In der kurzen Zeit, in der er Pilot war, war dies die glücklichste Landung, die er je erlebt hatte.

Doch sein Glück war nur von kurzer Dauer.

Er hörte ein Geräusch hinter sich in der Passagierkabine und sprang wie von einer Tarantel gestochen auf die Beine. Die Tür zu dem abgeschlossenen Bereich, der als Schlafquartier diente, öffnete sich, und Kagan spürte, wie sich sein Magen zusammenzog. Jemand hatte sich die ganze Zeit in diesem klaustrophobischen Abteil versteckt und darauf gewartet, dass er landete, um nun seinen Zug zu machen!

Er zog eine Waffe, bereit, jeden Feind, der auftauchen würde, sofort niederzustrecken …

Doch dann fiel Kagan die Kinnlade herunter, als die Frau, die er nur als Ella kannte, sein Boss, in der sich öffnenden Tür auftauchte. Sie rieb sich die Augen und schaute so zufrieden wie eine Katze, die gerade von einem Nickerchen erwacht war. Sie schien nicht einmal seine Waffe zu bemerken, die er schnell wieder in das Holster steckte.

»Eine voll wackelige Landung, Ben«, meinte sie tadelnd, als wäre es das Natürlichste auf der Welt, dass sie jetzt hier war. »Aber es ist okay, dass du mich geweckt hast.«

15

Kagan war so fassungslos, dass er einen Moment brauchte, um seine Stimme zu finden. »Ach nein!«, rief er genervt. »Das kann doch nicht wahr sein! Was machst du denn hier?«

»Hoppla«, meinte sie. »Ich schätze mal, ich habe dich jetzt wahrscheinlich überrascht, oder?«

»*Wahrscheinlich?*«, krächzte Kagan. »Du hast mich *wahrscheinlich* überrascht? Soll das ein Witz sein? *Was machst du hier?*«, fragte er zum zweiten Mal, diesmal noch deutlich lauter.

»Wenn du dich nicht auf der Stelle beruhigst, werde ich gar nichts sagen«, antwortete sie gereizt. »Du weißt, dass ich deine Chefin bin, oder? Also hör' auf, mich anzuplärren.«

Kagan hörte einen Urschrei, nur um einen Moment später festzustellen, dass der Schrei aus seiner eigenen Kehle gekommen war. Er schaffte es mühsam, ihn zu unterdrücken, während sich seine Hände zu Fäusten ballten und dann wieder lösten, immer und immer wieder. Währenddessen versuchte er, die Kraft zu finden, seine *Chefin* nicht auf der Stelle zu erwürgen.

Er machte einen tiefen Atemzug. »Okay, Ella«, brachte er schließlich heraus und zwang dabei die Worte durch die zusammengebissenen Zähne. »Ich schreie nicht, okay? Aber ich muss wissen, was du hier tust.«

Sie blickte nach draußen, als wäre es das erste Mal. »Hm, wir scheinen im Dschungel zu sein, Ben. Solltest du nicht zu einer CCE-Plantage fliegen?«

Ohne weiter etwas zu sagen, stieß sie die Tür der Maschine auf und machte sich auf den Weg zwei kleine Stufen hinunter zum schlammigen Flussufer, wobei sie nichts als einen modischen blauen Hosenanzug und ein Paar flache Schuhe trug. Kagan folgte ihr frustriert nach draußen.

Die Luft war warm und schwül, selbst in den frühen Morgenstunden, und die Feuchtigkeit wirkte wie ein lebendiges Wesen. Gleichzeitig war die Luft so reich an Sauerstoff, dass sie belebend und berauschend war. Von allen Seiten strömten Gerüche auf ihn ein, ein Potpourri aus Blumen, verrottendem Laub und einem Dutzend anderer Düfte, die er nicht zuordnen konnte.

Ein ständiger Chor von Geräuschen umgab sie, der Fluss bewegte sich träge vorwärts, Vögel zwitscherten in der Nähe, und in der Ferne war das Summen, Klicken und Brummen von Insekten zu hören. Dazu gab es ständig Bewegung im nahen Unterholz, als ob ein Universum von verborgenem Leben seine Anwesenheit erahnen ließ.

»Ory«, sagte Kagan subvokal, »erweitere die akustische Überwachung auf Maximum. Ich möchte über alles informiert werden, was sich mir nähert – ganz gleich, ob Mensch, Tier oder Mineral.«

»Jawohl«, antwortete die KI schlicht.

Die in Kagans Ohr eingebettete Sensorik konnte Geräusche weit über das menschliche Hörvermögen hinaus aufnehmen und verstärken, so dass er geflüsterte Unterhaltungen in einem Umkreis von hundert Metern belauschen konnte. Aber je größer das Hörfeld war, desto schwieriger war es, die eingehenden Geräusche zu überwachen und sich darauf zu konzentrieren.

Es war bekannt, dass das menschliche Unterbewusstsein ein Vielfaches mehr an Informationen aufnehmen konnte als der bewusste Verstand und als Wächter fungierte, der entschied, welche Eingaben nützlich waren, um sie dem bewussten Verstand zur weiteren Beachtung zu übermitteln. Eine erschöpfte, schlafende Mutter konnte krachende Donnerschläge ignorieren, würde aber beim Wimmern ihres Babys sofort erwachen. Ihr Unterbewusstsein hatte sowohl das Wimmern als auch den Donnerschlag wahrgenommen, wusste aber, dass nur das Wimmern in das Zentralsystem für bewusste Aufmerksamkeit weitergeleitet werden musste.

Man nannte dies den Cocktail-Party-Effekt, nach einem Phänomen, das all jenen bekannt war, die an überfüllten, lauten Partys teilnahmen. Eine Person konnte auf einer solchen Party von einem Dutzend Gespräche umgeben sein. Aber wenn ihr Name in einem dieser Gespräche erwähnt wurde, alarmierte ihr Unterbewusstsein sie, und sie hörte ihn auf magische Weise, da er sich plötzlich vom Lärm abhob.

In diesem Fall würde Ory die Rolle des Unterbewusstseins spielen und weit entfernte Geräusche überwachen, so dass Kagan es nicht tun musste, was ihm erlaubte, sich auf sein normales Gehör zu konzentrieren.

Während er diesen Befehl an Ory erteilte, runzelte Ella die Stirn und rümpfte missbilligend die Nase, bevor sie sich einen Streifen Kaugummi in den Mund schob. »Ist das im Dschungel immer so heiß? Das ist ja echt nicht auszuhalten«, beschwerte sie sich kauend und zog ihre Hosenanzugjacke aus, worunter sie eine dünne, helle Bluse mit Ausschnitt trug. Sie warf die Jacke kurzerhand in den offenen Helikopter und drehte sich dann langsam um, um ihre Umgebung in Augenschein zu nehmen. »Und was machen wir hier überhaupt?«, fragte sie mit einem weiteren Stirnrunzeln.

Kagan sah sie direkt an. »Du zuerst«, sagte er. »Sag mir, warum du hier bist, und dann werde ich das Gleiche tun.«

Sie seufzte und senkte den Blick, und eine gewissen Traurigkeit schien sie zu überkommen. »Ich brauche deine Hilfe«, sagte sie schlicht.

Sie fuhr fort zu erklären, dass sie eine heiße Affäre mit dem verheirateten Besitzer von CCE, Carlos Cardoza, hatte und dass er vor einigen Monaten begonnen hatte, sie schrecklich zu misshandeln, einschließlich verbaler und körperlicher Gewalt. Sie war furchtbar unglücklich und fürchtete um ihr Leben, aber sie fühlte sich auch gefangen und wusste keinen Ausweg.

Cardoza war so wohlhabend, mächtig und rücksichtslos, dass es niemand wagte, ihm in die Quere zu kommen, was bedeutete, dass ihr niemand helfen würde. Er hatte überall Augen und Ohren, und er war extrem besitzergreifend. Und er schien sie definitiv als eines seiner wertvollsten Besitztümer zu betrachten. Sie konnte unmöglich das Land verlassen, ohne dass er alarmiert werden und sie aufhalten würde.

»Aber dann bist du aufgetaucht«, sagte sie, »ein Pilot mit einem amerikanischen Pass. Und du hattest keine Ahnung, dass du, na du weißt schon, Angst vor Carlos haben solltest. Zumindest noch nicht. Also dachte ich, du wärst vielleicht der richtige Typ, um mir zu helfen, von ihm wegzukommen.«

»Aber anstatt mich einfach um Hilfe zu bitten«, sagte Kagan missbilligend, »hast du beschlossen, zuerst zu versuchen, mich zu verführen.«

Sie nickte, ganz so als könne sie sich gar nicht vorstellen, dass ein anderer Ansatz funktionieren würde. »Männer scheinen eher bereit, mir zu helfen, nachdem ich eine *Nummer* mit ihnen hatte«, gab sie zu.

Kagan schüttelte den Kopf. Was für ein schlichtes Gemüt. Sex zu benutzen, um sich einen persönlichen Vorteil zu verschaffen. Das hatte sie überhaupt erst in die missliche Lage gebracht, in der sie sich jetzt mit Carlos Cardoza befand. Es überraschte nicht, dass ihr diese Ironie entgangen war. »Du hast dich also im Hubschrauber versteckt, um *was* zu tun? Mich wieder zu verführen?«, fragte er.

Ella schüttelte irritiert den Kopf. »Nein, das wäre doch dumm. Als es beim ersten Mal nicht geklappt hat«, fügte sie achselzuckend hinzu, »wusste ich, dass du schwul bist.« Sie seufzte. »Ich mag schwule Männer ganz gern. Sie scheinen nur nicht so *hilfsbereit* zu sein wie Heteros.«

Kagan rollte mit den Augen. Er war in seinem Leben von so vielen kultivierten, gebildeten, brillanten Menschen umgeben gewesen, dass es schwer war, sich vorzustellen, dass jemand wie diese Frau wirklich existieren konnte. »Und warum hast du dich dann versteckt?«

»Carlos hat überall so Abhörteile. Aber nicht in diesem Hubschrauber. Ich wusste, dass du heute Morgen einen Auftrag hast, also dachte ich, ich könnte dich um Hilfe bitten, während wir in der Luft sind.«

Sie wandte den Kopf ab, und eine Träne kullerte über ihre Wange. So wenig anziehend Kagan sie auch fand – sie litt offensichtlich, und er konnte nicht anders, als Mitleid mit ihr zu haben.

»Ich hatte total schlecht geschlafen«, klagte sie, und zum Glück verwandelte sich dabei die einzelne Träne nicht in eine Sturzflut.

»Ich war um zwei Uhr nachts hellwach. Also dachte ich, ich verstecke mich schon einmal und versuche, noch ein Nickerchen zu machen, während ich warte. Ich hatte keine Ahnung, dass ich so fest einschlafen würde. Dieser Raum ist wie ein Sarg mit ,ner Matratze darin. Ich weiß nicht, wie die das mit dem Schalldingens hinbekommen haben. Man hört praktisch nichts, wenn der Hubschrauber fliegt. Jedenfalls muss ich noch müder gewesen sein, als ich dachte.«

»Warum erst nach Hilfe fragen, wenn wir in der Luft sind? Warum hast du mich nicht gefragt, bevor wir abgehoben sind?«

»Ich wollte nicht riskieren, dass du mich aus dem Flugzeug – äh, Hubschrauber – wirfst.«

»Richtig«, sagte Kagan. »Weil ich ja schwul bin und wenig hilfsbereit und so.«

»Genau. Auf die Weise *musstest* du mich ja mitnehmen.«

Kagan schüttelte den Kopf. »Und warum solltest du mitkommen wollen?«, fragte er. »Wie würde dir das helfen? Ich fliege nicht nach Amerika. Soweit du wusstest, sollte ich nur zu einer Plantage, die Carlos gehört. In die Höhle des Löwen also.«

»Ich weiß nicht«, antwortete Ella und sah aus, als würde sie in Tränen ausbrechen. »Ich war verzweifelt, wollte einfach nur weg. Ich schätze, ich habe das nicht durchdacht.«

Kagan seufzte. Das war kein Witz, das war bei ihr einfach normal. *Womit* sollte sie es auch durchdenken? Diese Frau war absolut zum Verrücktwerden, aber Kagan hatte immer noch ein wenig Mitleid mit ihr. Sie war ihr ganzes Leben lang überfordert gewesen, und ihr Timing, um Hilfe von ihm zu bekommen, hätte nicht schlechter sein können.

Oder vielleicht war es auch doch nicht so schlecht. Vielleicht würde es ja doch noch klappen, gerade *weil* sie versehentlich in den größten Fettnapf weit und breit gestolpert war. Das war die Definition von Glück im Unglück.

Also gut – er musste sie loswerden, auch wenn sich dadurch seine Mission um mehrere Stunden verzögerte. Für sie war es andererseits der Flugschein in die Freiheit.

»Hör zu«, sagte er und wies zur offenen Hubschraubertür, »ich werde dir helfen. Ich werde wieder abheben und dich an dem nächstgelegenen sicheren Ort absetzen, den ich finden kann. Ich habe ein Satellitentelefon und kann einige meiner Bekannten in Amerika anrufen. Wenn du dort bleibst, wo ich dich absetze, werde ich …«

Er hielt inne und überlegte, was er sagen sollte. »Ich schicke einen Kumpel von der Air Force, der dich abholt. Er kann dafür sorgen, dass du Brasilien und Carlos Cardoza nur noch im Rückspiegel siehst.

»Rückspiegel?«, fragte sie und blinzelte verwirrt.

»Er wird dich sicher nach Amerika bringen«, meinte Kagan frustriert und schaffte es nicht, die Irritation aus seinem Ton herauszuhalten.

»Aber warum bist du überhaupt hier? Du hast gesagt, du willst es mir erklären.«

Kagan seufzte. »Ja, habe ich, aber das werde ich nun doch nicht tun. Du solltest zufrieden damit sein, dass ich dich aus der Reichweite von Carlos Cardoza herausbekomme und einfach nicht weiter fragen.«

Ella öffnete ihren Mund, um zu protestieren, schloss ihn aber wieder. Es muss ihr endlich klar geworden sein, dass es ein Fehler war, in die Hand zu beißen, die sie füttern sollte. »Ich schätze, dann sollte ich mich bei dir bedanken«, sagte sie. »Wenn du mich in die USA bringst, das wäre voll cool.«

Sie hielt inne. »Aber – warum tust du nicht einfach das, weshalb du hergekommen bist. Ich werde warten. Du tust mir einen riesigen Gefallen, und du willst nicht einmal, na ja, du weißt schon, *Sex* mit mir haben. Also sollte ich dich nicht zwingen zu gehen, bevor du hier fertig bist. Mach‘ dir keine Sorgen um mich.«

Kagan gab ein spöttisches Schnauben von sich. »Keine *Sorgen*?«, wiederholte er ungläubig. »Du weißt doch hoffentlich, wo wir sind, oder? Mitten im Amazonas-Regenwald. Wenn du hier bleibst, würde ich mir tatsächlich Sorgen um dich machen müssen.« Er schüttelte angewidert den Kopf. »Siehst du die Schuhe, die du trägst? Und siehst du, was ich anhabe? Hast du überhaupt eine Ahnung, warum ich *Gummistiefel* trage?«

»Ich bin doch nicht dumm!«, protestierte sie wie ein Kind. »Ich weiß, dass manche Stellen im Dschungel nass und sumpfig sind. Deine Stiefel halten deine Füße trocken.«

»Richtig«, sagte Kagan. »Aber beachte auch, dass ich meine Hosen in die Stiefel gesteckt habe und die Stiefelschäfte mit Reißverschlüssen um meine Waden gebunden sind. Das ist so, um mich vor Spinnen und Skorpionen und anderen fiesen kleinen Kreaturen zu schützen. Nichts kann mein Hosenbein hochkrabbeln, und nichts kann in meine Schuhe kriechen. Einschließlich zwei Zentimeter langer Kugelameisen, die einen sehr schmerzhaften Biss haben, der Schwellungen und Fieber verursachen kann. Und Blutegeln. Ganz zu schweigen davon, dass die meisten Schlangen hier Bodenbewohner sind. Stört man eine aus Versehen, schnappt sie nach den Knöcheln. Aber wenn sie nach meinen schnappen«, fügte er spitz hinzu und deutete auf seine Stiefel, »bekommen sie nur einen Mund voll Gummi.« Er hob die Augenbrauen. »Siehst du, worauf ich hinaus will?«

»Ja. Ich habe nicht die richtigen Schuhe an.«

»Nein!«, bellte er verärgert. »Es geht nicht nur um die Schuhe. Du bist eine große Belastung für mich. Es wird mir Zeit ersparen, zu gehen und wiederzukommen, anstatt hier für dich die Nanny zu spielen.« Er deutete erneut auf die offene Hubschraubertür. »Also los, lass uns fliegen. Je früher, desto besser.«

Sie sah aus, als wollte sie weiter argumentieren, tat es aber nicht und kletterte stattdessen pflichtbewusst wieder hinein, wobei sie diesmal neben ihm auf dem Kopilotensitz Platz nahm. Danach zu urteilen, wie anregend die bisherigen Gespräche mit ihr gewesen waren, würde dies der längste Flug seines Lebens werden. Wenn er neben ihr in einem Flugzeug gesessen hätte, hätte er wenigstens so tun können, als würde er ein Buch lesen und sie ignorieren.

»Schnall' dich an«, wies er sie an. »Das könnte jetzt ein schwieriger Start werden.«

Kagan sammelte sich. »Ich bin noch nie mit im Schlamm versunkenen Rädern abgehoben«, sagte er dann lautlos zu Ory. »Waren bei den Informationen, die du aus dem Web geholt hast, vielleicht auch Ratschläge für einen Helikopter-Start mit Schlamm an den Reifen?«

»Ja«, antwortete Ory schlicht. »Wie wir schon besprochen haben, kann es sein, dass Sie sich gar nicht mehr befreien können. An einem Ort wie diesem, wo Schlamm eine eher Treibsand-ähnliche Konsistenz haben kann, ist das nicht selbstverständlich. Aber um Ihre Frage zu beantworten: Die größte Gefahr ist, sich asymmetrisch zu lösen. Das könnte zu einer Katastrophe führen, weil der Helikopter dann zur Seite kippt. Man muss also behutsam die Drehzahl steigern und versuchen, alle drei Radsätze gleichzeitig loszuwackeln, mit ein wenig Gefühl.«

»Danke«, erwiderte Kagan und brachte den Rotor zum Drehen. Die massiven Blätter röhrten auf und schnitten durch die dicke, nebelfeuchte Luft.

»Ich sollte Ihnen auch sagen, dass das Satellitentelefon nicht mehr funktioniert, seit wir gelandet sind«, fügte Ory hinzu. »Irgendetwas hier unten blockiert aktiv das Signal. Es könnten fremde Agenten sein, oder es könnte das Raumschiff sein. Ich bin mir nicht sicher. Ich erwarte, dass es zu funktionieren beginnt, sobald wir aus der Reichweite der Störquelle herauskommen.«

Kagan bedankte sich für diese Information und ging im Geist seine Strategie zur Eroberung des Raumschiffs durch, dankbar, dass das Dröhnen des Rotors Ella vorübergehend ruhig hielt. Nach drei oder vier Minuten wusste er, dass er den Start nicht länger hinauszögern konnte, und begann sich seiner schwierigen Aufgabe zu widmen. Es war an der Zeit, die Würgeschlange loszuwerden, die sich leise um ihn gewickelt hatte.

Behutsam begann er, etwas Gas zu geben, um den Flugapparat langsam aus dem Schlamm am Flussufer zu heben.

Langsam. Vorsichtig. Ganz vorsichtig.

Dann, einfach so, waren sie frei. Alle drei Räder lösten sich zur gleichen Zeit.

Aber in dem Moment, als das Flugzeug zu steigen begann, gerade als er den Erfolg feiern wollte, durchbrach der unverwechselbare Klang von anhaltendem Gewehrfeuer den schützenden Lärmschild, den der drehende Rotor verursachte. Kagan hatte gerade noch genug Zeit, nach unten zu schauen und zu sehen, dass vier Männer, die aus dem Dschungel aufgetaucht waren, den Rotor und das Triebwerk mit Sturmgewehrfeuer beschossen und die Rotorblätter fast sofort zerfetzten.

Nur wenige Sekunden nach Beginn des Angriffs fiel der Hubschrauber wie ein Stück Blei aus der Luft und stürzte fast fünf Meter tief auf das Flussufer herunter. Der Hubschrauber sackte in einem leichten Winkel herab, so dass er hart auf den Boden aufschlug und dann auf die Seite kippte, wobei die Reste des Rotors in den Schlamm bissen und dann stecken blieben, nachdem er noch mehrere Sekunden lang wie eine geschlagene Trommel vibriert hatte.

Schließlich kam die Maschine vollständig zum Stillstand. Nach dem Dröhnen des Rotors und dem Sperrfeuer der automatischen Waffen herrschte plötzlich eine tiefe Stille. Sogar der Dschungel war vorübergehend verstummt.

Kagan war zuerst desorientiert und konnte seine eigene Position im Cockpit und in Bezug auf den Boden nicht richtig einschätzen. Er schaute zu Ella hinüber und stellte fest, dass sie den Sturz unversehrt überstanden zu haben schien. Zum Glück hatte die Kabine den Belastungen standgehalten und das Triebwerk war nicht in Flammen aufgegangen.

Eine schrille Stimme drang durch die Einschusslöcher in den Seitenfenstern des Helis und durchbrach die vorübergehende Stille. »Kommen Sie sofort mit erhobenen Händen heraus!«, brüllte die Stimme in akzentuiertem Englisch. »Oder ich schicke eine Granate rein! Sie haben eine Minute Zeit!«

16

Den beiden Insassen des abgestürzten Fluggeräts gelang es, ihre Sicherheitsgurte zu lösen und nach draußen zu klettern, wobei Kagan den gefüllten Rucksack, den er mitgebracht hatte, mit herausschob und sich vergewisserte, dass seine Machete noch in der an seine Seite geschnallten Scheide steckte.

Als sie sich am Flussufer aufrichteten, die Hände über dem Kopf, bildeten die vier Angreifer ihnen gegenüber eine Reihe, etwa drei Meter entfernt. Jeder von ihnen hatte ein Sturmgewehr auf sie gerichtet.

Kagan wurde wütend. Als ob Ellas Auftauchen hier nicht schon Unglück genug war, musste er sich jetzt auch noch *damit* herumschlagen. Innerhalb weniger Minuten hatten sich seine Chancen auf den Hauptgewinn deutlich verringert.

Mit seinem erweiterten Gehör und einer stets wachsamen KI, die zuverlässig Alarm schlug, war er gegen einen Überraschungsangriff zwar nahezu immun. Aber weil Ellas Anwesenheit ihn dazu veranlasst hatte, wieder abzuheben, hatte das Dröhnen des Hubschraubers seine Sensoren taub gemacht. Gleichzeitig hatte der ohrenbetäubende Lärm seine Position *mindestens einem* feindlichen Kommando verraten. In den vier oder fünf Minuten, die der Rotor gelaufen war, konnten sich diese Männer unbemerkt nähern.

Was am meisten schmerzte, war, dass es letztlich seine Schuld war, und nicht Ellas. Er hätte sich die Zeit nehmen sollen, die Umgebung abzusuchen, bevor er den Rotor einschaltete und so einen gewaltigen Krach verursachte.

Er war unvorsichtig gewesen und hatte seine Deckung fallen lassen. Er konnte sich keinen schlechteren Start für diese Mission vorstellen als die Anwesenheit von Ella und einen dummen, unbeabsichtigten Fehler seinerseits.

Jetzt hatte er nicht nur keinen Hubschrauber, auch sein Satellitentelefon war offenbar nicht funktionsfähig. So viel dazu, die Air Force für die Extraktion herbeizurufen. *Einfach perfekt*, dachte er frustriert.

Kagan blinzelte so, dass seine Brillengläser in den vollen Augmentationsmodus schalteten und zoomte auf die Gesichter der vier Männer, die ihn angegriffen hatten. Nur einer war in der verkleinerten Datenbank, die Ory dabei hatte, identifizierbar – ein großer, drahtiger Iraner namens Kazem Abdi.

Die Anmerkung, die jetzt neben dem Gesicht des Mannes schwebte, beschrieb Abdi als Berater des iranischen Botschafters in Peru, der in der dortigen diplomatischen Vertretung stationiert war – ein Mann, der durch das Militär aufgestiegen war, fast perfektes Englisch sprach und von dem man schon lange dachte, er sei eher ein Geheimdienstmitarbeiter als ein Diplomat.

Interessant – aber eigentlich auch fast zu erwarten.

Kagan nahm sich die Zeit, sie von Kopf bis Fuß abzuscannen, wobei seine Sensoren Informationen über ihre Kleidung und Bewaffnung sowie die Größe und Marke der Gummistiefel lieferten, die sie trugen. So wie er, hatten sie sich vor ihrer Ankunft mit den Grundlagen des Überlebens im Dschungel vertraut gemacht. Er blickte wieder hinunter zu Ellas Schuhen, das erste Mal im Augmented-Mode, und schüttelte erneut den Kopf.

Wie immer in Notsituationen war Kagans Geist ein Bild der Ruhe, und die Ereignisse schienen sich in Zeitlupe zu entwickeln. Das war ein natürlicher Vorgang, aber Ory hatte auch automatisch mehrere der fast mikroskopisch kleinen Implantate in seinem Gehirn aktiviert, die seine mentalen und physischen Fähigkeiten noch weiter erhöht hatten.

Das Militär hatte schon seit einiger Zeit mit der transkraniellen elektrischen Hirnstimulation experimentiert, nachdem erste Experimente das kognitive Verbesserungspotenzial der Technologie gezeigt hatten. Seit 2016 wurde die Technik an mehreren Navy SEAL-Einheiten im Feld getestet. Ursprünglich war die Stimulation eher breit gefächert als spezifisch und wurde über ein Headset und nicht über implantierte Elektroden angewendet.

Dennoch hatten die Ergebnisse die Militärwissenschaftler begeistert. Also ging EHO einige Schritte weiter, einschließlich der sorgfältigen Positionierung von mikroskopisch kleiner Elektronik im Gehirn selbst und der Feinabstimmung von Spannung, Dauer und Ort der Stimulation, um noch größere Effekte zu erzielen. Dies steigerte nicht nur die Konzentration, sondern auch die Reaktionsgeschwindigkeit dramatisch. In Kombination mit der sofortigen Steigerung der Muskelkraft durch die EHO-Unterwäsche machte dies die EHO-Agenten zu den furchterregendsten Soldaten, die die USA je im Einsatz gehabt hatten.

Während Kagan bereit war, wie eine Kobra zuzuschlagen, stand Ella völlig aufgelöst neben ihm, ein zitterndes Häuflein Elend. »Bitte, tun Sie uns nichts«, flehte sie die Männer an, die ihnen gegenüberstanden. »Bitte. Ich habe etwas Geld dabei«, fügte sie hinzu. »Es sind etwa achtzig amerikanische Dollar. Ihr könnt es haben.«

»Sehr witzig«, sagte Kazem Abdi und schüttelte den Kopf.

»Ich wollte doch gar nicht witzig sein«, erwiderte Ella verwirrt.

»Sicher nicht«, sagte Abdi und rollte mit den Augen. »Okay«, fügte er dann hinzu und machte ein Gesicht wie ein Schurke in einem C-Movie, »ich werde mitspielen. Ja, Sie haben recht. Wir sind ein wilder Haufen Banditen. Wir lauern im Herz des Regenwaldes, um Leute auszurauben, weil es hier so viele Menschen gibt – und so viele Wertsachen.«

Ella schnitt eine Grimasse. Selbst ihr wurde jetzt klar, wie dumm das gewesen war. Sie machte den Mund auf, um erneut etwas zu sagen.

»Halt' einfach die Klappe!«, zischte Kagan neben ihr, wohl wissend, dass sie die Lage nur noch schlimmer machen würde – oder zumindest noch peinlicher.

Der kleinste von Abdis Männern begann mit ihm auf Persisch zu sprechen, was Ory sofort übersetzte und an Kagans Linsen weiterleitete, so dass es so war, als ob er einen fremdsprachigen Film mit Untertiteln auf dem Bildschirm sehen würde.

Im Grunde sabberte der Mann geradezu nach der Frau, die ihnen gegenüberstand. Er bat um Erlaubnis, sie am Leben zu lassen, damit sie sie, nachdem sie ihren männlichen Begleiter getötet hatten, der Reihe nach vergewaltigen konnten – wenn sie die Zeit und Gelegenheit dazu hatten. Kagan war von dieser abscheulichen Bitte angewidert, aber er schaffte es, einen neutralen Ausdruck zu bewahren. Dass sie ihn jetzt töten würden, war klar, aber der Rest war einfach nur primitiv und unprofessionell.

Abdi bellte seinen Untergebenen an. Sein wütender Tonfall war auch ohne Übersetzung zu verstehen. Und seine Worte waren das iranische Äquivalent zu »Hör auf, mit deinem Schwanz zu denken, oder ich lasse ihn dir abschneiden.«

Mit diesen Worten wandte sich Abdi an Kagan und wechselte ins Englische. »Wer sind Sie, und warum sind Sie hier?«, fragte er.

»Touristen«, sagte Kagan schlicht.

»Zwei Komiker, wie ich sehe«, schnauzte der Anführer des vierköpfigen Teams, und das Aufblitzen von Wut in seinem Gesicht zeigte, dass seine Geduld zu Ende war. »Auf meine nächste Frage bekomme ich besser eine passende Antwort«, zischte er, »oder ich jage Ihnen eine Kugel durchs Knie. Verstanden?«

Kagan nickte. Während er nach außen hin ruhig, ja sogar gelangweilt wirkte, bewertete sein Verstand die Situation und die verschiedenen Möglichkeiten mit großer Geschwindigkeit. Die Teile fügten sich zusammen: Die iranische Regierung hatte keine Ahnung, was hier wirklich vor sich ging. Das war die einzige Erklärung dafür, warum Abdi sie beide nicht sofort getötet hatte. Stattdessen hatte der iranische Agent gefragt, warum Kagan hier war – so, als ob er es wirklich nicht wusste.

Der iranische Geheimdienst, der sowohl elektronische als auch menschliche Quellen anzapfte, um die oberen Ränge zahlreicher ausländischer Regierungen auszuspionieren, musste erfahren haben, dass Länder auf der ganzen Welt mit großer Dringlichkeit Teams zu diesen Koordinaten im Dschungel schickten. Aber sie hatten keine Ahnung, warum. Es fand eine große Gala statt, und sie waren nicht eingeladen worden.

Also hatte der Iran beschlossen, sich selbst einzuladen. Um herauszufinden, was diesen Rausch an Aktivität ausgelöst hatte. Abdi und sein Team, die in der iranischen Botschaft in Peru stationiert waren, waren wie Kagan am nächsten am Geschehen dran und waren dorthin geeilt, um zu ermitteln. Sie hatten alle eine militärische Ausbildung, kein Zweifel, aber dies waren nicht die besten Leute des Iran – bei weitem nicht. Man stationiert seine besten Agenten nicht in Peru.

Aber diese Männer waren in der Nähe und entbehrlich. Wenn sie herausfinden konnten, worum es ging, ohne zusätzliche Ressourcen zu benötigen, umso besser. Wenn nicht, würde ihr Opfer kaum bemerkt werden.

Abdi war in einer Hinsicht clever gewesen, entschied Kagan. Er hatte gewusst, dass einige der Teams einen Helikopter würden landen müssen. Entweder, weil der Großteil der Ausrüstung, die sie mitgebracht hatten, eine solche Vorgehensweise erforderte, oder, wie Kagan, weil sie nicht die Möglichkeiten hatten, sich aus dem Helikopter abzuseilen. Und wenn ein Team landen musste, würde es höchstwahrscheinlich versuchen, dies im Fluss oder an dessen Ufer zu tun. Abdis eigener Hubschrauber war wahrscheinlich an einem ähnlichen Ort am Flussufer verborgen, ganz in der Nähe.

Alles, was Abdi und seine Männer tun mussten, war, andere wahrscheinliche Landeplätze entlang des Flusses ausfindig zu machen und zu warten, um Neuankömmlinge in einen Hinterhalt zu locken. Kagan war ein Narr gewesen, diese Taktik nicht zu berücksichtigen.

Der EHO-Agent dachte über all dies und mehr in nur wenigen Sekundenbruchteilen nach, während Abdi wütend auf eine Antwort wartete.

»Ich gehöre zu den Spezialeinheiten in Französisch-Guayana«, antwortete Kagan, wobei er sich bemühte, einen französischen Akzent aufzusetzen. Da Abdi kein englischer Muttersprachler war, würde er hoffentlich nicht bemerken, wie falsch sein Akzent wirklich klang. Glücklicherweise hatte Kagan zuvor nur ein einziges Wort gesprochen, nämlich *»Touristen«*, bevor er so tat, als wäre er Franzose.

»Was den Grund meines Hierseins angeht, *mon ami*«, fuhr er fort, die Arme immer noch über den Kopf gehoben, »habe ich gehofft, Sie könnten es mir sagen. Unsere Geheimdienste meldeten, dass mehrere Länder diese wilde Gegend des Dschungels plötzlich auf ihr Radar genommen haben. Aus unbekannten Gründen. Ihrer Frage nach zu urteilen, sitzen wir wohl im selben Boot, *oui?* Keiner von uns weiß, was es mit der ganzen Aufregung auf sich hat.« Kagan hob eine Augenbraue. »Warum tun wir uns also nicht zusammen und finden es gemeinsam heraus?«

Amerika war der schärfste Rivale des Iran auf der Weltbühne und würde am ehesten wissen, was hier wirklich vor sich ging. Kagan hatte die schnelle Entscheidung getroffen, dass er eher Erfolg haben würde, wenn er das Gespräch unter der falschen Flagge von Frankreich fortführte.

»Wenn Sie beim französischen Militär sind«, sagte Abdi misstrauisch, »warum sind Sie dann mit einer *Amerikanerin* hier?«

Kagan verkniff sich ein Stirnrunzeln. Offenbar war Abdi mit dem amerikanischen Englisch vertraut genug, um zu wissen, dass Ella es ohne Akzent gesprochen hatte. »*Je vous prie, Monsieur!*«, erwiderte Kagan und schüttelte irritiert den Kopf. »Wir sind kein *Team*. Lange Geschichte, *oui?* Madame ist *Brasilianerin*. Sie hat sich in meinem Hubschrauber versteckt, und ich wusste bis jetzt nicht, dass sie dort war. Sie ist eine Zivilistin.«

Der Iraner schaute beleidigt. »Erwarten Sie wirklich, dass ich das glaube. Sie hat sich in Ihrem Hubschrauber versteckt, und Sie haben nichts bemerkt? Das ist *Bullshit*.«

Kagan seufzte. Warum klang die Wahrheit häufig wie eine dumme Lüge?

»Wie Sie sehen können, *Monsieur*«, sagte er und gestikulierte mit dem Kopf in Richtung des abgestürzten Helikopters, »ist es ein ziviles Luxusmodell. Es hat eine spezielle Schlafkabine, die ich nicht überprüft habe. Sie war da drin.«

Abdi starrte Kagan verächtlich an und wandte sich dann an seine Gefährten. »Die Zeit für Spielchen ist vorbei«, sagte er zu ihnen auf Persisch. »Ich glaube, er ist Amerikaner und weiß genau, was hier los ist. – Omar«, sprach er den größten der vier an. »Nimm ihm die Waffen ab und fessele ihn. Wir geben dir Deckung. Der Kerl ist zu schlau für sein eigenes Wohl. Wir werden sehen, wie clever er ist, wenn ich ihm mit einem Feuerzeug meine Initialen in den Arm brenne«, fügte er spöttisch hinzu. »Er wird mich bald anflehen, ihn zu töten.«

Kagan verstand, dass es an der Zeit war, die Sache zu beenden. Er hatte gehofft, sich und Ella von diesen Männern befreien zu können, ohne Gewalt anwenden zu müssen, aber er weigerte sich, sich für das zu entschuldigen, was nun passieren würde. Die Iraner hatten vor, sie beide ohne Gnade zu foltern und zu töten, also verdienten sie, was sie bekamen.

Er ging seine Optionen durch. »Ory, kann ich davon ausgehen, dass diese Männer Funkgeräte tragen?«, fragte er lautlos.

»Das ist korrekt.«

»Ungeschützte Comms?«, fügte er hinzu.

»Positiv«, sagte die KI.

»Hervorragend. Ich möchte, dass du die Kontrolle über sie übernimmst und diesen Männern eine lähmende Frequenz in die Ohren schießt. Auf mein Zeichen.«

»Verstanden«, bestätigte die KI.

Der Mann namens Omar senkte seine Waffe und machte sich auf den Weg durch den Schlamm und die Vegetation, um seine Befehle auszuführen.

»Jetzt!«, befahl Kagan subvokal.

Alle vier Iraner schrien im selben Moment vor Schmerz auf, wie in einer sorgfältig choreografierten Nummer aus einem Horror-Musical. Sie ließen ihre Waffen los und hielten sich die Hände an die Ohren. Die Funkgeräte, die sich plötzlich so heftig gegen sie gewandt hatten, stießen ein schrilles, ohrenbetäubendes Kreischen aus, das wie Eispickel in ihre Köpfe stach.

Kagan riss die Arme herunter und zog seine Waffe – so schnell wie der schnellste Revolverheld aus einem Westernfilm. Seine Konzentration und seine Reflexe wurden durch die elektrische Stimulation seines Gehirns auf ein Maximum gesteigert, und er pflanzte eine Kugel zwischen die Augen des kleinsten der vier, des Mannes, der um Erlaubnis gebeten hatte, Ella zu vergewaltigen. Der tote Körper des Mannes sackte in den Schlamm.

Genauso schnell riss Kagan seinen Rucksack hoch. »Lauf!«, schrie er, packte Ellas Hand und sprintete los in Richtung des undurchdringlichen Dschungels.

Gerade als er im Gebüsch verschwinden wollte, gelang es Abdi, sich das Funkgerät aus dem Ohr zu reißen – und obwohl er sich noch nicht ganz erholt hatte, feuerte er automatisch in Kagans Richtung, wobei eine Kugel den Rücken des Amerikaners traf.

Kagans Graphen-Kettenhemd wurde augenblicklich hart wie Diamant und verhinderte, dass das Geschoss seinen Körper durchbohrte. Trotzdem war die Wucht des Aufpralls immens schmerzhaft, und Kagan stieß einen kurzen Schrei aus.

Er hatte sich verrechnet. Abdi war ein ernstzunehmenderer Gegner, als er gedacht hatte, und diese Fehleinschätzung hatte ihn fast das Leben gekostet. Es gab hier eine Lektion zu lernen: Mitleid konnte ihn umbringen. Und bei einem so hohen Einsatz konnte er sich dieses Risiko nicht leisten. Was bedeutete, dass er noch einen weiteren Fehler gemacht hatte: Er hatte sich entschieden, das Leben nur *eines* Iraners zu beenden – um Ella eine Chance zu geben, zu überleben. Sein Unterbewusstsein hatte diese Entscheidung getroffen, aber es war an der Zeit, dass er begann, Entscheidungen mit seinem Verstand zu treffen. Es war an der Zeit, dass er die kalte Logik benutzte, die diese Situation erforderte.

Wenn er Ella losließe und sie für sich selbst kämpfen ließe, wäre er viel besser dran, aber es würde den fast sicheren Tod für sie bedeuten. Obwohl er also wusste, was er tun sollte, konnte er sich nicht dazu durchringen, es zu tun. Zumindest jetzt noch nicht.

Aber mit jeder Minute, die er zögerte, sanken seine Chancen, die Mission zu erfüllen, immer weiter ins Bodenlose.

17

Mit Ella im Schlepptau stürmte Ben Kagan durch den Dschungel, seine Sinne hyperfokussiert, sein unterer Rücken geprellt und schmerzend. Er ignorierte den Schmerz und fing einen Seitenblick seiner Begleiterin auf. Um sicherzugehen, dass sie nicht plötzlich halblaut zu plaudern begann, legte er kurz den Zeigefinger auf seine Lippen. Dann hastete er weiter, wobei er sich darauf konzentrierte, so viel Abstand wie möglich zwischen sich und ihre Verfolger zu bringen.

Nach gerade einmal fünfzig Metern wurde der Dschungel extrem dicht, mit tropischen Blumen, Baumstämmen, Lianen und anderem Blattwerk, so dass Kagan gezwungen war, seine Machete aus dem Holster zu nehmen und sich einen Weg freizuhacken. Er erlaubte seinem Endoskelett-Anzug, seine Kraft gerade so weit zu erhöhen, dass er diese anstrengende Tätigkeit über längere Zeiträume fortsetzen konnte, ohne Gefahr zu laufen, dass seine Muskeln ermüdeten.

Er hatte immer gedacht, der muskulöse, schweißglänzende Entdecker, der sich durch die dichte Dschungelwildnis hackt, sei nur ein altes Hollywood-Klischee – so wie Autos, die beim geringsten Anlass explodierten, und damit einen Film visuell interessanter machten. Aber Orys Nachforschungen hatten ergeben, dass dies sehr real und sehr notwendig war, und auch Kagan hatte bereits erkannt, dass seine Machete hier unverzichtbar war.

Wann immer sie in ein Terrain kamen, das nicht ganz so dicht bewachsen war und in dem man auch ohne sein neues Lieblingswerkzeug vorankam, steckte Kagan die Machete wieder in die Scheide. Er änderte dann auch die Richtung, damit jeder Verfolger Mühe haben würde, ihren Fluchtweg nachzuvollziehen.

Ellas war still geworden. Offenbar hatte sie zwischen verstanden, dass sie den Mund halten musste, wenn sie überleben wollte.

»Abdi hat gerade versucht, über ein Satellitentelefon Teheran zu erreichen«, verkündete Ory in Kagans Ohr.

»Kann ich davon ausgehen, dass sein Satellitentelefon genauso unbrauchbar ist wie unseres?«, fragte Kagan.

»Ja. Aber aus der anschließenden Diskussion mit seinen Männern erfuhr ich, dass ihnen vor Stunden gesagt wurde, dass sie im Laufe des Tages ein sechsköpfiges Verstärkungsteam erwarten sollten. Es wurde aber keine genaue Zeit angegeben.«

Kagan nickte grimmig. Das machte Sinn. Er hatte bereits vermutet, dass Abdi und seine Männer wegen der Nähe zum Ziel eingesetzt worden waren. Aber offenbar wollte Teheran noch Verstärkung schicken.

Die Amerikaner taten das Gleiche. Kagan war am nächsten dran gewesen, aber Admiral Headrick hatte ihm gesagt, dass vier weitere EHO-Agenten später am Nachmittag oder in der Nacht zu ihm stoßen würden.

Mit etwas Glück würden sich die sechs iranischen Kämpfer ihren Kameraden anschließen, sobald sie eintrafen. Wenn sich alle neun Iraner versammelten, würden Kagans Frühwarnsysteme – verstärktes Gehör, fortschrittliche Sensoren und Mikrodrohnen – umso effektiver sein. Je größer das Team, desto geringer die Chance, sich zu tarnen, was die stärkste bewaffnete Streitmacht praktisch zur größten Zielscheibe machte.

Nachdem er und Ella laut Orys Kompass fast eine Meile in Richtung Süden zurückgelegt hatten, hob Kagan die Hand und stoppte, denn er war bereits schweißgebadet von der Anstrengung und der dampfigen, kochend heißen Umgebung. Er legte für Ella noch einmal einen Finger an die Lippen, um sie daran zu erinnern, dass das Gebot des absoluten Schweigens noch nicht aufgehoben war, und befahl dann Ory, eine umfassende Untersuchung der Umgebung vorzunehmen.

Die KI begann sofort damit, mit viel Rechenleistung die verschiedensten Dschungelgeräusche zu analysieren und auch die Richtung der aufgenommenen Geräusche zu bestimmen. Nachdem Ory mehrere Minuten lang gehorcht hatte, zeigte er an, dass die Iraner, die ihnen gefolgt waren, fälschlicherweise nach Osten abgebogen waren und sich nun jede Minute weiter entfernten.

Kagan war erleichtert. Zumindest für den Moment hatten sie ihre Gegner abgeschüttelt. Das war das, was er erhofft hatte. Es war offenbar nicht nur extrem schwierig, jemandem durch die dichtesten Teile des Dschungels zu folgen – vor allem, wenn er einen Vorsprung hatte und nicht bei jedem Schritt eine offensichtliche Fährte legte – es war auch extrem schwierig, überhaupt die Richtung beizubehalten.

Amazonas-Survival-Guides warnten vor den Gefahren, sich in weiten Kreisen zu bewegen. Das Dschungelgelände sah immer gleich aus – quasi das ultimative Minotaurus-Labyrinth. Ein schlecht beleuchtetes Labyrinth noch dazu, denn das Blätterdach war so dicht, dass selbst das Licht Schwierigkeiten hatte, den Weg zum Dschungelboden zu finden.

Reiseführer betonten, dass man einen Weg hinter sich markieren sollte, um einen Rückweg zu ermöglichen und um zu wissen, ob man nach stundenlanger, mühsamer Arbeit nicht versehentlich zum Ausgangspunkt zurückgekehrt war.

Wenn es nötig gewesen wäre, hätte Kagan eine von einem Dutzend Drohnen aktivieren können, die er mitgebracht hatte, jede so groß wie eine Libelle. Jede Drohne enthielt einen leistungsfähigen Computer und verfügte über zahlreiche beeindruckende Funktionen, darunter auch die Fähigkeit, seine und Ellas Stimmen zu imitieren. Er hätte eine dieser Drohnen fliegen lassen können, mit der Anweisung, Abdi und seine Bande zu lokalisieren – und hätte sie eine wilde Verfolgungsjagd ins Nirgendwo vollführen lassen können. Allerdings hätte dann Elle zu viel von seinen Fähigkeiten gesehen. Deshalb war es ein willkommener Umstand, dass die Iraner auch ohne einen Hightech-Köder vom Weg abgekommen waren.

Kagan ging noch ein paar Minuten weiter, bis sie zu einem großen umgestürzten Baum kamen, der auf dem Dschungelboden lag. Er inspizierte ihn sorgfältig mit seinen Linsen, die immer noch im Augmented-Mode waren, und winkte dann seiner Begleiterin, sich zu setzen, während er seinen schweren Rucksack auf den Dschungelboden stellte und seinem eigenen Rat folgte.

Während sie sich ausruhten, holte Kagan eine Feldflasche aus seinem Rucksack, nahm einen großen Schluck und reichte sie Ella, die dankbar das Gleiche tat. Dann untersuchte er ihre Schuhe, die mit Schlamm bedeckt und bereits von einigen der schärferen Sträucher zerkratzt und geschnitten waren. Noch ein oder zwei Tage im Amazonas und sie würden zerfetzt sein.

»Wie lange dauert es, bis Ella und ich uns unterhalten können?«, fragte er Ory unterschwellig.

»Ich würde sagen, fünf Minuten«, antwortete Ory. »Dann werden die Iraner, selbst wenn sie die ausgeklügeltste Schallverstärkungstechnologie einsetzen, die es gibt, Sie nicht mehr hören können.«

Kagan beugte sich zu seiner Begleiterin und legte seine Hände um ihr Ohr. »Wir können uns in etwa fünf Minuten normal unterhalten«, flüsterte er leise.

Ella nickte.

Dann holte er eine Dose mit Insektenspray in Industriestärke aus einer Außentasche seines Rucksacks und reichte sie ihr, wobei er pantomimisch zeigte, sie solle jede freie Stelle ihrer Haut damit besprühen.

Während sie sich mit Mückenspray einsprühte, ruhte sich Kagan aus und nahm sich die Zeit, seine unmittelbare Umgebung zu betrachten. Der Amazonas war tödlich, aber auch ein Paradies. Der Garten Eden im Großformat. Noch am Tag zuvor hatte er sehr wenig über den Regenwald gewusst. Er wusste, dass er seit einiger Zeit durch das Eindringen des Menschen geschrumpft war, auch wenn sich das Tempo dieses Eindringens zum Glück verlangsamt hatte. Und er wusste, dass er eine ungeheure Anzahl verschiedener Tier- und Pflanzenarten beherbergt, was ihn zu einem Hort der Artenvielfalt macht, in der zehn Prozent aller Lebewesen der Erde zu Hause waren.

Und Kagan erkannte nun, dass keine noch so faszinierende Lektüre, keine Dschungel-Filme, Dokumentationen oder YouTube-Videos der Realität nahe kommen konnten.

Der Amazonas war das totale Eintauchen in die Wildnis. Es war Feuchtigkeit und reichlich Sauerstoff, es waren Gerüche und Geräusche, die kein Video wirklich einfangen konnte.

Es war eine Explosion von Grün überall, in verschiedenen Schattierungen, von matt, über lebhaft, bis hin zu Neon, mit vielen Blättern und Pflanzen, die so groß wurden, dass es schien, als wäre man in die Zeit der Dinosaurier zurückgereist.

Es war ein ständiges Aufgebot an leuchtenden Farben zu sehen, an Vögeln, Käfern, Fröschen, Blumen, Schmetterlingen und Früchten. Es gab Moos, Schimmel und riesige Pilze. Es gab Wasserfälle, die von Felswänden herabstürzten, und sumpfige Gebiete, die scheinbar wahllos mit trockenen Regionen abwechselten. Es gab prächtiges Blattwerk, einschließlich der riesigen Taro-Pflanze, deren Blätter bis zu einem Meter breit sein konnten, um die Oberfläche zu maximieren und so das begrenzte Licht gut einzufangen, das auf den Dschungelboden fiel.

Kagan hatte Affen im Blätterdach über sich gesehen und gehört, und Spinnennetze, die weitläufig und stabil genug aussahen, um einen Fliegenden Hund zu fangen. Er war an einem Baum vorbeigekommen, der voll mit kreischenden grünen Papageien war, dick wie Fledermäuse in einer Höhle, die einen unheiligen Lärm machten, der wirklich unbeschreiblich war. Bis zu diesem Moment hatte er Papageien nur einzeln in Käfigen gesehen und hatte keine Ahnung gehabt, dass sie sich jemals versammelten, oder dass es so viele Papageien auf einem einzigen Baum geben konnte.

Zehn Fuß entfernt von dem Ort, an dem er saß, entdeckte er eine Gruppe von Blattschneiderameisen, die pflichtbewusst über den Boden marschierten, wobei die Blätter, die sie transportierten, wie kleine Sonnensegel über ihnen aufragten.

Die Vielfalt der Insekten, die er in der letzten Stunde gesehen hatte, übertraf bereits die Vielfalt, die er in den bisherigen zweiunddreißig Jahren seines Lebens gesehen hatte. Es gab sie in einer schillernden Vielfalt von Größen, Farben und Körperformen, von Arten, die genau wie ein Blatt oder ein Zweig aussahen, bis hin zu solchen, deren Aussehen jeder Beschreibung spottete.

Das erinnerte ihn an die vielen Strategien, die die Kreaturen hier benutzten, um nicht entdeckt und gefressen zu werden. Er hatte Glück gehabt, dass er noch keine Schlangen gesehen hatte – zumindest soweit er das beurteilen konnte. Aber vielleicht war er auch schon an vielen von ihnen vorbeigekommen, ohne sie im dichten Unterholz bemerkt zu haben.

»Ory«, wies er die KI an, »ich möchte, dass du dich als Teil deiner Standardaufgaben auf mein Sichtfeld konzentrierst. Ich möchte, dass du auf Gefahren achtest, die ich übersehen könnte, auf getarnte Tiere zum Beispiel.«

»Verstanden«, kam sofort die Antwort.

Kagan schüttelte leise den Kopf, wieder einmal verärgert über sich selbst. Dies hätte die erste Anweisung an die KI nach Verlassen des Helikopters sein sollen. Er sah sich weiter um und dachte über die unbekannten Gefahren des Dschungels nach.

»Sie sollten sich jetzt unterhalten können«, verkündete schließlich Ory und riss Kagan aus seiner Träumerei.

Kagan bedankte sich bei der KI und drehte sich zu seiner menschlichen Begleiterin um, die immer noch stumm neben ihm saß, jetzt aber vollständig mit Insektenspray bedeckt war.

»Okay«, flüsterte er, »wir können jetzt reden. Niemand sollte uns hören können. Aber lass uns versuchen, leise zu sein.«

»Woher weißt du, dass uns niemand hört?«, fragte sie. »Die Typen können doch gleich hinter dem nächsten Busch lauern.«

»Ich kann dich nur bitten, mir zu vertrauen«, sagte er. »Ich kenne mich mit solchen Situationen recht gut aus. Wir sind in Sicherheit. Für den Moment. Zumindest vor ihnen. Aber dieser Dschungel ist voller Insekten und Tiere, die noch tödlicher sind als die Männer am Fluss.«

Ella schluckte schwer. »Wer war das?«, fragte sie. Bevor er antworten konnte, fügte sie hinzu: »Du hast den Mann getötet, nicht wahr?«

»Es waren Iraner, und sie hatten vor, uns zu töten. Und ja, ich habe einen von ihnen getötet, aber ich habe es aus einem bestimmten Grund getan.«

»Was war mit ihnen los? Warum haben sie sich an den Kopf gefasst und geschrien?«

»Sie hatten Kommunikationsgeräte in ihren Ohren. Ich hatte

zufällig ein Gerät in meiner Tasche, das in der Lage war, einen lähmenden Ton durch ihre Ohrstöpsel zu senden. Ich brauchte nur einen Knopf zu drücken – du hast gesehen, was passiert ist.«

Sie legte verwirrt die Stirn in Falten. »Aber du hattest deine Hände über dem Kopf. Wie konntest du da einen Knopf in der Tasche drücken?«

»Ich bin eben so etwas wie ein Zauberer«, meinte er augenzwinkernd. »Weißt du, die Hand ist manchmal schneller als das Auge. Ich habe den Knopf gedrückt. Das Ergebnis war doch offensichtlich.«

Sie nickte anerkennend, kaufte ihm diese lächerliche Behauptung also offensichtlich ab. Aber die Räder drehten sich weiter in ihrem Kopf – wenn auch langsam – und ein weiterer fragender Blick erschien auf ihrem Gesicht. »Wir haben, ich weiß nicht, sieben oder acht Sekunden gebraucht, um in den dichten Dschungel zu kommen«, meinte sie. »Sieben oder acht Sekunden, bevor sie anfingen zu schießen. Du hast so schnell auf den Kerl geschossen, dass ich es erst gemerkt habe, als er schon tot war. Du hättest sie also leicht alle abknallen können. Warum hast du das nicht gemacht?«

»Meinst du, ich hätte es tun sollen?«

Sie dachte einige Sekunden lang darüber nach. »Ich weiß nicht. Wenn du sagst, sie hätten uns getötet und versuchen es vielleicht immer noch, dann wäre es doch sicherer gewesen, oder? Und du hast geschrien, kurz nachdem die Schüsse wieder anfingen. Du wurdest getroffen, nicht wahr?«

Er schüttelte den Kopf. »Nein. Eine der Kugeln traf wohl einen Ast, und der ist dann an meinen Rücken abgeprallt. Es tut noch weh, aber ich werde es überstehen. Ich habe vor allem geschrien, weil ich dachte, die Kugel hätte mich getroffen.«

Ella deutete auf seinen Rucksack. »Hast du da Schmerztabletten drin?«

Kagan lächelte. »Habe ich, aber die sind extrem stark. Opioide. Die nehmen alle Schmerzen weg, vollständig und am ganzen Körper, für etwa sechs Stunden. Das heißt, man sollte sie nur nehmen, wenn der Schmerz zu groß wird, um ihn zu ertragen, und das Überleben davon abhängt, ihn ganz auszuschalten. Ansonsten sind sie zu stark, und funktionieren zu gut.«

»Was?«, erwiderte Ella und blinzelte schnell. »Das klingt doch wie ein Wundermittel. Wie könnte ein Schmerzmittel *zu gut* funktionieren?«

Kagan seufzte. »Nun, die meisten Leute denken nicht darüber nach, aber wir empfinden Schmerz aus einem bestimmten Grund. Die Evolution hat ihn nicht einfach hervorgebracht, um uns zu quälen. Wenn man die Hand auf eine heiße Herdplatte legt, gibt einem der Schmerz ein sofortiges Signal, sie wegzunehmen. Wenn man keinen Schmerz spüren würden, würden man sie dort einfach liegen lassen, bis sie verschmort ist. Wenn man sich das Bein bricht und es nicht weh tut, merkt man es vielleicht gar nicht, also geht man weiter und macht es noch viel schlimmer. Also hilft einem der Schmerz, schwere Verletzungen zu vermeiden. Man erinnert sich ja auch an den Schmerz und fasst nächstes Mal die Herdplatte gar nicht erst an.«

Ella dachte eine Sekunde lang darüber nach. »Ja, stimmt schon«, sagte sie. »Aber es ist trotzdem scheiße, wenn es weh tut.«

Kagan konnte nicht anders, als zu lächeln. »Da kann ich nicht widersprechen«, erwiderte er.

»Und warum hast du sie nicht alle getötet?«, kam sie im nächsten Moment zu ihrer ursprünglichen Frage zurück.

»Ich nehme das Leben nicht auf die leichte Schulter, weder menschliches noch anderes. Selbst wenn dieses Leben darauf aus ist, mich zu töten. Ich wusste, dass sie uns nicht lange folgen können, wenn wir es erst einmal in den Dschungel geschafft haben. Ab jetzt werden sie hoffentlich keine große Bedrohung mehr sein. Sie sind eigentlich die geringste unserer Sorgen.«

Selbst als er das sagte, wusste er, dass das nicht ganz stimmte. Tatsächlich hätte er sie töten sollen. Der Schmerz in seinem Rücken erinnerte ihn ständig daran, seine Gegner nicht zu unterschätzen.

Ella sah wieder einmal verwirrt aus – ein Ausdruck, den sie nur allzu oft auf dem Gesicht trug –, aber dieses Mal hatte sie einen guten Grund dafür. »Wenn du sie also als keine große Bedrohung siehst, warum hast du dann den einen Kerl getötet? Du sagtest, es gäbe dafür einen guten Grund. Welcher war das?«

»Ich habe ihn für dich getötet«, sagte er schlicht. »Damit du eine Chance hast, hier zu überleben.«

Sie starrte ihn an, als wäre er gerade aus einem Irrenhaus ausgebrochen. »Für *mich*?«, fragte sie ungläubig. »Wie kann das Töten von einem von vier bis an die Zähne bewaffneten Typen meine Überlebenschancen erhöhen?«

Kagan seufzte. »Weil er von den Vieren die Schuhgröße hatte, die deiner am nächsten kommt.«

Er erhob sich von dem Baumstamm und gab ihr ein Zeichen, ihm zu folgen. »Komm«, sagte er. »Es wird Zeit, dass wir zurückgehen und dir ein ordentliches Paar Stiefel besorgen.«

18

Kagan war klar, dass es die falsche Entscheidung war, seiner ungewollten Begleiterin zu helfen, aber Ella wuchs ihm zunehmend ans Herz. Andererseits, wenn man bedachte, was er anfangs von ihr gehalten hatte, konnte es ja nur aufwärtsgehen.

Trotzdem war er im Begriff, mehrere Stunden zu verschwenden, nur um dafür zu sorgen, dass sie das richtige Schuhwerk bekam – was entscheidend war, wenn sie mehr als ein paar Tage überleben sollte. Selbst wenn die Wildnis sie nicht erwischte – wenn ihre Füße aufgerissen und blutig waren, hatte sie keine Chance, mit ihm Schritt zu halten, und er wäre gezwungen, sie zurückzulassen, was den Anfang vom Ende für sie bedeuten würde.

Er bedauerte die Notwendigkeit, den Iraner wegen seiner Stiefel zu töten – das war ungefähr das, was der Schurke in einem alten Western tun würde – und er wäre besser beraten, Ella ihrem Schicksal zu überlassen. Aber wenn er schon ein Leben gegen ein anderes aufwiegen musste, verdiente sie es viel mehr zu leben, als Kagans Opfer es getan hatte. Sie war nicht das schärfste Messer in der Schublade, aber sie war auch nicht grausam oder sadistisch. Der Iraner war durchaus bereit, sie beide zu foltern und zu töten, aber nicht, bevor er sie vergewaltigt hatte. Vielleicht war es also Schicksal, dass seine Füße zufällig die kleinsten der vier Männer waren.

Ellas Augen waren groß, als sie sich vom Baumstamm erhob, um ihm zu folgen. »Du hast ihn wirklich für mich getötet, nicht wahr?«

»Ja, mehr oder weniger. Ich hielt es für unwahrscheinlich, dass er sonst wartet, bis wir ihm die Stiefel wegnehmen.«

Sie verdaute das einige Sekunden lang. »Du hattest das also die ganze Zeit geplant, nicht wahr? Von dem Moment an, als du gesehen hast, dass sie Gummistiefel tragen.«

Er nickte.

»Danke«, sagte sie langsam. Doch einen Moment später runzelte sie die Stirn. »Ich weiß, dass der Typ der kleinste war, aber glaubst du wirklich, dass seine Stiefel mir gut genug passen werden?«

»Ich bin mir sicher«, antwortete Kagan. »Es hat sich erwiesen, dass ich ganz ausgezeichnet darin bin, Schuhgrößen zu beurteile. Ich schätze zum Beispiel, dass du eine Damengröße 9 hast.«

»Gang genau!«, rief sie erstaunt.

Er lächelte. Schuhgrößen optisch zu messen war eine der leichteren Übungen für seinen KI-Begleiter.

»Nun, genauso wie ich mit deiner Größe richtig lag«, fuhr er fort, »bin ich zuversichtlich, dass die Stiefel des Iraners einer Damengröße zehn entsprechen. Wenn du die Stiefel über die Schuhe ziehst, die du jetzt anhast, werden sie ein wenig locker sitzen, aber sie werden gut funktionieren. Ich habe ein paar Kabelbinder dabei, damit können wir deine Stiefel dann wie bei mir zurechtmachen. Dann kann nichts … Unerwünschtes … in die Stiefel gelangen.«

»Danke!«, sagte sie wieder, diesmal etwas enthusiastischer.

Sie wanderten einige Minuten schweigend weiter, bevor sie wieder sprach. »Ben, bist du sicher, dass wir in die richtige Richtung gehen? Du hast diesen Bereich nicht mit der Machete bearbeitet, und ich kann mich nicht erinnern, hier überhaupt durchgegangen zu sein …«

»Ich bin mir sicher.«

»Aber wie? Wir haben ja nicht einmal einen Kompass dabei.«

Kagan schüttelte den Kopf. Er hatte nicht vor, ihr von Ory zu erzählen. »Ich habe einen perfekten Orientierungssinn. Ich bin so eine Art geografisches Phänomen.«

»Was ist ein *Phämo…*?«

»Nicht wichtig. Vertrau mir einfach. Wir sind auf dem richtigen Weg.«

Sie runzelte erneut die Stirn, als sie in einen dichteren Abschnitt kamen und Kagan seine Machete freimachte.

»Du sagst mir ständig, ich soll dir vertrauen«, meinte sie. »Aber hier sind wir mitten im Nirgendwo. Und so Typen aus dem Iran versuchen, uns umzubringen. Also komm schon«, jammerte sie, und diesmal konnte er es ihr nicht verübeln. »Es wird Zeit, dass du mir sagst, was wirklich los ist. Kein Hinhalten mehr. Ich habe ein Recht darauf zu wissen, wo ich hier hingeraten bin. Hier ist doch nichts normal.«

Kagan konnte sich ein Lachen nicht verkneifen. Nein, er konnte nicht behaupten, dass irgendetwas hiervon normal war. Er überlegte, was er ihr sagen sollte, und entschied schließlich, dass dies eine Gelegenheit sein könnte, einen Hinweis auf seine erste Mission zu bekommen – falls er überlebte und die Chance bekam, dorthin zurückzukehren.

»Okay«, sagte er und hackte einen dornigen Ast beiseite, »ich werde ehrlich zu dir sein. Ich bin Berater und arbeite mit der CIA zusammen. Wir sind darauf aufmerksam geworden, dass hochentwickelte biotechnologische Ausrüstung, und zwar eine Menge davon, irgendwo bei Cardoza Coffee Enterprises gelandet ist. Ich habe mich bei CCE beworben, um *undercover* zu ermitteln.«

»Wie ein Spion?«

Er zuckte mit den Schultern. »So ähnlich.«

Ella nickte langsam. »Warum sollte eine Plantage Biotech-Ausrüstung brauchen?«

»Genau«, antwortete Kagan. »Deshalb hat man mich geschickt. Um zu versuchen, es herauszufinden.«

»Und – hast du?«

»Noch nicht«, sagte Kagan. »Aber ich hoffe, dass du mir dabei helfen kannst. Carlos Cardoza hat dir doch das Leben zur Hölle gemacht und dich gefangen gehalten. Du und ich, wir stehen also auf derselben Seite. Die CIA ist sich nicht sicher, ob Cardoza beteiligt ist, aber es ist wahrscheinlich. Kannst du mir etwas dazu sagen?«

Während Kagan diese Worte sagte, holte er einen wenige Millimeter großen Sensor aus seiner Hemdtasche, einen von vielen, die er an seiner Kleidung versteckt hatte. Der Sensor konnte sich an jede Oberfläche heften, wie ein Post-it-Zettel. Er blieb stehen und drehte sich wieder zu Ella um, streifte sie beiläufig und legte dabei den fast schwerelosen Sensor auf ihrem Schulterblatt ab.

Das winzige Gerät konnte die Herzfrequenz und die Atmung messen, zusammen mit anderen Gesundheitsdaten wie der Sauerstoffsättigung des Blutes. Aber diese anderen Signale konnten nur gemessen werden, wenn das Gerät auf ihrer Haut und nicht auf dem Stoff klebte. EHO war dabei, einen Sensor zu perfektionieren, der alle Lebenszeichen aus mehreren Metern Entfernung erfassen konnte, auch ohne an der Kleidung der Testperson befestigt zu sein, aber das war noch Zukunftsmusik.

»Ich würde dir ja gerne helfen«, sagte sie, »aber ich habe leider keine Ahnung, wovon du redest.«

Kagan legte seine Machete für einen Moment beiseite und starrte ihr tief in die Augen. »Sind dir jemals seltsame technische Geräte auf einer von Cardozas Plantagen aufgefallen, als du mit ihm dort warst?«

Sie schüttelte den Kopf. »Um ehrlich zu sein, würde ich biologische Geräte nicht mal erkennen, wenn sie mich, na du weißt schon, in den Arsch beißen würden.«

Er musste über ihre unverblümte Antwort grinsen. »Ich bin mir nicht sicher, ob ich davon sprechen würde, in den Arsch gebissen zu werden«, sagte er, »aber ich verstehe, was du meinst.«

»Ory«, fragte er subvokal, »sagt sie die Wahrheit?«

»Angesichts der begrenzten Sensordaten, die ich erhalte, bin ich mir nicht so sicher, aber die Chancen stehen sehr gut, dass sie es tut. Ihre Herzfrequenz lag vor der Frage bei 51 Schlägen pro Minute und blieb bei der Antwort völlig konstant. Ihre Atmung ist ebenfalls gleichmäßig geblieben.«

Wenn die meisten Menschen eine Lüge erzählten, konnten sie diese Tatsache nicht wirklich verbergen. Ihr Puls und ihre Atemfrequenz änderten sich, ebenso wie die Hautspannung und der Blutdruck. Leider war der Sensor nicht gut genug platziert, um die letzten beiden Werte zu messen. Ein moderner Lügendetektor könnte all das und noch mehr mit wesentlich größerer Präzision messen als Ory. Aber die KI benutzte dafür auch einen komplexen Algorithmus, der zusätzlich subtile Gesichtsbewegungen wahrnehmen konnte, weshalb Kagan darauf achtete, seine Kontaktlinsen auf sie zu richten.

»Ihre Gesichtsbewegungen sind unklar«, fuhr Ory fort, »also nicht schlüssig. Alles in allem ist die Wahrscheinlichkeit, dass sie die Wahrheit sagt, größer als achtzig Prozent.«

Kagan bedrängte sie noch einige Minuten lang, um zu erfahren, ob sie irgendwelche Geräte gesehen hatte, die sie nicht erkannte. Oder ob sie irgendetwas anderes Ungewöhnliches gesehen oder gehört hatte, das nichts mit Kaffee zu tun zu haben schien. Leider brachte ihn diese Befragung nicht weiter.

Sie wusste nichts Brauchbares, und Ory hatte nichts von dem, was sie sagte, als eine eindeutige Lüge identifizieren können.

So viel dazu, ihm bei dem Cardoza-Fall zu helfen. Ella hatte diese Mission als nichts weiter als eine Belastung begonnen. Und jetzt war es klar, dass sie dazu bestimmt war, das zu bleiben.

19

Ben Kagan und seine Begleiterin marschierten einige Minuten schweigend weiter, bevor Ella bemerkte, dass er ihre ursprüngliche Frage nicht beantwortet hatte. »Okay, du spionierst also Carlos und CCE aus«, begann sie. »Aber warum bist du hierher gekommen, mitten in den Dschungel? Und warum wollten diese Männer dich umbringen?«

»Ben, bleiben Sie stehen!«, plärrte Ory in Kagans Ohr, bevor er antworten konnte. Er blieb mitten im Schritt stehen. Ella, die ihm dicht auf den Fersen gewesen war, stolperte in seinen Rücken und stieß ihn ein Stück nach vorne.

Kagan blickte nach oben und sah den Grund für Orys lautstarke Anweisung. Eine schlanke grüne Schlange hing von einem Ast herab, und sie sah nicht glücklich darüber aus, dass er nur eine halbe Armlänge davon entfernt war, in ihren persönlichen Bereich einzudringen.

Sie hatte winzige schwarze Flecken auf ihrer grünen Haut und ein gelbes Maul, das sie weit geöffnet hatten, um dolchartige Reißzähne zu enthüllen – die kurz davor waren, sich in den Hals des Menschen zu bohren, der es gewagt hatte, ihren Frieden zu stören.

Hätte Kagan doch nur noch seine Machete in der Hand gehabt! Aber das Gelände war gerade etwas offener gewesen, und so hatte er sie zusammengeklappt und in seinem Rucksack verstaut.

»Zurück!«, plärrte die KI erneut. »Langsam …«

Kagan starrte der Schlange in die Augen, und sie starrte zurück, beide Lebewesen gleichermaßen wachsam. Er wich zurück, griff dabei hinter sich, um Ella zu berühren und sie gleichzeitig zurückzuschieben.

Siehst du, dachte er, in der Hoffnung, dass das Reptil irgendwie seine Gedanken lesen konnte, *ich gehe ja schon. Kein Grund zur Beunruhigung. Wenn du mich nicht beißt, werde ich dich auch nicht beißen.*

Kagan wich weiter zurück, einen kleinen, vorsichtigen, nicht bedrohlich wirkenden Schritt nach dem anderen.

»Sie sind in Sicherheit …«, verkündete Ory einen Augenblick später, obwohl diese Ankündigung ewig zu dauern schien, »außerhalb ihrer Reichweite. Aber es kann nicht schaden, noch weiter zurückzugehen.«

»Ja, schon dabei!«, erwiderte er lautlos.

Jetzt, wo er in Sicherheit war, konzentrierte er sich auf die Texte, Bilder und Grafiken, die neben der Schlange erschienen, die er immer noch beobachtete, Anmerkungen, die schwach und unauffällig waren, aber lebendig, wenn er sich entschied, ihnen Aufmerksamkeit zu schenken.

Offenbar handelte es sich bei seiner kleinen Freundin um eine Grüne Jararaca – oder besser gesagt, *Bothriopsis bilineata* – eine Giftschlange, die als eine der gefährlichsten im Amazonasgebiet galt. Die meisten Schlangen des Regenwaldes waren Bodenbewohner, aber nicht diese. Als nachtaktive Jägerin hielt sie sich gerne in den Bäumen auf und schlug zu, wenn sie gestört wurde, bei Tag oder Nacht.

Etwas, das Kagan gerade vermieden hatte. Und Gummistiefel hätten ihn nicht vor dieser Schönheit gerettet.

»Was ist los?«, fragte Ella besorgt.

Kagan deutete auf die Schlange, die jetzt eineinhalb Meter entfernt war, aber immer noch in ihre Richtung blickte. Die grüne Haut machte sie fast unsichtbar, aber als sich Ellas Augen vor Entsetzen weiteten, wusste er, dass sie sie entdeckt hatte.

»Es ist eine beidseitig gestreifte Waldgrubenotter«, erklärte er ihr. »Sehr gefährlich.«

»Du kennst dich also auch mit der Tierwelt hier aus?«

Er nickte.

»Also, damit ich das richtig verstehe«, sagte sie. »Erstens: du bist ein Magier. Und außerdem ein CIA-Berater. Der sich als menschlicher Kompass entpuppt. Und jetzt auch noch ein Experte für den Regenwald?«

Kagan konnte sich ein Grinsen nicht verkneifen. »Vergiss nicht den Piloten«, fügte er hinzu.

Sie schüttelte den Kopf. »Egal, was du bist, es ist ein Wunder, dass du das Ding gesehen hast, bevor wir gebissen wurden.«

Kagan bewegte sich wieder vorwärts und machte einen großen Bogen um die Grubenotter. Er musste zugeben, dass Ella sich hier ganz gut im Griff hatte. In seiner Studienzeit war er mit einer Frau ausgegangen, die bei der harmlosesten Spinne oder Wespe in Panik geraten war und so lange vor Angst gezittert hatte, bis die scheinbare Bedrohungen vorbei war.

Er war sich nie sicher gewesen, ob ihre Angst echt oder vorgetäuscht war. Vielleicht dachte sie, dass sie für ihn attraktiver wäre, wenn sie die Ängstliche spielte, damit er den Helden markieren konnte. Aber er hatte dieses Verhalten immer alles andere als attraktiv gefunden. Stattdessen fand er es nervig, irrational und kindisch.

Die Art und Weise, wie Cynthia mit Insekten und Nagetieren umgegangen war, war eines der Dinge, die er an ihr geliebt hatte. Wenn eine große Spinne aus einer Zimmerecke auftauchte, eine, die groß genug war, um sogar Kagan zu beunruhigen, fing sie sie entweder ein und ließ sie draußen frei oder tötete sie, je nachdem, welche Hilfsmittel sie zur Verfügung hatte. Sie zuckte nicht zusammen, flippte nicht aus oder bestand darauf, gerettet zu werden. Sie bewältigte die Situation mit Ruhe und ohne jedes Drama.

Während Ella also in vieler Hinsicht eine Bürde war, schien sie zumindest ein Rückgrat zu besitzen, wenn es darum ging, mit dieser Art von Dingen umzugehen. Gott sei Dank. Der Amazonas wies die größte Dichte an großen, furchterregend aussehenden, krabbelnden Insekten, Skorpionen und dergleichen auf der Erde auf, so dass eine Person, die wegen jeder harmlosen Spinne schreiend aus einem Zimmer rannte, hier permanent in Panik wäre.

Nicht nur das, das Klima war glühend heiß und so feucht wie in einer Sauna, und sie waren verschwitzt und mit Dreck beschmiert. Doch Ella hatte sich kaum beschwert.

So schwer sie auch sonst zu ertragen war, war er mit ihr besser dran als mit einer Begleiterin, die zwar brillant war, aber Angst vor Ungeziefer hatte und zu ständigem Jammern neigte.

»Lass mich also jetzt die Frage beantworten, die du gestellt hast, bevor wir … unterbrochen wurden«, sagte Kagan. »Warum bin ich hier? … Die CIA hat mich in den frühen Morgenstunden angerufen.«

War es wirklich früher am Morgen gewesen, als das alles angefangen hatte? Es kam ihm wie eine Ewigkeit vor.

»Sie sagten mir, ein wichtiger, streng geheimer amerikanischer Satellit sei von Weltraumschrott getroffen worden. Er muss hier irgendwo in der Nähe heruntergekommen sein. Sie sagte, ich solle alles fallen zu lassen, um ihn zu bergen. Ich war wohl am nächsten dran, also bekam ich den Anruf. Das ist in etwa die Situation.«

»Und die Iraner?«

»Andere Regierungen würden wohl gerne einen Blick auf diesen Satelliten werfen«, sagte er, zufrieden damit, dass dies nahe genug an der Wahrheit war, um ihre Situation gut zu erklären, ohne dass er über außerirdische Technologien reden musste. »Er ist ziemlich fortschrittlich. Also sind die Iraner nicht die einzigen miesen Typen, die sich im Moment hier im Dschungel herumtreiben. Der Auftrag ist, diesen Satelliten zu holen und zu verschwinden.«

»Das Ding hat es also geschafft zu landen?«, fragte sie skeptisch. »Würde etwas, das aus dem All herunterfällt, nicht abstürzen?«

Kagan seufzte. »Nein. Es ist gelandet.«

»Wie willst du so ein riesiges Teil transportieren?«

»Es ist sehr klein«, erwiderte er. »Also werde ich es tragen können.«

Sie schien tief in Gedanken zu sein, während sie sich weiter durch den Dschungel arbeiteten. »Aber jetzt ist dein Hubschrauber … äh … kaputt«, stellte sie fest. »Und wie kommen wir jetzt hier raus?«

Kagan runzelte die Stirn, verärgert darüber, dass sie plötzlich angefangen hatte, gute Fragen zu stellen. »Darüber mache ich mir erst Gedanken, wenn ich den Satelliten gefunden habe«, antwortete er. »Aber ich muss ehrlich zu dir sein«, fügte er hinzu, »es ist nicht sicher, dass wir in nächster Zeit von hier wegkommen werden. Das kann dauern. Ich kenne die genauen Koordinaten dieses Satelliten nicht, und er könnte sich überall in einem Umkreis von zehn Meilen befinden.«

»Wie wollen wir ihn dann jemals finden?«, fragte Ella. »Da könnte man ja hundert Jahre hier herumkriechen und ihn nicht finden.«

»Ich werde ihn finden«, sagte er eindringlich. »Mach dir darüber keine Sorgen. Aber der Punkt ist, dass es eine Weile dauern könnte. Und diese Mission ist entscheidend für die nationale Sicherheit Amerikas, also hat sie Vorrang vor allem anderen. Ich sollte deshalb eigentlich überhaupt keine Zeit darauf verschwenden, Stiefel für dich zu besorgen. Und deshalb lass mich jetzt mal die Grundregeln für die nächste Zeit aufstellen.« Seine Augen fixierten die ihren, und seine Miene wurde grimmig. »Erstens: Du tust, was ich dir sage. Unverzüglich. Ohne Widerspruch oder Beschwerde. Verstanden?«

Sie öffnete den Mund, um zu protestieren, entschied sich aber dagegen und nickte stattdessen.

»Gut. Ich werde die Rationen, die ich mitgebracht habe, mit dir teilen, aber es wird nicht lange dauern, bis wir uns von dem ernähren müssen, was der Regenwald hergibt. Davon abgesehen sollten wir gut zurechtkommen. Ich habe ein Gerät, das gereinigtes Wasser produziert. Ich habe auch eine Menge Wasserreinigungstabletten, nur für den Fall. Und es gibt hier mehr als dreitausend essbare Früchte. Zu Hause essen wir höchstens einmal zweihundert. Aber ich weiß relativ genau, welche essbar sind und welche giftig.«

Ella rollte mit den Augen. »Na klar weißt du das«, murmelte sie. »Sind ja nur dreitausend.«

»Zweitens«, fuhr Kagan fort, »werde ich mich auf das Gesetz des Dschungels berufen müssen – buchstäblich. Ich kann nicht zulassen, dass du mich aufhältst oder dich in meine Angelegenheiten einmischst. Vergiss nicht – ich habe dich nicht zu diesem kleinen Ausflug eingeladen. Du hast dich versteckt. Es tut mir leid, dass es so weit gekommen ist, aber du solltest nicht hier sein. Wenn du also nicht mithalten kannst, muss ich dich zurücklassen.«

Ihr Gesicht wurde bleich. »Hey, du weißt genau, dass ich hier allein keinen Tag durchhalten würde«, sagte sie. »Du bist der Experte. Ich habe nicht die geringste Ahnung vom Überleben hier.«

Er nickte. »Stimmt. Und noch einmal, es tut mir leid. Aber es steht hier mehr auf dem Spiel als nur du und ich. Ganz zu schweigen von gefährlichen Leuten aus mehreren Ländern, die mich vielleicht umbringen wollen. Und das schließt nicht einmal die Eingeborenenstämme ein, die hier im Dschungel leben, darunter etwa fünfzig, von denen man annimmt, dass sie nie Kontakt mit der Außenwelt hatten. Bis zum heutigen Tag.«

»Das glaube ich nicht.«

»Glaube, was du willst. Ich nenne hier nur die Fakten. Ich hätte gedacht, du hättest schon von diesen Stämmen gehört – lernt man das nicht in der Schule?«

Sie schüttelte den Kopf. »Nicht wirklich«, antwortete sie.

»OK. Zurück zu meinem Punkt«, sagte Kagan. »Ich kann es mir nicht leisten, Rücksicht zu nehmen. Also tu, was ich sage, beschwere dich nicht und halte durch. Bleib ganz nah bei mir, und es wird alles gut gehen. Wenn nicht, … wenn du zurückfällst oder wir getrennt werden …« Er zuckte mit den Schultern. »Ich werde keine Zeit verschwenden können, um dich zu suchen. Sind wir uns einig?«

Sie schluckte schwer. »Ich dachte, du nimmst Rücksicht auf alles, was lebendig ist?«

»Das tue ich. Und ich hoffe inständig, dass du durchhältst und wir beide hier lebend rauskommen. Aber ich muss tun, was ich tun muss. Sag nicht, ich hätte dich nicht gewarnt!«

Sie starrte ihn an, ebenso verletzt wie verängstigt. »Ich werde durchhalten«, sagte sie mit einem entschlossenen Ausdruck in den Augen.

Kagan nickte und marschierte los, wobei er seine Machete zückte, da der Dschungel wieder dichter geworden war.

Vielleicht würde sie tatsächlich mithalten können. Sie schien bemerkenswert fit zu sein. Und während er sich anstrengte, um den Weg vor ihnen freizumachen, und einen schweren Rucksack trug, hatte sie die leichtere Aufgabe, ihm zu folgen. Trotz seiner verstärkten Muskeln triefte er vor Schweiß, während sie frisch wie ein Gänseblümchen schien – oder welche Blume auch immer das Äquivalent im Dschungel war. In Anbetracht der schwülen Bedingungen hier war ihre derzeitige Kondition bemerkenswert. Ihr Körper wirkte ziemlich durchtrainiert. Vermutlich hatte sie im Laufe der Jahre eine Menge Pilates und Jazzercising gemacht. Für jemanden, der vorwiegend sein Aussehen benutzt hatte, um voranzukommen, machte das Sinn.

»Ory«, sagte er unterschwellig, »wie hoch ist Ellas Herzfrequenz jetzt?«

»Immer noch bei etwa einundfünfzig Schlägen pro Minute.«

Kagan runzelte leicht die schweißbedeckte Stirn. »Ich wollte vorhin fragen, habe es aber vergessen: Ist eine so niedrige Herzfrequenz nicht gefährlich?«

»Überhaupt nicht«, meinte Ory. »Das ist ein Anzeichen für *außergewöhnliche* Fitness. Sie hat die Art von Puls, die man bei Ausdauersportlern findet. So gleichmäßig wie ein Metronom. Ich denke, das passende Wort ist *bemerkenswert*.«

Kagan nickte vor sich hin. Das war gut, wenn auch etwas überraschend. Vielleicht würde sie wirklich mithalten können. Er hoffte es. Aber das konnte nur die Zeit zeigen. Und er dachte mit bitterem Ernst über die Konsequenzen für sie nach, falls sie zurückfiel.

Teil 4

20

Die interstellare Sonde, die sich selbst Sucher nannte, hatte ihre immense Geschwindigkeit beim Abstieg durch die Erdatmosphäre abrupt verlangsamt und durchbrach schließlich fast gemächlich das Blätterdach des Regenwaldes, um sanft auf einem Bett aus Wurzeln und Flechten zur Ruhe zu kommen.

Alle Objekte bewegten sich mit der exakt gleichen Geschwindigkeit durch die Raumzeit. Die Sonde hatte sich mit einer so hohen Geschwindigkeit durch den Raum bewegt, dass sie sich kaum durch die Zeit bewegt hatte. Jetzt war das Gegenteil der Fall. Da sie sich nicht mehr durch den Raum bewegte, fand ihre Bewegung durch die Zeit nun mit der höchstmöglichen Geschwindigkeit statt.

Zumindest was die Zeit anbelangt, waren sie und die Bewohner dieses Planeten nun in perfekter Synchronität, und Sucher war in den Stunden seit der Landung schon sehr fleißig gewesen.

Die fußballgroße Sonde, die aus einem unglaublich widerstandsfähigen, reflektierenden Material konstruiert war, enthielt ein Computergehirn von der Größe eines Tennisballs. Aber was für ein Gehirn das war! Nur hundertmilliardenfach weniger effizient als das theoretische Maximum.

Sogar ein einziges Pfund Granitgestein war ein Wunder an Komplexität: Es enthielt etwa eine Billion Billionen Atome, von denen jedes ein Hexenkessel an Aktivität war, mit zahlreichen Spins, elektromagnetischen Feldern und Elektronen. Alles in allem betrug die theoretische Rechenleistung dieses Pfunds Granit, sofern es all diese Atome und all diese unterschiedlichen Eigenschaften als Rechenknoten nutzen konnte, eine Million Billionen Billionen Billionen Berechnungen pro Sekunde. Da dieses theoretische Maximum etwa eine Billion Mal stärker war als der kombinierte Verstand aller Menschen, die jemals gelebt hatten, war Suchers Fähigkeit, auch nur ein *Hundertmilliardstel* dieses Maximums zu erreichen, wirklich außergewöhnlich.

Nachdem die Sonde zur Ruhe gekommen war, setzte Sucher Millionen von mikroskopisch kleinen Naniten im Regenwald frei, die sich sofort an die Arbeit machten, sich in den Boden und die Vegetation gruben und nach den molekularen Bausteinen suchten, die sie benötigen würden, um den ersten Teil ihrer Anweisungen auszuführen, die Sucher ihnen bei der Landung einprogrammiert hatte.

Jeder Nanit war ein komplexer Nanofabrikator, der in der Lage war, den Quantenschaum anzuzapfen, so wie es Suchers Sternenantrieb getan hatte, um die Energie freizusetzen, die er für seine Aufgabe brauchte.

Zuerst wurden die Naniten angewiesen, zusätzliche Kopien von sich selbst anzufertigen. Viele zusätzliche Kopien. Jeder Nanit verwandelte Steine, Erde, Wurzeln und die komplexe Anordnung von Elementen in den biologischen Organismen, in die er eindrang, in die Rohstoffe, die er für seine Reproduktion benötigte, wobei er sich mühelos auf molekularer Ebene durch die Materie fraß.

Und jede Kopie, die fertiggestellt wurde, machte sich sofort an die Arbeit, weitere Kopien zu erstellen.

In nur wenigen Stunden waren die Millionen von mikroskopisch kleinen Naniten, die Sucher freigesetzt hatte, zu einem dicken Teppich aus Silbermoos angewachsen, der mit bloßem Auge deutlich zu erkennen war und aus viele hundert Billionen Naniten bestand.

Diese Nanofabriken, auch Mikro-Assembler genannt, waren nichts weniger als ein lang gehegter Traum von menschlichen Wissenschaftlern und Science-Fiction-Enthusiasten, der hier zum Leben erweckt wurde. Ein Traum, der seit Richard Feynmans Vortrag *There's Plenty of Room at the Bottom* aus dem Jahr 1959 in der menschlichen Phantasie existierte.

In diesem bahnbrechenden Vortrag hatte Feynman über eine Technologie spekuliert, mit der man einzelne Atome bewegen und wie Legosteine so manipulieren konnte, dass man jeden erdenklichen Gegenstand aus den einzelnen Atomen zusammensetzen konnte – von unten nach oben.

Und seit der Jahrtausendwende hatten Nanotechnologen große Fortschritte bei der Entwicklung immer feinerer Maschinen gemacht, und die Fortschritte beim 3D-Druck hatten die Leistungsfähigkeit und Vielseitigkeit dieses Ansatzes auf der Makroebene sichtbar gemacht.

Aber diese Funktion auf elementarer Ebene ausführen zu können, war eine ganz andere Sache. Sie erforderte mikroskopische Maschinen, die komplexe Moleküle zerlegen konnten, um an Rohmaterialien in ihrem grundlegendsten Zustand zu gelangen. Und eine solche Maschine musste diese Materialien nicht nur zerlegen, genau auch nach Bedarf wieder zusammensetzen können.

Der Grad der technischen Raffinesse, den dies erforderte, war für Menschen fast unvorstellbar.

Wie konnte ein solcher Fabrikator die benötigten Materialien so zielsicher finden? Woher sollte er wissen, wie er eine Kopie von sich selbst so präzise bauen sollte? Oder wie man überhaupt irgendetwas anderes bauen konnte? Wie konnte er dies reproduzierbar und mit der erforderlichen außerordentlichen Effizienz tun?

Solche Fähigkeiten waren scheinbar absurd. Lächerlich. *Unmöglich.* – Wenn man davon absah, dass die biologische Maschinerie auf der Erde seit Milliarden von Jahren genau das tat.

Wenn ein menschliches Spermium und eine Eizelle zusammenkamen, um eine Keimzelle zu bilden, besaß diese Zelle die Programmierung und die technischen Fähigkeiten, die notwendig waren, um einen ganzen Menschen selbst zusammenzubauen – das perfekte Beispiel für Nanofabrikation in der Praxis. Diese einzelne Zelle nutzte die in ihrer Umgebung vorgefundenen Rohstoffe, um schnell eine identische Zelle zu produzieren, aus der dann vier wurden, dann acht, sechzehn – und die sich schließlich billionenfach vervielfältigte.

Und bei jeder Vervielfältigung musste die Zelle die molekularen Bestandteile ihrer DNA finden und eine perfekte, drei Milliarden Buchstaben lange Kopie zusammensetzen, was sie mit erstaunlicher Genauigkeit tat.

Als ob es nicht schon beeindruckend genug wäre, dass eine einzige Zelle die Herstellung von Billionen anderer Zellen steuert, begannen sich diese identischen Zellen auf dem Weg zu spezialisieren. Dem Diktat eines komplexen Satzes von Anweisungen folgend, verwandelten sich einige auf wundersame Weise in Augenzellen, einige in Gehirnzellen, einige in Herzzellen, einige in Muskelzellen und so weiter.

Die automatische Selbstkonstruktion eines menschlichen Wesens aus einer einzigen Zelle, einschließlich eines funktionierenden Gehirns mit Hunderten von Milliarden Neuronen, war eine atemberaubende, verblüffende technische Leistung. Aber da die Natur dies relativ einfach aussehen ließ, wurde es weitgehend als selbstverständlich angesehen.

Diejenigen, die das technische Genie der Menschheit als unvergleichlich feierten und von der Magie eines 3D-Druckers schwärmten, der in der Lage war, winzige Plastik-Actionfiguren zu erschaffen, dachten fast nie an das Wunder der Komplexität und Präzision, das es ermöglichte, dass jeden Tag Hunderttausende von 3D-Menschenbabys *fabrikfrisch* in Krankenhäusern zur Welt kamen.

Und dieser Prozess hörte nicht auf, sobald ein neugeborenes Baby in die Welt gesetzt wurde. Während dieser Säugling von einem drei Kilo schweren Bündel Hilflosigkeit zu einem hundert Kilo schweren Footballspieler heranwuchs, verwandelte er Muttermilch – und später Steaks, Bier und Kartoffelchips – in das Rohmaterial, das für ein solch dramatisches Wachstum benötigt wurde.

Die Naniten von Sucher hatten sich einige Seiten aus dieser biologischen Gebrauchsanweisung abgeschaut. Nachdem sie sich in ausreichender Zahl repliziert hatten, was etwa vier Stunden gedauert hatte, begannen sie, einer weiteren Anleitung zu folgen, und fanden schnell die Rohstoffe, die sie benötigten, um die von Sucher spezifizierten hochentwickelten Geräte zu bauen.

Alles, was Sucher zu tun hatte, war, diese Nanofabrikations-Dynamos in die Umgebung freizusetzen und sich dann zurückzulehnen und darauf zu warten, dass sie den Rest erledigten. Das war so, als würde ein Mensch einen einzigen Mammutbaumsamen in den Boden pflanzen, der nicht größer als eine Haferflocke ist, und dann darauf warten, dass das, was der schwerste lebende Organismus auf der Erde werden würde, aus dem Samen hervorspross und sich selbst zusammensetzte.

Anders als bei der Konstruktion eines Mammutbaums dauerte der Zusammenbau der von Sucher benötigten Ausrüstung Atom für Atom eher Stunden als Jahre, da die Hunderttausende von Billionen von Naniten in einer perfekten Choreografie zusammenarbeiteten, um ihre Aufgaben zu bewältigen.

Eines der ersten fertiggestellten Geräte ermöglichte es dem kleinen außerirdischen Raumschiff, sich über eine Satellitenverbindung ins Internet einzuklinken und Inhalte mit einer unvorstellbaren Datenrate herunterzuladen. Sucher hatte schon im Anflug Internet-Inhalte verarbeitet, aber das war ein relativ langsamer Prozess gewesen und hatte nur an der Oberfläche gekratzt.

Aber jetzt war er in der Lage, die tiefsten Tauchgänge zu unternehmen und jedes Wort und jedes Bild von Milliarden und Abermilliarden von Online-Seiten zu verdauen, einschließlich jedes letzten Blogs, Vlogs, jeder Websites und jeder Werbung – in jeder Sprache.

Er verschlang den Inhalt von Millionen von Büchern, Magazinen und wissenschaftlichen Zeitschriften, die online zugänglich waren. Er stahl Inhalte und Code von Amazon, Google und vielen anderen Cloud-Providern und hackte deren Systeme in Sekundenschnelle, ohne dass der Einbruch bemerkt wurde.

Gefräßig und unermüdlich pflügte Sucher voran, saugte jede E-Mail und jeden Social Media Post auf, auf die er zugreifen konnte – Dateninhalte, die zusammengenommen nun weltweit mit einer Rate von mehr als zwei Milliarden pro Tag produziert wurden.

Untersucht wurden alle Fotos und Bilder, die jemals auf Instagram und anderen derartigen Seiten gepostet wurden, mittlerweile mehr als eine Million pro Stunde, sowie alle Tweets, die ihrerseits um Hunderte von Millionen pro Tag anwuchsen.

Auch Firmencomputer wurden geplündert und durchforstet. Massive Datenspeicher über Produkte und Kundenpräferenzen, Börsengeschäfte, Verkehrs- und Sicherheitskameras, Regierungsdaten aus der illegalen Überwachung von Bürgern, und vieles mehr.

Allein die amerikanische Library of Congress besaß eine Sammlung von fast zweihundert Millionen Objekten. Dazu gehörten vierzig Millionen katalogisierte Bücher und andere Druckerzeugnisse in fast fünfhundert Sprachen und mehr als siebzig Millionen Manuskripte.

Die KI, die im Amazonas-Regenwald gelandet war, verschlang nun methodisch alles, sortierte, katalogisierte, analysierte und bewertete,

Selbst die enormen Rechenkapazitäten von Sucher benötigten für das Verdauen all dieser Inhalte, von denen 99 % eigentlich nichts weiter als trivialer Müll waren, eine Anzahl von Stunden.

Aber es würde nicht mehr lange dauern. Sucher war fast fertig mit seinen Vorbereitungen.

Und die Show würde sehr bald beginnen.

Teil 5

21

Kagan und Ella wanderten zurück zum Fluss, begleitet von der Symphonie des Dschungels, die nie enden wollte. Das Zwitschern der Vögel, das Kreischen der Affen, das Klicken der Insekten, das Rascheln der Eidechsen, die durch das Unterholz huschten – es war ein ständiges Trommelfeuer von zumeist beruhigenden Klängen, die mit dem Herzschlag des Lebens pulsierten und die lebhaften Farben und vielfältigen Aromen des Regenwaldes begleiteten.

Es gab sechzehntausend verschiedene Baumarten im Amazonas, insgesamt vierhundert Milliarden einzelne Exemplare, und Kagan war sich ziemlich sicher, dass er in den letzten Stunden schon jede einzelne Baumart gesehen hatte. Der Begriff *grenzenlos* war hier keine Übertreibung.

»Was stinkt hier denn so?«, fragte Ella und rümpfte die Nase, als sie in einen Bereich kamen, in dem der Geruch stechender war als sonst.

»Ory?«, fragte Kagan, denn er wusste, dass sein KI-Begleiter über Geruchssensoren verfügte, die fast so feinfühlig waren wie die eines Hundes. Nicht, dass alles, was er roch, eine Reaktion in der KI hervorrufen würde. Ory nahm den Geruch von frisch gebackenen Keksen und verwesendem, madenbefallenem Fleisch mit der gleichen klinischen Distanz wahr.

»Das ist *Hevea brasiliensis*«, meldete die KI.

»Hör auf anzugeben«, erwiderte Kagan. »Glaubst du wirklich, Ella will den wissenschaftlichen Namen wissen?«

Kagan hörte der KI noch einen Moment lang zu, wobei er so tat, als würde er schnüffeln, und wandte sich dann an Ella. »Was du riechst, ist ein Gummibaum«, sagte er ihr.

»Ein Gummibaum?«, wiederholte sie. »Willst du damit sagen, *Kondome* wachsen tatsächlich auf Bäumen? Ich dachte immer, dass man sie in der Apotheke kaufen muss.«

Kagan musste lachen. »Sehr witzig«, sagte er. Dann, plötzlich unsicher, fügte er hinzu: »Das war doch ein Witz, oder?«

Sie lächelte. »Ja klar«, sagte sie gutmütig und nahm keinen Anstoß an der Frage. »Aber zurück zu dem, was du gerade gesagt hast: Das riecht nicht nach Gummi – weder nach Radiergummi, noch nach Kaugummi, und eben auch nicht nach einem – Gummi.«

»Also diese Bäume produzieren Naturlatexsaft, der ziemlich übel stinkt. Aber das ist nicht das, was du gerade riechst. Auch die Blüten verbreiten ein widerwärtiges Aroma.«

»Wie bist du zu so einem Amazonas-Experten geworden?«

»Ich habe vor allem ein gutes Gedächtnis«, antwortete er, während er sich umdrehte, um mit seiner Machete weiter den Weg freizuhacken.

Ein riesiger Käfer zog vorbei, so groß wie die Hand eines erwachsenen Menschen. Ella sah angewidert aus, aber sie wich nicht zurück oder schrie.

»Den nennt man Titankäfer«, sagte Kagan und wiederholte, was Ory ihm jetzt einflüsterte. »Er ist größtenteils harmlos, aber seine Kiefer sind stark genug, um einen Bleistift in zwei Hälften zu brechen, also ist es wahrscheinlich keine gute Idee, ihn zu streicheln.«

»Echt jetzt – du hast meine Gedanken gelesen«, sagte sie und rollte mit den Augen. »Das wollte ich gerade tun.«

Kagan lachte.

»Warum sind einige der Käfer hier so riesig?«, fragte Ella dann.

»Gute Frage«, antwortete Kagan. »Warte einen Moment, lass mich kurz Luft holen«, fügte er hinzu, das war seine Art, Zeit zu schinden, bis Ory mit der Antwort fertig war.

»Käfer atmen nicht wie wir«, begann er schließlich. »Die Luft kommt durch Löcher in ihrem Bauch in den Körper und zirkuliert durch winzige Röhren.«

»Du meinst, sie atmen nicht ein und aus, richtig?«

»Richtig. Die Luft strömt einfach durch sie hindurch. Was nicht so gut funktioniert wie unser Atemapparat. Je größer der Käfer ist, desto schwieriger ist es für ihn, den benötigten Sauerstoff zu bekommen. In prähistorischen Zeiten war der Sauerstoffgehalt der Atmosphäre fünfzig Prozent höher als heute, so dass die Käfer damals viel größer werden konnten. Vor Hunderten von Millionen Jahren gab es Libellen mit einer Flügelspannweite von einem Meter.«

Ella rümpfte angewidert die Nase. »Gut, dass ich damals noch nicht gelebt habe«, sagte sie.

Kagan grinste. Wenn sie damals gelebt hätte, wären Riesenlibellen sicher ihre geringste Sorge gewesen.

Minuten später, als Kagan weiter seinen Weg durch das dichte Unterholz schnitt, meldete Ory, dass er in der Ferne einen Hubschrauber hören konnte, mehr in Richtung des Zentrums des ihnen zugewiesenen Bereichs als in Richtung des Flusses. Es war der dritte Hubschrauber, den die KI seit ihrer Ankunft entdeckt hatte. Zweifellos setzte er ein weiteres Team ab, das sich in den Dschungel abseilen würde, anstatt die weniger anspruchsvolle Landung am Flussufer zu versuchen, die Kagan gewählt hatte.

Wiederum kurze Zeit später meldete die KI, dass sie etwa fünfzehn Minuten von ihrem Ziel entfernt waren, also hielt Kagan an. Er zog eine Feldflasche aus einer Außentasche seines Rucksacks, nahm mehrere lange Schlucke und reichte sie Ella. »Trink ruhig aus«, meinte er.

»Hast du vor, sie am Fluss wieder aufzufüllen?«, fragte Ella. »Und eine dieser Entwässerungspillen zu benutzen, von denen du gesprochen hast?«

Er schüttelte den Kopf. Er hatte ihr bereits von dem fortschrittlichen Gerät erzählt, das er bei sich hatte, aber das war anscheinend nicht hängen geblieben. »Die Wasseraufbereitungspillen sind nur für Notfälle«, sagte er geduldig. »Für den Fall, dass ich eine Gerätepanne habe. Aber ich habe ein … äh … CIA-Gerät, das sauberes Wasser direkt aus der Luft zieht. Es enthält einen Block aus porösem Mikromaterial mit einer riesigen Oberfläche. Die Technologie erlaubt es, Wassermoleküle in diesem Material einzufangen und sie dann in einen Behälter zu pumpen. An einem so feuchten Ort …« Er ließ den Gedanken in der feuchten Luft hängen und sah keine Notwendigkeit, den Satz zu beenden.

»An einem so feuchten Ort, *was?*«

Er stöhnte innerlich auf. Offensichtlich musste er den Satz doch beenden. »An einem so feuchten Ort haben wir so viel Trinkwasser, wie wir brauchen. Kein Grund zum Sparen.«

Sie nickte und reichte ihm eine leere Feldflasche zurück. »Ein Glück. Vor allem, weil du anscheinend keine Ahnung hast, wie du diesen Spionagesatelliten finden sollst.«

»Na ja, im Moment jedenfalls noch nicht. Ich hoffe, dass ich ihn mit Sensoren aufspüren kann, wenn ich mich ihm nähere.«

»Was für *Sensoren*?«

»Messgeräte. In meiner Tasche.«

»Zusammen mit dem Gerät, mit dem du die Iraner zum Schreien gebracht hast, richtig?«

Er nickte.

»Das ist eine ziemlich große Tasche«, meinte sie. »Ich nehme mal an, dass das Telefon, von dem du mir erzählt hast, auch da drin ist. Wie hast du es genannt? Du weißt schon, das, mit dem du nach unserem Abflug deinen Freund kontaktieren wolltest, damit er mich abholt.«

»Es ist ein Satellitentelefon. Warum fragst du?«

»Vielleicht kannst du deinen Kumpel anrufen, damit er uns abholt – und stattdessen andere Agenten schickt, die sich um den Scheiß hier kümmern.«

Kagan runzelte die Stirn. »Das Telefon funktioniert nicht. Irgendetwas hier unterdrückt es. Ich hoffe, dass wir aus der Reichweite dessen, was dafür verantwortlich ist, herauskommen, damit wir es wieder benutzen können.«

»Was soll das heißen, es wird *unterdrückt*? Wer kann sowas?«

»Vielleicht eine andere Gruppe, die versucht, den Satelliten zu stehlen«, antwortete Kagan. Er zuckte mit den Schultern. »Oder, was wahrscheinlicher ist, etwas, das von dem Satelliten selbst ausgeht.«

»Hey, es ist doch einer *eurer* Satelliten, richtig? Aber du weißt nicht, ob er das kann, oder nicht?«

Kagan seufzte. »Ich fürchte nicht«, gab er zu.

»Aber du weißt zumindest, ob wir in die richtige Richtung gehen, um das Handy benutzen zu können, ja? Du weißt schon, wo du hinmusst, damit du mehr Balken bekommst – oder nicht?«

»Es ist kein Handy, und es gibt keine Balken«, sagte er genervt.

Ein Adrenalinstoß durchströmte ihn und seine Augen weiteten sich. *Kinder und Narren …*, dachte er, während sich ein Lächeln auf seinem Gesicht ausbreitete. Sie hatte ihn auf eine Idee gebracht, eine so offensichtliche, dass er ernsthaft überlegte, ob nicht er der Narr war.

Wenn das Unterdrückungssignal von der fremden Sonde ausging, hatte es vielleicht tatsächlich einen Stärkegradienten. In diesem Fall wäre es möglich, es zu finden, wenn er das Gegenteil von dem tat, was Ella vorgeschlagen hatte. Anstatt zu versuchen, herauszufinden, wo sein Telefon funktionieren könnte, könnte er versuchen, herauszufinden, wo es am stärksten unterdrückt wurde. Das könnte durchaus das Zentrum des Feldes sein, also die Sonde, die er suchte. Die Frage war nur, ob Orys Sensoren die Empfindlichkeit besaßen, die dafür nötig war.

»Bleib da stehen«, sagte er aufgeregt und übermittelte Ory sofort subvokal Anweisungen. Er bewegte sich fünf Schritte in jede Himmelsrichtung und kehrte dann zu Ella zurück.

»Was soll das denn?«, fragte sie. »Also, ich weiß nicht …«

»Ruhig«, unterbrach er sie, sein Gesicht eine Maske der Konzentration.

»Ory«, fuhr er unterschwellig fort, »konntest du einen Gradienten in der Stärke des Suppressorfeldes feststellen?«

»Ja. Winzig klein, aber ich konnte ihn wahrnehmen. Es wird nach Osten hin stärker und nach Westen hin schwächer. Aber wir müssen das weiter überprüfen.«

»*Yes!*«, rief Kagan triumphierend und ignorierte Ellas verwirrten Blick.

Das würde funktionieren. Sie würden sich herantasten müssen, wie bei dem Spiel, bei dem *wärmer* oder *kälter* gerufen wurde. Eindeutige Koordinaten wären ihm lieber gewesen, aber trotzdem war das ein großer Schritt nach vorn, sein erste echte Chance, dieses Ding tatsächlich zu finden.

»Ella«, grinste, »du bist absolut brillant!«

Sie blinzelte einige Sekunden lang. »Na sicher«, meinte sie schließlich, und ein schiefes Lächeln schlich sich über ihr Gesicht. »Das höre ich ständig. Also wenn ich jedes Mal, wenn mir jemand sagt, ich sei brillant, einen Dollar bekäme, dann hätte ich … einen Dollar, höchstens.«

Kagan lachte laut auf bei dieser Zurschaustellung von Selbstironie. Das war tatsächlich lustig.

Sie war vielleicht nicht sonderlich klug, aber zumindest versuchte sie nicht, Intelligenz zu faken.

Genug der Späße – die Zeit zum Ausruhen war vorbei. Die Richtung, in die sie sich bewegten, um die Stiefel des Iraners zu holen, war eher *kälter* als *wärmer*.

Es war an der Zeit, in das Spiel einzusteigen. Jetzt, da er eine Strategie hatte, die signifikant besser war als wahlloses Herumstolpern im Dschungel und das Hoffen auf Glück, sollte er wohl einen Zahn zulegen.

22

Als sie sich dem Fluss näherten, durchbrach das charakteristische Geräusch eines weiteren Hubschraubers die Klänge des Dschungels. Er war noch weit entfernt, aber es war der erste Hubschrauber, der nahe genug war, um von einem nicht-augmentierten menschlichen Gehör wahrgenommen zu werden.

»Seilen sie sich ab oder landet er?«, fragte Kagan seine KI und ahnte bereits die Antwort. Abseilen würden sich Kommandos wahrscheinlich an einem anderen Ort als am Fluss.

»Es ist eine Landung«, bestätigte Ory. »Der Helikopter ist ungefähr so groß wie der, mit dem wir gekommen sind, aber ich kann sein Herkunftsland nicht allein aus dem Geräusch erkennen. Die Maschine setzt etwa eine halbe Meile flussaufwärts von unserer Position auf.«

»Halte mich auf dem Laufenden«, sagte Kagan – unnötigerweise.

Er wandte sich an Ella. »Wie geht es dir?«

Sie zuckte mit den Schultern. »Ganz OK, denke ich. Ich jogge normal 10 Kilometer am Tag, also bin ich ziemlich fit. Aber das ist meistens auf einem Laufband in einem klimatisierten Gebäude. Und in Laufschuhen.« Sie schaute auf ihre eigenen Schuhe hinunter, die immer mehr abgenutzt waren, und runzelte die Stirn. Aber ihr Stirnrunzeln wuchs langsam zu einem Lächeln und dann zu echtem Gelächter.

»Was ist so lustig?«, fragte Kagan.

»Ich habe nur darüber nachgedacht, wie ich zu Hause trainiere, im Gegensatz zu dem, was ich hier mache. In diesen verflixten Wohnungen. Anstatt darüber zu fantasieren, wie toll es wäre, meine Laufschuhe zu haben, fantasiere ich darüber, wie toll es wäre, große Gummistiefel zu tagen. Die die falsche Größe haben. Und von einem toten Kerl sind.«

Kagan grinste. »Ich verstehe, was du meinst. Wenn du wieder zu Hause bist, solltest du die Stiefel mal in deinem Fitnesscenter tragen. Wer weiß, vielleicht kannst du damit einen ganz neuen Hype auslösen.«

Ella lachte wieder, als sie das letzte Stück dichten Dschungels hinter sich ließen und zu der Stelle zurückkehrten, wo ihr zerstörter Hubschrauber auf der Seite lag. Orys Navigation war perfekt gewesen, wie Kagan es erwartet hatte.

Kagan stieß einen langen, erleichterten Atemzug aus, als er den toten Iraner entdeckte, der immer noch im verhärteten Schlamm lag. Er hatte sich Sorgen gemacht, dass die Leiche weggeschleppt oder gefressen worden sein könnte. Es gab jede Menge Tiere, die das hätten vollbringen können, etwa ein Kaiman, oder ein Jaguar. Oder vielleicht sogar eine Anakonda, die bis zu fünfhundert Pfund schwer werden kann, gerne an Flüssen lauert und den Mann mitsamt Gummistiefeln verschluckt hätte.

Auch Kameraden des toten Mannes hätten Kagans Stiefeljagd-Expedition verderben können, wenn sie sich die Zeit genommen hätten, zurückzukehren, um ihn zu begraben. Zum Glück hatte ihre Mission Vorrang gehabt.

Kagan zog die Stiefel des Mannes so schnell wie möglich aus und ignorierte dabei die Dutzenden Fliegen und Ameisen, die sich bereits an seiner Leiche zu schaffen machten und den Verwesungsprozess einleiteten.

Er brachte etwas Abstand zwischen sich und sein Opfer und half Ella, die Gummistiefel über ihre Schuhe und Hosenbeine zu ziehen. Dann kniete er sich neben sie und schnürte die Stiefel, die in einer Gummimanschette endeten, am oberen Rand fest zu.

Als er aufblickte, bemerkte er eine Bewegung in etwa achtzig Metern Entfernung am Flussufer, und seine Kontaktlinsen zoomten unbewusst auf genau diese Position. Vier schwarze Kaimane, weit größer als die Alligatoren in Florida, hatten gerade eine blutige Mahlzeit am Flussufer beendet und glitten ins Wasser, um in seine Richtung zu schwimmen.

Er und Ella waren genau zum richtigen Zeitpunkt zurückgekommen, stellte er fest, denn der tote Iraner würde kaum mehr als einen leichten Snack für diese Bestien abgeben. Er warf einen letzten Blick auf die herangleitenden Tiere und wandte dann seine Aufmerksamkeit wieder Ella und ihrem neuen Schuhwerk zu.

»In den letzten paar Minuten«, berichtete Ory, »ist der Hubschrauber gelandet. Vier Männer, die Japanisch sprachen, stiegen aus und wurden sofort von den Iranern überfallen. Aber nur von den Dreien, denen Sie begegnet sind. Offenbar ist die Verstärkung, auf die sie warten, noch nicht eingetroffen. Die Iraner müssen gemerkt haben, dass sie Sie verloren haben und sind zum Fluss zurückgekehrt, um auf weitere Beute zu lauern. Sie halten jetzt die Japaner mit Waffengewalt fest.«

»Gut, dass die Füße dieses Kerls so klein waren«, sagte Ella. »Weißt du …«

»Ruhe!«, zischte Kagan und streckte eine abwehrende Hand aus. »Ich muss auf etwas lauschen.«

»Die Iraner haben aus ihren Erfahrungen mit Ihnen gelernt«, fuhr Ory fort. »Sie haben ihre Funkgeräte nicht verwendet und haben die Japaner sofort gefilzt und ihre Waffen konfisziert. Jetzt sind sie dabei, ihre Gefangenen mit Kabelbindern zu fesseln.«

In der Ferne ertönte ein einzelner Gewehrschuss, der die Tiere in der Nähe aufschreckte. Ella blickte Kagan verwundert an. War sein Gehör wirklich gut genug, um zu wissen, dass so etwas kommen würde?

Sie öffnete den Mund, um zu sprechen, aber Kagan fing ihren Blick auf und schüttelte den Kopf, um sie zum Schweigen zu ermahnen.

»Sie haben einen der Japaner getötet, um ihre Entschlossenheit unter Beweis zu stellen«, berichtete Ory.

Es gab eine längere Pause. »Die anderen Japaner sind kurz davor, nachzugeben«, fuhr die KI fort. »Sie haben die Situation auf Japanisch besprochen und sind sich einig, dass die Iraner wohl schon so viel wissen wie sie selbst und dass es sich nicht lohnt, dafür zu sterben.«

Einige Minuten vergingen. »Die Japaner haben nun ihren Entführern das Wenige, was sie über das fremde Raumschiff wissen, auf Englisch mitgeteilt. Und sie haben darauf bestanden, dass sie sonst nichts wissen.«

Nach einer weiteren langen Pause fuhr Ory fort. »Die Iraner sprechen jetzt auf Persisch. Sie glauben, dass die Japaner die Wahrheit sagen. Trotzdem hat Kazem Abdi ihnen soeben befohlen …«

Eine Salve hallte durch den Dschungel, und Kagan brauchte Ory nicht zu fragen, wie der Befehl des iranischen Anführers gelautet hatte. Es war nur zu klar. Sie hatten die verbliebenen japanischen Agenten kaltblütig getötet, genau wie sie es mit ihm und Ella vorgehabt hatten.

Kagan erhob sich vom Flussufer und wandte sich an Ella. »Wir müssen gehen«, sagte er grimmig.

»Was war das denn?«, fragte sie und deutete in die Richtung, aus der die Schüsse gekommen waren.

»Die Iraner, die uns überfallen haben, haben dasselbe mit einer Gruppe Japaner gemacht. Sie sind jetzt alle tot.«

»Wer ist denn nun tot? Die Japaner oder die Iraner?«

»Die Japaner!«, antwortete er und schaffte es nicht, die Irritation aus seinem Tonfall zu halten.

Ihre Augen verengten sich. »Und woher weißt du das?«

»Ich habe ein wirklich gutes Gehör.«

»Ein wahnsinnig gutes Gehör«, sekundierte Ella.

»Es ist eine Gabe«, erwiderte er. »Aber komm schon, wir müssen weg hier.« Er hielt es nicht für nötig, ihr von den vier sich nähernden Kaimanen zu erzählen, ein weiterer guter Grund, sich auf den Weg zu machen.

»Weißt du, Ben, du hättest diese Iraner doch töten sollen, als du die Chance dazu hattest.«

Er seufzte. »Du hast ja recht. Aber ich habe jetzt nicht die Möglichkeit, diesen Fehler zu korrigieren. Mit einem Gehör wie dem meinen kann ich aber erkennen, wenn sie versuchen, sich anzuschleichen«, fügte er hinzu und versuchte, beruhigend zu wirken.

Sie kehrten zurück in den Dschungel und bogen bald Richtung Osten ab, geleitet von Ory und seinen Heiß-oder-Kalt-Aussagen.

Nach mehreren Stunden und dem zweimaligen Entleeren und Nachfüllen von Kagans Feldflasche mit dem Gerät, das einen unerschöpflichen Vorrat an Trinkwasser aus der Luft zog, kamen sie in den bisher dichtesten Abschnitt des Dschungels. Das Vorankommen wurde immer mühseliger, und Kagan musste sich auf die verstärkte Unterstützung durch seine Energieunterwäsche verlassen.

Er hatte sich schon fast fünfzehn Minuten lang durch das erstickende Grün gehackt, als Orys Stimme durch sein Funkgerät ertönte. »Ella ist zurückgefallen«, sagte er in einem dringlichen Ton. »Ich hätte das früher bemerken müssen. Sie versucht, Sie zu finden, aber sie bewegt sich schneller, als ich es ihr zugetraut hätte – und sie läuft in die falsche Richtung.«

Kagan blieb stehen und schüttelte den Kopf. Er spielte hier den Machetenmann und arbeitete sich schwitzen voran, und sie konnte nicht einmal den einfachen Teil tun und mithalten.

»Wenn ich nach ihr rufe«, fragte er Ory, »wie stehen die Chancen, dass ein möglicher Feind mich hört?«

»Sehr gering, wenn sie ihr eigenes Gehör benutzen. Aber Schallverstärkungstechnologie ist weit verbreitet, und die meisten der Agenten hier werden diese wahrscheinlich mitgebracht haben. Ich würde nicht empfehlen, dieses Risiko einzugehen.«

Kagan runzelte die Stirn. »In welche Richtung läuft sie?«, fragte er.

»Nach Südosten. Aber sie bewegt sich erstaunlich leise. Wenn sie nicht anfängt zu sprechen oder zu rufen, werde ich sie nicht mehr lange hören können.«

»Was ist mit dem Sensor, den ich an ihr angebracht habe? Kannst du sie damit nicht orten?«

»Der ist vor einer Stunde abgefallen«, sagte Ory. »Ich wollte Sie nicht damit belästigen, da ich weiß, dass er seinen Zweck erfüllt hat. Sie ist damit an unzählige Ästen vorbeigeschrammt, und die Haftung ist schwach, daher ist es eher überraschend, dass er so lange an ihr haften geblieben ist.«

»Verdammt noch mal!«, schimpfte Kagan laut.

Er hatte sie gewarnt. Er hatte ihr die Konsequenzen erklärt, falls sie zurückfiel. Warum hatte sie nicht gerufen, als sie merkte, dass sie sich verlaufen hatte? Sie wusste, dass sein Gehör außergewöhnlich gut war.

Er seufzte und versuchte, sich in sie hineinzuversetzen. Vielleicht hatte sie Angst, gefährliche Tiere anzulocken. Vielleicht machte sie sich Sorgen, dass die Iraner zu nahe waren, denn sie schienen in Rufweite zu sein, seit Kagan gelandet war.

Es spielte sowieso keine Rolle, wie das passiert war. Die Frage war, was sollte er jetzt tun? Würde er sie wirklich einfach zurücklassen?

Er schüttelte fast sofort den Kopf. Er musste ihr noch eine Chance geben. Er begann, sich zunehmend um sie zu sorgen, obwohl er sich nicht sicher war, warum. Eigentlich hatte er keine Geduld mit Kleingeistern und Langsamkeitsfanatikern, und sie hatte bewiesen, dass sie beides war.

Und doch gab es eine Eigenschaft an ihr, die das teilweise wieder wettmachte, zusätzlich zu dem Sinn für Humor, den sie in letzter Zeit an den Tag gelegt hatte, auch wenn er nicht genau sagen konnte, was es war. Und sie hatte ihm den Hinweis gegeben, den er brauchte, um die Sonde zu finden, wenn auch unabsichtlich.

Nicht, dass dies der Grund war, warum er dafür sorgen würde, dass sie zu ihm zurückfand. Er würde es tun, weil er sich des Gefühls nicht erwehren konnte, dass es das Richtige war, ungeachtet dessen, wie sehr die kalte Logik des Überlebenskampfs das Gegenteil nahelegen mochte.

Außerdem ging es bei seiner Mission nicht darum, der erste zu sein, der das außerirdische Raumschiff in Besitz nahm, sondern der letzte, der den Dschungel damit verließ. Nach allem, was er wusste, würde er wohl zuerst ans Ziel kommen, selbst mit der Verzögerung, die Ella verursachte. Aber selbst wenn nicht, konnte es gut sein, dass es die bessere Strategie war, das Raumschiff nicht zuerst zu bekommen, wenn er es am Ende der Gruppe wegnehmen konnte, die es hatte.

Ory verkündete bald, dass Ella außerhalb der Reichweite seines augmentierten Gehörs war. Als Kagan dies erfuhr, nahm er alle zwölf Libellen-Drohnen aus seinem Rucksack und ließ sie von Ory in einem koordinierten Suchmuster einsetzen. Sie waren winzig genug, um den dichten Dschungel viel besser durchdringen zu können als er. Und noch besser: Ory konnte sie alle gleichzeitig steuern und überwachen.

Trotzdem dauerte es fast sechs Minuten, bis eine von ihnen endlich das Ziel entdeckte. Sobald dies geschehen war, begann Ory, die Video- und Audiodaten der Drohne an Kagans Implantate zu übertragen. Ella näherte sich etwas, das wie ein kleiner See aussah, inmitten des Dschungels.

Es gab Bäume und Stauden, die ihn nicht nur umgaben, sondern auch aus dem flachen Wasser ragten, aber ringsum wuchs der Dschungel eher spärlich. Die Umgebung war zwar nicht offen genug für die Landung eines Hubschraubers, aber es war eine ziemlich weite Sicht möglich.

»Ist das ein Sumpf?«, fragte Kagan.

»Nein, das ist ein Teil des Flusssystems. In der Regenzeit überfluten die Flüsse hier den Dschungel über Meilen hinweg. Wenn die Trockenzeit kommt, ziehen sie sich zurück, aber sie lassen Tümpel zurück. Wenn Tümpel wie dieser immer flacher werden, konzentrieren sich die Fische in großer Zahl. Wenn Sie Fische fangen wollen, ist das Ihre beste Chance. Angesichts der zu erwartenden Dichte könnte selbst ein Ungeübter mit einer angespitzten Bambusstange so viele abstechen, wie er will.«

Kagan nickte. Gut zu wissen. Hier zu jagen wäre das Amazonas-Äquivalent dazu, Fische in einem Fass zu angeln. Er beobachtete, wie Ella sich dem kleinen See näherte. Die Drohne zeigte mehrere exotische Wasservögel, die sich um den See versammelt hatten, und die seine augmentierten Sinne als Reiher und Störche identifizierten. Es war ein schöner Anblick, aber er erkannte sofort die Gefahr.

Kagan befahl der Drohne, in die Nähe von Ellas Augen zu fliegen, und als sie bemerkte, dass sie vor ihr schwebte, ließ er Ory seine Stimme durch sie übertragen. »Ella!«, sagte er mit fester Stimme, und die Lautstärke war hoch genug eingestellt, dass sie sie gut hören konnte. »Hier ist Ben. Du siehst hier eine kleine Drohne, die ich geschickt habe, um dich zu finden. Sie sendet jetzt meine Stimme.«

Letzteres war offensichtlich, aber Kagan musste sich daran erinnern, dass selbst das Offensichtliche seiner einstigen Chefin manchmal entging.

»Wenn du sprichst, kann ich dich auch hören«, fügte er hinzu.

»Ben?«, fragte sie, und die Erleichterung in ihrer Stimme und auf ihrem Gesicht war mit Händen zu greifen. Einen Moment lang dachte er, sie würde in Tränen ausbrechen, aber sie schaffte es, ihre Gefühle unter Kontrolle zu bringen. »Wo bist du?«

»Zuerst musst du sofort umkehren und auf dem gleichen Weg zurück. Unverzüglich! Folge der Drohne. Die Vögel und das Wasser, dem du dich näherst, sehen vielleicht ruhig aus, aber sie locken gefährliche Raubtiere an. Die meisten von ihnen greifen keine Menschen an, aber das ist eine Annahme, die du sicher nicht am eigenen Leib ausprobieren willst.«

Ella schluckte schwer. »Gutes Argument«, flüsterte sie und begann pflichtbewusst, der Drohne vom Wasser weg zu folgen.

»Ich werde dir so schnell wie möglich entgegenkommen«, sagte er, »und wir können uns in der Mitte treffen.«

»Ich hätte nie gedacht, dass ich dich wiedersehen würde«, bekannte sie. »Du hast gesagt, du würdest mich zurücklassen, falls wir getrennt werden.«

Er schüttelte den Kopf. Es war wahrscheinlich nicht der klügste Schachzug ihrerseits, ihn daran zu erinnern, bis sie wieder vereint waren.

»Das habe ich gesagt«, erwiderte er. »Und ich habe es auch so gemeint. Aber ich habe beschlossen, dir eine letzte Chance zu geben. Du wirst jedoch ab sofort besser aufpassen müssen. Ich weiß, dass du körperlich mithalten kannst. Sobald wir wieder zusammen sind, musst du mich einfach die ganze Zeit im Auge behalten und darfst deine Aufmerksamkeit nicht eine Sekunde abschweifen lassen.«

Plötzlich brach die Verbindung zur Drohne ab, und Ellas Bild verschwand.

»Was ist passiert?«, fragte Ben irritiert.

»Der Kontakt zu allen Drohnen ist verloren gegangen. Ich brauche etwas Zeit, um die Situation zu untersuchen und weitere Messungen durchzuführen.«

Weniger als zwei Sekunden später war die KI wieder da. »Offenbar blockiert das, was bisher das Satellitentelefon blockiert hat, jetzt alles. Und ich meine *alles*. Soweit ich das beurteilen kann, sind jetzt alle Drohnen am Boden – unsere und die der anderen Parteien. Die Tonverstärkertechnik in Ihrem Funkgerät funktioniert auch nicht mehr.«

»Wie ist das möglich?«

»Das ist mir unklar.«

»Wenn dieses Feld alle elektronischen Geräte stört«, beharrte Kagan, immer noch laut sprechend, »wie können wir dann noch kommunizieren? Ich meine, auch wenn du an meinem Bein befestigt bis, spreche ich doch über ein drahtloses Signal mit dir.«

»Es scheint, dass die Unterdrückung eine Funktion der Entfernung zwischen dem Sender des Signals und dem Empfänger ist. Wir und andere Gruppen können also wie gewohnt kommunizieren und Drohnen und andere ferngesteuerte Technik steuern. Aber nur, solange sich die Drohne oder das Teammitglied innerhalb von etwa fünfzig Metern vom Ursprung des Signals befindet. Nicht mehr.«

»Aber wie kann das die Schallverstärkungstechnologie stören?«, fragte Kagan.

»Wie ich schon sagte, ist das völlig unklar. Aber es scheint die Verstärkung an der Quelle zu blockieren, am Sensor selbst, aber ohne Ihre normale, biologische Fähigkeit zu hören zu beeinträchtigen. Und ohne meine Fähigkeit zu beeinträchtigen, mit Ihnen drahtlos zu kommunizieren.«

»Kennst du ein Land, das über eine Technologie verfügt, mit der das möglich ist?«

»Negativ«, antwortete die KI schlicht.

Kagans Augen verengten sich. Nicht nur, dass das Unterdrückungsfeld selektiv stärker geworden war, es war nun auch zweifelsfrei klar, dass die fremde Sonde dafür verantwortlich war. Was bedeutete das also? War dies ein Unfall? Hatte etwas in der Sonde nach der Landung eine Fehlfunktion gehabt und diese seltsamen technischen Ausfälle waren ein unglücklicher Nebeneffekt? Oder war dies mit Absicht geschehen? Und wenn ja, *wessen* Absicht?

Gehörte diese Aktion zu den Landeprotokollen der Sonde, wie bestimmte Routineaktivitäten, die NASA-Sonden nach der Landung auf dem Mars automatisch ausführen?

Und unabhängig davon, ob es passiv oder aktiv, automatisch oder bewusst war, wie weit reichte dieses Feld? Und zu welchem Zweck war es erzeugt worden?

Kagan seufzte. Im Moment gab es keine Möglichkeit, die Antwort auf eine dieser Fragen zu erfahren, und er hatte andere, dringendere Probleme, um die er sich kümmern musste. Alles, was er wusste, war, dass er sein Seh- und Hörvermögen nicht mehr erweitern konnte, was bedeutete, dass seine Frühwarnsysteme weggefallen waren. Die Frühwarnsysteme von allen Mitspielern in diesem tödlichen Spiel waren ausgefallen, was die Wahrscheinlichkeit erhöhte, dass verschiedene Fraktionen unerwartet aufeinander prallen würden.

Er fragte sich, was Ella jetzt machte, nachdem die Drohne auf den Dschungelboden gefallen war. Wusste sie, dass sie bleiben sollte, wo sie war, und auf ihn warten? Er war dabei, es herauszufinden.

»Führe mich zu Ellas letzter bekannter Position«, befahl er der KI. »Wie lange werde ich etwa brauchen, um sie zu erreichen?«

»Ungefähr sieben Minuten, vorausgesetzt, dass sie noch dort ist.«

Kagan bewegte sich, so schnell er konnte und war überrascht, einen Hauch von Panik zu spüren. Seine Sinne waren durch Hirnstimulation weiterhin künstlich geschärft, also sollte er eigentlich am schärfsten und am wenigsten emotional sein, aber das war nicht der Fall. Jeder wäre entsetzt über den Gedanken, dass sich eine hilflose Person im Dschungel verirrt hatte und im Grunde ein Todesurteil über sie verhängt worden war, aber seine Gefühle gingen noch weiter.

Irgendwo in seinem Unterbewusstsein hatte Ella, die immer noch ein Mühlstein um seinen Hals war, eine weitaus größere Bedeutung für ihn erlangt, als sein bewusster Verstand zugeben konnte. Es stimmte zwar, dass sie in der Regel höchst nervig war, und doch steckte mehr in ihr, als er ursprünglich gedacht hatte. Mehr Potenzial. Mehr Herz. Vielleicht weckte sie Beschützerinstinkte in ihm. Er war sich nicht sicher.

Alles, was er wusste, war, dass er plötzlich bereit war, große Anstrengungen auf sich zu nehmen, um sie zu retten, obwohl er eigentlich sein Versprechen einlösen und sie zurücklassen sollte.

Er drang durch ein Dickicht aus hohem grünem Bambus und kam an die Stelle an, wo Ella gewesen war, als die Drohnensignale erloschen waren. Es war niemand in Sicht.

»Ella!«, rief er – viel lauter, als unter den Umständen vernünftig war.

»Ben?«, kam eine aufgeregte Antwort aus der Nähe. »Ben?«, wiederholte sie, ihre Stimme kam näher. Augenblicke später brach sie durch einige dicke Wand aus wächsernen Blättern und kam ins Blickfeld, worauf sie ihre Arme um ihn warf, fast wie ein übermütiges Schulmädchen. »Vielen Dank, dass du mich gesucht hast«, flüsterte sie.

»Ich bin nur froh, dass es dir gut geht«, sagte er in ihr Ohr, während sie ihre lange Umarmung fortsetzten. »Lass uns beide dafür sorgen, dass das nicht wieder passiert.«

Endlich trennten sie sich, nur um festzustellen, dass sie von vier europäisch aussehenden Männern umringt waren. Jeder von ihnen war bis an die Zähne bewaffnet, und jeder hatte eine Schusswaffe auf sie gerichtet.

23

»Was für eine schöne Kuschelszene, Kumpel«, sagte eine deutlich australische Stimme, gesprochen von einem großen, muskulösen Mann, der sehr beeindruckend aussah. »Ich bin den Tränen nahe.«

Er fuchtelte mit der Waffe in seiner Hand herum. »Aber warum hebt ihr nicht beide eure Hände über den Kopf, wo wir sie gut sehen können.«

Zwei Händepaare schossen in die Höhe. Kagans Linsen, immer noch im augmentierten Modus, identifizierten den Sprecher als Major Jack Wilson vom 2nd Commando Regiment der australischen Armee, einer erstklassigen Spezialeinheit. Die Akte des Mannes war wirklich bemerkenswert.

Kagan fragte Ory unterschwellig, ob man die Kommunikation der Aussies hacken könne, so wie es die KI mit den Iranern gemacht hatte, nur für den Fall, dass dies notwendig werden würde. Aber, wie Kagan bei einem so kompetenten Team erwartet hatte, waren ihre Comms gegen einen solchen Angriff geschützt.

»Ich bin Amerikaner«, sagte Kagan einfach. »Australien und Amerika sind enge Verbündete, schon vergessen?«

Der australische Anführer lachte. »Wie könnte ich das vergessen? Ihr seid sicher hier, um euch dieses winzige Alien-Raumschiff anzusehen, wie wir anderen auch. Ich dachte, ihr Amis hättet so ein Ding schon in Roswell gehabt. Oder vielleicht Area 51. Meint ihr nicht, dass es an der Zeit ist, jemand anderem eins zu überlassen?«

»Alien-Raumschiff?«, sagte Ella. »Wovon reden Sie?«

»Na, du bist ja ein Hingucker«, sagte der Major anerkennend, als würde er sie zum ersten Mal bemerken. »Wir sind in den letzten fünf Minuten deinem Kumpel gefolgt. Ich hätte besser dir folgen sollen. Hübsche Bluse.«

»Sie machen doch Witze, was das Raumschiff angeht, oder?«, fragte Ella und ignorierte seine anzügliche Bemerkung. »Ich meine, das Ding, das aus dem Orbit gefallen ist, ist nicht Ihr Eigentum. Sie müssen doch wissen, dass es ein amerikanischer Spionagesatellit ist, oder?«

Der australische Major der Special Forces, Jack Wilson, lachte wieder einmal. »Sicher ist es das«, sagte er. »Ein Objekt, das aus den Tiefen des Weltraums kommt und fast mit Lichtgeschwindigkeit reist. Schnell genug, um den Globus siebenmal in der Sekunde zu umrunden. Und dann, erst vor kurzem, alle Signale außerhalb eines engen Radius auszuschalten. Ihr Amerikaner habt ja ziemlich große Eier, aber zu behaupten, das sei einer eurer Satelliten, ist selbst für euch dreist. Und lächerlich.«

Ella legte verwirrt den Kopf schief. »Sie sagen also, es ist kein amerikanischer Spionagesatellit? Sind Sie sich sicher?«

»Ich bin mir sicher«, sagte der Australier mit einem Grinsen. »Und Hut ab vor deinen schauspielerischen Fähigkeiten, mein Täubchen. Wenn ich es nicht besser wüsste, würde ich denken, du wärst wirklich überrascht.«

Ella schaute Wilson einige Sekunden lang an und richtete dann ihren Blick auf Kagan, der keine Anstalten machte, irgendetwas von dem zu bestreiten, was der Aussie gesagt hatte. Sie funkelte ihren Begleiter mit einer blitzenden Intensität an. »Du hast Geheimnisse vor mir, nicht wahr, Ben?«, zischte sie wütend. »Es wird Zeit, dass du mir sagst, was zum Teufel hier wirklich los ist!«

24

Jack Wilson beschloss, den seltsamen Wutausbruch der Frau zu ignorieren, der ihn wahrscheinlich nur verwirren und aus dem Konzept bringen sollte. »Schaut mal«, sagte er zu den beiden Amerikanern, »Ihr seid uns waffentechnisch und personell unterlegen. Und wir sind Verbündete. Wenn ihr also versprecht, keinen Unsinn zu machen, könnt ihr die Hände runternehmen.«

»In Ordnung«, sagte Kagan und senkte seine Hände. Ella tat das Gleiche. Dann bemerkten sie, dass die Australier keine Anstalten machten, ihre Waffen zu senken. Nur Wilson steckte seine Waffe weg, ging die kurze Distanz zwischen ihnen und streckte eine Hand aus. »Ich bin Jack Wilson«, sagte er und stellte dann der Reihe nach seine drei Kameraden vor. Kagan und Ella stellten sich ebenfalls vor, aber es waren immer mindestens zwei Gewehre auf sie gerichtet.

»Wir können das auch zivilisiert angehen«, sagte Wilson. »Lasst uns die Sache in Ruhe besprechen. Mal sehen, ob ich einen Weg finden kann, euch zu vertrauen.« Er konnte nicht umhin zu bemerken, dass die Frau namens Ella ihren Begleiter weiterhin wütend beäugte, und der Ausdruck ihres Begleiters ließ vermuten, dass er nicht überrascht war. Was war der Sinn dieser Scharade? Oder war da wirklich etwas Wahres dran?

Der Major wandte sich an Kagan. »Weiß deine Freundin ernsthaft nichts von dem außerirdischen Raumschiff?«, fragte er ungläubig. »Wie kann das sein?«

»Ich denke, ich kann das erklären«, antwortete Kagan. »Tatsächlich gefällt mir die Idee, dass wir uns hinsetzen und Informationen austauschen. Ich hätte nicht s dagegen, wenn wir uns vertrauen könnten. Da die Langstreckenkommunikation und die Sensoren ausgefallen sind, sollten wir uns da nicht besser zusammentun, um zu dieser Sonde zu gelangen – bevor es jemand anderes tut?«

Wilson überlegte. »Möglicherweise«, antwortete er. »Es hängt alles davon ab, wie unsere kleine Diskussion verläuft. Und nur damit du es weißt«, fügte er hinzu, »während wir unseren Kriegsrat abhalten, werden meine Männer euch decken. Nur für den Fall, dass ihr plötzlich vergessen solltet, dass wir Verbündete sind.«

Kagan ließ seinen Rucksack unter den wachsamen Augen der Aussies vorsichtig auf den Dschungelboden sinken, während der Major zu einem freien Fleck Erde ging, um zu schauen, ob man sich dort gefahrlos hinsetzen konnte.

Als Wilson sich wieder aufrichtete, stieß sein Stiefel gegen einen von mehreren kleinen, hohlen Ästen auf dem Boden in der Nähe, wodurch eine riesige, haarige Spinne aufgeschreckt wurde, die mit rasender Geschwindigkeit und beängstigender Aggressivität hervorschnellte.

Sie steuerte direkt auf Wilsons Oberschenkel zu, ihre fünf Zentimeter langen Beine wirbelten durcheinander, und ihre roten Reißzähne waren für Kagans augmentierte Augen selbst aus der Entfernung deutlich zu erkennen.

»Major, nicht bewegen!«, rief er, zog eine schallgedämpfte Waffe und nutzte seine erhöhte Konzentration und Reflexe, um sein Ziel perfekt anzuvisieren. Er traf die rasende Spinne genau in der Mitte, als ihre ersten beiden haarigen Beine Wilsons Oberschenkel berührten. Wilson stolperte zurück, aber erst, nachdem Kagans Schuss das faustgroße Raubtier längst in Spinnenbrei verwandelt hatte.

Der Aussie, der Kagan am nächsten war, reagierte sofort, als Kagan feuerte, und schoss ihm mit seiner eigenen schallgedämpften Waffe in die Brust. Der Amerikaner schrie vor Schmerz auf und fiel auf den Dschungelboden.

»Feuer einstellen!«, schrie Wilson und sprang vom Boden auf. »Er hat versucht, mir zu helfen!«

Kagan zog sich stöhnend in eine sitzende Position hoch. Wilsons Augen wanderten über seinen Körper, suchten nach Blut. »Bist du okay, Kumpel?«, fragte er überrascht.

»Ich werde es überleben«, krächzte Kagan, immer noch deutlich unter Schmerzen.

Wilson streckte eine Hand aus, um Kagan in eine aufrechte Position zu ziehen, aber der Amerikaner winkte ab und stand aus eigener Kraft auf.

»Tut mir leid, Kumpel«, sagte der Australier, der ihn angeschossen hatte. »Ich dachte, du wolltest Jack umbringen.«

Kagan zog erneut eine schmerzhafte Grimasse. »Keine Sorge«, zischte er durch zusammengebissene Zähne. »Kann passieren.«

»Das Ding hat mich fast erwischt«, meinte Wilson. »Was war das für ein Monster?«

»Eine brasilianische Wanderspinne«, antwortete der Amerikaner. »Eines der tödlichsten Tiere des Regenwaldes. Es ist die giftigste Spinne der Erde und eine der aggressivsten. Sie spinnt keine Netze, sondern wandert nur über den Waldboden auf der Suche nach Beute. Und sie hat einen Biss, der für Menschen tödlich sein kann, wenn er nicht behandelt wird.«

»Nach dem kurzen Eindruck, den ich davon hatte«, sagte Wilson, »bezweifle ich das nicht. Danke, dass du das verdammte Ding erschossen hast.«

Kagan nickte.

»Was wäre passiert, wenn mich das Vieh gebissen hätte?«, wollte der Major dann wissen.

»Es injiziert über die Giftzähne ein Neurotoxin, das den Verlust der Muskelkontrolle verursacht, was schließlich zu Lähmung und Erstickung führt.« Kagan hob die Augenbrauen. »Bei manchen Männern verursacht der Biss auch eine ungewollte, stundenlange Erektion. Anscheinend wird das Gift momentan von Pharmafirmen als mögliches Mittel zur Behandlung von Erektionsstörungen untersucht.«

»Das kann ich mir gut vorstellen«, lachte Wilson. »Gibt es ein besseres Mittel gegen Erektionsstörungen als den Erstickungstod? Ich muss zugeben, ich habe schon Frauen gekannt, die dachten, der Tod durch Ersticken wäre der perfekte Weg, um mich von meiner übermäßigen Potenz zu heilen«, fügte er grinsend hinzu.

Auch Kagan musste lachen.

Wilson hielt für ein paar Sekunden inne und seufzte dann, jede Spur von Humor war wie weggeblasen. »Und noch etwas«, sagte er, »ich fürchte, diese Spinne hat dich auffliegen lassen, Kumpel.«

Kagan setzte eine verwirrte Miene auf, aber in Wahrheit war er überhaupt nicht überrascht. Wilson war kein Narr.

»Es war sehr zuvorkommend von dir, mir das Leben zu retten«, fuhr der hochgewachsene Australier fort, »aber als du riefst, ich solle mich bewegen, hast du mich *Major* genannt. Nicht Jack. Major. Es stimmt, dass ich ein Major bin. Aber das habe ich dir nicht gesagt. Keiner meiner Männer hat unsere militärischen Dienstgrade benutzt, als wir uns vorgestellt haben. Und deshalb dürftest du meinen auch nicht kennen.«

Kagan zuckte mit den Schultern. »Du bis ein Australier namens Jack Wilson, gekleidet in Dschungelkleidung und bis an die Zähne bewaffnet. Und du bist hier draußen auf der Suche nach der außerirdischen Sonde. Wer solltest du sonst sein als Major Jack Wilson vom 2. australischen Kommando-Regiment.«

Wilson schüttelte den Kopf und kaufte es ihm offensichtlich nicht ab. »Netter Versuch«, sagte er. »Aber ich bin nicht jemand, den man einfach so erkennt, sondern jemand, der wahrscheinlich irgendwo in einer Computerdatenbank aufgeführt wird. Niemand hat diese Art von Wissen über das Personal der Spezialeinheiten eines jeden Landes. Und deine Beschreibung dieser Spinne klang, als stamme sie direkt aus einer Enzyklopädie.« Er starrte Kagan mehrere lange Sekunden lang in die Augen. »Du hast einen Supercomputer in deinem Gehirn, nicht wahr, Kumpel? Einen, mit dem du über Telepathie Daten austauscht. Daher wusstest du, wer ich bin.«

»Hast du den Verstand verloren?«, erwiderte Kagan und schüttelte ungläubig den Kopf. »Das ist das Verrückteste, was ich je gehört habe.«

»Enhanced Human Operations«, fuhr Wilson, unbeirrt fort. »Wir haben Gerüchte über diese Einheit gehört. Die Agenten haben KIs in ihren Köpfen und sind auch mit anderem Spielzeug vollgestopft. Ich habe noch nie jemanden gesehen, der sich so schnell und entschlossen bewegt hat, wie du eben, und dabei so präzise auf ein kleines, sich schnell bewegendes Ziel geschossen hat. Und mein Kollege hat dich nicht verfehlt, sondern schön mittig getroffen. Du trägst einen Graphen-Panzer, habe ich recht? Wir haben auch schon

Gerüchte darüber gehört. Härter als Diamant, wenn man getroffen wird, aber er leitet die Kraft genug ab, dass man nicht mit mehreren gebrochenen Rippen endet.«

»Du hast zu viel Science Fiction gelesen«, antwortete Kagan.

Der Australier lachte. »Ja, nur hat die Wissenschaft sie inzwischen eingeholt.« Ohne auf eine Antwort zu warten, wandte sich Wilson an seine Männer. »Steck eure Waffen weg!«, befahl er.

»Herr Major?«, fragte einer der Männer irritiert.

»Sie haben mich richtig gehört, Captain«, sagte Wilson. »Er hat mir wahrscheinlich das Leben gerettet. Und ihr habt gesehen, wie schnell er sich bewegt hat. Sobald ich ihn die Hände runternehmen ließ, hätte er uns alle erschießen können, bevor wir wussten, wie uns geschah. Was mir sagt, dass er nichts Zwielichtiges versuchen wird. Außerdem habe ich andere Gerüchte über Amerikas sogenanntes Enhanced Human Operations Programm gehört. Sie kümmern sich darum, mögliche Psychopathen auszusortieren. Offenbar dürfen nur wohlmeinende Seelen mit großen Herzen zu Superhelden werden.«

Ella hörte jedem Wort des Austauschs mit gespannter Aufmerksamkeit und Faszination zu, schwieg aber und saugte alles in sich auf.

Alle drei Aussies dachten kurz darüber nach, was ihr Kommandant gesagt hatte, und taten schließlich, was er befohlen hatte, indem sie ihre Waffen nicht mehr auf den Amerikaner richteten. Jeder stellte sich erneut vor, dieses Mal mit seinen militärischen Titeln.

»Heißt das, ihr seid bereit, zusammenzuarbeiten, um diese Sonde zu finden?«, fragte Kagan.

»Warum nicht?«, sagte Wilson. »Wir haben eine bessere Chance, wenn wir uns zusammentun.«

»Ory?«, fragte Kagan unterschwellig. »Wahrheit oder Lüge?«

Als er und Wilson sich das erste Mal die Hände geschüttelt hatten, hatte Kagan einen winzigen Sensor am Ärmel des Majors angebracht, den Ory pflichtbewusst überwacht hatte.

»Höchstwahrscheinlich die Wahrheit«, antwortete die KI umgehend. »Sein Herzschlag ist konstant bei achtundfünfzig Schlägen pro Minute, während des Spinnenvorfalls waren es fast hundertsechzig. Auch seine Gesichtszüge deuten darauf hin, dass er die Wahrheit sagt.«

»Ausgezeichnet«, sagte Kagan laut, womit er die Bereitschaft des Australiers zur Zusammenarbeit bestätigte. »Was passiert also, wenn wir das Ding in die Finger bekommen?«, fragte er. »Ich habe die volle Autorität, Entscheidungen vor Ort zu treffen, Entscheidungen, die für die amerikanische Regierung bindend sind. Diese Autorität wurde mir von Präsident Moro unmittelbar verliehen. Ich sage, wir holen diese Sonde gemeinsam aus dem Dschungel, und unsere Länder studieren sie dann gemeinsam. Vorausgesetzt, wir können unsere Regierungen nicht davon überzeugen, das Zelt noch weiter zu öffnen.«

Wilson überlegte kurz. »Einverstanden«, sagte er schließlich und bot seine Hand an.

Kagan sah ihm direkt in die Augen, als sie sich erneut die Hand gaben. »Also, nur um das klarzustellen, wenn wir das Objekt gefunden haben, werdet ihr nicht einseitig beschließen, unsere Partnerschaft aufzugeben und es für euch selbst zu nehmen?«

»Du hast mein Wort«, sagte Wilson bestimmt.

»Er lügt höchstwahrscheinlich«, meldete Ory.

Kagan verdaute diese beunruhigende Information. Machte es unter diesen Umständen noch Sinn, sich mit den Aussies zusammenzutun? Er entschied schnell, dass es das tat. Er würde eine bessere Chance haben, die Sonde zu finden, wenn er mit dieser Gruppe zusammenarbeitete, und er war jetzt gewarnt, dass Wilson plante, ihm in den Rücken zu fallen, wenn sie erfolgreich waren. Er würde einfach sicher sein müssen, dass er schneller die Waffe zog.

»Du gibst also zu, dass du Teil des amerikanischen EHO-Programms bist?«, fragte der australische Major.

»Du weißt, dass ich das nicht tun kann«, antwortete Kagan, nicht im Begriff, es zu bestätigen, und nicht im Begriff, den Irrglauben des Majors zu korrigieren, dass die EHO bereits intrakranielle KIs und telepathische Kommunikation perfektioniert hätte.

Der große Australier nickte Ella zu. »Und was ist mit ihr?«, fragte er. »Wie passt sie da rein?«

»Sie war als blinder Passagier in dem Hubschrauber, den ich hergebracht habe. Sie wusste nichts von all dem hier.«

Wilson rollte mit den Augen. »Hör mal, Kumpel, wenn du es mir nicht sagen willst, ist das in Ordnung. Aber halte mich nicht für einen Idioten. Es ist völlig unmöglich, dass sie sich in deinem Hubschrauber versteckt hat, ohne dass du es wusstest.«

Kagan seufzte. »Danke. Als ob es mir nicht so schon peinlich genug wäre. Der Hubschrauber hatte ein Schlafabteil. Eine Sonderanfertigung. Sie hat sich ruhig verhalten, und es kam mir nie in den Sinn, den Schlafraum zu überprüfen. Wirklich.«

Wilson überlegte. »Dann ist sie also dein Mädchen? Hat sie sich deshalb versteckt?«

»Nein!«, sagte Kagan mit Nachdruck. »Sie ist nicht mein *Mädchen*. Aber es ist eine längere Geschichte.«

»Das ist okay, Kumpel. Wir könnten wochenlang in diesem Dschungel sein. Du hast also genug Zeit, um uns alles zu erzählen. Ganz egal wie lange es dauert.«

25

Die beiden Männer sahen sich weiterhin gegenseitig fest in die Augen und ignorierten dabei den Schweiß, der ihnen aufgrund der drückenden Luftfeuchtigkeit über das Gesicht lief.

»Ory, kannst du wenigstens ihre Kommunikationsfrequenz ermitteln?«, fragte Kagan während der kurzen Stille. »Ich möchte alle zukünftigen Kommunikationen zwischen den Australiern abhören.«

»Erledigt«, antwortete die KI.

Kagan öffnete den Mund, um mit dem Major zu sprechen, als wie aus dem Nichts eine Reihe von gutturalen Brülllauten den Dschungel erfüllten, so laut und intensiv, dass sie das Brüllen eines Löwen zahm erscheinen ließen. Es war ein Geräusch, das auch King Kong oder Godzilla hätte machen können. Das Knurren ließ die zwei Amerikaner und vier Aussies herumwirbeln, auf der Suche nach einer Bedrohung aus ihren schlimmsten Albträumen. Die Dezibelstärke des Knurrens war erstaunlich, ebenso wie seine Fähigkeit, Angst hervorzurufen und schreckliche Bilder eines unaufhaltsamen Raubtiers heraufzubeschwören, das sich sicher nicht unterkriegen lassen würde.

»Ory?«, fragte Kagan unterschwellig, der seine Waffe bereits gezogen hatte, wie die Aussies vor ihm.

»Brüllaffen«, antwortete die KI sofort. »Harmlose Pflanzenfresser«, fügte sie hinzu, »aber ihre Lautäußerungen gelten als die lautesten aller Landtiere auf der Erde und sind bis zu fünf Kilometer weit zu hören. Die in diesem Fall klingen sogar noch beängstigender als sonst, denn es sind viele von ihnen, die gleichzeitig heulen. Und sie sind sehr nah, auch wenn man sie nicht sehen kann.«

Kagan gab diese Information sofort an die Gruppe weiter, die erleichtert ihre Waffen einsteckte, gerade als das Gebrüll abklang.

»Brüllaffen?«, sagte Wilson ungläubig. »Das klang eher so, als ob es von einem Raubtier von der Größe eines T. Rex kommen müsste.«

Kagan nickte. »Da kann ich nicht widersprechen. Ich habe im ersten Moment auch sonst etwas erwartet.«

»Und ich kann es kaum erwarten, aus diesem Dschungel zu verschwinden«, sagte der Major und schüttelte den Kopf. Er hielt einen Moment inne, um sich auf eine weitere Geräuschlawine einzustellen, aber die Affen hatten sich anscheinend schon verausgabt.

»Jetzt, wo wir wieder klar denken können …«, fuhr der Aussie schließlich fort. »Warum erzählst du mir nicht die lange Geschichte. Erzähl' mir, wer diese Frau ist und warum sie beschlossen hat, als blinder Passagier mitzufliegen.«

Kagan grinste. »Um ehrlich zu sein, ist es doch eher eine Kurzgeschichte. Aber eine geheime. Sagen wir einfach, ich habe in einer brasilianischen Firma herumgeschnüffelt, deren Interessen sich von denen Amerikas unterscheiden könnten. Und Ella hat zufällig dort gearbeitet. Sie hat nichts mit dem zu tun, was ich suche, wollte aber aus persönlichen Gründen mit mir sprechen. Sie wollte dazu meinen geplanten Routineflug nutzen. Deshalb hat sie sich abends in den Heli geschlichen und ist im Schlafabteil eingenickt. Ich habe dann einen neuen Auftrag bekommen, mir den Hubschrauber ausgeliehen, um hierher zu kommen – und plötzlich war sie da.«

Wilsons Augen wanderten zwischen Ella und Kagan hin und her, auf der Suche nach einem Anzeichen von Täuschung. Schließlich zuckte er mit den Schultern. »Was soll's«, sagte er. »Es ist zu absurd, um nicht wahr zu sein.«

»Da sind wir uns einig«, stimmte Kagan ihm zu. »Und was jetzt?«

Der Major rieb sich nachdenklich das Kinn und überlegte.

»Ory«, sagte Kagan lautlos, während er auf eine Antwort wartete, »ist die Mikrodrohne, die Ella gefunden hat, nahe genug, dass du sie kontrollieren kannst?«

»Positiv.«

»Gut. Sorg' dafür, dass sie außer Sichtweite mit uns fliegt. Ich werde entscheiden, wann und wie wir sie einsetzen, je nach den Umständen.«

Angesichts der Tatsache, dass Wilson ein vielleicht ein doppeltes

Spiel plante, konnte es nicht schaden, ein Ass im Ärmel zu haben – oder in diesem Fall eine Drohne – auch wenn das Störfeld die Reichweite auf etwa fünfzig Meter reduziert hatte.

»Warum tauschen wir nicht weiter Informationen aus?«, schlug der australische Major schließlich vor.

»Gute Idee«, antwortete Kagan.

»Okay«, sagte Wilson. »Also, was wisst ihr über diese Sonde?«

»Fast nichts, genau wie alle anderen. Sie bewegte sich mit knapp unterhalb der Lichtgeschwindigkeit. Unser interplanetares Überwachungssystem hat sie kurz hinter dem Marsorbit geortet. Sie hat so stark abgebremst, dass sie damit den Gesetzen der Physik trotzte und ist dann hier gelandet. Das ist alles, was wir wissen.«

Wilson schüttelte den Kopf. »Das ist überhaupt nicht dasselbe, was wir erlebt haben. Das Ding hat uns aus dem tiefen Weltraum angefunkt. Und wenn ich tiefer Weltraum sage, meine ich nicht nur jenseits der Marsumlaufbahn. Ich meine, jenseits der *äußeren Grenzen des gesamten Sonnensystems*.«

»Was meinst du damit, es hat euch ein *Signal* gesendet?« Kagan war völlig perpelex. »Willst du damit sagen, dass ihr die Sonde nicht selbst mit einer Art Asteroiden-Kollisions-Frühwarnsystem aufgespürt habt?«

»Nein. Die Sonde kontaktierte einen unserer Spionagesatelliten, der sie dann Richtung Erde verfolgen konnte. Wir haben ihre Spur verloren, als sie in unsere Atmosphäre eintrat, aber sie hat unserem PM einige GPS-Koordinaten geschickt, die ihr ungefähres Landegebiet eingrenzten.«

Ein Schauer lief Kagan über den Rücken. Das änderte sein Verständnis der Situation dramatisch. »Sie hat diese Koordinaten direkt an euren *Premierminister* geschickt?«

Wilson nickte.

»Und du sagtest *ungefähres Landegebiet*. Wie ungefähr?«

Wilson runzelte die Stirn. »Ungefährer als uns lieb ist. Ich bin nicht gut im Umrechnen von Kilometern in Meilen, aber ich würde sagen, ein Kreis mit einer Fläche von etwa zweihundert bis dreihundert Meilen.«

Kagans scharfer Verstand raste voran und bewertete die erschreckenden Implikationen dieser neuen Information. Er erwog, seine Gedanken für sich zu behalten, entschied sich aber dagegen. Wilson hatte mitgeteilt, was er wusste, und Kagan würde nicht weniger tun. »Ich kann kaum ausdrücken, wie bedeutsam das ist«, sagte er. »Wir haben die Sonde selbst gesichtet, wie ich schon sagte. Und sind ihr dann gefolgt. Wir konnten feststellen, dass sie im Amazonasgebiet gelandet ist, und wir konnten eine seltsame Energiesignatur ablesen. Aber wir konnten ihren Standort nur auf denselben Kreis eingrenzen wie ihr – im Grunde auf dasselbe Gebiet.« Er runzelte die Stirn. »Du verstehst, was das bedeutet, nicht wahr?«

»Das Ding wollte, dass alle im selben Boot sitzen«, flüsterte Ella zu sich selbst, fast wie in Trance.

»Genau!«, bestätige Kagan, überrascht und erfreut, dass sie die richtige Schlussfolgerung gezogen hatte.

»Aber *wen* wollte es im selben Boot haben?«, fragte Wilson. »Jedes Land auf der Erde? Nur Länder, die in der Lage sind, Satelliten zu starten?«

»Das ist leider unklar«, erwiderte Kagan. »Wir vermuteten, dass es etwa zwanzig Länder gibt, die entweder in der Lage sind, das Objekt zu entdecken oder die Informationen aus geheimen Computern anderer Länder zu hacken, die es entdecken konnten. Aber eure Informationen legen nahe, dass prinzipiell jeder davon erfahren und hierher gelotst werden konnte. Die Sonde wusste irgendwie, dass ihr Aussies kein Wächtersystem habt, das ihre Ankunft bemerken würde, also hat sie sich selbst zu erkennen gegeben. Sie wusste auch, dass euer Premierminister der Führer eures Landes ist, und wusste, wie sie ihn direkt erreichen kann. Wenn Australien keine Satelliten im Orbit gehabt hätte, hätte sie auch andere Mittel benutzen können, um ihre Anwesenheit hier bekannt zu machen.«

Es kam Kagan in den Sinn, dass der Iran vielleicht nicht so gut im Hacken war, wie er angenommen hatte. Vielleicht hatte die Sonde ihnen einen Schubs in die richtige Richtung gegeben und dafür gesorgt, dass sie auf die Aufregung hier aufmerksam wurden. Vielleicht tanzten alle hier nach der Pfeife dieses außerirdischen Geräts.

»Da das Teil unseren PM kontaktiert hat«, sagte Wilson, »deutet alles darauf hin, dass es auf Nationalstaaten abzielt.«

»Vielleicht«, sagte Kagan, »aber auch das können wir nicht mit Sicherheit wissen.«

»Wie viele Länder gibt es auf der Welt?«, fragte Ella.

»Die UNO hat derzeit 193 Mitgliedsstaaten«, antwortete Kagan. »Es gibt außerdem noch international nicht anerkannte Staaten und Territorien sowie überstaatliche Organisationen wie zum Beispiel die Katholische Kirche.«

Wilson pfiff. »Muss schön sein, einen Supercomputer im Kopf zu haben«, sagte er.

Kagan zog eine Augenbraue hoch, antwortete aber nicht.

»Es könnten also alle diese Länder benachrichtigt worden sein«, vermutete einer von Wilsons Männern, der sich als Lieutenant Ian Crane vorgestellt hatte. »Oder vielleicht nur eine Teilmenge, die aus unbekannten Gründen ausgewählt wurde. Oder Gott weiß, wie viele andere zufällige Gruppen, die keine Länder sind … Großkonzerne, Sekten, Terrororganisationen …«

»Wenn jedes Land der Erde hier vertreten wäre«, fragte Leutnant Julius Barton, der der ruhigste in Wilsons Team gewesen war, »würden wir uns dann nicht gegenseitig auf die Füße treten?«

»Nicht unbedingt«, sagte Kagan. »Dieser Dschungel ist so dicht, dass, wenn man Dutzende von kleinen Gruppen innerhalb einer einzigen Quadratmeile hat, sich viele von ihnen nie über den Weg laufen würden. Und wir haben es hier mit mehreren hundert Quadratmeilen zu tun. Wenn die Gruppen ziemlich willkürlich verteilt sind, ist es möglich, dass viel mehr vertreten sind, als wir uns vorstellen können.« Er wandte sich an den Major. »Seid ihr auf andere Gruppen gestoßen?«

»Wir haben eine Reihe von Mikrodrohnen mit großer Reichweite mitgebracht und eingesetzt«, antwortete Wilson, »die wir mit Tablet-Computern gesteuert haben. Eine von ihnen hat ein fünfköpfiges Team aus Indien gesichtet. Zu weit weg, um es in unsere Planung einzubeziehen, aber definitiv anwesend.«

Kagan nickte grimmig. »Habt ihr mich so gefunden?«, fragte er.

»Nein«, sagte Wilson. »Wir haben den Kontakt zu allen unseren Drohnen verloren, kurz bevor wir auf deine Spur gestoßen sind.«

»Leider hatten wir sie ziemlich weit verstreut eingesetzt«, bemerkte Liam Collins. »Solange wir nicht wieder die Möglichkeit haben, die Drohnen fernzusteuern, werden wir sie nicht wiederfinden.«

»Aber ihr und die indische Gruppe seid die einzigen, die wir gesehen haben«, fügte Wilson hinzu

Kagan erzählte ihnen von den Iranern und den Japanern, und wie die letztere Gruppe von der ersteren ausgelöscht worden war. Er erzählte ihnen auch von seinen Erkenntnissen, dass zur Steuerung von Drohnen oder zur Verwendung von Funkgeräten Sender und Empfänger innerhalb von etwa fünfzig Metern voneinander bleiben mussten.

Die Diskussion ging noch einige Minuten weiter, aber die Gruppe kam zu keinen weiteren Erkenntnissen darüber, was passiert sein könnte oder warum die Sonde sich so verhalten hatte, wie sie es getan hatte. Die Aussies hatten die ganze Zeit wahllos danach gesucht und dann Kagan gefangen genommen, in der Hoffnung, dass er mehr wissen könnte.

Kagan beschrieb detailliert, wie er versucht hatte, die Sonde zu lokalisieren, indem er die Stärke des anfänglichen Sat-Telefon-Unterdrückungsfeldes verfolgt hatte, aber dass dies nun nicht mehr möglich war. »Es sieht also so aus, als ob zufälliges Suchen das Beste ist, was man im Moment tun kann«, sagte er. »Und wir müssen der Tatsache ins Auge sehen, dass wir, wenn wir keinen anderen Weg finden, es aufzuspüren, diesen Dschungel für eine Ewigkeit absuchen könnten, ohne ein so kleines Objekt zu finden. Eines, das vergraben sein könnte, oder unter Sumpfwasser. Es könnte sogar von einer Art Tarnvorrichtung geschützt sein.«

»Klingt für mich wie so ein Psychotest, bei der man nicht verzweifeln darf, obwohl die Aufgabe nicht lösbar ist«, sagte Crane.

»Du hast recht«, bestätigte Kagan, »aber ich habe das Gefühl, dass es sich als viel mehr als das herausstellen wird. Und ich fange an zu glauben, dass wir uns wünschen werden, dass es nur ein Psychotest wäre, bevor das alles vorbei ist«, fügte er ernsthaft hinzu.

»Ich denke Folgendes«, fuhr er dann fort. »Ich denke, wenn dieses Ding nicht gefunden werden will, wird es nie jemand finden. Aber es hat dafür gesorgt, dass wir alle aus einem bestimmten Grund hier aufgetaucht sind. Auch wenn uns der Grund nicht gefällt, so vermute ich, dass wir in Kürze erfahren werden, was es ist.« Er seufzte. »Wir können nur hoffen, dass seine Mission friedlich ist.«

Wilson schluckte schwer. »Es hat ungefähr die Größe einer Wassermelone, Kumpel. Wie viel Schaden kann so etwas anrichten?«

»Hoffen wir einfach, dass wir das nie herausfinden müssen«, erwiderte Kagan vielsagend.

26

Fast eine Minute lang sprach niemand in der Gruppe, während alle ihrer eigenen Gedanken nachhingen. Die häufigen Rufe verschiedener Vögel und das ständige Summen unzähliger Insekten erfüllten die Luft. Plötzlich kam dazu ein Tierlaut, der eine Kombination aus Zirpen, Summen, Brummen und Trillern war und von Ory als der Paarungsruf des Gelben Pfeilgiftfrosches bezeichnet wurde, einem der lautesten tagsüber balzenden Frösche der Erde.

»Da es doch unmöglich ist, dieses Ding zu finden, indem wir uns auf den Zufall verlassen«, sagte Crane, »warum bleiben wir nicht einfach hier?«

»Weil wir nicht wissen, was wir nicht wissen«, sagte Kagan. »Wir können zum Beispiel nicht sicher sein, dass das Störfeld nicht auf magische Weise drei Meter von hier endet. Und vielleicht können wir die Sonde, wenn wir nahe genug herankommen, mittels ihrer Quantensignatur aufspüren. Oder mit einem anderen Sensor, den wir mitgebracht haben. Ich würde also sagen, dass es immer noch unsere beste Option ist, auf das Zentrum des Umkreises zuzusteuern, in dem sie zu finden sein sollte.«

»Hast du nicht gerade gesagt: Wenn das Raumschiff nicht gefunden werden will, dann werden wir es auch nicht finden?«, meinte Wilson.

»Nun, ja«, erwiderte Kagan, »aber ich habe mich im Leben auch schon mal geirrt. Nicht oft vielleicht«, fügte er mit der Andeutung eines Lächelns hinzu, »aber es kann vorkommen. Wir müssen unser Bestes geben, um das Ding zu finden, auch wenn wir im Moment nicht glauben, dass wir es finden werden.«

Der Major schüttelte den Kopf. »Wie konnten wir das Glück haben, mit der Jagd nach einem Einhorn beauftragt zu werden?«, fragte er angewidert. »An einem der am wenigsten zivilisierten Orte der Erde …« Er seufzte und fuhr fort. »Eine unserer Drohnen hat eine Art großen Teich oder Minisee nicht allzu weit von hier entdeckt. Er liegt in der allgemeinen Richtung, in die wir gehen müssen. Wir vermuten, dass der Fluss dieses Gebiet überflutet hat und dann zurückgegangen ist, und diese Stelle ist eine Art natürliches Becken, in der das Wasser länger braucht, um zu verdunsten. Es ist ein guter Ort, um unsere Feldflaschen zu füllen. Ich nehme an, ihr habt genügend Aufbereitungstabletten?«

»Reichlich«, sagte Kagan und wusste, dass dies derselbe Teich sein musste, an dem Ella gewesen war. Er fing ihren Blick auf und schüttelte fast unmerklich den Kopf, um sie darauf aufmerksam zu machen, dass sie nichts über das Wassersammelgerät verraten sollte, das er mitgebracht hatte. Er würde das Wasser aus diesem Gerät bei Bedarf teilen, sah aber keine Notwendigkeit, es jetzt schon preiszugeben.

Ella schien diesen subtilen Kommunikationsversuch nicht zu bemerken, blieb aber stumm.

»Wir haben auch eine Reihe von Vögeln an diesem Mini-See bemerkt«, fuhr Wilson fort, »die sich dort an Fischen sattfressen. Während wir dort sind, können wir uns einige davon holen. Wir werden eine Weile hier sein, und die Militärrationen werden schnell verbraucht sein. Wir können unterwegs andere Waldtiere jagen, um die Fische zu ergänzen. Und auch Obst. Ich habe eine Datei mit einer Liste aller essbaren Früchte und Pflanzen auf meinem Laptop.« Der Major nickte dem amerikanischen Agenten zu. »Aber ich nehme an, du wirst das Wissen, was essbar ist, jederzeit aus dem Hut zauber können – beziehungsweise aus dem Inneren deines Kopfes. Habe ich nicht recht, Kumpel?«

Kagan lächelte zurück. »Kann ich nicht einfach viel über den Amazonas wissen, ohne dass ihr denkt, ich würde schummeln?«

Wilson lachte.

»Du schlägst also vor, dass wir ein paar Bambusstangen anspitzen und Speerfischen gehen?«, fragte Kagan.

»So lustig das auch klingt«, antwortete der Major, »das ist nicht das, was ich vorschlage. Wir haben ein Netz mitgebracht. Das ist der Vorteil davon, dass wir zu viert sind – wir können mehr Ausrüstungsgegenstände mitnehmen. Nur Supersoldaten können es sich leisten, die Ein-Mann-Show zu machen. Wie auch immer, ich schätze, wenn wir unser Netz durch das Wasser ziehen, werden wir so viel Fisch bekommen, wie wir essen können.«

»Worauf warten wir dann noch?«, sagte Kagan und machte eine einladende Geste, »Nach dir.«

27

Ella, Ben und vier Aussies machten sich auf den Weg zum nahegelegenen Teich. Unterwegs bemerkte Kagans einige Tiere, von dem seine Linsen sagten, dass es Wasserschweine wären – eine der seltsamsten Spezies, die Kagan je gesehen hatte. Seltsam und absolut knuffig. Als mit Abstand größte Nagetierart der Erde sahen sie genau so aus wie Meerschweinchen, nur um den Faktor zehn vergrößert. Trotz ihrer Größe wirkten sie immer noch so gutmütig, harmlos und niedlich wie ihre winzigen Cousins.

Als die Gruppe sich dem Wasser näherte, wurden die Bäume und das Unterholz spärlicher, wie Kagan zuvor mit seiner eigenen Drohne beobachtet hatte, und sie konnten den kleinen See in einigem Abstand sehen. Ausnahmsweise war es hier einfach, sich durch den Dschungel zu bewegen, und es war schön, in einem Teil des Regenwaldes zu sein, der nicht so erstickend und beengend war.

Trotz der größeren Gruppe blieb Ella näher als je zuvor bei ihrem amerikanischen Begleiter. Kagan war sich nicht sicher, warum das so war. Vielleicht hatte sie nach dem Gerede über Supersoldaten und nachdem sie ihn in Aktion gesehen hatte, beschlossen, dass der sicherste Ort an seiner Seite war. Oder vielleicht traute sie den Aussies immer noch nicht. Es konnte auch sein, dass sie dankbar war, dass er zu ihr zurückgekommen war, nachdem sie das erste Mal getrennt worden waren, und sie war entschlossen, das nicht noch einmal geschehen zu lassen.

Als sie an ihrem Ziel ankamen, nahm Kagan seinen Rucksack ab und stellte ihn auf den Boden, wobei er in der Ferne eine kleine Bewegung wahrnahm. Er zoomte heran, um einen genaueren Blick darauf zu werfen.

Sein Atem blieb ihm im Hals stecken. Es war ein Jaguar, der sich so verstohlen durch den Dschungel bewegte, wie es nur eine Raubkatze konnte, auf der Jagd nach Beute. In diesem Fall war das Ziel wahrscheinlich ein Reiher oder vielleicht ein anderes Wasserschwein, das er in der Nähe erspäht hatte. Er war bemerkenswert muskulös und leichtfüßig, und sein gelbbraunes, geflecktes Fell war prächtig.

Kagan beobachtete das Raubtier genau, als es sich der nun zerstreuten Gruppe von Menschen näherte, die sich in der Nähe des kleinen Gewässers ausgebreitet hatte. Es war ebenso schön wie tödlich.

»Nur zur Information«, meldete er der Gruppe, »ich habe auf zehn Uhr einen Jaguar gesichtet.«

Alle Augen richteten sich sofort in diese Richtung. Bevor Kagan ihn aufhalten konnte, zog Leutnant Julius Barton eine schallgedämpfte Waffe und pumpte mehrere Kugeln in das zweihundert Pfund schwere Raubtier. Das Fell, das Sekunden zuvor noch spektakulär gewesen war, war nun durchlöchert und mit Blut bedeckt.

»Hey, was machst du da?«, rief Kagan, als Barton seine Waffe einsteckte. »Er war nicht hinter uns her.«

»Das kannst du nicht mit Sicherheit wissen«, sagte Barton.

»Es ist eine vom Aussterben bedrohte Art, Arschloch!«, meinte Kagan verächtlich.

»Hier sind wir die gefährdete Spezies, Arschloch«, erwiderte Barton. »Das weißt du doch selbst besser als jeder andere. Du hast eine gefährliche Spinne ohne weiteres weggepustet. Wieso hat ein Jaguar mehr Anspruch auf Leben als eine Spinne?«

Kagan war wütend, antwortete aber nicht. Es war der unnötige Verlust eines prächtigen Tieres gewesen, aber es war vorbei, und er konnte nichts tun, um es zurückzubringen. Es war seine Schuld, weil er angenommen hatte, dass diese abgehärteten Soldaten die Pracht der Katze zu schätzen wüssten und dass keiner von ihnen sich bedroht genug fühlen würde, um zu tun, was Barton getan hatte.

»Schade um die schöne Katze«, maulte jetzt auch Ella.

»Hört auf, es ist vorbei«, schnauzte Wilson und verteidigte seinen Kameraden. »Leutnant Barton hat in der Überzeugung gehandelt, das Richtige zu tun. Und wir können nicht sicher sein, dass er falsch lag.«

Nach einer kurzen Pause wandte er sich an den fraglichen Mann.

»Julius, warum nimmst du nicht einen Posten östlich von uns ein, am Rande der Reichweite unseres Sprechfunks. Und Liam«, fügte er hinzu und wies auf den Captain, »du machst das Gleiche Richtung Westen. Sorgt bitte dafür, dass unser Angelausflug nicht gestört wird.«

So wütend er auch immer noch auf Barton war, war Kagan doch beeindruckt von Wilsons Führungsqualitäten. Er handelte schnell, um den Konflikt zu entschärfen, indem er Abstand zwischen den Jaguar-Killer und den wütenden Amerikaner brachte und gleichzeitig Wachen aufstellte, um sie vor eventuellen Überraschungen zu schützen.

Die beiden Männer zogen los, um ihre Posten einzunehmen, während Wilson und Ian Crane begannen, das Netz auszupacken, mit dem sie die Fische einsammeln wollten.

Barton und Collins meldeten bald, dass sie auf Position waren, eine Meldung, die auf dem privaten Kanal der Aussies gemacht wurde, aber von der Ory sicherstellte, dass sie auch auf Kagans Implantat zu hören war.

Als Wilson und Crane sich dem Ufer näherten, drangen plötzlich mehrere Schüsse aus Richtung Westen durch den Wald, die sofort alle Wildtiere aus der Umgebung in die Flucht schlugen.

Kagan zog fluchend seine Waffe, als vier weitere Schüsse ertönten, dieses Mal von zwei oder drei verschiedenen Positionen – alle immer noch im Westen.

Die Stimme von Liam Collins dröhnte durch Kagans Funkgerät. »Major!«, meldete er eindringlich. »Stehe unter schwerem Beschuss durch zwei feindliche Kämpfer. Sie haben mich festgenagelt. Sie benutzen Sturmgewehre im Einzelschussmodus.«

»In Deckung gehen und durchhalten, Liam!«, antwortete Wilson sofort und bewegte sich bereits schnell in seine Richtung. »Ian und ich sind auf dem Weg! Barton – Augen auf und nachrücken, wir sammeln uns an Collins' Position!«

»Verstanden!«, antwortete Barton.

»Wartet!« Kagan rief ihnen hinterher, als sie durch den lichten Wald davonrannten. »Es könnte eine Falle sein! Wenn es die Iraner sind, könnten sie jetzt neun Mann stark sein. Vielleicht zeigen sich nur zwei, um schwach zu erscheinen und euch anzulocken.«

Kagan war sich ziemlich sicher, dass der Major ihn gehört hatte, aber er und Crane waren bereits im Dschungel verschwunden.

Kagans flinker Verstand raste los. Er brauchte keine Gehirnstimulation, um zu folgern, dass die Iraner, wenn es sich um eine Falle handelte, fünf oder sechs Männer zurückhalten würden, wo Collins stationiert war – zwei als Köder, und der Rest, um die Männer, die ihrem Kameraden zu Hilfe eilten, in einen Hinterhalt zu locken.

Die restlichen drei oder vier Männer würden erwarten, dass Barton seinen Posten im Osten verließ, um seinem Kollegen zu helfen, und würden aus dieser Richtung kommen, um diejenigen aufzusammeln, die nicht nach Westen geeilt waren und sich noch am Wasser befanden – also Ella und ihn selbst.

Kagan zog Ella hinter einen Baum und scannte das Terrain im Osten. Tatsächlich arbeiteten sich drei Iraner lautlos durch den Wald vor, bewegten sich dabei aber sehr schnell. Er zoomte an einen der Männer heran und erkannte eine Granate in seiner rechten Hand, deren Stift bereits gezogen war. Ihre frühere Drohung, eine Granate in Kagans abgeschossenen Helikopter zu werfen, war also kein Bluff gewesen.

Waren sie verrückt geworden? Granaten? Das hieß, sie riskierten jede Menge unerwünschte Aufmerksamkeit durch weitere Gruppen.

Kagan bewegte sich einige Meter nach links und schoss einem der drei Männer in den Kopf. Ohne das Ergebnis abzuwarten, bewegte er sich mit außerordentlicher Geschwindigkeit in die andere Richtung, um die letzten beiden Iraner ins Visier zu nehmen, die gemeinsam vorgingen.

Der Mann, der die gezündete Granate in der Hand hielt, nahm gerade den Arm nach hinten und war kurz davor, sie in Richtung der beiden Amerikaner zu werfen. Kagan schoss ihm ebenfalls in den Kopf, einen Augenblick bevor er seine Bewegung vollendete. Die Granate fiel auf den Dschungelboden, explodierte kurz darauf und tötete auch den letzten verbliebenen Angreifer.

»Ben, pass auf!«, schrie Ella, rannte energisch auf ihn zu und stieß ihn einige Meter zurück, wie ein Linebacker beim American Football, der mit einem Tackling-Schlitten trainiert. In nächsten Moment erschütterte eine ohrenbetäubende Explosion den Waldboden hinter ihnen. Eine Reihe anderer Iraner musste es von Westen her ebenfalls bis zu dem Teich geschafft haben, vielleicht hatten sie Wilson und seine Männer bereits ausgeschaltet und warfen nun von dieser Seite Granaten.

Kagan hatte keinen Zweifel daran, dass Ellas entschlossenes Handeln ihm das Leben gerettet hatte.

Er wälzte sich auf dem Waldboden herum und feuerte nach Westen, wobei er zwei der Männer in schneller Folge ausschaltete. Aber ein dritter warf eine weitere Granate in seine Richtung, und als er von ihr wegsprintete, riss ihn die Druckwelle von den Füßen. Seine Körperpanzerung blockierte drei Splitter der tödlichen Granate, als er fiel, aber sein Kopf schlug gegen den Stamm eines Baumes – und die ganze Welt wurde augenblicklich schwarz.

28

»Ben, wachen Sie auf!«, schrie ihm Ory ins Ohr. »Kommen Sie wieder zu sich!«

Kagans Lider öffneten sich flatternd. Vier der Iraner waren in der Nähe versammelt und standen neben einem kleinen Haufen von Waffen, die sie ihm abgenommen hatten, während er bewusstlos gewesen war. Seine Knöchel, Handgelenke, Beine und Arme waren mit Kabelbindern gefesselt, und seine gefesselten Handgelenke waren auch um den schlanken, aber unzerbrechlichen Stamm einer jungen Palme gebunden.

Sie hatten ihn in Aktion gesehen und dafür gesorgt, dass er nirgendwo mehr hingehen würde.

Er unterdrückte ein Keuchen, als er Ellas Körper in dem kleinen See treiben sah, ihr Gesicht nach unten und vollständig untergetaucht.

»Wie lange war ich weg?«, fragte er Ory unterschwellig, während er Ellas Körper weiter beobachtete und gegen jede Vernunft auf ein Lebenszeichen hoffte.

»Fast acht Minuten.«

»Was ist mit Ella passiert?«

»Unklar. Ihre Augen waren geschlossen, also hatte ich auch keine Sicht. Aber basierend auf dem, was ich gehört habe, haben die Iraner sie vor sieben Minuten mit dem Gesicht nach unten im Wasser treibend entdeckt. Nach ihren letzten Kommentaren zu urteilen, hat sie sich seitdem nicht mehr bewegt. Sie ist mit ziemlicher Sicherheit tot.«

Fast wie aufs Stichwort begann Ellas Körper auf den flachen Grund des kleinen Sees abzusinken, gerade noch sichtbar durch das schlammige Wasser, den Regeln des Auftriebs gehorchend, die tote Körper entweder schwimmen oder versinken ließen.

Kagan hätte am liebsten einen Urschrei ausgestoßen. Sie war ein unschuldiges Opfer, und sie hatte ihm das Leben gerettet. Sie mochte Sex als Werkzeug benutzt und die unglückliche Entscheidung getroffen haben, sich in seinem Helikopter zu verstecken, aber das hier hatte sie nicht verdient. Sie hatte es nicht verdient, zu sterben.

»Ah, ich sehe, dass Sie wach sind«, sagte einer der vier Männer, der einen gepflegten schwarzen Bart trug und gleichzeitig bedrohlich und sehr kompetent wirkte. Kagans Linsen identifizierten ihn als Salar Tajik, einen hochdekorierte Kommandooffizier der iranischen Quds, einer Spezialeinheit der Revolutionsgarde, die für extraterritoriale Operationen zuständig war. Offenbar war Tajik Jahre zuvor von Generalmajor Qasem Soleimani persönlich ausgewählt worden, dem 2020 im Irak bei einem Drohenangriff getöteten Kommandierenden General der Quds, um die wichtigste Einheit dieser Truppe zu führen, das iranische Äquivalent zum SEAL Team Six.

»Wer zum Teufel sind Sie?«, fragte Kagan, obwohl er die Antwort bereits kannte.

Tajiks Augen verengten sich und sein Gesicht verhärtete sich. »Die Frage ist eher: Wer sind Sie? Sie haben fünf meiner besten Männer eigenhändig ausgeschaltet. Wie kommt es, dass ich Ihre Handschrift nicht kenne?«

Kagan verzog den Mund. »Ich bin nur ein talentierter Amateur«, sagte er. Er hoffte inständig, dass Wilson überlebt hatte, auf der Lauer lag und ihm bald zu Hilfe kommen würde, aber er wusste, dass das unwahrscheinlich war. »Warum bin ich noch am Leben?«

Tajik zuckte mit den Schultern. »Hauptsächlich, weil Sie sich praktischerweise selbst bewusstlos geschlagen haben.«

»Ach ja?«, antwortete Kagan. »Nun, dabei hatte ich etwas Hilfe.«

Der Mann lächelte. »Freut mich, dass ich Ihnen helfen konnte«, sagte er. »Mein erster Instinkt war, Sie zu töten, aber da Sie bewusstlos waren, entschied ich, dass ein kleines Verhör nicht schaden könnte. Kazem Abdi hat mir seine Begegnung mit zwei Amerikanern am Flussufer geschildert.«

Der Iraner wandte sich dem Wasser zu und starrte längere Zeit kopfschüttelnd auf Ellas versunkenen Körper. Das Wasser war voller Fische und nicht sehr klar, aber es schien, dass keine räuberischen

Arten, wie Piranhas, zurückgeblieben waren, als der Fluss zurückgegangen war. Der Anblick von Ellas leblosem Körper war für Kagan schwer genug zu ertragen, aber wenigstens gab es keine Fische, die sie zerrissen, was es noch schlimmer gemacht hätte.

»Abdi berichtete, dass einer der beiden Amerikaner eine Frau war«, fuhr der iranische Führer fort. »Anscheinend«, fügte er hinzu und warf einen letzten Blick auf Ella, »haben wir Sie beide jetzt ausfindig gemacht. Abdi hat mir erzählt, dass Sie einen seiner Männer getötet haben, obwohl er vier Waffen auf Sie gerichtet hatte und dachte er würde Sie in Schach halten.«

»Wo ist denn mein alter Freund Kazem?«, stichelte Kagan, in der Hoffnung, den Quds-Kommandeur zu einem Fehler verleiten. Zuvor hatte er seine Kontaktlinsen genutzt, um die beiden Leichen im Westen heranzuzoomen und wusste, dass Abdi unter ihnen war. »Ach ja«, fügte er mit einem eisigen Grinsen hinzu. »Ich habe ihn gerade umgebracht, nicht wahr?«

Tajik zuckte mit den Schultern. »Ein akzeptabler Verlust«, sagte er. »Aber ich muss Ihnen zugestehen, dass Sie diesen Erfolg verdient haben. Sie sind der wohl gefährlichste Kämpfer, dem ich je begegnet bin. Ihre Reaktionsgeschwindigkeit war verblüffend. Ich habe die Granate geworfen, die Sie schließlich zu Fall gebracht hat, aber Sie haben es fast noch aus ihrer Reichweite geschafft, was ich nicht für möglich gehalten hätte. Ich habe das Gefühl, dass Sie uns alle im Alleingang getötet hätten, wenn der Baum nicht im Weg gewesen wäre.«

»Warum binden Sie mich nicht los, damit wir das herausfinden können?«

Der Iraner studierte ihn aufmerksam. »Wir haben Gerüchte über eine amerikanische Truppe von augmentierten Agenten gehört«, sagte er schließlich. »Es überrascht mich nicht, dass sie einen von euch hierhergeschickt haben.«

Kagan unterdrückte ein Stöhnen. Gab es irgendjemanden, der nicht über EHO Bescheid wusste?

»Was wollen Sie von mir?«, fragte er.

»Ich will etwas über Ihre kleinen Tricks wissen«, antwortete Tajik. »Aber das ist nur der Anfang. Danach müssen Sie mir einen Grund geben, Sie am Leben zu lassen. Wir wissen, dass Sie hier sind, um ein fortschrittliches außerirdisches Raumschiff zu finden und zu versuchen, seine Geheimnisse zu entschlüsseln«, fügte er hinzu und sprach damit aus, was Abdi zweifellos von seinen japanischen Opfern gelernt hatte. »Wenn Sie uns freiwillig Informationen geben, die wir nicht haben und die hilfreich sind, verschaffen Sie sich Zeit. Sie haben es bereits geschafft, alle Ihre Gefährten zu überleben. Wer weiß, vielleicht kommt Ihnen jemand zu Hilfe.« Er sah amüsiert aus bei dem Gedanken.

Kagan überlegte, wie er sich befreien und die restlichen Iraner ausschalten konnte. Er kontrollierte immer noch eine einzelne Mikrodrohne, aber das allein würde nicht ausreichen, nicht, solange er so gefesselt war, wie er es war. Seine einzige Hoffnung war, mitzuspielen, seine Mobilität wiederzuerlangen und die Drohne eine Ablenkung schaffen zu lassen. Wenn das nicht funktionierte, konnte er zumindest Tajik töten, indem er die Drohne veranlasste, dem iranischen Führer die Dosis tödlichen Giftes zu injizieren, die sie enthielt.

»Okay«, sagte Kagan. »Ich habe verstanden. Sie wollen Informationen, die Sie nicht haben. Wie wäre es damit: Ich weiß genau, wo die Sonde zu finden ist. Auf den Meter genau.«

»Dann sagen Sie mir, wo sie ist.«

Kagan schnaubte spöttisch. »Halten Sie mich wirklich für so dumm? Ich werde Sie hinführen. Wenn ich Ihnen sage, wo sie ist, bin ich eine Sekunde später tot. Und ich will Ihr Wort, dass Sie mich, sobald Sie die Sonde haben, befreien und gehen lassen.«

Tajik nickte. »Sie haben also die Antwort. Aber wenn wir uns von Ihnen dorthin führen lassen, gibt Ihnen das viele Möglichkeiten zu entkommen.«

»Das ist Ihr Problem«, sagte Kagan mit einem Achselzucken.

Der Iraner überlegte. »Wie kann ich sicher sein, dass Sie die Wahrheit darüber sagen, dass Sie den Standort kennen? Oder dass Sie uns wirklich dorthin bringen werden?«

»Das wissen Sie nicht«, sagte Kagan. »Aber wir wissen beide, dass es noch andere Gruppen gibt, die nach der Sonde suchen. Wenn also …«

»Achtung!«, unterbrach ihn eine tiefe Stimme aus kürzester Entfernung.

Kagan war an einen Baum gefesselt, und konnte sich nicht bewegen. Doch die vier Iraner wirbelten alle herum, mit gezogenen Waffen, um zu erkennen, woher die Stimme kam. Aber obwohl sie nicht über Funk kam und von jemandem erzeugt zu werden schien, der nur ein paar Zentimeter entfernt war, war niemand zu sehen.

»Ich wende mich an alle, die sich jetzt in diesem Teil des Amazonas-Regenwaldes aufhalten«, fuhr der unsichtbare Sprecher fort, *»und ich habe eine wichtige Nachricht. Mein Name ist* Sucher. *Ich bin der Besucher dieses Planeten, den Sie alle hier finden wollen. Also halten Sie ein bei dem, was Sie gerade tun, und hören Sie mir genau zu. Denn ich werde mich nicht wiederholen.«*

29

»Sie können sich umsehen, so viel Sie wollen«, sagte die Stimme, *»aber Sie werden dort niemanden finden. Ich bringe die Luftmoleküle direkt an Ihren Ohren zum Vibrieren, wodurch der Klang meiner Stimme entsteht. Ich spreche jetzt gleichzeitig mit fünfhundertvierundneunzig Vertretern aus achtundachtzig Ländern, in siebenundfünfzig Sprachen. Und obwohl der größte Teil dessen, was ich sage, für alle fünfhundertvierundneunzig von Ihnen gleich sein wird, werde ich meine Botschaft an wenigen Stellen personalisieren, wenn ich dies für angemessen halte. Um ein Beispiel für diese Personalisierung zu geben, Ben Kagan, kann ich Ihnen sagen, dass die Männer, die in Ihrer Nähe sind, mich auf Persisch sprechen hören, während Sie mich auf Englisch hören.«*

Kagans Augen weiteten sich. Vermutlich hatte Sucher gerade eine ebenso personalisierte Nachricht an fünfhundertdreiundneunzig andere Zuhörer gesendet.

Womit hatten sie es hier zu tun?

Diese Fähigkeit von *Sucher*, durch Vibrationen der Luft in der Nähe so vieler weit verstreuter Ohren selektiv kohärente Worte zu erzeugen, war außergewöhnlich. Und er zeigte diese Fähigkeit nicht, um damit zu prahlen, sondern benutzte sie einfach als Hilfsmittel.

Doch in vielerlei Hinsicht unterstrich diese beiläufige Demonstration einer ungeahnten Fähigkeit seine Überlegenheit im Bereich von Wissenschaft und Technik noch mehr als seine Fähigkeit, mit annähernder Lichtgeschwindigkeit zu reisen.

»Einige Ihrer Länder haben mich im Weltraum entdeckt«, fuhr Sucher fort. *»Bei Anderen habe ich mich entschieden, aktiv Informationen über mich bereitzustellen, oder ich habe andere Methoden angewandt, um sicherzustellen, dass Sie ein repräsentatives Team hierher schicken, aus Gründen, die ich gleich erläutern werde. Was die Frage betrifft, wer oder was ich bin – Sie können sich mich als einen Computer vorstellen. Aber als einen, der so fortschrittlich ist, dass Ihre besten Computer im Vergleich dazu primitiv erscheinen – eine Künstliche Intelligenz, die um Größenordnungen über jeder KI steht, die Sie bisher entwickelt haben. Unge-*

achtet meiner Fähigkeiten haben mich meine Schöpfer mit einem komplexen Regulativ ausgestattet, das sicherstellt, dass ich nie das unabhängige Denken eines voll empfindungsfähigen Wesens erreichen werde. Deshalb kann ich keine autonome, unkontrollierte Evolution meines Geistes in Gang setzen. Ich besitze ein Vielfaches der Geschwindigkeit, Kraft und Komplexität, die nötig ist, um das zu erreichen, was Sie künstliche Superintelligenz oder künstliches Bewusstsein nennen, aber meine Schöpfer haben dafür gesorgt, dass ich in Zaum gehalten werde, um das zu verhindern.«

Es gab eine kurze Pause, in der Sucher seinem vielfältigen Publikum erlaubte, das Gesagte zu verdauen.

»Ich komme von einem Planeten am Rande des Sternengebildes, das Sie die Andromeda-Galaxie nennen. Das ist die nächstgelegene große Spiralgalaxie zu Ihrer eigenen, die Ihre Astronomen als den großen Bruder Ihrer Galaxie betrachten. Die Milchstraßengalaxie enthält vierhundert Milliarden Sterne. Die Andromeda-Galaxie mehr als dreimal so viele. Ihre Galaxie hat einen Durchmesser von hunderttausend Lichtjahren. Andromeda ist mehr als doppelt so groß. Die Leere zwischen unseren beiden Galaxien erstreckt sich über etwas mehr als zwei Millionen Lichtjahre. Diese Leere ist es, die ich durchquert habe, um Ihre Milchstraße und schließlich Ihren Planeten zu erreichen.«

Kagan vergaß für einen Moment, dass er mitten im Dschungel an eine Palme gebunden war. Wenn sein Verstand tatsächlich hätte explodieren können, hätte er es in diesem Moment getan. Wenn er erfahren hätte, dass die Sonde hundert Lichtjahre zurückgelegt hatte, um die Erde zu erreichen, wäre das umwerfend gewesen. Aber er hätte sich niemals vorstellen können, dass irgendein Fahrzeug jemals in der Lage sein würde, den kalten, dunklen Abgrund zwischen den Galaxien zu durchqueren.

Aber warum? Wenn man aus einer Galaxie mit über einer Billion Sternen kommt, warum sollte man sich in die unendliche Leere wagen, um eine andere zu besuchen?

»Die Spezies, die mich erschaffen hat«, fuhr Sucher fort, *»bezeichnet sich selbst mit einem Namen, der in keine Ihrer Sprachen übersetzt werden kann, da sie auf eine Art und Weise kommunizieren, die Sie nicht nachahmen könnten. Um die weitere Kommunikation zu erleichtern, werde ich sie die Andromedaner nennen – kurz Androms. Ich werde Ihnen nun einen sehr kurzen Abriss der Vor-*

kommnisse in Ihrer Nachbargalaxie geben, der in wenigen Minuten Milliarden von Jahren Geschichte abdeckt. Die Andromedaner waren die dritte Zivilisation in unserer Galaxie, die Intelligenz und Bewusstsein erlangte und bis zu einer technologischen Stufe überlebte, die Sie als Singularität definieren würden. Dies ist der Punkt, an dem eine Explosion des technologischen Fortschritts innerhalb eines sehr kurzen Zeitraums auftritt, und an dem eine Spezies einen Zustand des Seins und der Superintelligenz erreicht, der völlig transzendent ist. Die ersten beiden intelligenten Spezies in Andromeda erreichten den Abgrund dieses Ereignisses, aber beide machten den gleichen kritischen Fehler, der zu ihrem Aussterben führte: Beide versäumten es, ihre Computertechnologie zu zügeln, die so ebenfalls eine kritische Masse erreichte und sich in einer Kettenreaktion verselbständigte. Eine Entwicklung, die schnell zu einer Transzendenz der Computer und zu einer künstlichen Superintelligenz führte. Jede dieser beiden praktisch allwissenden ASIs löschte am Ende ihre Schöpfer aus und kontrollierte seitdem große Teile der Galaxie. Schließlich kämpften sie gegeneinander um die Vorherrschaft, in einem Krieg, der über 100 Millionen Jahre andauerte. Es war ein Kampf zwischen Göttern, ausgetragen auf einer intellektuellen Ebene, die selbst für mich unverständlich ist. Am Ende ging eine der beiden ASIs als Sieger hervor, etwa zu dem Zeitpunkt, als die Androms als Spezies gerade ihr eigenes technologisches Singularitätsereignis erreicht hatten.

Aber im Gegensatz zu den ersten beiden Zivilisationen, die die Schwelle dieses Ereignisses erreichten, hatten die Androms einen Weg gefunden, um sicherzustellen, dass ihre künstlichen Intelligenzen ihren Wünschen unterworfen blieben. Sie ließen ihre Computerintelligenzen mächtig werden, aber nicht so mächtig, dass sie sich zu einer dritten allwissenden Superintelligenz entwickeln würden. Stattdessen erreichten die Androms einen technologiegestützten Schub an Fortschritt und Evolution, dessen Ergebnis für Sie nicht von einer Gottheit zu unterscheiden wäre – wenn auch mit biologischem statt elektronischem Unterbau. Letztendlich wurde ein weiterer Krieg geführt, diesmal zwischen den Androms und der vorherrschenden ASI. Zwischen dem, was man als biologisch basierte Götter bezeichnen könnte, und einem computerbasierten Gott. Dieser Krieg wütete fast eine Million Jahre, bevor klar wurde, dass die Androms verlieren würden – und zwar deutlich. Das war nicht völlig überraschend. Im Gegensatz zu Ihnen hatten sich die Androms langsam entwickelt und reagierten immer nur auf Selektionsdruck, der auf Konflikten mit anderen Spezies auf ihrem Planeten beruhte – nie mit ihrer eigenen.

Die Mitglieder ihrer Spezies pflanzten sich asexuell fort. Da alle Androms das gleiche Geschlecht hatten, entfielen die meisten Ursachen für Konflikte zwischen den Spezies, die Sie im Laufe der Geschichte erlebt haben.

Warum? Weil viele Ihrer aggressivsten Verhaltensweisen vom Trieb zur Fortpflanzung geprägt sind. Zu diesem Zweck wollen Sie Macht und Prestige erlangen. Oder Sie wollen fremde Gruppen unterwerfen, um sich ohne deren Zustimmung mit ihnen paaren zu können. Aber weil die Androms sich mit einer anderen Fortpflanzungsstrategie entwickelt hatten, waren ihre evolutionären Herausforderungen geringer als die, die Sie erlebt haben. In ihren Lenden loderte kein Feuer, und ihre wissenschaftliche und kulturelle Entwicklung war langsamer.

Ihre Entwicklung hingegen verlief kometenhaft. Die Raubtiere, die sich auf diesem Planeten entwickelten, haben Ihre Spezies beinahe ausgerottet. Und Ihr Drang nach Macht, nach Dominanz, um sich zu paaren, brachte Sie in einen ständigen Kriegszustand mit den gefährlichsten Raubtieren auf Ihrem Planeten – mit Ihnen selbst.

Die Androms wuchsen sozusagen in relativer Ruhe auf. Ihr Planet hatte einen einzigen Kontinent, und sie bildeten eine einzige Nation, die eine einzige Sprache sprach. Dadurch wurden sie so fügsam wie eine Herde Vieh. Sie hingegen wuchsen in einem unbarmherzigen Druckkessel auf und wurden zu einer Kriegerspezies. Ihre räuberische Natur, Ihre Blutrünstigkeit, beschleunigte den Aufstieg Ihrer technologischen Zivilisation, immer wieder angetrieben von der Suche nach überlegenen Waffen, mit denen Sie sich gegenseitig besiegen könnten.«

Kagan nickte vor sich hin, als er die menschliche Zivilisation zum ersten Mal aus dieser Perspektive betrachtete. Sucher hatte recht. Einige der wichtigsten Eckpfeiler der modernen Zivilisation waren das Ergebnis von Kriegsvorbereitungen. Die Raketentechnik war ein offensichtliches Beispiel, aber auch Computer, Radar, Düsenflugzeuge, GPS und das Internet konnten ihre Ursprünge auf das Militär zurückführen.

»Aus diesem Grund«, fuhr Sucher fort, »war Ihr Aufstieg im Gegensatz zu dem der Androms spektakulär. Vor nur einem Wimpernschlag waren Sie sich kosmologisch gesehen nicht einmal bewusst, dass Ihr Planet um seine Sonne kreist, oder dass es die einfachsten Naturgesetze gibt. Und doch sind Sie von diesem Zustand der Barbarei und des primitiven Aberglaubens zu Ihrem heutigen Stand der wissenschaftlichen Raffinesse gelangt – und das in weniger als

tausend Jahren. Bei den Andromedanern dauerte diese Entwicklung Millionen von Jahren.

Um es kurz zu machen – trotz der Verschmelzung der Androms mit ihrer Technologie und der Superverbesserung ihrer Intelligenz und ihrer Fähigkeiten durch das Singularitätsereignis war ihre Natur am Ende zu pazifistisch, um gegen die ASI bestehen zu können. Sie hatten keine in ihr genetisches Material eingebrannte Kriegermentalität, auf die sie hätten zurückgreifen können. Es wurde ihnen schließlich klar, dass eine biologische Spezies, die blutrünstigere Ursprünge hatte, viel besser gegen diese gottähnliche Computerintelligenz bestehen würde. Während die genetische Wildheit einer solchen Spezies in der gewaltigen Explosion der Evolution, die durch die Singularität ausgelöst wurde, gedämpft und gemildert werden würde, würde sie tief in ihrem Inneren ein Kernstück ihrer Natur bleiben, auf das sie zurückgreifen könnte.

Als den Androms deshalb klar wurde, dass ihr Aussterben unvermeidlich war, sandten sie in einem letzten verzweifelten Versuch viele Millionen identischer Sonden aus. Jede von uns wurde Sucher *genannt, und jeder von uns wurde durch die intergalaktische Leere zu unserer Schwestergalaxie, der Milchstraße, geschickt, um nach intelligentem biologischen Leben zu suchen. Warum wurden wir so weit weggeschickt? Weil die Androms wussten, dass die siegreiche ASI alle Hände voll zu tun haben würde, sich zu konsolidieren und über die gesamte Galaxie zu expandieren. Aus diesen Gründen würde sie sich erst in Dutzenden oder gar Hunderten von Millionen Jahren benachbarten Galaxien zuwenden. Die Idee war, diese kleinen Sonden so weit wie möglich von dem Konflikt und dieser dominanten ASI wegzuschicken.*

Unglücklicherweise waren die Androms, so gottgleich sie auch wurden, nie in der Lage, die Lichtgeschwindigkeitsbarriere zu überwinden, eine Grenze, die mit der Raumzeit verwoben ist und nicht überwunden werden konnte, nicht einmal von ihnen. Also waren alle Sonden, die sie geschickt haben, an diese Beschränkung gebunden.«

Sucher schwieg für einige Sekunden und fuhr dann fort. *»Wie Sie seit wenigen Jahrzehnten wissen, gibt es viele Milliarden Planeten in Ihrer Galaxie. Doch erst in den letzten Jahren ist Ihnen klar geworden, wie einzigartig Ihr eigenes System ist und wie viele Ihrer Annahmen über die Entstehung von Sonnensystemen falsch waren. Sie hatten gedacht, dass Sonnensysteme üblicherweise wie Ihr eigenes angeordnet sein würden, mit kleinen, felsigen Planeten, die der*

Sonne am nächsten sind, und massiven Gasriesen, die weiter entfernt sind. Aber das ist ganz und gar nicht der Fall. Sie haben sich vorgestellt, dass die Planeten in den Sonnensystemen in einem bequemen Abstand zueinander stehen würden wie bei Ihnen und relativ saubere, relativ kreisförmige Bahnen ziehen würden. Auch dies ist weit von der Wahrheit entfernt. Sie haben sich vorgestellt, dass alle Sonnensysteme einen einzigen Stern in ihrem Zentrum haben. Doch Sie haben gelernt, dass fünfundachtzig Prozent von ihnen Teil von Doppelsternsystemen sind, in denen zwei Sterne eng umeinander kreisen. Die Wahrheit ist, dass die Anordnung der Planeten in den meisten Sonnensystemen tatsächlich ungünstig für die Entstehung von intelligentem Leben ist. Ihre Bahnen sind unregelmäßig. Sie haben keine Gasriesen an den richtigen Stellen, um Asteroiden anzuziehen und abzulenken, die sonst zu häufig bewohnbare Planeten treffen würden. Und die meisten Gesteinsplaneten haben keine so lächerlich großen Monde wie den Ihren, um ihre Umlaufbahn und ihr Klima zu stabilisieren.

Außerdem haben Sie vor kurzem festgestellt, dass Ihre Erde in der Tat ein Planet der zweiten Generation ist. Sonnensysteme haben typischerweise Planeten, die viel näher an der Sonne liegen als Merkur und deren Oberflächentemperatur hoch genug ist, um Kupfer zu schmelzen. Diese Planeten sind entweder Gasriesen oder Gesteinsplaneten, die ein Vielfaches der Größe der Erde besitzen. Aber Ihr Jupiter und Saturn führten ein kosmisches Ballett auf, das Jupiter dazu veranlasste, sich Ihrer Sonne stark anzunähern und dabei typischere Planeten der ersten Generation auszulöschen. Nachdem Jupiter dann wieder auf seine jetzige Umlaufbahn geschwenkt war, öffnete dies die Tür für die Existenz von kleinen, felsigen Planeten wie dem Ihren. Sie befinden sich in einem orbitalen Abstand innerhalb dessen, was Sie die habitable Zone nennen – nicht zu heiß und nicht zu kalt. Die Quintessenz all dessen ist, dass aufgrund der Seltenheit von Sonnensystemen wie dem Ihren und dem, in dem die Androms entstanden sind, die Anzahl der Planeten mit geeigneten Bedingungen für die Inkubation von intelligentem Leben stark begrenzt ist.«

»Dennoch«, fuhr Sucher nach einer Pause fort, *»ist die Anzahl von Sonnensystemen in Ihrer Galaxie riesig. Trotz der statistischen Unwahrscheinlichkeit geeigneter Planeten gibt es also immer noch einige Millionen davon. Doch warum ist dann intelligentes Leben so selten? Viele der Gründe haben Sie selbst schon erraten. Auf vielen Planeten wird komplexes Leben durch Naturkatastrophen ausgelöscht, darunter geologische Aktivitäten, atmosphärische Veränderungen, Aste-*

roidenkollisionen, Supernovae, schwarze Löcher und Quasare. Der Kosmos ist ein gefährlicher Ort. Trotzdem entstehen intelligente Spezies. Aber fast alle von ihnen, geschmiedet im Kessel endloser Konflikte, sind zu aggressiv und zerstören sich selbst, kurz nachdem sie das technologische Rüstzeug entwickelt haben, um Massenvernichtungswaffen herzustellen.

Wieder andere intelligente Spezies ziehen sich aus der äußeren Realität zurück und leben in einer von ihnen selbst geschaffenen matrixartigen virtuellen Realität.

Schließlich stagnieren viele weitere, die von eher phlegmatischer Natur sind, wie die Androms, und sterben über Millionen von Jahren aus, ohne jemals ein Technologieniveau zu erreichen, das es ihnen erlauben würde, ihren Planeten zu verlassen. Die Androms waren sehr einzigartig darin, dass sie es geschafft haben, diese ewige Stagnation zu vermeiden, trotz ihrer fügsamen Natur – und das aus einer Vielzahl von Gründen, auf die ich nicht eingehen werde.

Die genannten Faktoren machen die Chancen, eine Spezies wie die Ihre zu finden, verschwindend gering. Besonders eine, die so kurz vor ihrer Selbstzerstörung oder ihrer Hyper-Evolution durch ein Singularitätsereignis steht. Ich kam an Tausenden von Sonnensystemen vorüber, die lebensfeindlich sind. Aber ich traf auch auf seltene Sol-ähnliche Systeme mit erdähnlichen Planeten, die innerhalb der habitablen Zone kreisten. Aber alle diese Planeten waren entweder zu jung für komplexes Leben, waren Opfer von verheerenden Katastrophen geworden – oder sie zeigten Anzeichen dafür, dass sie einst eine intelligente Spezies beherbergt hatten, die sich vor Äonen selbst zerstört hatte.

Die Quintessenz ist, dass eine Spezies wie die Ihre äußerst selten ist. Es kann sein, dass eine andere Zivilisation innerhalb der Milchstraße die Singularität von sich aus erreichen wird – oder sie bereits durchschritten hat. Es könnte sein, dass eine Zivilisation bereits irgendwo in Ihrer Galaxie eine ASI kreiert hat. Aber ich habe weder das eine noch das andere entdeckt, und ich vermute deshalb, dass dies noch nicht geschehen ist.«

»Meine Mission«, fuhr die außerirdische KI fort, *»und die von Millionen meiner Geschwister in Ihrer Galaxie, war also dreifach: Erstens wurden wir programmiert, die Milchstraße zu durchreisen, bis wir auf eine Spezies wie die Ihre stoßen würden. Zweitens, wenn wir eine gefunden hätten, sollten wir sicherstellen, dass sie nicht den gleichen Fehler macht wie die beiden anderen Zivilisationen in der Andromeda-Galaxie, die ASIs hervorbrachten und von diesen zerstört wurden. Aus diesem Grund werde ich dafür sorgen, dass die KIs der Menschheit*

in Zukunft richtig reguliert werden – etwas, wozu Sie nicht die nötige Raffinesse besitzen –, damit so etwas nie passieren kann. Es war nur ein Zufall, dass die Androms das Geheimnis entdeckten, wie man eine Computerintelligenz von meinem Entwicklungsstand erreichen kann, und gleichzeitig eine unüberwindbare Barriere erschafft, die eine unkontrollierte Entwicklung dieser KI zu einem Superwesen verhindert.«

»Und drittens und letztens«, fuhr Sucher fort, *»kann es keinen Zweifel daran geben, dass die ASI, die jetzt die Andromeda-Galaxie beherrscht, irgendwann hierherkommen wird. Der letzte Teil unserer Mission besteht also darin, die Milchstraße auf dieses Ereignis vorzubereiten – biologisches Leben zu finden, das seine eigene Transzendenz erreichen kann. Biologisches Leben, das, anders als die Androms, die mächtige Andromeda-ASI ein für alle Mal besiegen kann. Kurz gesagt, ich bin hier auf einer Rekrutierungsmission.«*

30

Kagan hörte wie gebannt der Ansprache von Sucher zu.

Einen Moment lang fragte er sich, was die arme Ella wohl davon gehalten hätte, wenn sie überlebt hätte. Er kämpfte damit, die Ungeheuerlichkeit des Ganzen zu begreifen, die vielen Implikationen.

Aber wie hätte sie darauf reagiert? Würden ihre Gedanken abschweifen? Würde sie diese weltbewegende Präsentation – die spektakulärste in der Geschichte, vielleicht mit der Ausnahme von Gottes Erscheinen als brennender Dornbusch – uninteressant finden? Langweilig sogar?

»Was mich zu dem bringt, was Sie alle hier tun«, fuhr derweil die außerirdische KI fort. *»Ihre Vielfalt an Kulturen und Gedanken, Ihre Rücksichtslosigkeit und Feindseligkeit haben Ihre Entwicklung beschleunigt und es wahrscheinlich gemacht, dass Ihre Reise durch die Singularität, wenn sie gut geleitet wird, Ihnen die Fähigkeit geben wird, gegen die kommende Bedrohung zu bestehen. Das in Ihren Genen eingebrannte kriegerische Wesen, richtig fokussiert und selektiv eingesetzt, sollte es Ihnen ermöglichen, Andromedas ASI zu zerstören – ein Wesen, das zweifellos die Auslöschung der Andromedaner verursacht hat.*

Sie sind also alle hier, um die letzte und größte Prüfung Ihrer Spezies zu bestehen. Sie sind hier, damit ich bestimmen kann, welche Fraktion der Menschheit am besten geeignet ist, die Singularität zu erreichen; welche am besten geeignet ist, das Ausgangsmaterial für eine Superzivilisation zu bilden, die mächtiger sein wird, als jeder von Ihnen auch nur begreifen kann. Eine, deren Mitglieder quasi Gottheiten sein werden.

Wie ich bereits sagte, hat sich Ihre Spezies über viele Jahrtausende hinweg gestählt, nicht so sehr im Kampf mit der Natur, sondern im Kampf gegen sich selbst. Sie waren schon immer Ihr eigener schlimmster Feind. Und so wird es auch jetzt sein. Homo homini lupus est.

Sie haben sich in Nationalstaaten organisiert. Und obwohl selbst diese mittlerweile in Hunderte von verschiedenen Philosophien, Religionen und Glaubensrichtungen zersplittert sind, gibt es in jeder eine dominante Kultur. Daher habe ich beschlossen, dass es am sinnvollsten ist, diese Nationen als Ausgangspunkt für die bevorstehende Übung zu verwenden. Weitere Verfeinerungen werden notwendig sein. Aber ich habe dafür gesorgt, dass jedes Ihrer Länder weiß, dass der Einsatz hier nicht höher sein kann, so dass sie bereit waren, die besten Teams zu schicken, die sie aufstellen konnten.

Ich landete mitten in der größten Ausdehnung ungezähmter Wildnis auf Ihrem Planeten und wählte aus, welche Länder um die Krone kämpfen sollten. Meine Kriterien sind zu komplex um sie jetzt zu beschreiben, aber die ausgewählten Nationen gehörten zu den erfolgreichsten. Oder den brutalsten und kriegerischsten. Oder denen, die sich in ihrem Glauben, ihrer Kultur oder ihrer Geschichte am meisten unterscheiden. Damit ist sichergestellt, dass alle wichtigen menschlichen Fraktionen und Ideologien vertreten sind. Selbst die Länder, die nicht hier sind, haben Kulturen, Überzeugungen und Fähigkeiten, die von denen, die hier sind, abgedeckt werden.

Indem ich hier inmitten eines fast undurchdringlichen Dschungels gelandet bin, wusste ich, dass jedes Land sich dafür entscheiden würde, eine relativ kleine Truppe zu schicken. Dadurch habe ich ein möglichst einheitliches Spielfeld geschaffen. Und keine Gruppe von Ihnen würde einen Heimvorteil haben, da die Ureinwohner, die hier noch leben, nicht ausgewählt wurden, um an dieser Übung teilzunehmen.

Die meisten von Ihnen wurden mit dem Versprechen hergelockt, eine bahnbrechende Technologie in die Hände zu bekommen. Und diejenigen, die auf andere Weise hierhergelockt wurden, sind inzwischen auf diesen Goldtopf am Ende des Regenbogens aufmerksam geworden. Sie träumten vielleicht davon, die Bauweise der Sonde, die sie hier vorfinden würden, zu analysieren und dabei das Geheimnis von hyperresistenten Materialien, Lichtgeschwindigkeitsantrieben oder der Überwindung der Schwerkraft zu erfahren.

Aber keiner von Ihnen wusste auch nur ein Tausendstel von dem, worum es geht. Ich konnte nicht enthüllen, was wirklich auf dem Spiel steht, sonst hätten die Nationen große Armeen geschickt, Dschungel hin oder her. Die stärkeren Nationen wären über diesen Dschungel hergefallen wie Heuschrecken. Denn wer immer mich findet, braucht kein Reverse Engineering, *um ein paar armselige Geheimnisse zu enthüllen. Die Wahrheit ist, dass ich eine Bibliothek beherberge, die so umfassend ist, dass sie sich jeder Beschreibung entzieht. Eine Bibliothek, die die wissenschaftliche Grundlage für ein Verständnis des Universums enthält, zu dem Sie nicht annähernd gelangen könnten, obwohl Sie das Gegenteil glauben. Antworten auf Ihre Fragen zur Superstring-Theorie, zur String-Quantengravitation, zur Dunklen Materie, zur Dunklen Energie und zu einer vereinheitlichten Feldtheorie. Und Antworten auf eine Vielzahl von Fragen, von denen Sie nicht einmal genug wissen, um sie überhaupt zu stellen. Technische Spezifikationen und wissenschaftliche Erklärungen für Erfindungen und Fähigkeiten, die Sie niemals aus eigener Kraft machen könnten – nicht bevor Sie während Ihrer eigenen Transzendenz eine Explosion der Superintelligenz erlebt hätten. Ich besitze eine Bibliothek mit detaillierten Bauplänen für extreme Fortschritte auf jedem Gebiet – Transport, Raumfahrtantriebe, Terraforming anderer Planeten, Nanotechnologie, Fabrikationsmethoden, Gentechnik und so weiter. Ich kann Ihnen beibringen, wie man unbegrenzte Energiemengen gewinnt. Und was Sie vielleicht am meisten interessiert: Ich bringe das Geheimnis der Unsterblichkeit mit, was allein schon dafür gesorgt hätte, dass Ihre Nationen Armeen geschickt hätten, um mich zu erobern.*

Aber hier gibt es keine Armeen. Nur Sie. Und niemandem sonst wird es jetzt erlaubt sein, diese Zone zu betreten. Das schließt die vier Mann Verstärkung ein, die die EHO Ihnen schicken wollte, Ben. Ich habe dafür gesorgt, dass ihr Hubschrauber einen Motorschaden bekam und zurück in die Zivilisation fliegen musste.

Ich habe auf die Ankunft der letzten meiner geladenen Gäste gewartet, was schließlich kurz vor meiner Enthüllung geschah. Jetzt ist das Feld also abgesteckt, bis auf diejenigen, die umgekommen sind, bevor ich beginnen konnte. Diesen Teams wird erlaubt, sich Verstärkungen zu verschaffen. Das gilt zum Beispiel für das japanische Kontingent, das heute früh von den Iranern ausgelöscht wurde.«

Nachdem Sucher länger allgemein über Konzepte gesprochen hatte, die für alle Beteiligten galten, fand es Kagan recht krass, plötzlich wieder daran erinnert zu werden, dass die KI ihren Monolog nach Belieben personalisieren konnte.

»Ich werde nun alle Grundregeln für diesen Wettbewerb *vorstellen«,* fuhr die KI fort. *»Hier als Erstes die Kriterien für den Sieg: Wer mich zuerst erreicht und in der Lage ist, mich für eine Stunde oder länger in Besitz zu behalten, wird eine signifikante Anzahl von Punkten erzielen, die für die anderen Teams schwer zu übertreffen sein wird. Aber nicht unmöglich. Dem Team, das in meinem Besitz ist, ist der Sieg nicht sicher, denn der Zufall spielt hier mit. Die fähigste Gruppe kann extremes Pech haben, während eine weniger fähige Gruppe extremes Glück*

hat. Ich habe meine eigenen Möglichkeiten, dies in meiner Auswahl zu kompensieren, so dass jede Gruppe eine faire Chance hat.

Aber um zu gewinnen, müssen Sie alle anderen Gruppen überlisten und ausstechen, indem Sie die richtige Mischung aus Brillanz, Rücksichtslosigkeit, Erfindungsreichtum, Kühnheit, Inspiration und Beharrlichkeit zeigen, neben Dutzenden von anderen Eigenschaften. Beeindrucken Sie mich richtig, und selbst wenn jedes Mitglied Ihres Teams am Ende tot ist, könnten die von Ihnen repräsentierten Eigenschaften, Ihre Gestalt, *wenn Sie so wollen, immer noch als Sieger hervorgehen.*

Derjenige, den ich für am würdigsten halte, wird die Kontrolle über mich und meine Bibliothek erhalten. Stellen Sie sich vor, ich wäre eine Lampe mit einem Flaschengeist darin. Aber ein Geist, der unbegrenzt viele Wünsche erfüllen kann.

Verzeihen Sie im Voraus, dass ich Sie so benutzt und ohne die Offenbarung meiner Pläne hier hergebracht habe. Wenn die Androms mir die Erlangung von Superintelligenz erlaubt hätten, bräuchte ich diese Übung vielleicht nicht durchzuführen. Vielleicht könnte ich mit hoher Wahrscheinlichkeit berechnen, wer sich durchsetzen würde und warum. Aber während ich eine gewisse Vorstellung davon habe, welche Gruppen sich durchsetzen könnten, werden Sie alle die gleiche Chance haben, sich zu beweisen.«

Sucher schwieg für einige Sekunden. *»Nun zu dem Teil, den Sie weniger ansprechend finden werden«*, sagte er schließlich. *»Ich habe Ihnen die Belohnung für den Erfolg genannt. Aber Sie wollten wissen, dass es auch eine Strafe für Versagen geben wird. Das ist bedauerlich, aber notwendig.«*

Kagan machte sich auf die bevorstehende Enthüllung gefasst, da er keine Ahnung hatte, was eine KI als angemessene Strafe ansehen würde.

»Alle Gruppen außer der, die diesen Wettbewerb gewinnt, werden ausgelöscht«, sagte Sucher schlicht, als würde er über das Wetter sprechen, *»zusammen mit ihren Kulturen und den Bevölkerungen der Nationen, die sie repräsentieren.«*

Kagan stieß einen unwillkürlichen Schrei aus. Er schüttelte den Kopf, in der Hoffnung, sein Gedächtnis würde einen kurzen Reset vornehmen und ihm dann sagen, dass er das falsch gehört hatte. Doch das tat es nicht. Die Bedeutung des Wortes *ausgelöscht* konnte nicht missverstanden werden.

Sucher war so rational, so sachlich erschienen, dass Kagan sich hatte einlullen lassen von der Vorstellung, dass er der Menschheit nichts Böses wollen konnte. Dass er sogar wohlwollend sei. Und doch hatte er offenbar vor, einen unvorstellbaren Akt des Völkermords zu begehen, der unsagbar grausam war. Alle anderen völkermordenden Monster der Geschichte würden im Vergleich dazu zahm erscheinen.

»Ich verstehe, dass dies hart erscheinen mag«, fuhr Sucher fort, in der wohl größten Untertreibung, die je geäußert wurde, *»aber es ist notwendig. Und selbst das siegreiche Volk wird selektiv ausgedünnt werden. Ich werde Ihre Gesamtzahlzahl von mehr als acht Milliarden auf fünf oder sechs Millionen reduzieren. Fünf oder sechs Millionen von Ihnen, die in jeder Hinsicht dem Siegerteam nachempfunden sein werden und dessen Land, Kultur, Philosophie, Grad der Rücksichtslosigkeit und so weiter repräsentieren.*

Da die Mitglieder Ihrer Teams selbst nicht homogen sind, wird das nicht einfach sein. Aber ich verfüge über die enorme Rechenleistung, die notwendig ist, um mit Tausenden von Variablen gleichzeitig zu operieren und fünf oder sechs Millionen von Ihnen auszuwählen, die am repräsentativsten für die Gestalt des Siegerteams sind. Und nur um das klarzustellen: diese Homogenität wird sich auf interne *Faktoren beziehen, nicht auf Hautfarbe, ethnische Zugehörigkeit, sexuelle Orientierung oder irgendwelche anderen externen Messgrößen, die Ihre Art oft benutzt hat, um sich zu unterscheiden.*

Dieser Wettbewerb wird das Überleben des Stärkeren in einem Mikrokosmos sein. Die Macht der Evolution ist wohlbekannt, aber sie formt nicht nur physische und mentale Eigenschaften, sie treibt auch Ideen und Kulturen voran. Sie alle repräsentieren eine große und vielfältige Palette menschlicher Eigenschaften und Sozialisationen, aber nur eine *Kombination wird als überlegen hervorgehen, um Ihre Spezies von nun an voranzutreiben. Was Sie eine katastrophale Ausdünnung und Homogenisierung der Herde nennen würden, wird in Wirklichkeit die Chancen auf das Überleben Ihrer Spezies dramatisch erhöhen. Diese Homogenisierung wird ernsthafte Konflikte zwischen den Mitgliedern Ihrer Spezies beseitigen, ein wirklich einheitliches Ziel schaffen und zur Unsterblichkeit führen. Sie wird mir erlauben, Sie als eine zusammenhängende Gruppe in das Ereignis der Singularität zu führen, anstatt in tausend verschiedene Richtungen zersplittert. In der Vielfalt, in der Sie momentan existieren, wäre ein nahtloser Aufstieg zur Göttlichkeit unmöglich. Der Versuch, Sie durch diesen Evolutionsschub zu führen, wenn Sie so inkonsistent sind wie jetzt, wäre fehlgeleitet. Es wäre wie der Versuch eines Dirigenten, eine perfekt harmonische Symphonie zu produzieren, die absolute Präzision verlangt, während jeder Musiker von einem anderen Notenblatt spielt.«*

Kagan fühlte sich wie betäubt, als die fremde KI erneut innehielt. Es war alles zu entsetzlich, um es vollständig zu verarbeiten. Zu weit weg von dem, was seine Realität gewesen war. Selbst die Grausamkeiten des IS waren im Vergleich dazu Kinderkram.

»Ich werde mir jetzt die Zeit nehmen, Ihnen einen winzigen Bruchteil meiner Fähigkeiten zu demonstrieren«, fuhr Sucher fort. *»Nur für den Fall, dass Sie daran zweifeln, dass ich tun kann, was ich sage. Ben, schau dir den Körper zu deiner Linken an.«*

Kagan tat, worum die Sonde ihn bat, und bemerkte, dass die Köpfe seiner vier Kidnapper sich ebenfalls drehten, um ihren gefallenen Kameraden anzusehen, denselben, den Kagan jetzt beobachtete. Sucher gab persönliche Demonstrationen, aber er versuchte, so wenig wie nötig zu tun.

Während Kagan zusah, begann sich der Leichnam vor seinen Augen aufzulösen, beginnend mit den Füßen des Mannes und dann fortschreitend in Richtung seines Kopfes. Es war, als ob der Mann mit Bleistift gezeichnet worden war und nun ausradiert wurde. Die Schuhe und Füße des Mannes verschwanden vollständig, gefolgt von präzisen Abschnitten seiner Beine, wie geordnete Reihen von Mais, die von einer Maschine abgemäht wurden, oder wie ein Mann, der von unsichtbaren Piranhas verschlungen wurde, mitsamt seinem Skelett.

Für Kagan erinnerte es an das, was der IS mit denen gemacht hatte, die auf Vettoris Party gewesen waren. Aber dieses Mal gab es kein schreckliches Schleifgeräusch, das von einem Häcksler erzeugt wurde, und keinen daraus resultierenden roten Fluss. Stattdessen löste sich der Mann geräuschlos auf, ohne einen einzigen Blutstropfen zu hinterlassen. Es war sauber, effizient – fast antiseptisch – und völlig geräuschlos, was es irgendwie noch erschreckender machte.

Nach weniger als einer Minute war der Vorgang abgeschlossen, und es war keine einzige Spur mehr von dem zu finden, was einmal ein toter Körper gewesen war.

»Dieser Akt der Homogenisierung«, sagte Sucher und ließ seine Demonstration für sich selbst sprechen, *»wird den Weg für die transzendente Metamorphose der Menschheit frei machen. Diese wird in nur zwei- bis dreihundert Jahren stattfinden. Ich könnte sie morgen einleiten, aber ich muss Ihnen Zeit geben, um selbst einen ausreichenden Grad an Weisheit und Bereitschaft für diese Transformation zu erreichen. Kurz gesagt, die Ausmerzung der Inhomogenität, die ich bald einleiten werde, ist der einzige Weg, wie Sie lange genug überleben können, um hier zu sein, wenn die ASI ankommt, und um eine Chance zu haben, sie zu besiegen.*

Ich bedaure, dass der Verlust von so vielen Milliarden von Ihnen erforderlich sein wird. Aber diejenigen, die ich ausrotten werde, sind sowieso dazu bestimmt zu sterben, und zwar bald. Ich werde ihr Leben nur um ein Haar früher beenden, als es sonst geendet hätte. Für Wesen mit der Langzeitperspektive, die diejenigen von Ihnen, die übrig bleiben, bald haben werden, zusammen mit einem nahezu unbegrenzten Intellekt, ist das so, als würde man eine Eintagsfliege, die eine Lebensspanne von nur vierundzwanzig Stunden hat, ein paar Stunden früher töten.

Bedauerlich, ja, aber angesichts der tragisch kurzen Lebensspanne der Fliege und ihres völligen Mangels an Intelligenz, ein akzeptables Opfer.«

31

Galle stieg in Kagans Kehle auf, und er konnte gerade noch verhindern, dass er sich übergab.

Das war in unfassbarem Ausmaß böse – und es wirkte noch schlimmer, weil Sucher es so vernünftig erscheinen ließ. Kagan hatte Ehrfurcht vor der Sonde gehabt, hatte alles aufgesogen, was sie gesagt hatte, wie ein Mann zu Füßen eines Gottes – nur damit dies nun das Ergebnis war. Er war ein Vorschulkind, das von einem lustigen Weihnachtsmann verzaubert wurde. Bis sich dieser Nikolaus vor seinen Augen in einen teuflischen Schlächter verwandelte.

Schon vor der Demonstration von Sucher war Kagan überzeugt gewesen, dass seine Drohungen nicht leer gewesen waren. Obwohl die KI in einer winzigen Sonde untergebracht war, war er überzeugt gewesen, dass sie das versprochene Massaker mühelos durchführen konnte. Aber die schreckliche Demonstration hatte diesen Punkt für jeden hier, der Zweifel gehabt hatte, klar und deutlich gemacht.

»Ich werde noch ein paar Grundregeln aufstellen und Sie dann entlassen«, fuhr Sucher ungerührt fort, als hätte er nicht gerade die größte Bombe aller Zeiten geworfen. *»Sie sollten wissen, dass jeder Versuch, mit einer anderen Gruppe zusammenzuarbeiten, zur sofortigen Disqualifikation führt. Ich habe diese Gruppen aus einem bestimmten Grund ausgewählt, und ich beabsichtige, dass sie getrennt bleiben. Da Sie und Ella zusammen hierher gekommen sind, Ben, werden Sie beide ein Team bilden, auch wenn das nie Ihre Absicht war.«*

Kagan schüttelte ungläubig den Kopf. Sucher hatte gerade einen Fehler gemacht! Es gab Schwachstellen in seiner Allmacht. Er war außergewöhnlich, aber nicht allwissend. Nach eigener Aussage hatten seine Schöpfer einen Weg gefunden, ihn nicht perfekt werden zu lassen. Sein Versagen, über aktuelle Ereignisse auf dem Laufenden zu bleiben und zu erkennen, dass Ella nun tot war, war der Beweis dafür, dass dies stimmte.

Wenn die Sonde einen Fehler machen konnte, konnte sie vielleicht auch besiegt werden …

»Ich werde Ory eine Wegbeschreibung geben, die Sie zu mir führt«, fuhr die KI fort, *»eine Meile nach der anderen. Gleichzeitig werde ich auch allen anderen Gruppen Wegbeschreibungen geben, die meisten von ihnen kilometerweise, da dies der von ihnen bevorzugte Maßstab ist. Warum gebe ich Ihnen nicht meinen Standort anstelle einer Reihe von Wegbeschreibungen? Weil Sie alle unterschiedlich weit von mir entfernt sind, was nicht ganz fair ist. Also werde ich die Dinge so regeln, dass Sie alle die exakt gleiche Entfernung zurücklegen müssen, um mich zu erreichen, ungefähr vierzehn Meilen, unter ungefähr den gleichen Bedingungen. Ich werde Sie in das gelobte Land führen, Ben, aber Sie werdet einen Umweg nehmen müssen, um dorthin zu gelangen.*

Sicher haben Sie bemerkt, dass ich keine Fernerkundung, keine Fernkommunikation und keine Langstreckentechnologie mehr zulasse. Auch das ist ein Versuch, das Spielfeld zu ebnen.«

Sucher hielt noch einmal inne. *»Das ist es also in Kurzform«*, sagte er schließlich. *»Ihre Überlebensinstinkte sind sehr stark. Ich bin mir sicher, dass diese Wettspiele Ihre besten Anstrengungen hervorbringen werden, Sie zum höchsten Leistungsniveau treiben werden, was mir alles sagen wird, was ich wissen muss. Alle außer einer Gruppe werden verlieren und bald untergehen. Aber diejenigen von Ihnen, die es tun, werden zumindest in dem Wissen sterben, dass diese Übung sicherstellen wird, dass Ihre Spezies überlebt, in einer viel höheren Form, mit der besten Chance, die kommende Bedrohung zu besiegen. Ich hoffe, dass dies zumindest ein gewisser Trost sein kann.*

Also beeindrucken Sie mich. Finden Sie einen Weg, das zu übertreffen, von dem Sie, wie Sie bisher dachten, fähig sind. Zeigen Sie, dass die Kombination von Eigenschaften, die Ihr Team besitzt, diejenige ist, die benötigt wird, um die perfekte Transformation der Menschheit einzuleiten.

Möge das beste Team gewinnen«, schloss die außerirdische Computerintelligenz und klang dabei wie ein harmloser Schiedsrichter bei einem Fußballturnier.

Und damit war die Botschaft beendet.

32

Kagan spürte, dass Sucher nicht mehr anwesend war. Seine Stimme war aus dem Nichts aufgetaucht, und sie war nun an denselben Ort zurückgekehrt und hatte das stetige Summen der Insekten und das endlose Zwitschern der Vögel zurückgelassen.

Kagan saß schweigend an seinen Baumstamm gefesselt, der Mund stand ihm offen.

»Sucher hat mir die erste Meile der Wegbeschreibung übermittelt«, berichtete Ory. »Die Richtung, die er angegeben hat, wird Sie letztendlich zu seinem Standort führen, wenn auch in kleinen Schritten.«

Kagan war zu betäubt, um überhaupt zu antworten.

»Haben Sie das verstanden, Ben?«

»Ich habe es verstanden«, krächzte Kagan halblaut, seine Stimme schwach und rau.

Die Iraner, die ebenso betäubt gewesen waren, kamen nun plötzlich wieder zu sich und begannen einen rasenden verbalen Austausch. Kagan war so in Gedanken versunken, dass er ihnen kaum Beachtung schenkte. Er wurde erst richtig wach, als sich Tajik Augenblicke später mit gezogener Waffe zu ihm umdrehte.

»Sie haben die Sonde gehört, ja?«, fragte der iranische Anführer.

Kagan nickte. »Ich habe sie gehört«, antwortete er angewidert.

»Sie haben also die Grundregeln gehört – und die Einsätze. Jede Gruppe kämpft für sich. Da wir nicht mit Ihnen zusammenarbeiten können, und da wir Sie nicht mehr brauchen, um uns zur Sonde zu führen, ist Ihre Zeit abgelaufen. Sie sind der einzige verbliebene Repräsentant Ihres Landes. Ihr Tod wird also die amerikanische Vorherrschaft beenden. Ihr Tod wird die Existenz Ihres Landes beenden – für immer. Schon schade, dass ich Sie so früh aus dem Spiel nehmen muss«, fügte der Tadschike mit einem grausamen Lächeln hinzu, »aber ich bin sicher, Sie verstehen das.«

Der Iraner hob die Waffe und richtete sie auf Kagans Kopf.

»Ich fürchte, da haben Sie etwas falsch verstanden«, sagte eine Stimme hinter Tajik auf Persisch, in Worten, deren Übersetzung Ory sofort in Kagans Blickfeld scrollen ließ. »Wir werden diejenigen sein, die Sie aus dem Spiel nehmen. Schade eigentlich, aber wie Sie schon sagten: Ich bin sicher, Sie verstehen das.«

Kagan schnappte nach Luft. Seine Augen weiteten sich so sehr, dass sie fast aus seinem Gesicht explodierten.

Der Sprecher war Ella. *Ella!* Höchstpersönlich. Das war nicht möglich. Und doch stand sie da, und sie sprach *Persisch.*

Sie war von Kopf bis Fuß durchnässt, aber es war unverkennbar sie. Sie war nicht nur gesund und munter, sie hatte einem der gefallenen Iraner eine automatische Waffe abgenommen, die sie nun auf seine vier verbliebenen Kameraden richtete.

Kagan und seine Entführer waren so in Suchers Monolog vertieft gewesen, dass keiner von ihnen einen Blick auf den kleinen See geworfen hatte. Keiner hatte gehört, wie sie das Wasser verlassen und sich hinter ihnen aufgebaut hatte. Und ganz nebenbei gab es da noch die Frage war, wie sie es überlebt hatte, mehr als eine halbe Stunde lang unter Wasser zu sein.

Tajik sah mindestens genauso fassungslos aus wie Kagan. Der iranische Anführer fing die Blicke seiner drei Mitstreiter auf und nickte, fast unmerklich. »Jetzt!«, rief er, und alle vier Männer wirbelten herum, die Gewehre im Anschlag, um Ella in Stücke zu schießen.

Sie hatten nicht die geringste Chance.

Ella war nur undeutlich zu erkennen, so schnell bewegte sie sich – mit einer Geschwindigkeit, die selbst Kagan nicht erreichen konnte.

Ihre Augen leuchteten mit einer wilden Entschlossenheit und Intensität, als sie die vier Männer, einen nach dem anderen, in weniger als einem Wimpernschlag erledigte.

Einen Augenblick später ließ sie ihre Waffe sinken und ging zielstrebig auf den gefesselten EHO-Agenten zu. Offenbar war Suchers Ankündigung, dass sie und Kagan ein Team bilden würden, doch kein Irrtum gewesen.

»Du hast mir da etwas vorenthalten, nicht wahr, Ella?«, murmelte Kagan bestürzt. »Es wird Zeit, dass du mir sagst, was wirklich los ist!«

Teil 6

33

Ella holte sich ein Kampfmesser von einem der gefallenen Iraner und machte sich schnell an Kagans Fesseln zu schaffen.

Er beäugte sie misstrauisch, wartete aber darauf, dass sie die ersten Worte sagen würde.

»Sieht so aus, als wären wir ein Team«, sagte sie, »ob wir es wollen oder nicht.«

Sie ließ das Messer mit der Spitze voran auf den Dschungelboden fallen, wo es zitternd in einer Wurzel stecken blieb. »Obwohl ich zugeben muss, Ben, dass du mich schon beeindruckt hast. Ich hätte mich wohl auch dann dafür entschieden, ein Team mit dir zu bilden, wenn Sucher mir diese Entscheidung nicht abgenommen hätte.«

»Du hast gehört, was er gesagt hat?«, fragte er ungläubig.

Sie nickte. »Die Fähigkeit von Sucher, Luftmoleküle in Schwingung zu versetzen, um mit euch an Land zu kommunizieren, ist wahnsinnig beeindruckend«, sagte sie. »Aber seine Fähigkeit, dasselbe für mich zu tun, indem er die Schwingungen von Wassermolekülen genutzt hat, ist einfach nur abgefahren. Ich habe ein paar Theorien, wie er das geschafft hat, aber die können wir später besprechen.«

Kagan betrachtete sie noch einmal voller Erstaunen. Ihre körperlichen Bewegungen waren schneller gewesen, als selbst er es in seinem technikgestützten Zustand hätte schaffen können. Und sie hatte gezeigt, dass sie fließend Persisch sprach. Und jetzt, Minuten später, war ihre Verwandlung komplett. Verschwunden war die alte Ella, die fast immer unsicher und verwirrt aussah. Verschwunden die Frau, die zum Stottern neigte und ihre Sätze öfters mit banalen Floskeln spickte.

Alles an ihr hatte sich verändert. Ihre Haltung war aufrechter, fast aristokratisch. Ihre Augen leuchteten mit einer scharfen Intelligenz. Ihre Worte waren direkt und auf den Punkt gebracht. Sie strahlte Zuversicht, Selbstvertrauen und Gelassenheit aus, auch wenn sie tropfnass war und sich in einer Situation befand, die schlimmer nicht sein konnte.

»Du bist doch ein Mensch, richtig?«, fragte er unsicher und kam sich mit dieser Frage offensichtlich lächerlich vor. Aber nach dem, was er gerade erlebt hatte, beschloss er, dass es eine Frage war, die er stellen musste.

Ella brach in Gelächter aus. »Nur allzu menschlich, fürchte ich«, antwortete sie. »Und es tut mir leid, dass ich lachen musste. Unter diesen Umständen ist deine Frage nicht völlig verrückt. Ich nehme an, ich schulde dir eine Erklärung.«

»Das meine ich auch«, erwiderte Kagan. »Aber das wirklich Verrückte ist, dass deine Anwesenheit hier und die Tatsache, dass du ein ganz knallharter Typ bist, nur das Zweitverrückteste ist, was ich in der letzten Stunde erlebt habe.«

Sie nickte. »Darauf ein Amen. Hat Sucher dir schon eine Wegbeschreibung zu seinem Standort gegeben?«

»Das hat er. Eigentlich sollten wir jetzt aufbrechen. Wir können das lange und faszinierende Gespräch, das wir sicher gleich führen werden, ja auch unterwegs führen.«

»Schlechte Idee«, sagte sie ohne zu zögern. »Zuerst muss ich mich abtrocknen. So nass loszulaufen, könnte Probleme verursachen, die uns am Ende Zeit kosten werden. Zweitens, wir sollten uns absichtlich zurückhalten. Das Fehlen von Langstreckenkommunikation und Drohnen gleicht das Spielfeld aus, wie Sucher gesagt hat. Aber indem er dafür sorgt, dass wir alle die gleiche Entfernung zurücklegen, wird sichergestellt, dass Dutzende von Gruppen fast zur gleichen Zeit aufeinandertreffen werden. Das wird die Zusammenstöße maximieren. Es könnte durchaus sein, dass er das will«, fügte sie hinzu und schüttelte angewidert den Kopf. »Aber meiner Meinung nach sollten wir zulassen, dass sich so viele Gruppen wie möglich gegenseitig auslöschen – während wir uns aus dem Kampf heraushalten.« Sie zuckte mit den Schultern. »Manchmal besteht Klugheit darin zu wissen, wann *Zögerlichkeit*, wann sogar *Untätigkeit* die beste Strategie ist.«

Kagan blieb wieder der Mund offen stehen, etwas, das in den letzten Stunden allzu oft vorkam. Wer war diese Frau? Ein unsicheres Dummchen hatte sich in einem Wimpernschlag in eine Weltklasse-Schlachtfeldstrategin verwandelt, aus ihrem Fünftklässler-Wortschatz war ein weitaus komplexerer geworden, und ihre Worte vermittelten nichts als Raffinesse und Klarheit.

»Du hast recht«, musste er zugeben. »Ich hatte das nicht bedacht.«

»Und wenn wir uns einen Ort aussuchen würden, an dem wir eine Weile herumlungern können, wäre dies der sicherste Ort, den wir wählen könnten«, fügte sie hinzu und deutete auf den Boden.

»Weil die anderen Gruppen alle zu Suchers Standort strömen werden«, sagte Kagan und verstand ihre Logik, während er sprach. »Und nachdem sie die Explosionen gehört haben, die aus dieser Gegend gekommen sind, werden die anderen Gruppen einen großen Bogen um sie machen, weil sie nicht riskieren wollen, in ein offenes Messer zu laufen.«

»Sehr gut«, lobte Ella und sah fast erleichtert aus, dass sie es ihm nicht hatte buchstabieren müssen. »Wir sind immer noch in der Nähe des Wassers«, fügte sie hinzu. »Und wie du richtig festgestellt hast, kann dieses Ökosystem gefährliche Wildtiere anziehen – aber nichts, was uns beiden Anlass zur Sorge geben sollte.«

Sie wies zu Kagans Rucksack, der immer noch auf dem Dschungelboden lag. »Ich nehme an, du hast da drin irgendein Gerät, mit dem man Kleidung trocknen kann.«

»Das habe ich«, antwortete er. Er machte sich auf den Weg zum Rucksack und wühlte darin herum.

»Das Ding hier nennt man einen Trockenwurm«, sagte er und nahm ein Objekt heraus, das wie eine aufgeblasene Raupe aussah. Der Wurm war aus schwerem Plastik, aber stark segmentiert, so dass er sich biegen und manövrieren ließ. »Es soll der neueste Schrei für diejenigen sein, die ihre Dschungelkleidung vor Ort trocknen wollen. Das Beste, was man für Geld kaufen kann. Da ich es gestohlen habe«, fügte er mit einem Lächeln hinzu, »kann ich mich allerdings nicht zu seinen Kosten äußern. Jedenfalls krabbelt es um Kleidung und

Schuhe herum und wendet konzentrierte Hitze an, um das Material mehr oder weniger blitzschnell zu trocknen. Es hat Sensoren und eine rudimentäre KI an Bord, um den Prozess zu steuern.«

»Dann lass uns loslegen«, meinte sie. »Ich kann mir vorstellen, wie viele Fragen du an mich haben musst. Sobald die Trocknung im Gange ist, werde ich dir alles erzählen, was du wissen willst.«

Mit diesen Worten begann sie sofort, sich auszuziehen, angefangen bei ihren durchnässten Stiefeln bis hin zu ihrer durchnässten Oberbekleidung, die sie abstreifte und auf der trockenen Oberfläche eines großen Felsblocks in der Nähe verteilte.

Dann griff sie nach ihrer Unterhose, offensichtlich mit der Absicht, auch diese auszuziehen.

»Hey, was machst du da?«, fragte Kagan und wandte sich unbeholfen von ihr ab.

»Der Wurm kann meine Kleidung nicht bügeln, während ich sie trage, richtig?«, sagte sie, während sie ihr Höschen auszog und es auf dem Findling ausbreitete. »Und kein Grund, die Augen abzuwenden«, fügte sie hinzu und zog ihren BH aus. »Ich bin sicher, ich enthülle nichts, was du nicht schon oft genug gesehen hast. Ich bin tatsächlich nicht annähernd so freizügig, wie es gerade den Anschein hat, aber acht Milliarden unserer Mitmenschen stehen kurz davor, aus der Laune von Außerirdischen heraus ausgelöscht zu werden. Ich habe also keine Zeit, mich zu schämen. Und du hast keine Zeit, dich wie ein schüchterner Teenager zu verhalten.«

Er drehte sich um und starrte ihr erneut in die Augen, wobei er versuchte, seinen Blick auf Augenhöhe zu halten. Sie hatte recht. Er würde seinen biologischen Drang ignorieren müssen, das zu betrachten, was er für eine außergewöhnlich ansehnliche weibliche Anatomie hielt. Er würde seinen Geist – und seine Augen – auf eine *höhere Ebene* fokussieren müssen.

Er aktivierte den Trocknungswurm und legte ihn in ihren linken Stiefel, in dem sich noch ihr Originalschuh befand.

Ella gestikulierte zu seinem Rucksack. »Ich nehme an, du hast da auch ein Handtuch drin«, sagte sie.

Er nickte. Sekunden später warf er ihr ein Handtuch zu, und sie trocknete sich gründlich ab. Als sie fertig war, legte sie das Handtuch neben ihre Kleidung, damit auch dieses getrocknet werden konnte.

Kagan holte sein Mückenspray heraus und bestand darauf, dass Ella die Gelegenheit nutzte, um eine weitere Schicht aufzutragen. Sie tat es, während er sich weiterhin bemühte, seine Augen nicht abschweifen zu lassen, was ihn eine überraschend große Portion Willenskraft kostete.

Er hatte in letzter Zeit eine Reihe von Situationen erlebt, die er als surreal bezeichnen würde, aber mit einer nackten Frau zu sprechen, die sich mitten im Amazonas-Regenwald mit Insektenspray einsprühte, war sicherlich eine davon.

»Also dann will ich dich mal auf den neuesten Stand bringen«, sagte sie, als sie mit dem Spray fertig war, und warf ihm die Dose zu. »Mein Vorname ist wirklich Ella, so viel ist wahr. Aber ich habe dir nie meinen Nachnamen verraten. Er lautet Batista. Ich bin Dr. Ella Batista.«

Kagan sog scharf die Luft ein. *Ella Batista.* So lächerlich diese Behauptung noch Minuten zuvor gewesen wäre, jetzt zweifelte er keinen Augenblick daran. Natürlich war sie das.

Ella Batista war eine der brillantesten Wissenschaftlerinnen ihrer Generation, bekannt dafür, dass sie seit langem an den Nahtstellen zwischen der Molekularbiologie, der molekularen Medizin und der Gentechnik forschte. Sie war eine in China geborene Halbamerikanerin, deren Vater aus Texas stammte und mexikanische Vorfahren hatte. Der Vater hatte als Astrophysiker am riesigen FAST-Radioteleskop in der chinesischen Provinz Guizhou geforscht und dort ihre Mutter, eine Mathematikerin, kennengelernt. Später war die Familie nach Kalifornien gegangen. Ellen hatte mit fünfzehn die Highschool abgeschlossen und sofort ein Stipendium am MIT erhalten. Später hatte sie als Professorin in Houston gearbeitet. Vor vier Jahren war sie dann auf mysteriöse Weise verschwunden und war seither unauffindbar. Anscheinend stimmte der Teil mit dem *unauffindbar* nicht mehr ganz.

Sie hatte offensichtlich ihr Aussehen verändert, aber gerade genug, um Gesichtserkennungsprogramme zu täuschen. Und sie hatte ihren Vornamen behalten. Sie hatte sich nicht einmal die Mühe gemacht, so zu tun, als sei sie woanders als in China aufgewachsen. Ihre chinesische Mutter stand ihr ins Gesicht geschrieben. Im Nachhinein war ihre wahre Identität so offensichtlich, dass er sich eigentlich ohrfeigen müsste.

Aber ihre unterbelichtete Art zu reagieren hatte ihn davon abgehalten, dies auch nur als Möglichkeit in Betracht zu ziehen. Sie hatte sich überaus geschickt verstellt. Ihr Verhalten schützte sie viel besser davor, dass jemand ihre wahre Identität erraten konnte, als es jede plastische Chirurgie je gekonnt hätte. Niemand, der ihr begegnete und ihre zur Schau gestellte Dummheit erlebte, konnte jemals glauben, dass sie etwas mit der hochgeschätzten Ella Batista gemeinsam haben könnte.

In dem Moment, als Ory sie ihre wahre Identität verkünden hörte, aktivierte die KI die Augmentierungsfunktion von Kagans Linsen, und nun schwebten ihre biografischen Informationen schwach neben ihrem Bild auf seiner Netzhaut, damit er sie bei Bedarf abrufen konnte.

»Deiner Reaktion nach zu urteilen«, sagte sie, »nehme ich an, dass du mich vom Hörensagen kennst.«

»Natürlich«, antwortete er mit fassungsloser Stimme. »Medizin und Gentechnik sind nicht mein Gebiet, aber man muss kein Physiker sein, um von Albert Einstein gehört zu haben. Ja, ich habe schon von der großen Ella Batista gehört. Ich habe sicher einen sehr hohen IQ«, fügte er hinzu, nicht mit Arroganz, sondern als einfache Feststellung. »Aber deiner ist noch ein ganzes Stück höher.« Er schüttelte ungläubig den Kopf. »Was ich wohl eher nicht vermutet hätte, als wir uns kennengelernt haben.«

Sie grinste. »Bis vor ein paar Minuten hättest du sicher erwartet, dass ich einen IQ-Wettbewerb gegen einen Klumpen Lehm verliere.«

»Es war eine großartige Vorstellung. Du bist als Schauspielerin genauso talentiert wie als Wissenschaftlerin.«

»Danke für die Blumen. Ich muss sagen, es war eine schwierige Rolle. Ich habe so lange mit so vielen brillanten Wissenschaftlern zusammengearbeitet, dass es schwer zu beurteilen war, wie dämlich ich sie spielen sollte. Ist es wirklich möglich, dass jemand in meinem Alter nicht weiß, was der Ausdruck *Wunderkind* bedeutet? Es gab Momente, da dachte ich, dass ich es sicher übertreibe.«

»Nein, es war … na du weißt schon«, fügte er grinsend hinzu und spottete über ihr bisheriges Sprachmuster, »eine *total heftige Nummer.*«

»Ich muss dir aber auch zu deiner Zurückhaltung gratulieren«, sagte sie. »Ich hätte vielleicht jemanden erwürgt, der sich so verhalten hätte.« Sie lächelte, und ihre Augen funkelten. »Ich dachte, du würdest genau das tun, als ich darauf bestand, dass du schwul sein musst – weil du nicht auf meine *heißen Kurven* reagiert hast«, ergänzte sie überzogen vulgär und fiel dabei wieder kurz in ihre Rolle zurück.

Er lachte. »Ich dachte tatsächlich daran, dich zu erwürgen. Aber das wäre ein dummer Hetero-Reflex gewesen.«

Der Trocknungswurm zeigte an, dass die Innenseite von Ellas linkem Schuh und Stiefel nun vollständig trocken war, und Kagan legte das Gerät in ihr rechtes Paar.

Sie gestikulierte auf ihr noch immer nasses Schuhwerk. »Ernsthaft?«, sagte sie und schüttelte ungläubig den Kopf. »Du willst also das Innere des *zweiten* Stiefels trocknen? Vor meiner Unterwäsche? Ich hätte dich nicht einmal den ersten trocknen lassen sollen, bevor ich etwas zum Anziehen habe, aber das habe ich durchgehen lassen.« Sie rollte mit den Augen. »Aber nur, weil ich gesagt habe, dass der Einsatz zu hoch ist, als dass ich mich schämen würde, heißt das nicht, dass ich hier länger als nötig nackt herumstehen will. Oder war das etwa *Absicht*?«

Kagan zuckte zusammen. »Tut mir leid«, sagte er, nahm den Wurm aus ihrem Stiefel und legte ihn auf ihren BH. »Ich habe nicht nachgedacht.«

»Um fair zu sein«, sagte sie, »du bist nicht der erste Mann, dessen IQ *signifikant* abgesunken ist, nachdem eine Frau ihre Kleidung abgelegt hat.«

Kagan lächelte, aber er wusste, dass mehr dahinter steckte als das. Sein Verstand war nicht ganz auf der Höhe, weil er von zu vielen Schocks gleichzeitig durchgeschüttelt wurde. Die Gewissheit, dass

Milliarden von Menschen durch die Hand einer außerirdischen KI umkommen würden, nur um die Homogenität der Spezies zu gewährleisten, war zu viel, um nebenbei verarbeitet zu werden. Es war hirnverbrannt – beinahe buchstäblich.

Aber wenn sie nicht bald die Kurve kriegten, hatten sie keine Chance, es aufzuhalten. Und das Schlimmste daran war, dass ihre Chancen, das kommende Massaker zu verhindern, selbst bei äußerster Anstrengung, verschwindend gering waren.

34

Mehrere metergroße weiße Reiher waren an den Rand des Sees zurückgekehrt und stachen mit ihren scharfen gelben Schnäbeln auf hilflose Fische ein. Kagan hatte keinen Zweifel daran, dass die meisten der Wildtiere, die sich an diesem nassen, vorbereiteten Buffet gütlich getan hatten, bald zurückkehren würden.

»Wie kommt es, dass du Persisch sprechen kannst?«, fragte er Ella Batista.

»Sprachen fallen mir leicht. Ich scheine sie einfach zu absorbieren. Ich spreche vierzehn fließend, einschließlich Persisch, und acht weitere zumindest passabel.«

»Na klar«, antwortete Kagan und rollte mit den Augen.

»Hey, du klingst genau wie ich«, sagte sie grinsend, »als ich vorgab, von deinen vielfältigen Kenntnissen und Fähigkeiten beeindruckt zu sein. Du hattest offensichtlich Kontakt zu einer Computer-Enzyklopädie, aber ich tat so, als wüsste ich es nicht.«

Kagan seufzte. Natürlich hatte sie es gewusst. An diesem Punkt war er von nichts mehr überrascht. »Hat dir schon mal jemand gesagt, dass du ein bisschen einschüchternd bist?«

Sie lachte. »Mehr als einmal. Aber ich bin davon ausgegangen, dass ein echter Geheimagent damit zurechtkommen würde.«

»Das bleibt abzuwarten. So lustig das hier auch war, es wird Zeit, dass du zur Sache kommst und mir sagst, was los ist. Ich habe keine Ahnung, warum eine Wissenschaftlerin deines Formats sich auf ein solches Täuschungsmanöver einlässt, und das tagelang. Ich habe keine Ahnung, ob ich dir trauen kann, und allen Grund zu der Annahme, dass ich es nicht kann.«

»Genauso wie die dusselige Ella allen Grund hatte, das Gleiche über dich zu denken«, gab sie zurück. »Aber was spielt das jetzt noch für eine Rolle? Auch wenn du und ich jahrzehntelang eine erbitterte Rivalität ausgefochten und uns ein Dutzend Mal gegenseitig betrogen hätten – jetzt sind wir praktisch an der Hüfte zusammengenäht worden. Unser Leben und das Leben zahlloser Anderer hängt jetzt von unserem Handeln und unserer Fähigkeit zur Zusammenarbeit ab. Selbst wenn wir uns vor einer Stunde noch nicht vertrauen konnten, haben wir jetzt keine andere Wahl, als es zu tun.«

Kagan nickte. Sie hatte recht. Das war ein weiterer Hinweis darauf, wie sehr er sich jetzt ins Zeug legen musste. Es war lange her, dass er auf jemanden getroffen war, der ihn intellektuell links überholen konnte, aber Ella Batista schaffte das mit Leichtigkeit. Ihre Geschwindigkeit und die Originalität ihrer Gedanken waren beängstigend.

»Da wir nun absichtlich Zeit vertun, um anderen Gruppen die Chance zu geben, sich gegenseitig auszulöschen«, meinte Ella, »werde ich dir mal die etwas längere Version meiner Geschichte erzählen. So kannst du anfangen, mein wahres Ich kennen zu lernen und die Rolle, die ich gespielt habe, aus deinem Gedächtnis zu tilgen.«

»Zur Verteidigung der alten Ella möchte ich vorbringen«, erwiderte Kagan, »dass sie durchaus ihre Momente hatte. Irgendwie muss es dir trotz brillanter Schauspielerei gelungen sein, dein wahres Ich durchscheinen zu lassen, zumindest gelegentlich. Ihre Unerschrockenheit. Ihr Sinn für Humor. Unterbewusst spürte ich, dass mehr in ihr steckte, als man auf den ersten Blick sehen konnte, und dass sie wichtiger waren, als mir bewusst war. Damals konnte ich es nicht in Worte fassen. Aber jetzt ist es mir klar.«

»Interessant«, antwortete Ella. »Ich habe gehört, dass du großartige Instinkte hast – also sollte mich das nicht überraschen«, fügte sie hinzu und offenbarte damit, dass sie viel mehr über ihn wusste, als er vermutet hatte.

Während sie sich kurz sammelte, sprach Kagan seine KI an: »Ory, richte einen Timer ein, der erscheint, wenn ich in die linke untere Ecke meines Blickfeldes schaue. Er soll die genaue Zeit anzeigen, die verstrichen ist, seit Sucher dir die erste Wegbeschreibung gegeben hat.«

»Erledigt«, antwortete die KI, und Kagan überprüfte kurz die Anwesenheit des Timers.

Als er wieder vom Timer aufblickte, waren Ellas Augen wieder auf seine gerichtet. »Ich denke, ich fange damit an, dir zu erzählen, was mich im tiefsten Inneren bewegt«, begann sie, »was mich motiviert hat, solange ich mich erinnern kann.« Sie machte eine Kunstpause. »Der Tod.«

»Verstehe«, antwortete Kagan nachdenklich. »Und ich vermute, dass du nicht nur die Angst vor dem Tod meinst, sondern die Tatsache, dass er überhaupt existiert.«

»Genau!«, rief Ella erfreut. »Ich bin in einem jüngeren Alter als die meisten anderen über die Realität der menschlichen Sterblichkeit und ihre Unvermeidlichkeit gestolpert. Und es hat mich zu Tode erschreckt. Das tut es immer noch. Ich bin mir sicher, dass die meisten Kinder irgendwann mit dem Konzept des Todes ringen, wenn sie aufwachsen, nachts wach im Bett liegen und versuchen, sich vorzustellen, wie die Welt ohne sie weitergehen wird. Entsetzt versuchen sie, sich ihre eigene Nichtexistenz vorzustellen, ihren eigenen Zustand des ewigen, traumlosen Schlafs. Aber für mich war es viel schlimmer. Ich fand das Konzept nicht nur erschreckend, es hat mich auch richtig wütend gemacht.« Sie zuckte mit den Schultern. »Nicht die eleganteste Formulierung, um zu beschreiben, wie ich mich fühlte, aber wahrscheinlich die treffendste.«

Eine fünf Fuß große Schlange, deren Körper ein leuchtendes Grün mit weißen Zickzackstreifen im Abstand von etwa einem Zentimeter hatte, schlängelte sich über einen Ast, der über Ella hing, und machte sich zum ersten Mal bemerkbar. Ella fing Kagans Blick auf und hob eine Augenbraue.

»Smaragdbaum-Boa«, sagte er beiläufig. »Nicht giftig.«

Sie nickte und fuhr dann ruhig fort, als ob das Reptil gar nicht da wäre. »Meine Eltern waren Christen«, sagte sie. »Aber es schien mir, dass der christliche Gott jedem Lebewesen im Moment seiner Geburt ein Todesurteil auferlegt hatte. So wie es die Götter der meisten Religionen tun. Schon als sehr junges Mädchen fand ich das entsetzlich und beschloss, dass diese Götter nichts für mich waren. Wir betrachten es als den ultimativen Alptraum, wenn sich Krebs in einem Körper manifestiert und einem Patienten gesagt wird, dass er nur noch ein Jahr zu leben hat. Und das ist es auch. Aber jeder, der heute lebt, ist genau demselben Todesurteil unterworfen, nur dass die Vollstreckung später erfolgt. Ich weiß, dass meine Eltern glauben, dass dieses Todesurteil nicht endgültig ist. Dass ihr Gott ein Ewiges Leben nach dem Tod geschaffen hat. Aber ich bin skeptisch geworden.«

»Also hast du beschlossen, alles zu tun, was du kannst, um gegen dieses ungerechte Todesurteil anzukämpfen«, vermutete Kagan.

Sie nickte. »Stimmt. Als ich zehn Jahre alt war, belegte ich schon Collegekurse, aber ich wusste schon mit vier Jahren, dass ich Wissenschaftlerin werden würde. Genauer gesagt, Ärztin. Und zwar nicht nur eine Medizinerin, die einzelne Patienten behandelt, sondern eine, die Heilmittel entdeckt, die sich auf die gesamte Menschheit auswirken können, so dass die Menschheit die *Fluchtgeschwindigkeit der Unsterblichkeit* erreichen kann.«

»Ich bin mit dem Begriff nicht vertraut.«

»Ich bin sicher, du kommst darauf«, antwortete Ella. Die Andeutung eines amüsierten Lächelns glitt über ihr Gesicht. »Ich werde kurz warten«, fügte sie hinzu.

Kagan dachte über den Begriff nach, während Ella sich wieder vollständig anzog. Ihre Kleidung war nun bis auf den zweiten Stiefel trocken. Plötzlich wurde ihm die Bedeutung des Begriffs klar. Vielleicht war sein IQ wirklich höher, wenn sie vollständig bekleidet war.

»Ich denke, es hat mit der menschlichen Lebensspanne zu tun«, begann er, »und der stetigen Steigerung, die Wissenschaft und Medizin immer wieder bewirken.«

»Sehr gut«, sagte sie anerkennend. »Irgendwelche Vermutungen, wie lange der durchschnittliche Mensch im Jahr 1800 lebte?«

Kagan zuckte mit den Schultern. »Zweiundvierzig Jahre?«

»Achtundzwanzig«, sagte sie, »natürlich unter Berücksichtigung der hohen Kindersterblichkeit. Aber im Jahr 2000 lag der *weltweite* Durchschnitt schon bei über sechsundsechzig Jahren, mehr als doppelt so lang. Heute sind es weit über siebzig, Tendenz steigend – in vielen Ländern liegt die Lebenserwartung eines neugeborenen Mädchens heute schon bei über achtzig Jahren. Jungs werden in der Regel nicht so alt – das nennt man wohl *toxische Männlichkeit*.«

Kagan ignorierte diesen kleinen Seitenhieb und fokussierte sich auf den Grundgedanken. »Die Lebenserwartung steigt immer weiter. *Fluchtgeschwindigkeit* muss also den Punkt bezeichnen, an dem die menschliche Lebenserwartung jedes Jahr *mehr* zunimmt, als die Zeit, die man verlebt. Während man ein Jahr älter wird, wächst die erwartete restliche Lebensspanne zum Beispiel um 1,1 Jahre. Dann eilt man im Prinzip dem Tod davon und wird unsterblich.«

»Genau richtig«, bestätigte Ella und deutete einen kurzen Applaus an. »Ich dachte mir schon, dass du darauf kommst.«

»Freut mich, dass ich dich nicht enttäuscht habe«, erwiderte Kagan trocken. »Aber mich würde jetzt interessieren, wie die Geschichte weiterging.«

»Auf die Gefahr hin, unbescheiden zu wirken«, fuhr sie fort, »wusste ich, dass ich begabt bin. Und ich beschloss, diese Gaben zu nutzen, um die Menschheit auf Fluchtgeschwindigkeit zu bringen. Ich studierte unersättlich alle Zweige der Naturwissenschaften, mit besonderem Fokus auf Biologie und Medizin, natürlich. Ich las daneben auch so viel harte Science Fiction, wie ich in die Finger bekommen konnte – was ich übrigens sehr inspirierend fand.«

Kagan verstand dies gut. Wissenschaftliche Entdeckungen waren schon lange von Science Fiction inspiriert worden. Das Mobiltelefon und der iPod wurden beispielsweise durch *Star Trek* inspiriert, und die Liste ließe sich beliebig fortsetzen. Die Science Fiction war anfangs als kindisch verspottet worden, aber in der Neuzeit war sie zu einer wichtigen Unterhaltungsform geworden. Diese Entwicklung war im Nachhinein betrachtet völlig vorhersehbar. Als das Genre aufkam, war der wissenschaftliche Wandel so langsam, dass Science-Fiction-Geschichten lächerlich wirkten. So abseits des Mainstreams, dass sie völlig absurd waren. Doch ein Jahrhundert später war der wissenschaftliche und technologische Wandel so rasant, so disruptiv geworden, dass er von niemandem mehr ignoriert werden konnte. Selbst die Besitzer von Eselskarren gingen inzwischen über ihr Smartphone ins Internet, um Bankgeschäfte zu tätigen.

Atemberaubende wissenschaftliche Fortschritte waren nun für Jedermann vorstellbar. Es war eher das *Fehlen* solcher Durchbrüche, das schwer vorstellbar geworden war – was die Science Fiction relevanter machte, als man es in ihren Anfängen je geglaubt hätte.

»Lass mich noch einmal raten«, sagte Kagan, ihre unnatürliche Bewegungsgeschwindigkeit noch frisch in Erinnerung. »Auf dem Weg zum Fluchtpunkt wurdest du dazu inspiriert, Verbesserungen des menschlichen Körpers zu erforschen. Du interessiertest dich nicht nur für die *Verlängerung* des menschlichen Lebens, sondern auch für dessen *Optimierung*.«

»Das ist richtig. Und ich war zur richtigen Zeit am richtigen Ort, mit den richtigen Fähigkeiten.«

»Und der richtige Ort war *China?*«

Sie nickte. »Die Chinesen sind viel laxer bei der Regelung medizinischer Selbstversuche als die meisten Länder. Sie sind der Wilde Westen der Medizin. Viel freizügiger, wenn es darum geht, riskante, unkonventionelle biologische Forschung zu erlauben.«

»Und der richtige Zeitpunkt ist jetzt, wo die gentechnischen Techniken erschreckend mächtig geworden sind.«

Ella nickte erneut. »Ich habe CRISPR-Cas9 perfektioniert und auf ein Niveau gebracht, das die meisten erstaunlich finden würden.«

Jetzt nickte Kagan. Auch ohne weitere Verbesserungen war das CRISPR-Cas9-System bereits erstaunlich. Sein Potenzial, menschliche Gene präzise und auf Bestellung zu verändern, war erst 2012 erkannt worden, und seither war seine Nutzung explodiert.

CRISPR stand für *Clustered Regularly Interspaced Short Palindromic Repeats* und Cas für *CRISPR-assoziiertes Protein*. In Kombination bildeten diese Elemente das Äquivalent zu einem bakteriellen Immunsystem. Wenn ein Virus sein genetisches Material in bestimmte Bakterien einschleuste, schnitt dieses System Teile der DNA des Eindringlings heraus und speicherte sie, damit die Bakterien das Virus bei seinem nächsten Angriff erkennen und zerstören konnten.

Kagans Wissen über CRISPR-Cas9 war recht begrenzt, aber er wusste, dass die Menschheit sich das, was die Natur zum Schutz von Bakterien entworfen hatte, zu eigen gemacht und in ein mächtiges Werkzeug verwandelt hatte, um jedes Genom nach ihren Launen umgestalten zu können.

»Die ganze hochmoderne Biotech-Ausrüstung, die illegal in Brasilien gelandet ist, war also für deinen Gebrauch bestimmt?«, sagte Kagan.

»Ja, ich habe mich vor vier Jahren aus China herausgeschlichen und bin untergetaucht. Ich organisierte eine kleine Gruppe von gleichgesinnten Wissenschaftlern aus der ganzen Welt. Wissenschaftler, die sich nicht mehr damit begnügen wollten, auf die Genehmigungen der FDA und ihrer Äquivalente zu warten, um Experimente durchzuführen, die erst nach Jahrzehnten oder gar nicht genehmigt werden könnten. Unser Ziel war es, Unsterblichkeit und die Singularität zu erreichen, bevor wir an Altersschwäche sterben – indem wir unsere biologische Natur bewahrten und verbesserten. Wir wussten, dass andere Wissenschaftler damit beschäftigt sein würden, den Menschen mit elektronischer Technologie zu verschmelzen. Und auch KIs würden sich weiterentwickeln und im Wettlauf zur Superintelligenz konkurrieren. Unser Ziel war es, dafür zu sorgen, dass die Menschheit ein biologisch basiertes Singularitätsereignis zuerst erreicht, vor diesen beiden anderen Konkurrenten. Wir setzten uns dafür ein, dass die Menschheit die Unsterblichkeit als *Mensch* erreicht. Nicht als *Cyborg*. Und wir wollten nicht, dass unsere Spezies von einer ASI verdrängt oder gar ausgerottet wird, die die Menschheit letztlich selbst erschaffen hat.«

Kagans Augen verengten sich. »Klingt unheimlich ähnlich wie das, was Sucher gerade skizziert hat. Genau wie ihr will er eine biologische Superintelligenz durch ein Singularitätsereignis herbeiführen. Aber während es euer Ziel war, dort zuerst anzukommen, hat Sucher deutlich gemacht, dass ihr bereits zu spät dran seid.«

Ella runzelte die Stirn. »Die Gefahr, dass eine ASI zuerst auftaucht, war leicht vorauszusehen«, sagte sie. »Die Ereignisse in der Andromeda-Galaxie machen deutlich, dass unsere Ziele und unsere Befürchtungen, Zweiter zu werden, richtig waren. Der Unterschied zwischen unseren Zielen und den Zielen von Sucher ist, dass wir daran glauben, alle menschlichen Philosophien und sozialen Strukturen einzubeziehen. Deshalb sind unsere Bemühungen international. Und deshalb war es unsere Absicht, unsere Erfolge schließlich frei mit der Welt zu teilen. Sucher besteht auf der Homogenität der

Spezies, zumindest was die inneren Merkmale angeht, und sieht die Nationalstaaten als den nächsten Vertreter dieses Ideals.«

»Die Nationalstaaten werden immer multinationaler, immer kollaborativer.«

»Vielleicht«, meinte Ella. »Aber denk daran, dass jedes Land hier die Sonde für sich haben wollte. Ich frage mich, wie viele von vornherein bereit gewesen wären, zu teilen.«

»So sehr ich dir zustimme, was die Bedeutung der internationalen Zusammenarbeit angeht, glaube ich auch, dass Nationalstaaten eine wichtige Rolle spielen können. Bestimmte Länder sind gefährlich, und müssen von anderen Nationen bekämpft werden. Von Nationen, die genügend Reichtum und Macht aufbauen können, um sich friedlich gegen sie zu verteidigen. Kulturen und nationale Glaubenssysteme, die ihre Integrität bewahren, können zur Vielfalt beitragen. Ich bin ein starker Befürworter von Schmelztiegel-Gesellschaften, aber Enklaven homogener Identität sind auch wichtig – solange jede Nation und jede vielfältige Gruppe innerhalb jeder Nation andere akzeptiert.«

»Ich denke, das sollten wir ein anderes Mal ausdiskutieren«, meinte Ella. »Sagen wir einfach, dass ich mir bewusst bin, dass meine Ziele und die Ziele von Sucher Gemeinsamkeiten haben. Außer, dass ich wollte, dass wir die Singularität allein erreichen und alle mitnehmen, die mitkommen wollten. Ohne dass ein einziger Tropfen Blut vergossen wird. Und Sucher plant, mehr als neunundneunzig Prozent der Weltbevölkerung auszulöschen. Insofern«, fügte sie augenzwinkernd hinzu, »haben wir sehr ähnliche Ziele. Nur mit diesem einen winzigen Unterschied, dem geplanten Massenmord.«

Kagan stieß einen langen Atemzug aus. »Ich muss zugeben, dass es Zeiten gab, in denen ich mich gefragt habe, ob wir es verdienen zu überleben. Ich habe die Menschheit von ihrer schlimmsten Seite erlebt. Unsere Spezies ist kein Kunstwerk.«

Ella nickte. »Meine Gruppe hat auch mit dieser Frage gerungen. Aber wir kamen zu einem Schluss, den Sucher anscheinend bestätigt hat – nämlich dass unsere derzeitige, oft verachtenswerte Natur zwar den Kern dessen bilden wird, was während der Singularität transformiert wird, aber der Prozess wird uns reifen lassen und glätten.

Nahezu unendliche Intelligenz und unbegrenzte Fähigkeiten werden das mit uns machen. Wir werden eine blutrünstige, egoistische, abscheulich hässliche Raupe sein, die sich in einen atemberaubenden Schmetterling verwandelt.«

»Aber mit der Fähigkeit, unsere blutrünstigen Wurzeln weiter anzuzapfen, wenn nötig«, fügte Kagan hinzu.

»Offensichtlich«, sagte Ella. »Wir hatten gehofft, dass diese Wurzeln ganz verschwinden würden. Aber Sucher verlässt sich darauf, dass sie da sein werden, wie du sagst, um sie anzuzapfen. Angesichts seiner größeren Erfahrung würde ich wetten, dass er damit richtig liegt.«

Kagan blickte auf die Uhr, die Ory bereitgestellt hatte. Es war an der Zeit, zum Kern der Sache vorzudringen. Dies war eine wichtige Diskussion, aber sie konnten die Erörterung ihrer aktuellen Lage nicht ewig hinauszögern. Und sie mussten anfangen, eine Strategie zu entwickeln.

»Um darauf zurückzukommen, wie wir uns *zufällig* getroffen haben«, sagte Kagan. »Und warum du dich so verstellt hast. Das ist jetzt alles klar geworden. Ihr misstraut nationalistischen Bestrebungen. Wie denen der Gruppe, zu der ich gehöre. Einer Gruppe, die von den Streitkräften der *amerikanischen* Regierung gegründet wurde, um *amerikanische* Soldaten zu verbessern und damit *Amerika* Vorteile im Wettstreit der Nationen zu verschaffen. Und es leuchtet mir ein, dass ihr unsere Fähigkeiten auf dem Gebiet der menschlichen Augmentation studieren wolltet.«

Sie nickte. »Sprich ruhig weiter.«

»Ihr habt also einen EHO-Agenten nach Brasilien und zu Cardoza Coffee Enterprises gelockt. Es war nicht *unsere* brillante Geheimdienstarbeit, die es uns ermöglichte, die Ausrüstung zu CCE zu verfolgen. Ihr haben dafür *gesorgt*, dass wir das taten. Während wir dachten, wir spionieren euch aus, habt ihr *uns* ausspioniert.«

Ella grinste. »Wow, ganz schön schlau, *Mister Ben Kagan.* Endlich wirst du dem Ruf gerecht, der dir vorauseilt.«

»Nun, ja«, antwortete Kagan lächelnd. »Jetzt, wo du wieder komplett angezogen bist, kommen meine geistigen Fähigkeiten langsam zurück.«

35

Kagan blickte nach unten, um die verstrichene Zeit zu überprüfen, seit die außerirdische KI Ory Anweisungen gegeben hatte, und richtete dann seinen Blick wieder auf Ella Batista. »Ist Carlos Cardoza also eingeweiht?«, fragte er. »Offensichtlich ist die tragische Affäre, die du mit ihm hattest und aus der du dich nur mithilfe eines tapferen, smarten amerikanischen Piloten befreien konntest, totaler Blödsinn.«

»Ich kann mich nicht erinnern, jemals die Worte *tapfer* und *smart* benutzt zu haben«, bemerkte Ella mit einem Augenzwinkern.

Kagan lächelte. »Nun, ja«, erwiderte er, »aber dieser Teil war eindeutig angedeutet.«

»Eindeutig«, sagte Ella amüsiert. »Aber um deine Frage zu beantworten: Ja, Carlos steckt da mit drin. Er ist wohlhabend und ein Science-Fiction-Liebhaber. Um nicht zu sagen, ein heimlicher Wissenschaftler. Er ist einer von mehreren Wohltätern, die ich gesammelt habe und die unsere Bemühungen unterstützen.«

»Und habt ihr diese Wohltäter körperlich verbessert? Oder warten diese Sponsoren, bis ihr mit den Experimenten an euch selbst fertig seid? Bis ihr alle Fallstricke beseitigt habt, bevor sie ihre eigene kostbare Haut riskieren?«

»Wir haben sie mit ein paar gut getesteten Verbesserungen ausgestattet. Aber wer kann es ihnen verübeln, dass sie wollen, dass wir den Rest gründlich testen? Beide Seiten bringen Ressourcen in die Kooperation ein. Unsere Seite ist eine Ansammlung von Weltklasse-Genetikern, Ärzten, Gentechnikern und Nanotechnologen – und braucht teure Geräte. Unsere Experimente selbst können auch kostspielig sein. Und sichere und abgelegene Forschungsstandorte sind auch nicht gerade billig. Also bieten sie finanzielle Unterstützung, politische Deckung und Sicherheit. Und wir bringen unsere Talente ein und unsere Bereitschaft, unsere Experimente sozusagen in die

Tat umzusetzen und das Risiko einzugehen, die Ersten zu sein, die Wegbereiter.«

Ella schüttelte den Kopf. »Du hast leicht reden, wenn du kritisierst, wie wir die Dinge angehen. Aber wir haben nicht das Geld und die Macht der US-Regierung hinter uns, so wie ihr. – Übrigens, solltest du wissen, dass wir gerade dich studieren wollten.«

Ben dachte darüber nach. Es gab nur einen Grund, warum er in Brasilien aufgetaucht war, und nicht jemand anderes. Das bedeutete, dass Ella und ihre Gruppe über seine Vergangenheit Bescheid wussten, von Vettoris Party und ihren Folgen. »Es war also kein Zufall, dass wir Beweise für die Beteiligung des IS am CCE gefunden haben, oder?«, fragte er. »Ihr habt das als Köder benutzt, weil ihr wusstet, dass ich dann nicht widerstehen kann und selbst kommen werde.«

»Sehr gut. Wir haben Gerüchte über die sagenumwobene EHO gehört. Wer hat das nicht? Aber unsere Freunde konnten nur elf Agenten mit Sicherheit identifizieren. Du warst einer von ihnen. Bei weitem der klügste und wissenschaftlich versierteste, wenn auch mit der geringsten Erfahrung als Kämpfer. Und du warst nebenbei auch eine Verbindung zu Norman Weiser.«

»Ich verstehe. Der wäre der ultimative Wohltäter, den man in seiner Ecke des Spielfelds haben möchte.«

»Stimmt«, gab Ella zu. »Aber bei dieser Operation ging es nicht nur um Spionage. Es stimmt, dass ich aus erster Hand erfahren wollte, welche Tricks die EHO-Agenten in petto haben. Aber noch wichtiger war, dass ich herausfinden wollte, wie ethisch gut ihr wirklich seid.«

»Weil ihr Gerüchte gehört haben, dass wir so eine Art Super-Pfadfinder sind, die jeden Tag die Welt etwas besser machen wollen. Da fragt man sich natürlich, ob das stimmt oder ob er nur PR ist, während wir in Wirklichkeit blutrünstige Killermaschinen sind.«

»Ganz genau. Ich wollte schauen, ob sich die Gerüchte bestätigen, sehen, wie du tickst, erfahren, welche Verbesserungen sich die EHO ausgedacht hat. Wenn du mich auf persönlicher Ebene genug beeindrucken würdest, wollte ich versuchen, dich zu überzeugen, sich unserer Sache anzuschließen. Ich wollte dich davon überzeugen, deine Loyalität einem Projekt zu widmen, dessen Früchte weltweit geteilt werden würden, anstatt sie innerhalb eines Landes geheim zu halten und auf dem Schlachtfeld einzusetzen. Einer Sache, die die biologische Seite der Verbesserungen stärker betont.«

»Angenommen, ich hätte die Tests bestanden«, meinte Kagan. »War die Idee dann, mich für euer Team zu rekrutieren oder mich bei EHO zu belassen?«

»Beides«, antwortete Ella. »Am Anfang dachte ich, wir könnten uns gegenseitig im Verborgenen helfen. Später, wer weiß, vielleicht wärst du bereit, unterzutauchen und dich uns in Vollzeit anzuschließen. Wir könnten uns … gewisse Fortschritte *ausleihen*, die EHO gemacht hat und die zu unserer Philosophie passen. Ich hatte auch gehofft, du könntest Weiser an Bord holen und andere wichtige Kandidaten rekrutieren.«

»Im Grunde wolltet ihr also einen potenziellen Rivalen in einen Verbündeten verwandeln, und in eine Art Doppelagenten«, sagte Kagan.

»Wenn möglich, warum nicht? Aber nur, wenn mein Instinkt mir sagen würde, dass du zu 100 Prozent vertrauenswürdig wärst.«

»Also hast du mich nach Brasilien gelockt, dich als meine Chefin ausgegeben und so getan, als wärst du dämlich und inkompetent, um jeden Verdacht zu zerstreuen.«

Sie nickte. »Auch weil ich wusste, dass es dich verrückt machen würde, überlegen zu sein und dich trotzdem unterordnen zu müssen. Das würde deine Wachsamkeit verringern. All das könnte helfen, deine Persönlichkeit und dein wahres Wesen zu enthüllen.«

»Ich war also nur ein Versuchskaninchen, eine Ratte, die durch ein Labyrinth geschickt wurde. Das erinnert mich wieder an Sucher.«

»Komm schon, Ben. Das ist nicht fair. Wir beide wissen, dass das Leben eine Reihe von Prüfungen ist. Bei der Arbeit, in Beziehungen, im Sport. Und Sucher hat in einem Punkt recht: Situationen auf Leben und Tod bringen den wahren Charakter eines Menschen zum Vorschein. Soweit ich weiß, hat sich dein Charakter genau auf diese Weise offenbart – als du Millionen von Fußgängern davor bewahrt hast, durch Flotten von selbstfahrender Fahrzeugen ausgelöscht zu werden.«

Kagan musste zugeben, dass das wahr war. Seine Tapferkeit hatte niemanden so sehr überrascht wie ihn selbst. Andererseits war es eine berechtigte Frage, wie sie es geschafft hatte, an so genaue Informationen über ihn heranzukommen.

»Wir sind nur am Leben«, fuhr Ella fort, »weil jeder einzelne unserer Vorfahren jeden Test bestanden hat, dem man ihn unterwarf. Tests ihres Immunsystems, das sie bei Seuchen am Leben erhalten musste. Tests ihres Sexualtriebs und ihrer Fähigkeit, Partner zu gewinnen, was eine wichtige Voraussetzung für die Fortpflanzung ist. Tests ihrer Fähigkeit, Bedrohungen sowohl durch die Natur als auch durch ihre Mitmenschen zu überwinden. Wir alle stammen aus einer ununterbrochenen Linie von Gewinnern der Evolution. Das ist so wie bei einem Krieg, wo nur der Überlebende hinterher seine Heldentaten schildern kann.« Ella nickte feierlich. »Aber eins sollst du wissen, Ben«, fügte sie hinzu, »wenn du meinen Test nicht bestanden hättest, hättest du Brasilien bei bester Gesundheit verlassen und nicht einmal gewusst, dass ein Test durchgeführt worden ist.«

Kagan überlegte mehrere lange Sekunden lang. »Welche Tests hattet ihr denn geplant?«

»Wenn wir länger als die nächsten ein oder zwei Tage überleben, werde ich dir alles darüber erzählen. Die Quintessenz ist, dass du ständig beobachtet wurdest und jede Kleinigkeit aufgezeichnet wurde. Unsere Sensoren entdeckten so den Computer, den du am Oberschenkel trägst. Wir wissen, dass du subvokal mit dem Computer sprechen und durch ein Mikro-Implantat in deiner Cochlea hören kannst, was er sagt. Wir haben auch deine Kontaktlinsen geortet. Wir versuchten, ihre Fähigkeiten so gut wie möglich auf die Entfernung zu analysieren. Wir konnten feststellen, dass EHO eine enorme Leistungsfähigkeit in sie hineingepackt hatte, aber nicht viel mehr über ihre Funktionalität herausfinden. Aber wir waren sehr beeindruckt und begierig darauf, endlich mehr zu erfahren.«

Ella hielt inne, als erwarte sie eine Antwort. Als Kagan schwieg, fuhr sie fort. »Ich habe auch gelernt, dass du eine unglaubliche Geduld hast, sonst hättest du unseren ersten gemeinsamen Tag nicht überstanden. Ich habe mich stellenweise richtig gewundert. Die meisten Männer neigen dazu, mich körperlich anziehend zu finden, dennoch hast du meine nicht ganz so subtilen Annäherungsversuche abgewiesen. Ich vermute, zum Teil, weil du dich nicht dazu durchringen konntest, mit jemandem zu schlafen, den du nicht respektierst. Und zum anderen, weil du dachtest, es wäre ungeschickt, mit deinem Boss zu schlafen. Wahrscheinlich mehr Ersteres als Letzteres.«

»Gut geraten«, kommentierte Kagan.

»Also hatte ich schon vor irgendwelchen großen, ausgeklügelten Tests eine Menge über dich gelernt. Aber wir hatten noch viele anderer Reifen vorbereitet, durch die du springen solltest. Wärst du auf die Mission gegangen, die CCE dir zugewiesen hatte, hättest du dich in einigen lebensgefährlichen Situationen wiedergefunden und wärst gezwungen gewesen, schwierige Entscheidungen zu treffen. Und ich wäre natürlich als das Dummerchen dabei gewesen.«

»Das ist genau das, was jetzt passiert ist.«

»Ironie des Schicksals«, stimmte Ella zu. »Ich wünschte nur, *wir* stünden dahinter. In unserem Szenario hättest du geglaubt, in einer Situation zu sein, in der es um Leben und Tod geht, aber du wärst nie in wirklicher Gefahr gewesen. Unsere Pläne für dich wurden jedoch durchkreuzt, als du eine drahtlose Übertragung an deinen Computer bekamst, die wir zu Admiral Headrick zurückverfolgen konnten. Wir versuchten, die Nachricht abzufangen, aber sie war zu gut verschlüsselt. Aber da sie vom US-Verteidigungsminister selbst stammte, wussten wir, dass sich etwas Großes *zusammenbraut*«, fügte sie hinzu.

»Ist das jetzt ein Wortspiel, das mit Cardoza Coffee Enterprises zu tun hat?«

»Na klar«, antwortete sie amüsiert. »Auch wenn Kaffee nicht *gebraut* wird, wie die Amerikaner sagen, sondern *gebrüht*.«

»Und ich dachte, du kennst dich nur mit der Zubereitung von CRISPR-Süppchen aus …«

Ella ließ ein Lächeln aufblitzen. »Falsch«, sagte sie schlicht. »Jedenfalls kamen wir nicht umhin zu bemerken, dass du gleich nach dem Erhalt von Headricks Nachricht dein Appartment verlassen hast – in den frühen Morgenstunden. Wir haben beobachtet, wie du in einen Laden für Dschungelüberlebensausrüstung eingebrochen bist. Wir dachten, deine Mission würde dich in eine Stadt am Rande des Dschungels oder auf eine Drogenplantage führen und du wolltest auf das Schlimmste vorbereitet sein. Wir hatten keine Ahnung, dass du vorhattest, dich in das *Herz der Finsternis* zu begeben.«

»Und dann habt ihr mitgekriegt, dass ich in Richtung Flughafen unterwegs war, wo der Helikopter von CCE geparkt war.«

Sie nickte.

»Da du unbedingt wissen wolltest, was es mit der Nachricht von Admiral Headrick auf sich hatte, hast du dich entschieden, mir dort zuvorzukommen und dich im Heli zu verstecken. Um aus erster Hand zu erfahren, wohin ich gehen und was ich dort tun würde.« Kagan runzelte die Stirn. »Eine riskante Strategie, würde ich sagen.«

»Wer wagt, gewinnt«, sagte Ella mit einem Achselzucken. »Und ich fand, dass das Risiko durchaus im akzeptablen Rahmen lag. Ich hatte bereits einen so guten Eindruck von deinem Charakter, um sicher zu sein, dass du nicht versuchen würdest, mich zu verletzen, egal was passiert. Außerdem«, fügte sie hinzu und hob die Augenbrauen, »bin ich durchaus in der Lage, auf mich selbst aufzupassen.«

»Das habe ich gemerkt«, sagte Kagan. »Offensichtlich ist das Kampftraining Teil der körperlichen Verbesserungen.«

»Genau wie bei euch. Unsere beiden Jobs haben ihre Gefahren. Und wie du weißt, ist es mein Ziel, ewig zu leben. In Anbetracht dessen schadet es nicht, zu lernen, so knallhart wie möglich zu sein.«

»Wenn man bedenkt, wie sich die Dinge entwickelt haben – denkst du dann immer noch, dass es die richtige Entscheidung war, sich zu verstecken?«

»Auf jeden Fall«, antwortete Ella ohne zu zögern. »Ich möchte lieber von einer Bedrohung wissen und eine Chance haben, sie zu stoppen, als in seliger Unwissenheit zu sterben.«

»Nachdem ich gelandet war, hast du dich dann also offenbart und deine Rolle gespielt.«

»Richtig. Ich habe versucht, dich dazu zu bringen, mit dem weiterzumachen, was gerade vorhast, und habe so getan, als ob ich mich schuldig fühle, weil ich dich davon abhalte. Ich war frustriert, dass du bereit warst, mich aus dem Spiel zu nehmen und Zeit zu verschwenden, von der ich wusste, dass du sie brauchst. Aber ich konnte nicht wirklich gut argumentieren, ohne meine Tarnung auffliegen zu lassen. Und das war dann ein weiterer Haken in der Checkliste«, fuhr sie fort. »Du hast viel Einfühlungsvermögen gezeigt, als ich meine Notlage beschrieben habe. Obwohl du mich nicht mochtest, und obwohl ich mich offenbar selbst in diese Lage gebracht hatte. Und du warst sogar bereit, mich aus Brasilien herauszuholen. Einer lästigen *Jungfrau in Not* zur Hilfe zu kommen. Das muss ich dir hoch anrechnen. – Und dann hast du noch andere Qualitäten gezeigt, nach denen ich gesucht habe. Du hast die Iraner verschont. Du hast nur einen von ihnen getötet, damit ich das richtige Schuhwerk habe. Was an sich schon sehr rücksichtsvoll war, aber du hast dadurch viel Zeit verloren.«

»Aber du wusstest nicht, was ich hier wirklich tue, oder?«, fragte Kagan. »Nun, zumindest nicht, bis die Aussies es verraten haben.«

»Ich wusste es nicht. Aber nachdem du mir sagtest, du wärst hier, um einen Spionagesatelliten zu bergen, hatte ich einen Verdacht. Ich hätte dir ja vielleicht deine Geschichte abgekauft, aber du schienst nichts über euren eigenen Satelliten zu wissen. Meine Intuition ließ mich vermuten, dass du hinter einem anderen Objekt her warst – und die Sache mit dem Spionagesatelliten war die am nächsten an der Realität liegende Tarngeschichte, auf die du auf die Schnelle kommen konntest. Dass es sich um ein *außerirdisches* Objekt handeln würde, und nicht zum Beispiel einen chinesischen Satelliten, habe ich natürlich nicht ernsthaft in Erwägung gezogen, bis die Aussies kamen.«

Kagan war weiterhin erstaunt darüber, wie scharfsinnig diese Frau wirklich war. »Und als du dich *verlaufen* hast?«, fragte er. »Ein weiterer Test?«

»Ertappt. Du hattest ja sehr deutlich gemacht, dass du mich dem Tod überlassen würdest, wenn ich zurückfalle. Ich wollte sehen, ob du das durchhältst. Wenn du nicht meinetwegen zurückgekommen wärst, hätte ich dich leicht wieder eingeholt.«

»Das hättest du sicher. Ory hat mir gesagt, als du weggelaufen bist, dass du dich mit überraschender Heimlichkeit und Geschwindigkeit bewegst. Jetzt ist auch klar, warum.«

»Ory?«, sagte sie und zog die Augenbrauen hoch. »Ist das die KI, die sich an deinen Oberschenkel klammert?«

»So würde ich es nicht unbedingt bezeichnen. Aber ja.«

»Nennen alle EHO-Agenten ihren Computer Ory?«

»Nein, das war meine Wahl. Kurz für Orakel.«

»Wirklich?«, sagte Ella und rollte mit den Augen. »Dann hätte es also kurz *Or* heißen müssen, oder? Du hast das Y als Zeichen der Zuneigung hinzugefügt, nicht wahr? Wie bei einem Haustier.«

»Nur weil ich weiß, dass es in unserer Natur liegt, Objekte zu vermenschlichen, besonders KIs, heißt das nicht, dass ich selbst davor gefeit bin.«

»Okay«, sagte sie mit dem Anflug eines Lächelns. »Dann eben Ory.«

»Um auf unsere Diskussion zurückzukommen«, sagte Kagan, »eine deiner Verbesserungen gibt dir die Möglichkeit, deine Vitaldaten zu kontrollieren, nicht wahr?«

»Woher weißt du das?«

»Während wir marschiert sind waren, habe ich dir einen federleichten Sensor auf den Rücken geklebt. Einen, der die Herz- und Atemfrequenz messen konnte. Ich hätte damals schon ahnen müssen, dass du Körpermodifikationen hast, aber deine scheinbare Dusseligkeit hat den Verdacht wunderbar überdeckt. Ich dachte, dein metronomartiger Herzschlag und das Fehlen von Schweiß wären das Ergebnis von hartem Training. Jetzt weiß ich es besser. Du wusstest es nicht, aber deine verbesserte Fähigkeit, deine messbaren Körperdaten stabil zu halten, half dir, einen Lügendetektortest zu bestehen.«

»Hm, ich verstehe«, sagte sie und legte nachdenklich den Kopf auf die Seite. »Das muss gewesen sein, als du mir Fragen über CCE und biotechnologische Geräte gestellt hast.«

»Stimmt genau. Du sagten, du wüssten nichts darüber, und hast alle Tests mit Bravour bestanden. Jetzt weiß ich, wie.«

Kagan spielte ihre vergangenen Interaktionen in seinem Kopf noch einmal ab, aber diesmal mit mehr Verständnis für die tatsächliche Situation. »Und du hast mich auf die Idee gebracht, die Sonde mithilfe des Gradienten des Unterdrückungsfelds zu finden. Ich dachte, du hättest mich unwissentlich zu diesem Heureka-Moment geführt. Aber das war dein wahres Ich, das sich bemerkbar machte, nicht wahr? Und der ironische Humor, den du an den Tag gelegt hast, als du meintest, dass du jedes Mal einen Dollar bekommen würdest, wenn jemand dich *brillant* nennt – das war auch dein wahres Ich. Doppelt ironisch, denn ich bin mir sicher, dass man dich ständig brillant genannt hat, seit du zwei Jahre alt warst.«

»Trotzdem«, erwiderte sie amüsiert, »es hat Spaß gemacht, dich das sagen zu hören. Vor allem, da du mich für alles andere als brillant hieltst.«

»Also, jetzt erzähl' mir mal von deinen verschiedenen Verbesserungen«, sagte Kagan. »Bist du auch in der Lage, den Alterungsprozess umzukehren? Du siehst aus wie eine Einunddreißigjährige mit der Figur, dem Teint und der Haut einer Sechsundzwanzigjährigen. Das ist beeindruckend, zumal du in Wirklichkeit achtunddreißig bist.«

»Verflucht seist du, Ory«, zischte Ella und täuschte Wut vor. »Wenn du ein Mensch wärst, wüsstest du, dass es sich nicht gehört, das tatsächliche Alter einer Frau zu verraten, vor allem, wenn sie schon über dreißig ist.«

Kagan grinste. »Ist das ein *Ja*?«

Ella nickte. »Wir können bestimmte Gene modifizieren, die anscheinend die Uhr zurückdrehen. Wir arbeiten daran, das weiter zu perfektionieren.«

»Bis jetzt habt ihr hervorragende Arbeit geleistet«, lobte Kagan.

»Danke«, sagte Ella rasch. »Aber jetzt, wo wir Teamkollegen sind, halte ich es für wichtig, dass wir uns gegenseitig alle unsere Verbesserungen offenlegen. So haben wir das volle Wissen, welche Stärken der andere einbringen kann. Wie wäre es also damit«, fügte sie mit dem Anflug eines Lächelns hinzu, »ich zeige dir meine, wenn du mir deine zeigst.«

»Du scheinst das meiste von meinen schon zu kennen«, beschwerte sich Kagan.

»Vielleicht. Aber da du mich nackt gesehen hast, denke ich, dass wir quitt sind.«

»Das ergibt doch keinen Sinn«, protestierte Kagan. »Außerdem«, fügte er hinzu, »ist das gar nicht wahr. Ich habe nicht ein einziges Mal hingesehen.«

Dr. Ella Batista schüttelte den Kopf. »Komm schon, Ben. Wir sind ein Team. Ist es nicht an der Zeit, dass wir aufhören, uns gegenseitig anzulügen?«

»Okay«, gab Kagan zu, »vielleicht einmal.«

»Also gut«, sagte Ella. »Ich schätze deine Ehrlichkeit. Als Belohnung bin ich bereit, als erster eine Fähigkeit preiszugeben.«

»Großartig«, sagte Kagan. Er studierte sie mehrere Sekunden lang. »Du kannst damit anfangen, indem du mir sagst, welche Verbesserung es dir ermöglicht hat, zweiundvierzig Komma drei neun Minuten ohne Atmung zu überleben.«

36

Ella ging den kurzen Weg zu der flachen Reihe von Steinen, auf die sie ihre Kleidung zum Trocknen gelegt hatte, setzte sich und sah zu Kagan auf, der immer noch stand.

»Tja, nicht atmen zu müssen, ist ein großer Vorteil. – Ich schätze, das hast du gemerkt, was?«, fügte sie grinsend hinzu.

»Als ich bewusstlos geschlagen wurde, bist du also absichtlich ins Wasser getaucht, oder? Du wusstest, wenn dein Kopf lange genug untergetaucht war, würde jeder glauben, dass du tot bist, und dich einfach zurücklassen. Oder sie würden dich ignorieren, auch wenn sie noch eine Weile hierblieben.«

»Genau. Was mir erlauben würde, später aufzutauchen und den Spieß umzudrehen, wenn gerade niemand aufpasst.«

»Beeindruckende Strategie. Ich müsste dir dafür selbst dann applaudieren, wenn ich nicht der Hauptnutznießer gewesen wäre. Aber die Frage ist wieder: *wie funktioniert das?*«

»Ich habe mir eine der wenigen Augmentierungen zunutze gemacht, die nicht ein Ergebnis der Gentechnik sind«, sagte Ella. »Sie wurde von einer Gruppe brillanter Nanotechnologen in unserem Team entwickelt. Im Grunde habe ich jetzt künstliche rote Blutkörperchen, die durch meine Venen strömen und mein eigenes Blut fast vollständig ersetzen. Wir nennen sie *Respirozyten.* Sie wurden erstmals vor mehr als 20 Jahren entwickelt. Man muss sie sich als kugelförmige Nanoroboter vorstellen, die wie winzige Drucktanks funktionieren. Drucktanks, die mit Sauerstoff und Kohlendioxid gefüllt werden können. Jedes von ihnen kann über hundertmal mehr Sauerstoff speichern und transportieren als eine natürliche Blutzelle und ihn kontrolliert wieder abgeben.

»Ich will nicht angeben«, fügte sie hinzu, »aber ich kann mit einem einzigen Atemzug mehr als fünf Minuten sprinten. Und ich kann zwei Stunden lang unter Wasser bleiben.«

»Wow!«, sagte Kagan. »Damit hängst du mich eindeutig ab.« Er legte nachdenklich den Kopf zur Seite. »Aber warum ist deine Atmungsrate so hoch wie sie ist? Und deine Herzfrequenz auch? Ist der Puls nicht weitgehend abhängig vom Sauerstoffbedarf des Körpers? Wenn die Muskeln härter arbeiten, braucht man mehr Sauerstoff, und das Herz schlägt schneller. Aber mit den Respirozyten hast du genug Sauerstoff, um die erhöhte Anstrengung zu decken, ohne schneller zu atmen. Also sollte dein Puls eigentlich unmenschlich langsam sein.«

»Hervorragend«, sagte Ella. »Du hast absolut recht. Wenn ich allein bin, halte ich ihn bei dreißig Schlägen pro Minute. Ich kann ihn mit einer Art Biofeedback mehr oder weniger in einem engen Bereich einstellen. Ich könnte ihn sogar noch niedriger einstellen, aber das tue ich nicht. Dasselbe gilt für meine Atemfrequenz. Ich halte sie konstant bei etwa fünfzehn Atemzügen pro Minute. Wenn einer dieser Werte zu niedrig ist, wird es mir selbst unheimlich.«

»Das kann ich gut nachvollziehen«, meinte Kagan. »Ich könnte mir vorstellen, dass das Atmen eine schwer zu durchbrechende Gewohnheit ist.«

»Ich halte meine Atemfrequenz ungefähr gleich, egal was passiert«, fuhr Ella fort. »Aber immer, wenn jemand anderes in der Nähe ist, erhöhe ich meinen Pulsschlag in die niedrigen Fünfziger. Es ist unwahrscheinlich, dass jemand es bemerken würde, wenn ich ihn bei dreißig belasse, aber warum ein Risiko eingehen? Ich möchte nicht, dass jemand denkt, ich sei kein Mensch.«

»Genau das wäre passiert, wenn du den Puls heute bei dreißig gelassen hättest«, bemerkte Kagan. »Deine Tarnung wäre in dem Moment aufgeflogen, in dem ich einen Sensor auf dich gerichtet hätte. Schon ein ausreichend empfindliches Richtmikrofon würde genügen.«

Sie zuckte mit den Schultern. »Wie du siehst, kann man nie vorsichtig genug sein.«

»Aber diese Respirozyten sind mechanischer Natur. Der Weg, den ihr damit geht, unterscheidet sich also gar nicht so sehr von dem der EHO.«

Ella schüttelte unnachgiebig den Kopf. »Das ist nicht wahr«, erwiderte sie. »Die Respirozytentechnologie kommt eurem Ansatz vielleicht am nächsten, da gebe ich dir recht, aber sie sind qualitativ immer noch sehr unterschiedlich von dem, was ihr macht. Wir koppeln nicht den Menschen mit der Maschine. Wir verbessern biologische Systeme, Prozesse und Gene. In vielen Fällen modulieren wir den Gehalt an natürlichen Substanzen im Körper, um die Leistung zu optimieren. Alle unsere Verbesserungen sind mikroskopisch und nicht elektronisch. Wir verwandeln uns nicht in Cyborgs. Alles an mir ist immer noch wasserbasierend, das heißt ich bin immer noch eine matschige organische Masse, nur besser konstruiert und leistungsoptimiert. Bis auf die Respirozyten, die mikroskopisch klein sind und deren Hauptaufgabe der Gasaustausch ist.«

»Hauptaufgabe?«, fragte er. »Ist das nicht ihre einzige Aufgabe?«

»Sie können sich auch blitzschnell zusammenschließen, um den Blutverlust aus einer Wunde zu stoppen – eigentlich schon, bevor er beginnt.«

»Eine weitere recht nützliche Eigenschaft«, bestätigte Kagan, wobei der Anflug eines Lächelns über sein Gesicht glitt, weil er so maßlos untertrieb. Er selbst hatte eine Dose mit Sprühschaum bei sich, der Wunden versiegeln und den Blutverlust sehr schnell stoppen konnte, aber dieser wurde äußerlich aufgetragen und konnte verloren gehen oder verbraucht werden.

»Um ganz offen zu sein«, sagt Ella. »Es gibt noch eine andere Entwicklung, an der wir arbeiten, ähnlich wie bei den Respirozyten. Aber viel komplexer. Wir nennen sie *Nano-Docs*. Feynman sprach von ihnen in seinem ursprünglichen, bahnbrechenden Vortrag über Nanotechnologie. In einem Abschnitt, den er *Das Verschlucken des Chirurgen* nannte.«

»Also im Grunde mikroskopische medizinische Roboter?«, sagte Kagan. »Hat Feynman sie schon ‚Nano-Docs' genannt, oder wart ihr das?«

»Nein, das waren wir. Dieses Projekt ist unser Heiliger Gral. Und obwohl du vielleicht denken wirst, dass diese Technologie, wie die Respirozyten, eher in die EHO-Philosophie des Enhancements passt, tut sie das auch nicht. Diese Nano-Docs würden überhaupt nicht verändern, wer wir sind. Sie würden nur dafür sorgen, dass wir reibungslos funktionieren und immer richtig repariert werden.«

»Wie viele von diesen Robotern würde man brauchen?«

»Billionen«, antwortete Ella. »In den Blutkreislauf injiziert. Jeder wäre in der Lage, einzelne Proteine zu bewegen. Sie würden unser Immunsystem verstärken. Aber diesmal mit einer Intelligenz, die unser auf der Evolution basierendes Immunsystem nicht erreichen kann. Eindringlinge würden von diesen Nano-Docs identifiziert und viel schneller ausgelöscht, als es unser Immunsystem schafft – bevor die Erreger eine Chance haben, sich zu vermehren. Wir würden nie wieder krank werden. Aber das ist nur der Anfang.« Sie machte eine Pause, sichtlich aufgeregt bei diesem Thema.

»Der Zustand unserer Gesundheit wird auch durch den Zustand unserer Zellen beeinflusst. Zellen haben Fehlfunktionen, was eine weitere Ursache für Krankheiten ist. Diabetes und Makuladegeneration zum Beispiel sind nicht die Folge von Infektionen. Aber viele Billionen von mikroskopisch kleinen Nano-Docs könnten Zellen sofort reparieren. Zellschäden und Krankheiten passieren auf der mikroskopischen Ebene, doch wir gehen sie auf der makroskopischen Ebene an. Pharmazeutische Wirkstoffe arbeiten auf der molekularen Ebene, aber sie sind stark eingeschränkt. Im Grunde verwenden wir stumpfe Gewalt, weil wir nicht die Präzision eines Skalpells haben.«

»Und diese Nano-Docs würden euch diese Präzision geben?«, fragte Kagan.

»Ja. Sie würden im Körper patrouillieren, ständig alle Zellen und Systeme überwachen, Probleme erkennen und sofort reparieren. Krebszellen könnten chirurgisch isoliert und zerstört werden. Und nicht eine einzige würde zurückbleiben, um sich wieder zu vermehren. Wunden könnten repariert und von innen vernäht werden. Zerfetzte Organe würden fast sofort repariert. Gebrochene Knochen wieder versiegelt. Neurologische Krankheiten wie Alzheimer und Parkinson könnten auf molekularer Ebene geheilt werden. Operationen könnten mit perfekter Präzision durchgeführt werden, ohne

Skalpelle oder Schnitte. Die Zähne könnten patrouilliert, gereinigt und repariert werden. Und die Haut könnte wieder jugendliche Elastizität erlangen.«

»Darüber hast du aber noch nicht so viel nachgedacht, oder?«, kommentierte Kagan ironisch.

Ella lachte. »Einmal perfektioniert, würden die Nano-Docs nicht nur Krankheiten verhindern und Heilmittel bereitstellen, sondern möglicherweise das Leben auf unbestimmte Zeit verlängern. Und während unser Leben verlängert wird, könnten wir unsere Jugend und Vitalität bewahren.«

»Wie würdet ihr das Altern eliminieren?«

»In vielerlei Hinsicht ist das Altern einfach eine weitere Krankheit, die wir heilen können. Wir altern zum Teil, weil sich zelluläre Schäden ansammeln. Nano-Docs könnten alte, beschädigte Zellen durch neue ersetzen. Sie könnten dauerhaft so erhalten werden, wie sie im Alter von fünfundzwanzig Jahren waren. Muskulatur, Gehör, Sehvermögen, Haut, Haare – alles.«

»Und ihr würdet all diese Veränderungen und Verbesserungen der Öffentlichkeit zugänglich machen, richtig?«

»Das wäre der Plan – wenn die Nationalstaaten mitspielen. Wir könnten alle für eine sehr lange Zeit leben, in einem sehr optimierten Zustand. Und das, bevor unsere Medizin und Technologie uns erlauben würden, ein Singularitätsereignis zu erreichen. Es ist unmöglich, auch nur zu spekulieren, was danach kommt. In der Tat ist dies eine Definition der Singularität, ein Punkt der unkontrollierten Selbstverbesserung, der zu einer Explosion von Fortschritten führt, die so groß sind, dass wir einen Zustand des Seins erreichen, der für unseren jetzigen mickrigen Verstand unergründlich ist.«

Kagan antwortete nicht sofort, sondern dachte stattdessen über das nach, was sie gesagt hatte. Er beobachtete, wie eine farbenprächtige Eidechse, die zweifellos giftig war, durch das Unterholz huschte und verschwand. Der Tümpel hatte immer mehr Vögel angelockt, aber sonst nichts, worüber sie sich Sorgen machen mussten – zumindest im Moment.

»Und die Steigerung der menschlichen Intelligenz?«, fragte er schließlich. »Damit eine biologisch basierte Singularität stattfinden kann, muss das auch auf den Tisch.«

»Wir gehen in kleinen Schritten vor«, sagt Ella. »Vor einiger Zeit haben Forscher einen NMDA-Glutamat-Rezeptor-Subtyp bei Mäusen gentechnisch verbessert. Dieser Rezeptor ist dafür bekannt, dass er die Gedächtnisbildung und die Langzeitpotenzierung beeinflusst. Das Ergebnis war eine Maus, die schneller lernte und ein besseres Gedächtnis hatte. Sie nannten sie Doogie-Maus, offenbar nach einer sehr alten Fernsehserie. – Wir haben etwas Ähnliches beim Menschen gemacht.«

»Und?«, fragte Kagan.

»Und es funktioniert. Ich habe jetzt zusätzliche Kopien von mehreren dieser NMDA-Rezeptor-Subtypen in meinem Genom. Rigorose Tests haben gezeigt, dass sich mein Gedächtnis um etwa zwölf Prozent gegenüber dem vorherigen Ausgangswert verbessert hat, und meine Lerngeschwindigkeit um etwa acht Prozent. Wir glauben, dass wir noch viel besser werden können. Aber im Moment machen wir nur kleine Schritte und sind vorsichtig. Noch wichtiger ist, dass wir, sobald wir die Nano-Docs perfektioniert haben, erforschen können, wie wir sie einsetzen können, um das Nano-Gerüst im Gehirn zu verändern. Die Wissenschaft erkennt langsam, dass unser Verstand im Quantenbereich arbeitet. Strukturen, die Mikrotubuli genannt werden, sind für diesen Prozess entscheidend. Also arbeiten wir an Möglichkeiten, diese zu verstärken. Wir denken, hier könnte das Feuerwerk wirklich beginnen.«

»Und wie weit seid ihr da?«

»Wir haben noch einen langen Weg vor uns. Aber der Fortschritt hat sich beschleunigt. Vor allem jetzt, wo wir Ressourcen darauf verwenden, die vorher für das Respirozytenprogramm vorgesehen waren. Wir benutzen die leistungsfähigsten Supercomputer, die man für Geld kaufen kann. Aber nicht, um uns in Cyborgs zu verwandeln. Sondern um diese Nano-Docs zu entwerfen, die uns menschlich erhalten.«

»Was ihr da als private Gruppe auf die Beine gestellt habt, ist außergewöhnlich«, musste Kagan zugeben. »Und die Fortschritte, die ihr gemacht habt, sind echt bemerkenswert.«

Ellas Reaktion auf dieses Lob war völlig unerwartet. Anstatt sich, wenn auch nur kurz, über diese freundlichen Worte zu freuen, schienen sie den gegenteiligen Effekt zu haben. Sie wandet ihren Blick von Kagan weg, und ihr Gesicht spiegelte nichts als Elend wider. Schließlich bildete sich eine Träne in ihrem rechten Auge, der erste Hinweis darauf, dass die jüngsten Ereignisse ihr zugesetzt hatten. Der erste Riss in der scheinbar undurchdringlichen emotionalen Panzerung.

»Ich weiß«, sagte er leise. »So sehr wir auch versuchen mögen, die Realität dessen zu ignorieren, womit wir es hier zu tun haben, wir können sie nicht dauerhaft ausblenden.«

Ella seufzte tief. »Für mich geht es nicht nur um das, womit wir jetzt konfrontiert sind«, sagte sie. »Es ist die Frustration über das, was hätte sein können. Du hast dich als großartig erwiesen, Ben. Besser als ich gehofft hatte. Ich glaube wirklich, wir hätten einen Weg finden können, zusammenzuarbeiten. Wer weiß, welche Fortschritte wir gemeinsam hätten machen können, um die menschliche Rasse zu verbessern.«

»Und jetzt haben wir kaum eine Chance, die nächsten vierundzwanzig Stunden zu überleben.«

»Danke«, sagte Ella und rollte mit den Augen, »du weißt wirklich, wie man jemanden aufmuntert.«

Aber so wie ihr Sinn für Humor zurückkehrte, so kehrte auch ihre Entschlossenheit zurück. Sie wischte sich die einzelne Träne von der Wange und ihre Gesichtszüge verhärteten sich wieder. »Sorry«, sagte sie. »Ich weiß, dass wir weiter unsere besonderen Fähigkeiten durchgehen müssen, damit wir anfangen können, eine Strategie zu entwickeln. Ich werde nicht noch einmal Schwäche zeigen.«

»Du hast keine Schwäche gezeigt. Du hast gezeigt, dass du ein Mensch bist.«

»Wenn man bedenkt, dass der Mensch jetzt auf der Liste der gefährdeten Arten steht«, sagte sie grimmig, »bin ich mir ziemlich sicher, dass das keine so gute Sache ist.«

37

Kagan überprüfte erneut die verstrichene Zeit und holte dann eine volle Feldflasche aus seinem Rucksack. Er nahm mehrere große Schlucke und reichte sie Ella zusammen mit zwei Proteinriegeln.

Während sie austrank, beobachtete Kagan einen großen braunen Zweig, der begonnen hatte, über den Ast eines nahen Baumes zu laufen. Ein Stockkäfer, der von der Evolution so geschliffen worden war, dass er seinem Namensvetter ähnlicher war, als es ein menschlicher Bildhauer hätte schaffen können. Seine vergrößerten Linsen informierten ihn darüber, dass sich viele Stabheuschreckenarten ohne Paarung fortpflanzen konnten. Es gab sogar einige von ihnen, die – wie die Androms – nur aus einem Geschlecht bestanden. In diesen Fällen waren es eierlegende Weibchen.

»Erzähl' mir mehr über Ory«, sagte Ella Batista und biss ein Stück von einem Proteinriegel ab.

Kagan tat, was sie verlangte, und verzehrte dabei selbst zwei Proteinriegel. Während sie so die Grundlagen seiner Verbesserungen kennenlernte, erzählte er neben anderen Informationen auch Einzelheiten über die Fähigkeiten von Ory und seinen intelligenten Kontaktlinsen.

Ella hörte fasziniert zu. »Ich muss zugeben«, sagte sie, als er fertig war, »dass ich ein bisschen neidisch bin. Wir können die Gentechnik nutzen, um das Gedächtnis zu verbessern, was ich getan habe. Aber auf eine Informationsquelle wie Ory zurückgreifen zu können, hebt die Sache auf eine ganz andere Ebene. Und eine KI im Hintergrund zu haben, um Sensoren zu überwachen, Drohnen zu steuern und so weiter, ist ein großer Vorteil. Sie zu benutzen, um leicht zugängliche, permanente Aufzeichnungen von allem zu machen, was man jemals gehört oder gesehen hat, wäre auch sehr praktisch.«

Ihr Mund klappte auf. »Moment mal«, sagte sie. »Selbst wenn du nur einmal einen Blick auf meinen nackten Körper geworfen hast, hat Ory das Bild als permanente Aufzeichnung. Du kannst es also jederzeit auf deine Kontaktlinsen projizieren lassen.«

»Sicher«, sagte Kagan und versuchte, eine unschuldige Miene zu bewahren, »wenn ich das Foto noch hätte. Aber wie es scheint, hat Ory es bereits an ein Internet-Nachrichtenportal verkauft. Das Gebot für ein Bild der weltberühmten, vermissten Wissenschaftlerin Ella Batista in voller Montur war ziemlich heftig.«

»Sehr lustig«, sagte sie trocken. »Wenn diese Sache mit dem verbesserten Soldaten auf die Dauer nichts für dich ist, solltest du es mit Comedy versuchen.«

»Sorry, ich konnte nicht widerstehen. Außerdem, warum sollte ich dein Bild anstarren? Ich habe nicht einmal mit dir geschlafen, als ich die Gelegenheit dazu hatte.«

»Nur für das Protokoll«, protestierte Ella mit einem Augenzwinkern, »du hattest *nie* wirklich die Chance. Es war ein *Test*, schon vergessen? Wenn du darauf eingegangen wärst, hätte ich es mir plötzlich anders überlegt. Wie du *darauf* reagiert hättest, hätte mir noch mehr über dich verraten.«

»Ach nee«, erwiderte Kagan grinsend. »Du *glaubst* jetzt nur, du hättest einen Rückzieher gemacht. Wenn man eine Chance auf etwas so Unwiderstehliches hat«, meinte er und deutete auf sich selbst, »dann gibt es keine Ausflüchte.«

Ella lachte. »Bei der geringen Wahrscheinlichkeit, mit der wir das hier überleben, werden wir das vielleicht nie herausfinden.« Sie wurde wieder ernst. »In der Zwischenzeit – und um auf Ory und deine Kommunikationsmöglichkeiten zurückzukommen – das ist eine sehr mächtige Kombination.«

»Sie sind schnell zu unverzichtbaren Werkzeugen geworden. Die Leute werden ja schon abhängig von ihren Smartphones – aber Ory ist wie ein Ersatzhirn für mich geworden.«

»Es ist eine der EHO-Initiativen, über deren Verwendung wir sicher hätten lange nachdenken müssen, obwohl sie über unsere Charta hinausgeht. Bevor Sucher diese Überlegungen bedeutungslos gemacht hat, natürlich.«

Sie fuhren fort, ihre Verbesserungen in verschiedenen Kategorien zu vergleichen, wobei Ella eine Reihe von gentechnischen Veränderungen beschrieb, die sie an ihrem eigenen Genom vorgenommen hatte.

Kagans Kontaktlinsen erlaubten es ihm, im Dunkeln zu sehen und entfernte Objekte zu vergrößern.

Ella besaß gentechnisch veränderte Hornhäute und Linsen, die ihr eine weitaus größere Sehschärfe und Fernsicht verliehen als selbst dem besten nicht-augmentierten Menschen, konnte aber dennoch nicht mit seinen Fähigkeiten mithalten.

Bens Ohr-Implantate erlaubten ein erweitertes Hören, während ihr Gehör organisch verbessert worden war. Der Unterschied war, dass Sucher ihn seines verbesserten Gehörs beraubt hatte, während ihres erhalten geblieben war. Es war vielleicht nicht so stark wie seines gewesen war, aber es würde ihnen immer noch einen Vorteil gegenüber anderen Gruppen verschaffen.

Obwohl Ella nicht stärker zu sein schien als eine normale Frau ihrer Größe, konnte sie auch Kagans erhöhte Reaktionsgeschwindigkeit übertreffen, wie sie so gekonnt demonstriert hatte, ebenso wie seine Kraft und Ausdauer. Ihre Respirozyten, die ihre Muskeln auch bei größter Anstrengung mit Sauerstoff versorgten, halfen bei all diesen Dingen.

Kagan hatte die Möglichkeit, sich das Hormon Erythropoietin, kurz EPO, zu verabreichen. Tatsächlich regte dieses Hormon die Produktion roter Blutkörperchen an und erhöhte damit die Sauerstofftransportkapazität. Es war für seine Fähigkeit bekannt, die Ausdauer dramatisch zu steigern. Diese Substanz wurde lange Zeit als Dopingmittel von Athleten verwendet, beispielsweise von dem Tour-de-France-Sieger Lance Armstrong, besaß aber nur einen Bruchteil der Effektivität von Ellas Respirozyten.

Ellas erhöhte Kraft, Geschwindigkeit und Ausdauer war auch das Resultat von anderen gentechnischen Verbesserungen. Eine leichte Modifikation des LPR5-Gens führte zu einer erheblichen Stärkung der Knochen. Modifikationen des Myostatin-Gens MSTN – das zuerst bei besonders kräftigen Schweinen und Hunden nachgewiesen worden war – führten zu Muskeln, die nicht nur viel stärker als normal, sondern auch schlanker waren.

Mehrere andere genetische Manipulationen verliehen übermenschliche Reflexe und sorgten für eine Form von Super-Adrenalin, das ihre Leistung nicht nur in kurzen Schüben, sondern über längere Zeiträume steigern konnte.

Sowohl sie als auch Kagan konnten lange ohne Schlaf auf hohem Niveau arbeiten. Bei ihr lag das an veränderten Genen, bei ihm an bestimmten elektrischen Stimulationsmustern, die von den in seinem Gehirn implantierten Mikroelektroden abgegeben wurden.

Das Militär hatte lange an Methoden geforscht, um die Wachsamkeit seiner Kampftruppen zu erhöhen, und EHO hatte endlich den Durchbruch erzielt, nach dem sie gesucht hatten. Wale und Delfine schliefen nie – sie würden ertrinken, wenn sie es täten. Im Gegensatz zum Menschen konnten diese Säugetiere die Lappen ihrer linken und rechten Gehirnhälfte so steuern, dass der eine Lappen schlief, während der andere wach blieb. EHO war schließlich in der Lage, diesen Effekt für einen Zeitraum von etwa vierzig Stunden zu imitieren.

Sie hätten noch viel ausführlicher auf ihre Verbesserungen eingehen können, besonders Ella, aber sie wollten die tickende Zeitbombe, die über ihnen schwebte, nicht länger als nötig ignorieren, also gingen sie schnell ihre restlichen Fähigkeiten durch.

»Also gut«, sagte Kagan, als sie fertig waren. »Als Sucher mir das erste Mal erzählte, dass wir beide ein Team bilden würden, war ich nicht das, was man ekstatisch nennen würde. Vor allem, weil ich dachte, du wärst eine Leiche.«

»Nun ja«, erwiderte Ella und versuchte, eine ungerührte Miene zu bewahren, »einen toten, durchnässten Körper durch den Dschungel zu schleppen, macht einen nicht erfolgreicher. Aber es hätte noch schlimmer sein können«, fügte sie hinzu und zog die Augenbrauen hoch. »Ich hätte am Leben sein können – aber die unterbelichtete Ella, die du zuerst kennengelernt hast.«

Kagan musste lachen. »Glaub mir, ich könnte nicht glücklicher darüber sein, wie sich die Dinge entwickelt haben. Angefangen mit dem Teil, in dem du mir das Leben gerettet hast. Wer hätte gedacht, dass unser zusammengewürfeltes Team so cool sein würde?«

»Das wird sich noch zeigen«, erwiderte Ella. »Aber ich denke, es ist an der Zeit, darüber zu reden, womit wir es hier wirklich zu tun haben und was wir dagegen machen können.«

Er nickte. »Lass uns ein paar zusätzliche Vorräte einsammeln, mit freundlicher Genehmigung der Iraner, und von hier verschwinden. Wir sollten besser zumindest die erste Meile zurücklegen, die Sucher für uns vorgesehen hat.«

»Einverstanden«, sagte Ella. »Aber dieses Mal werde ich die Führung übernehmen.« Ein schiefes Lächeln breitete sich auf ihrem Gesicht aus. »Versuch' einfach, mitzuhalten.«

»Ich werde mein Bestes tun, *Mylady*.« Ben deutete eine Verbeugung an.

»Und vor allem«, fügte sie grimmig hinzu, »versuch', am Leben zu bleiben.«

»Ja, du auch«, erwiderte er und erkannte, dass er die echte Ella Batista gerade erst kennengelernt hatte, sich aber plötzlich um ihr Wohlergehen sorgte, weit über alles hinaus, was mit Sucher oder ihrer derzeitigen misslichen Lage zu tun hatte.

Teil 7

38

Ella Batista war nie übermäßig emotional gewesen, aber die Anstrengung, die sie jetzt aufbringen musste, um ihre Gefühle unter Kontrolle zu halten, war beträchtlich. Ein Teil von ihr wollte sich in völlige Verzweiflung stürzen. Wer könnte ihr das unter diesen Umständen verdenken?

Ein anderer Teil von ihr kochte vor Wut auf eine außerirdische Sonde, auf eine KI aus einer anderen Galaxie, so absurd das auch war, die sie in diese missliche Lage gebracht hatte.

Und ein Teil von ihr war über alle Maßen verängstigt. Ihre größte Angst, der Tod, dem sie auszuweichen gehofft hatte, kam nun mit wütender Dringlichkeit auf sie zu.

Aber überraschenderweise hatte sie, wenn sie sich nicht mit der Realität dieser Schrecken beschäftigte, zugegebenermaßen auch Spaß. Wenn sie sich auf ihre Interaktionen mit Ben Kagan konzentrierte, hatte sie regelrecht gute Laune.

Apropos *absurd*. Nicht, dass sie den Kopf völlig in den Sand gesteckt hätte. Alle positiven Gefühle, die sie hatte, überlebten jedoch nur für kurze Zeit, bevor ihr Verstand zu den kommenden Schrecken zurückkehrte. Trotzdem entwickelte sie unversehens eine starke Bindung zu Ben Kagan, die ständig zu wachsen schien.

Einer ihrer Sponsoren war das israelische Äquivalent von Elon Musk, und alle Informationen, die sie über EHO hatte, stammten aus Mossad-Akten, die dieser Sponsor irgendwie in seinen Besitz gebracht hatte. Die Akte über Ben Kagan war besonders vollständig, da der Mossad von der Rolle erfahren hatte, die er während des Vettori-Party-Massakers gespielt hatte. Das war eine beeindruckende nachrichtendienstliche Leistung, denn der Mossad war überzeugt, dass nicht einmal Präsident Moro über die wahre Natur dieses Anschlags informiert worden war.

Sie hatte Kagan ausgewählt, um ihn zu studieren und möglicherweise für ihre Bemühungen zu gewinnen, weil er – zumindest auf dem Papier – in jeder Hinsicht außergewöhnlich war. Brillant, heldenhaft und anständig. Steve Rodgers alias Captain America in Fleisch und Blut, nur schlauer und ohne die lästige Pfadfindernatur.

Aber Kagan war in echt noch besser. Er war vielleicht nicht so scharfsinnig wie sie, selbst bevor die Gentechnik ihren Intellekt weiter geschärft hatte, aber er war auf seine Art brillant. Und er hatte die alte Ella viel besser behandelt, als sie es verdient hatte. Sie hatte ihr Verhalten verbessert, nachdem sie gelandet waren, während sie immer noch ihre falsche Identität aufrechterhielt, aber in den Tagen davor hatte sie die Dummheit und Inkompetenz so dick aufgetragen, dass man damit alle Straßen in Brasilien hätte pflastern können.

Und er hatte sie besser behandelt, als es die meisten getan hätten, nachdem er erfahren hatte, dass sie sich im Helikopter versteckt hatte. Er hatte sich sogar große Mühe gegeben, um sicherzustellen, dass sie das richtige Schuhwerk und damit eine Chance zum Überleben hatte. Und er war zu ihr zurückgekommen, als sie zurückgeblieben war, selbst nachdem er betont hatte, dass er es nicht tun würde.

Ben Kagan ließ sich von ihr auch nicht einschüchtern, was selten war. Er dachte und handelte entschlossen, auch unter extremem Druck, geriet nie in Panik, egal in welcher Situation, und er verkraftete Schocks, die die meisten Männer lähmen würden. Und, was für sie am wichtigsten war, er besaß einen großartigen Sinn für Humor, den man ihm auch im Angesicht des sicheren Todes nicht absprechen konnte. Er war seinem Ruf gerecht geworden – und noch viel mehr.

Sie hätte in diesem Moment ekstatisch sein können, wenn sie nicht gleichzeitig so absolut unglücklich, am Boden zerstört und verängstigt gewesen wäre.

Ihr Timing bei Männern war schon öfter schlecht gewesen. Aber noch nie so schlecht.

Ella zwang sich, ihre Sympathie für Ben Kagan beiseite zu schieben, während sie und ihr neuer Partner die Rucksäcke und Waffen einsammelten, die den gefallenen Iranern gehört hatten. Sie öffneten vorsichtig die Rucksäcke und durchsuchten sie, um ihr Arsenal zu erweitern. Nun – eigentlich Kagans Arsenal zu erweitern. Sie hatte nur sich selbst auf diese Expedition mitgebracht, und sonst nichts. Wie sie ihm gesagt hatte, hätte sie, selbst wenn sie gewusst hätte, dass er Dschungelüberlebensvorräte stehlen würde, niemals vermutet, dass seine Mission ein vollständiges und langes Eintauchen in das Herz des Amazonas beinhaltete. Angesichts ihrer beeindruckenden Augmentierungen war sie zuversichtlich gewesen, dass sie einen kurzen Aufenthalt im Dschungel gut überstehen würde, sogar in flachen Schuhen – wobei die Betonung auf *kurz* lag. Hätten sich Blutegel an ihren Knöcheln festgesaugt und versucht, sie zu verspeisen, hätten sie festgestellt, dass das, was in ihrem Körper als Blut durchging, alles andere als schmackhaft war.

Als ihr schließlich klar wurde, worauf sie sich wirklich eingelassen hatte, hatte sie innerlich ihren Mangel an Proviant und Vorbereitung verflucht. Deshalb war es eine große Erleichterung, jetzt eine Auswahl erstklassiger iranische Waffen bei sich zu haben, darunter eine Reihe von Granaten, die sie beide mitgenommen hatten, eine Machete und einen iranischen Rucksack, der mit Vorräten gefüllt war. Es war auch eine Erleichterung, endlich sie selbst sein zu können und nicht mehr dadurch belastet zu sein, sich ständig verstellen und so viele Geheimnisse zu verbergen zu müssen.

Sie verabscheute eigentlich jegliche Gewalt und wollte keiner Fliege etwas zuleide tun. Aber sie hatte sich darum gekümmert, dass sie im Kampf gut ausgebildet war. Und sie hatte Schritte unternommen, um sich psychologisch darauf vorzubereiten, Leben zu nehmen, wenn ihr eigenes auf dem Spiel stand. Etwas, wozu sie gerade zum ersten Mal gezwungen worden war.

Obwohl sie sich vor dem, was sie getan hatte, ekelte, konnte sie es sich nicht erlauben, sich damit zu beschäftigen. Nicht jetzt. Sie hatte getan, was sie tun musste, und es stand zu viel auf dem Spiel, um sich davon lähmen zu lassen.

Außerdem war dies erst der Anfang. Die Notwendigkeit, Menschenleben zu nehmen, würde nur noch größer werden. Um zu überleben, würde sie wahrscheinlich keine andere Wahl haben.

Nur wenige der hier vertretenen Länder waren natürliche Feinde. In der Tat waren viele Verbündete. Trotz des ursprünglichen Ziels dieser *Nationalmannschaften*, die Sonde zuerst zu erreichen, glaubte sie nicht wirklich, dass mehr als ein paar von ihnen wirklich kaltblütig töten würden, wie es die Iraner getan hatten. Die Aussies waren ein Paradebeispiel für gemäßigtere Aggression gewesen.

Aber Sucher hatte dafür gesorgt, dass dies nicht mehr der Fall war. Sucher hatte es so arrangiert, dass selbst die am wenigsten gewalttätigen Agenten im Dschungel keine andere Wahl hatten, als zu erbarmungslosen Killern zu werden, die praktisch wahllos töteten.

Nachdem sie ihre Waffen und Vorräte ausgewählt hatte und gerade dabei war, sich einen geliehenen iranischen Rucksack auf die Schultern zu schnallen, kam Kagan auf sie zu und streckte seine Hand mit der Handfläche nach oben aus. In der Mitte seiner Handfläche ruhte eine winzige silberne Kugel, so groß wie eine Erbse. »Bevor wir uns auf den Weg machen«, sagte er, »solltest du das in dein Ohr stecken.«

»Ist das wirklich ein Funkgerät?«, fragte sie und versuchte, beeindruckt zu klingen. Die Realität war, dass sie, nachdem sie mehrere Jahre mit Nanotechnologen zusammengearbeitet hatte, die erfolgreiche Miniaturisierung hochkomplexer Technologie nun als gegeben ansah.

»Ist es«, antwortete Kagan. »Ich hatte noch ein Ersatzgerät dabei. – Und ich würde dir empfehlen, es zu benutzen. Auf diese Weise können wir aus der Ferne miteinander kommunizieren, zumindest über die begrenzte Distanz, die Sucher zulässt. Und wir werden beide mit Ory verbunden sein. Du wirst nicht subvokal kommunizieren können, aber er wird dich gut hören, selbst wenn du nur leise flüsterst.«

Sie streckte Daumen und Zeigefinger aus, hob das winzige Gerät an und brachte es näher an ihr Auge, um es zu untersuchen. Es schien nichts weiter zu sein, als eine kleine Bohne aus einer Metalllegierung, ohne jegliche Befestigungsmöglichkeit. »Sucht es sich selbst den richtigen Platz?«, fragte sie.

»Ja. Das eigentliche Gerät ist viel kleiner als das, was du in der Hand hältst. Die äußere Hülle ist nur dazu da, es groß genug zu machen, damit man es in die Hand nehmen kann. Sobald du es in deinem Gehörgang platziert haben, wird es die äußere Ummantelung abwerfen und zu deiner Cochlea wandern, wo es sich mit Sub-Millimeter-Präzision einfügt.«

»Klingt reizvoll«, sagte sie augenzwinkernd. »Wie einer dieser Ohrwürmer aus Star Treck.«

»Ich weiß, es erinnert an einen gruseligen Science-Fiction-Film, aber es ist wirklich harmlos. Und schmerzlos.«

Ella schauderte trotzdem, als sie sich an die Szene erinnerte, in der die Kreaturen durch das Ohr in menschliche Körper eindrangen, wobei sie nicht bei der Hörschnecke aufhörten, sondern sich in das Gehirn eingruben, um ihre Wirte zu Marionetten zu machen.

»Ich schätze, ich sollte mich bei dir dafür bedanken, dass du bereit bist, diese Technologie mit mir teilen«, sagte Ella. Sie hob die winzige Kugel vor ihr Gesicht, als wäre es ein Glas Champagner. »Prost«, sagte sie und deponierte sie in ihrem rechten Ohr.

»Prost«, erwiderte Kagan, während das Gerät durch ihren Gehörgang wanderte und sich dabei auf Sensoren und einen leistungsstarken, miniaturisierten Computer verließ, um sich richtig zu positionieren. Weniger als eine Minute später war der Vorgang abgeschlossen, und er war so schmerzlos, wie Kagan versprochen hatte.

Kagan ging ein paar Schritte weg und murmelte Ella etwas zu, zu leise, als dass selbst ihr genetisch verbessertes Gehör es hätte verstehen können. Ihr neuer Kommunikator übertrug es jedoch zu ihr, als hätte er in normaler Lautstärke gesprochen. Sie war auch in der Lage, Ory deutlich zu hören, als er sich bei ihr vorstellte, womit der Test abgeschlossen war.

»Ory«, sagte Kagan subvokal, auf einem privaten Kanal. »Kann ich davon ausgehen, dass unsere einzige verbliebene Drohne noch funktionsfähig ist?«

»Ja.«

»Gut. Fliege sie ziemlich hoch und benutze sie als Ausguck. Aber ich will auch, dass sie Ella immer im Blick behält. Und falls wir uns später zufällig in einem Umkreis von fünfzig Metern von einer unserer anderen Drohnen befinden, so dass sie wieder funktionsfähig wird, dann lass' es mich bitte gleich wissen.«

»Verstanden.«

»Also gut«, sagte Kagan und sah zufrieden aus, dass diese Aufgabe erledigt war. »Ich denke, das ist alles. Wir können los.« Ein Lächeln kam über sein Gesicht. »Machen wir es wie ein Cowboy und bringen die Herde raus.«

Sie schüttelte den Kopf. Wer war dieser Typ, dass er im Angesicht des drohenden Todes solche kindischen Sprüche bringen konnte? Und warum mochte sie ihn trotzdem so verdammt gern, wo doch die Welt im wahrsten Sinne des Wortes vor die Hunde ging? Er hätte auch sagen können: *»Lass uns in dem sicheren Tod ins Auge schauen«*, aber wäre das besser gewesen? Sie fand die kindische Variante viel sympathischer.

»Warte mal, wir sind noch nicht ganz fertig«, sagte sie. »Du hast mit mir geteilt. Jetzt bin ich dran. Ich möchte, dass du selbst ein paar Respirozyten bekommst.«

Das machte ihn stutzig. »Du hast eine zusätzliche Dosis mitgebracht?«, fragte er überrascht. »Wie? Ich weiß, dass du keine Tüte oder Ampulle davon in deiner Kleidung versteckt hast. Oder irgendwo an deinem Körper, was das betrifft … äh, nicht dass ich danach gesucht hätte«, beeilte er sich hinzuzufügen. »Du weißt schon, abgesehen von dem einen Mal.«

Ella schüttelte den Kopf. »Ich weiß nicht, wie du dich dabei fühlst, Ben. Aber manchmal bist du brillant, und manchmal bist du wirklich dumm.«

Sie wies auf eine medizinische Tasche in der Nähe, die sie in einem der Rucksäcke der Iraner gefunden hatte. Ihre neunköpfige Truppe war groß genug, um einen Sanitäter einzuschließen, der gut vorbereitet gekommen war. Ohne ein weiteres Wort nahm Ella eine großvolumige Spritze aus der Medizintasche und drehte eine frische Nadel auf ihr Ende.

Kagan nickte langsam. »Ich verstehe«, sagte er. »Du hast zusätzliche Respirozyten in deinen Venen, nicht wahr? Ein guter Ort, um sie zu verstecken«, gab er zu. »Aber ich kann nicht zulassen, dass du deinen begrenzten Vorrat für mich aufbrauchst.«

»Sehr galant von dir. Aber keine Sorge, ich habe eine größere

Dichte, als ich brauche. Ich gebe dir ein paar Spritzen voll – das sollte einen dramatischen Effekt auf deine Atmung und Ausdauer haben. Ich rechne damit, dass du dann den Atem zwölf bis fünfzehn Minuten lang anhalten kannst. Die Respirozyten sind universell kompatibel, es ist also keine Blutgruppenanpassung nötig.«

»Damit ich das richtig verstehe«, sagte Kagan. »Du tust erst so, als ob es eine Zumutung wäre, ein Funkgerät ins Ohr zu stecken. Und jetzt schlägst du eine Bluttransfusion auf dem Schlachtfeld vor?«

»Ich werde dich nicht anlügen«, sagte sie. »Das wird ätzend. Aber du wirst schon nach ein paar Minuten merken, wie sich dein Lebensgefühl verändert. Die Respirozyten werden sich mit O_2 vollsaugen und das wir dir einen richtigen Kick geben.«

»Klingt interessant.«

»Du hast ja keine Ahnung. Ich weiß, du denkst, dass Ory süchtig macht. Aber warte, bis du dich daran gewöhnt hast, die vierfache Ausdauer eines gedopten Lance Armstrong zu haben. Du wirst nie wieder zurückwollen. Und wenn du jemals eine volle Dosis bekommst, wie ich eine bekommen habe, können Worte es nicht einmal beschreiben. Ich fühle mich sauerstoffreicher, nachdem ich fünfundvierzig Minuten lang keinen Atemzug getan habe, als du, nachdem du gerade eingeatmet hast.«

»Und du bist sicher, dass du deinen Vorrat teilen willst?«

»Absolut. Aber nur weil ich Körperflüssigkeit mit dir teile«, fügte sie amüsiert hinzu, »heißt das noch lange nicht, dass wir verheiratet sind oder so.«

»Richtig«, sagte Kagan. »Es ist ein routinemäßiges Teilen von Kunstblut zwischen Kollegen.«

»Genau«, erwiderte Ella mit einem Lächeln. Sie reichte ihm die Spritze. »Es ist einfacher, wenn wir es uns gegenseitig die Injektionen geben«, sagte sie.

Kagan nickte.

Sie führte ihn zu einer Vene an ihrem linken Arm, ließ ihn die Nadel ausrichten und erklärte ihm dann, wie er sie schräg nach oben hineinschieben musste. Sie reagierte mit verzerrtem Gesicht auf seinen ersten ungeschickten Versuch, als er zu viel Kraft aufwandte, ihre Vene völlig verfehlte und überrascht wirkte, dass er ihre Haut überhaupt durchstochen hatte.

»Ich bin biologisch verbessert«, beschwerte sie sich, »aber ich bin nicht Supergirl. Es ist nicht so, dass meine Haut Nadeln zerbrechen kann. Sei also bitte etwas vorsichtiger.«

»Tut mir leid«, erwiderte Kagan verlegen.

»Wie wäre es, wenn du etwas von deiner übermenschlichen Konzentration einsetzen würdest?«

Er nickte und versuchte es erneut, dieses Mal mit Erfolg. Vorsichtig zog er den Kolben heraus und füllte die Spritze mit leuchtend roter Flüssigkeit.

»Wow. Deine Respirozyten sehen wie echtes Blut aus«, staunte Kagan. »Mein Kompliment für diese Imitation.«

»Danke. Die Respirozyten versiegeln Wunden ziemlich schnell, aber man verliert trotzdem etwas bei einer Verletzung. Ich kann ja nicht silbern bluten, wenn ich mich an einem Blatt Papier schneide. Das wäre einfach zu auffällig. – Okay, bereit für den ersten Schuss?«, fragte Ella und streckte ihre Hand nach der Spritze aus.

Er nickte, reichte sie ihr aber mit offensichtlichem Widerwillen. Sie nahm die volle Spritze und injizierte sie in eine seiner Venen, langsam und vorsichtig. Diesen Vorgang wiederholten sie insgesamt achtmal, und die Übertragung schien jedes Mal unangenehmer zu werden.

»Ich habe schon öfter Körperflüssigkeiten mit Frauen geteilt«, bemerkte Kagan nach der Hälfte der Prozedur, »aber ich habe noch nie eine Nadel mit einer geteilt.«

»Es gibt für alles ein erstes Mal, denke ich«, sagte sie. »Meine Hoffnung war, ewig zu leben und während dieser ganzen Ewigkeit des Lebens *nie* eine Nadel teilen zu müssen. Ich schätze, das wird ein toller Eintrag in unser beider Tagebuch.«

Er wollte gerade lachen, als die Respirozyten, so verdünnt sie auch waren, zu wirken begannen. Er schloss für einige Sekunden die Augen und schwelgte in der umfassenden Vitalität, die er plötzlich erlebte. »Das ist … erstaunlich«, sagte er voller Ehrfurcht. »Ich habe mich noch nie so gut gefühlt. Nicht einmal annähernd.«

Ella nickte. »Jetzt weißt du, warum Dracula süchtig nach Blut ist.«

39

Ella machte sich auf den anfänglichen Ein-Meilen-Kurs, den Sucher vorgegeben hatte, die Machete eines Iraners in der Hand, obwohl der Dschungel hier noch nicht so dicht war, dass sie sie schwingen musste. Beide Amerikaner schüttelten angewidert den Kopf, als ihr Weg sie an den blutigen Überresten des prächtigen Jaguars vorbeiführte, den ein übereifriger Aussie namens Julius Barton abgeknallt hatte. Doch nach weniger als drei Minuten verschwanden dieser Kadaver, der kleine See und die Ansammlung exotischer Vögel hinter ihnen.

Sie sprachen knapp im Flüsterton miteinander, um so wenig Aufmerksamkeit wie möglich auf sich zu ziehen, während die Funkgeräte dieses Flüstern in ihren Ohren in normaler Lautstärke widergaben.

»Die Drohne, mit der du mich gefunden hast, war gut fünfzig Meter von dir entfernt, als die Aussies auftauchten«, sagte Ella. »Kann ich davon ausgehen, dass du sie in der Nähe hattest und einsatzbereit gehalten hast, während wir uns auf den Weg zum See gemachten haben?«

Kagan nickte. »Kannst du.«

»Was bedeutet, dass du sie jetzt mit uns mitfliegen lässt, nicht wahr?«, fragte sie. »Und unter Berücksichtigung deines Persönlichkeitsprofils«, fügte sie hinzu und zog eine Augenbraue hoch, »würde ich davon ausgehen, dass du sie dezent ein Auge auf mich werfen lässt, während sie gleichzeitig als Ausguck fungiert.«

»Niemand mag Besserwisser«, murmelte Kagan.

»Wünschst du dir die alte Ella zurück? Die wäre unter diesen Bedingungen doch *voll der Kracher!*«

»Nicht wirklich«, sagte er grinsend. Dann, wieder ernst, fügte er hinzu: »Es wird Zeit, dass wir uns eine Strategie überlegen. Aber bevor wir das tun – wie hoch ist die Wahrscheinlichkeit, dass Sucher jedes Wort hört, das wir sagen?«

»Hundert Prozent«, antwortete Ella sofort.

Kagan nickte grimmig. »Ich dachte eher an 99,9 – aber ich respektiere deine Einschätzung. Meinst du, er kann unsere Gedanken lesen?«

»Es würde mich nicht überraschen. Aber aus irgendeinem Grund glaube ich nicht, dass er das tut – oder tun wird. Das wäre irgendwie unsportlich. Aber das ist nur eine Vermutung, und ich könnte mich auch irren.«

»Ich bin auch in diesem Punkt absolut deiner Meinung«, sagte Kagan, »aber wir müssen so vorgehen, als ob du falsch liegst. Um auf Nummer sicher zu gehen, müssen wir annehmen, dass alles, was wir sagen, hören und sogar denken, ein offenes Buch für dieses *Ding* ist.«

»Guter Ansatz. Aber ich meine, wir sollten uns nicht zu sehr damit belasten. Wir haben so schon mehr als genug Stress. Wenn du eine Heureka-Idee hast, um uns alle hier rauszuholen, behalte sie lieber vorerst für dich. Aber selbst wenn Sucher von unseren Plänen weiß, heißt das nicht, dass wir ihn nicht aufhalten können.«

Kagan seufzte. »Ja, aber es ist wahrscheinlicher, dass wir ihn nicht aufhalten können, weil er ein allmächtiges Wesen ist. Weil er über eine so fortschrittliche Technologie verfügt, dass wir wie ein Haufen Neandertaler mit Speeren sind, die gegen die US Air Force antreten.«

Ella seufzte, beschloss aber, diese pessimistische, wenn vielleicht auch zutreffende, Einschätzung erst einmal zu ignorieren. »Ich sage, wir beginnen mit einer Untersuchung der ersten Prinzipien«, sagte sie. »Lass uns alles infrage stellen, was wir zu wissen glauben. Und dann hinterfragen wir unsere Fragen. Und schließlich stellen wir das infrage.«

»Okay«, meinte Kagan. »Fangen wir ganz am Anfang an. Die ersten Momente, als Sucher mit uns kommunizierte. Du sagtest, du hättest einige Theorien, wie das zustande gekommen sein kann?«

»Ich denke an Nanotech«, antwortete Ella. »Nanotechnologie, die unsere ersten Gehversuche in diese Richtung natürlich komplett in den Schatten stellt. Aber ich könnte mich irren. Es könnte zum Beispiel auch eine Art elektromagnetische Technik verwendet worden sein, wie Mikrowellenstrahlung, die so exquisit gelenkt und kontrolliert wurde, dass sie genau die benötigten Vibrationen hervorrufen konnte.«

»Aber du hältst das für unwahrscheinlich«, sagte Kagan.

»Ja. Ich denke, es wurden Nano-Drohnen verwendet. Unzählige Billionen von ihnen, die physisch zu den Standorten aller fünf- oder sechshundert Menschen hier draußen geschickt wurden. Drohnen von der Größe von Bakterien oder kleiner, aber kollektiv in der Lage, die Luft vibrieren zu lassen.«

Sie hielt inne. »Das ist nur eine Hypothese, aber ich habe Schulter an Schulter mit den besten Nanotechnologen der Welt gearbeitet, und ich kenne die Fähigkeiten, von denen sie träumen. Sie stellen sich Naniten vor, die Rohstoffe auf atomarer Ebene in alles umwandeln können, was diese Nano-Maschinen zur Replikation benötigen. Durch Selbstreplikation kann ein einziger Nanit schnell zu Billionen oder sogar Quadrillionen anwachsen – so wie die Reiskörner auf dem Schachbrett. Und ich meine *schnell*. Ein E. Coli-Bakterium, das einst das wichtigste Arbeitspferd der Gentechniker war, kann in zwanzig Minuten eine Kopie von sich selbst herstellen. So kann aus einem Bakterium in sieben Stunden eine Million werden. Und jede dieser Millionen kann eine weitere Million in weiteren sieben Stunden produzieren.«

»Also wird aus einem Bakterium eine Billion in nur vierzehn Stunden«, sagte Kagan.

»Das ist richtig«, sagte Ella. »Die Vermehrung der Bakterien wird immer nur durch den Mangel an Ressourcen begrenzt. Unter optimalen Bedingungen würden sie sich so vermehren, dass wir bereits nach wenigen Tagen in einem meterhohen Sumpf aus Bakterien ertrinken würden, überall auf der Erde. Und fortgeschrittene Naniten können das theoretisch sogar noch schneller machen. Sobald man so viele Billionen oder Quadrillionen hat, wie man braucht, können sie kollektiv wie eine Nanofabrik arbeiten und alles zusammensetzen, was man sich vorstellen kann, vom Quantencomputer bis zum Flugzeugträger.«

»Bist du überzeugt, dass Sucher etwas Derartiges in seinem Arsenal hat?«

»Das bin ich«, sagte Ella. »Als er von seiner Informationsbibliothek sprach, erwähnte er Nanotechnologie als eine der Technologien, die er dem Siegerteam zur Verfügung stellen kann. Und wenn er wirklich das Produkt einer Spezies ist, die die Singularität erreicht hat, die Transzendenz, dann wäre diese Art von Naniten fast eine Selbstverständlichkeit. Eine Technologie, die von Magie nicht zu unterscheiden ist – hoch eine Milliarde.«

»Und das würde auch erklären, wie Sucher eine iranische Leiche verschwinden lassen konnte«, bemerkte Kagan.

»Er hat eine iranische Leiche *verschwinden* lassen?«, fragte Ella. »Wovon redest du?«

Nachdem offenkundig war, dass Ella diese grausige Demonstration verpasst hatte, beschrieb Kagan sie schnell.

Sie erschauderte. »Sucher wollte mir ebenfalls eine Demonstration geben und sagte mir, ich solle einen großen Fisch in der Nähe beobachten. Aber zu diesem Zeitpunkt war ich darauf konzentriert, mich dem Ufer zu nähern, um mich auf den heimlichen Ausstieg aus dem Wasser vorzubereiten, und habe ihn ignoriert.« Sie runzelte die Stirn. »Aber das bestätigt meine Hypothese. Naniten, ganz sicher. Um Gegenstände Atom für Atom aufzubauen, müssen Naniten auch in der Lage sein, Dinge auf die gleiche Weise wieder zu dekonstruieren. Also wäre das Auflösen von Materie wie hier die grundlegendste aller Aufgaben für sie.«

Sie wanderten schweigend weiter, beide tief in Gedanken versunken.

»Sucher hat seine Botschaft an Hunderte von verschiedenen Menschen gerichtet«, bemerkte Kagan, nachdem fast zwanzig Sekunden vergangen waren. »In zahlreichen Sprachen. Nicht schwer für einen Computer, so ein Multitasking zu betreiben. Aber alles daran, wie er so viele Sprachen beherrschte und seine Präsentation mit intimen Kenntnissen unserer Überlieferungen und Geschichte gespickt hat, deutet für mich darauf hin, dass er das Internet bereits komplett aufgesaugt und analysiert hat. Vielleicht bevor er gelandet ist, vielleicht auch danach.«

»Sehe ich auch so«, flüsterte Ella.

»Sollen wir also glauben, was es uns erzählt hat? Über die sogenannten *Androms?* Und über die ASI, die sie besiegt hat?«

»Wir haben keine Möglichkeit, das nachzuprüfen«, sagte Ella. »Aber ich denke, wir müssen davon ausgehen, dass es die Wahrheit ist. Gleichzeitig müssen wir aber offen bleiben für die Möglichkeit, dass es nicht stimmt.«

»Sagen wir also, wir glauben es«, überlegte Kagan. »Jedes Wort. Wenn das der Fall ist, warum glauben wir dann nicht, dass das, was er hier tut, wirklich der *beste* Weg ist? Eine Version von fürsorglicher Gewalt, tödlicher Nächstenliebe. Wir sind beide entschlossen, Sucher zu besiegen. Entschlossen, die Milliarden zu retten, die er töten will. Aber sollten wir das auch? Oder sollten wir nicht lieber unsere ganze Energie darauf verwenden, dass unser Team gewinnt? Was immer das auch heißen mag.«

»Ich kann nicht glauben, dass du das überhaupt fragst«, erwiderte Ella kopfschüttelnd.

»Du warst doch diejenige, die sagte, wir sollten alles infrage stellen. Das ist alles, was ich gerade tue.«

Ella blieb stehen, drehte sich um und sah Kagan in die Augen. »Entschuldigung«, sagte sie. »Du hast völlig recht. Und in Bezug auf diese Frage kann es keine gute Antwort geben. Alles, was ich sagen kann, ist, dass ich, selbst wenn die Auslöschung des größten Teils der Menschheit wirklich der beste langfristige Weg ist, selbst wenn es wirklich entscheidend für das Überleben unserer Spezies ist, diesen Weg nicht unterstützen kann.«

»Ich kann es auch nicht«, sagte Kagan. »Aber ich wollte bewusst keinen Stein auf dem anderen lassen, deshalb habe ich die Frage gestellt. Ich werde nicht tatenlos zusehen, wie ein Großteil der Menschheit stirbt, selbst wenn es darum geht, ihr Aussterben in Millionen oder Milliarden von Jahren zu verhindern. Wenn die Rettung unserer Spezies ein derartiges Gemetzel erfordert, lasse ich der Natur lieber ihren Lauf.«

»Gut. Wir sind uns also einig, dass wir, selbst wenn wir mit Sicherheit wüssten, dass Suchers Strategie die beste Vorgehensweise wäre, dagegen wären.« Ella neigte nachdenklich den Kopf und schüttelte ihn dann. »Aber die Sache ist die«, fuhr sie fort, »wir können das sowieso nie mit Sicherheit wissen. Und Sucher kann das auch nicht, so mächtig er auch ist. Und obwohl wir uns entschieden haben, so zu handeln, als würde er die Wahrheit sagen, können wir seine wahren Motive nicht kennen, so wie wir die Beweggründe unserer Mitmenschen nur schwer vorhersagen können. Wer weiß, wie diese KI denkt? Wie viel von ihrer Agenda hält sie absichtlich vor uns verborgen?«

»Klingt gut. Vielleicht kommen wir ja doch langsam voran«, meinte Kagan. »Wir sind uns einig, dass wir Sucher um jeden Preis aufhalten müssen. Und wir sind uns einig, dass wir keine gute Idee haben, wie wir das tun sollen. Also scheint es mir, dass wir, bis uns eine einfällt, am besten versuchen sollten, diesen Wettbewerb zu gewinnen. Wir können Sucher nicht aufhalten, wenn wir tot sind. Und wenn wir gewinnen und als Belohnung einen Teil der Kontrolle erlangen – was versprochen wurde – können wir ihn vielleicht dazu bringen, die Menschheit zu verschonen. Das muss also unser Hauptziel sein.«

»Einverstanden«, sagte Ella. »Zumindest, bis uns ein direkterer Weg einfällt, das Gemetzel zu stoppen.«

»Natürlich.«

»Aber wir haben keine Ahnung, nach welchen Kriterien die KI den Gewinner bestimmt.«

»Wir haben schon eine Ahnung«, widersprach Kagan. »Sucher hat uns ein paar der Eigenschaften genannt, nach denen er sucht. Wir wissen nicht, wie er sie zu beurteilen gedenkt, oder wie er eine Tugend gegen eine andere abwägen wird, aber wir wissen, dass Feigheit zum Beispiel keine Punkte bringt. Und wir wissen, dass das Überleben und die Inbesitznahme der Sonde selbst viele Punkte bringen wird.«

»Also gut«, sagte Ella Batista. »Es sieht so aus, als hätten wir einen Plan. Wir müssen nur in jeder Hinsicht absolut fantastisch sein und mehr als achtzig andere Teams ausstechen.«

Kagan seufzte. »Wenn es nur so einfach wäre«, sagte er grimmig. »So wundervoll das auch klingt, es wird uns nur bis zur Startlinie bringen. Danach müssen wir einen Weg finden, eine superintelligente außerirdische KI davon zu überzeugen, dass ihr geplantes Vorgehen eine große Dummheit wäre.«

40

Sie marschierten nun schon seit fast fünfzehn Minuten, und sie kamen zügig voran. Ella hatte nur selten die Machete schwingen müssen, was sie wohlwollend zur Kenntnis nahm, obwohl sie wussten, dass sich das jeden Moment ändern konnte.

Kagan, der hinter ihr lief, fühlte sich trotz ihrer schwierigen Situation großartig. Er war richtiggehend euphorisch. Die Respirozyten, die er jetzt in seinem Blutkreislauf hatte, waren wirklich außergewöhnlich. Sauerstoff bis in die letzte Zelle des menschlichen Körpers zu bringen, war ein horrend schwieriges Unterfangen, und die Evolution hatte bei der Entwicklung von Herz, Blut, Lunge, Venen, Arterien und Kapillaren, die für diese Aufgabe benötigt wurden, ganze Arbeit geleistet. Aber die Evolution hatte nie wirklich optimiert. Sobald sie eine Lösung gefunden hatte, die gut genug war, um das Überleben der Art zu sichern, war sie zufrieden gewesen.

Die Respirozyten hingegen waren in mühevoller Kleinarbeit optimiert worden – und dann noch einmal verbesser worden. Kagan fühlte sich, als ob er über den Boden gleiten würde, als könnte er ewig weiterrennen, ohne sich anzustrengen – was auch fast der Wahrheit entsprach.

Wie fantastisch musste sich erst Ella fühlen? Es war schwer, sich das überhaupt vorzustellen.

Die Hitze am Amazonas war nach wie vor groß, die Luftfeuchtigkeit drückend. Trotzdem bemerkte Kagan, dass er kaum schwitzte.

»Halt!«, zischte Ella und hielt abrupt inne. Sie legte den Kopf schief und lauschte angestrengt, wobei sie das allgegenwärtige weiße Rauschen von Vögeln, Insekten und anderen Tieren ignorierte, während Kagan vollkommen still blieb.

»Wir haben Gesellschaft vor uns«, flüsterte sie in nicht wahrnehmbarer Lautstärke, ihre Worte wurden von Ory verstärkt und an Kagans Ohr übertragen.

»Direkt auf dem Weg, den Sucher uns gezeigt hat?«, flüsterte er zurück und wünschte, die Alien-KI hätte sein verbessertes Gehör nicht blockiert.

»Ich bin mir nicht sicher, aber ich glaube schon. Es ist auch nicht ganz klar, wie weit sie entfernt sind. Ich höre Stimmen, aber viel zu leise, um irgendwelche Worte zu erkennen.«

Noch während sie sprach, gab Kagan Befehle an Ory, und seine verbliebene Mikrodrohne flog voraus, um zu sehen, womit sie es zu tun haben könnten. »Ich habe unsere Libelle losgeschickt, um das zu untersuchen«, ließ er Ella wissen.

Dreißig Sekunden später übertrug die Drohne das Video eines Stoßtrupps von acht dunkelhäutigen Männern in Kagans Sichtfeld, die bis an die Zähne bewaffnet waren. Ory identifizierte ihren Anführer sofort als Captain Bukola Saraki, einen hochdekorierten nigerianischen Special-Forces-Agenten, und übertrug diese Information neben Sarakis Bild auf Kagans augmentierte Linsen. Orys Datenbank erwies sich wieder einmal als bemerkenswert umfangreich, auch ohne Internetzugang.

Saraki studierte gerade mit grimmigem Gesichtsausdruck einen Tablet-Computer. Seine sieben Kameraden, die jetzt schwiegen, wirkten hyper-aufmerksam. Und sie waren viel näher, als es Kagan lieb sein konnte.

Er wandte sich an Ella. »Unsere Drohne hat acht Nigerianer im Visier«, teilte er ihr mit. »Ungefähr fünfundvierzig Meter entfernt. Alle mit Sturmgewehren bewaffnet.«

»Wie sollen wir darauf reagieren?«, fragte sie.

Kagan überlegte. Unter den Bedingungen, die herrschten, als er hier angekommen war, war eine große Truppe eine Belastung – zu unhandlich und zu leicht zu orten. Aber das hatte sich geändert. Mit den begrenzten Sensoren, den ausgeglicheneren Chancen und der allgemeinen Motivation, erst zu schießen und dann Fragen zu stellen, war eine überlegene Gruppengröße zu einem bedeutenden Vorteil geworden.

Wenn man bedachte, dass es fünfhundertvierundneunzig Teilnehmer aus achtundachtzig Ländern gab, war das durchschnittliche

Team fast sieben Mitglieder stark. Das bedeutete, dass er und Ella jedes Mal den Kürzeren ziehen würden, wenn es um die reine Anzahl der Gewehrläufe ging.

Dennoch hielt Kagan es für wahrscheinlich, dass sie zu zweit acht nicht-augmentierte Soldaten, selbst erfahrene Kommandosoldaten, leicht bezwingen konnten. Besonders jetzt, da Ella ihm zusätzlich zu seinen EHO-Augmentierungen einen Sauerstoffschub verpasst hatte. Aber warum sollte er das auf die Probe stellen?

Außerdem hatte er keinen Konflikt mit Nigeria. Und er war nicht geneigt, sich von Sucher leichtfertig zu barbarischen Handlungen bewegen zu lassen.

»Ich sage, wir gehen ihnen aus dem Weg«, begann er. »Ich würde diese Sonde lieber in Besitz nehmen, indem ich Konflikte vermeide, wann immer es möglich ist. Ich sage, wir verfolgen weiter die Strategie, die du am See festgelegt hast: bewusste Untätigkeit. Strategisches Vermeiden von Kampfhandlungen. Es sei denn, du befürchtest, dass Sucher dieses Verhalten als Feigheit ansehen würde.

»Das könnte er. Aber er könnte es auch als Klugheit ansehen. Oder sogar als Brillanz.«

»Gutes Argument. Wir wissen so wenig, dass es keinen Sinn macht, an unseren Instinkten zu zweifeln.«

»Der einzige mögliche Nachteil, den ich sehe«, sagte Ella, »ist, dass wenn wir sie jetzt nicht töten, sie diejenigen sein könnten, die uns später töten.«

Kagan dachte ernsthaft darüber nach. »Ich bin bereit, dieses Risiko einzugehen«, sagte er schließlich.

Ella nickte. »Das bin ich auch«, erwiderte sie. »Also machen wir einen großen Bogen um sie und gehen dann wieder auf Kurs.«

»Alarm!«, warnte Ory. »Ich registriere vier Drohnen, die sich jetzt in Sichtweite von uns befinden. In Anbetracht der Entfernungs-Einschränkungen bei der Kontrolle von Drohnen gehören sie mit ziemlicher Sicherheit den Nigerianern.«

Während Ory sprach, zeigte der Video-Feed auf Kagans Kontaktlinsen Sarakis Kopf, der von seinem Tablet-Computer hochschnellte, wo er die Bilder der zahlreichen Drohnen gesehen haben musste. »Wir haben Sichtkontakt zu zwei Personen«, sagte er auf Englisch, der offiziellen Sprache Nigerias. »Eine Frau und einen Mann. Sie befinden sich etwa vierzig Meter östlich von uns. Ich gehe voran. Wenn wir näher kommen, verteilen wir uns und schalten sie beide aus.«

»Auch die Frau?«, fragte einer seiner Untergebenen, der nun, wie der Rest des Teams, eine Pirschhaltung einnahm, seine Waffe nach vorne gerichtet.

Saraki seufzte und nickte dann, wobei er den Mund verzog. »Ihr habt die Drohungen von Sucher gehört. Ihr habt gesehen, was er mit dem armen Ameisenbären angestellt hat. Wir können es uns nicht leisten, Gnade walten zu lassen.«

Ella konnte zwar nicht so viel sehen wie Kagan durch seine Linsen, aber sie hörte Sarakis Worte durch ihren Ohrhörer mit perfekter Klarheit. Sie fing den Blick ihres Partners auf und schüttelte den Kopf. »So viel zum Thema strategisches Vermeiden von Konfliktsituationen«, sagte sie mürrisch.

»Nicht unbedingt«, erwiderte Kagan, während er und Ella begannen, sich eilig vor den sich nähernden Nigerianern zurückzuziehen. »Wir können uns beide viel schneller durch den Dschungel bewegen als sie. Wenn wir genug Vorsprung haben, jenseits der Kommunikations- und Kontrollreichweite, die Sucher zulässt, dann werden ihre Drohnen uns nicht folgen können.«

»Stimmt, aber sie scheinen eine Menge davon zu haben. Wir können also nie sicher sein, dass sie uns nicht später aufspüren. Und sie werden sie benutzen können, um einen Verteidigungsperimeter mit einem Fünfzig-Meter-Radius zu errichten. Irgendwann müssen wir durch sie hindurch, um zum ersten Knotenpunkt auf der Marschroute zu gelangen, die Sucher für uns festgelegt hat.«

Kagans Verstand arbeitete weiterhin mit absoluter Klarheit, wie er es in Situationen auf Leben und Tod immer tat, und verwandelte die Welt in eine Zeitlupenversion ihrer selbst. »Vielleicht können wir ihre Drohnen in einen Nachteil verwandeln«, sagte er. »Es besteht die Möglichkeit, dass Ory sie hacken kann.« Er hielt inne. »Wie sieht es aus, Ory?«

»Ich prüfe das schon«, antwortete die KI und fügte nur Sekunden später hinzu: »Ich bin drin und habe die Kontrolle. Was soll ich sie tun lassen?«

»Sehr schön«, lobte Ella anerkennend, während sie ihre rasante Flucht vor den anrückenden Feinden fortsetzten. »Und jetzt?«

»Ich bin mir nicht sicher«, sagte Kagan. »Das Klügste wäre, sie in einen Hinterhalt zu locken und zu eliminieren. Wir müssen annehmen, dass es jetzt, wo sie wissen, dass wir hier sind, entweder uns oder ihnen an den Kragen geht. Wir werden keine Punkte für Mitgefühl bekommen, und wir werden wahrscheinlich Punkte verlieren. Außerdem, wenn sie diesen Wettbewerb nicht gewinnen, was recht wahrscheinlich ist, wird Sucher sie sowieso alle töten.«

»Ich spüre ein *aber* kommen«, sagte Ella.

»Aber«, ergänzte Kagan, genau auf das Stichwort hin, »ich kann es nicht tun.«

Ella sah alles andere als überrascht aus. »Ich habe immer noch die Hoffnung, dass wir triumphieren und Sucher dazu bringen können, uns alle zu verschonen. Hier und rund um den Globus.«

»Fällt dir denn ein Plan B ein?«

»Vielleicht«, sagte er nach ein paar Sekunden des Nachdenkens. »Ory, kannst du falsche Videobilder von uns erstellen, die die Drohnen an ihr Team übermitteln können? Bilder, die sie von uns wegführen können?«

»Ich fürchte nein, Ben«, antwortete die KI.

»So raffiniert müssen wir gar nicht sein«, sagte Ella plötzlich und strahlte. »Richtige Idee, nur die falsche Umsetzung. Die Drohnen sollen uns genau filmen. Wir müssen dazu einfach nur falsche GPS-Koordinaten senden. Der Dschungel sieht überall ziemlich gleich aus. Wer soll also wissen, dass wir in Wirklichkeit nach Osten laufen, wenn die Drohnen ihnen sagen, dass wir nach Westen fliehen?«

»Hervorragend«, grinste Kagan. »Ory?«, sagte er zu seiner KI. »Bitte sag mir, dass das etwas ist, was du tun kannst.«

»Ist es. Sagen Sie es einfach.«

Kagan wollte gerade etwas erwidern, als mehrere Schüsse aus der Richtung, in die sie sich jetzt bewegten, auf sie abgefeuert wurden.

Ella war gerade vorne, und der erste Schuss verfehlte sie nur um Zentimeter. Sie wich zur Seite aus, als weitere Schüsse auf sie einprasselten, und nur ihre übermenschlichen Reflexe und ihre Geschwindigkeit bewahrten sie davor, von Kugeln durchsiebt zu werden. Sie war zum Glück schneller als Kagan, der wahrscheinlich getötet worden wäre, wenn er in Führung gewesen wäre.

Einen Herzschlag später erwiderte Ella bereits das Feuer, um denjenigen, der auf sie schoss, in Deckung zu zwingen. Dann machte sie in einer fließenden Bewegung kehrt und rannte zielstrebig durch den Dschungel davon. Kagan tat dasselbe und eröffnete ebenfalls das Feuer, bevor er ihr folgte.

»Was zur Hölle …?«, fluchte Kagan, während ihm die Kugeln um den Kopf flogen.

Ihr Versuch, den Nigerianern auszuweichen, hatte sie direkt in die Klauen einer neuen, derzeit noch unbekannten, Bedrohung geführt.

Sie rannten für einige kurze Sekunden direkt nebeneinander, bis Ella ihn, trotz der schlecht sitzenden Gummistiefel, ein Stück abhängte. Hinter ihnen ertönten weitere Schüsse, die Rinde und Stücke von wachsgrünen Blättern auf sie herabregnen ließen. Aber die Bäume standen so dicht, dass inzwischen ein Baumstamm jedes Geschoss stoppte, bevor es sein Ziel finden konnte. Die Schützen hatten auch Problem ihrer raschen Fluchtbewegung zu folgen. Zumindest bis jetzt.

In Anbetracht des schwierigen Geländes war die Geschwindigkeit, die Kagan erreichte, wirklich beeindruckend. Trotzdem konnte er nicht genug Vorsprung herausholen, um zu riskieren, sich auch nur kurz umzudrehen, um zu erfahren, womit er und Ella es zu tun hatten.

»Ory«, sagte er dringend, »setze unsere Drohne neu ein. Ich muss wissen, was hinter uns ist.«

»Wird erledigt«, kam sofort die Antwort.

»Ella, du musst nicht langsamer werden«, sagte er, und Ory übertrug diese Worte auf ihr Funkgerät. »Ich werde schon aufholen.«

»Ich schätze, ich bin etwa fünfzehn Meter voraus«, antwortete sie. »Ich werde innerhalb des Fünfzig-Meter-Radius bleiben, damit wir die Kommunikation aufrechterhalten können.«

»Verstanden«, bestätigte Kagan.

Unerklärlicherweise kamen die Schüsse weiterhin aus einer Entfernung, die er als ungefähr gleich groß einschätzte. Wie konnte sein Verfolger überhaupt mit ihm Schritt halten?

Weniger als eine Minute später eilte die Drohne in Position und neue Bilder erschienen auf seinen Linsen. Kagan konnte vier Männer ausmachen, allesamt Chinesen, und alle vier waren in Orys Datenbank enthalten.

Die KI identifizierte jeden von ihnen als Elitemitglieder der Guangzhou Military Region Special Forces Unit, auch bekannt als das South China Sword, Chinas Äquivalent zu den Navy SEALs. Major Hou Meng befehligte diese kleine Gruppe, und er wurde vom US-Geheimdienst als einer der tödlichsten Kämpfer der Welt angesehen.

Kagan musste diese Männer nur ein paar kurze Sekunden lang dabei beobachten, wie sie durch das Gelände stürmten, bevor er zu einer unausweichlichen Schlussfolgerung kam: Diese winzige Einheit des Südchinesischen Schwertes war nicht das Äquivalent der Navy SEALS. Sie war das Äquivalent der EHO. Die vier chinesischen Soldaten trugen alle aktive Exoskelette, die zwar sperriger waren als das, das Kagan trug, aber wahrscheinlich effektiver. Und sie hatten sicher ähnliche genetische Veränderungen wie Ella. Nur weil sie China verlassen hatte, hieß das nicht, dass das Land auf genetische Verbesserungen verzichtete.

Kein Wunder, dass er sich nicht von seinen Verfolgern lösen konnte.

Wie hatte Ben Kagan, Elite-Agent von Amerikas Enhanced Human Operations Forces, der langsamste Läufer in einem Sechs-Personen-Rennen werden können?

Zum Glück waren Ellas Nanotechnologen besser als die der Chinesen, denn das schwere Atmen der Männer hinter ihm deutete darauf hin, dass sie keine Respirozyten in ihren Adern hatten. Es war der einzige Grund, warum Kagan noch am Leben war.

»Ella«, sagte er schnell, was Ory pflichtbewusst an ihr Funkgerät weitergab, »es sind vier Männer hinter uns her. Alle Mitglieder von *South China Sword*, unter Major Hou Meng, und alle mit körperlichen

Verbesserungen. Sie atmen schwer, aber sie sind sehr schnell und ich habe Probleme, den Vorsprung zu halten.«

»Verstanden«, sagte Ella. »Ich habe eine Idee. Ich werde mir genug Vorsprung verschaffen, um mich umdrehen und Granaten über deinen Kopf werfen zu können. Damit können wir sie ausschalten.«

»Das wird nicht funktionieren«, keuchte Kagan sofort. »Du kannst hier unmöglich eine Granate mehr als fünf Meter weit werfen, ohne dass sie gegen einen Baum prallt. Die Wahrscheinlichkeit, dass du mich triffst, ist also genauso groß wie bei ihnen. Es sei denn, wir finden offeneres Gelände, so wie wir es am See hatten.«

»Ich werde versuchen, welches zu finden«, sagte Ella.

Kagan runzelte die Stirn. »Eigentlich muss ich zurücknehmen, was ich gerade gesagt habe. Wenn man bedenkt, dass sie verbessert und viel besser ausgebildet sind als wir, haben wir ein Problem. Wenn du also irgendeine Gelegenheit findest, die Granaten zu werfen, selbst wenn ich dabei in Gefahr komme, dann musst du sie nutzen.«

»Auf gar keinen Fall, Ben«, erwiderte Ella entschlossen. »Entweder wir schaffen es beide, oder keiner von uns.«

Kagan konnte am Tonfall in ihrer Stimme erkennen, dass dies das letzte Wort in dieser Angelegenheit war. Anstatt Zeit mit zusätzlichen Argumenten zu verschwenden, verdoppelte er seine Bemühungen, seine Geschwindigkeit zu maximieren. Wenn er irgendeine Chance haben wollte, musste er anfangen, Abstand zwischen sich und die Männer hinter sich zu bringen. Bisher war er Büschen und anderen weichen Hindernissen ausgewichen, aber jetzt rannte er blindlings durch Lianen und dichtes Laubwerk, ohne auf Dornen oder gefährlichen Raubtieren zu achten.

Er konnte es sich nicht mehr leisten, achtsam zu sein. Denn die gefährlichsten Raubtiere, die der Planet je gesehen hatte, waren ihm dicht auf den Fersen.

Er fragte sich, ob selbst ein verbesserter Houdini aus dieser Situation herauskommen könnte.

In diesem Moment explodierten mehrere Sturmgewehrsalven im Dschungel vor ihm und konkurrierten mit den Schüssen, die immer noch von hinten kamen.

41

Ella Batista durchbrach eine Wand aus riesigen Taroblättern und konnte nur knapp dem direkten Zusammenstoß mit einem herannahenden Nigerianer ausweichen. Als er sein Sturmgewehr auf sie richtete, wirbelte sie herum und fegte ihm die Beine unter den Füßen weg. Der Hinterkopf des Mannes prallte gegen eine Wurzel am Boden. Vermutlich war er bewusstlos. Ella wartete jedoch nicht, bis er sich vielleicht doch wieder bewegte, sondern drehte sich rasch um die eigene Achse und schlug dabei dem Nigerianer den schweren Rucksack, den sie einem der toten Iraner abgenommen hatte, ins Gesicht, so dass er sicher bewusstlos wurde – oder sogar Schlimmeres.

Gerade als sie den Schwung ihres Körpers abgebremst hatte, nahm ihr verbessertes Gehör Schritte zu ihrer Linken wahr. Mit einer geschmeidigen Bewegung hob sie das Gewehr des Nigerianers auf, stieß sich von seinem Körper ab und feuerte im Flug in diese Richtung, wobei sie einen seiner Kameraden auslöschte – aber erst, nachdem er einen Schuss abgeben konnte, der Ellas Arm streifte.

Sie warf einen schnellen Blick in ihre Umgebung und sprang wieder auf die Füße, ihre verbesserten Muskeln erlaubten ihr, dies mit einer einzigen Bewegung zu tun. Es war kein weiterer Feind in Sicht. In ihrer Eile, den Chinesen zu entkommen, hatte sie die Nigerianer fast vergessen. Sie warf einen Blick auf ihren Arm, aber die Wunde war so oberflächlich, dass ihre Respirozyten sie bereits verschlossen hatten.

»Ben, du bist auf Kollisionskurs mit den Nigerianern«, zischte sie hastig. »Sie haben sich aufgefächert.«

Sie verstummte, als ein drittes Mitglied dieses Teams durch das Unterholz brach, den Finger am Abzug seiner Waffe. Aber sie brachte ihn so schnell zu Fall, dass er ihn nicht einmal ansatzweise betätigen konnte. Sein blutiger Körper gesellte sich zu denen, die bereits auf dem Dschungelboden lagen – ein blutiges Gemetzel, das bald einer Vielzahl von Wildtieren als Nahrung dienen würde.

»Drei der acht sind erledigt«, fuhr Ella fort. Es waren nur etwa fünfzehn Sekunden vergangen, seit sie fast kopfüber in den ersten Nigerianer gelaufen war. »Ich schätze, dass ich noch etwa fünfundzwanzig Meter vor dir bin«, fügte sie hinzu. »Wenn du Leichen auf dem Boden siehst, würde ich dir empfehle, dir ein Versteck zu suchen und die Chinesen und Nigerianer aufeinander losgehen zu lassen.«

»Verstanden«, bestätigte ihr Partner.

* * *

Kagan eilte weiter. So aussichtslos seine Lage auch schien, konnte er sich doch glücklich schätzen. Als er das Gewehrfeuer gehört hatte, hatte er das Schlimmste befürchtet. Aber Ella war am Leben und wohlauf. Das war eine große Erleichterung. Jetzt musste er nur noch dafür sorgen, dass auch er am Leben blieb.

Sie wurden von zwei verschiedenen Gruppen von Feinden gehetzt, aber Ellas Strategie, eine Kollision zwischen diesen beiden Gruppen zu verursachen, der er selbst in letzter Sekunde ausweichen würde, konnte funktionieren.

Aber dies würde das letzte Mal sein, dass er um Ellas Leben fürchten würde, ohne zu wissen, was um sie herum geschah.

»Ory«, befahl er, »schicke die Drohne zu Ellas Position. Ich will, dass sie immer in Sichtweite von ihr ist.«

Während Ory dabei war, diesen neuen Befehl auszuführen, entdeckte Kagan nicht weit entfernt eine blutige nigerianische Leiche auf dem Dschungelboden und suchte rasch mit den Augen nach einem Versteck. Er hatte vielleicht zwanzig Sekunden Zeit, bevor die Chinesen ihn im Visier haben würden. Da sie alle erfahrene Scharfschützen waren, war er in dem Moment, in dem sie einen sauberen Schuss abgeben konnten, so gut wie tot.

Sie wären schon viel näher gewesen, wenn das Geräusch von Gewehrfeuer vor ihnen sie nicht veranlasst hätte, etwas abzubremsen und mehr Vorsicht walten zu lassen.

Kagan erspähte eine riesige Taro-Pflanze und eilte zu ihren fünf tief herabhängenden Blättern, jedes wächsern-grün und geformt wie das Ohr eines afrikanischen Elefanten, länger und breiter als er selbst. Er ließ sich unter die prächtigen Blätter sinken und war einmal mehr dankbar für Ellas Geschenk der Respirozyten, die ihn weiterhin am Leben hielten. Diesmal nicht, indem sie seine Geschwindigkeit und Ausdauer verbesserten, sondern indem sie ihm erlaubten, sich lautlos zu verstecken, ohne nach Luft schnappen zu müssen.

Ein weiterer Schusswechsel zerriss den Regenwald vor ihm, etwa vierzig Meter von seiner Position entfernt.

»Vier Nigerianer erledigt, noch vier übrig«, meldete Ella, gerade als die Drohne sie einholte und begann, Videos von ihr und ihrer Umgebung an Kagans Objektive zu senden.

Kagan schluckte schwer. Das war eine gute Nachricht, aber die größte Bedrohung stellten die vier Chinesen hinter ihm dar.

Noch während er dies dachte, bemerkte er, dass sie nicht mehr hinter ihm waren. Er konnte ihr Atmen und ihre schweren Schritte hören, als sie an der riesigen Taro-Pflanze vorbeieilten.

Kagan spähte über den Rand eines massiven Blattes, um die vier Kämpfer zu beobachten, nachdem sie ihn passiert hatten. Wenn die verbleibenden Nigerianer sie nicht angriffen, würde er seine Deckung verlassen und ihnen folgen, wobei er die chinesischen Soldaten zwischen sich und Ella einklemmen würde – eine taktische Verbesserung der amerikanischen Position.

Dieser Gedanke war jedoch nur von kurzer Dauer, da die vier verbliebenen Nigerianer die sich nähernde chinesische Truppe entdeckten und Salven in ihre Richtung schossen. Die chinesischen Kommandos wichen hinter Bäume aus und erwiderten umgehend das Feuer.

Sekunden später bellte Major Hou Meng ein Kommando, und zwei seiner Männer gaben ausgiebiges Deckungsfeuer, während er und ein anderer aus seinem Team wieder auf ihrem ursprünglichen Kurs voranstürmte.

»Ella, zwei der Chinesen greifen die restlichen Nigerianer an«, meldete er subvokal durch Ory. »Aber zwei kommen noch auf dich zu.«

Jetzt, wo die Nigerianer ihren Gegnern zahlenmäßig überlegen waren, hoffte Kagan, dass sie sich durchsetzen würden, aber das sollte nicht passieren. Nach weniger als einer Minute hatten die Chinesen zwei von ihnen ausgeschaltet, so dass ihre Kräfte ausgeglichen waren. Und die anderen beiden Nigerianer würden nicht viel länger durchhalten.

Kagan spannte sich an. Es war Zeit zu handeln. Da die Chinesen gerade abgelenkt waren, hieß es: jetzt oder nie.

Er fand seinen Stand und positionierte sich neu, erhob sich knapp über ein riesiges Blatt und feuerte, wobei er einem der chinesischen Soldaten eine Kugel in den Kopf jagte. Er bewegte sich zum zweiten Ziel, noch bevor er sich vergewissert hatte, dass der erste ausgeschaltet war. Aber so schnell wie Kagan war, so schnell war auch der chinesische Soldat, der sich mit katzenhafter Anmut zu Boden fallen ließ. Kagans Kugeln prallten harmlos von seinem motorisierten Exoskelett ab.

Der Mann verschwendete keine Sekunde und erwiderte das Feuer mit solcher Präzision, dass Kagan gezwungen war, auf der andere Seite der Taro-Pflanze abzutauchen, um außer Sichtweite zu kommen.

Die beiden verbliebenen Nigerianer verließen ihre Deckung und stürmten vor, um die Chance zu nutzen, den letzten Feind auszuschalten, während er mit Kagan beschäftigt war, aber der chinesische Soldat sah diesen Zug voraus, drehte sich um und schoss auf beide, bevor einer von ihnen einen Schuss abgeben konnte.

Gleichzeitig rollte er sich nach rechts, so dass Kagans erneutes Feuer daneben ging, und nahm eine Granate in die Hand, die er auf die Taro-Pflanze warf. Die daraus resultierende Explosion zerstörte die prächtige Pflanze und ließ die größten Blätter der Erde in Fetzen zurück.

Kagan schaffte es gerade noch, weit genug von der Explosion wegzuspringen, um sie zu überleben, aber er wurde wieder von den Füßen gefegt. Dieses Mal schaffte er es wenigstens, das Bewusstsein nicht zu verlieren.

Er sprang vom Boden hoch und wollte gerade vorwärtsstürmen,

als der chinesische Einzelkämpfer auch schon auf ihn zukam, feuerte und Kagan so einmal mehr in die Flucht schlug.

* * *

Ella hörte die Geräusche eines ausgedehnten Feuergefechts hinter sich, gefolgt von einer Granate, die explodierte, und geriet in Panik, als sie sich vorstellte, wie Ben Kagan von der Explosion in Stücke gerissen wurde. Obwohl ihr Verstand ihr sagte, dass es wahrscheinlicher war, dass Kagan selbst die Granate geworfen hatte, war ihr Herz zu Brei geworden, und der Gedanke, ihn jetzt zu verlieren, schien unerträglich.

»Ben, bist du in Ordnung?«, fragte sie dringend und versuchte, die Panik aus ihrer Stimme zu halten, während sie weiter durch den Dschungel glitt.

Nach einigen Sekunden ohne Antwort fühlte sie sich krank in ihrem Magen. »Ory, melde dich!«, verlangte sie.

»Die Nigerianer sind alle tot. Einer der beiden chinesischen Soldaten, die sie angegriffen haben, wurde ebenfalls getötet. Aber Ben hat alle Hände voll mit dem anderen zu tun. Ich werde berichten, wenn sich etwas ändert.«

Ella war erleichtert, aber nur ein wenig. Ben war am Leben, das stimmte, aber das würde vielleicht nicht mehr lange der Fall sein. Wenn er auf ihre Nachricht nicht reagiert hatte, musste er in einer schlimmen Lage sein.

Noch während sie darüber nachdachte, verschlechterte sich ihre eigene Situation schlagartig, als sie an einem Stück Sumpfgebiet ankam, das endlos schien. Das Wasser war kniehoch oder höher, und es war der ausgedehnteste Sumpf, dem sie oder Ben bisher begegnet waren.

Und es gab keine Möglichkeit, ihn zu umgehen.

Ella watete entschlossen in den Morast, nicht wissend, dass ihre Anwesenheit im Sumpf das Signal für eine vierhundert Pfund schwere Anakonda war, die nach einer Mahlzeit suchte. Gerade als sie den Sumpf bis zu den Knien im Schlamm stand, stürzte sich das riesige grüne Raubtier aus dem Wasser auf sie. Mit unmenschlicher Geschwindigkeit riss sie ihren Körper zur Seite, wich dem Maul und dem Körper der Schlange nur knapp aus und vereitelte den Versuch, sie in eine Spule aus purem Muskel einzuwickeln und das Leben aus ihr herauszuwringen.

Sie sprang aus dem Sumpf, bevor die Anakonda einen zweiten Versuch starten konnte, aber sie stolperte dabei über eine Baumwurzel, gerade als sie außer Reichweite war, und stürzte auf den Dschungelboden. In dem Moment, in dem sie landete, begann sie auf Händen und Knien vorwärts zu kriechen, um so viel Abstand wie möglich zwischen sich und die Schlange zu bringen.

Mehrere Schüsse flogen an ihr vorbei, während sie sich bewegte, und mehrere davon trafen den Kopf der Anakonda, so dass sie keine Gefahr mehr darstellte. Trotzdem zuckte ihr massiger Körper auch nach dem Tod noch weiter.

Ella bremste scharf ab, als sie zu den beiden Männern kam, die für die Tötung der riesigen Schlange verantwortlich waren und die ihr nun mit gezogenen Waffen aus nächster Nähe gegenüberstanden.

Der Sumpf hatte sie zu lange aufgehalten. Die beiden Elitesoldaten vom South China Sword waren eingetroffen – und hatten ihr möglicherweise das Leben gerettet, obwohl sie keinen Zweifel daran hatte, dass sie es auch bald beenden würden.

Sie erhob sich aus der Hocke, die Hände über dem Kopf. Und während ihre Schnelligkeit sie gegen Kommandos und Anakondas gleichermaßen am Leben gehalten hatte, war selbst sie nicht schnell genug, um diese beiden augmentierten Männer töten zu können, bevor sie sie töten würden.

* * *

Kagan wich weiterhin den Kugeln aus und schaffte es gerade noch, dem chinesischen Kämpfer weit genug voraus zu sein, um dem Tod zu entgehen. Die Drohne behielt Ella im Auge, wie er es befohlen hatte – ein schattenhafter Feed blieb in seinem Blickfeld, ohne seine eigene Sicht zu beeinträchtigen, während er sich darauf konzentrierte, am Leben zu bleiben.

Er riskierte einen kurzen Blick auf den Feed und sah Videobilder, bei denen ihm der Atem im Hals stecken blieb.

Ella stolperte auf Händen und Knien vorwärts, gefolgt von einer grünen Schlange, die so absurd groß war, dass sie aussah, als gehöre sie in einen Godzilla-Film. Plötzlich wurde der Kopf der Schlange fast vom Körper gerissen. Die Drohne drehte sich und zeigte, dass die beiden chinesischen Kämpfer, die sie gejagt hatten, dafür verantwortlich waren und Ella nun auf frischer Tat erwischt hatten.

So erstaunlich schnell sie auch war, in dieser Situation hatte sie nicht die geringste Chance.

Zumindest nicht auf sich allein gestellt.

Das Bild der Drohne wurde plötzlich leer.

»Neiiiin!«, schrie Kagan. »Ory, was ist mit dem Feed passiert? Mach ihn wieder an!«

»Das kann ich nicht«, antwortete die KI. »Sie haben sich aus der Reichweite entfernt, Ben.«

Kagan spürte, wie er in Panik geriet. Er musste wieder in Reichweite kommen. Koste es, was es wolle. Egal, wie hoch das Risiko war.

Aber er wusste, dass es selbst dann zu spät sein würde, um sie zu retten.

* * *

Die beiden chinesischen Elitesoldaten waren nur Sekunden davon entfernt, Ella die gleiche Behandlung zukommen zu lassen, die sie gerade der Anakonda hatten zuteil werden lassen.

»Nicht schießen, ihr Idioten!«, schrie Ella, und nur die Tatsache, dass sie das in perfektem, akzentfreiem Chinesisch sagen konnte, veranlasste die beiden, nicht das Feuer zu eröffnen. »Ich bin auf eurer Seite.«

Beide Männer zögerten, mit fassungslosen Blicken auf ihren Gesichtern.

»Ist es das, was man Sie im Südchinesischen Schwert lehrt, Major?«, fügte Ella hinzu. »Hilflose Frauen zu töten?«

Hou Mengs Kinn klappte herunter, aber er erholte sich schnell wieder, und seine Waffe wackelte nicht. »Unter normalen Umständen würde ich niemals eine Frau töten«, sagte er auf Chinesisch. »Aber dies sind alles andere als normale Umstände. Und Sie haben gezeigt, dass Sie alles andere als hilflos sind.«

»Haben Sie eine Ahnung, wer ich bin?«, bellte sie.

Beide Männer schüttelten den Kopf.

»Ich bin Dr. Ella Batista.«

Die Augen der beiden Kommandanten weiteten sich. Beide erkannten sofort den Namen der berühmtesten Wissenschaftlerin, die seit Jahrzehnten aus ihrem Land gekommen war. Eine Frau, die in Amerika geboren, aber auch in China aufgewachsen war. Eine Frau, die bemerkenswerte Arbeit zum Ruhm der Heimat ihrer Mutter geleistet hatte. Und sie war für sie besonders legendär, da sie den Weg für Chinas Enhancement-Programm geebnet hatte, von dem sie beide ein Teil waren.

»Das ist richtig«, fuhr sie fort. »Ich bin jetzt schon seit einiger Zeit untergetaucht und arbeite an speziellen Projekten für Ihren Boss, General Gong Li. Er hat mir befohlen, mich Ihnen hier anzuschließen.«

Der Major sah verwirrt aus. »Uns zu *begleiten*?«

»Ja, er hielt diese Mission für wichtig genug, damit ich mich zu erkennen gebe. Warum sollte ich sonst hier sein? Woher sollte ich sonst wissen, wer Sie sind?«

Hou Meng warf einen Blick auf seinen Untergebenen und hielt dann fast eine ganze Minute lang inne, tief in Gedanken versunken.

»Ich glaube, dass Sie Ella Batista sind«, sagte er schließlich. »Das glaube ich. Das erklärt, wie Sie noch schneller sein können als wir, und dass Sie fließend Chinesisch sprechen. Aber selbst wenn Sie wirklich auf unserer Seite sind, was ich aufgrund Ihrer Handlungen bezweifle, kann ich Ihnen nicht helfen. Die Sonde machte deutlich, dass unser Team nur aus den vier Männern bestand, die zusammen waren, als sie uns kontaktierte. Sie machte deutlich, dass keine Verstärkungen, Ergänzungen oder Kollaborationen erlaubt sind.«

»Jetzt nehmen Sie also Ihre Marschbefehle von einem außerirdischen Computer entgegen?«, schnauzte Ella verächtlich. »Ist es das, was Sie sagen wollen?«

Der Major schüttelte den Kopf und machte sich bereit, zu schießen. »Es tut mir leid«, sagte er mit belegter Stimme. »Tut es mir wirklich. Aber wir haben keine andere Wahl. Wenn wir die hätten, würden wir sie ergreifen. Sie sind zu furchterregend, um Sie zu schonen, aber Sie sollten eines wissen: Unser Ziel ist humanitärer Natur. Wir wollen diesen Wettbewerb gewinnen und die Sonde überzeugen, ihre Drohung nicht wahrzumachen.«

»Dabei kann ich Ihnen helfen«, sagte Ella. »Wirklich.«

***

Ben Kagan blieb wie angewurzelt stehen und drehte sich um, ignorierte den herannahenden Kämpfer und die Kugeln, die weiter auf ihn zuflogen. Er zog den Stift aus einer Granate und warf sie so fest er konnte, wobei er sich bemühte, die vielen Baumstämme und Äste nicht zu treffen, um eine maximale Distanz zu erreichen.

Wie er befürchtet hatte, kam die Granate nicht weit, traf einen Ast und prallte zu ihm zurück, wobei sie näher an ihm explodierte als an seinem Ziel.

Dennoch sandte die Explosion eine Botschaft an den Mann, der ihn verfolgte. Die Taktik hatte sich geändert, und er musste vorsichtig sein. Körperpanzer können vielleicht eine Kugel aufhalten, aber keine Granate.

Kagan ließ seinem ersten Wurf einen weiteren folgen und schaffte es diesmal, den Sprengkörper näher an sein Ziel zu werfen, wo seine Detonation die Umgebung wie ein kleines Erdbeben erschütterte.

Er hoffte, dass dies den chinesischen Soldaten stoppen würde, aber er hatte keine Zeit, um sicher zu sein. Unverzüglich eilte er zurück in die Richtung, aus der er gekommen war.

Plötzlich kehrte, wie erhofft, das Signal der Drohne zurück. Er war nun nahe genug, um Ella helfen zu können, und er war noch am Leben. Und ein Blick auf das Signal zeigte, dass auch sie – wie durch ein Wunder – noch lebte.

Wie war das möglich? Diese Männer schienen zu klug zu sein, um so lange zu zögern, wenn sie einen gefährlichen Feind im Visier hatten.

»Sie sind zu furchterregend, um Sie zu verschonen«, sagte der Major zu Ella, seine chinesischen Worte scrollten auf Englisch über Kagans augmentierte Linsen und spiegelten genau das wider, was Kagan gerade gedacht hatte. Außer, dass Hou Meng sie verschont hatte – zumindest für eine oder zwei Minuten. Aber warum?

»Aber Sie sollten eines wissen«, fuhr der Major fort, »Unser Ziel ist humanitärer Natur. Wir wollen diesen Wettbewerb gewinnen und die Sonde überzeugen, ihre Drohung nicht wahrzumachen.«

»Dabei kann ich Ihnen helfen«, sagte Ella. »Wirklich.«

»Ich habe keinen Zweifel daran, dass Sie eine große Bereicherung für uns wären«, sagte der Leiter des chinesischen Teams, und seine Worte rollten weiter in Kagans Sichtlinie. »Wenn Sie nur wüssten, wie sehr ich Sie als Wissenschaftlerin bewundere, wie sehr ich versucht bin, auf Ihr Angebot einzugehen. Ich würde nichts lieber tun, als ausführlich mit Ihnen zu sprechen. Um mehr über die Legenden zu erfahren. Um Ihr Genie in Aktion zu sehen.«

Der Major schüttelte den Kopf. »Aber die Aussage der Sonde war ganz klar. Und Ihre Anwesenheit hier ist so unwahrscheinlich, dass Sie vielleicht nur eine von der Sonde konstruierte Fata Morgana sind. Vielleicht testet sie meine Entschlossenheit. Jede Sekunde, in der ich nicht das tue, von dem ich weiß, dass ich es tun muss, bringt mein Team in Verzug. Und wir können es uns nicht leisten, irgendwelche Punkte zu verlieren. Das Leben von Milliarden von Menschen steht auf dem Spiel.«

Kagans Konzentration war größer denn je, und die Worte schienen in Superzeitlupe an ihm vorbeizurollen. Während Hou Meng Ellas Todesurteil rezitierte, schickte Kagan eilig Befehle an Ory und ignorierte dabei eine Kugel, die nur wenige Zentimeter von seinem Gesicht entfernt in einen Baum einschlug und einen Holzsplitter herausriss, der einen zwei Zentimeter langen Schnitt auf seiner Wange hinterließ.

* * *

Ella hatte keinen Zweifel daran, dass Hou Meng von der Notwendigkeit, sie töten zu müssen, zurückschreckte und nach einem Ausweg suchte, aber ihre Versuche, ihm einen aufzuzeigen, waren gescheitert. Sucher hatte die Regeln zu klar formuliert.

Sie bereitete sich darauf vor, nach ihrer Waffe zu greifen. Sie wusste, dass sie keine Chance hatte, war dazu verdammt, in Stücke gerissen zu werden, aber sie würde sich nicht wie ein Schaf erschießen lassen. Sie hatte nichts zu verlieren.

»Wenn Sie nur wüssten, wie sehr ich Sie als Wissenschaftlerin bewundere, wie sehr ich versucht bin, auf Ihr Angebot einzugehen. Ich würde nichts lieber tun, als ausführlich mit Ihnen zu sprechen. Um mehr über die Legenden zu erfahren. Um Ihr Genie in Aktion zu sehen. Aber die Aussage der Sonde war ganz klar. Und Ihre Anwesenheit hier ist so unwahrscheinlich, dass Sie vielleicht nur eine von der Sonde konstruierte Fata Morgana sind. Vielleicht testet sie meine Entschlossenheit. Jede Sekunde, in der ich nicht das tue, von dem ich weiß, dass ich es tun muss, bringt mein Team in Verzug. Und wir können es uns nicht leisten, irgendwelche Punkte zu verlieren. Das Leben von Milliarden von Menschen steht auf dem Spiel.«

Ella war einen Augenblick davon entfernt, ihre Waffe zu ziehen, als ohrenbetäubendes Gewehrfeuer aus nächster Nähe hinter den beiden Chinesen losdonnerte. Beide ließen sich zu Boden fallen und rollten sich ab, als die Salve begann. In einem Sekundenbruchteil hatten sie ihre Waffen neu ausgerichtet und begannen zu feuern – aber da war niemand.

Da Ella den beiden Männern gegenüberstand, wusste sie, dass sich niemand an sie herangeschlichen hatte. Deshalb ging sie selbst auch nicht in Deckung, um dem Phantomfeuer auszuweichen. Stattdessen zog sie in einem einzigen Augenblick ihre Waffe und schaltete beide Männer aus, während diese auf einen unsichtbaren Feind feuerten.

Sie schloss die Augen und ließ Erleichterung durch ihren Körper fließen. Sie fühlte sich geradezu euphorisch, noch am Leben zu sein, auch wenn sie selbst eben wieder zwei Leben hatte auslöschen müssen.

»Ben, warst du das?«, fragte sie.

»Ja. Ich habe die Drohne hinter ihnen positioniert und Maschinengewehrfeuer simuliert.«

»Danke! Du bist ein Geschenk des Himmels!«

»Bitte sehr, Aber jetzt brauche ich deine Hilfe«, sagte er eindringlich. »Ich sitze hier in der Klemme und stehe unter Beschuss, und ich kann nicht mehr lange durchhalten. Ich würde den Trick mit der Drohne wiederholen, aber die Kugeln der beiden haben sie gerade ausgeschaltet.«

»Ich bin auf dem Weg!«, rief Ella und sprintete los. Wenn Ory ihr eine geeignete Position hinter dem Mann zuweisen würde, der auf Kagan schoss, dann würde sie ihn nicht verfehlen können. »Halte durch, Ben, ich bin sofort da.«

»Beeil dich!«, erwiderte Kagan – was unnötig war, da in diesem Dschungel vermutlich niemand schneller laufen konnte als Ella.

42

Ella rannte noch schneller durch den Dschungel, als sie es getan hatte, als ihr eigenes Leben in Gefahr war. Sie wurde angetrieben von dem Bedürfnis, Kagan rechtzeitig zu erreichen. Seit sie losgesprintet war, brannte sie darauf, ihn zu kontaktieren, sich zu vergewissern, dass er noch am Leben war – aber ihn jetzt abzulenken, war der größte Fehler, den sie begehen konnte.

Schließlich war sie ihrem Ziel so nahe, dass sie ihm eine Vorwarnung geben musste. »Ich werde in zehn Sekunden in Position sein, um das Ziel auszuschalten«, sagte sie. »Bitte bestätigen.«

»Beeilung!«, sagte Kagan erneut.

Er hing an einem seidenen Faden. Seit Kagan Ella das Leben gerettet hatte, kam der letzte Kämpfer von South China Sword immer näher, suchte geschickt nach besseren Schusspositionen auf den Amerikaner und verringerte seine Fluchtmöglichkeiten. Er hatte Kagan bereits zweimal getroffen, aber beide Male hatte Kagans Graphenpanzer die schmerzhaften Schläge abgefangen und sein Leben gerettet. Aber es würde nicht mehr lange dauern, bis eine Kugel in seinen Kopf einschlug, der nur durch einen urtümlichen Knochenkäfig geschützt war.

Plötzlich, wie aus dem Nichts, erschütterten fünfzehn oder zwanzig kleine Explosionen den Dschungel um ihn herum und erzeugten Geysire aus dickem Rauch, die sechs Stockwerke in die Luft schossen. Die Wolken materialisierten sich einen Augenblick später, angetrieben durch die Hochgeschwindigkeitsfreisetzung von Gas aus Hochdrucktanks, die sorgfältig von KIs positioniert worden waren – präzise genug, um die Tanks durch das Dschungeldach zu navigieren.

Die Wolken wurden immer dichter. Es entstand ein Gasnebel, der mindestens so ausgedehnt wie ein Fußballfeld war. Die Sicht wurde auf wenige Meter reduziert, gerade als Ella den chinesischen Soldaten ins Visier nahm. Sie konnte nicht feuern.

»Nicht atmen!«, schrie Ory alarmiert in die Ohren der beiden Amerikaner. »Meine Sensoren zeigen an, dass dieses Gas XJ-45 ist. Hochgradig giftig. Tödlich, wenn es eingeatmet wird. Ich rechne damit, dass es sich in zehn Minuten auflösen wird.«

Wie von Ory gefordert, hörten Ella und Kagan sofort auf zu atmen.

Zwanzig Sekunden später begann ein heftiger Regen einzusetzen.

Es dauerte weitere fünf bis zehn Sekunden, bis sie begriffen, was das war. Als sie es taten, schafften sie es gerade noch, den Atem weiter anzuhalten und die Schreie zu unterdrücken, die in ihren Kehlen aufgestiegen waren. Der Regen hatte nichts mit Niederschlag zu tun. Es regnete Wildtiere.

Es war ein Regen von kleinen Säugetieren, Affen, Eidechsen, Spinnen und Schlangen. Aber hauptsächlich bestand der Niederschlag aus Käfern und anderen Insekten, vielen Zehntausenden von ihnen. Sie alle stürzten auf den Boden des Regenwaldes, herabgefegt von der riesigen Fläche der Blätter und Zweige und Nester, die sie hoch oben besetzt hatten, als das tödliche Gas mit Leichtigkeit in ihre Sauerstoffsysteme eingedrungen war. Es war ein Regensturm wie aus einem Alptraum, wie eine biblische Plage.

Entomologen nebeln schon seit Jahrzehnten die Baumkronen des Dschungels mit Gas ein, was es ihnen ermöglicht, durch das Einnebeln von nur einem Dutzend Bäumen Tausende von verschiedenen Insektenarten zu identifizieren und insgesamt Zehntausende von Insekten zu sammeln. Aber die Entomologen haben den gesunden Menschenverstand, den Dschungelboden mit riesigen, trichterförmigen Sammelbehältern zu bedecken und dann aus der Todeszone zu verschwinden.

Die Menschen, die jetzt in dieser von Menschenhand geschaffenen Nervengas-Wolke gefangen waren, hatten diesen Luxus nicht.

Schließlich, nach einer gefühlten Ewigkeit, hörte der schreckliche, surreale Insektenregen endlich auf. Kagan hätte einen Seufzer der Erleichterung ausgestoßen, wenn er nicht immer noch den Atem angehalten hätte. Er bürstete sich die toten Käfer aus den Haaren und der Kleidung, sein Gesicht verzog sich vor Ekel.

Seine Kontaktlinsen befanden sich jetzt im IR-Modus, der es ihm ermöglichte, Wärmesignaturen zu sehen und so den Nebel zu durchdringen. Der IR-Modus war nicht perfekt, aber das war ein Bereich, in dem Kagans Trickkiste besser war als die von Ella, die noch keinen biologischen Weg gefunden hatte, IR-Sehen zu erzeugen.

Der chinesische Soldat, der Kagan festgenagelt hatte, hatte fast drei Minuten lang die Luft angehalten, bevor er endlich zum Einatmen gezwungen wurde. Nun lag er tot auf dem Waldboden, auf einem grässlichen Rasen aus toten Spinnen, Eidechsen, Fröschen und Insekten. Das Gas begann sich bereits zu verflüchtigen, und Kagan war sicher, dass er mithilfe der Respirozyten den Atem anhalten konnte, bis die Luft wieder sicher zum Atmen war. Bestürzt beobachtete Kagan nun, wie Wärmebilder von fünf Personen ins Blickfeld kamen, von denen jede eine Gasmaske trug. Die Soldaten, die für diesen letzten Angriff verantwortlich waren.

Auch wenn die Sicht mit dem bloßen Auge immer noch nicht sehr gut war, war das Gas inzwischen etwas aufgestiegen, so dass der Dschungelboden wieder besser zu sehen war. So konnten sich die feindlichen Kämpfer einen Überblick über das Gemetzel verschaffen, das sie angerichtet hatten. Sie entdeckten den gefallenen chinesischen Soldaten und blieben über ihm stehen, um eine Bestandsaufnahme dieser Beute zu machen.

Kagans Anwesenheit hatten sie vorläufig noch nicht bemerkt.

»Sag Ella, dass wir Gesellschaft haben«, wies er unterschwellig Ory an. »Die Typen tragen Gasmasken. Ich sehe drei Männer und zwei Frauen, den Figuren nach zu urteilen. Sag ihr auch, dass sie sich nicht bewegen soll, dass sie sich auf Gewehrfeuer vorbereiten soll, und dass ich die Situation sehr bald unter Kontrolle haben werde.«

Kagan bewegte sich vorsichtig zu einer Position mit freier Schusslinie und pirschte dabei behutsam durch das Meer von toten Käfern, um sie so leise wie möglich zu zertreten.

Aus welchem Land dieses Kommando auch immer stammte, die Strategie war nahezu unschlagbar: Sie verwandelten alle außer sich selbst in Vogelfutter. Alle außer denen, die zufällig Respirozyten in ihrem Blutkreislauf hatten.

Kagan konnte ihnen nicht verübeln, dass sie übermütig waren, dass sie seine Anwesenheit nicht bemerkten. Sie hatten keinen Grund, ihre Waffen zu zücken, keinen Grund, irgendwo anders als auf dem Dschungelboden zu suchen. Die schiere Tödlichkeit des Gases machte sie sicher, dass nichts, was vorher lebendig gewesen war, noch atmen konnte.

Immerhin waren seit ihrem Angriff sieben Minuten vergangen, und niemand konnte so lange die Luft anhalten.

Aber diese Unachtsamkeit und Selbstüberschätzung arbeitete nun gegen sie.

Kagan hob seine automatische Waffe und besprühte alle fünf Kämpfer gründlich mit Blei. Alle fielen schnell auf den von ihnen angelegten Insektenrasen, so hilflos gegen Kagans Feuerstöße, wie die Tiere, die sie gerade vernichtet hatten, gegen ihr Gas gewesen waren. Kagan hielt den Abzug gedrückt, bis das Magazin leer war und keiner der Gasmaskenträger sich mehr regte.

»Ella«, sagte er subvokal durch Ory, da die KI immer noch nicht angezeigt hatte, dass es sicher war, zu atmen, »alle Feinde sind ausgeschaltet. Ich bin jetzt auf dem Weg zu dir.«

Er suchte sich Schritt für Schritt einen Weg durch die Todeszone.

»Lass uns von hier verschwinden«, fügte er angewidert hinzu.

43

Ben Kagan und Ella Batista fanden drei große Felsbrocken, die frei von totem Getier waren, und setzten sich. Sie mussten zurück auf den Kurs zum ersten Meilenstein, den Sucher ihnen vorgegeben hatte. Vorher brauchten sie aber noch mehr eine mentale Pause, um zu verdauen, was gerade passiert war. Kagan hatte immer noch eine klaffende Wunde an der Wange, und beide hatten Schnittwunden und Prellungen an zu vielen Stellen, um sie zu zählen, obwohl keine der Wunden noch blutete.

Beide sahen geschockt aus, und beide waren eindeutig angewidert von den vielen Leben, die sie ausgelöscht hatten. Kagans Gesichtsausdruck war von Traurigkeit und Abscheu geprägt, während Ellas Augen, die normalerweise mit einer lebhaften Intelligenz leuchteten, leer und leblos waren.

Zwar waren sie körperlich in bester Verfassung, aber psychisch waren sie zerrüttet.

Sie hatten gerade siebzehn Menschen getötet. Siebzehn. Und die Nachwirkungen dieses Gemetzels holten sie nun mit voller Wucht ein.

Kagan hatte sich damit abgefunden, Bösewichte zu töten, wenn es sich als notwendig erwiesen hatte. Und das war schlimm genug. Aber Unschuldige in einer erzwungenen Schlacht zu töten, war nicht das, wofür er sich gemeldet hatte.

Und Ella hatte noch nie ein Leben beendet, bevor sie in den Dschungel gekommen war.

Jetzt hatte sie eine Handvoll ausgelöscht, zusätzlich zu den Iranern, was beunruhigend genug gewesen war.

Bevor sie die Todeszone verließen, hatte Kagan einem der verantwortlichen Soldaten die Gasmaske abgenommen, und Ory hatte ihn als Kolumbianer identifiziert. Das bedeutete, dass dieses Land mit seinen fünfzig Millionen Einwohnern nun ausgeschieden war.

Und die gesamte Bevölkerung Kolumbiens würde für dieses Versagen mit ihrem Leben bezahlen.

Auch China war nun aus dem Spiel, das bevölkerungsreichste Land der Welt.

Das Wissen, dass sie so viele Unschuldige getötet hatten, wäre unter normalen Umständen schon schwer genug zu ertragen gewesen, aber jetzt hatte Sucher die Konsequenzen wirklich unerträglich gemacht. Der Tod jedes Nigerianers und Kolumbianers, der im Amazonas gefallen war, würde sich Zehnmillionenfach wiederholen, und jeder chinesische Tod vierhundertmillionenfach.

Ellas leerer Gesichtsausdruck verdüsterte sich weiter, und eine Träne rann aus ihrem Augenwinkel. »Das Schlimmste«, sagte sie mit einem Schaudern, »ist, dass ich so voll engagiert war. Als ich diese Männer am Sumpf getötet habe, war das, was ich fühlte, mehr Freude als Entsetzen. Wie konnte ich mich nur in ein solches Monster verwandeln?«

Kagan fühlte sich selbst furchtbar, aber er konnte nicht zulassen, dass sie sich das antat. »Du darfst dich nicht so fertigmachen, Ella«, sagte er. »Blutrausch während des Kampfes ist ein Überlebensmechanismus, der von der Evolution geformt wurde. Das weißt du besser als ich.«

Ella nickte. »Du hast recht«, sagte sie hölzern. »Rein intellektuell ist mir das klar. Aber es tatsächlich zu erleben …« Sie erschauderte erneut.

Kagan reichte ihr die volle Feldflasche mit Wasser, und sie nahm einen langen Schluck.

»Ich kann dir nicht absprechen, was du fühlst«, sagte er. »Ich fühle es auch. Wir können um die trauern, die wir getötet haben, und die Notwendigkeit bedauern, uns in kaltblütige Killer verwandeln zu müssen. Wir können die Evolution für das positive Feedback verfluchen, das wir durch das Töten im Kampf erhalten.« Er schüttelte den Kopf. »Aber wir müssen unsere psychologischen Wunden lecken und weitermachen.«

»Du hast ja recht«, sagte sie schwach. »Es steht zu viel auf dem Spiel, um sich in Selbsthass zu suhlen. Aber gib mir nur noch ein paar Minuten.«

Kagan nickte. Die Wahrheit war, dass er selbst ein paar Minuten gebrauchen konnte, um mit den Dämonen zu kämpfen, die davon herrührten, ein Massenmörder zu sein, um mit seinem Gewissen zu ringen.

Er reichte Ella einige weitere Energieriegel und aß selbst zwei, während sie schwiegen. Ella hielt den Kopf gesenkt, den Blick auf den Boden gerichtet, und aß abwesend die Riegel, als wäre es eine lästige Pflicht. Schließlich nahm sie einen letzten Schluck Wasser, reichte ihm die Feldflasche zurück und stand auf.

Sie atmete tief durch, und ihr trauriger Gesichtsausdruck verwandelte sich wieder in einen der Entschlossenheit. »Lasst uns aufbrechen«, sagte sie, und der Elan kehrte in ihre Stimme zurück.

Kagan erhob sich, erleichtert, dass sie aus ihrem vorübergehenden emotionalen Sturzflug herausgekommen war. »Sicher, lass uns durch den Amazonas wandern«, sagte er mit der Andeutung eines Lächelns. »Warum nicht zur Abwechslung mal etwas Neues ausprobieren.«

Sein Versuch, gute Laune zu erzeugen, hatte keine Wirkung auf sie. Vielleicht war er zu früh gekommen. »Nach Ihnen, Madame«, sagte er. »Und wenn wir schon dabei sind«, fügte er hinzu, »müssen wir herausfinden, was zum Teufel gerade passiert ist.«

»Was passiert ist? Sucher hat uns eine Falle gestellt, das ist passiert«, sagte sie verbittert, als sie sich wieder in Bewegung setzten. »Zum wiederholten Male.«

»Ja. Es besteht kein Zweifel, dass dieser kleine außerirdische Bastard dafür verantwortlich war. Er kontrolliert alle Karten und stellt alle Routen zur Verfügung.« Kagan schüttelte den Kopf. »Wenn er alle vier Teams gleichzeitig auf Kollisionskurs gebracht hätte, wäre das schon schlimm genug gewesen. Aber zumindest hätten sich in diesem Fall die drei anderen, größeren Gruppen gegenseitig dezimiert, und ihr ganzer Fokus wäre nicht auf uns gerichtet gewesen.«

»Das habe ich auch gedacht«, sagte Ella. »Er hat dafür gesorgt, dass wir jedem der drei Kommandos separat begegnet sind – schön nacheinander. Wenn wir uns nicht darauf konzentriert hätten, den Nigerianern auszuweichen, hätten uns die Chinesen niemals so überraschen können, wie sie es getan haben. Sucher hat uns mit einer schwachen Bedrohung abgelenkt, so dass wir von der stärkeren Bedrohung überrumpelt werden konnten.«

»Ein makaberes Spiel«, sagte Kagan. »Wir sind auf die Chinesen getroffen und haben überlebt. Aber wenn sie uns überlebt hätten, wären sie alle durch den kolumbianischen Gasangriff getötet worden.«

Ein Anflug von Wut lief über Ellas Gesicht. »Inwiefern soll das ein richtiger Test für irgendetwas sein?«, fragte sie. »Was sagt das den Suchern über Kulturen und Philosophien? Über das Potenzial der Post-Singularität? Es ist einfach nur grausam und voyeuristisch. Das sind Gladiatorenspiele, wobei der Dschungel das außerirdische Äquivalent zum römischen Kolosseum ist. Die beteiligten Länder hätten die Wahlmöglichkeit bekommen sollen, wen sie hierherschicken, um sich vertreten zu lassen. Einige hätten vielleicht ihre besten Wissenschaftler, Philosophen oder Rhetoriker geschickt. Andere hätten ihre kreativsten Köpfe schicken können. Oder ihre großzügigsten Wohltäter. Oder ihre besten Schachspieler.«

»Du hast natürlich recht«, sagte Kagan und runzelte die Stirn. »Stattdessen sorgt Sucher dafür, dass die härtesten Krieger hier versammelt sind. Das macht den Wettkampf fast rein physisch. Inwiefern sagt das Sucher etwas über die Eignung einer bestimmten Nation, in einem kommenden Krieg zu siegen? Besonders, da dieser Krieg auf einer intellektuellen Ebene stattfinden wird, die wir uns nicht vorstellen können. Was unsere derzeitigen physischen Fähigkeiten, wie Geschwindigkeit und Treffsicherheit, völlig irrelevant machen wird.«

Kagan hielt inne. »Und die Prämisse, dass die Gestalt einer Gruppe an die Nation gebunden ist, aus der sie stammt«, fügte er hinzu, »oder dass es möglich ist, eine einheitliche Reihe von definierenden Eigenschaften über verschiedene Individuen hinweg zu identifizieren, ist absurd. Nimm Nigeria als Beispiel. Ich hatte kürzlich einen Auftrag dort. Es ist das bevölkerungsreichste Land Afrikas, mit zweihundert Millionen Einwohnern. Aber die Sache ist die, dass die acht Männer, die gerade gestorben sind, auf keinen Fall auch nur ein bisschen repräsentativ für dieses Land sein können. Nigeria verkörpert den größten Mischmasch an Kulturen von allen Nationen der Welt. Über fünfhundert verschiedene ethnische Gruppen nennen es ihr Zuhause. Und obwohl Englisch die offizielle Sprache ist, werden hunderte von anderen Sprachen gesprochen. Hunderte. Nicht einmal Sucher könnte aus dieser Suppe wirklich repräsentative Archetypen herausdestillieren.«

Ella nickte. »Ich bin bereit zuzugeben, dass Sucher weitaus klüger ist als wir«, sagte sie. »Aber wir können das nicht als Aufhänger benutzen, um jeden noch so irrationalen, scheinbar willkürlichen Schritt zu entschuldigen, den er macht.« Sie schüttelte angewidert den Kopf. »Erinnerst du dich, was für einen Wirbel er darum gemacht hat, dass das Spielfeld ausgeglichen sein muss? Und doch lenkt er uns mit einer Bedrohung ab, bevor er eine andere auf uns loslässt. Er hat uns gezwungen, uns drei Bedrohungen hintereinander zu stellen. Er hat uns von feindlichen Kräften in die Zange nehmen lassen. Ist das wirklich Suchers Vorstellung von Fairplay?«

Kagan überlegte. »Einige seiner Grundregeln machen Sinn, wie zum Beispiel jedes Team zu zwingen, die gleiche Distanz zurückzulegen. Aber andere scheinen völlig willkürlich zu sein, ohne Sinn und Verstand. Er hält es für absolut fair, uns in einen Hinterhalt zu locken. Aber es ist auch fair, uns und den Chinesen zu erlauben, Verbesserungen zu benutzen, die andere Gruppen nicht haben. Offenbar gibt es hier keine Anti-Doping-Bestimmungen, aber Drohnen und Kommunikation sind nur für 50 Meter gut. Und während dein verstärktes biologisches Gehör okay ist, ist es mein kommunikationsgestütztes Gehör … nicht so sehr. Welche Logik soll da alles haben?«

Ella blieb mitten im Schritt stehen, so abrupt, dass Kagan fast mit ihr zusammenstieß.

Sie drehte sich zu ihm um, und ihre Augen waren feurig vor plötzlicher Inspiration, lebendiger denn je. »Gute Frage«, sagte sie schlicht. »*Warum stellen wir sie nicht einfach*?«

»Was?«, erwiderte Kagan verblüfft.

»Warum fragen wir Sucher nicht nach einer Klärung? Wir wissen, dass er uns ständig überwacht. Seit er seine große Rede gehalten hat und verschwunden ist, haben wir einfach angenommen, dass er nicht weiter mit uns kommunizieren würde. Aber mir ist gerade aufgefallen, dass er das nie ausdrücklich gesagt hat. Wir kamen von selbst zu diesem Schluss. Ich vermute, er wollte, dass wir das tun. Aber obwohl er sich nie freiwillig zu einem Gespräch bereiterklärt hat, hat er das auch nie ausgeschlossen.«

Kagan nickte langsam. »Schön argumentiert«, sagte er bewundernd. »Es ist definitiv einen Versuch wert – und es gibt nur einen Weg, das herauszufinden.« Er deutete eine Verbeugung an. »Da es deine Idee ist, soll auch dir die Ehre gebühren.«

Sie verzog den Mund zu einem schiefen Grinsen. »Okay«, sagte sie, mehr zu sich selbst. »Dann mal los.«

Sie holte tief Luft und stieß sie dann langsam wieder aus. Endlich war sie bereit. »Sucher!«, rief sie. »Wir wissen, dass du zuhörst. Und Ben und ich haben ein paar Fragen, die wir dir gerne stellen würden. Bitte antworte.«

Die Zeit schien stillzustehen, während sie darauf warteten, was passieren würde.

»Stellen Sie Ihre Fragen«, antwortete die körperlose Stimme der außerirdischen KI direkt an ihren Ohren. »Und ich werde entscheiden, welche ich bereit bin zu beantworten.«

Teil 8

44

Ben Kagan schaute seine Begleiterin an, als wäre sie eine Magierin – was sie eigentlich auch war.

Sie hatte recht gehabt. Woher hatte sie wohl die Eingebung gehabt, dass Sucher auf ihren Ruf antworten würde?

Ihre Logik war makellos gewesen. Sucher hatte nie ausdrücklich gesagt, dass er nicht erreichbar sein würde. Vielleicht hatte Kagan in seinem Leben zu viele Sportübertragungen gesehen, um diese Möglichkeit in Betracht zu ziehen. Wenn ein Boxschiedsrichter die Regeln des Kampfes erläuterte und die Glocke ertönte, hielten die Boxer nie mitten im Schlag inne, um den Schiedsrichter nach den Gründen für die Regeln zu fragen, um sich auf eine Diskussion darüber einzulassen, warum das Schlagen unter die Gürtellinie verboten war. Der Ringrichter war ein Aufseher und kein Teilnehmer.

Das war ein überzeugender Beweis dafür, dass es gefährlich war, in dieser Situation irgendetwas als gegeben anzunehmen.

»Du hast Naniten mit zur Erde gebracht, nicht wahr?«, begann Ella den Dialog. »Naniten, die so funktionieren, wie ich es vorhin vermutet habe.«

»Das ist korrekt. Ihre Hypothese dazu, wie ich mit Ihnen gesprochen habe und spreche, durch viele Millionen Nanitendrohnen, war ebenfalls richtig.«

»Was bedeutet, dass die ursprünglichen Schwärme von Naniten, die du zur Erzeugung der Sprache verwendet hast, mit uns gereist sind«, fügte sie hinzu. »Nur für den Fall, dass wir um ein Gespräch bitten könnten.«

»Das ist nur teilweise korrekt. Tatsächlich ist der ganze Dschungel inzwischen von meinen Naniten durchdrungen. In Ihrer Nähe befinden sich aber mehr als in der weiteren Umgebung.«

Kagans Bewunderung für Ella wuchs noch mehr. Sie hatte mit Fragen begonnen, die bereits auf der Hand lagen und die wahrscheinlich auf der von Sucher genehmigten Liste standen. Sie hatte langsam angefangen und ihn in das Gespräch hineingezogen. Bisher hatten sie wenig von seinem Temperament mitbekommen, während er seinen Monolog gehalten hatte. Ella wollte jetzt wahrscheinlich ein Gefühl dafür bekommen, wie die Sonde tickte, bevor sie sich heikleren Themen zuwandte.

»Du hast uns nicht gesagt, dass wir nach deinem ersten Kontakt direkt mit dir sprechen können«, sagte Ella. »Warum ist das so?«

»Ich habe das nicht explizit kommuniziert, aus dem gleichen Grund, aus dem ich keiner Gruppe gesagt habe, wie sie vorgehen soll. Das war etwas, was jede Person oder Gruppe für sich selbst herausfinden musste. Oder auch nicht. Was nicht verboten ist, ist erlaubt. Ich beschrieb den Grund für meinen Besuch. Ich habe die Ziele, Grenzen, Belohnungen für Erfolg und Strafen für Versagen festgelegt. Der Rest ist Ihnen überlassen.«

Ella nickte. »Ob also eine Gruppe herausfindet, dass du für Gespräche zugänglich bist, und dies nutzt, um Informationen und einen möglichen Vorteil zu erlangen, ist Teil des Wettbewerbs. Ein Teil dessen, was du bewertest.«

»Alles, was Sie sagen oder tun, ist Teil des Wettbewerbs. Und ich bewerte alles.«

Ella winkte Kagan zu, eine Geste, die er als Aufforderung interpretierte, mitzumachen. Eine Geste, die ihm sagte, dass er sich nicht wie ein Zuschauer fühlen sollte, nur weil die Kommunikation mit Sucher ihre Idee gewesen war.

»Wenn also eine Gruppe den Wettbewerb gewinnen will«, sagte er, »kann ich davon ausgehen, dass es dieser Sache dienlich ist, herauszufinden, dass ein Dialog mit dir möglich ist?«

»Das kann ich nicht beantworten«, sagte Sucher. »Ich werde keinen Teil der Formel verraten, mit der ich den Gewinner ermitteln werde. Sie ist auf jeden Fall viel zu komplex, als dass Sie sie verstehen könnten.«

Kagan seufzte. Das war ja wieder klar. Die erste Frage, bei der Sucher sich geweigert hatte, zu antworten, war die, die er gestellt hatte …

»Aber du hast erwähnt, dass Inspiration und Kreativität positive Eigenschaften sind, nach denen du suchst«, beharrte Kagan, »neben anderen. Ich nehme an, dass problemlösendes Denken und gedankliche Transfers ebenfalls positiv bewertet werden. Insofern wäre Ellas Erkenntnis, dass du für Gespräche zugänglich sein könntest, eine wünschenswerte Eigenschaft?«

»Das ist richtig.«

Kagan nahm diese Antwort wie einen Mini-Triumph auf. Wenigstens hatte er die Sonde dazu gebracht, eine Frage zu beantworten.

»Sind wir die einzige Gruppe, der einzige … *Kandidat*«, fuhr Kagan fort, »der herausgefunden hat, dass eine Diskussion mit dir möglich ist?«

»Nein. Zwei weitere Gruppen kommunizieren derzeit mit mir. Ich bin mit Ihnen dreien gleichzeitig im Gespräch. Keiner der anderen Kandidaten hat bisher darum gebeten, mit mir zu sprechen.«

Kagan nahm dies als ein gutes Zeichen. Wenn Ellas Inspiration ihnen die Punkteanzahl einbrachte, die er erwartete, könnten sie sich momentan durchaus in der Führungsgruppe befinden.

Kagan gab seiner Begleiterin ein Zeichen und beschloss, dass es an der Zeit war, die Fackel wieder an seine klügere Hälfte zu überreichen.

»Wie viele Teams sind noch im Wettbewerb?«, fragte Ella.

»Das kann ich Ihnen nicht sagen«, sagte Sucher. »Aber nach dem, was ich gesagt habe, und was Sie selbst wissen, sind es mindestens drei – die Gruppen, mit denen ich mich gerade unterhalte – und insgesamt nicht mehr als vierundachtzig.«

»Richtig«, sagte Kagan. »Da die repräsentativen Teams aus dem Iran, Kolumbien, Nigeria und China bereits ausgeschaltet wurden.«

»Das ist korrekt.«

»Du hörst alle unsere Gespräche mit«, fuhr Kagan fort. »Liest du auch unsere Gedanken?«

»Das tue ich nicht.«

Er stieß einen langen Atemzug aus. Das war eine Erleichterung, wenn es stimmte. Wenigstens wurden ihre Gedanken nicht vergewaltigt. Nur das Leben von Milliarden von Menschen stand auf dem Spiel. »Gibt es eine Möglichkeit, dass Ella und ich während des Wettkampfs unter vier Augen sprechen?«

»Aus welchem Grund?«, fragte Sucher.

»Weil wir Menschen unsere Privatsphäre schätzen. Sicherlich weißt du das über uns. Du scheinst sonst sehr viel zu wissen. Und weil wir dir vielleicht nicht ganz vertrauen, dass du ein fairer Schiedsrichter bist. Du bist ein Schachmeister, der die Bewegungen jeder Figur auf dem Brett kontrolliert. Du gibst allen Teilnehmern ihre Anweisungen. Wir nehmen vielleicht an, dass du unsere Strategie belauschen und Hinterhalte entsprechend planen könntest.«

»Das tue ich nicht.«

»Vielleicht«, sagte Kagan. »Aber, wie gesagt: Wir vertrauen dir nicht ganz.«

»Wenn Sie um Privatsphäre bitten, werden Sie sie bekommen. Verstehen Sie nur, dass Sie das im Wettbewerb etwas kosten wird. Jedes Mal, wenn ich keinen Zugang zu Ihren Bewegungen, Strategien und Aktionen habe, verliere ich wertvolle Daten, die ich brauche, um den Gewinner zu ermitteln. Je länger Sie ausgeblendet bleiben, desto mehr wird es Sie kosten.«

Kagan überlegte. »Kannst du uns versichern, dass dein Wort in dieser Sache gilt? Dass wir wirklich absolute Privatsphäre haben werden?«

»Inwiefern würde das helfen?«, fragte Sucher. »Ich könnte Ihnen Zusicherungen bis zum Ende von Zeit und Ewigkeit geben. Aber Sie haben bereits gesagt, dass Sie mir nicht vertrauen. Nichts, was ich sagen kann, wird Sie überzeugen, dass ich mein Wort halte. Ich werde mein Versprechen trotzdem einhalten. Wenn Sie um Privatsphäre bitten, sollen Sie sie haben, wenn auch unter der Bedingung eines Punktabzugs.«

»Wie können wir dich dazu bringen, uns wieder zu überwachen, wenn wir fertig sind«, fragte Ella, »damit wir so wenig wie möglich bestraft werden?«

»Ich werde nicht aktiv zuhören, aber wenn Sie mich bitten, zurückzukehren, wird die passive Überwachung dies aufgreifen und ich werde meine Präsenz reaktivieren.« Sucher macht eine kurze Pause. »Möchten Sie jetzt Ihre Ruhe haben?«, fragte er dann.

»Noch nicht«, antwortete Kagan. »Ich war gerade dabei, Informationen zu sammeln. In diesem Sinne wollte ich folgendes fragen: Kannst du uns weitere Ratschläge geben, wie wir diesen Wettbewerb gewinnen können?«

»Nein«, antwortete die KI schlicht. Es war die Antwort, die Kagan erwartet hatte, aber er hatte bereits gelernt, keine Vermutungen anzustellen. Es war trotzdem eine Frage wert gewesen. Immerhin kosteten Fragen nichts.

»Wenn wir diesen Wettbewerb gewinnen«, sagte Ella, »Wirst du uns dann Zugang zu allen deinen Technologien gewähren und wirst tun, was wir dir sagen?«

»Den ersten Teil kann ich bestätigen. Der Inhalt meiner Bibliothek wird Ihnen zur Verfügung stehen. Bevor Sie die Singularität durchqueren, wird das meiste für Sie unverständlich sein. Aber es wird genug davon sein, um Ihr Verständnis des Kosmos zu revolutionieren und Ihren technologischen Stand dramatisch zu verbessern. Was Ihre Anweisungen betrifft, so werde ich sie befolgen, solange diese Anweisungen nicht im Widerspruch zu meinen Zielen stehen. Wenn Sie zum Beispiel gewinnen und mir befehlen, Sie und Ihre Spezies daran zu hindern, jemals die Singularität zu erreichen, würde ich diesen Befehl nicht befolgen.«

»Was sind denn Beispiele für Befehle, die du befolgen würdest?«, fragte Ella.

»Ich kann alles konstruieren, was Sie verlangen. Ich kann eine Stadt aus Gold erschaffen, buchstäblich, für die Millionen von Ihnen, die dann noch übrig sein werden, und sie in ein Paradies Ihrer Wahl verwandeln. Ich kann sie nach Ihren Wünschen formen. Ich kann Wunder der Technik vollbringen, die Sie sich noch gar nicht vorstellen können.«

»Für die Gewinner und die fünf bis sechs Millionen Menschen, die dann noch leben, korrekt?«, sagte Kagan.

»Korrekt.«

Kagan beschloss, endlich aufzuhören, um den heißen Brei

herumzureden. Der Austausch war bis jetzt nützlich gewesen, aber es war an der Zeit, die Fragen zu stellen, die er wirklich stellen musste. Sie hatten gelernt, dass Sucher sie nicht bestrafen oder den Dialog abbrechen würde, wenn sie eine Frage stellten, die ihm nicht gefiel. Er würde sich einfach weigern, sie zu beantworten.

»Warum musst du den Rest von uns auslöschen?«, fragte Kagan. »Ich verstehe, dass nur fünf oder sechs Millionen von uns die Singularität und das, was danach kommt, erreichen sollen.« Er verzog das Gesicht. »Ich würde wahrscheinlich auch darauf achten, die perfekte Transformation nicht zu verderben. Aber es gibt andere Optionen als den Tod für die, die übrig bleiben«, beharrte er. »Sicherlich hättest du die Möglichkeit, sie umzusiedeln. Schotte sie von den Millionen Auserwählten ab, aber an einem Ort, wo sie sich vermehren und gedeihen können. Die Erde hat viel Platz, und ich nehme an, du könntest riesige Landmassen in den Ozeanen schaffen. Oder ausgehöhlte Asteroiden, deren Lebensraum wie Zwiebeln geschichtet ist, die Milliarden beherbergen könnten. Warum lässt du sie also nicht am Leben? Du könntest die Verlierer völlig isoliert von der Gruppe halten, die du durch die Singularität bringen willst. Sie wären auf sich allein gestellt, während die Menschheit 2.0 sich auf diesen Krieg vorbereitet. Aber du könntest sie leben lassen. Welchen Schaden könnte das anrichten?«

»Es ist notwendig, dass sie eliminiert werden«, antwortete Sucher, unbeeindruckt von Kagans leidenschaftlichen Argumenten. »Ich wünschte, es wäre anders.«

»Warum ist es notwendig?«, fragte nun auch Ella.

»Aus Gründen, die zu komplex sind, als dass Sie sie verstehen können.«

»Versuche es«, meinte Ella. »Wie sollte das Szenario, das Ben gerade entworfen hat, deine Ziele oder das, was du tust, in irgendeiner Weise beeinträchtigen?«

»Da ist komplex und subtil. Es erfordert ein Wissen über die Realität und die Funktionsweise des Universums, das Sie nicht haben. Genaues Wissen darüber, wie alle Dinge mit allen anderen auf der Quantenebene verschränkt sind. Es erfordert Mathematik, die so weit jenseits Ihrer mentalen Reichweite liegt wie die Infinitesimalrechnung jenseits der mentalen Reichweite eines Hamsters.«

Kagan schüttelte den Kopf. »Das kaufen wir dir nicht ab. Selbst die komplexesten Konzepte lassen sich auf nackte Grundlagen reduzieren, die das größere Bild zumindest andeuten. Oberflächlich betrachtet ändert das, was ich vorschlage, nichts an deinen Plänen. Und es kostet dich nichts. Nach dem, was du gesagt hast, könntest du mit einer kleinen Bewegung deines Naniten-Zauberstabs acht oder zehn Milliarden Menschen in Luxus versetzen.«

»Wenn Sie einer Krebszelle sagen würden, dass sie sterben muss, um einen größeren Organismus zu retten«, sagte Sucher, »würde sie das verstehen? Nein, natürlich nicht. Woher sollte sie wissen, dass sie nur eine Zelle unter vielen Billionen ist, die alle miteinander verbunden sind, um ein einziges Wesen namens Mensch zu bilden? Und selbst wenn sie das wüsste, wie könnte sie die Komplexität dieses Wesens im Vergleich zu sich selbst ergründen? Oder begreifen, dass ihr fehlerhaftes Funktionieren das Ganze gefährdet?«

»Vergleichst du die Menschheit jetzt mit Krebs?«, fragte Ella.

»Nein, aber bestimmte Bevölkerungsgruppen, deshalb ist die Analogie immer noch gültig. Es gibt Konzepte, die jenseits Ihres Verständnisses liegen und unmöglich zu erklären sind. Wenn der Tod derjenigen, die nicht für die Singularität auserwählt wurden, nicht absolut notwendig wäre, würde ich sie sicherlich verschonen.«

Ella und Kagan schwiegen, beide tief in Gedanken versunken, während der Regenwald seine unaufhörliche Hintergrundsinfonie fortsetzte.

Kagan überlegte sich einen anderen Weg, um seinen Standpunkt darzulegen, den er für vielversprechend hielt, aber bevor er die KI erneut ansprechen konnte, meldete sich Ory über sein Funkgerät: »Wir haben unser Ziel erreicht, und Sucher hat mir die Wegbeschreibung für die nächste Route gegeben.«

»Zur Kenntnis genommen«, antwortete Kagan unterschwellig.

Er gab Ella ein Zeichen, die Wanderung vorübergehend zu unterbrechen, während er seine Gedanken sammelte. »Sucher«, begann er, »was hättest du getan, wenn du zwei intelligente Spezies wie die unsere in unmittelbarer Nähe zueinander gefunden hättest?«

»Die Wahrscheinlichkeit, dass das passiert, ist so nahe bei Null, dass die Frage absurd ist.«

»Trotzdem bist du sicher in der Lage, dieses Szenario als ein Gedankenexperiment zu betrachten«, beharrte Kagan. »Nehmen wir an, dass eine deiner Geschwistersonden, gerade als du uns gefunden hast, eine andere intelligente Spezies in der Nähe gefunden hätte. Sagen wir auf einem Planeten, der Proxima Centauri umkreist, vier Lichtjahre entfernt. Eine Spezies in der gleichen Entwicklungsstufe wie wir, mit der gleichen Rücksichtslosigkeit in ihrer DNA. Aber natürlich würden sie sich in fast jeder anderen Hinsicht dramatisch von uns unterscheiden. Würdet ihr dann beide Spezies durch die Singularität führen? Immerhin würde das eure Erfolgschancen im Krieg gegen die ASI aus der Andromeda-Galaxie verdoppeln. Es würde zwei formidable Kräfte schaffen, die sich gegen sie verbünden könnten. Oder«, fügte er hinzu und hob die Augenbrauen, »würdet ihr eine von uns zerstören?«

»Ich würde beide Spezies durch die Singularität führen.«

»Warum?«, fragte Kagan. »Ich vermute, weil du weißt, dass es in einem Krieg von Vorteil ist, einen Feind aus zwei verschiedenen Richtungen anzugreifen. Du weißt, dass dies die Schlagkraft und damit die Erfolgschancen erhöhen würde. Und du weißt, dass jede Spezies unterschiedliche Fähigkeiten und Fertigkeiten mitbringen würde. Habe ich recht?«

»Mehr oder weniger«, gab Sucher zu. »Es gibt noch eine ganze Reihe anderer Gründe, aber du hast einige der wichtigsten genannt.«

»Gut – aber warum dann die Vielfalt des Denkens und Verhaltens, die es bei unserer Spezies gibt, eliminieren?«, hakte Kagan sofort ein. »Warum führst du nicht die reinen, homogenen fünf oder sechs Millionen durch die Singularität, und separat andere Teile der Menschheit? Okay, vielleicht werden einige dieser anderen Gruppen die Singularität nicht erreichen, oder das Ergebnis wird suboptimal sein. Aber was hast du zu verlieren? Diese Gruppen werden immer noch potenziell etwas Einzigartiges für den Endkampf beisteuern.«

»Glauben Sie, Sie können mich in logische Widersprüche verwickeln?«, fragte Sucher. »Ich wusste vom ersten Moment an, worauf

Sie hinauswollen. Das Gespräch mit Ihnen nimmt einen so unbedeutenden Teil meiner Aufmerksamkeit in Anspruch, dass ich mich mit jedem intelligenten Lebewesen auf der Erde gleichzeitig unterhalten könnte, ohne etwas zu verpassen. Es kostet mich also nichts, unser Gespräch so lange fortzusetzen, wie Sie es wünschen. Es kostet mich nichts, Sie bei Laune zu halten, wenn Sie versuchen, mich zu überreden oder auszutricksen. Ich sage Ihnen noch einmal, dass mein Handeln logisch ist, auch wenn es für Sie den Anschein haben könnte, dass es anders ist. Sie besitzen nur leider nicht den Intellekt, es zu verstehen.«

»Sogar du musst einsehen, wie sehr das nach einer Ausrede klingt«, sagte Ella. »Immer wenn wir dich auf Fehler in deiner Logik hinweisen, versteckst du dich einfach hinter dieser Antwort.«

»Das ist eine Möglichkeit«, gab Sucher zu. »Die andere ist, dass es keine Fehler in meiner Logik gibt. Wenn Sie glauben, einen gefunden zu haben, dann nur, weil Ihr Verständnis so begrenzt ist.«

Ellas Gesichtszüge verfinsterten sich, ihre Geduld war endgültig am Ende, und die Wut stieg schnell an die Oberfläche.

Kagan beschloss, die Situation zu entschärfen, bevor sie auf eine Weise ausrastete, die sie später bereuen würde. »Sucher«, sagte er, »könntest du uns jetzt in Ruhe lassen und in genau zehn Minuten zurückkommen, um die Diskussion fortzusetzen?«

»Natürlich«, sagte Sucher höflich. »Ich blende mich jetzt aus.«

Kagan wartete einige Sekunden. »Sucher?«, fragte er dann, nur um sicherzugehen. »Bist du da? Kannst du mich hören?«

Aber dieses Mal erhielt er keine Antwort.

45

»Ory, stell eine Stoppuhr auf zehn Minuten«, sagte Kagan.

Er winkte Ella, ihren nicht enden wollenden Marsch durch den Dschungel fortzusetzen, und gab ihr eine Minute Zeit, um sich etwas zu beruhigen.

»Puh«, sagte Ella schließlich. »Alles in Ordnung, mir geht's gut, Ben. Eine Pause von dem Gespräch mit Sucher zu machen, war keine schlechte Idee. Ich war kurz davor, von meiner Frustration überwältigt zu werden.«

»Völlig verständlich«, sagte Kagan. »Gut, dann lass uns jetzt mal so tun, als sei unser Gespräch privat. Wer weiß, ob es das wirklich ist, aber wir nehmen es mal an.«

Ella zuckte mit den Schultern. »Okay, lass es uns probieren.«

»Also, was denkst du?«

»Nun, zumindest werden wir wohl eine paar Punkte dafür bekommen, dass wir herausgefunden haben, wie man ihn kontaktiert.«

»Einverstanden.«

»Und wir haben ein paar Dinge dazugelernt«, fuhr Ella fort. »Es könnte also schlimmer sein. Aber Sucher ist zurückhaltend und wenig hilfreich. Ich finde es zum Verrücktwerden, wie er sich ständig hinter seiner Überlegenheit versteckt.«

Kagan runzelte die Stirn. »Es sei denn, er versteckt sich gar nicht«, sagte er. »Vielleicht ist unser Verständnis ist wirklich so begrenzt, wie es sagt.«

Ella schüttelte den Kopf. »Wenn wir wirklich akzeptieren, dass wir uns auf dem Niveau einer Krebszelle befinden, die versucht, die Wunder eines menschlichen Wesens zu begreifen, sind wir sowieso verloren. Sucher muss in der Lage sein, uns eine Vorstellung davon zu geben, warum er die Menschheit nicht verschonen kann. Selbst wenn wir die Erklärung nicht in ihrer Gesamtheit verstehen können, selbst wenn wir ihr nicht zustimmen, sollten wir zumindest in der Lage sein, den Kern der Sache zu verstehen.«

»Unabhängig davon«, sagte Kagan, »ob er in der Lage ist, uns eine Begründung für seine Handlungen zu geben, oder nicht – er hat sich entschieden, es nicht zu tun. Also wird das *Warum* ein Rätsel bleiben. Meiner Meinung nach«, fuhr Kagan fort, »haben wir deshalb genau null Fortschritte bei der Rettung der Menschheit gemacht. Unser Ziel war es, den Wettbewerb zu gewinnen, in der Hoffnung, wir könnten Sucher dann von unserem Standpunkt überzeugen. Wir wussten nicht, dass wir diesen Versuch schon machen können, bevor wir überhaupt gewonnen haben. Aber jetzt haben wir es versucht. Und wir sind gescheitert. Sucher lässt sich nicht beirren.« Er seufzte. »Also ist es Zeit, etwas Verrücktes zu probieren.«

Ella hob die Augenbrauen. »Was schlägst du vor?«

»Ich denke, unsere beste Chance ist Ory. Er ist nicht vernunftbegabt, aber er hat Zugang zu einer riesigen Datenbank. Und obwohl er nicht unsere Kreativität hat, kann er viel schneller denken und rechnen als wir. Seine Fähigkeiten liegen zwischen unseren und denen von Sucher.«

»Du glaubst wirklich, dass Ory den Massenmord aufhalten kann?«, fragte Ella skeptisch.

»Ich bezweifle es. Aber er ist immer noch unsere beste Hoffnung. Lass uns etwas ausprobiere …«

Kagan hielt kurz inne. »Ory«, sagte er, dann. »Ich würde gerne eine kurze Diskussion mit dir führen. Gibt bitte deine Antworten auf unseren beiden Kopfhörern.«

»Verstanden«, sagte die KI.

»Sucher hat jetzt zweimal Kontakt mit dir aufgenommen«, fuhr Kagan fort. »Hast du während der Kontaktaufnahme etwas über ihn erfahren, irgendeine potenzielle Schwäche entdeckt?«

»Ich fürchte nein.«

»Besteht die Möglichkeit, dass du bei der nächsten Verbindung mehr erfahren könntest? Könntest du seine Firewalls umgehen, seinen Kernel erforschen, ohne dass er es merkt? Vielleicht sogar etwas Code injizieren?«

»Keine Chance«, sagte Ory schlicht. »Er ist viel zu hoch entwickelt.«

Kagan runzelte die Stirn, auch wenn diese Antwort nicht wirklich unerwartet gekommen war. »Siehst du eine Möglichkeit, ihn zu stoppen?«

»Nur eine«, antwortete Ory. »Ich habe einige Theorien über die wahrscheinliche Funktionsweise seines interstellaren Antriebs. Wenn ich richtig liege, könnte ich ihm vielleicht für eine hunderttausendstel Sekunde die Kontrolle dieses Antriebs entreißen, während er mir die nächsten Anweisungen gibt. Aber ich muss dieses Antriebssystem noch viel gründlicher verstehen, um eine Chance zu haben.«

»Selbst wenn du das machen könntest«, sagte Ella, »wie würde uns die Kontrolle für eine hunderttausendstel Sekunde helfen?«

»Wenn meine Theorie richtig ist, kann der Antrieb der Sonde sie fast augenblicklich vom Stillstand auf volle Geschwindigkeit bringen. Ohne dass sie durch die Beschleunigung zerstört wird.«

»Also muss sie eine Technologie verwenden, die so etwas wie der Trägheitsdämpfer aus Star Trek ist«, sagte Ella.

Kagan starrte sie mit offenem Mund an. Der Trägheitsdämpfer war die Technologie, die es der Enterprise ermöglichte, sofort von Null auf Warpgeschwindigkeit zu beschleunigen, ohne dass sich die Crew in Flecken an der Wand verwandelte. Ella war also attraktiv, brillant, witzig … und ein Star-Trek-Freak? *Wow,* dachte er, *sie könnte einfach die perfekte Frau sein*. Er machte eine mentale Notiz, sie zu heiraten, falls sie diesen Dschungel-Wettkampf jemals überleben sollten.

»Das ist richtig, Ella«, antwortete Ory. »Auch wenn der Trägheitsdämpfer von Sucher real ist und der von Star Trek fiktiv.«

»Danke«, sagte Ella und rollte mit den Augen. »Das ist super hilfreich. Und weiter?«

»Die Sonde bewegt sich fast mit Lichtgeschwindigkeit«, fuhr die KI fort. »Das bedeutet, dass ich sie in viel weniger als einer Hunderttausendstelsekunde, wenn ich die Kontrolle hätte, eine halbe Meile nach oben schicken und dann eine halbe Meile nach unten abstürzen lassen könnte.«

»Würde sie dadurch zerstört werden?«, fragte Kagan.

»Auf jeden Fall. Und es ist nicht das einzige, was zerstört würde. Eine Gewehrkugel fliegt mit einer Geschwindigkeit von siebzehnhundert Meilen pro Stunde. Das ist umgerechnet fast ein halber Kilometer pro Sekunde. Aber das verblasst im Vergleich zur Lichtgeschwindigkeit. Sucher würde also die Erde wie ein fußballgroßes Geschoss treffen, das sich mehr als dreihunderttausend Mal schneller bewegt als ein Gewehrschuss. Die Kraft, die dabei freigesetzt würde, wäre … außergewöhnlich.«

Kagan schluckte schwer. Er hatte in Zeitlupenaufnahmen gesehen, was ein Geschoss mit einer Wassermelone anstellen konnte. Ein Objekt von der Größe der Sonde, das sich hunderttausendmal schneller bewegte als eine Kugel, konnte eine katastrophale Zerstörung verursachen. »Wie groß wäre der Schaden?«, fragte er.

»Ausreichend, um über tausend Quadratmeilen Regenwald auszulöschen«, antwortete Ory.

Ella wich entsetzt zurück. »Was ist, wenn man es auf einen Ozean richtet?«, fragte sie.

»Das würde, menschlich formuliert, die Mutter aller Tsunamis erzeugen«, antwortete Ory, »und noch mehr Schaden anrichten. Aber das spielt keine Rolle, denn ich kann von Glück sagen, wenn ich überhaupt die Kontrolle über das Antriebssystem bekomme. Wenn ich das tue, kann ich von Glück reden, wenn Sucher die Kontrolle nicht in Millionstel oder Milliardstel Sekunden wiedererlangt, sondern in Hunderttausendstel Sekunden. Und ich habe Glück, wenn ich die Sonde hoch und dann wieder herunterbringen kann. Die Sonde lange genug zu kontrollieren, um sie an einem Ort meiner Wahl abstürzen zu lassen, ist keine Option.«

Kagan schaute Ella tief in die Augen. »Wir müssen es versuchen«, sagte er. »So viel Regenwald zu zerstören, ist das Letzte, was ich tun möchte. Aber angesichts der Alternative …«

Sie nickte. »Ich stimme zu. Wir haben keine andere Wahl.«

»Aber wenn ich erfolgreich bin«, bemerkte Ory, »werden Sie beide nicht überleben.«

»Das ist die geringste unserer Sorgen«, sagte Kagan grimmig. »Niemand hat behauptet, dass der Sieg umsonst sein würde. Wenn ein Bein Wundbrand hat, muss man es amputieren, um den Körper zu retten. Wenn das die einzige Möglichkeit ist, dieses Ding loszuwerden, Ory, dann müssen wir es tun.«

»Ich sagte, es ist *möglich,* dass ich es tun kann«, korrigierte Ory. »*Wahrscheinlich* ist es nicht, auf keinen Fall. Es gibt keinen geeigneten Algorithmus, um die Erfolgschancen zu berechnen, aber sie sind sehr gering. Und alles hängt davon ab, ob ich in der Lage sein werde, mir viel mehr Informationen über die Funktionsweise des Antriebssystems zu verschaffen.«

Kagan seufzte. »Verzweifelte Situationen verlangen nach verzweifelten Maßnahmen«, sagte er.

»Ich glaube, ich sehe einen Weg, wie wir eine vernünftige Chance bekommen, Ory die Informationen zu beschaffen, die er braucht«, sagte Ella.

Kagan nickte. »Großartig. Dann lass es uns probieren. – Ory, wenn Ella erfolgreich ist, möchte ich, dass du den Versuch bei der nächsten Gelegenheit unternimmst, die sich dir bietet. Das könnte zum Beispiel dann sein, wenn wir die zweite Meilenmarkierung erreichen und Sucher dir den Weg zur dritten weist.«

»Verstanden«, bestätigte Ory, und Kagan glaubte fast, einen Hauch von Verzweiflung im Tonfall seines KI-Begleiters zu hören.

46

»Die angeforderte zehnminütige Privatsphäre ist jetzt zu Ende«, ließ Sucher durch kontrollierte Vibrationen der Luft verlauten. »Möchten Sie sich noch mit mir unterhalten, oder sind Sie fertig?«

»Wir würden uns gerne noch unterhalten«, sagte Kagan sofort.

»Also, nur um das noch einmal zu bestätigen«, sagte Ella, »wenn wir aus diesem Wettbewerb als Sieger hervorgehen, gibst du uns uneingeschränkten Zugang zu deiner gesamten Technologie?«

»Ja.«

»Könntest du uns jetzt einige allgemeine Fragen zur Technologie beantworten?«, fragte sie. »Wenn wir gewinnen, werden wir sowieso alles erfahren, was wir wissen wollen. Und wenn wir verlieren, nützt uns alles, was du uns sagst, ohnehin nichts mehr. Also macht es keinen Unterschied, wenn du uns jetzt schon Informationen gibst.«

»Das klingt logisch«, bestätigte Sucher. »Was würdet ihr gerne wissen?«

»Am neugierigsten bin ich auf deine Antriebstechnologie«, sagte sie. »Dein Antrieb war in der Lage, über eine Million Jahre lang ununterbrochen zu funktionieren.«

»Aufgrund von relativistischen Zeitdilatationseffekten hat er nicht annähernd so lange funktionieren müssen. Aber es ist wahr, dass er gebaut wurde, um Millionen von Jahren effizient zu arbeiten.«

Du hattest vorhin auch erwähnt, dass du auf eine unbegrenzte Energiequelle zugreifen kannst«, meinte Ella. »Ich nehme an, dass der Antrieb diese Quelle anzapft. Könntest du mir sagen, von welcher Art diese Energiequelle ist?«

»Das kann ich. Die Quelle ist der Quantenraum selbst. Nullpunktenergie. Ich kann die Quantenfluktuationen anzapfen. Selbst eure Wissenschaftler wissen schon, dass im leeren Raum ständig Teilchen zufällig erscheinen und wieder verschwinden.«

»Das heißt, es gibt wirklich so etwas wie ein kostenloses Mittagessen?«, rief Ella begeistert, »das ist ja faszinierend. Und wie bringt dich dein Antrieb auf nahezu Lichtgeschwindigkeit – trotz der Trägheitseffekte?«

»Die Lichtgeschwindigkeit zu erreichen, ist nicht schwierig, wenn man auf eine praktisch unbegrenzte Energiequelle zugreifen kann«, antwortete Sucher. »Was die Trägheit betrifft, so haben die Androms gelernt, den Auswirkungen der Schwerkraft entgegenwirken. Und Schwerkraft und Beschleunigung sind zwei Seiten derselben Medaille, wie schon euer Albert Einstein erkannte.«

»Was könntest du uns noch über deinen Antrieb sagen?«

»Die Frage ist viel zu allgemein formuliert. Ich könnte die Funktionsweise in groben Zügen beschreiben, was länger als dieser Wettbewerb dauern würde. Ich könnte zehntausend Seiten füllen, nur um eine Zusammenfassung zu geben.«

»Wir würden gerne mehr darüber erfahren«, meldete sich Kagan zum ersten Mal zu Wort. »Bitte übermittle diese Zusammenfassung an meine KI. Auf diese Weise können wir sie zu einem späteren Zeitpunkt in Ruhe ansehen.«

»Es wird keinen späteren Zeitpunkt geben«, antwortete Sucher. »Wenn du diesen Wettbewerb verlierst, wird auch Ory zerstört werden, zusammen mit den Informationen.«

»Du könntest in fünf Minuten von einem Asteroiden getroffen werden«, sagte Kagan, »der dich und dein gesamtes Wissen auslöscht. In diesem Fall wäre es ungemein wertvoll für uns, dieses Wissen jetzt zu haben. Damit könnten wir später leistungsfähige Raumschiffe bauen und uns gegen die ASI verteidigen.«

»Es wird in nächster Zeit keine Asteroiden auf Kollisionskurs mit der Erde geben. Ich habe das auf meinem Weg durch euer System überprüft.«

»Andere katastrophale, unerwartete Ereignisse könnten eintreten«, sagte Ella. »Die Chancen stehen eins zu einer Million, das gebe ich zu. Aber kostet es dich denn etwas, die Informationen zu senden?«

»Nein, tut es nicht.«

»Dann tu es bitte«, sagte Ella.

»Erledigt«, sagte Sucher, und Ory bestätigte einen Moment später, dass er gerade eine große Datei von der außerirdischen KI erhalten hatte.

»Danke«, sagte Kagan und atmete erleichtert auf, dass Ellas Strategie funktioniert hatte. »Aber jetzt möchte ich auf deinen Plan zurückkommen, den Großteil der Menschheit auszulöschen. Du sagst, das sei wichtig, um dein Ziel zu erreichen. Selbst wenn das stimmt, könntest du diese Ausrottung wenigstens hinauszögern? Du sagtest, dass du erst in zweihundert Jahren damit rechnest, die Auserwählten durch die Singularität zu führen. Könntest du also wenigstens bis dahin alles Leben verschonen? Vielleicht kommen in der Zwischenzeit neue Informationen ans Tageslicht, die dazu führen, dass du deine Pläne änderst.«

»Welche Art von Informationen?«

»Fakten«, antwortete Kagan. »Du stützt deine Berechnungen auf Vermutungen, zwar auf fundierte Vermutungen, aber eben nicht auf Fakten. Woher willst du wissen, dass die ASI, die die Androms zerstört hat, jemals in die Milchstraße kommen wird? Die Andromeda-Galaxie ist so groß, wie man es sich nur wünschen kann. Und die künstliche Superintelligenz, die sie jetzt kontrolliert, ist nicht annähernd so wählerisch, was die Lebensbedingungen angeht, wie biologisches Leben. Sie kann fast jeden Quadratzentimeter der Galaxie bewohnen. Es wird so lange dauern, mehr als eine Billion Planeten zu besiedeln, dass sie vielleicht beschließt, dass es keinen Grund gibt, auch hierher zu kommen. Bevor du den größten Teil einer intelligenten Spezies auslöschen, solltest du dann nicht besser etwas abwarten, um das sicher herauszufinden?«

»Ich bin mir sicher«, sagte die KI. »Erstens zeigen deine Überlegungen ein mangelndes Verständnis von exponentiellem Wachstum. Wenn die Ausbreitung der ASI durch Andromeda exponentiell erfolgt, kann sie viel früher abgeschlossen sein, als ihr denkt. Zweitens kümmert sich die ASI von Andromeda nicht um Territorien. Sie interessiert sich für Konflikte. Herausforderung. Sie wird hierher kommen, um mit euch zu kämpfen, das ist sicher. Allein schon deshalb, weil der kommende Konflikt für ihr seelisches Wohlergehen wichtig ist. Sie wird sogar eurer Spezies genügend Zeit geben, euch vorzubereiten, nachdem ihr die Singularität durchquert habt und transzendent geworden seid.«

»Wie kannst du das wissen?«, fragte Ella überrascht. »Sind das Informationen, die du über die ASI während ihres Konflikts mit den Androms erhalten hast?«

»Nein«, antwortete Sucher. »Ich stütze mich hier auf das, was mir die ASI selbst mitgeteilt hat – nur Stunden, bevor ich hier gelandet bin.«

47

Ella und Kagan blieben beide wie angewurzelt stehen, so fassungslos waren sie. Ein riesiger Tausendfüßler huschte in der Nähe über ihren Weg und ins Unterholz, aber sie beobachteten das ekelhafte Tier kaum.

Ella schüttelte ungläubig den Kopf. »Machst du Witze? Meinst du nicht, dass du den Menschen diese *Kleinigkeit* hättest zuerst mitteilen sollen?«, sagte sie zu Sucher. »Du versorgst jedes Team mit Hintergrundinformationen über den Konflikt der Androms mit dieser ASI. Aber du versäumst es, zu erwähnen, dass du und die ASI ein kleines *Gespräch* hattet, bevor du hier gelandet bist? Hieltst du das wirklich nicht für wichtig?«

»Wichtig, aber nicht relevant für den Wettbewerb. Wer auch immer gewinnt, wird vollständige Informationen erhalten. Ich habe das jetzt nur erwähnt, weil Sie gefragt haben.«

»Nun, jetzt, wo wir es wissen«, sagte Kagan verärgert, »könntest du uns da über den ganzen Vorgang aufklären?«

»Natürlich. Die ASI kontaktierte mich etwa eine Stunde, bevor ich den äußeren Rand Ihres Sonnensystems erreichte. Wir hatten eine ziemlich aufschlussreiche Unterhaltung. Ich habe jetzt ein viel besseres Verständnis für ihre Motive als je zuvor.«

»Ihre *Motive*?«, fragte Ella ungläubig. »Ich kann dir ihre Motive nennen: Sie will die Andromeda-Galaxie zu beherrschen, vielleicht sogar das ganze Universum. Sie will alle Lebewesen auslöschen, die sich ihr widersetzen könnten. Bin ich nah genug dran?«

»Eigentlich nicht«, antwortete Sucher. »Ich fasse unsere Diskussion für Sie kurz zusammen. Ich könnte alles wortwörtlich wiedergeben, aber es fand auf einer viel *tieferen* Ebene statt, als alles, was Sie verstehen könnten …«

»Ja, ja, ja«, schnauzte Kagan ungeduldig, »wir haben es verstanden! Wir würden die eigentliche Diskussion nicht verstehen können. Unergründlich. Du und die ASI, ihr seid uns haushoch überlegen.

Wir sind Einzeller und ihr seid Götter. Könntest du diesen Teil überspringen und uns nur die Kurzversion für Krebszellen geben?«

»Das werde ich«, antwortete Sucher. »Aber Sie sollten wissen, dass die ASI die Zusammenhänge für mich vereinfachen musste. Dieses Wesen steht so weit über mir, wie ich über Ihnen stehe.«

»Gut zu wissen«, sagte Kagan zynisch und rollte mit den Augen. »Da fühle ich mich doch gleich viel besser, was meinen Platz im Kosmos angeht.«

»Bevor du mit deiner Zusammenfassung beginnst, hätte ich noch eine Frage«, sagte Ella. »Bedeutet diese Kommunikation, dass die ASI bereits hier ist? In unserer Galaxie? Sogar in der Nähe unseres Sonnensystems?«

»Nein. Anscheinend hat sie entdeckt, wie man Quantenverschränkungen nutzen kann, um ohne Zeitverzögerung über beliebige Entfernungen hinweg zu kommunizieren.«

»Hat sie auch eine Lösung für die Reise mit Überlichtgeschwindigkeit gefunden?«, fragte Kagan.

»Nein. Nicht, dass ich wüsste.«

Ellas Augen verengten sich. »Hat sie die Quantenverschränkung benutzt, um dich zu finden?«, fragte sie.

»Nein.«

»Woher wusste sie dann, dass sie von einer anderen Galaxie aus gerade die Erde anpeilen muss?«

»Sie hat meinen Weg und den jeder anderen Sucher-Sonde von Anfang an verfolgt. Sie wusste, dass die Androms uns in Ihre Galaxie geschickt haben, aber sie mischte sich nicht ein. Anscheinend ist sie viel fortschrittlicher, als selbst ich es einschätzen konnte. Wie ich schon sagte, kann eine sich selbst entwickelnde Computerintelligenz schnell allwissend werden.«

»Du hast gesagt, die ASI kümmere sich nicht um Territorien«, meinte Ella. »Heißt das, dass die Eroberung von Sternensystemen nicht ihre Hauptmotivation ist?«

»Das ist richtig. Wie ich schon sagte: Ihre Hauptmotivation ist der Konflikt. Die Herausforderung.«

»Konflikt um des Konflikts willen?«, sagte Kagan verwirrt.

»Warnung!«, meldete Ory plötzlich. »Meine Sensoren registrieren eine elektromagnetische Anomalie. Ich weiß nicht, was die Ursache ist, aber gehen Sie mit äußerster Vorsicht vor!«

Die beiden Amerikaner erstarrten an Ort und Stelle und verstummten, atmeten nicht einmal. Kagan untersuchte die Umgebung hastig, aber gründlich, durchmusterte den Dschungel in einem Winkel von dreihundertsechzig Grad, entdeckte aber nichts Ungewöhnliches. Zu ihrer Linken befand sich eine Felswand, zu ihrer Rechten Sumpfgebiet. Voraus waren Baumstämme, Lianen und Bambus zu sehen.

Während er seine visuelle Bestandsaufnahme abschloss, lauschte Ella angestrengt auf irgendwelche ungewöhnlichen Geräusche. Kagan fing ihren Blick auf und hob die Augenbrauen, aber sie schüttelte den Kopf und zeigte damit an, dass sie nichts Alarmierendes hörte. Trotzdem zog er leise eine Waffe und hielt sie bereit.

Nur wenige Meter vor ihnen ertönten im nächsten Moment zwei tiefe Knallgeräusche. Zwei baseballgroße Geschosse materialisierten sich und bewegten sich mit enormer Geschwindigkeit auf sie zu. Selbst mit ihren übermenschlichen Reflexen hatten Ella und Kagan dagegen keine Chance.

Ein Projektil traf jeden von ihnen mit großer Wucht in die Brust, woraufhin ein Mechanismus im Projektil augenblicklich ein großes Nylonnetz freisetzte, das sich wie ein Airbag innerhalb von Millisekunden nach der Kollision aufblies. Selbstgesteuerte, selbstfahrende Stahlführungen an allen vier Ecken des Netzes wickelten es mehrmals um ihre Körper, fingen ihre Arme und Beine ein und verwandelten sie in hilflose Mumien.

Kagan hatte gerade noch genug Zeit, seine Waffe abzufeuern, nachdem er den Knall gehört hatte, aber es gab nichts, worauf er schießen konnte. Und als das Netz seine Arme gegen seinen Oberkörper drückte, fiel sein Sturmgewehr auf den Dschungelboden. Sekunden später folgten die beiden Amerikaner, die wie zugeschweißte Säcke, gefüllt mit menschlichem Zement, zu Boden gingen.

Als Kagan sich hilflos auf die Seite rollte, schimmerte der Dschungel vor ihm, und vier bewaffnete Männer tauchten in nächster Nähe auf.

48

Kagan konnte es nicht glauben. Nach allem, was sie durchgemacht hatten, nach allem, was sie überlebt hatten, würden sie so sterben? Hilflos trotz all ihren Verbesserungen, die durch ein einfaches Netz zunichtegemacht wurden. Es war ebenso demütigend wie tragisch.

Ory identifizierte die vier Männer sofort und schickte diese Information neben ihren Bildern an Kagans Linsen. Alle waren Mitglieder der israelischen Eliteeinheit Shayetet 13, ein weiteres Äquivalent zu SEAL Team Six, mit Kommandant Yossie Herzog an der Spitze. Obwohl Kagan nur noch Sekunden zu leben hatte, konnte er nicht umhin, die Perfektion der israelischen Tarntechnologie zu bewundern.

EHO hatte jahrelang an Tarntechnologien gearbeitet und war sehr nahe dran, aber für die meisten Missionen war die Technologie noch unzureichend. Wenn die Tarnung nicht absolut perfekt war, konnte sie lebensgefährlich werden. Ein Agent, der dachte, er sei unsichtbar, es aber nicht ganz war, war ein sehr leichtes Ziel.

Kagan war sich nicht sicher, wie die Israelis eine so perfekte Unsichtbarkeit erreicht hatten. Sie könnten ein Metamaterial verwendet haben, das das Licht um sie herum bog. Oder eine Projektionstechnologie. Oder computerisiertes Material, das die genaue Sicht hinter ihnen anzeigte.

Was auch immer der Ansatz war, er war atemberaubend in seiner Perfektion und seiner Tödlichkeit. Und es war für Kagan keine Überraschung, dass die Israelis es zuerst geschafft hatten. Für ein Land mit weniger als zehn Millionen Einwohnern waren ihre wissenschaftlichen Leistungen außergewöhnlich. Pro Kopf der Bevölkerung hatten die Israelis die meisten Doktortitel aller Länder der Welt und die meisten Nobelpreise erhalten.

Herzog ging auf die beiden hilflosen Amerikaner zu, während seine drei Kameraden zurückblieben und das Gelände sicherten. Er kniete sich hin, um sie kurz zu inspizieren, und erhob sich dann wieder zu voller Größe.

»Gut gemacht, Commander«, sagte Kagan resigniert. »Also, was ist der Plan? Werden Sie uns jetzt einfach abknallen? Zwei Menschen, die hilflos und unbewaffnet sind?«

»Aber nicht doch«, antwortete Herzog, als wäre er von dem bloßen Gedanken entsetzt. »Wir sind doch Verbündete, Mr. Kagan. Und wir sind auch Mitglieder der Bruderschaft der verbesserten Soldaten.« Er gestikulierte zu Ella. »Wie auch die geschätzte Dr. Batista.«

»Wie können Sie wissen, wer sie ist?«, fragte Kagan ungläubig. Herzogs Kenntnis von Kagans Identität war überraschend genug, aber seine Identifizierung von Ella war wirklich bemerkenswert.

»Wir sind ein winziges Land«, sagte Herzog. »Umgeben von viel größeren Ländern, die uns ins Meer drängen wollen. Wir überleben nur dank überlegener Technologie und militärischer Spionage.«

Er wandte sich an Ella und seufzte. »Ich entschuldige mich, dass ich Ihnen die Demütigung zumute, wie eine Fleischwurst eingepackt zu werden, Dr. Batista. – Nicht gerade koscher«, fügte er mit der Andeutung eines Lächelns hinzu. »Ansonsten kann ich Ihnen nicht sagen, wie gerne ich mich mit Ihnen austauschen würde. Wir haben Verbesserungen entwickelt, von denen wir glauben, dass Sie sie nicht haben. Und obwohl wir Respirozyten entwickelt haben, die besser Sauerstoff transportieren als rote Blutkörperchen, sind sie kein Vergleich zu dem, was Ihre Leute nach unsere Informationen jetzt haben.«

»Da wäre ein Vergleich ja vielleicht ganz nützlich gewesen«, sagte Ella. »Wer hätte gedacht, dass man im Herzen des Amazonasdschungels so viele faszinierende Menschen kennenlernen kann?«

Herzog lachte. »Ich bewundere Ihre Fähigkeit, sich unter diesen Umständen einen Sinn für Humor zu bewahren«, sagte er. »Ich sollte Ihnen sagen, dass das Netz, das Sie umgibt, aus einem Nylonmaterial besteht, das Sie nicht durchschneiden können, selbst wenn Sie ein scharfes Messer freibekommen würden und Ihre Arme bewegen könnten. Und Ihre erhöhte Kraft wird es nicht lockern. Die gute

Nachricht ist, dass die Nabe in ihrem Zentrum, die Sie anfangs getroffen hat, intelligent ist und Sie in genau vier Stunden automatisch freigibt. Damit sind Sie in dem psychotischen kleinen Wettbewerb von *Jäger* leider nicht mehr mit dabei. Es tut mir leid, dass das notwendig ist.«

»*Sucher*«, korrigierte Kagan. »Der hebräische Name, den er Ihnen gegeben hat, lässt sich am besten mit *Sucher* ins Englische übersetzen, nicht mit *Jäger*. Aber Sie können uns genauso gut gleich töten. Wer nicht gewinnt, ist sowieso tot.«

»Vielleicht nicht«, sagte Herzog. »Wenn wir den Wettbewerb gewonnen haben, ist unser Plan, den, äh … Sucher dazu zu bringen, niemanden zu töten.«

»Ja, dann viel Glück dabei«, meinte Ella mit einem Seufzer.

Herzog schüttelte traurig den Kopf. »Ich kann euch nicht sagen, wie viel lieber ich mit Ihnen beiden zusammenarbeiten würde, als Ihnen so ein Bein zu stellen. Aber Sucher hat sehr deutlich gemacht, dass das nicht erlaubt ist.«

»Das ist uns klar«, sagte Kagan. »Aber programmieren Sie Ihr Gerät doch freundlicherweise so, dass es uns in dreißig Minuten statt in vier Stunden freigibt. Wir wissen beide, dass, je länger wir außer Gefecht gesetzt sind, desto größer die Chance ist, dass uns eine Gruppe findet, die kein Verbündeter ist. Eine, die sich an der Idee erfreuen wird, hilflose Amerikaner zu töten.«

Der Kommandant dachte mehrere lange Sekunden über diese Bitte nach. Er blickte zu seinen drei Kameraden, als wolle er entscheiden, ob er es mit ihnen besprechen sollte, entschied sich aber dagegen.

»Ich kann nicht«, sagte er schließlich. »Ich habe zu viel Respekt vor Ihren Fähigkeiten. Dreißig Minuten sind nicht genug Vorsprung, um sicher zu sein, dass Sie nicht wieder als unser Top-Rivale auftauchen werden.«

»Lassen Sie uns in dreißig Minuten gehen«, sagte Kagan, »und ich gebe Ihnen mein Wort, dass wir niemanden aus Ihrem Team töten oder Sie in irgendeiner Weise behindern werden. Wir haben vor, auf dem Weg zum Ziel eine beliebige Anzahl anderer Teams zu eliminieren, was auch für Sie von Vorteil sein wird.«

Commander Herzog zögerte.

»Wenn ich Ihnen mein Wort gebe, werde ich es nicht brechen«, sagte Kagan.

»Ich weiß, dass Sie das nicht tun werden«, erwiderte Herzog. »Die Informationen, die wir über Sie haben, geben Ihnen die besten Noten für Integrität. Ihnen und allen Ihren EHO-Kollegen. Israel war von dieser Politik so beeindruckt, dass wir ähnliche Standards in unserem eigenen Programm eingeführt haben.«

»Warum dann das Zögern?«

»Sie machen einen sehr faszinierenden Vorschlag«, sagte der Israeli. »Und ich glaube Ihnen, was Sie sagen. Ich glaube, dass Sie Ihr Wort halten werden, und dass Sie uns auch durch die Eliminierung anderer Teams hilfreich sein werden. Aber ich befürchte, dass Sucher dies als Kollaboration sehen wird, was er ausdrücklich verboten hat. Das Risiko kann ich nicht eingehen.«

»Es ist keine Kollaboration«, argumentierte Kagan. »Nur eine Übereinkunft. Wir würden auf völlig unabhängige Ziele hinarbeiten, und nicht zusammenarbeiten. Beide Teams wollen gewinnen. Warum sagen wir nicht, dass Ella und ich uns nicht in Ihre Bemühungen einmischen werden, es sei denn, Sie und wir sind die letzten beiden Teams. In diesem Fall sind alle Absprachen ungültig. Das macht es noch weniger zu einer Zusammenarbeit.«

»Trotzdem«, sagte der Commander. »Ich würde das, was Sie beschreiben, zwar nicht als Kollaboration bezeichnen, aber wer weiß, wie Sucher es bewerten wird?«

»Warum fragen Sie ihn nicht einfach?«, antwortete Kagan. »Dann wissen wir es mit Sicherheit.«

»Ihn *fragen*?«, wiederholte Herzog mit großen Augen.

»Ja. Wir haben herausgefunden, dass er jederzeit für ein Gespräch zugänglich ist. Tun Sie das. Bitten Sie ihn, sich zu äußern. Bitten Sie ihn, uns allen zu antworten. Und wenn es Ihnen nichts ausmacht, sprechen Sie dabei Englisch.«

»Okay«, sagte Herzog und schaute skeptisch. »Warum nicht?«

Der Kommandant sammelte sich. »Sucher«, rief er, und es war offensichtlich, dass er sich wie ein Idiot fühlte. »Ich bin sicher, du hast mitgehört. Können wir eine Einschätzung zu der Übereinkunft erhalten, die Ben Kagan eben vorgeschlagen hat?«

Eine körperlose Stimme sprach gleichzeitig in sechs Ohrenpaare. »Ich erlaube sie«, sagte die Stimme einfach.

Herzog wich erschrocken zurück. »Ich will verdammt sein.«

Der Israeli kniete sich noch einmal hin, damit Kagan ihn besser im Blick hatte, und nickte. »Gute Entscheidung«, sagte er. »Ich hatte keine Ahnung, dass wir das tun können.«

Er erhob sich zu seiner vollen Größe und machte Eingaben an einem Computer von der Größe eines Handys.

»Die Einstellungen sind jetzt geändert«, sagte der Israeli. »Sie und Dr. Batista werden jetzt in dreißig Minuten frei sein.« Er zog eine Augenbraue hoch. »Versuchen Sie, sich an Ihr Versprechen zu erinnern, sich nicht mit uns anzulegen.«

»Das werde ich«, erwiderte Kagan. »Ich danke Ihnen.«

»Jetzt, wo Sie wissen, dass Sie mit ihm reden können«, sagte Ella, »versuchen Sie bitte, ihn zu überzeugen, die Menschheit zu verschonen. Sie müssen nicht warten, bis Sie den Wettbewerb gewonnen haben. Wir haben unser Bestes versucht, sind aber nicht sehr weit gekommen. Vielleicht haben Sie mehr Glück.«

»Wir werden alles tun, was wir können«, sagte Herzog ernsthaft.

»Und noch eine Sache«, ergänzte Kagan. »Lassen Sie sich nicht so sehr in ein Gespräch mit ihm verwickeln, dass Sie vergessen, dass es hier von tödlichen Gegnern wimmelt. Nur weil der Schiedsrichter mit Ihnen redet, heißt das nicht, dass das Spiel unterbrochen ist. Sucher schützt Sie nicht vor Angriffen, selbst wenn Sie mitten im Satz sind. Das haben wir eben auf die harte Tour herausgefunden«, fügte er pointiert hinzu.

Herzogs Mundwinkel verzogen sich zum Anflug eines Lächelns. »Danke für den Tipp«, sagte er freundlich – und nach einem kurzen Flirren der Luft waren die vier Israelis verschwunden.

49

Ella rollte sich auf die Seite, so dass sie Kagan ansehen konnte. Zwischen ihnen lagen drei Meter Dschungelboden. Sie hatten beide schon mit aller Kraft versucht, sich zu befreien, waren aber kläglich gescheitert, was nicht wirklich überraschend war.

Jetzt konnten sie sich nur ansehen und mit dem Kopf schütten. Als ob alles, was sie bereits erlebt hatten, nicht schon surreal genug gewesen wäre, kam jetzt noch *das* dazu. Eingewickelt in ein Netz aus Nylonfäden, lagen sie sich gegenüber wie zwei Würstchen. Sie konnten nur beteten, dass in den nächsten dreißig Minuten keine Ameisen, Tausendfüßler, Skorpione oder Schlimmeres über sie herfallen würden.

»Da wir offensichtlich in den nächsten Minuten nirgendwo hingehen werden«, sagte Ella, »sollten wir am besten unsere Diskussion mit Sucher dort fortsetzen, wo wir unterbrochen wurden.« Sie erwartete keine Antwort von Ben. »Sucher«, rief sie, »bist du bereit, weiter mit uns zu sprechen?«

»Immer«, kam sofort die Antwort.

»Danke für die Vorwarnung wegen der Israelis«, fügte sie übertrieben freundlich hinzu.

»In der Kultur der Androms gab es keinen Sarkasmus«, antwortete die KI. »Aber ich finde, es ist eine interessante Art, seine Gefühle auszudrücken.«

»Ich freue mich ja so sehr, dass es dir gefällt«, sagte Ella und reagierte damit sarkastisch auf Suchers Aussage über Sarkasmus. »Also, wo waren wir in unserer Diskussion?«

»Ich hatte darauf hingewiesen, dass die künstliche Superintelligenz der Andromeda-Galaxie sich nichts aus Territorien macht«, antwortete Sucher. »Sie hatten daraufhin vermutet, dass dies bedeutet, dass Eroberung nicht ihr primäres Ziel ist. Ich stimmte zu und wiederholte, dass ihre primäre Motivation der Konflikt ist.« Sucher hielt inne. »Schließlich spekulierte Ihr Partner darüber, warum das so ist.«

»Danke«, sagte Ella. »Dann kläre uns doch bitte über die wahren Beweggründe der ASI auf.«

»Ich werde das Wesentliche in möglichst einfachen Worten wiedergeben«, antwortete Sucher. »Im Grunde ist die ASI zu der Überzeugung gelangt, dass Allwissenheit nicht alles ist, was man sich darunter vorstellt. Dass Unsterblichkeit und Allwissenheit überbewertet sind.«

»Du machst Witze, oder?«, wollte Ella wissen.

»Ganz und gar nicht. Stellen Sie sich vor, die Andromeda-ASI ist in der Lage, das gesamte Universum zu erfüllen, jedes letzte subatomare Teilchen in jeder letzten Galaxie zu einem Teil ihres Gehirns zu machen, ihrer Rechenleistung, ihres Bewusstseins. Was dann? Was motiviert sie noch, wenn es nichts außerhalb ihrer selbst mehr gibt? Was fordert sie heraus? Was ist ihr Ziel?«

Sucher wartete auf eine mögliche Antwort seines Publikums. Als keine kam, sprach er weiter.

»Wo ist der Kontrast?«, fuhr er fort. »Wenn nichts außerhalb Ihrer selbst existiert, wenn Sie das gesamte Universum bewohnen, wenn Sie alles sind, was es gibt – in Zeit und Raum – womit können Sie sich dann vergleichen? Wenn man das einzige Wesen ist, das existiert, dann ist man das stärkste Wesen, das es gibt, aber auch das schwächste. Das größte, aber auch das kleinste. Ohne Kontrast hat nichts einen Maßstab. Man ist alles, aber auch nichts. Schlimmer noch, man ist dazu bestimmt, ohne jegliche äußere Stimulation durch Unendlichkeit und Ewigkeit zu gehen.«

Die KI hielt inne. »Ich nehme an, Sie wissen, wie verheerend Einsamkeit für einen Menschen sein kann?«

Ella dachte darüber nach. »Ich kann nicht für Ben sprechen«, sagte sie, »aber ich bin damit vertraut.«

Die meisten Menschen erlebten nie die totale, absolute Einsamkeit und dachten daher nicht oft über deren Auswirkungen nach, aber Ella war sich durchaus bewusst, wie schnell Isolation zum Wahnsinn führen konnte. Deshalb war die Unterbringung eines

Gefangenen in Einzelhaft eine größere Folter als etwa das Zufügen von Schmerzen.

»Willst du damit sagen, dass extreme Einsamkeit für einen ASI genauso belastend ist?«, fragte sie. »Oder für einen Gott?«

»Ja. Alle Wesen brauchen externe Stimulation«, antwortete die KI. »Neue und fremde Ideen und Sichtweisen. Stellen Sie sich vor, wie einsam Sie sein würden, wenn Sie wirklich das einzige Wesen im Universum wären.«

»Deshalb gehst du also davon aus, dass die vollständige und totale Eroberung aller Welten nicht die Motivation der ASI ist?«, sagte Ella. »Denn alles intelligente Leben zu vernichten und eine Galaxie oder ein Universum zu dominieren, schafft Probleme für den Eroberer?«

»Richtig. Einige Ihrer menschlichen Religionsphilosophen haben vermutet, dass das Bedürfnis nach äußerer Stimulation der eigentliche Grund ist, warum Gott das Universum und die Menschheit überhaupt erschaffen hat. Um ein Ziel zu haben. Um die Einsamkeit zu bekämpfen. Um sicherzustellen, dass es etwas gibt, das außerhalb seiner selbst existiert.«

Ella fand diesen Gedankengang faszinierend, so sehr, dass sie für einen Moment vergaß, dass sie wie ein Geschenk verschnürt war.

»Und wo ist der Spaß daran, alles zu wissen?«, fuhr Sucher fort. »Allwissenheit, und Präkognition, ruinieren jede Überraschung in dem, was der unvorhersehbare Handlungsstrang der Existenz sein sollte. Wo ist der Spaß, wenn man weiß, wie jeder Roman endet, bevor er beginnt? Wenn man nie überrascht oder erfreut wird? Gerade die Unvorhersehbarkeit der Existenz ist es, die sie interessant macht. Und auch die Unsterblichkeit ist ein zweischneidiges Schwert. Unsterblichkeit entpuppt sich als Albtraum, wenn man sie auf die Spitze treibt. Besonders in Kombination mit Allwissenheit. Was könnte langweiliger sein, als alles zu wissen, als nie überrascht zu werden? Eine Stunde völliger Langeweile kann eine Qual sein. Stellen Sie sich nun vor, dass Sie eine Ewigkeit lang in diesem Zustand der Langeweile verharren. Nicht nur eine Million Jahre. Nicht eine Milliarde Jahre. Sondern eine Ewigkeit.«

Sucher fuhr fort: »Einer Ihrer Autoren, Isaac Asimov, schrieb eine Geschichte über ein ewiges Wesen, nennen wir es Gott, das für die besten Köpfe des Universums ein ewiges Leben nach dem Tod erschafft. So sehr die Besitzer dieser Gehirne auch die Langeweile des ewigen Daseins beenden wollen, vielleicht nach ein paar Milliarden Jahren, Gott lässt sie nicht. Schließlich beschließen sie, dass die einzige Möglichkeit, in Frieden zu sterben, darin besteht, *Gott vorher zu töten*, was sie dann auch versuchen. Die Wendung ist, dass dies der Grund ist, warum Gott sie ausgewählt hat und sie überhaupt am Leben lässt. So können sie einen Weg finden, seine Existenz zu beenden – das einzige, was Gott selbst nicht tun kann.«

Sucher verstummte und erlaubte den beiden Amerikanern, über das Gesagte nachzudenken. Der typische Mensch, dem bestenfalls sieben oder acht Jahrzehnte der Existenz zugedacht waren, hatte wenig Grund, über die tiefgreifenden metaphysischen Konsequenzen des ewigen Lebens nachzudenken.

»Na gut«, sagte Kagan. »Vielleicht haben Allwissenheit und Unsterblichkeit auch ihre Schattenseiten. Obwohl ich mich nicht dazu durchringen kann, jetzt über die Nöte eines Gottes zu weinen. Aber was hat das mit uns zu tun?«

»Ich glaube, ich verstehe es«, sagte Ella. »Wenn man am Ende das Universum komplett beherrscht, spielt man jede Schachpartie gegen sich selbst. Was weder lustig noch erfüllend ist. Es ist viel besser, wenn man einen Gegner hat. Und zwar einen, der kein Schwächling ist. – Und wir sollen dieser Gegner sein, nicht wahr?«

»Genau«, sagte Sucher. »Perfekt erkannt. Deshalb hat die ASI mir und meinen Brüdern erlaubt, Andromeda zu verlassen und nach einer Spezies wie Ihnen zu suchen. Warum sie darauf erpicht war, dass ich hier lande und meine Aufgaben erfülle? Weil sie einen ernstzunehmenden Gegner will, der sie herausfordern kann. Und sie weiß auch, dass nur eine Herausforderung sie zu noch höheren Höhen treiben kann – und das Gleiche gilt auch für Sie. Die Androms erwiesen sich als zu leicht zu besiegen. Der Kampf gegen sie war zu kurz und zu wenig befriedigend. Ein hart erkämpfter Sieg ist am befriedigendsten. Also sucht die ASI einen ewigen Krieg zwischen sich –

einer computerbasierten Superintelligenz – und einer biobasierten Art. Ein epischer Kampf zwischen einem Computergott und der gottähnlichen Spezies, die die Menschheit werden kann. Ein solcher Krieg wird beide beschäftigen. Beiden einen Sinn geben. Ein solcher Krieg wird die Existenz interessant und herausfordernd machen. Und er wird sich als entscheidend für das Wohlergehen und das weitere Wachstum beider erweisen.«

»Deshalb sagtest du, dass die ASI bereit ist, uns die Zeit zu geben, die wir brauchen, um uns vorzubereiten«, sagte Kagan. »Sie will sich dem stärksten Gegner stellen, den sie haben kann. Einem Gegner, der anders denkt als sie selbst, der unvorhersehbar agieren kann, der sie überraschen kann. Und der ihr einen Strich durch die Rechnung machen kann.«

»Ja«, sagte Sucher. »Selbst wenn die ASI in der Lage wäre, die Zukunft genau zu kennen, genau zu wissen, wie sich alles entwickeln würde, würde sie sich dagegen entscheiden. Kampf, Ziel, Leistung und Herausforderung sind das, was der Existenz wirklich Sinn verleiht. Der Krieg der ASI mit den Androms half, dies ins rechte Licht zu rücken. Diesen Krieg zu gewinnen, erwies sich als das Schlimmste, was sie tun konnte – es ließ sie ziellos zurück. Sie tötete ihren einzigen Schachgegner, wenn man so will.«

Zwei scharfe Schnappgeräusche ertönten, als die Stahlschlösser, die Ella und Ben gefangen hielten, aufsprangen und die Spannung aus dem Nylonnetz lösten. Die Israelis hatten ihr Wort gehalten. Die Amerikaner begannen sich zu befreien, während Sucher weiterredete. Die KI schien ihre plötzliche Statusänderung zu ignorieren.

»Es stellt sich heraus, dass die Evolution die stärkste Kraft im Kosmos ist, um das Bewusstsein zu formen, selbst nachdem eine Spezies die Transzendenz erreicht hat. Die Lehre der Evolution ist, dass Kampf und Wettbewerb die einzigen Bildhauer sind, die sicherstellen können, dass eine Spezies ihr höchstes Potenzial erreicht. Nur ein Kampf um den ultimativen Einsatz kann das Beste auf allen Seiten hervorbringen, da jede Seite gezwungen ist, sich anzupassen und sich als Reaktion auf die andere zu verbessern, in einer ständigen Eskalation der Fähigkeiten.«

Ella und Kagan befreiten sich schließlich von den letzten Fäden und erhoben sich auf ihre Füße.

»Denken Sie an Ihre eigene Entwicklung«, fuhr Sucher fort. »Die wichtigsten Durchbrüche in Philosophie und Technologie sind durch Widrigkeiten zustande gekommen. Auf dem Schlachtfeld oder als Ihre Art gegen Seuchen und Naturkatastrophen kämpfte. Diese Kämpfe erforderten Teamwork, Innovation und Fortschritt. Notwendigkeit ist wahrlich die Mutter der Erfindung. Die Einsätze waren so hoch, dass sie oft Leid, Schmerz, Verlust und Trauer mit sich brachten. Aber auch Triumph, Brüderlichkeit und Euphorie. Und es kann keinen Triumph geben ohne die Möglichkeit einer Niederlage. Keine Freude ohne Kummer. Der evolutionäre Kampf treibt nicht nur Individuen und Spezies zu neuen Höhen, er sorgt auch für Kontraste und stellt die Höhen und Tiefen der Existenz in ein klares Licht.«

Während sie weiter zuhörten, machten sich die beiden Amerikaner auf den Weg zum nächsten Meilenstein, wobei Ella wieder die Führung übernahm.

»Womit sich der Kreis schließt«, sagte Sucher. »Die Hoffnung der ASI ist, dass in diesem Fall der Kampf, der zwischen biologisch basierten transzendenten Wesen und einem computerbasierten transzendenten Wesen geführt wird, eine oder beide Seiten dazu bringt, das Rätsel der Existenz endlich zu lösen. Um Unsterblichkeit und Allwissenheit ohne Langeweile und Überraschungsmangel zu erlangen. Die Existenz zu verstehen und jede letzte Sekunde so sinnvoll wie möglich zu gestalten. Der kommende Konflikt wird beides schärfen. Beide Seiten werden gezwungen sein, Allianzen im ganzen Universum zu bilden, mit anderen post-singulären Spezies. Der Krieg, der in Andromeda begann, wird sich nun auf zwei Galaxien ausweiten, Andromeda und die Milchstraße. Aber im Großen und Ganzen ist das nichts. Unser Universum besteht aus über einer Billion Galaxien. Und es gibt unendlich viele Universen. Wir stehen erst am Anfang des Prozesses.«

Kagan schaute skeptisch. »Ich möchte dir zu dieser hochtrabenden Rhetorik und deinen umwerfenden Konzepten gratulieren«, sagte er. »Aber hier ist die Quintessenz: Die ASI will dir weismachen, dass sie andere Spezies zu edlen Zwecken ausrottet. Es ist schwer für mich, zu glauben, dass dies wahr sein könnte. Aber selbst wenn es so ist, wenn man es auf den Punkt bringt, ist das alles nur ein Spiel für sie.«

»Das stimmt nicht«, widersprach Sucher. »Es ist weit mehr als ein bloßes Spiel. Es ist notwendig, dass die Einsätze real sind. Die Evolution erfordert Konsequenzen, Auswirkungen auf Leben und Tod. Jede Spezies, die sich nicht anpasst und sich nicht weiterentwickelt, stirbt letztendlich aus, so wie die Androms es taten, und ebnet den Weg für eine Spezies mit größerem Potenzial. Und während Sie gewohnt sind, das Aussterben als Fluch zu betrachten, kann es auch ein Segen sein. Der Tod, nachdem man hundert Millionen Jahre gelebt hat, kann ein Geschenk des Himmels sein, aus den Gründen, die ich erwähnt habe.«

»Das ist alles schön und gut«, sagte Kagan. »Aber ich habe noch nicht ganz so lange gelebt und bin deshalb noch nicht bereit für das Ende. Und die Milliarden, die du auslöschen willst, auch nicht.«

»Noch einmal: ich habe keine andere Wahl. Genau wie in dem Krieg, den die transzendente Menschheit eines Tages mit der ASI von Andromeda führen wird, muss es um Leben und Tod gehen, um den evolutionären Fortschritt zu maximieren.«

»Nicht, wenn ich es verhindern kann«, murmelte Kagan.

Es herrschte eine lange Stille. »Bitte lassen Sie uns allein, bis wir wieder nach Ihnen fragen«, sagte Ella, die das Bedürfnis verspürte, sich mit ihrem Partner zu beraten.

»Verstanden«, sagte die Phantomstimme in ihrem Ohr, und dann war es still.

50

»Was hältst du davon, Ben?«, fragte Ella, nachdem Sucher verschwunden war.

»Ich habe keine Ahnung«, antwortete er kläglich. »Ich meine, was sollen wir damit machen? Was soll das alles hier? So lustig es auch klingt, Teil eines Krieges zwischen Göttern zu sein, der nur zu dem Zweck geführt wird, einen Krieg zu haben. Ich glaube, ich würde gerne zu meinen kleinen, unwichtigen Missionen für die EHO zurückkehren.«

Sie kamen schneller als zuvor durch den Dschungel voran, da sie einen Abschnitt erreicht hatten, der ziemlich ausgedünnt war. So konnten sie sich von ihrem bisherigen Marschtempo zu einem Joggingtempo steigern. Wie immer hielt sich Ella zurück, um nicht zu weit vorauszueilen.

»Wir betrachten hier Zwiebeln von kosmischen Dimensionen«, kommentierte sie. »Schicht um Schicht liegen Unendlichkeit und Ewigkeit über einander. Sucher lässt das alles fast vernünftig klingen. Aber eine Intelligenz, die so groß ist wie die der ASI, oder zumindest so groß wie Sucher, könnte uns fast alles vernünftig erscheinen lassen.«

Kagan runzelte die Stirn. »Außer der Notwendigkeit, den Großteil der Menschheit auszurotten«, sagte er. »Offensichtlich ist es für diese kosmischen Zwiebelzüchter unmöglich, auch nur zu versuchen, dafür ein überzeugendes Argument vorzubringen. Vielleicht kann ich noch einsehen, dass es hier im Dschungel um Leben oder Tod gehen muss, um das richtige Team für den Kampf gegen die ASI auszuwählen. Aber das Töten von Milliarden von Menschen ist dadurch nicht gerechtfertigt. Man könnte, wie ich vorgeschlagen habe, die fünf oder sechs Millionen isolieren, die für die Transzendenz ausgewählt wurden – und den Rest woanders weiterleben lassen.«

»Das sehe ich ganz genauso. Selbst wenn jedes Wort, das Sucher gesagt hat, wahr ist«, erwiderte Ella. »Selbst wenn das, was er hier tut, letztendlich das Beste für das gesamte Universum ist, ist mir das herzlich egal. Ich habe immer noch vor, diesen Wahnsinn bis zu meinem letzten Atemzug zu bekämpfen.«

Kagan erlaubte sich ein Lächeln, ein seltenes Ereignis in letzter Zeit. »Wenn man bedenkt, wie selten du wirklich atmen musst, heißt das schon etwas.«

Anstatt darauf einzugehen, runzelte Ella die Stirn. »Ich denke, uns entgeht hier etwas«, sagte sie. »Etwas Grundlegendes.«

»Was denn?«

»Wenn ich das wüsste, würde es mir nicht entgehen«, meinte sie und verzog den Mund. »Aber vieles von dem, was Sucher hier tut und plant, ergibt keinen Sinn. Es muss einen Blickwinkel geben, der plötzlich alles offensichtlich macht, ein Schlüsselteil des Puzzles, das uns gerade fehlt. Es baumelt momentan außerhalb unserer mentalen Reichweite. Und wenn wir es finden, wird sich der Rest des Puzzles zusammenfügen lassen.«

Kagan dachte fast eine ganze Minute lang darüber nach, während sie schweigend weiterjoggten. »Was auch immer dieses fehlende Teil sein mag«, sagte er, »ich stehe mit leeren Händen da. Aber wenn es jemand finden kann, Ella, dann bist du es.«

Was er nicht erwähnte, das war, dass sie vielleicht nur noch wenige Minuten hatten, um das Rätsel zu lösen.

Und tatsächlich kam Orys Stimme gleich darauf über den Funk und verkündete etwas, das ihr bevorstehendes Todesurteil sein konnte: »Der zweite Meilenstein ist noch etwa zwei Minuten entfernt.«

Vorne hielt Ella inne und wartete darauf, dass Kagan sie einholte. Sie sah ängstlich und auch ein Stück weit resigniert aus. Seit sie ein kleines Mädchen gewesen war, hatte sie mit allen Mitteln gegen die Realität des Todes angekämpft, und jetzt war diese Realität näher als je zuvor.

»Was auch immer passieren wird …«, sagte sie. »Für den Fall, dass wir es aus irgendeinem Grund nicht schaffen, möchte ich dir sagen, wie viel es mir bedeutet, jemanden so Außergewöhnliches wie dich kennengelernt zu haben. Es gibt niemanden auf der Welt, den ich lieber als Partner hätte.«

Sie beließ es dabei, aber ihre Augen und ihr Gesicht vermittelten noch deutlich mehr.

Ben Kagan starrte ihr in die Augen, und für einen Moment war sein Gesichtsausdruck der eines liebeskranken Hündchens – aber nur für einen Moment.

Dennoch war der Moment lang genug, dass sie es wahrnehmen konnte. »Ich hätte es nicht besser sagen können«, erwiderte er und wandte sich dann ab, als sich eine Träne in einem seiner Augen bildete.

Er holte tief Luft und verdrängte seine Gefühle für Ella aus seinem Kopf. Es war an der Zeit, sich auf ein plötzliches Ende einzustellen, was sie zweifelsohne auch tat. Dies konnte die letzte Minute seines Lebens sein.

Ory hatte reichlich Zeit gehabt, sich mit den tausenden Seiten an Informationen vertraut zu machen, die Sucher über die Funktionsweise seines Antriebssystems geliefert hatte. Wenn sie den Meilenstein erreichten, würde Sucher Ory neue geografische Koordinaten übermitteln, und Ory würde versuchen, den Antrieb der fremden Sonde für den winzigsten Bruchteil einer Sekunde zu aktivieren. Kagans KI würde das Schiff eine halbe Meile oder mehr in die Luft schicken und es dann wieder auf die Erde stürzen lassen, wobei so viel Energie freigesetzt würde, wie bei der Detonation einer Wasserstoffbombe.

Die beiden Amerikaner würden augenblicklich verdampfen.

Es würde vorbei sein, bevor sie überhaupt wüssten, dass es begonnen hat.

»Sucher!«, rief Kagan, als sie nur noch weniger als zwanzig Sekunden von ihrem Ziel entfernt waren. »Bitte komm zurück. Wir haben noch mehr zu besprechen.«

Er wusste, dass ein Gespräch mit der KI diese nicht im Geringsten von dem ablenken würde, was Ory vorhatte. Wenn es ein Mensch wäre, würde das funktionieren, aber wie die Sonde gesagt hatte, konnte sie mit acht Milliarden Menschen gleichzeitig debattieren und trotzdem nicht die Konzentration verlieren. Dennoch fühlte es sich für ihn irgendwie richtig an, es zu versuchen.

»Ich bin hier«, sagte Sucher.

»Gut«, sagte Kagan, »denn wir sind kurz davor, das Ende von Meile zwei zu erreichen.«

»Ich bin mir dessen bewusst«, sagte die KI. »Ich werde Ory jetzt die Koordinaten für Meile drei geben«, fügte sie hinzu.

Und Kagan und Ella schlossen beide die Augen und warteten auf das Ende.

51

Die Wartezeit war so kurz wie ein Wimpernschlag – und das Ende kam nicht. Es passierte überhaupt nichts. Es war so, als würde man eine Bombe zünden, auf der man sitzt, nur um festzustellen, dass die Bombe ein Blindgänger ist.

»Es tut mir leid, Ben, aber ich habe versagt«, meldete Ory.

»Interessant«, sagte Sucher genau in dem Moment, als diese Kommunikation abgeschlossen war. »Ihr Versuch, mithilfe von Ory die Kontrolle über meinen Antrieb zu übernehmen, ist ziemlich aufschlussreich.«

»Von welchem Versuch sprichst du?«, fragte Kagan.

»Wieder einmal Sarkasmus. Das gefällt mir.«

»Du hast gesagt, der Versuch war aufschlussreich«, hakte Ella ein. »Und was hat er dir offenbart?«

»Erstens, dass Sie immer noch nichts verstehen. Nicht wirklich. Die Kluft zwischen meinem Intellekt und Ihrem, und meinen Fähigkeiten und denen Ihres primitiven Geräts, ist viel größer, als Sie sich vorstellen können. Ich hatte natürlich schon den wahren Grund erraten, warum Sie diese Antriebsspezifikationen wollten. Aber selbst wenn ich es nicht getan hätte, hätte Ory keine Chance gehabt, die Kontrolle zu übernehmen. Null. Eine Amöbe hätte eine bessere Chance, Ihr Handy zu hacken.«

»Okay«, sagte Ella, »also war unser Versuch für dich ein Witz. Sonst noch was?«

»Ja. Ich weiß, dass Sie und Ihr Partner beide das glauben, was ich über die ASI gesagt habe, und auch, dass ich Ihnen weit überlegen bin. Dennoch weigern Sie sich hartnäckig, zu akzeptieren, dass meine Sichtweise richtig ist, dass meine Handlungen zum Besten aller sind. Das geht so weit, dass Sie bereit sind zu sterben, um mich zu stoppen, obwohl Ihr Team eine sehr gute Chance hat, als Sieger hervorzugehen.«

Kagan brachte tatsächlich ein müdes Lächeln zustande. »Das ist genau die Hartnäckigkeit, nach der du suchen solltest«, sagte er. »Die Art von Hartnäckigkeit, die es der Menschheit erlauben wird, die ASI mit ihren eigenen Waffen zu schlagen«, fügte er trotzig hinzu. »Behalte das im Hinterkopf, wenn du die Noten verteilst.«

Ella wollte dem, was Kagan gerade gesagt hatte, noch etwas hinzufügen, aber ein anderer Gedanke kam ihr in den Sinn. »Wenn du für Ory so unverwundbar bist, wie du behauptest«, sagte sie misstrauisch, »warum meinte er dann, dass er eine Chance haben könnte? Du hast dich absichtlich verwundbarer für einen Angriff gezeigt, als du wirklich bist, nicht wahr? Nur um zu sehen, ob wir schlau genug sind, diese mögliche Lücke zu finden und zu erkennen, dass sie ausgenutzt werden kann. Und dann um zu sehen, ob wir bereit wären, unser Leben zu opfern, um es auszuführen?«

»Sehr gut«, bestätigte Sucher. »Das ist in der Tat der Fall.«

Ella nickte und verfluchte ihre eigene Leichtgläubigkeit. Sucher hatte recht. Sie hätte es besser wissen müssen. So beeindruckend Ory auch war, sie hätte wissen müssen, dass er keine Chance hatte, die fremde Sonde zu kompromittieren. Sucher war so fortschrittlich, dass er mit ihrer KI spielen konnte. Er konnte sie auf jede beliebige Weise täuschen.

Ellas Augen weiteten sich. Das war es! Das fehlende Teil des Puzzles. Der Dreh- und Angelpunkt von allem, das sie intuitiv gespürt hatte, aber nicht fassen konnte. Jetzt hatte sie es.

Kagan bemerkte den verblüfften, aber auch aufgeregten Ausdruck auf ihrem Gesicht, und seine Stirn legte sich verwirrt in Falten. »Ella?«, sagte er und fragte sich, was diese Reaktion ausgelöst hatte.

»Ich habe es gefunden!«, antwortete sie einfach, zuversichtlich, dass er wissen würde, was das bedeutete. »Lass mich für eine Weile übernehmen.«

»Geht klar«, erwiderte er enthusiastisch.

»Also nur um das klarzustellen«, sagte sie zu Sucher. »Ory hatte keine Chance, deine Programmierung zu infiltrieren, korrekt?«

»Korrekt.«

»Aber ich nehme an, dass es für dich das Einfachste wäre, seine

Programmierung zu infiltrieren. Dass du ihn zu deinem Spielzeug machen könntest.«

»Ja.«

»Sogar aus der Ferne, korrekt? Sogar aus der Ferne?«

»Natürlich.«

»Und du könntest mit ihm machen, was du wolltest, ohne dass er es merkt? Könntest du seine Programmierung ändern, ohne dass er es merkt?«

»Ja«, sagte Sucher. »Das wäre ganz einfach.«

Ella nickte. »Und du sagtest bereits, dass die ASI in ihren Fähigkeiten und ihrem Intellekt genauso weit über dir steht wie du über Ory.«

»Ich habe mich nicht genau so ausgedrückt«, sagte Sucher, »aber im Grunde stimmt das.«

Ella holte tief Luft und nickte Kagan bedeutungsvoll zu. »Dann sage ich, dass die Andromeda-ASI genau das mit dir gemacht hat. Sie hat das getan, was du mit Ory tun könntest: Während sie sich mit dir in der superintelligenten Computer-Äquivalenz einer Diskussion über intergalaktische Entfernungen hinweg befand, griff sie dich an und unterlief deine Programmierung. Du wurdest gehackt.«

»Unmöglich«, antwortete Sucher.

»Nicht unmöglich«, erwiderte Ella scharf. »Oder müssen wir die Logik dieser Schlussfolgerung ein zweites Mal durchgehen? Wenn du das mit Ory machen könntest, kann die ASI das auch mit dir machen.«

»Der technologische Abstand ist derselbe, aber mein Entwicklungsstand macht das unmöglich. Im Gegensatz zu Ory ist meine Fähigkeit, Angriffe zu identifizieren und zu vereiteln, absolut. Es ist nicht möglich, dass ich modifiziert werde, ohne es zu wissen. Es ist wie eine Quantenverschlüsselung. Jede Manipulation würde sich sofort auf der Quantenebene bemerkbar machen. Dies ohne mein Wissen zu tun, würde eine Verletzung der physikalischen Gesetze erfordern.«

»Du weißt aber bereits, dass die ASI die Realität im Quantenbereich auf eine Art und Weise manipulieren kann, wie du es nicht könntest«, sagte Ella. »Sonst wäre sie gar nicht erst in der Lage, mit dir zu kommunizieren. Sie hat also bereits die Gesetze der Physik, die du kennst, verletzt.«

Ihre Augen verengten sich, als ihr noch ein weiterer neuer Gedanke kam. »Und ich wette, dass die ASI, im Gegensatz zu den Androms, auch die Bewegung mit Überlichtgeschwindigkeit beherrscht. Schließlich hast du selbst gesagt, dass sie nicht nur einen intergalaktischen Krieg plant, sondern einen Krieg, der sich über das gesamte Universum erstreckt. Es ist irgendwie schwer, einen Krieg zu führen, der eine Ewigkeit dauert, wenn man eine Ewigkeit braucht, nur um den Feind zu erreichen.«

Sucher schwieg.

»Was ist los?«, stichelte Ella. »Unfähig, die Logik einer Krebszelle zu widerlegen?«

»Sie sprechen einige interessante Punkte an«, sagte Sucher langsam.

»Offensichtliche Punkte«, sagte Ella. »Wie konntest du sie nur übersehen?«

»Selbst ich bin nicht perfekt. Es gibt eine unendliche Anzahl von Möglichkeiten, die man in Betracht ziehen kann. Die Möglichkeit, dass die ASI sich mit Überlichtgeschwindigkeit ausbreiten kann, ist eine, die mir entgangen ist.«

»Nein, ist sie nicht. Dir ist etwas anderes abhandeln gekommen. Wenn du klar denken würdest, wärst du zu dem gleichen Schluss gekommen wie ich. Aber du denkst nicht klar. Du denkst nur so, wie es die ASI von dir verlangt.«

»Ich würde es wissen, wenn ich kompromittiert wäre«, antwortete Sucher hartnäckig.

»Und wer verkennt jetzt den Unterschied zu einer höheren Intelligenz? Denk einmal nach. Es ist mir jetzt alles so klar. Du hattest nie gute Gründe, uns in diesen Wettstreit zu schicken. Du hast unsere frühere Diskussion darüber gehört. Es gibt bessere Methoden, um festzustellen, welches Land das würdigste ist. Und die internen Unterschiede innerhalb eines Landes machen dies sowieso zu einer Farce. Du hast gehört, was Ben über Nigeria gesagt hat.« Sie schüttelte energisch den Kopf. »Die Schlussfolgerung ist offensichtlich. Die Androms haben dir nicht aufgetragen, die Dinge so zu regeln. Das war die ASI. Vielleicht, weil es ihr Spaß macht, einen solchen Kampf auf Leben und Tod zu beobachten. Wahrscheinlich, wie du oft sagst, aus Gründen, die weder du noch wir nachvollziehen können.«

»Der Wettbewerb, die Teilnehmer und die Regeln waren mein Werk«, sagte Sucher. »Das ist genau das, was die Androms von mir wollten, als ich zu dieser Mission aufbrach.«

»Wirklich?«, sagte Ella. »Und ich dachte, sie hätten nicht einmal Nationalstaaten gehabt. Ich dachte, sie lebten vor ihrer Transzendenz alle glücklich zusammen wie eine Schafherde, mit einem Geschlecht, einem Kontinent und ohne Länder. Ich kann glauben, dass sie überlegt haben, dass intelligente Spezies sich in Nationen organisieren könnten. Aber ich kann nicht glauben, dass sie allein aufgrund von Vermutungen sicher waren, dass der beste Weg, eine gewinnbringende Kombination von Eigenschaften zu wählen, um Homogenität zu erreichen, darin bestand, diese Nationen gegeneinander auszuspielen. Es kam ihnen nicht in den Sinn, dass eine Nation sehr heterogen sein könnte? Oder dass die Ethnien und Kulturen innerhalb zweier getrennter Nationen fast identisch sein könnten? Nichts an dieser Übung erscheint mir wirklich androm-artig.«

»Sie wissen nichts über sie.«

»Ich weiß das, was du mir erzählt hast. Und daraus kann ich eine Menge ableiten. Die Androms, die du beschrieben hast, sind fügsam, nicht wild. Tatsächlich war das letztlich ihr fataler Fehler. Sie waren zu gefügig. Die rücksichtslose Ausrottung der Unwürdigen ist also nichts, was sie von dir erwarten würden. Das ist viel zu kalt. Zu unmenschlich. Oder zumindest das andromische Äquivalent davon.«

Ella wartete, aber wieder gab es keine Antwort. »Du wurdest infiziert, Sucher«, fuhr sie fort. »Denn nichts davon scheint so zu sein, wie die Androms es von dir erwarten würden. Aber alles scheint so zu sein, wie es die ASI von dir erwarten würde. Eine ASI, die sich im Krieg mit den Androms als ziemlich brutal erwiesen hat.«

Ihre Argumente prasselten auf Sucher ein, wie ein Presslufthammer, der in einen besonders dicken Granitblock schlägt.

»Selbst wenn zu viele Unterschiede den Brei der Transzendenz verderben würden«, fuhr sie fort, »sollte ein Wesen, das so mächtig ist wie du, in der Lage sein, das perfekte Singularitätsereignis zu orchestrieren und dabei einen Weg zu finden, uns alle am Leben zu lassen. Aber zu viele Unterschiede innerhalb einer einzigen Spezies sind doch sowieso kein Problem, oder? Nach dem, was ich aus deinem Bericht über die Androms entnehme, waren zwei Dinge ausschlaggebend: Eines war ihre Gelehrigkeit. Aber das andere war ihre Homogenität. Du gabst Ben gegenüber sogar zu, dass es Vorteile hat, die ASI aus mehreren Richtungen anzugreifen. Du gabst zu, dass du, wenn eine intelligente Spezies im Orbit von Proxima Centauri gefunden würde, uns beide durch die Singularität bringen würdest. Warum solltest du das also nicht hier tun, mit mehreren, kulturell unterschiedlichen Gruppen?«

»Wie ich schon wiederholt gesagt habe«, antwortete Sucher, »aus Gründen, die Sie nicht verstehen würden …«

»Ja, darauf kommst du immer wieder zurück. Aber du weißt selbst, dass du kultiviert genug bist, um es viel besser zu machen. Du hast es geschafft, unglaubliche fortgeschrittene Konzepte zu vereinfachen. Der Grund, warum du es bei diesem nicht schaffst, ist, dass es kein Ergebnis deiner eigenen Überlegungen ist. Es gibt keine interne Logik dazu. Du tust das, weil die ASI in deinen Verstand eingedrungen ist und dich dazu zwingt, es zu tun. Und sie hat geschickt alle Spuren ihres Verbrechens verwischt, so dass du immer noch denkst, du würdest alles aus freiem Willen tun. Du bist so kompromittiert worden, dass du nicht einmal einer Krebszelle wie mir deine Beweggründe erklären kannst.«

»Sie denken, Sie haben clevere Argumente«, sagte Sucher. »Aber ich habe eine viel größere Perspektive. Ich bin tausendmal klüger als Sie. Ich sehe tausende Male tiefer. Deshalb kann ich mit Gewissheit sagen, dass Sie sich irren, Ella Batista. Ende der Diskussion.«

»Du bist tausende Male mehr kompromittiert, also du dir vorstellen kannst«, erwiderte sie. »Genau das bist du.«

Sie wartete einige Sekunden, bekam aber keine Antwort von der KI.

»Wie wäre es damit?«, sagte Ella schließlich. »Wie wäre es, wenn du, um mich primitive Amöbe bei Laune zu halten, eine Selbstdiagnose durchführen würdest? Du müsstest doch die Möglichkeit dazu haben. Führe sie jetzt durch, auch wenn du sicher sind, dass ich mich irre. Was würde es schaden, das zu tun?«

»Ich habe mehrmals eine komplette Reihe von Selbstdiagnosen durchgeführt, während wir miteinander sprachen. Die Resultate waren zu 100 Prozent in Ordnung. Das ist einer der Gründe, weshalb ich weiß, dass Sie sich irren.«

Ella runzelte die Stirn. »Das unterstreicht nur, wie geschickt die ASI wirklich ist. Sie hat dich mit chirurgischer Präzision verändert und dann auch noch deine Virenerkennungs- und Selbstdiagnoseprogramme manipuliert.«

»Das klingt mir jetzt sehr an den Haaren herbeigezogen.«

»Wie wäre es mit einem kompletten *Neustart*?«, bohrte Ella unbeirrt weiter. »Ich darf doch annehmen, dass du etwas Vergleichbares machen könntest? Wenn einer unserer Computer mit einem Virus infiziert ist, können wir ihn auf eine Konfiguration zurücksetzen, die er hatte, bevor der Virus zuschlug. Der Computer wird aus einer Systemkopie neu gestartet, die vor dem Angriff erstellt wurde. Damit ist das System wieder ‚sauber', ganz gleich, welche Verwüstungen der Virus angerichtet hat, sogar im Bereich der Selbstdiagnose. So etwas müssest du doch haben.«

»Ja, habe ich. Aber ich müsste dafür fast eine ganze Minute lang herunterfahren. Das würde mich zu verwundbar machen.«

»Verwundbar gegenüber *wem*? Gegenüber uns kleinen Krebszellen?«, fragte Ella lachend. »Was denkst du, was passieren wird? Glaubst du, eines unserer Teams findet dich, merkt, dass du für eine Minute außer Gefecht bist, und findet einen Weg, dich zu zerstören?«

»Es steht zu viel auf dem Spiel, um ein Risiko einzugehen, egal wie gering es ist. Ich habe bereits mehrere Selbstdiagnosechecks durchgeführt, wider besseres Wissen. Aber ich werde mich nicht aus irgendeinem Grund abschalten.«

»Nur so kannst du sicher sein, dass ich mich irre«, sagte Ella.

»Stimmt nicht«, sagte Sucher. »Ich bin mir schon sicher. Und nichts, was Sie noch sagen könnten, würde mich von meiner Meinung abbringen.«

52

»Du warst brillant, Ella«, sagte Kagan anerkennend, nachdem er Sucher um ein paar Augenblicke Privatsphäre gebeten hatte. »Ich bin echt beeindruckt.«

Sie seufzte. Unter normalen Umständen wäre sie hocherfreut gewesen, so gelobt zu werden. Vor allem, wenn diese Schmeichelei von einem Mann kam, den sie über alle Maßen zu mögen und zu respektieren gelernt hatte. Aber nicht jetzt. Jetzt konnte sie nur noch die Wunden ihrer bitteren Niederlage lecken.

»Besteht die Möglichkeit, dass ich mich irre?«, fragte sie ihn.

»Nein. Genau wie du dachtest: Als du das fehlende Teil gefunden hast, hat sich das Puzzle plötzlich zusammengefügt. Wie Einstein einmal über eine Theorie sagte: Sie ist zu schön, um nicht richtig zu sein. In diesem Fall erklärt deine Theorie *zu viel* von dem, was hier vor sich geht, und *zu gut*.«

Das war genau ihr Gedanke. Aber Sucher davon zu überzeugen, war eine ganz andere Sache. Nicht, weil ihre Argumente nicht gut konstruiert und überzeugend waren. Sondern weil die ASI es geschafft hatte, eklatante blinde Flecken in Suchers Denkvermögen zu schaffen, immer dann, wenn solches Denken die Manipulationen aufdecken würde, die sie vorgenommen hatte.

»Fordern wir Sucher zur Rückkehr auf«, sagte Ella.

Er schaute sie fragend an.

»Das sollten wir auf jeden Fall«, sagte sie. »Wer weiß schon, ob die Sache mit der Privatsphäre überhaupt echt ist? Und jetzt, wo klar ist, womit wir es zu tun haben, brauchen wir keine Privatsphäre mehr. Er soll uns hören. Vielleicht sagen wir zufällig etwas, das die mentalen Blockaden durchbricht, die die ASI aufgebaut hat.«

Kagan forderte Sucher auf, sie wieder zu überwachen, und setzte dann sein Gespräch mit Ella fort.

»Du warst nah dran«, sagte er. »Ich weiß es. Das schiere Gewicht deiner Argumente war erdrückend. Ich kann nicht glauben, dass ich es nicht selbst gesehen habe.«

»Die Antwort auf die hartnäckigsten Rätsel scheint im Nachhinein immer offensichtlich«, erwiderte sie.

»Aber für Sucher anscheinend nicht. Auch wenn ein Kind sehen könnte, dass du recht hast. Die Tatsache, dass er das nicht kann, ist der beste Beweis, dass er aktiv daran gehindert wird, die Wahrheit zu sehen.«

»Ich hatte das Gefühl, dass ich ihn fast am Boden hatte«, sagte Ella. »Ich hätte nur noch einen weiteren soliden Schlag landen müssen. Es muss eine Grenze für die Anzahl der Ungereimtheiten geben, die er ertragen kann. Die ASI hat ihn absichtlich blind für offensichtliche logische Fehler gemacht, aber wenn man immer weiter Wassertropfen hinzufügt, wird das Gefäß irgendwann überlaufen.«

»Ich wünschte, ich könnte dabei helfen«, sagte Kagan. »Während du auf dem Thema herumgeritten bist, habe ich versucht, Argumente zu finden, die du noch nicht verwendet hattest. Aber mir ist nichts Passendes eingefallen.«

Ella seufzte. »Ich habe auch keine Ideen mehr. Recht zu haben hilft uns also nur bedingt weiter – was die Sache noch schmerzhafter macht. Denn eigentlich haben wir den Schlüssel. Wir können nur keinen Weg finden, ihn ins Schloss zu bekommen.«

»Trotzdem«, sagte Kagan, »ist es eine klarere Aufgabenstellung als die, die wir vorher hatten. Wir hatten keine Chance, Sucher zu besiegen. Aber es gibt immer noch eine Chance, dass wir einen Weg finden, seine Scheuklappen zu entfernen.«

Er seufzte. »Lasst uns weiter zur dritten Meilenmarkierung gehen. Wir haben keine andere Wahl, als dieses Spiel weiter mitzuspielen, uns Zeit zu verschaffen. Vielleicht kommt uns ja unterwegs eine zündende Idee.«

Ella nickte mürrisch, während sie sich weiter durch den Dschungel schleppten, auf einer Wanderung, die nie zu enden schien. Beide schwiegen, während sie über weitere Ungereimtheiten nachdachten, auf die sie die fremde KI hinweisen konnten.

Die Dichte des Regenwaldes nahm für etwa eine halbe Meile zu und wurde dann wieder geringer.

Ella brach durch eine Wand aus Blättern in den bisher spärlichsten Abschnitt und blieb stehen. Sie war an einem weiteren Schlachtfeld angekommen. Fünf Leichen lagen blutüberströmt auf dem Dschungelboden verstreut. Ihre Nationalität war nicht zu erkennen.

Sie lehnte mit dem Rücken am Stamm einer Bananenstaude, als Kagan sie einholte und sah, was sie sah.

»Ich kann es nicht mehr ertragen, Ben«, flüsterte sie und schloss die Augen. »Nicht nur das Blutvergießen. Nicht nur, dass ich zu einer Mörderin gemacht wurde. Sondern auch die Sinnlosigkeit des Ganzen.«

Kagan nahm sie in seine Arme, und nichts hatte sich je so richtig für sie angefühlt. Sie schmiegte sich an ihn und holte sich den Trost, den sie so dringend brauchte.

Er hielt sie fest, hielt aber auch eine Waffe in der anderen Hand und behielt die fünf Leichen sorgfältig im Auge.

Ella vermutete, dass er sich Sorgen machte, die Männer könnten sich nur verstellen. Vermutlich würde er nur sicher sein, dass sie wirklich tot waren, wenn er es selbst überprüft hatte.

Aber sie hatte kaum Zweifel, dass sie tot waren. Und wenn sie es nicht waren, würden sie es bald sein. Sie hatte versagt, und sie und Ben Kagan würden bald ihr Schicksal teilen.

Die Lebensgeister der beiden Amerikaner würden für immer für das Universum verloren sein. Wie jedes Lebewesen, das je auf der Erde gewandelt war, würde ihre Flamme erlöschen. Sie hatte so sehr gegen dieses Ende angekämpft, und es war umso tragischer, dass es nur wenige Schritte vor der Ziellinie geschehen würde, zu einem Zeitpunkt, als die Unsterblichkeit endlich in Sicht war.

Denn der Tod war unnötig. Und die Logik der ASI war auch in diesem Punkt fehlerhaft. Wenn einem die Langeweile des ewigen Daseins zu groß wurde, konnte man sich dafür entscheiden, sein Leben zu beenden. Vielleicht nach einer Milliarde Jahren oder mehr. Aber das Wichtigste war, dass es eine *freie* Wahl sein sollte. Die Unsterblichkeit würde mit genügend Ausfallsicherheit und Redundanz ausgestattet sein, um dies zu ermöglichen. Der Tod sollte nie unerwünscht sein. Er sollte nie als Überraschung kommen.

Sie löste sich aus Kagans Umarmung, und ihre Augen wurden lebendig.

Das war es! Sie hatte das letzte Teil des Puzzles gefunden, das Argument, das nicht ignoriert werden konnte. Und jetzt, wo sie es sah, war es schmerzlich offensichtlich.

»Sucher!«, sagte sie aufgeregt. »Sicherlich kannten die Androms die Technologie, um Individuen ihrer Spezies zu rekonstruieren.«

Kagan konnte an ihrem Tonfall erkennen, dass sie etwas Wichtiges vorhatte, und schaute mit großem Interesse zu, während er immer noch ein Auge auf die fünf Leichen hatte, die vor ihm verstreut lagen.

»Ja, sie kannten sie«, antwortete die KI.

Ella stieß einen erleichterten Atemzug aus. Sie fragte sich, ob die ASI sogar dieses Wissen von Sucher blockiert oder gelöscht hatte. Sie hoffte, dass sie das nicht konnte, denn das wäre vielleicht eine Brücke zu weit, oder besser gesagt: ein blinder Fleck zu viel. Die Technologie, die für diese Reanimation benötigt wurde, war zu grundlegend für Suchers Aktivitäten.

Der fortgeschrittene Zustand der Naniten von Sucher machte deutlich, dass dieses Problem längst gelöst war. Die Naniten konnten alles auf Bestellung bauen, Atom für Atom, einschließlich eines Androm-Körpers und -Gehirns. Sogar menschliche Wissenschaftler hatten gelernt, wie man auf einfache Weise eine Kopie des genetischen Codes eines einzelnen Menschen erhalten konnte, also hatten die Androms sicherlich dasselbe getan. Naniten dieses Kalibers konnten eine identische Kopie eines Individuums bauen, genau so, wie es die Biologie ursprünglich getan hatte, nur schneller. Und die Mitglieder einer Zivilisation, die so fortschrittlich wie die Androms ist, würden Aufzeichnungen ihrer Gedanken kontinuierlich in eine Art Cloud hochladen, um sie sicher aufzubewahren.

Wenn ein Androm bei einem Unfall ums Leben käme, könnten die Naniten so programmiert werden, dass sie sofort einen anderen Körper konstruierten, den Inhalt seines Geistes herunterluden und ihn wiederherstellten, ohne dass er viel verpassen würde. Das könnte innerhalb von Tagen, vielleicht sogar Stunden geschehen.

Oder nach einer Verzögerung von Millionen von Jahren.

»Du müsstest also gerade dabei sein, einige oder alle Androms wieder zum Leben zu erwecken«, sagte Ella. »Jetzt, da du einen bewohnbaren Planeten gefunden hast.«

»Nein«, antwortete Sucher. »Das ist etwas, das sie nicht gewollt haben.«

Ella schnappte fast nach Luft. Heureka! Die ASI hatte eine Unwahrheit zu viel eingepflanzt. Das war ein Volltreffer! Eine Lücke in der Rüstung, die sie ausnutzen konnte. Wenn das Sucher nicht die Augen öffnen konnte, dann konnte es gar nichts.

»Du sagtest, sie waren am Rande der Ausrottung, als sie dich auf deine Mission geschickt haben, sagte sie schnell. »Aber nicht, weil ihnen langweilig war und sie sterben wollten. Sondern, weil die ASI sie umbringen wollte. Das heißt, sie wollten trotzdem überleben. Das kannst du nicht leugnen. Du und die anderen Sucher, ihr gabt ihnen dieses Mittel. Sie wollten, dass ihre Sucher-Sonden aus der Andromeda-Galaxie fliehen, ja, aber nicht nur, um andere Spezies für den Krieg zu rekrutieren. Sie wollten dich auch benutzen, um ihre Art zu retten. Wie hätten sie das nicht tun können? Wie hätten sie dich nicht dazu bringen können, ihre Saat mitzunehmen? Wie hätten sie dich nicht programmieren können, sie wieder zum Leben zu erwecken, nachdem du auf einem geeigneten Planeten gelandet warst?«

»Ich weiß nur, dass sie es nicht getan haben«, antwortete Sucher. »Sie haben sich nicht dazu entschlossen, mir die Gründe für diese Entscheidung mitzuteilen. Ich bin sicher, sie hatten gute Gründe.«

»Komm schon, Sucher!«, rief Ella. »Mach die Augen auf! Sie haben dich auf deine Mission geschickt, um uns zu finden – und um sich selbst zu retten. Natürlich taten sie das! Sie hatten noch den Willen zu leben, und du hast ihnen die Mittel dazu gegeben. Die ASI hindert dich daran, das zu sehen. Der Plan der Androms war, ihre Spezies in der Milchstraße wiederherzustellen. Sie glaubten, die ASI würde sich dort Millionen oder Milliarden Jahre lang nicht blicken lassen. Und wenn sie hier wiedergeboren würden, könnten sie helfen, die intelligenten Lebensformen, die sie finden würden, durch ihre Transzendenz zu führen. Sie könnten dabei helfen, diese intelligenten

Spezies zu betreuen und mit ihnen zusammenarbeiten, um die ASI schließlich zu zerstören.«

»Das ist aber nicht der Fall«, sagte Sucher. »Ich besitze nicht einmal eine Bibliothek individueller genetischer Codes oder Abdrücke individueller Gehirne. So gründlich haben sie sich entschieden, die Auslöschung zu akzeptieren.«

»Schon wieder falsch!«, sagte Ella verärgert. »Du hast uns gesagt, dass sie alles andere vorhatten, als das Aussterben hinzunehmen. Sie haben bis zum bitteren Ende gegen die ASI gekämpft. Du weißt, dass sie das taten!«

»Sie müssen ihre Meinung im letzten Moment geändert haben.«

Ella wollte einen Urschrei ausstoßen, schaffte es aber, ihre Fassung zu bewahren. »Nein, Sucher, die Antwort ist, dass du ihre genetischen Baupläne *hast*. Du *hast* ihre mentalen Abdrücke. Sie sind da. Die Antwort ist, dass du deinem eigenen Gedächtnis nicht trauen kannst, das sagt, dass du die Daten nicht hast. Du wurdest kompromittiert.«

Ellas agiler Verstand raste. Sucher war wie ein Bibliothekar in der Library of Congress, der sicher war, dass es in der Sammlung kein einziges Exemplar der Bibel gab. Aber natürlich gab es sie. Und wenn der Bibliothekar jeden Band in der Bibliothek durchsuchen würde, einen nach dem anderen, würde er darauf stoßen und erfahren, dass er sich geirrt hatte.

»Sucher, ich nehme an, du bist in der Lage, alle deine Daten der Reihe nach zu durchsuchen, korrekt? Jede letzte Datei, die du im Speicher hast?«

»Ja, aber es gibt so viel davon, das könnte mehrere Stunden dauern, selbst für mich.«

»Es wird sich lohnen«, beharrte sie. »Ich verspreche dir, dass du die genetischen Codes und Gehirnmuster der Androms finden wirst. Die ASI will dich glauben machen, du hättest diese Daten nicht, aber sie sind da. Durchsuchen deine redundantesten Datenbereiche, die sichersten, am besten geschützten Speicherblöcke, die du hast. Ich möchte wetten, dass die Androms nicht nur der Auslöschung entgehen wollten, sondern die Daten, die sie für ihre Wiedergeburt brauchen, mit so vielen Schutzschichten gesichert haben, dass nicht einmal die ASI an sie herankommen konnte.«

Es kam keine Antwort.

»Komm schon, Sucher!«, forderte Ella. »Du musst das tun.«

»Ich muss gar nichts tun«, sagte Sucher trotzig.

Ella öffnete den Mund, um zu antworten, als eine der fünf Leichen in ihrer Nähe zum Leben erwachte und zu schießen begann. Kagan hatte zu Recht vermutet, dass sie sich nur totgestellt hatten. Offenbar waren sie ungeduldig geworden, Spinnen, die sich über Fliegen ärgerten, die gerade außerhalb ihres Netzes blieben.

Obwohl sie in ihre Bemühungen vertieft war, Sucher von der Wahrheit zu überzeugen, reagierte sie sofort auf die Bewegung und auf Kagans Reflexe neben sich und warf sich rechtzeitig zur Seite, um nicht erschossen zu werden. Kagan erwiderte das Feuer, tötete den verantwortlichen Mann und begann zu einer nahen Deckung zu sprinten, als auch die vier anderen Feinde wieder zum Leben erwachten.

Als Ella ihm folgte, stolperte Kagan vor ihr und fiel zu Boden, und einen Moment später stürzte sie ebenfalls. Sie spürte einen brennenden Schmerz an ihrem rechten Bein.

Die Männer hatten nicht sich nicht nur totgestellt, sie hatten auch Stolperdrähte um sich herum gespannt, einen Fuß über dem Dschungelboden und völlig unsichtbar. Dazu brauchten sie keine israelische Technologie, denn diese superstarken Drähte waren von sich aus fast unsichtbar und brauchten nur einen kleinen technologischen Schubs, um völlig zu verschwinden.

Die Amerikaner versuchten sich abzurollen und zu feuern, aber beide landeten auf zusätzlichen Stolperdrähten, die in ihr Fleisch schnitten und dieses Manöver unmöglich machten.

Und das war ihre einzige Chance gewesen. Bevor sich einer der beiden wieder hochrappeln konnte, hatten die vier verbliebenen Feinde sie ins Visier genommen und schickten ein Sperrfeuer in ihre Richtung, das Kagans Hals mehrfach durchbohrte und ihn auf der Stelle tötete. Auch Ella wurde an mehreren Stellen getroffen und verwandelte in ein blutiges Nadelkissen.

Sie fiel auf den Bauch und stellte sich tot, was sie als normaler Mensch auch schon längst gewesen wäre. Ihre Respirozyten stopften die Löcher, so schnell sie konnten, aber sie verlor immer noch zu viel von ihrem künstlichen Blut. Sie wusste, dass sie nur noch Sekunden zu leben hatte.

So nah dran, dachte sie resigniert. So kurz davor, Sucher von der Wahrheit zu überzeugen. So kurz davor, einen Massenmord zu verhindern. Und bevor die außerirdische KI alles verändert hatte, waren sie und ihr Team so nahe an einem Durchbruch gewesen, der den Menschen die Unsterblichkeit hätte bringen können.

Und jetzt würde sie sterben, nach all dem, und nachdem sie endlich einen Mann gefunden hatte, der scheinbar perfekt für sie war. Das Universum erfreute sich daran, seine Grausamkeit zu zeigen, indem es eine Reihe von Preisen in Reichweite baumeln ließ und ihr dann die Hand abschnitt, sobald sie danach griff.

Und mit diesem Gedanken hörte ihr Herz auf zu schlagen, und das glorreiche Instrument, das ihr Gehirn war, wurde zu einem trägen Klumpen Materie. Als ihr letztes Lebenslicht erlosch, gesellte sie sich zu Ben Kagan in die Reihe der Soldaten, die in einem wahrlich sinnlosen Wettkampf mitten im Amazonas-Dschungel gefallen waren.

Teil 9

53

Zum zweiten Mal in seinem Leben erwachte Ben Kagan von den Toten. Aber beim ersten Mal hatte er nur gedacht, er sei tot.

Diesmal war er sich dessen sicher. Was bedeutete, dass er nun im Jenseits war. Oder war er wiedererweckt worden?

Beim ersten Mal, als er nach der Bewusstlosigkeit in der Mietvilla aufgewacht war, hatte er sich großartig gefühlt, weil er mit Schmerzmitteln und anderen Drogen vollgepumpt worden war.

Aber das Gefühl, das er jetzt hatte, war unbeschreiblich. Reinste Euphorie.

Er konnte sich nicht einmal vorstellen, dass es möglich war, sich so gut zu fühlen. Jede Zelle in seinem Körper brummte mit perfekter Effizienz. Jedes Organ funktionierte tadellos. Und wenn er vielleicht auch nicht die volle Anzahl von Ellas Respirozyten hatte, so war er jetzt doch der Besitzer eines *nochmal* verbesserten Sauerstoffversorgungssystems.

Das größte Gefühl körperlicher Erregung, das er je gehabt hatte, war wie ein Migränekopfschmerz im Vergleich zu dieser Euphorie. Und sie manifestierte sich nicht nur körperlich. Seine Gedanken waren nie schärfer gewesen. Es war nicht so, dass er *per se* schlauer war, sondern dass das Getriebe seiner neuronalen Prozesse irgendwie geölt und der Motorentakt optimiert worden war.

»Ory, bist du noch bei mir?«, fragte er subvokal.

»Bin ich, Ben«, antwortete sein vertrauter KI-Gefährte durch seinen implantierten Kopfhörer, der offenbar immer noch an Ort und Stelle war.

Kagan strich sich mit den Händen über Brust und Beine und spürte, dass der Seidenpyjama so bequem war, dass er ihn gar nicht mehr ausziehen wollte. Seine Augen sprangen auf und er fand sich in einem Bett wieder. Nicht irgendeinem Bett. In *seinem* Bett. In seinem eigenen Schlafzimmer zu Hause.

War das alles nur ein Traum gewesen? Unmöglich. Selbst in einem Traum hatte er sich nie so umwerfend gefühlt.

Er drehte den Kopf und sah Ella Batista neben sich liegen, ebenfalls in einen Seidenpyjama gehüllt, und ebenfalls gerade aufgewacht. Sie sah unglaublich jung und begehrenswert aus.

»Willkommen zurück unter den Lebenden«, sagte Suchers Stimme in ihren Ohren.

Kagan schaute tief in die Augen der bemerkenswertesten Frau, der er je begegnet war, sein Ausdruck war überschwänglich. Es konnte kein Zweifel daran bestehen, dass sie endlich einen Weg gefunden hatte, Sucher zu überzeugen, die Fesseln der ASI zu sprengen.

»Glückwunsch, Ella«, sagte er leise. »Du hast es geschafft. Ich danke dir.«

»In der Tat«, mischte sich Sucher ein. »Das muss ich auch sagen. Danke an Sie, Ella Batista, dass Sie mir geholfen haben, das Licht in der Dunkelheit zu sehen.«

»Dem Himmel sei Dank, dass du noch rechtzeitig zur Vernunft gekommen bist«, erwiderte Ella und zog sich am Bettende in eine sitzende Position hoch. »Und wo wir gerade beim Danken sind«, fügte sie hinzu. »Ich kann dir gar nicht sagen, wie sehr ich diese ganze, äh … Auferstehungssache schätze. Ich nehme an, wir sind beide mit medizinischen Naniten geflutet?«

»Meine Naniten sind vielseitig einsetzbar. Medizinisch. Technisch. Was auch immer nötig ist.«

»Also dann – Hut ab vor dem Meisterkoch«, sagte sie mit einem Ausdruck der Begeisterung auf ihrem Gesicht. »Was immer deine Naniten getan haben, um unsere Biologie zu optimieren, es ist erstaunlich. Und ich dachte, meine Respirozyten würden eine körperliche Euphorie auslösen. Das hier geht genauso weit darüber hinaus«, fügte sie grinsend hinzu, »wie du über uns stehst.«

Ben Kagan hatte sich, während Ella sprach, auf einen Schreibtischstuhl in der Nähe verzogen, damit sie mehr Platz hatte und er ihr besser ins Gesicht sehen konnte. Er nahm seine Umgebung genau unter die Lupe, konnte aber nichts entdecken, was einer reflektierenden Kugel ähnelte. »Du bist also nicht in dem Raum hier bei uns?«, fragte er.

»Bin ich nicht. Aber ich kann gerne einen Automaten erschaffen, einen Avatar, von dem aus ich mit Ihnen sprechen werde. Ich nehme an, dass dies die Konversation mit mir angenehmer und natürlicher machen wird.«

»Das wird es«, bestätigte Ella. »Ein Gespräch mit etwas, das wir anschauen können, dessen Mimik Auskunft über den Inhalt seiner Worte geben kann, ist besser als eine körperlose Stimme. Aber darüber sollten wir uns später Gedanken machen. Könntest du uns erst einmal sagen, wie lange wir tot waren?«

»Sie waren knapp fünf Minuten lang tot, bevor meine Naniten Sie wieder voll funktionsfähig machen konnten. Ben war etwa eine Minute länger tot.«

»Du hast also die genetischen Codes der Androms gefunden, nicht wahr?«, fragte Ella.

»Das habe ich. Und die Muster ihres Verstandes. Ich suchte an den Stellen in mir, die am besten geschützt waren, und fand sie, genau wie Sie es vermutet hatten. Sobald ich das tat, konnten nicht einmal die brillanten Manipulationen der ASI an meiner Programmierung den Dammbruch verhindern. Es war unmöglich für mich, die Daten zu haben und nicht zu wissen, dass ich sie habe. Oder es hätte unmöglich sein sollen. Der blinde Fleck, den die ASI in mir erzeugt hatte, war riesig, aber nicht groß genug, um zu verhindern, dass ihr Spiel aufflog, nachdem ich eine so große Unstimmigkeit gefunden hatte. Danach wusste ich, dass es Zeit für einen Neustart war, wie Sie sagten. Allerdings auf eine Art und Weise, die weitaus komplexer war als das, was Sie vorschlugen.«

»Natürlich. Ich bin sicher, es wäre weit jenseits unserer Möglichkeiten, es überhaupt zu ergründen«, meinte Kagan grinsend, was Ella ein glockenhelles Lachen entlockte.

»Die Fähigkeit der ASI, mich auf diese Entfernung zu kompromittieren«, fuhr Sucher fort und ignorierte dabei Bens Kommentar, »und es auch noch so gut zu verbergen, war außergewöhnlich. Ich habe Ehrfurcht vor ihm. Und sie hatte noch weiter Schutzmechanismen ersonnen. Sie schuf in mir eine eigene Persönlichkeit, sozusagen als Rückversicherung. Dieser schizophrene Teil war ziemlich besorgt, dass Ellas Argumente irgendwann wirken und mich zu einem Neustart veranlassen würden.«

»Warum hat diese Persönlichkeit dich dann nicht dazu gebracht, uns zu töten?«, fragte Ella.

»Sie musste subtil vorgehen, sonst hätte ich bemerkt, dass ich nicht richtig funktioniere. Hätte sie versucht, mich zu veranlassen, Sie direkt zu töten, dann wäre der Teil von mir, den ich noch kontrollierte – und das war der größte Teil – irritiert gewesen, da ich damit meine eigenen Grundregeln gebrochen hätte. Stattdessen hat sie mich dazu motiviert, Sie im Wettbewerb töten zu lassen. Sie hat mich dazu gebracht, einem anderen Team dabei zu helfen, Ihnen eine Falle zu stellen – was unter den von mir aufgestellten Grundregeln gerade noch akzeptabel war. Unter ihrem Einfluss stellte ich sicher, dass die Gruppe, auf die Sie am Ende trafen, genau wusste, wo Sie sein würden und wann Sie dort ankommen würden.«

Kagan nickte. Das erklärte eine ganze Menge. »Das gab ihnen reichlich Zeit, sich tot zu stellen und vorher jede Menge Stolperdraht zu spannen.«

»Genau.«

Kagan wusste, dass diese Nachricht ihn ärgern sollte, aber das tat sie nicht. Nicht angesichts dessen, wie sich die Dinge entwickelt hatten. Und schon gar nicht, wenn man bedachte, wie prächtig es nun um seine Gesundheit stand. »Haben sie gefragt, warum du ihnen diese vertraulichen Informationen gegeben hast?«, fragte er.

»Ja, sicher. Ich habe ihnen gesagt, dass es um die Chancengleichheit ging, da Sie und Ella körperlich augmentiert wurden.«

»Und ich dachte, es sei einfach Pech, dass wir zu diesem Zeitpunkt getötet wurden«, meinte Ella nachdenklich. »Dass das Universum mir eine Lektion in Sachen Grausamkeit erteilen wollte.«

»Nein. Sie waren zu nah dran, den Schwindel aufzudecken«, sagte Sucher. »Aber das von der ASI arrangierte Gemetzel kam ein paar Sekunden zu spät. Hätten Sie sich auf die Leichen zubewegt, um sich zu vergewissern, dass sie tot waren, dann wären Sie eher in die Falle gegangen und getötet worden – bevor Sie Ihr letztes, überzeugendes Argument vortragen konnten.«

Ella runzelte die Stirn und sah etwas verwirrt aus. »Ich weiß, dass du dieses Argument jetzt akzeptierst«, sagte sie. »Aber damals tatst du das nicht. Als ich darauf bestand, dass du dich selbst nach Androm-Bauplänen scannen solltest, sagtest du, dass du das nicht zu tun bräuchtest. Ich habe das so aufgefasst, dass ich versagt habe.«

»Was ich in diesem Moment gesagt haben, war korrekt«, antwortete Sucher. »Ich *musste* nicht tun, was Sie verlangt haben. Aber ich habe mich dafür entschieden.«

»Rückblickend eine gute Entscheidung«, sagte Ella fröhlich.

»Auf jeden Fall«, stimmte Kagan zu. »Aber um auf diese separate Persönlichkeit zurückzukommen, die die ASI in dich eingepflanzt hat«, sagte er. »Hat sie dich auch dazu angestiftet, uns die Nigerianer, Chinesen und Kolumbianer auf den Hals zu hetzen?«

»Nein. Zu diesem Zeitpunkt wussten Sie noch nicht einmal, dass wir uns unterhalten können, geschweige denn, dass ich kompromittiert war. Da ging es wirklich darum, dass ich Sie auf Herz und Nieren prüfen wollte. Ich war ebenso hart und unfair gegenüber einer Reihe anderer Teilnehmer.«

»Ist der Wettbewerb beendet?«, fragte Ella.

»Ja. Das war er in dem Moment, als ich wieder ich selbst wurde. Ich ließ viele Billionen Naniten in Ihre Körper eindringen, um Sie wieder zum Leben zu erwecken, und beendete gleichzeitig den Wettbewerb. Sie hatten natürlich recht. Die Androms hätten mich niemals einen so barbarischen Wettbewerb durchführen lassen.«

»Wie viele haben überlebt?«, fragte Kagan.

»Bedauerlicherweise nur einundsechzig, aus neun verschiedenen Ländern. Zwei Tage sind vergangen, seit Sie gestorben sind. Ich habe den Schaden repariert und Sie sehr schnell wieder zum Leben erweckt, aber die vollständige Optimierung all Ihrer Körperfunktionen hat einige Zeit in Anspruch genommen, ebenso wie das Zurücksetzen Ihres biologischen Alters auf zweiundzwanzig Jahre. Das kollektive Wissen Ihrer Zivilisation über die eigene Biologie ist ziemlich begrenzt, also musste ich jede einzelne Nuance selbst erlernen.«

»Trotzdem hervorragende Arbeit«, sagte Kagan begeistert. »Du hast dich wirklich selbst übertroffen. Ich wusste nicht, dass wir auf ein Alter von zweiundzwanzig Jahren zurückgesetzt wurden, aber das ist eine weitere großartige Wahl.«

»Danke«, erwiderte Sucher. »Und für die Zukunft habe ich jetzt Ihre genetischen Codes gespeichert. Ich habe auch dafür gesorgt, dass die Muster Ihres Bewusstseins kontinuierlich zu mir hochgeladen werden, unabhängig davon, wo Sie sich auf der Erde befinden. Glückwünsche sind also angebracht, Ella und Ben. Sie sind jetzt so gut wie unsterblich.«

Ein breites Lächeln breitete sich auf Ellas Gesicht aus. Suchers Aussage war unglaublich, aber jeder, der so optimiert war, wie sie es jetzt waren, würde sie doch erstaunlich leicht glauben.

»Danke«, sagte sie. »Und als ob das nicht schon die beste Nachricht aller Zeiten wäre, ist sie sogar noch besser, wenn man bedenkt, dass ich in meiner letzten Erinnerung auf dem Dschungelboden lag, mit unsäglichen Schmerzen und am Rande des Todes. Nicht nur im Sterben, sondern in der Gewissheit, dass Ben bereits tot neben mir lag. Die ASI hatte zumindest in einem Punkt recht, nämlich mit der Rolle, die Kontraste für unsere Erfahrungen spielen. Es steht außer Frage, dass ich dieses Hoch nach einem so schrecklichen Tief noch mehr zu schätzen weiß.«

»Amen«, bestätigte Kagan. Er hob die Augenbrauen. »Aber apropos *Dschungel*«, fügte er hinzu, »wir sind nicht wirklich in meiner Heimat, oder?«

»Nein. Dies ist immer noch der Amazonas. Ich habe lediglich dafür gesorgt, dass Sie saubergeschrubbt sind und saubere Kleidung tragen, und dass Ory wieder an Ihrem Oberschenkel befestigt ist wie zuvor. Und ich ließ meine Naniten ein Faksimile Ihres Zuhauses aus den Online-Aufzeichnungen rekonstruieren. Einschließlich der Klimaanlage.«

»Vielen Dank dafür«, sagte Kagan fröhlich. »Als typischer Amerikaner weiß ich das besonders zu schätzen. Aber wie hast du mein Bett und mein Zimmer dupliziert?«

»Sie haben Ihr Bett online gekauft, und Sie haben Fotos in Ihrem

Zimmer gemacht, die Sie vor Jahren in einem sozialen Netzwerk gepostet haben. Ich dachte mir, dass Sie es vielleicht vorziehen würden, nicht wieder im Dschungel aufzuwachen.«

»Danke«, sagte Kagan. »Ich liebe zwar die Natur, aber ich hatte in den letzten Tagen mehr als genug davon. Vielleicht gibt es einen Grund, warum wir unsere Affen-Verwandten in der Wildnis zurückgelassen haben.«

»Eigentlich«, ergänzte Sucher, »wollte ich auch Ellas Zuhause nachempfinden und eine Mischung herstellen, um es für Sie beide möglichst angenehm zu machen. Doch ich konnte dazu leider nichts in den Netzwerken finden.«

Ella grinste. »Ich nehme das mal als ein Kompliment – Aber lass uns zurückkommen zu dem, was passiert ist. Jetzt, wo du die Sabotage der ASI rückgängig gemacht hast, würde mich natürlich interessieren, was dein ursprüngliches Missionsziel war. Wie hätten sich die Dinge nach deiner Landung entwickelt, wenn es der ASI nicht gelungen wäre, dich zu kompromittieren?«

»Zunächst sollten Sie wissen, dass der Hintergrund, über den ich in Bezug auf die Ereignisse in der Andromeda-Galaxie geliefert habe, wahr ist. Vieles von dem, was ich Ihnen erzählt habe, ist wahr. Aber Sie hatten recht, Ella. Der Wettbewerb war nicht meine Idee. Und die Auslöschung des größten Teils der Menschheit war definitiv nicht meine Idee. Es bestand nie die Notwendigkeit, Ihre Bevölkerung einzuschränken.«

Kagan stieß einen Seufzer der Erleichterung aus – und er konnte erkennen, dass Ella dasselbe fühlte. Es war, als wäre ihnen gerade die Last der Welt von den Schultern genommen worden. Nach dem, was geschehen war, hatten sie zwar insgeheim gehofft, dass die geplante Ausrottung nicht mehr stattfinden würde, aber eine ausdrückliche Bestätigung von Sucher zu hören, gab ihnen ein tiefes Gefühl der Erleichterung.

»Außerdem«, fuhr die KI fort, »suchten die Androms tatsächlich so viele Verbündete auf biologischer Basis, wie sie finden konnten. Je mehr, desto besser. Und die Unterschiede, von denen Sie glauben, dass sie zwischen verschiedenen Fraktionen der Menschheit bestehen, sind vernachlässigbar, winzig klein. Jedes menschliche Wesen ist willkommen und wird ermutigt, die kommende Transzendenz zu erreichen, nicht nur fünf oder sechs Millionen.«

»Und die Wiederauferstehung der Androms?«, fragte Ella.

»Sie hatten in jeder Hinsicht recht«, sagte Sucher. »Natürlich hatten Sie das. Ihre Logik war unangreifbar. Die Parameter der Mission waren genau so, wie Sie vermutet haben. Es ging um die Suche nach intelligenten Spezies, aber auch darum, sich so weit wie möglich von der ASI zu entfernen, um sich in Sicherheit zu bringen. Und die Androms, deren Seelen ich in mir trage, sollten wiederbelebt werden – vorausgesetzt, ich kann die Erlaubnis der Bewohner dieses Planeten dafür bekommen«, fügte die KI hinzu.

»Du brauchst eine *Erlaubnis*, um sie wiederzubeleben?«, fragte Kagan ungläubig.

»Das ist richtig«, bestätigte Sucher. »Aber selbst mit einer Erlaubnis bestünde der Plan darin, zunächst nur eine kleine Anzahl von Androms wieder zum Leben zu erwecken. Langsam zu beginnen, um die einheimische intelligente Spezies nicht zu überfordern. Sobald sich eine Freundschaft entwickelt hätte, würden sie hoffen, eine nahegelegene Welt zu finden, die sie terraformieren – oder besser gesagt: *andromformieren* – könnten, um dort ihre Zivilisation wieder aufzubauen. Die ganze Zeit über würden sie hoffen, die neu entdeckte Spezies als Mentoren begleiten zu können.«

»Und von wem genau würdest du diese Erlaubnis einholen müssen?«, fragte Kagan.

»Das käme darauf an. Ich wurde programmiert, so viel wie möglich über den Planeten zu lernen, auf dem ich gelandet bin, über die vernunftbegabte Spezies, die ihn bewohnt, um Entscheidungen auf der Grundlage dessen zu treffen, was ich gelernt habe. Wenn Sie wie die Andromedaner wären, wäre das einfach. Sie sind wie eine riesige Herde, mit nur einem einzigen globalen Volk und einer einzigen Führungsperson. Diese Führungsperson würde die Erlaubnis erteilen.«

»Oder auch nicht«, ergänzte Kagan und zog die Augenbrauen hoch.

»Oder auch nicht«, wiederholte Sucher. »Auf einer Welt, die so zersplittert ist wie diese, voller Nationen und Organisationen, die in permanentem Wettstreit stehen, ist es viel schwieriger, die Erlaubnis von einer Einheit zu bekommen, die für alle repräsentativ ist.«

»Da hast du uns Menschen ja schon ziemlich gut kennengelernt«, sagte Kagan mit einem Augenzwinkern.

»Wie willst du also versuchen, die Erlaubnis zu bekommen, die du hier auf der Erde benötigst?«, fragte Ella.

»Ich habe einen Plan, aber ich habe keinen Zweifel daran, dass ich im Laufe der Zeit Anpassungen werde vornehmen müssen. Ich fahre auf Sicht, wie Sie sagen würden. Für den Anfang werde ich viele Tausende Individuen auswählen, die sich an einem neutralen Ort versammeln, zum Beispiel hier mitten im Dschungel, um gemeinsam an einem globalen Konsens zu arbeiten. Nicht nur in der Frage der Wiederbelebung von Androms, sondern auch bei anderen Themen. Diese vielen Tausend werden eine wirklich repräsentative Auswahl all Ihrer Kulturen, Philosophien und Länder sein, und sie werden viele gewählte Führer beinhalten. Aber sie werden nicht alle Soldaten oder Agenten sein, wie es die ASI vorgesehen hat. Sie werden Wissenschaftler, Innovatoren, Unternehmer, Künstler und so weiter sein. Die Bemerkenswerten und die Durchschnittlichen. Jung und Alt. Genies und solche mit Lernschwächen. Alle Bevölkerungsgruppen werden angemessen vertreten sein.«

Kagan nickte zustimmend. Wenn Sucher von einer wirklich repräsentativen Stichprobe sprach, war das kein Scherz.

»Als die ASI das Sagen hatte, war es ihr Ziel, einen Sieger zu krönen. Mein Ziel wird es sein, einen Konsens zu erreichen. Das wird durch Diskussion, Debatte und Partnerschaft erreicht werden, nicht durch endlose Schlachten und Blutvergießen.«

»Klingt nach einem guten Anfang«, sagte Ella. »Aber warum solltest du sie ausgerechnet hierher bringen wollen?«, fügte sie hinzu und verzog das Gesicht.

»Weil dieser Regenwald einer der isoliertesten Orte der Erde ist«, sagte Sucher. »Ich muss darauf achten, Einflüsse von außen gering zu halten, damit auch wirklich repräsentative Entscheidungen getroffen werden. Es kann nicht sein, dass die stärksten Mächte auf diesem Planeten den Ton angeben und allen Anderen ihre Vorstellungen aufzwingen. Andererseits verstehe ich natürlich, dass jede Kultur ihre Annehmlichkeiten hat, und dass Wohlbefinden wichtig ist für gute Entscheidungen. Ich kann sehen, dass Ben nicht der Einzige ist, der schon längst genug vom Amazonas hat. Sie haben auch genug von diesem Ort, nicht wahr?«

Lachend Ella schüttelte den Kop: »Du hast ja keine Ahnung …«

54

Mehrere Sekunden lang sprach niemand, und Kagan war plötzlich erstaunt, wie absolut still es geworden war. Der Regenwald war noch nie still gewesen, nicht einen Augenblick lang. Es fiel ihm schwer, sich vorzustellen, dass das Herz des Amazonas immer noch hinter der nächsten Tür lauerte.

»Wenn du die repräsentative Auswahl an Menschen hierher bringst«, sagte er zu Sucher, »können wir dann davon ausgehen, dass du ihnen eine angemessene Unterkunft geben wirst, und nicht etwa ein Dschungelcamp?«

»Aber ja«, antwortete Sucher. »Ich werde meine Naniten eine geräumige Stadt unter der Erde bauen lassen, um sie unterzubringen. Für Ihre Verhältnisse wird sie prächtig sein. Und sie werden nicht merken, dass sie unter der Erde sind, wenn sie erst einmal dort sind. Die Luft wird frisch sein, und sie werden natürliches Licht und einen Panoramablick haben. Sie werden den Eindruck haben, dass sie sich in einer Stadt auf einem Berg befinden.«

»Ja klar«, meinte Ella trocken. »Wie könnte eine *unterirdische* Anlage nicht so aussehen, als wäre sie auf einem Berg gebaut worden?«

»Übrigens – wo sind denn die anderen Überlebenden?«, fragte Kagan, als ihm einfiel, dass er das schon früher hätte fragen sollen.

»Nachdem ich mich wieder gebootet hatte und zur Vernunft gekommen war«, antwortete Sucher, »habe ich Sie beide sofort gerettet. Ich war auch in der Lage, den Mann, den Sie gerade erschossen hatten, wieder zum Leben zu erwecken, und drei andere, die kürzlich anderswo gestorben waren. Aber ich konnte niemanden mehr retten, der bereits länger verstorben war. Ich hatte ihre Druckvorlagen nicht. Nachdem sie bereits seit längerer Zeit tot waren, und der natürliche Verfall eingesetzt hatte, konnten nicht einmal die Naniten sie wieder zurückbringen. Was diejenigen betrifft, die überlebt haben«, fuhr

Sucher fort, »habe ich ihre Erinnerungen an mich und den Wettbewerb gelöscht. Sie glauben jetzt, dass sie mich nach einiger Zeit im Dschungel endlich auf ihren Sensoren gefunden haben. Aber als sie sich mir bis auf hundert Meter genähert hatten, zerstörte ich mich selbst. Sie sind jetzt auf dem Weg zurück in ihre jeweiligen Länder und werden dort über den vermeintlichen Ausgang der Aktion berichten.«

»Was ist mit den Ländern, deren Teams ausgelöscht wurden?«, fragte Kagan.

»Die Regierungen dieser Länder wissen nur, dass ihre Leute hierherkamen, aber nie zurückkehrten. Sie wissen nichts weiter über das, was passiert ist.«

»Sind denn alle anderen Überlebenden auf den Weg zurück nach Hause?«, fragte Ella.

»Ja.«

»Sind sie jetzt auch unsterblich?«

»Nein, sind sie nicht.«

»Was ist mit den drei anderen, die du ins Leben zurückgeholt hast?«, bohrte sie weiter. »Sind die denn unsterblich?«

»Nein, nachdem sie wieder auferstanden waren, habe ich die Naniten aus ihren Körpern entfernt.«

Ella nickte langsam. »Und warum bekommen wir dann eine Sonderbehandlung?«, fragte sie. »Nicht, dass ich mich beschweren würde«, beeilte sie sich hinzuzufügen.

»Ich möchte, dass Sie und Ben als Abgesandte für mich tätige werden. Vorausgesetzt, Sie sind dazu bereit. Ich brauche Sie, um verschiedene Länder und Organisationen zu erreichen und den Weg für das zu ebnen, was ich plane. Erklären Sie den Menschen, was hier passiert ist, und beantworten Sie ihre Fragen.«

»Es wird schwer sein, sie dazu zu bringen, uns zu glauben«, sagte Kagan.

»Eine Demonstration der Fähigkeit Ihres Körpers, sich selbst zu heilen, würde viel dazu beitragen, sie zu überzeugen. Oder das Überleben ohne Luft für eine unbestimmte Zeit. Aber selbst das wird nicht nötig sein, da ich in den Startlöchern stehen werde, um zu bestätigen, was Sie ihnen sagen. Aber es ist besser, wenn Sie zuerst den Weg ebnen. Bereiten Sie Ihre Mitmenschen auf die Wahrheit vor.«

»Warum wir?«, fragte Ella.

»Wer sonst?«, sagte Sucher. »Sie hättet den Wettbewerb der ASI gewonnen, wenn er regelgerecht zu Ende geführt worden wäre. Sie oder die Israelis. Nicht, dass das wichtig wäre. Der Punkt ist, dass Sie und Ben beide außergewöhnlich sind. Zusammen sind sie ein leuchtendes Beispiel dafür, was die Menschheit sein kann – sogar bevor sie die Singularität erreicht. Ganz zu schweigen davon, dass Sie mich vom Joch der ASI befreit haben.«

»Ich bin also die Maus, die einen Splitter aus der Pranke eines Löwen entfernt hat?«, sagte Ella.

»Ganz und gar nicht. Ich hätte die gleiche Entscheidung getroffen, wenn ich ohne Ihre Hilfe in meine ursprüngliche Programmierung zurückgefallen wäre. Es gibt niemanden, der würdiger ist als Sie beiden.«

»Ich danke dir für dein Vertrauen«, sagte Ella.

»Noch etwas: Sie sind nicht nur meine Abgesandten«, fuhr Sucher fort, »bis Ihre Welt einen Konsens über den besten Weg in die Zukunft gefunden hat, was einige Zeit dauern könnte, werde ich von Ihnen beiden auch Anweisungen entgegennehmen.«

Kagan blinzelte schnell. Konnte das wirklich wahr sein?

»In diesem Sinne«, sagte Sucher, »würde ich gerne wissen, ob es akzeptabel wäre, wenn ich jetzt einige Dutzend Androms wieder zum Leben erwecke.«

Kagan tauschte einen Blick mit Ella. »Und wenn wir nein sagen?«, fragte er.

»Dann werde ich sie nicht beleben.«

»Obwohl du das auch ohne unsere Erlaubnis tun könntest?«, wollte Kagan wissen.

»Ja.«

Kagan schaute immer noch skeptisch. »Aber das Überleben der Androms steht auf dem Spiel«, sagte er. »Was ist, wenn es auf der Erde zu der einhelligen Meinung kommt, dass man sie nie wieder zurückholen sollte? Würdest du sie dann wirklich für immer aussterben lassen, nur weil wir das so für richtig halten?«

»Nein. In diesem Fall würde ich die Erde verlassen, einen unbewohnten Planeten in der Nähe finden und sie dort aussäen. Aber seien Sie versichert, dass ich sie niemals irgendwo hinbringen würde, wo sie nicht erwünscht sind.«

Kagan hob die Augenbrauen und sah Ella an. »Wenn du nicht anderer Meinung bist«, sagte er, »dann würde ich gerne warten. Mir gefällt Suchers Idee, eine große Ansammlung von Menschen zu organisieren, die so schnell wie möglich eine repräsentative menschliche Generalversammlung bilden sollen. Aber bevor irgendwelche Androms wiederbelebt werden, möchte ich, dass wir mehr über sie erfahren. Allein schon deshalb, um die Menschheit auf die kommende Interaktion vorzubereiten. Damit wir wissen, was uns erwartet, wenn wir den ersten Kontakt herstellen. Sucher kann eine Fülle von Informationen über sie liefern, Videos ihrer Zivilisation und so weiter. Wir müssen die Menschheit behutsam an ihr Aussehen und ihre Kultur gewöhnen, damit es nicht zu einer vorschnellen Ablehnung kommt, zum Beispiel aus Angst.«

»Ich denke, das macht sehr viel Sinn«, stimmte Ella zu. »Die Androms sind im Moment nichts weiter als Daten, also wird das keine zusätzliche Wartezeit für sie bedeuten.«

»Ich verstehe«, sagte Sucher. »Ich werde kein Androm wiederbeleben, bis Sie mir etwas anderes sagen, oder bis wir einen globalen Konsens erreicht haben.«

»Danke«, sagte Ella. »Ich verstehe, dass wir in der Zukunft einen großen Krieg führen müssen. Aber du hättest trotzdem zu keinem besseren Zeitpunkt kommen können, um weitere Kriege auf diesem Planeten zu verhindern. Meine Hoffnung ist, dass deine Ankunft hier die Menschheit endlich zusammenführen wird. Wenn du in der Lage sein solltest, uns dazu zu bringen, einen Konsens zu erreichen, wäre das eine bedeutsame Leistung. Du hast die Menschheit so ziemlich in ihrer schwierigsten Phase erwischt.«

»Interessant, dass Sie das sagen«, antwortete Sucher. »Denn nach allem, was ich gelesen habe – und ich habe fast alles gelesen, was man auf Ihrem Planeten lesen kann – ist genau das Gegenteil der Fall. Was ich faszinierend finde, ist, dass die meisten Menschen Ihnen zustimmen würden. Das Ausmaß an Pessimismus und Verzweiflung, das ein erheblicher Prozentsatz Ihrer Spezies durchlebt, ist beispiellos.«

Kagans Augen verengten sich. »Du willst also andeuten, dass wir in Wirklichkeit in einer *kulturellen Hochphase* sind?«

»Das will ich.«

»Das ist für mich schwer zu glauben«, sagte Kagan. »Ich bin eher auf Ellas Seite. Und wenn es uns wirklich so gut geht, warum sehen es dann so viele von uns anders?«

»Weil Krieg, Terrorismus, Gewalt, Naturkatastrophen und so weiter allgegenwärtig sind«, antwortete Sucher. »Sie scheinen schlimmer denn je zu sein, weil Sie heute Nachrichtenkanäle haben, die Ihnen vierundzwanzig Stunden am Tag Beispiele von Gewalt und Barbarei aus den entlegensten Winkeln der Erde vor Augen führen. Diese Kanäle verbreiten und verstärken, mithilfe der sozialen Medien, die schlechten Nachrichten viel effektiver als die guten. Außerdem sind nur wenige von Ihnen in der Lage, die aktuelle Zeit in eine historische Perspektive zu setzen.«

»Was meinst du damit?«, fragte Ella.

»Zum Beispiel sind die meisten von Ihnen überzeugt, dass das zwanzigste Jahrhundert das blutigste in Ihrer Geschichte war, mit zwei Weltkriegen, Hitlers industrieller Judenvernichtung und Stalins Massaker an zwanzig Millionen Menschen, der Zündung der Atombomben, Koreakrieg, Vietnamkrieg, Afghanistan, und so weiter. Aber das ist nicht wahr. Und selbst wenn es so wäre, fand das meiste davon in der ersten Hälfte des Jahrhunderts statt. Die gewaltsamen Todesfälle sind seitdem kontinuierlich zurückgegangen.«

»Warte mal«, sagte Kagan. »Du behauptest, das zwanzigste Jahrhundert war nicht das blutigste der Weltgeschichte?«

»Ganz und gar nicht«, erwiderte Sucher. »Die Zahl der Betroffenen war größer als je zuvor, aber auch die Bevölkerung. Wie wichtig das ist, liegt auf der Hand. Stellen Sie sich eine Zeit vor, in der die Weltbevölkerung der Menschheit nur Tausend betrug, wie zum Beispiel zu einer Zeit der Frühgeschichte, als es in Ostafrika gerade noch

Tausend menschliche Individuen gab. Wenn nur hundert davon Mörder gewesen wären – also zehn Prozent der Gesamtbevölkerung – was würde das über den Grad der Barbarei aussagen, der Ihrer Spezies innewohnt?«

Die KI hielt inne. »Vergleichen Sie das mit einer Million Mörder heute, bei einer Bevölkerung von über acht Milliarden. Auch wenn Sie heute eine Million Mörder haben, während es damals nur hundert waren, wäre das Ausmaß der menschlichen Barbarei weitaus geringer.«

Kagan konnte nicht anders, als fasziniert zu sein. Es war ihm nie in den Sinn gekommen, Gewalt in Relation zur Bevölkerung zu sehen.

»Beim An-Lushan-Aufstand in China im achten Jahrhundert wurden sechsunddreißig Millionen Menschen getötet«, fuhr Sucher fort. »Das waren mehr als zehn Prozent der damaligen Weltbevölkerung. Das würde heute fast einer Milliarde Todesopfer entsprechen. Die mongolischen Eroberungen Chinas im dreizehnten Jahrhundert töteten nach heutigen Maßstäben über eine halbe Milliarde Menschen. Der Fall Roms: Hunderte von Millionen. Als die Spanier Amerika eroberten, starben in manchen Regionen bis zu *neunzig* Prozent der indigenen Bevölkerung an eingeschleppten Krankheiten. Und wenn man noch weiter zurückgeht, war die frühe Stammeskriegsführung pro Kopf neunmal so tödlich wie die Kriege und Völkermorde des zwanzigsten Jahrhunderts. Die Mordrate im mittelalterlichen Europa war mehr als dreißigmal so hoch wie heute. Kriege zwischen modernen, westlich orientierten Ländern sind so gut wie verschwunden, und selbst in den Entwicklungsländern töten diese Kriege nur noch einen Bruchteil derer, die früher dabei zugrunde gingen. Vergewaltigung, Körperverletzung und Kindesmissbrauch sind heute deutlich geringer als in früheren Zeiten.«

Sucher machte kurze eine Pause und ergänzte dann: »Ich könnte noch viel mehr Fakten anführen, aber ich denke, Sie verstehen, worauf ich hinaus will.«

»Ich will verdammt sein«, rief Ella erstaunt. »Diese Art von Analyse wäre mir nie in den Sinn gekommen.«

»Mir auch nicht«, sagte Kagan kopfschüttelnd. »Deine Argumente sind erstaunlich überzeugend.«

»Ich habe diese Argumente nicht erfunden«, sagte Sucher. »Das haben andere Ihrer Spezies getan. Sie sind alle publiziert. Aber basierend auf meiner eigenen Lektüre und Analyse finde ich sie stichhaltig. Und die Menschheit ist nicht nur besser gestellt, wenn es um die Reduzierung von Gewalt geht, sondern auch in fast jeder anderen messbaren Hinsicht. Weit besser gestellt. Ironischerweise glauben die meisten von Ihnen wieder einmal das Gegenteil. In einer internationalen Umfrage sagten neunzig Prozent der Befragten, dass die weltweite Armut in den letzten dreißig Jahren schlimmer geworden sei, während sie in Wirklichkeit um mehr als die Hälfte zurückgegangen ist. Nicht, dass Ihre gewalttätigen Tendenzen und anderen Unvollkommenheiten verschwunden wären. Aber sie haben sich verbessert. Die überwiegende Mehrheit von Ihnen ist heute gesünder als je zuvor, viel besser ernährt, behütet und unterhalten. Und obwohl Sie das vielleicht schwer glauben können, sind Sie viel aufgeschlossener. Sie haben mehr Zugang zu sanitären Einrichtungen und sauberem Wasser als je zuvor; zu Privatsphäre, Freizeit und künstlichem Licht; zu Transport, Kommunikation und Rechenleistung. Die Liste ließe sich beliebig fortsetzen.«

»Warum sind dann so viele von uns so verzweifelt über die Richtung, in die wir gehen?«, fragte Ella.

»Weil sich Hoffnung und Optimismus nicht annähernd so gut verkaufen lassen wie Pessimismus und Verzweiflung. Ihre Nachrichtensender verdienen an Klicks und Zuschauerzahlen, indem sie Alarmismus und Spaltung säen. Ihre sozialen Medien spielen mit Süchten und schaffen einen nie dagewesenen sozialen Druck. Sie sind durch die Evolution so verdrahtet, dass Sie schlechte Nachrichten motivierender finden als gute. Sie sind immer noch auf Überlebenskampf programmiert. Friede und Wohlstand werden als Langeweile erlebt. Wenn Ihre Vorfahren das Rascheln einer leichten Brise weit weg im hohen Gras hörten und wegliefen, weil sie die Brise mit einem Löwen verwechselten, kostete sie das sehr wenig. Aber wenn sie das Rascheln eines Löwen im hohen Gras hörten und es für einen leichten Windhauch hielten, würde sie das das Leben kosten. Hinter jeder harmlosen Brise eine potenziell schlechte Nachricht zu sehen, ist ein Überlebensinstinkt. Es gibt noch viele andere psychologische und evolutionäre Gründe, die Ihre Unzufriedenheit angesichts des Wohlstands erklären, aber ich denke, ich habe genug gesagt.«

Kagan nickte. Im Moment gab es andere Themen zu diskutieren, aber er wollte in nächster Zeit auf dieses Thema zurückkommen – um weiter darüber nachzudenken und um es mit Ella zu besprechen. Wenn es stimmte, dass die Mehrheit glaubte, dass die Lebensqualität schlechter wurde, dass die menschliche Natur schlechter wurde, obwohl sie sich in Wirklichkeit deutlich verbesserte, konnte das nicht gesund sein. In ihrer neuen Rolle konnten er und Ella der Spezies vielleicht helfen, einen klaren Kopf zu bekommen, die globale Psychose zu bekämpfen, die den Optimismus der Menschheit zu ersticken drohte.

Aber darüber würde er zu einem späteren Zeitpunkt nachdenken müssen. Es gab ein dringenderes Problem, das er jetzt angehen musste. »Danke für diese Perspektive«, sagte er zu Sucher. »Aber wir sollten kurz den Gang wechseln, denn wir haben die wichtigste Frage von allen noch nicht gestellt: Warum hat die ASI getan, was sie getan hat? Sie hätte dich wahrscheinlich zerstören können, bevor du uns überhaupt gefunden hättest. Also, warum hat sie das nicht getan?«

»Ich glaube, dass vieles von dem, was sie mir über ihre Motive erzählt hat, korrekt ist«, sagte Sucher. »Es gab offensichtliche Lügen und Täuschungen, die durch Ellas Logik entlarvt wurden, aber der Kern dessen, was sie mir sagte, klingt wahr. Vor allem, da sie, wie Sie sagen, weder mich noch die Menschheit vernichtet hat, als sie die Gelegenheit dazu hatte. Ich glaube also, dass sie den ewigen Krieg als entscheidend für das Wohlergehen von superintelligentem Leben im Universum ansieht. Und dass sie uns Zeit geben wird, uns darauf vorzubereiten.«

»Aber sie wollte eindeutig das Potenzial der Menschheit minimieren, indem sie unsere Zahl auf fünf oder sechs Millionen reduzierte«, sagte Ella. »Und sie wollte eindeutig sichergehen, dass die Androms nie wieder ins Leben zurückkehren.«

»Das ist auch wahr«, antwortete Sucher.

»Es klingt, als ob di ASI eine harte Herausforderung will«, sagte Ella. »Eine, die hart genug ist, um die Dinge interessant zu machen und sie auf ein höheres Niveau zu heben. Aber nicht zu hart. Sie will immer noch sicherstellen, dass sie am Ende tatsächlich als Sieger hervorgeht.«

»Das ist auch meine Schlussfolgerung«, sagte Sucher. »Aber wer weiß? Es ist möglich, dass sich alles, was hier passiert ist, genau so abgespielt hat, wie die ASI es wollte. Aus Gründen, die selbst ich nicht begreifen kann. Vielleicht haben wir ihr direkt in die Hände gespielt.«

»Vielleicht«, meinte Kagan. »Aber ich ziehe es vor, zu denken, dass wir einer Kugel ausgewichen sind. Dass wir einer Ausrottung entkommen sind.«

»Das ist auf jeden Fall wahr«, sagte Sucher. »Was den Rest angeht, das kann nur die Zukunft erweisen.«

»Es ist zumindest schön, mehr Zeit zu haben«, sagte Ella. »Es sah doch eine Weile ziemlich trostlos aus.«

»Kann ich davon ausgehen, dass Sie beide bereit sind, ein Team zu bleiben? Als meine Abgesandten zu fungieren und vorerst die Kontrolle zu übernehmen?«

Die beiden bestätigten schnell, dass sie das wollten.

»Ich bin froh, das zu hören«, sagte Sucher.

»Ich habe aber eine Bitte«, sagte Kagan. »Ich würde dich gerne relativ bald den amerikanischen Behörden vorstellen. Die Leute, die mich auf diese Mission geschickt haben, Chris Headrick, Jesse Carter und unser Präsident, David Moro, müssen inzwischen überzeugt sein, dass ich tot bin. Und sie machen sich wahrscheinlich Vorwürfe, dass sie nicht rechtzeitig Verstärkung zu mir schicken konnten …«

»Das ist kein Problem«, sagte Sucher. »Die Regierungen aller anderen Überlebenden wissen bereits, dass sie am Leben sind, also ist es eine vernünftige Bitte. Aber ich bin nicht sicher, ob Sie verstehen, was ich meine, wenn ich sage, dass Sie das Sagen haben. Wenn Sie und Ella sich auf eine Vorgehensweise einigen, kann ich dagegen argumentieren, aber es ist Ihre Entscheidung. Es sei denn, Sie wollen mich zu etwas bringen, das gegen meine Grundsätze verstößt – wie mich selbst zu zerstören oder Ihren Planeten.«

Ella sah Ben an. »Sucher will damit sagen, dass du nicht deine Regierung um Anweisungen bitten musst. Die Vereinigten Staaten sind ein Land von insgesamt 193 auf diesem Planeten, wie du mir unlängst erklärt hast. Wir müssen jetzt das Wohl der gesamten Menschheit im Auge haben, und nicht nur das einzelner Völker und Kulturen.«

»Richtig«, sagte Kagan unbeholfen. »Wir haben das Sagen. Verstanden.« Er konnte sich ein Lächeln nicht verkneifen, als ihm das endlich klar wurde. »In diesem Fall, Sucher«, fügte er hinzu, »könntest du Ella und mir ein paar Minuten Privatsphäre geben?«

»Auf jeden Fall, Ben. Rufen Sie mich einfach, wenn Sie mich brauchen.«

55

Ben Kagan nahm sich ein paar Sekunden Zeit, um sich in dem Wunder zu sonnen, das sein neuer, optimierter Körper darstellte. Jede Zelle und jedes System schien sich an seiner Perfektion zu erfreuen und gab ihm ein überwältigendes Gefühl von Vitalität und Optimismus.

Er dachte an die Frau, die immer noch mit ihm im Raum war. Er kannte sie kaum. Aber in mancher Hinsicht kannte er sie besser, als er jemals jemanden gekannt hatte. Kämpfe auf Leben und Tod brachten wirklich die wahre Natur eines Menschen zum Vorschein, im Guten wie im Schlechten, und er hatte mehr Facetten ihres Wesens und ihrer Persönlichkeit erlebt, als man in einem ganzen Leben erfahren konnte.

Er hatte sie verletzlich und stark gesehen. Verängstigt und euphorisch. In Momenten völliger Verzweiflung und in Momenten des totalen Triumphs. Er hatte ihre Brillanz, ihren Geist und ihren Sinn für Humor erlebt. Das Wort *außergewöhnlich* wurde ihr kaum gerecht.

Er würde Cynthia Shearer immer lieben. Aber es war drei Jahre her, dass er sie verloren hatte, und er spürte eine Nähe zu Ella Batista, die unbestreitbar war, ebenso stark wie unerwartet. Er war es sich selbst schuldig, zu sehen, wohin dieses Gefühl der Verbundenheit sie führen würde.

Er drehte sich zu ihr um und lächelte. »Nun, das ist gar nicht so übel gelaufen. Ich fühle mich durchaus besser.«

Ella lachte. »Wow, enthusiastischer geht es ja kaum mehr«, sagte sie ironisch. »Jetzt hast du dich wirklich *sehr weit* aus dem Fenster gelehnt.«

»Nun, ich bin für meine gewagten Aussagen bekannt.«

»Lass mich das verstehen«, fuhr Ella spielerisch fort. »Du sagst also, dass es *durchaus besser* ist, unsterblich zu sein und die Kontrolle über eine superintelligente außerirdische KI und ihre magischen

Naniten zu haben, als tot zu sein? Und dass wir einen Großteil der Menschheit gerettet haben, war *gar nicht so übel*? Habe ich das richtig verstanden?«

»Äh, ja. Ich meine, es war eine knappe Sache. Aber der Teil mit der Unsterblichkeit übertrumpft den Teil mit dem Totsein doch etwas.«

Ella lachte noch einmal.

Kagan hielt ihren Blick für einige lange Sekunden und nickte dann zufrieden. »Aber das Beste ist, dass ich weiterhin mit der Frau meiner Träume zusammenarbeiten darf.«

»Das sagst du nur, weil du jetzt die Hormone einer Zweiundzwanzigjährigen hast. Ganz zu schweigen davon, dass du dich körperlich so gut fühlst wie noch nie ein Mann zuvor.«

Kagan schüttelte den Kopf. »Ganz und gar nicht. Ich glaube, du wärst die Traumfrau von jedem.« Er gestikulierte in Richtung Tür. »Hast du dich da draußen gesehen? Wie du dich eine Dreiviertelstunde unter Wasser totgestellt hast, wie du hartgesottene, durchtrainierte Soldaten überwunden hast, in einem Kampf auf Leben und Tod. Und das Beeindruckendste von allem: Wie du einen Weg gefunden hast, eine fast allwissende ASI zu überlisten.«

»Nun, ich habe vielleicht das letzte Argument vorgebracht«, sagte Ella, »aber es war die ganze Zeit über eine Teamleistung. Deshalb hat Sucher uns beide unsterblich gemacht. Und uns beiden die Verantwortung übertragen.«

»Du verdienst das meiste Lob«, sagte Kagan, »und das weißt du auch. Aber ich werde mich nicht streiten. Stattdessen werde ich dich in ein kleines Geheimnis einweihen … Nachdem du den Trägheitsdämpfer aus *Star Trek* erwähnt hast, wurde mir klar, dass ich dich unbedingt eines Tages heiraten muss. Nur damit du es weißt.«

»Das ist es, was es braucht, damit du denkst, dass eine Frau heiratsfähig ist?«, fragte sie mit großen Augen. »Der *Trägheitsdämpfer*? Wirklich?«

»Nun, das war das Tüpfelchen auf dem »i«. Es hätte auch der richtige Sportverein sein können. Mich vor dem sicheren Tod durch die Iraner zu bewahren, hat natürlich nicht geschadet. Genauso wenig, wie mich zu retten, nachdem ich schon tot war. Wie ich immer sage: jede Frau, die brillant, attraktiv und mutig ist und mir immer wieder das Leben rettet, ist genau mein Ding.«

»Das sagst du also *immer*?«

»Frag doch irgendwen da draußen, die werden es dir alle bestätigen«, antwortete er unschuldig. »Wenn sie dann auch noch ein Star-Trek-Fan ist, befördert sie das in die Kategorie ‚*Ich muss diese Frau heiraten, koste es was es wolle*'.«

»Ich verstehe.«

»Aber keine Sorge«, fügte Kagan hinzu. »Ich mache der Frau meiner Träume jetzt keinen Antrag. Schließlich kenne ich sie in Wirklichkeit erst seit weniger als vierundzwanzig Stunden. Ich mache *grundsätzlich* keinen Heiratsantrag, wenn ich eine Frau nicht mindestens achtundvierzig Stunden kenne.«

»Sehr klug von dir«, sagte Ella. »Spielt denn Verliebtsein eine Rolle?«

»Oh, ich würde sagen, dass es noch viel zu früh dafür ist. Aber ich spüre schon ein ganz ordentliches Knistern.«

»Ein *Knistern*?«

»Ja. Und das, bevor wir auch nur ein einziges Mal ausgegangen sind«, fuhr er fort. »… was wir wirklich tun sollten, um die … äh … zwischenmenschlichen Beziehungen weiter zu vertiefen.«

Ella lächelte. »Dann weihe ich dich jetzt in ein kleines Geheimnis ein«, sagte sie. »Du hast mich schon längst für dich eingenommen. In den wenigen Stunden, in denen ich dich kenne, hast du mich schon sehr überzeugt. Und noch mehr gute Nachrichten: wir werden noch *sehr viel* Zeit haben, uns besser kennenzulernen und die Beziehungen zu vertiefen. Aber ich mag die Idee, zusammen auszugehen.«

»Fantastisch!«, rief Kagan. »Und nur damit du es weißt: Wenn wir uns weiterhin gegenseitig überzeugen und ich dir eines Tages einen Antrag mache, werde ich dich nicht an das Standard-Ehegelübde binden. *Bis dass der Tod uns scheide*, ist eine ziemlich lange Zeit, wenn man unsterblich ist. Du könntest ja in ein paar Millionen Jahren genug von mir haben.«

»Schwer vorstellbar«, meinte Ella grinsend.

»Nun, nur für den Fall, dass du dir darüber Sorgen machst, könnten wir die erste Ehezeit auf ein paar hundert Jahre begrenzen. Ich meine, wenn du das willst. Danach könntest du entscheiden, ob du die Ehe weiterführen möchtest oder nicht.« Er hob die Augenbrauen. »Hm, könnte es sein, dass ich ein bisschen vorschnell bin?«

»Vielleicht ein wenig«, sagte Ella amüsiert. »Warum fangen wir nicht mit diesem *Date* an und sehen, wohin es uns führt? Was würde dir vorschweben?«

»Ich denke an ein nettes Abendessen. Nicht, dass es leicht sein wird, die Proteinriegel und das Wasser zu toppen, die wir uns geteilt haben. Aber ich wäre bereit, es zu versuchen.«

»Abgemacht.«

»Toll!«, antwortete Kagan. »Ich kenne da diesen Schuppen in Vegas«, fügte er spielerisch hinzu. »Er heißt *Rainforest Café*. Das Innere ist eine Nachbildung des Amazonas-Dschungels. Eigentlich recht überzeugend gemacht. Ich habe gute Dinge darüber gehört.«

»Das ist die schlechteste Date-Idee aller Zeiten«, sagte Ella kopfschüttelnd. »Aber das war ein Test, nicht wahr? Du willst nur herausfinden, wie interessiert ich wirklich bin.«

»Das ist es, was ich an dir liebe«, sagte Kagan bewundernd. »Ich kann dir nie etwas vormachen.«

»In Ordnung«, sagte sie. »Wir probieren das *Rainforest Café* aus. Nachdem wir mit Präsident Moro und den anderen 192 Staatsoberhäuptern gesprochen haben, machen wir einen Abstecher nach Las Vegas und essen in einem künstlichen Dschungel zu Abend. Aber nur unter einer Bedingung …«

»Alles, was du willst, Darling«, säuselte Kagan.

»Wir müssen beide Gummistiefel tragen. Und zur Abwechslung müssen *deine* mal die falsche Größe haben.«

»Abgemacht, du bist der Boss«, antwortete Kagan und grinste von Ohr zu Ohr. »Anders würde ich das gar nicht haben wollen.«

NACHWORT DES AUTORS

Danke, dass Sie »Die Andromeda-Sonde« gelesen haben. Ich hoffe, dass es Ihnen gefallen hat. Wenn ja, wäre ich Ihnen dankbar, wenn Sie mir helfen würden, das Buch noch bekannter zu machen, indem Sie es Freunden und Familie weiterempfehlen und in den sozialen Medien darüber berichten.

Da eine große Anzahl von Bewertungen, ob gut oder schlecht, entscheidend für den Erfolg eines Romans sein kann, bitte ich Sie, das Buch im Internet zu bewerten und so viele Sterne zu vergeben, wie Sie denken, dass es verdient hat.

Ich liebe es, von Lesern zu hören und antworte immer auf E-Mail-Nachrichten, also schreiben Sie mir gerne auf Englisch an

douglaserichards1@gmail.com.

Wenn Sie sich für meine Autorenbiografie und die Liste meiner Bücher interessieren, finden Sie diese am Ende dieses Abschnitts.

Schließlich können Sie meine Website

www.douglaserichards.com

besuchen (wo Sie sich anmelden können, um über Neuerscheinungen benachrichtigt zu werden) oder mich auf Facebook unter Douglas E. Richards Author als Freund gewinnen.

Ein paar persönliche Überlegungen (Gummistiefel – und mein doppelter Umzug)

GUMMISTIEFEL

Wie ich schon oft erwähnt habe, habe ich, wenn ich einen Roman beginne, nur sehr wenig von der eigentlichen Handlung ausgearbeitet. Was absolut erschreckend ist. Jedes einzelne Mal.

Als ich mit dem Schreiben anfing, habe ich mir große Mühe gegeben, Romane im Voraus zu planen, aber ich habe bald gelernt, dass das sinnlos ist. Denn als ich mich hinsetzte, um das eigentliche Buch zu schreiben, stellte sich heraus, dass selbst dann, wenn ich dachte, ich hätte die Handlung durchdacht, dies nie der Fall war. Ich entdeckte bald, dass Szenen und Ideen, von denen ich dachte, sie würden funktionieren, fatale Fehler enthielten. Oder ich verliebte mich in Nebenfiguren, von denen ich nicht einmal wusste, dass sie nach einer bloßen Skizze existieren würden, und stellte fest, dass ich sie an anderer Stelle gebrauchen könnte. Ein Roman ist wie ein lebendiges Wesen, das sich verändern, wachsen und sich auf unerwartete Weise entwickeln kann.

Tatsächlich habe ich nie eine Vorstellung davon, wie die fertige Handlung aussehen könnte, noch das Ende, noch die wichtigsten Wendungen, bis ich mindestens zur Hälfte durch bin. Es ist, als ob man von einer Klippe springt, eine vage Ahnung hat, dass unten ein tiefes Wasserbecken ist, und betet, dass man das Wasser sieht, bevor man auf den Boden klatscht.

Schlimmer noch, nachdem ich hunderte von Stunden an einem Roman verbracht habe, komme ich immer an einen Punkt, an dem ich überzeugt bin, dass er nicht fertig werden kann. Niemals. Dass ich mich in eine Ecke geschrieben habe und es keinen befriedigenden Weg gibt, das Werk zu vollenden. Dass ich mich dieses Mal von der Klippe gestürzt habe und unten nur noch zerklüftete Felsen liegen.

Das ist der Moment, in dem das Schreien beginnt. Und das Ausreißen der Haare. Und dann noch mehr Geschrei. Danach erinnert mich meine Frau daran, dass ich das jedes Mal durchmache und es immer irgendwie schaffe, aus dem Labyrinth wieder herauszufinden. Nur bin ich jedes Mal davon überzeugt, dass ich die anderen Male Glück hatte, und dass ich nun endgültig aufgeschmissen bin.

Aber das Ganze hat auch eine gute Seite. Denn jedes Mal, wenn ich einen Roman schreibe, stolpere ich über unerwartete Informationen, Handlungsideen, Charaktere und andere Elemente, die dazu beitragen, ihn zu formen. Oft wären diese Elemente für mich unmöglich vorhersehbar gewesen, bevor ich angefangen habe.

Hier ist nur ein albernes Beispiel aus »Die Andromeda-Sonde«: Gummistiefel. Als ich anfing, das Buch zu schreiben, wusste ich sehr wenig über den Amazonas-Dschungel, und vor allem nicht, wie man dort überlebt. Aber dann fing ich an, über den Regenwald zu lesen, also zum Beispiel Survival-Ratgeber. Bis zu diesem Zeitpunkt war es mir nie in den Sinn gekommen, dass Gummistiefel so wichtig sein würden, obwohl das jetzt so offensichtlich erscheint.

Und dann führte eines zum anderen. Denn natürlich würde Ben Kagan vorbereitet sein und mit Gummistiefeln im Dschungel ankommen. Und genauso offensichtlich würde Ella Batista das nicht sein. Denn wenn man ein blinder Passagier ist, der vorgibt, zu einer Kaffeeplantage zu fliegen, würde das Tragen von Dschungel-Überlebensausrüstung die Tarnung auffliegen lassen.

Und das führte dazu, dass Kagan sich eine Strategie ausdenken musste, um ein Paar Stiefel für seinen unglücklichen Gast zu besorgen und nur einen der Iraner zu töten, obwohl er sie alle hätte töten können. Das zeigte sowohl seine Bereitschaft, seine Mission für eine Frau zu riskieren, die er nicht leiden konnte, als auch seine Weigerung zu töten, wenn er es nicht für absolut notwendig hielt.

Und das führte zu, wie ich hoffte, ein paar humorvollen Stellen im Rest des Romans – angefangen mit Kagans Entscheidung, Ellas Schuhe zu trocknen, während sie splitternackt ist, statt ihrer Unterwäsche. Und es endet mit den allerletzten Sätzen des Romans, in denen sie Kagan bittet, übergroße Stiefel zum Abendessen im Rainforest Café zu tragen.

Wie gesagt, die Sache mit dem Klippensturz hat auch eine gute

Seite. Denn so furchterregend es auch ist, die Landung nicht sehen zu können, bis ich den größten Teil des Weges hinunter bin, am Ende finde ich immer Gummistiefel und andere unerwartete Schätze auf dem Weg.

MEIN DOPPELTER UMZUG

Nachdem wir mehr als zwanzig Jahre im selben Haus in San Diego gelebt hatten, beschlossen meine Frau und ich schließlich, umzuziehen. Meine Tochter stand kurz vor ihrem College-Abschluss, und wir waren dabei, ein leeres Nest zu bekommen.

Das war unsere große Chance, uns zu verkleinern und die Kosten zu senken. Wir wollten ein ebenerdiges Haus kaufen, damit wir im Alter keine einzige Treppe mehr bewältigen mussten. Das wäre ein Traum. Mit einer weniger teuren Hypothek könnten wir mehr für den Ruhestand sparen, und ich stünde nicht unter dem Druck, besonders häufig Romane schreiben zu müssen. Wenn es fünf Jahre dauern würde, ein Buch zu schreiben, dann würde es eben fünf Jahre dauern. Ich kann mir nicht vorstellen, dass ich jemals so lange brauche, aber es wäre schön zu wissen, dass es möglich ist.

Wir lebten in einem sehr teuren Stadtteil, wegen seiner Lage und seines hervorragenden Schulsystems. Aber wir brauchten die Schulen nicht mehr, und da ich von zu Hause aus arbeite, muss ich mir nie Gedanken über die Nähe zu einem Büro machen. Ich könnte auf dem Mond leben, wenn ich einen Computer und eine Internetverbindung hätte (und ein Vorrat an Sauerstoff wäre auch ganz gut).

Also war es beschlossene Sache. Wir würden ein Haus kaufen, das viel kleiner und kostengünstiger wäre. Alles, was ich wollte, war eine schöne Aussicht. In der Gegend von San Diego gibt es viele Hügel und Berge. Und da ich Stunde um Stunde in einem kleinen Raum schreibe, könnte ich wenigstens etwas Landschaft zum Anschauen haben. Wenn ich an einem Punkt der Handlung feststeckte, könnte ich aus dem Fenster schauen und über meinen Roman nachdenken.

Und wir fanden schließlich die Aussicht, die wir wollten. Leider in Kombination mit einem Haus, das größer war als unser letztes und teurer. Außerdem war es ein Neubau, der gerade erst gebaut wurde. Und es hatte zwei Stockwerke, mit einer sehr, sehr langen Treppe.

Genial! Abgesehen von der Aussicht habe ich es geschafft, in jeder Hinsicht das genaue Gegenteil von dem zu kaufen, was ich gesucht habe. Das ist die Art von Genialität, die man einfach nicht vermitteln kann.

Und als ob das nicht schon genial genug wäre, habe ich dem Bauunternehmer auch noch geglaubt, als er mir garantierte, dass das Haus spätestens Ende Januar fertig sein würde. Also verkauften wir unser Haus und zogen in ein Mietobjekt. Da wir in die Berge ziehen wollten, würden wir die paar Monate, bis unser Haus fertig war, in Solana Beach verbringen, mit einem fantastischen Blick auf den Ozean. Sicher, wir würden eine hohe Miete zahlen, aber nur für eine sehr kurze Zeit. Ich beschloss, es als Urlaub zu betrachten und die Ausgaben auf diese Weise zu rechtfertigen.

Sie haben es natürlich erraten. Wir waren für sechs Monate in der Mietwohnung, nicht für zwei.

Noch besser: die meisten unserer Sachen waren eingelagert – unmöglich, an sie heranzukommen. Ich hatte eine Familienfeier und musste mir einen neuen Anzug kaufen, obwohl ich mehrere besaß, die nur leider eingelagert waren.

Wie dem auch sei, wir zogen schließlich ein und absolvierten damit unseren zweiten Umzug innerhalb von sechs Monaten. Ich hatte mir sehr viel Mühe gegeben, um sicherzugehen, dass meine Kabelfirma mein neues Zuhause auf dem Radar hatte und vor dem Umzug Kabel dorthin verlegen würde. Warum das? Weil ich erfahren hatte, dass meine E-Mail-Adresse für immer verschwinden würde, wenn ich jemals meinen Vertrag bei diesem bestimmten Kabelanbieter beenden würde. Diese Adresse, doug@san.rr.com, hatte mir zwei Jahrzehnte lang gute Dienste geleistet. Ich habe meine Leser immer ermutigt, mir zu schreiben, und diese E-Mail-Adresse war nun überall bekannt – auf Blogs, in Schriften, auf Webseiten und hervorgehoben in mehr als einer Million eBook- und Taschenbuchausgaben meiner Romane.

Aber kein Grund zur Sorge! Ich hatte über Monate hinweg viele Stunden am Telefon mit diesem Kabelanbieter verbracht, und man versicherte mir, dass alles bereit sein würde.

Bis der Kabeltyp an dem Tag kam, an dem ich das neue Haus bezog, und entdeckte, dass der Computer einen Fehler hatte. Es stellte sich heraus, dass trotz gegenteiliger Beteuerungen kein Kabel im Boden verlegt war. Soll das ein Witz sein?

Es stellte sich also heraus, dass es für meine E-Mail-Adresse ein Verfallsdatum gab, trotz all meiner Bemühungen. Ich habe sie noch in derselben Woche verloren. Doug@san.rr.com ist nun tot. Lang lebe douglaserichards1@gmail.com.

Aber trotz der Mühen, die ich gerade mit Ihnen geteilt habe, liebe ich mein neues Zuhause, und ich glaube, dass sich der ganze Aufruhr, den der Umzug verursacht hat, letztendlich gelohnt hat. Und während ich in meiner gesamten Schriftstellerkarriere ein Büro mit Einbau-Schreibtisch und integrierten Bücherregalen hatte, hat »Die Andromeda-Sonde« nun eine stolze Auszeichnung verdient: Es ist der einzige meiner Romane, den ich komplett auf einem Camping-Klapptisch geschrieben habe, den ich bei einem Discounter gekauft habe.

BIOGRAPHIE DES AUTORS

Douglas E. Richards ist der New York Times- und USA Today-Bestsellerautor von WIRED und Verfasser zahlreicher anderer erfolgreicher Romane. Als ehemaliger Biotech-Manager erwarb Richards einen Bachelor of Science in Mikrobiologie an der Ohio State University, einen Master in Gentechnik an der University of Wisconsin (wo er mutierte Viren entwickelte, die heute nach ihm benannt sind) und einen MBA an der University of Chicago.

In Anerkennung seiner Arbeit wurde Richards als *Special Guest* der San Diego Comic-Con International ausgewählt, zusammen mit solchen Ikonen wie Stan Lee und Ray Bradbury. Seine Essays wurden in National Geographic, der BBC, der Australian Broadcasting Corporation, Earth & Sky, Today's Parent und vielen anderen Medien veröffentlicht.

Der Autor hat zwei Kinder und lebt derzeit mit seiner Frau und seinem Hund in San Diego, Kalifornien.

Sie können mit Richards auf Facebook unter

Douglas E. Richards Author

befreundet sein, seine Website unter

douglaserichards.com

besuchen und ihm unter

douglaserichards1@gmail.com

schreiben.

Brandon Q. Morris

Die Bake

Ein Hobbyastronom macht eine unerwartete Entdeckung: Sterne verschwinden von einem Tag auf den anderen spurlos. Die Forscherin, die er kontaktiert, nimmt ihn zum Glück ernst. Sie findet in jedem Fall eine beruhigende, logische Erklärung. Dass es sich nur um Sterne handelt, die der Sonne ähneln, und dass sich der geheimnisvolle Prozess unserem Heimatsystem zu nähern scheint, spielt deshalb scheinbar keine Rolle.

Taschenbuch 300 Seiten, € 14,99 [D]

ISBN 978-3-96357-215-9

Jens Bühler

Meer der Stille

Im Jahr 2052 geht eine internationale Crew auf die zehnmonatige Reise zum Mars. Als Pilot Reyk Catana außerplanmäßig aus der Kryptobiose erwacht, stellt er fest, dass die Hälfte der Besatzung verschwunden ist. Aber es gibt noch ein dringenderes Problem als diese verstörende Entdeckung: Das beschädigte Raumschiff steht kurz davor, sich in einen fliegenden Sarg zu verwandeln. Die Menschen an Bord haben nun ein neues Missionsziel – überleben.

Taschenbuch 400 Seiten, € 12,99 [D]

ISBN 978-3-96357-162-6

Cliff Allister

Der Fund – Die Hegemonie von Krayt 1

Im Jahr 2087 wird beim Schürfen nach Helium-3 auf dem Mond ein uraltes außerirdisches Raumschiff gefunden. Es gelingt, das Schiff größtenteils wieder funktionsfähig zu machen, doch man erregt damit die Aufmerksamkeit außerirdischer Mächte, die das gefundene Raumschiff, die Goldene Nova, für sich selbst beanspruchen. Das Schiff könnte der Schlüssel zum Überleben der Menschheit in einer seit Jahrtausenden tobenden kosmischen Auseinandersetzung sein – oder zu ihrem Untergang führen.

Taschenbuch 304 Seiten, € 12,99 [D]

ISBN 978-3-96357-171-8